우리가 하려고 했던
그 거창한 일들

-내 인생의 음악편지

이종민 엮음

내 인생의 음악을 엮으며

세월은 말 그대로 정처없이 흘러서 간다. 서른도 되기 전에 대학교수가 되어 나름 열성을 불태우고 있었는데 어느덧 물러날 때가 되고 말았다. 존경하는 선배 교수들을 아쉬운 마음으로 보내며 그 서운함을 달래기 위해 여러 가지 기획을 했던 게 엊그제 같은데 이제 내가 그 정년을 맞게 되었다.

정년 퇴임, 누구에게나 아쉬운 순간이겠지만 대학교수에게는 특히 당혹스럽다. 대부분 한곳에서 오랫동안 지내다가 물러나기 때문이기도 하지만 더 심각한 것은 자기만의 오롯한 공간(연구실)을 더 이상 누리지 못하게 된다는 점일 것이다.

연구실에는 책뿐만 아니라 각종 살림살이가 그득하다. 수십 년 손때가 묻은 이것들을 한꺼번에 옮겨야 한다. 그런데 어느 공간으로? 뾰쪽한 방안을 마련하지 못하면 결국 버려야 한다. 그래서 방학 때가 되면 대학교 복도가 이 쓰레기(?)들로 여러 날 동안 어수선하다. 평생 정성을 다해 모은 책과 자료들을 쓰레기처럼 버려야 하는 심경이 어떨까? 지켜보는 것도 안쓰러운데 그 당사자는?

그런데 이제 내가 그 당사자가 되었다. 여기저기 깃들 수 있는 공간을 알아보았지만 여의치 않다. 그렇다고 투덜거리며 앉아 있을 수만은 없다. 아쉬움을 달래고 그 충격을 완화시키기 위해 뭔가를 도모해야 한다.

존경하는 선배 교수들을 위해서는 내가 직접 나서 챙기기도 했다. 아버님처럼 모셨던 철학과 교수님 정년을 기해서는 『그래, 너희 뜻대로 해라』(황금가지, 1999) 책을 기획했다. '교수들이 자녀들에게 보내는 사랑의 편지'를 모은 것으로 한때 베스트셀러가 되기도 했다. 지금도 은사처럼 모시는 선배 교수님을 위해서는 『달궁 가는 길—서정인의 문학세계』(2003, 서해문집)를 내드리기도 했다.

그분들처럼 훌륭하게 살지 못했으니 나를 위해 누가 나서지는 않을 것이다. 그렇다면 스스로 챙기는 수밖에. 남사스럽기는 하지만 아무것도 하지 않으면 너무 아쉬울 것 같다. 아니 그 허전함을 덜기 위해서라도 뭔가 일거리를 마련해야 한다.

그래서 생각해 낸 것이 '내 인생의 음악' 기획이다. 평소 소통하고 지내던 친구 및 선후배들의 음악에 관한 글을 모아 책으로 엮자는 것이다. 인생의 어느 대목에서 마음을 울렸던 음악이 누구에게나 한두 곡 있을 것이다. 그 음악을 어떻게 좋아하게 되었는지, 왜 좋아하는지, 어떤 사연이 있는지를 수필 형태로 써서 모으면 꽤 흥미로운 책이 될 수 있겠다 생각한 것이다.

그래 염치 불구하고 200여 명의 친지들에게 원고 청탁서를 보냈다. 내가 근무한 기간을 학기로 따지면 75학기, 처음 계획은 75분의 원고를 모으는 것이었다. 그런데 114분이 귀한 원고를 보내 주셨다. 대부분 내 음악편지 수신인들이다. 2000년부터 보내기 시작한 음악편지, 받기만 하고 답장을 하지 못해 부담을 느낀 것일까?

20년 동안의 음악편지에 대한 화답! 꼭 그런 것은 아니겠지만 적어도 지금 난 그렇게 여기고 싶다. 임옥상 화백의 말처럼 "편지는 결국 인연 맺기 즉 관계 맺기─짝짓기다." 우연하게 시작한 일이 이처럼 풍성한 관계 맺기로 이어졌다. 감사하고 감사할 일이다.

처음 음악편지를 시작할 때는 이런 것을 기대하지도 않았고 목표로 삼지도 않았다. 평소 좋아하는 음악을 당시 유행하기 시작한 이메일을 통해 공유하고 싶었을 뿐이다. 그냥 보내기 그래서 약간의 사연을 더해 수필 형태의 편지를 쓰게 된 것이다.

 대부분의 음악은 상당히 추상적이다. 추상적인 것을 즐기는 데에는 일정한 한계가 따른다. 기억하기가 쉽지 않아 소위 '인식의 기쁨'을 방해한다. 그래서 일종의 '사연 만들기' 혹은 '추억 만들기'(QR코드 참조)를 했던 것이다.

처음 내 마음을 동하게 했던, 말하자면 음악편지를 시작하게 한 곡은 〈그 저녁 무렵부터 새벽이 오기까지〉이다. '겨울에 눈 덮인 설악산의 밤을 지내고 동트는 새벽을 맞는 아름다움'을 그린 해금 연주곡이다. 원래는 '음악과 시와 무용의 만남'을 주제로 한 무용음악 〈태양의 집〉의 한 부분인데, 곡의 완성도가 높아 독주곡으로 더 빛을 발하고 있는 작품이다. 신시사이저와 기타의 소편성 반주 위에 해금의 독특한 색깔과 선율이 조화를 이루고 있어 찰현악기의 매력을 만끽할 수 있게 해 준다.

때로 위안을 주기도 하는 이 처연한 아름다움의 음악을 혼자만 즐길 수는 없었다. 한국음악에 아예 등 돌리고 있는 우리 시대의 많은 이들에게 특히 들려주고 싶었다. 우리 음악에도 이처럼 심금을 울리는 곡들이 많이 있다. 제발 들어 보지도 않고 외면하거나 무시하지 마라, 외치고 싶었던 것이다.

그런데 그 반응이 기대 이상이었다. 음악편지를 본격적인 취미 영역으로 키워 가면 어떨까 욕심을 부려도 될 정도였다. 그래서 음악과 문학(글쓰기)의 창조적 혼용이라는 거창한 명분까지 만들어 내게 되었다.

그런데 길은 또 다른 길로 이어진다. 여기에 또 하나의 대의가 추가되게 된 것이다. 제대로 함께 하기 위한 홀로서기.

언제부턴가 마음에 품고 다니던 화두가 있었다. 화이부동和而不同. 화합하되 부화뇌동附和雷同하지는 않는다. 군자는 자기에게서 구하고(君子求諸己) 소인은 남에게서 구한다(小人求諸人).

남의 눈이나 평가에 연연하지 않고 오롯이 자신의 세계를 지켜 나가면서 남들과도 잘 어울리는 그런 삶을 꿈꿔 왔던 것이다.

지역학술운동, 지역문화운동, 동학농민혁명기념사업, 이바지장학사업 등 다양한 사회활동을 하면서 자연스럽게 여러 개의 직함을 갖게 되었다. 그런데 이런 직함들이 과연 나의 정체성을 보장해 주는 것인가 하는 의문이 혼자가 되면 으레 따라다닌다. 결국 언젠가는 이러한 것에서 벗어나게 될 텐데 그때 나에게 남는 것은 무엇일까? 이처럼 밖에서 주어지는 것 말고 스스로에게서 확인할 수 있는 가치 혹은 의미를 지닐 수 있어야 하지 않겠나?. 세상이 준 것이 아니라 내 스스로가 자부할 수 있는 그 어떤 것이 필요했던 것이다. 음악편지는 이런 홀로서기의 소망에 어느 정도 부응했고 그래서 지속해 나갈 수 있었다.

이를 더욱 부추긴 것은 이를 통해 매력적인 일들이 부수적으로 뒤따르게 되면서이다. 음악편지 수신자들을 대상으로 장학금을 모아 어려운 학생들을 격려할 수 있었으며 북한어린이돕기 모금운동도 추진하게 되었다. 2002년 동짓날에 시작하여 2020년까지 이어진 이 동지모금운동을 통하여 총 1억 7천여만 원을 모아 북한 어린이들에게 콩우유 원료를 제공해 준 것은 지금 생각해도 마음이 훈훈해지는 일이다. 그 덕에 북한을 네 차례나 다녀온 것도 귀한 성취의 선물로 기억하고 싶다.

제대로 홀로 설 수 있어야 제대로 함께할 수 있다. 아무리 정년 퇴임이라는 구실이 있다 해도 나름의 자기 정체성을 확인할 수 없었다면 이런 식의 당돌한 제안을 할 수 없었을 것이며 이렇게 많은 성원을 받지도 못했을 것이다. 황동규 시인의 말처럼 "때로는 우연에 기댈 때도 있다." 우연히 시작한 길이 또 다른 길들로 이어지며 115편의 음악 이야기라는 값진 성과로 이어진 것이다.

고민이 없지 않았다. 원고가 많다 보니 분류하기도 어렵고 한 권의 책으로 묶는 것도 쉽지 않게 되었다. 음악의 장르로 나누는 것도 여의치 않아 결국 사연의 내용에 따라 출판사 전문인들의 조언에 거의 전적으로 의존하여 5부로 분류하였다.

엉뚱한 청탁이었지만 필자들 나름 스스로의 삶을 뒤돌아보는 계기는 제공해 준 듯하다. 때로는 기억의 저 깊은 지층에 있던 것들, 생활을 핑계로 까마득히 묻어 두었던 것들을 떠올리기도 하고, 지금의 나를 있게 한 청춘 시절의 성장통, 그 고민과 번뇌를 새삼 되새기기도 했을 것이다. 어떤 이는 좋아하는 음악을 계기로 무슨 생각을 하며 살아왔던가, 그 여정의 철학을 정리해 보기도 했으며 애청곡, 애창곡에 얽힌 사연들을 떠올리며 아스라한 행복의 추억에 잠기기도 했다. 마지막 5부는 개인적 인연이 도드라진 글들로 제자, 친구 그리고 함께 일했던 동료들의 격려와 축하의 글들로 구성되어 있다.

　　그러고 보니 기대했던 것보다 훨씬 더 다양한 음악과 사연들이 한자리에 모였다. 더 즐거운 것은 이런 글들이 또 다른 추억 떠올리기의 계기를 마련해 줄 것이라는 점이다. 이를 접한 독자들은 자연스럽게 '내 인생의 음악'이 무엇인지 생각하게 될 것이고 그와 관련된 사연을 떠올리며 잠시나마 즐거운 추억에 젖을 수 있을 것이다. 꿈이 없으면 미래가 막연하고 추억이 없으면 과거가 먼지만 풀풀 날리는 사막이 된다. 미래에 대한 꿈을 제대로 꾸기 위해서라도 추억을 소중하게 정리하고 간직해 두어야 한다.

　　전대미문의 범세계적 재난 속에서 귀한 글을 보내 주신 114분의 필자 여러분께 다시 한 번 머리 숙여 감사드린다. 여러분의 성원에 힘입어 제2의 인생 멋지게 살아갈 것이다. 출판 관련 우여곡절 때문에 약속한 날짜에 책을 내지 못해 오랫동안 기다리게 한 점에 대해서도 아울러 사과 말씀 드린다.

　　여러 어려운 상황에도 불구하고 선뜻 책 출판을 맡아 주신 '걷는사람' 김성규 대표님과 편집진에게 고개 숙여 감사의 말씀 전한다. 출판 위기에 몰렸을 때 선뜻 해결해 준 박성우 시인, 글 대신 그림으로 참여해 준 여태명 화백에게는 특별 감사를 드린다.

　　아무쪼록 이 책이 재난의 시기에 많은 이들에게 큰 위안 줄 수 있기를 간절히 소망한다. 아울러 이를 계기로 '내 인생의 음악'은 물론 '내 인생의 미술' '내 인생의 시' '내 인생의 영화' '내 인생의 책' '내 인생의 여행' '내 인생의 스승' 등을 상기하며 우리들 삶을 차분하게 뒤돌아볼 수 있었으면 참 좋겠다. 책에 삽입된 큐알 코드를 통해 소중한 음악 감상하시면서!

2021년 2월

이종민

여태명 화백
한국현대서예문인화협회 이사
전라북도미술위원
원광대학교 미술대학 명예교수
동아미술상, 전라미술상

PART 2. 청춘의 번민이 키워준 마음의 노래 – 번민, 시대

PART 3. 음악, 내 인생의 철학자를 만나다 – 인생, 성찰, 사색

PART 4. 너의 이름이 어느새 나의 노래가 되어 – 위로, 그리움

PART 5. 그대 그리고 나 – 인연

PART 1.

어느 봄날, 기억의 지층에서 건져 올린 노래 – 추억, 사랑, 소회

비디오테이프와 '문 워크'

고형숙

한국화가, (사)문화연구창 기획팀장, 전주부채문화관 기획팀장. 전북대학교 한국화과 졸업, 홍익대학교 대학원 동양화과 졸업. 전북대학교 대학원 박사 수료. 문화연구창에서 운영하는 갤러리 탐방 프로그램 〈미술로창 잡담클럽〉을 2014년부터 현재까지 매주 수요일 운영하고 있다. 문화공간싹, 2012 아태축제, 문화공간 삼도헌 등에서 전시 기획자로 활동했으며, 현재는 한옥마을 전주부채문화관에서 전시 기획을 맡고 있다. 한국화 작가로 개인전 10회, 기획전 및 단체전 100여 회에 참여했다.

 마이클 잭슨 〈빌리 진〉

초등학교 2학년 어느 날 골목에서 놀고 있는 애들이 모두 한 집으로 모였다. 동네 오빠가 비디오를 보여 준다고 했다. 동네에 비디오가 있는 집은 그 오빠네 집뿐이었다. 내 인생에 처음으로 비디오라는 신문물을 접하게 된 것이다. 동네 아이들도 나도 비디오를 본다는 것에 신나서 들떠 있었다.

오빠네 집 거실 TV 아래 기계가 하나 있는데, 책같이 생긴 네모난 물건을 그 기계에 넣으니 화면이 나왔다. 아이들이 모두 신기하다고 소리를 질렀다. 그리고 외국 가수가 춤을 추는 영상이 나왔다. 그때 그 오빠가 보여 준 비디오가 마이클 잭슨의 뮤직비디오였다.

옹기종기 텔레비전을 응시하고 있는 아이들은 처음 접해 본 비디오라는 것도 신기하지만 멋진 흑인 가수가 춤을 추고 노래하는 모습에 푹 빠져서 정신없이 쳐다보던 기억이 난다.

몸에 딱 붙는 검은 슈트를 입고 반짝이 장갑을 양손에 끼고 모자를 눌러 쓴 사람…

저 사람은 누구지?

마이클 잭슨(Michael Jackson, 1958~2009)의 〈빌리 진Billie Jean〉 영상을 처음 본 순간이었다.

노래를 부르면서 무대를 이리저리 돌아다니면서 춤을 춘다. 발가락으로 다리를 세우기도 하고 다리를 이리저리 휘저으며 춤을 추다가 갑자기 미끄러지듯 뒤로 걸어가던 그 순간…

아, 마치 시간이 뒤로 가는 것 같아….

세상에 저렇게 춤을 잘 추는 사람이 있나?

나중에 알게 된 가사 내용은 다소 충격적이었다. 노래 속의 주인공은 매혹적인 빌리 진이라는 여성과 클럽에서 함께 춤을 추게 된다. 얼마 뒤 그녀가 아이를 데리고 와 당신의 아들이니깐 책임지라고 말한다. 이에 주인공이 "그녀와 사귀기도 했고 그녀가 아름다운 것도 사실이다. 하지만 그녀는 지금 거짓말을 하고 있다. 저 아이는 내 아이가 아니다!"라고 주장하는 내용이다.

하지만 이 지저분한 가사는 지금도 문제가 안 된다. 우리들에게 중요한 것은 그 묘한 춤과 리듬의 퍼포먼스다. 시각 장애를 가진 가수 스티브 원더(Stevie Wonder, 1950~)가 만약 세상을 볼 수 있다면 보고 싶은 첫 번째는 딸의 얼굴이고 두 번째는 '문워크Moonwalk'라고 했던 것처럼 그 시절 마이클 잭슨의 '문워크'는 세상에 신선한 충격이었다.

또 하나 신기했던 점은 무대에 서 있는 사람은 흑인인데 그 가수를 바라보는 관객들은 대부분이 백인들이라는 점이다. 신선했다. 저 사람이 그렇게 유명한 사람인가 싶은 생각을 했었다. 노래와 춤으로 저렇게 많은 사람들이 좋아하게 할 수 있구나 하는 생각이 들었었다.

같이 비디오를 보던 아이들은 처음에는 조용하다가 점차 신이 나서 알지도 못하는 그 노래를 흥얼거리며 골목에 모여 한참 그 춤을 따라 췄던 기억이 지금도 생생하다.

뒤로 뒤로 땅바닥을 발로 밀면서….

그때부터 나는 마이클 잭슨을 좋아했다. 얼마 지나지 않아 아빠가 LP플레이어를 처음 사왔을 때 아빠가 처음 사 준 LP판도 마이클 잭슨의《스릴러Thriller》앨범이었다. 그 노래를 틀어 놓고 영어는 무시하고 소리가 나는 대로 한글로 써서 따라 부르곤 했다.

마이클 잭슨은 말 그대로 팝의 황제로 불리는 미국 가수다. 작곡가, 음악 프로듀서, 무용가, 배우이자 자선가. 음악, 춤, 패션에 대한 혁신적 공헌으로 40년 넘게 대중문화의 세계적 아이콘으로 군림했다. 그의 돌풍은 여러 방면에서 엄청난 영향을 미쳤는데, 문화계를 비롯하여 전 세계의 뿌리 깊은 병폐로 남아 있던 인종차별로 인한 벽을 무너뜨리는 데에도 선구적 역할을 했다.

〈빌리 진〉은 마이클 잭슨을 상징하는 자작곡으로 1983년 연 7주간 1위를 기록하면서 마이클 잭슨 붐의 도화선이 되었다. 제목에 나오는 '빌리 진'의 유력한 후보로 한때 그와 염문을 뿌린 바 있는 여배우 브룩 실즈(Brooke Shields, 1965~)가 거론되면서 유명세를 더하기도 했지만 여전히 수수께끼로 남아 있다. 1984년 이 곡으로 마이클 잭슨은 그래미상에서 남자 R&B 가수상과 R&B 신곡상을 받았다.

요즘도 유튜브에서 마이클 잭슨의 〈빌리 진〉 최초 공개 영상을 가끔 찾아보곤 하는데 지금 봐도 멋있다. 그리고 그때 그 영상을 처음 봤던 추억에 젖곤 한다.

거실에 옹기종기 모여서 처음 비디오를 보게 돼서 설레던 아이들, 마이클 잭슨이 '문 워크'를 하던 그 순간의 충격, 그리고 골목에서 춤을 추고 놀던 모습들….

그때 그 골목에 모여서 마이클 잭슨의 〈빌리 진〉을 부르며 '문 워크'를 따라 했던 아이들은 어디서 무얼 하고 있을까? 새삼 그 시절이 그리워진다.

내 마음의 야상곡

권혜경 〈동심초〉

곽재환

대전에서 태어나 건축그룹 칸(間)을 운영하며 대표작으로 '평화의 문'과 '은평구립도서관'이 있다. 건축문화학교장을 지낸 후 몇 번의 그림 전시회를 열었고, 박남준, 인디언수니와 함께 유랑단을 결성해 전국 각처의 시인 묵객들과 호연지기를 나누며 산다. 풍문에 영문을 전공한 시인이 영문은 접고 영문학자 이종민을 흠모한다 하니, 영문도 모른 채 함자만 알고 지내다 고산 〈유랑유랑콘서트〉에서 이 교수가 빚은 '화양연가'의 주향에 취한 후론 바람에 꽃잎 날리는 나무 아래에서 벗과 밤새 술독을 비우는 복을 누리며 산다.

어릴 적 내가 살던 정동 집은 대전역 근처의 비좁은 골목길 안에 있었다. 좁다란 골목에는 낡은 집들이 기울어진 채 다닥다닥 붙어 있었고, 허름한 판자 울타리로 옹색한 살림들을 겨우 가리고 있었다. 그 퇴락한 골목길을 벗어나면 먼지가 폴폴 날리는 신작로로 자전거와 우마차가 무시로 다녔으며 천변 둑길엔 전쟁의 잔해인 양 누더기 판자집이 듬성듬성 위태롭게 걸쳐 있었다.

그 먼지 낀 잿빛 골목에서 소꿉놀이하던 어린 시절, 동네 꼬마들은 딱지와 다마치기, 재기차기와 줄넘기 외엔 별다른 오락거리가 없었다. 뛰어놀 만한 놀이터는 물론 만화책조차 변변치 않던 때였다. 그런데 다행스럽게도 여러 컷의 그림이 들어 있는 상자를 지게에 지고 이 동네 저 동네 옮겨 다니며 무성영화의 변사처럼 그림을 해설해 주던 이야기꾼이 있었다. 그는 가끔 우리 동네에 찾아오곤 했는데, 동네에 출몰할 땐 아이들이 호기심 어린 눈으로 바라보며 그의 주변으로 옹기종기 모여 앉았다. 그때서야 그는 아이들로부터 코 묻은 돈을 받고 그림을 한 장씩 넘겨 가며 이야기를 구성지게 풀어놓았는데, 우리는 그가 들려주는 이야기와 그림에 푹 빠져서 시간 가는 줄도 몰랐다. 이윽고 이야기가 끝나고, 골목길에서 그가 사라졌는데도 그날 들었던 이야기와 그림이 머릿속에서 내내 아른거렸다. 지금 생각해 보니, 그 그림 이야기꾼은 아이들에게 꿈을 심어 준 산타였다.

그 동화 같던 시절, 우리에게 보릿고개라는 말이 있었다. 춘궁기를 넘기기가 어려워 생긴 말로 그만큼 척박하고 다들 궁핍했던 때였지만, 그 어려운 중에도 흥이 좋으셨던 어머니는 어린 내 손을 잡고 집 가까이에 있던 아담한 서구풍의 중도극장에 날 데려가곤 하셨다. 그래서 가끔 나는 당시 인기 있던 여성국극과 흑백영화를 볼 수 있었다.

그림 이야기꾼이 있었던 그 시절에 화면이 움직이며 소리가 나오는 흑백영화라니, 어린 눈에 얼마나 흥미롭고 신기했겠는가! 칭얼거리며 따라갔다가 내용도 모르면서 넋 놓고 봤던 기억이 난다. 그것이 벌써 60여 년 전의 일이다. 이제 그때 보았던 영화의 줄거리와 장면들은 까마득히 잊혔지만, 아직도 영화 제목만은 기억에 남아 있는 것이 있다. 최은희와 김진규 주연의 〈동심초〉와 김지미, 최무룡 주연의 〈카츄사〉다.

두 편 모두 그 시대의 애련을 담고 있는 영화인데, 그중 〈동심초〉의 주제가는 평생 독신으로 살았던 비련의 여가수 권혜경이 불렀다. 작고 어린 귀에도 축음기에서 흘러나오는 그 애틋한 음성이 좋았던지, 대전중학교를 졸업할 때까지 그 노래를 들을 때마다 흥얼거리며 따라 불렀다.

그러다 5년제 대전공전에 진학했다. 예정되어 있던 대전고등학교를 가정 형편상 포기하고 화가의 꿈도 접게 됐다. 정든 학우들과 갑자기 헤어졌다는 소외감으로 우울해 있던 그 어느 날 매부리코와 날카로운 눈매를 지닌 박길룡이란 친구가 등장했다. 이 친구가 학교 뒷동산에서 〈동심초〉를 부르는데 불량기가 있어 보이는 겉모습과 달리 어찌나 처연하게 잘 부르던지!

"야, 이 새끼야."

"왜 이렇게 슬프게 부르고 지랄이야 새끼야."

"너 실연당했나?"

단번에 그 친구에게 반해서 그 뒤로 틈만 나면 학교 뒷동산에 올라가 친구가 불러 주는 〈동심초〉를 풀밭에 누워 들었다. 처절한 친구의 목소리는 저 멀리 허공으로 사라지고 흰 구름은 하염없이 어디론가 흘러갔다.

"꽃잎은 하염없이 바람에 지고 만날 날은 아득타 기약이 없네…."

그 시절 그 노래가 왜 그리 멜랑콜리하게 내 가슴에 와닿았던지, 노래에 홀려 멍하니 하늘만 바라보다 어느새 노을이 지고, 어스름이 내리고서야 대동천 둑길을 천천히 걸어 집으로 돌아오곤 했다.

그러던 어느 늦가을, 여느 때처럼 빈 들녘의 둑길을 걷고 있는데, 왠지 모를 적막감이 쓰나미처럼 밀려와 둑길 중간에 있던 허름한 주막에서 그 친구와 처음으로 찌그러진 양푼 잔으로 막걸리를 마시고 취했다. 그 후 친구와 종종 그 주막에서 술을 마시다가 취기가 오르면 함께 〈동심초〉를 부르고 또 불렀다.

그렇게 해를 넘기며 둑길을 걸었는데, 나보다 나이가 두 살이나 더 많았던 친구는 결국 학업을 더 이상 지속하지 못한 채 무슨 연유인지 떠나 버렸고, 그즈음 나에게는 아버지가 중풍으로 쓰러지셔서 집안에 큰 우환이 생겼다. 갑자기 닥친 절박한 가정사로 인해 나의 미래를 심각하게 고민하게 됐는데 그렇게 〈동심초〉는 친구와 함께 서서히 내게서 멀어져 갔다.

그리고 몇 년 뒤 영남대학교를 졸업한 후, 대전에서 건축설계사무소에 근무하게 되었는데 뜻밖에도 〈동심초〉를 부른 가수 권혜경이 근무하던 사무실 소장님의 이모라는 것이 아닌가! 그동안 잊고 지냈던 〈동심초〉가 그렇게 우연히 다시 내 곁으로 찾아온 것이다. 그 후 조카 사무실을 방문한 그녀를 직접 만나 볼 수 있었다.

당시 그녀의 나이 사십 대였는데 어느덧 그녀의 모습에서 청순함은 찾아볼 수 없었고 덧없는 세월의 그늘만 보였다.

노래 가사 때문에 그렇게 보였던 것일까?

〈동심초〉는 원래 당나라의 여류 시인 설도薛濤가 쓴 춘망사春望詞 4수 중 3수를 소월의 스승으로 알려진 김억이 번역하고 김성태가 작곡한 가곡이다. 설도가 쓴 시 원문 3수를 나름대로 번역해 보니, 역시 헤어진 님을 그리워하는 정한이 그윽하다.

風花日將老　꽃잎은 나날이 바람에 지고
佳期猶渺渺　만날 날 아득히 기약이 없네
不結同心人　그대와 한마음 맺을 길 없어
空結同心草　덧없이 풀잎만 맺으려 하네

설도는 당대의 문호들과 교류했지만 나이와 신분 차이를 극복하지 못하고 끝내 이룰 수 없는 사랑을 그리워하며 홀로 살다 떠났다.

권혜경(1931~2008)은 명문가에서 태어나 히트곡 〈산장의 여인〉으로 인기 가수가 됐지만 병마에 시달리다 자신의 노래 가사처럼 홀로 생을 마감했다.

이 시와 노래에 무슨 애달픈 주문이라도 걸려 있는 걸까? 목련나무 아래에 앉아 청초하게 핀 하얀 목련꽃을 바라보니 두 여인의 애처로운 삶이 떠올랐다. 바람에 떨어져 시든 꽃잎이 마치 두 여인의 못다 한 사랑과 삶과도 같아 안타깝다는 생각이 든다.

그 시절 다가온 〈동심초〉는 나에게 무엇이었나? 노래에 얽혀 있는 내 기억 속의 풍경과 사람들은 이미 모두 사라진 지 오래이다. 하지만 어김없이 다시 돌아오는 봄처럼 나는 아직도 이 노래를 들으면 어린 시절의 그 잿빛 골목길과 기차가 산모퉁이를 돌던 그 뒷동산과 학교가 떠오른다. 그리고 주막이 있는 그 둑길을 하염없이 걷고 있는 내가 보인다.

동심초同心草는 이렇게 나의 철모르던 동심과 청순한 학창 시절의 청정한 꿈을 담고 있는 내 마음의 야상곡이자 내 인생의 동심초童心草다.

평생의 벗과
함께 부르고 싶은 노래

 서유석 〈구름 나그네〉

김관수

전북 고창 출신. 전북대학교 법학박사. 일본 문부성 초청으로 나고야대학에서 연수를 마치고 아이치교육대학을 졸업했다. 전주대학교 법학과 겸임교수를 역임했으며 현재 사회복지법인 혜산외 대표이사로 엠마오사랑병원 이사장을 겸하고 있다. 이종민 교수와는 오랜 친구로 천년전주사랑모임, 여택회 등을 통해 교류하고 있다.

오늘도 가슴 한쪽이 무거워짐을 느낀다. 어디로 가는 것이 좋을지 잘 몰라서 언제나처럼 고개를 들어 하늘을 향한다. 거기에는 늘 기다리고 있었던 것처럼 변함없는 한 무리의 구름 조각이 있다.

오늘 서재 창문 밖으로 보이는 구름은 완산칠봉의 일봉과 이봉의 정상 부위를 가슴에 안고 삼봉과 사봉 오봉을 발로 지그시 누르고 있다. 나머지 봉우리들에게는 나와 함께할 수 있는 기회를 허하면서.

그러나 나는 드러난 산은 보지 않고 그 위에 무심한 듯 걸터앉은 구름을 향해 한 눈금씩 위로 파고들어 그 구름 너머 있을 것 같은 무언가를 향해 마음을 열어 본다.

거기에는 흐르는 것 같기도 하고 멈추어 선 듯 하기도 한 또 한무리의 구름들이 어디로 가는 줄도 모르는 채 떠 있다. 어제를 지나고 내일을 염려하며 오늘에 멈추어 선 내 모습처럼 가다 말고 돌아서서 아쉬운 듯 무심한 듯 나를 바라보고 있는 것이다.

당시에는 최선이라 여기며 이 길밖에 다른 방법이 없다고 확신하며 내디딘 행보였는데 이제와 돌아보니 얼마나 생각이 부족했던가, 차라리 주저하며 되돌아볼 걸 하는 생각이 들기도 한다.

순간 저 구름은 아무런 생각도 없는 것 같은데 왜 나의 눈두덩만 괜스레 무거워지는 걸까 하는 생각이 스쳐 지나간다. 흐르는 세월 따라 아쉬운 듯 서글픈 듯 망설이고 주저하며 살아온 자신의 삶이 저 구름 너머 보이는 것 같다.

그러나 아무리 아쉬워도 그대로가 나의 지나온 길이었음을 인정하고 받아들이자. 그것만이 또한 발짝 남은 나의 갈 길을 마무리 지어 가는 부족한 자의 걸음걸이임에 틀림없을 것이다. 스스로를 위로하며 나오려는 눈물을 감추려 고개를 들어 다시 한 번 하늘을 본다.

그래 아쉬운 것은 아쉬운 대로 등에 지고 또 한 걸음 나아가야지. 가다 보면 바람결도 느껴지며 지저귀는 수많은 새들의 노래 소리도 들을 수 있겠지. 멈추어 기다려 보는 것도 쉼의 여유를 가져올 수 있겠지만 또 한 발짝씩 나아갈 때 나아간 만큼의 추억들이 만들어질 거야.

　그저 한번이 아닌 일상화되어 버린 반복되는 주저함 속에서 조금의 위로라도 찾아보려는 듯 주변을 둘러볼 때 눈에 띠는 한사람, 그를 가만히 바라보며 나는 기쁨과 위로를 받는다.

　주변의 귀한 사람들을 찾고 돌보며 소중히 여기는 사람,

　쉼 없이 그들과 함께 할 수 있는 기회를 만들어 가는 사람,

　지금 내가 숨 쉬는 이 고장의 숨은 가치를 찾고 고양시키며 미래적 지향점을 위해 고민하는 사람,

　가족의 소중함을 알고 자연의 위로를 몸소 느끼고 즐기는 사람,

　그러면서도 때로는 아쉬워하며 한잔 술에 위로를 받는 사람,

　그러다가 취하면 술자리 한켠에서 조용히 잠이 들었다가 깨어나면 배시시 웃는 사람.

　나 그 친구와 할 수만 있다면 자주 함께하며 어깨동무하고 내가 좋아하는 서유석의 〈구름 나그네〉를 큰소리로 부르고 싶다.

　가다 말다 돌아서서 아쉬운 듯 바라본다
　미련 없이 후회 없이 남자답게 길을 간다
　눈물을 감추려고 하늘을 보니
　정처 없는 구름 나그네
　어디로 가는 걸까 아무 말도 하지 않고
　부는 바람 새소리에 고개 넘어 님 찾으러

　눈물을 감추려고 하늘을 보니
　정처 없는 구름 나그네
　어디로 가는 걸까 아무 말도 하지 않고
　부는 바람 새소리에 고개 넘어 님 찾으러
　가다 말다 돌아서서 아쉬운 듯 바라본다
　미련 없이 후회 없이 남자답게 길을 간다

화음, 그 생명의 잔치

김광원

1956년 전주 출생, 1994년 월간《시문학》우수작품상으로 등단하였으며, 시집으로『슬픈 눈짓』『옥수수는 알을 낳는다』『패랭이꽃』(양장시조)『대장도 폐가』를, 저서로『만해의 시와 십현담주해』『님의 침묵과 선의 세계』를 발간함. 제1회 전주세계소리축제 기념 단가 공모에서〈민초가〉최우수상, 군산문학상 및 소태산문학상 수상

〈꽃다지합창〉

세상에 홀로 이루어지는 일이 있을까. 모든 일은 엮어져서 진행되고, 결과는 그렇게 해서 만들어진다. 내 삼십여 년 국어 교사 생활도 그러했다. 남을 즐겁게 하는 재주도 없고, 또 그런 일에 별 관심을 갖지 않고 수행해 온 교직 생활이었지만, 내 수업에도 음악이 수업의 주요 도구로 활용된 때가 있었다.

한 학급 삼십여 명의 여고생들이 모든 동작을 멈추고 바른 자세를 유지한 채 명상 음악과 하나 되어 고요히 단전호흡을 하는 모습은 얼마나 멋진 일인가. 준비된 카세트에 음악 시디나 테이프를 끼우고, 음악이 나오면서 수업 시 항상 소지하고 다니는 죽비를 탁 치면 모든 학생들은 눈을 감고 3분 정도의 명상을 하게 된다.

음악과 함께 시작하는 명상은 내 수업의 도입부였던 셈이다. 간혹 자세와 표정에서 흐트러진 모습을 보이는 경우도 있으나, 학생들은 흘러나오는 음악과 명상 호흡의 의미를 잘 알기에 교사의 의도에 잘 따라왔다. 덕분에 나도 명상 음악을 구하기 위해 시내에 나가기도 하고, 인터넷을 통해 명상 음악도 고르고 그런 일들을 해야 했다.

이런 수업이 있기까지는 자못 이력이 길다. 1983년 3월, 전남의 해남군 바닷가에 있는 영명중학교로 첫 발령을 받아 꿈결처럼 일 년을 보냈다. 겨울방학 때 결혼을 하게 되면서 그곳에서 퇴직하고 나올 무렵 우연히 열차 안에서 해남의 한 학교에서 근무하는 미술 교사를 만났다. 그 선생님은 수업을 토의 수업으로 진행한다면서 학생들도 활기 있고 재밌어 한다는 것이었다. 그런 모델을 국어 시간에는 어떻게 진행할 수 있을까 모색하다가, 두 번째 학교인 익산의 원광여종고에서부터는 그 미술 교사처럼 수업을 토의 수업으로 진행하게 되었다.

처음 시도하면서 학생들에게 토의 수업의 장단점을 제시하였는데 장점 거리가 훨씬 많게 나

왔다. 토의 수업은 다소 산만하게 진행되는 것 같으나 학생들로 하여금 활기가 넘치게 만든다. 수업 도중에 학생들이 잠시 딴짓을 할 수 있는 것도 장점 중의 하나가 아니냐 하며 제시하던 일도 떠오른다. 토의 수업에서는 교사는 반드시 수업 중 제시해야 할 질문 문항을 만들어 가야 하며, 토의를 마치면 각 조의 지명받은 학생은 칠판에 나와 토의 결과를 제시하거나, 구두로 발표하게 된다.

익산에서 4년 근무하고 전주중앙여고로 옮기면서는 이런 수업에 한 가지 더 붙어난 게 있다. 명상 호흡이다. 30대 중반, 대학교 은사님의 추천을 받아 단전호흡을 배울 기회를 얻게 되었는데, 이는 내 삶의 방식에서 지대한 영향을 주게 된다. 몇 달간 배웠지만, 이 체험은 내 삶에 많은 변화를 가져왔다. 이 좋은 걸 학생들에게 전달해 보자 하여 이후 학교 동아리 부서에 단전호흡반도 만들고, 내 수업 형태에도 적용하게 된 것이다.

매년 첫 수업에는 6명 1조 단위로 하여 책상을 서로 마주하는 형태로 만들어 준다. 토의 수업을 하는 일 년 내내 '3분 명상'의 시간을 갖기 위해서는 그에 맞는 동기부여가 필요했다. 이런 학습이 대학 진학을 목표로 하는 인문계 학생들에게 결코 불리하지 않으며, 오히려 유리하게 작용한다는 것을 설득해야 한다. 그래서 긴장 상태로 만나는 첫 수업에서는 각 반에서 운기체련 몇 동작을 알려 주고, 직접 손바닥을 통한 기 체험도 하게 하고, 여기에 명상 음악까지 들려준다. 그런 절차를 거치고 나면 학생들은 처음 경험하는 수업 형태에 신기해하며 대체로 충분한 호감을 갖게 된다.

"큰 인물들치고 명상을 하지 않은 사람이 없다, 정신적 스트레스를 엄청 받으며 살아가는 현대인들에게는 특히 명상이 필요하다, 명상을 하는 민족은 미래가 밝다"는 등의 설명도 빠지지 않는다. 손바닥 사이의 기 흐름의 변화를 통해 '일체유심조'까지 거론하면 그건 첫 수업의 절정이다. 호흡 요령은 아주 간단하게 정리했다. "편안하고 자연스럽고 규칙적으로" 한동안 명상 호흡만으로 진행하다 '3분 명상'의 효과를 제고하기 위해 떠올린 것이 명상 음악이다.

명상 음악과 더불어 진행되는 수업의 도입부 '3분 명상'은 실로 놀라운 장면을 연출하게 된다. 경쟁 교육에 지쳐 있는 학생들은 매시간 바뀌며 들려오는 기묘한 음악 속에 잠시나마 빠져들게 된다. 긴 시간을 들려주는 게 아니기에 교사는 미리 들어 보고 시디 속의 적절한 곡을 선별해야 한다. 또한 긴 시간 끌어갈 수는 없고 적절한 시간에 죽비를 쳐야 한다. 수면 부족으로 졸거나 무심코 앉아 있다가 죽비 소리가 크게 '딱'하고 들려오면 꼭 몇 명씩은 화들짝 놀라 깨어난다.

여학생들이라 남학생들보다 음악에 대한 감수성이 높았을 것이다. 감동적으로 들려온 명상 음악에 관심을 갖고 해당 시디를 복사하려는 학생들도 있고, 고요한 가운데 들려오는 벅찬 감동을 이기지 못하고 울음을 터뜨리는 경우도 있었다. 손에 쥐어지지 않고 눈으로 볼 수 없는 세계이지만, 공명의 파장으로 들려오는 음악은 우리의 영혼까지 흔들어 놓는 에너지를 지니고 있다. 그렇다고 명상 음악이라고 해서 이것이다 하고 따로 정해진 건 아니다. 학생들로 하여금 3분 정도 고요히 집중하게 할 수 있다면 얼마든지 활용 가능하다.

초기에는 규칙적으로 떨어지는 물방울 소리도 활용했고, 김도향 가수가 긴 세월 공들여 만든 '김도향의 명상 음악' 시리즈의 테이프도 많이 들려주었다. 시디가 보급되면서 좀 더 다양해졌다. 만트라 명상 치유 앨범 시리즈로 전 세계의 커다란 반향을 일으킨 '싱 카우르'의 〈신의 사랑의 노래〉, 전주 경기전에서 직접 공연하기도 했던 '나왕 케촉'의 대금소리와 '카를로스 나카이'의 플루트 연주, 불교적 명상의 세계를 담고 있는 선禪 시리즈의 시디 등 학생들에게 들려줄 수 있는 자료가 제법 모이게 되었다. 악기 소리도 좋지만, 간절하게 심금을 울리며 다가오는 것으로 사람의 목소리만 한 게 어디 또 있을까. 또한 학생들은 빈소년합창단의 순수하고 맑은 화음에도 높은 호감도의 반응을 보였다.

토의 수업, 단전호흡, 명상 음악 감상 등 내 수업 시간은 학생들에게 다소 낯선 경험을 제공한 셈이다. 학생들의 이러한 학습 체험은 분명 다양한 활동의 하나로 기억될 것이다. 학습한 내용은 기억으로 남는 게 거의 없을지라도, 여럿이 모여서 자기 생각을 제시하며 학습한 경험이며, 매 수업 시간마다 행해진 명상 호흡, 깊은 내면을 깨우며 들려오던 명상 음악 감상 체험은 학생들 각자의 잠재의식 속에 나름대로 잊히지 않고 새겨져 있을 것이다.

그런 형태의 수업을 모색하고 변형시켜 가면서 오랜 시간 추구한 교사의 교육목표는 간단했다. '민주 시민'의 육성이다. 어디에 가서든 당당하게 이 땅의 주인이 되어 살아갈 수 있는 소양을 함양시키는 일이 학생을 향한 내 교육 활동의 근본적 목표였다 할 수 있다. 교직 생활 초기부터 퇴직 시까지 실수도 많았고, 학생들에게 얼마나 너그러운 애정을 베풀며 실천해 왔나 생각하면 후회감도 크다. 카세트를 챙겨 가면서 학생들과 함께해 온 명상 음악 활동은 그런 내 자괴감을 다소 누그러뜨리는 요인으로 작용하는지도 모르겠다. 어쩌다 그때의 명상 음악을 들어 보면 밀려오는 감회의 밀도가 그때나 지금이나 한결같다.

내 교직 생활에서 음악과 관련한 활동으로 잊을 수 없는 게 하나 또 있다. 내 세 번째 근무지이자 퇴직처인 전주중앙여고의 찬가 〈꽃다지 합창〉을 작사한 사실이다. 당시 음악 선생님의 제안으로 이루어진 것이다. 지금 생각해도 그 가사의 내용은 재미있다.

이 세상에 그냥 풀들 어디 있나요. 알고 보면 이름마다 재미있어라

개구리발톱에 쥐꼬리망초 미꾸리낚시에 알록제비꽃

금꿩다리 은꿩다리 너도바람꽃 꽃다지 얼레지 둥굴레 뚱딴지

모두 모여 우랄랄라 고운 얼굴들 랄랄라 우랄랄라 우우랄랄라

아중골 푸른 하늘 맑은 꿈 꾸자 중앙여고 이 숲속에 우정을 열자

이 세상에 그냥 새들 어디 있나요. 알고 보면 모양 색깔 다들 새로워

삑삑도요 홍방울새 호랑지빠귀 유리딱새 말똥가리 뜸부기사촌

비오리 물수리 고니 조롱이 따옥따옥 소쩍소쩍 쇠찌르레기

모두 모여 우랄랄라 고운 소리들 랄랄라 우랄랄라 우우랄랄라

아중골 푸른 하늘 멋지게 날자 중앙여고 이 숲속에 사랑을 열자

이 찬가는 매년 합창 대회 때 지정곡으로 불리었다. 1절의 꽃 이름과 2절의 새 이름은 랩으로 부르게 되는데, 이 부분에서는 각 반마다 다양하고 기발한 율동이 추가되어 부르는 사람이나 듣는 사람이나 신이 나게 만든다. 이 노래의 갖가지 꽃과 새의 이름들은 학생들 각자의 개성을 내포한다. 각자 신나게 춤추고 노래하면서 하나의 큰 울림을 이룬다는 뜻으로 이해되면 족할 것이다.

요즘은 다소 늦은 나이임에도 클래식의 매력에 빠져 있다. 클래식에 해박한 한 전문가께서 단톡방을 통해 각 음악에 담겨 있는 사연과 함께 몇 곡씩의 음악을 보내오기 때문이다. 나의 아내는 죽기 전에 들어 봐야 할 음악들이라면서 지금이라도 클래식의 묘미를 알아 가는 나를 다행으로 여긴다. 섬세하고, 생명력 넘치고, 내면의 깊은 잠재의식을 깨우며 다가오는 그 음의 세계는 우리들 삶을 귀하게 끌어올린다.

지구는 태양의 주변을 초당 30만km의 속도로 돌고 있다. 엄청난 굉음을 울리며 돌아도 우리 인간의 귀에는 들리지 않는다. '나'를 중심으로 한 세계 속에서 가장 큰 지구의 울림 소리가 무음이라니! 그래서 '침묵'은 가장 큰 화음을 품고 있는 큰 그릇이 아닐까 생각하게 한다. 세상의 그 어떤 아름다움을 지닌 화음이라도 그 모태는 텅 비어 있는 '절대 고요'의 세계라 할 수 있을 것이다. 그러나 이를 배경으로 하여 일어나는 어떤 소리도 홀로 만들어지지 않는다. 세계 내 모든 화음은 항상 부지기수로 엮어져서 생명의 잔치로 울려 나온다. 그래서 화음이다.

인생, 그 쓸쓸함을 알려 준 노래

김선경

전북대학교 국문학과를 졸업하고 전북청년문학회 활동을 하면서 소설을 썼다. 이종민 교수가 편집위원으로 있던 《문화저널》 사무실을 들락거리면서 90년대 초반 치열했던 지역 문화 운동 현장에 발을 담갔다. 전북작가회의 간사, 문화저널 객원기자 및 편집위원으로 오랫동안 활동했다. 방송작가 일을 하다가 지금은 관공서에서 홍보마케팅 업무를 맡고 있다.

윤정하 〈찬비〉

나는 언제나 좀 늦된 아이였다. 무언가 일이 벌어지고 나면 한참 후에야 그 의미가 새겨졌다. 그것도 명징하지 않고 어렴풋한 경우가 많았다. 모른다는 것을 들키지 않기 위해 어쩔 수 없이 거짓말이 늘었다. 거짓말을 더 이상 감당할 수 없다고 느낀 건 초등학교 졸업 무렵이었다. 나는 내 인생이 글렀다고 생각했다. 살아온 전 인생을 삭제하고 다시 시작하고 싶었다. 거짓말로 점철된 나의 과거를 용서할 수 없었다. 깨끗한 백지 위에 새로운 인생을 그리고 싶었다. 그러나 그런 일은 있을 수 없었다. 자신의 흠결을 평생 안고 가는 것이 인생이라는 것을 어렴풋이 알았기에 내 앞에 놓인 생이 무겁기만 했다.

나는 거짓말에 익숙했기 때문에 소설가(라는 직업을 알지 못했기에 그냥 글을 쓰는 작가)가 되길 원했다. 머릿속에는 언제나 백 가지쯤의 거짓말이 들어 있었다. 하지만 그것이 스스로 노력하여 터득한 기술은 아니었다. 아버지가 아주 거짓말을 잘했기 때문이다. 아버지는 마을 사람들의 진정서를 대필하는 일을 자주 했는데 대부분이 거짓말이었지만 효과가 있었다. 아버지는 자신의 감정에 충실하고 상대방의 마음을 읽지 못하는 사람이었는데(대부분의 아버지들이 그렇듯이) 돌아가신 후에도 나는 아버지를 아주 조금밖에 알지 못한다는 생각이 들었다. 삶이란 게 그렇다. 가족이라고 해도 결코 전모를 알 수는 없다.

어머니는 내게 자주 속았는데 어머니의 성품이 단순하고 쾌활하기 때문이었다. 나는 초등학교에 들어갈 무렵에도 거짓말을 쳤는데(하는 것보다 조금 수위가 높은 것이 '치는' 것이다) 그때는 가슴이 아주 조금은 두근거렸다. 꽃샘추위가 매섭게 이어지던 날들이었다. 1974년에 나는 일곱 살이었지만 어쩐 일인지 대부분의 동네 친구들은 여덟 살이거나 아홉 살이었다. 그 애들이 학교 간다고 자랑을 할 때부터 나는 외롭고 작아졌다. 그 애들은 나를 끼워 주지 않았다. 그들이 나를 버리고 다른 세상으로 갈 준비를 하는 것 같았다. 나는 밤새워 궁리를 했다. 그리고 다음 날, 뒤를 밟듯이 친구들을 따라 학교로 갔다. 어딘가 모르게 마음 한편이 편치 않았으므로 어머니에게는 말을 하지 않았다. 말을 하지 않은 것도 거짓말이라는 것을 지금은 안다.

동네에서 학교까지는 시오리였다. 버스는 구경도 해 본 적이 없었다. 굽이굽이 두 개의 고개를 넘어 휘어지는 기찻길을 따라 걷다가 다시 신작로(아직 포장도 안 된 흙길이었다)를 올라타고 1시간 남짓 걸어야 하는 길이었다. 만 다섯 살(생일이 음력 8월이었으므로) 아이가 혼자 걷기에는 턱없이 멀고도 험한 길이었다. 얼마나 추웠는지는 기억나지 않는다. 당시 나는 한 치 앞의 미래도 알 수 없는 처지였다. 입학생 명단에 없었으므로 나의 이름은 호명되지 않았다. 나는 그저 운동장 한가운데 멍하니 서 있었다. 처음 보는 낯선 선생님 앞에서 무슨 거짓말을 해야 할지 조금은 막막했다. 엄마는 바빠서 못 오셨다고(그때는 한쪽 가슴에 손수건을 차고 엄마 손을 잡고 입학식을 했다) 하고는 막연히 선생님만 바라보았다.

그때 어머니가 바람처럼 나타났다. 하이고 이 가시내가 혼자서 둥둥바구재를 넘어 가드란 말을 듣고… 학교로 쫓아온 것이다. 나를 달래고 얼러서 집으로 데려가려 했지만 나는 팔려 가기 싫은 황소처럼 버텼다. 어머니는 제법 수완이 좋아서 반나절 만에 나를 1학년 4반에 배정시켰다. 그러나 친구들이 모두 2반이었으므로 나는 4반을 단호히 거부하고 2반으로 보내 달라고 다시 버티었다. 어머니는 나를 죽일 수 있다면 죽이거나, 아니면 버리고 싶었을 것이다. 결국 나는 2반이 되었다. 내 거짓말과 고집에 어머니의 속은 항상 너덜너덜했지만, 다행히 어머니는 단순하고 쾌활한 성격이었다. 그렇게 매번 나한테 지는 것이 어머니의 대부분의 일이었다.

6학년이 되어 주산 학원에 다닌 것은 순전히 아버지 탓이었다. 아버지는 내가 인생을 허송세월하는 것이 틀림없다고 생각했다. 주산이 뭔지는 몰랐지만 버스를 타고 도시에 나가는 것은 좋았다. 팔랑거리는 내 앞에서 담임 선생님은 '너 같은 애가 왜 주산을?' 하는 표정을 지었다. 그도 그럴 것이 나는 숫자가 두 개 이상 연속되고 그것을 연결하려 하면 머리가 아픈 사람이었다. 숫자는 오롯이 독립적인 존재이기를 바랐다. 왜 굳이 서로 연결해서 더하거나 빼야 하는가. 그것도 모자라 곱하거나 나눠야 하는가. 나로서는 그 행위 자체가 불가해했다. 내가 수학적 감수성이 전혀 없다는 것을 선생님도 알았다. 그러나 아버지는 나의 감수성이나 적성 따위에는 관심이 없었다. 여자는 최대한 빨리 학업을 마치고 회사 경리로 취직하는 것이 바람직한 인생이라고 생각하는 편이었다.

"이 원이요, 팔 원이요, 삼십구 원이요, 팔십팔 원이요, 빼기 십칠 원은?" 주산 학원 선생은 묘한 리듬 위에 숫자를 얹혀서 불러 댔는데 은근 중독성이 있었다. 주판알을 튕기다가 고개를 들어 보면 어느덧 캄캄한 밤이었다.

　주산반 옆방은 미용반이었다. 기숙사까지 딸린 미용반은 파리한 얼굴을 한 언니들로 조용히 붐볐다. 언니들은 마네킹에 가발을 씌워 놓고 가위로 커트를 하거나 뜨거운 쇠젓가락으로 머리카락을 말았다. 오래된 단층 건물인 미용·주산 부기 학원은 늘 삭막하고 어둡고 쓸쓸했다. 인생을 어딘가에 저당 잡힌 사람들이 모여 있는 것 같았다. 어느 날 저녁, 미용반 언니들 방에서 높고 가느다랗고 쓸쓸한 노랫소리가 흘러나왔다.

　　거리에 찬바람 불어오더니
　　한 잎 두 잎 낙엽이 지고
　　내 사랑 먼 길을 떠난다기에
　　가라 가라 아주 가라 했네
　　갈 사람 가야지 잊을 건 잊어야지
　　찬비야 내려라 밤을 새워 내려라
　　그래도 너만은 잊을 수 없다
　　너무너무 사랑했었다

　나는 화장실에 다녀오다가 처마 밑에서 비를 그으며 그 노래를 들었다. 고요한 가을비였다. 슬레이트 지붕 처마로 빗물이 뚝뚝 떨어졌다. 어쩐 일인지 나는 꼼짝을 할 수 없었다. 숨이 멎을 만큼의 쓸쓸함이 닥쳐왔다. 사람은 천천히 조금씩 변하는 게 아니라 어느 순간 이전과는 다른 사람이 되어 버린다. 〈찬비〉를 듣고 난 후의 내가 그랬다. 말하자면 인생을 다 알아 버린 기분이었다. 이 쓸쓸한 세상에 오직 나 홀로 서 있는 듯한 기분이었고 앞으로 내내 인생이 그러할 것이라는 예감이 들었다. 초등학교 6학년 가을에서 겨울로 넘어가던 무렵이었고 나는 내 인생의 한 시기가 끝났다는 생각에 서글퍼졌다. 더 이상 이렇게 살면 안 되겠다는 생각이 들었고, 중학교는 가서 뭐 하나 싶었다. 사춘기의 시작이었다.

심지다방의 추억

 송창식 〈밤눈〉

김완준

단국대학교 대학원 문예창작학과에서 공부했으며 1986년 매일신문 신춘문예에 시가 당선되었다. 살림출판사 기획실장과 시공사 주간을 역임하고 장편소설 『the 풀문 파티』, 공동 시집 『안경 너머 지평선이 보인다』, 여행서 『헬로우 싱가폴』 『헬로우 말레이시아』 등을 집필했다. 2016년부터 전주에서 모악출판사를 운영하고 있다.

한밤중에 눈이 내리네 소리도 없이
가만히 눈 감고 귀 기울이면
까마득히 먼 데서 눈 맞는 소리
흰 벌판 언덕에 눈 쌓이는 소리

당신은 못 듣는가? 저 흐느낌 소릴
흰 벌판 언덕에 내 우는 소릴
잠만 들면 나는 거기엘 가네
눈송이 어지러운 거기엘 가네

눈발을 흩이고 옛얘길 꺼내
아직 얼지 않았거든 들고 오리다
아니면 다시는 오지도 않지
한밤중에 눈이 나리네 소리도 없이

눈 내리는 밤이 이어질수록
한 발짝 두 발짝 멀리도 왔네
한 발짝 두 발짝 멀리도 왔네

내가 심지다방을 드나들기 시작한 건 까까머리 고등학생 때였다. 심지다방은 대구 최대의 번화가 동성로 남쪽 끝 중앙파출소 맞은편 건물 지하에 있었다. 꽤 많은 LP판을 구비하고 있던 심지다방은 이창동 감독의 큰형 아성(본명 이필동) 씨가 운영하는 극단의 연극배우와 경북대 의대를 다니는 대학생들이 DJ를 하면서 최신 유행곡을 들어 주는 음악다방이다. '서울에 학림다방이 있으면 대구에는 심지다방이 있다'는 말이 떠돌 정도로 아직 알을 깨고 세상으로 나오지 못한 젊은 예술가들의 아지트 역할을 하는 곳이었다.

나는 고등학교 문예반 선배들을 따라 심지다방에 처음 발을 들여놓았다. 내가 몸담고 있던 고등학교 문예반은 시인 서정윤, 소설가 겸 시인 박덕규, 문학평론가 하응백 등이 거쳐 갔고 시인 안도현과 시인 이정하가 3학년과 2학년에 재학 중이었다. 그들은 심지다방의 단골이었고 나도 곧 그들 못지않게 심지다방 마니아가 되었다.

학교 수업이 끝나면 곧장 심지다방으로 출근해서 교모와 교복 상의를 구겨 넣은 책가방은 카운터에 맡겨 놓고 DJ박스 옆에 있던 우리들, 애송이 문인들의 지정석에 죽치고 앉아서 밤늦게까지 커피와 엽차를 홀짝이며 뽀끔 담배를 피우거나 김민기와 트윈폴리오와 양희은의 노래를 신청하거나 즉석 백일장을 열거나 가스통 바슐라르의 책을 읽었다. 그러다 우리들 중 누군가 용돈이 생겼거나 시골집에서 보낸 생활비가 도착했거나 현상 문예 상금이라도 탄 날이면 가까운 염매시장으로 몰려가서 찌짐(부침개) 한 접시를 시켜 놓고 막걸리를 들이켜곤 했다. 그렇게 심지다방과 곡주사(막걸릿집)에서 문청 선배들이 떠들어 대는 개똥철학과 기상천외한 연애담을 숭고한 진리처럼 귀담아듣다가 밤늦게 귀가하는 게 그즈음 나의 일과였다.

심지다방에서 나는 참 많은 사람을 만났다. 몇 년 뒤 문단에 화려하게 등장한 미완의 장정일과 이인화를 처음 대면한 곳이 심지다방이었다. 베스트셀러 시인이자 번역가로 활약 중인 류시화(본명 안재찬)도 심지다방에서 처음 만났다. 시인 겸 소설가 문형렬, 문화평론가 하재봉, 시인 이문재, 소설가 김형경 등 대구 출신이거나 대구를 방문한 쟁쟁한 선배 작가들을 심지다방에서 만났다. 그들은 모두 나의 라이벌이었다. 그들을 만날 때마다 나는 그들을 뛰어넘어 대한민국 최고의 작가가 되겠다고 별렀다.

심지다방에서 나는 참 많은 음악도 만났다. 수백 장의 LP판이 빽빽하게 꽂혀 있는 DJ 박스는 오후 6시부터 10시까지 운영되었다. 연극배우와 의대생 DJ가 한 시간씩 교대로 선곡을 담당했는데 이 두 부류의 DJ는 각기 독특한 개성을 지니고 있었다. 감정이 풍부한 목소리로 유머 넘치는 멘트를 남발하던 연극배우 DJ는 아바와 비지스 등의 최신 유행 팝송을 주로 틀었다. 국내 가요는 조용필의 〈창밖의 여자〉와 〈단발머리〉, 최백호의 〈내 마음 갈 곳을 잃어〉, 민해경의 〈누구의 노래일까〉 등이 주 레퍼토리였다. 이에 반해 무게감 있는 목소리로 시사성 있는 멘트를 조곤조곤 들려주던 의대생 DJ는 팝송은 레드 제플린이나 도어스나 퀸을, 국내 가요는 한대수의 〈물 좀 주소〉, 김민기의 〈서울로 가는 길〉, 양희은의 〈백구〉, 트윈폴리오의 〈웨딩 케익〉 등을 자주 틀었다.

나는 두 부류의 DJ가 선곡하는 음악들을 차별 없이 좋아했다. 연극배우 DJ의 음악은 감성을 자극했으며 의대생 DJ의 음악은 지성을 일깨웠다. 그들이 틀어 주는 음악 중에서 내가 제일 좋아한 건 송창식의 〈밤눈〉이었다.

내가 〈밤눈〉을 좋아하게 된 데에는 사연이 있다. 당시 심지다방을 드나들던 문청 선배 중 하나가 어느 날 갑자기 사라졌다가 한참 만에 다시 나타났다. 푸른 군복을 입은 채로. 운동권이었던 그 선배는 '강제징집'을 당해서 최전방에 배치되었다고 했다. 남과 북을 가로막고 있는 철조망을 바라보며 시대에 대한 울분과 청춘에 대한 절망을 곱씹던 선배는 눈이 펑펑 쏟아지던 어느 날 밤 북쪽이 설치한 확성기에서 흘러나오는 노래 한 곡을 들었다. 그 노래를 듣는 내내 선배는 탈영하고 싶은 충동을 견딜 수가 없어서 너무나 힘들었다고 고백했다. 그 노래가 바로 〈밤눈〉이다.

송창식의 3집에 수록된 〈밤눈〉은 최영호 작사 송창식 작곡으로 알려져 있다. 최영호는 소설가 최인호의 동생으로 가수 이장희와 서울고 동기 동창이라고 한다. 그런데 훗날 출간된 최인호의 자전 에세이에는 뜻밖의 내용이 등장한다. 〈밤눈〉의 가사는 최인호가 고등학교 졸업식 전날 밤에 쓴 자작시라는 것이다. 아래에 그 대목을 소개한다.

"고등학교 3학년 졸업식 전날 밤 나는 빈방에 홀로 앉아 강산처럼 내리는 어지러운 눈발을 바라보고 있었다. 학교 다닐 때에는 어떻게 해서든 빨리 졸업하기만을 손꼽아 기다리던 나는, 그러나 막상 내일로 졸업식이 박두하자 설레는 불안과 미래의 공포로 할 수만 있다면 다시 어린 날로 되돌아가고 싶을 정도였다.(중략) 그때 나는 밤을 새우면서 시를 쓰기 시작했다. 고등학교 전날 밤에 쓴 이 시에다 송창식 아저씨가 곡을 붙여서 〈밤눈〉이란 노래를 만들었다."

나의 어두운 모퉁이 시절

조용필 〈킬리만자로의 표범〉

김해자

시인. 1998년 《내일을 여는 작가》로 등단. 시집으로 『무화과는 없다』 『축제』 『집에 가자』 『해자네 점집』, 시평 에세이 『시의 눈, 벌레의 눈』 등이 있음.

20만 원 보증금에 4만5천 원 내는 쪽방. 냄비와 석유곤로와 밥그릇 국그릇 숟가락 젓가락 몇 벌과 버스 토큰 70여 개뿐, 통장도 없고 현금 몇만 원도 없다. 봉제 공장에서 받은 월급으로 자고 먹으며, 실제로는 스물여섯이고 공장에선 22살짜리들과 친구 하는 내가 "지구의 어두운 모퉁이에서 잠시 쉬고 있다". 지퍼로 갈색 비닐루를 여닫는 비키니 옷장이 서 있고, 사과 박스 위에 흰색과 푸른색이 섞인 천을 덮고 압정으로 고정한 앉은뱅이 수납장이 있을 뿐, 냉장고는 물론 전화 헤어드라이기 등 전기 꽂는 물건 하나 없는 쪽방 벽에 제법 큰 달력 뒷면에 휘어 갈긴, 글귀가 적혀 있다. 읊으면 시고 부르면 노래가 되고, 노래가 시고 시가 노래라는 걸 알게 한 〈킬리만자로의 표범〉이.

자고 나면 위대해지고 자고 나면 초라해지는
나는 지금 지구의 어두운 모퉁이에서 잠시 쉬고 있다
야망에 찬 도시의 그 불빛 어디에도 나는 없다
이 큰 도시의 복판에 이렇듯 철저히 혼자 버려진들 무슨 상관이랴
나보다 더 불행하게 살다 간 고흐란 사나이도 있었는데

나보다 1년 반 어린 M과 나보다 1년 반 일찍 태어난 L은 친구이자 동지였다. 항상 먹을 것을 들고 모임 전에 왔고, 모임이 끝나고도 이야기와 고뇌와 술까지 나누다 곯아떨어졌다. 버스 끊긴 한밤중, 택시비도 없고 아침 일찍 찬물에 머리만 담그고 수건으로 털다 달려가다 보면 머리카락 끝에 고드름이 얼기도 하는 공장도 가까이 있으니까. "너는 귀뚜라미를 사랑한다고 했다. 나도 귀뚜라미를 사랑한다", "너는 라일락을 사랑한다고 했다. 나도 라일락을 사랑한다", "너는 밤을 사랑한

다고 했다. 나도 밤을 사랑한다" 벽에 붙여진 킬리만자로의 표범을 보고 웃다 말 이어달리기가 나오기도 했다. "너는 국밥을 사랑한다고 했다. 나도 국밥을 사랑한다", "너는 포장마차를 사랑한다고 했다. 나도 꼼장어와 국수를 사랑한다" 호떡이나 건빵 혹은 붕어빵이나 라면으로 배를 채운 우리 한없이 이어지는 놀이에 빠지기도 했던가. "너는 포기김치가 그득 든 붕어찜을 먹고 싶다고 했다. 나도 붕어찜을 먹고 싶다", "너는 산낙지를 먹고 싶다고 했다 나도⋯." 세상에는 수많은 나와 너가 있고 그리하여 너와 나가 공유할 수 없이 많은 대상이 있으나 결국 생존과 욕망의 시작이자 종착점인 먹을 것으로 스토리가 끝났다.

살아가는 일이 허전하고 등이 시릴 때 그것을 위안해 줄
아무것도 없는 보잘것없는 세상을 그런 세상을 새삼스레
아름답게 보이게 하는 건 사랑 때문이라구
사랑이 사람을 얼마나 고독하게 만드는지 모르고 하는 소리지
사랑만큼 고독해진다는 걸 모르고 하는 소리지

내 인생에서 가장 힘든 시기가 언제였냐 스스로 묻게 되는 때, 주저 없이 20대가 떠오른다. 안 그래도 나쁜 머리를 쥐어짜며 매일 데모하고 학습하고 도망 다니던 20대 초반 학생 때도 남의 인생 사는 양, 힘에 부치는 시절이었지만, 무명씨로 지하로 숨어든 20대 중반은 마치 동학 때 죽은 선조들의 영혼이 들어와 사는 것처럼 자못 비장했고 고독과 심각함이라는 배낭까지 지고 가는 첩첩산기슭이었다. 우린 "산정 높이 올라가 굶어서 얼어 죽는 눈 덮인 킬리만자로의 그 표범"이 되기엔 영양 상태가 너무 부실했던가. 하여, 그 숱한 밤들, "먹이를 찾아 산기슭을 어슬렁거리는 하이에나"가 되고 말았지만, "화려하면서도 쓸쓸하고 가득 찬 것 같으면서도 텅 비어 있는 우리 청춘에 건배"할 수는 있었고, 고독과 사랑이 같은 뿌리에서 나온 잎이라는 삶에 악수하며 웃어넘길 수 있었다.

그런데 30년도 더 지난 지금 새삼 의문이 든다. "이 두메는 날라와 더불어 꽃이 되자 하네 꽃이 피어 눈물로 고여 발등에서 갈라진"〈죽창가〉를 붙여도 모자랄 판에,〈함께 가자 우리 이 길을〉도 아니고 2,3절까지 다 외우는 "서산마루에 시들어지는 지쳐 버린 황혼"의〈기지촌〉도 아니고, 하필 왜〈킬리만자로의 표범〉이고, 그 옆에〈그 겨울의 찻집〉을 썼을까. 그 시절 절박했던 보안 문제라는 것도 있었겠지만 스무 살 중반인 우리에게 약간의 비장미를 곁들인 웃음이 필요했던 게 아닐까. "고독한 남자의 불타는 영혼을 아는 이 없으면 또 어떠리"나 "내가 지금 이 세상을 살고 있는 것

은 21세기가 간절히 나를 원했기 때문이야" 어김없이 폭소가 터져 나오는 이런 대목 때문이기도 했겠다. 어떤 시대 어떤 조건에선 감상 혹은 낭만 없인 견디기 힘들다. 웃을 수는 있으나 비웃을 수 없는 이상주의의 사슬에 매여 산기슭을 어슬렁거리는 자들, 아니 모든 사람에겐 웃음 또한 먹을 것만치나 생존에 필요하고, "바람 속으로 걸어"가는 자들에겐 따스한 〈그 겨울의 찻집〉이 간절하다. "웃고 있어도 눈물이 나"는 "그대 나의 사람"을 부르고 싶은 게 청춘이니까. 눈물이 흐르는데 웃음이 터져 나오는 인생 어느 때가 누구에게나 있으니까.

사랑이 외로운 건 운명을 걸기 때문이지 모든 것을 거니까 외로운 거야
사랑도 이상도 모두를 요구하는 것 모두를 건다는 건 외로운 거야
사랑이란 이별이 보이는 가슴 아픈 정열 정열의 마지막엔
무엇이 있나 모두를 잃어도 사랑은 후회 않는 것
그래야 사랑했다 할 수 있겠지

"사랑도 이상도 모두를 요구하는 것", M은 "한 줄기 연기처럼 가뭇없이 사라"졌다. 얼어죽을 그놈의 사랑 때문이었을까. 모든 것을 걸고 투신한 끝이 서른여섯 뇌출혈 사망이었다. 자취방에서 여럿 먹을 콩나물국 끓이고 나물 무치던 L은 지금도, 사랑도 명예도 돈도 안 되는 온갖 대표 말 아가며 여럿 먹일 김밥 싸고 된장국 끓이고 생선 굽는다. "빛나는 불꽃으로 타"오르려는 게 아니라 "높은 곳까지 오르려 애쓰는" 게 아니라 그냥 그렇게 살아진 건지도 모른다. 생의 시작과 끝은 사랑 아닐까. 온전치도 완전치도 못한 우리를 끌고 가다 한방 크게 먹이거나 패대기치기도 하는 보이지 않는 손, 사랑은 이상, 사랑과 죽음은 동의어 아닐까. 고독은 사랑과 이상의 자식 아닐까. 호박죽 전 북죽 끓이고 토마토 오징어 넣은 카레 만들어 나르는 L의 보약에 가까운 음식을 먹으며 H인, 나는 시난고난 살아지고 있는 듯하다.

구름인가 눈인가 저 높은 곳 킬리만자로
오늘도 나는 가리 배낭을 메고 산에서 만나는 고독과
악수하며 그대로 산이 된들 또 어떠리

킬리만자로에 가 본 적은 없지만, 조용필의 이 노래는 춥고 시린 산정 높이 웃으며 서게 한다.

회한이나 원망 투덜거림조차 없이 내게 닥친 운명을 마주 보게 하기도 한다. 그래, 모든 날이 다 눈 덮인 킬리만자로였다. 그래, 모든 날들이 가난하고 춥고 고독했지만 아름다웠다. 산에 올라 그대로 산이 된 M도, 고독과 악수하며 말없이 사는 L도 벗과 술에 병까지 아끼며 양팔에 끼고 사는 H도 산이 되어 가는 중이다. 영어영문학을 가르칠 만큼 서학에 능하면서도 우리 근대사의 아픈 뿌리이자 우리 정신의 굳센 줄기이기도 한 동학 농민을 기념하는 사업회의 이사장이기도 한 이종민 선생님과의 인연으로 오랜만에 킬리만자로에 올랐다. 벗을 아끼면서도 그 벗에 음악까지 포함되는 넓고 선한 도량, 이종민 선배님 덕에 표범이 되어 어슬렁거리고 있으니 배가 고프다. 이 어찌 아니 슬프고 아니 즐거우랴.

내 인생 최고의 날

박보람

이종민 교수님의 제자로 학부 때 영미 시를 매우 좋아하여 교수님의 수업을 많이 듣고 즐김. 학부 때 모자란 영어 실력을 갈고 닦아서 영어를 가르치는 교사로 재직 중임.

 폴 킴 〈모든 날, 모든 순간〉

폴 킴의 〈모든 날, 모든 순간〉이라는 곡은 요즘 사람이라면 누구든지 한 번쯤은 들어 봤을 법한 대중적인 노래이다. 폴 킴이라는 가수의 감미로운 목소리와 잔잔한 반주를 듣고 있으면 따스한 햇살이 떠오르고 저절로 눈이 감긴다. 대중문화에 관심이 많이 없는 필자로서는 폴 킴이라는 가수가 이렇게 유명한 사람이었는지 몰랐다. 게다가 이 노래는 드라마 OST로도 유명했다는데 TV 드라마도 잘 안 보는 필자는 이 곡이 이렇게 유명한 곡이라는 것을 알지 못했다. 폴 킴이 베를린 티어가르텐에서 버스킹한 것도 방송이 나간 후에 한참 이따가 알게 되었다. 이렇게 폴 킴에 대해 백지장처럼 하얀 지식을 가지고 있었던 필자가 이 노래를 인생의 음악으로 선정했다. 그 시점은 인생의 큰 전환점인 결혼을 하고 난 이후였다.

나는 영문과 동기와 결혼을 했다. 학부 때 그와 나는 그리 친하지 않았지만 그가 나를 좋아하고 있다는 것을 어설픈 그의 행동으로 눈치채고 있었다. 하지만 새내기인 당시에 나는 교제하는 다른 사람이 있었고 영문과 동기인 남편과는 인연이 이어지지 않았다. 우리는 그렇게 서로를 14년 동안 잊고 각자의 삶을 충실히 살았다. 그러던 와중 나는 2018년 여름방학 동안 동유럽 여행을 다녀왔다. 그리고 동유럽에서 찍은 멋진 사진도 올릴 겸 페이스북이라는 SNS에 가입을 하게 되었다. 이틀 뒤에 메시지가 와 있었다. "정말 오랜만이다. 보람아, 시간 되면 밥 한번 먹자."라는 그의 메시지였다. 나와는 다른 세상에서 사는 그와 연락이 되는 것도 신기했고 새내기 때의 모습과 얼마나 달라졌을지 궁금하여 그와 만나 볼 생각을 했다. 내가 기억하는 그는 학부 때 하얀 얼굴로 연극 연습을 했던 것 같다. 목소리가 좋았고 어딘지 모르게 차분했지만 우물쭈물했던 그의 모습이 내 머릿속에 자리 잡고 있었다.

우리는 그렇게 14년 만에 만났다. 세월이 흘러 예전과는 약간 다른 모습이었지만 자신감 있고 세련된 그의 모습에 나도 설레고 놀랐다. 그리고 우리는 서로의 지난 삶에 대해 이야기를 하였다. 지속적으로 여러 번 만나고 가치관을 이야기하면서 우리는 하나가 될 준비를 어느새 하게 되었다. 내 인생에서 하지 않을 것 같았던 결혼 준비를 하면서 그가 예식장에서 나에게 노래를 불러 준다고 했다. 혼자서 코인 노래방에 가서 열심히 연습을 한다고 어린아이처럼 말했다. 나도 결혼 준비를 하느라 정신이 없었고 신랑들이 결혼식 때 신부에게 불러 줄 노래 때문에 많이 힘들어한다는 것을 알고 있었기에 부담 갖지 말라는 말만 되풀이하게 되었다. 밤낮으로 폴 킴의 노래를 듣고 연습하는 그의 모습을 보며 안쓰러움과 대견함을 동시에 느꼈다. 그때까지만 해도 그가 부른다는 축가는 그냥 폴 킴의 노래였다.

2019년 11월 24일, 그와 나는 전쟁터에 나가는 것도 아니었지만 비장한 마음을 품고 아침 일찍부터 몸단장에 들어갔다. 나는 웨딩드레스를 입고 평소에 하지도 않는 화려한 화장을 하고 그는 아이돌같이 해 달라고 간곡히 요청하여 아이돌 같은 머리를 멋지게 하고 내가 사 준 진회색의 맞춤 정장을 입었다. 서로 바쁘게 하객을 맞이하고 어느새 예식 시간이 되어 버진로드에 함께 서 있었다. 많은 사람이 와 있었고 내 학생들의 축가 공연과 그의 회사 후배 공연, 성혼 서약, 부모님 말씀 등이 어느새 지나가고 마지막으로 그의 차례가 되었다. "네가 없이 웃을 수 있을까. 생각만 해도 눈물이 나" 떨리는 목소리로 시작된 그의 노래가 폴 킴의 목소리보다 더 감미롭다고 생각했다. 원래 노래를 잘하는 줄 알고 있었지만 이렇게 잘할 줄이야. 이렇게 사람이 많은데 크게 떨지도 않고 실수도 없이 그는 나를 똑바로 보면서 매우 부드러운 목소리로 노래를 부르고 있었다. 어느새 노래는 절정에 다다르게 되었다. "알 수 없는 미래지만 네 품속에 있는 지금 순간순간이 영원했으면 해. 갈게. 바람이 좋은 날에 햇살 눈부신 어떤 날에 너에게로. 처음 내게 왔던 그날처럼 모든 날 모든 순간 함께해. 보람아 영원히 함께하자!" 가사가 정말 사랑스럽고 좋았지만 그중에서도 가장 좋았던 것은 그의 마지막 멘트였다. 그리고 그의 노래를 듣자마자 폴 킴의 〈모든 날, 모든 순간〉이 내 인생 최고의 노래가 되었다. 이 노래의 가사처럼 미래는 아무도 알 수 없지만 우리가 살면서 항상 옆에서 서로에게 버팀목이 될 거라는 것을 다짐하고 또 다짐하게 되었다. 이날의 마음을 잊지 말고, 사랑하는 이여, 모든 날, 모든 순간 꼭 함께하자.

외로운 양치기와
푸른빛 팬파이프 소리

박성우

강변 산책을 자주 하는 시인. 2000년 중앙일보 신춘문예에 시가 당선되며 작품 활동을 시작했다. 시집 『거미』 『가뜬한 잠』 『자두나무 정류장』 『웃는 연습』, 청소년시집 『난 빨강』 『사과가 필요해』, 동시집 『불량 꽃게』 『우리 집 한 바퀴』 『동물 학교 한 바퀴』 『박성우 시인의 첫말 잇기 동시집』 『박성우 시인의 끝말잇기 동시집』을 냈다. 산문집 『박성우 시인의 창문 엽서』, 청소년 책 『사춘기 준비 사전』 『사춘기 성장 사전』, 어린이 책 『아홉 살 마음 사전』 『아홉 살 함께 사전』 『아홉 살 느낌 사전』 『아홉 살 내 사전』, 그림책 『암흑 식당』 『소나기 놀이터』 『나의 씨앗 할아버지』가 있다. 신동엽문학상, 윤동주 젊은 작가상, 백석문학상 등을 받았다.

 게오르게 잠필 〈외로운 양치기〉

초저녁 강가에 나가 낮이 가고 밤이 오는 것을 본다. 강가에서 풀을 뜯던 염소가 옅은 어둠을 툭툭 치며 집으로 돌아가는 소리와 강가로 나가 쏘다니던 물까치 떼가 강물 냄새를 묻혀 대숲 팽나무 집에 드는 소리를 듣는다. 날이 어두워지기를 기다렸다가 강 건너 불빛은 하나둘 들어오고, 강 언덕 아름드리 소나무에 어깨를 기대고 있던 나는 그만 돌아가야겠다고 생각한다. 오늘은 어째 좀 늦었구나, 검푸른 하늘 위로 내려온 개밥바라기와 초승달에 손을 들어 보이고 강 언덕을 내려오다 보면 마을 소식이 궁금한 고라니가 마을 안길로 들어서고 있다.

알퐁스 도데의 「별」을 만난 건 소년 시절이었다. 스테파네트 아가씨 같은 소녀에게서 좋아한다는 편지를 받고 우리 집에도 창이 하나 있으면 좋겠다고 생각하던 여름방학 무렵, 마루에 팔베개를 하고 누워 뤼브롱 산맥과 노새의 방울 소리와 세상에서 가장 아름답게 빛나는 별과 양치기를 떠올려 보고는 했다. 내나 같은 산골일 터인데 내가 사는 골짝에는 왜 양이 없는 걸까, 만일 우리 마을 인근에 양이 있었다면 나는 시인이 되지 않았을지도 모른다. 그러니까, 그즈음이었다. 큰누나가 명절에 사 온 카세트테이프 중에는 경음악 같은 것도 끼어 있었는데, 거기에는 〈외로운 양치기〉가 들어 있었다. 팬파이프 소리라니, 가슴이 뛴다는 것과 마음이 설렌다는 것은 몰래 답장을 쓰다 말고 뭇별을 헤아려 보는 일과 별반 다르지 않다는 것을 막연하게 알아 가던 산골 소년 시절이 그렇게 갔다.

코밑이 거뭇거뭇해지고 운동화가 더는 커지지 않기 시작한 뒤로도 종종 〈외로운 양치기〉를 들었다. 어정쩡한 도심 변두리는 산골 출신인 나를 서럽게 만들기도 했고 무기력하게 만들기도 했는데, 그때마다 나는 외로운 양치기를 들으며 팬파이프 안쪽과 소년 시절로 숨어들고는 했다. 해도 안 되는 것이 있다는 것을 알아 가고 할 수 있는 게 별로 없다는 것을 몸소 익혀 가며 애써 꿈을 뭉개던 시간은 더디게만 흘러갔던가, 아버지는 흙으로 돌아가셨고 얼마 지나지 않아 집까지 넘어갔다.

생각하면, 오래전의 일이다. 전주한옥마을 오목대 아래서 문화 관련 일을 하며 밥을 번 적이 있다. 안도현 시인의 격려로 이력서를 쓰고 면접을 보게 되었는데 출근을 하라는 연락이 왔다. 삼백년가슈퍼 앞 골목에 있던 사무실은 새 단장을 한 한옥이었고 하늘을 오목하게 품고 있었다. 리모델링을 마치긴 했으나 아직은 아무것도 채워지지 않은 텅 빈 건물, 얼마 지나지 않아 우리는 '전주전통문화중심도시추진단'이라는 현판을 내걸었던가. 내가 속해 실무를 한 이 단체에는 열 분이 넘는 추진위원이 있었고 전북대 영문과 이종민 선생님이 추진단장이었다.

운이 좋게도 나는 좋은 사람들과 일을 했다. 내가 모시던 분들은 모두가 문화에 대한 애착이 남달랐고 먼 내일을 내다보는 시야도 대단했는데, 하나같이 품이 넓고 따뜻해서 그분들을 떠올려 보는 것만으로도 마음이 푸근해진다. 나이는 어리지만, 형 같았던 문화예술 기획자 여원경 기획팀장은 또 어떤가. 어마어마한 업무 능력과 추진력에 감탄하지 않을 수 없었다. 문득, 언제나 따뜻하게 대해 주시던 전주시청 전통문화과 공무원 분들과 언제나 내 편이 되어 주던 사무실 식구들의 안부가 궁금해진다.

전주전통문화중심도시추진단에서 일을 시작한 지 얼마나 되었을 때였을까, 지인이 한옥마을 은행나무 골목에 있는 단풍나무집 사랑채를 내줬다. 낮에는 문화판에 나가 일을 하고 밤에는 책을 보며 시를 쓰라는 것인데, 여간 귀하고도 고마운 마음이 아닐 수 없었다. 한 푼의 보증금도 월세도 없이 마당과 가옥을 품게 된 나는 틈이 날 때마다 한지를 사다 벽에 바르고 깨진 기왓장을 얻어다 화단을 꾸몄다. 책장과 책을 옮겨 와 들이고 토마토며 오이 호박 같은 모종을 사다 심었다. 안채에는 화가 선생님이 먼저 들어와 살고 계셨는데 골목 앞 전파사에서 오만 원에 사 왔다는 오래된 전축에 레코드판을 올리고 차를 마시곤 하던 기억이 아련하다. 내가 심은 호박 넝쿨이 이웃집 지붕을 고집하는 통에 조마조마한 하루하루를 보내기도 했던가, 그곳에 기거하는 동안 나는 한 권의 시집을 얻을 수 있었다.

당시 홍보팀장이라는 직함을 달고 있던 나는 어느 날부터인가 절망의 늪에 빠져들기 시작했다. 술 한잔 마시지 않으면 잠이 오지 않았고 일도 시도 시큰둥해져 갔다. 내 의도와는 달리 집안은 막무가내로 기울어만 갔고 연애까지 엉망이 되어 갔는데, 급기야 나는 무기력한 사람이 되어 무단결근을 하는 지경에 이르고 말았다. 며칠이나 지난 뒤였을까, 이종민 단장님이 나를 불렀다. 도무지 아무 일도 할 수 없는 상태에 있던 나는 최악의 상황을 떠올리며 몸을 추슬러 사무실로 나갔다. 한데 의외였다. 사무실 앞에서 마주친 이종민 선생님은 나를 보자마자 꼭 안아 주셨다. 그래 얼마나 힘들겠어, 별말 없이 어깨를 토닥여 주는 것으로 내게 많은 말을 해 주셨는데 얼마나 많은 온기가 내 안으로 스며들었는지 모른다. 그때 정신이 번뜩 들어왔다니까요, 내가 마음의 스승으로 모시며 따르는 이종민 선생님을 만날 때면 이 장면이 스쳐 지나가곤 한다.

특별히 '게오르게 잠필'의 팬파이프에서 나오는 소리는 푸른빛을 띤다. 때론 연둣빛으로 번지기도 하고 보랏빛으로도 피지기도 한다. 두꺼운 어둠을 뚫이 힌 줄기 빛을 내보내는가 하면, 미세먼지 가득한 탁한 공기를 걸러내 맑고 깨끗한 아침 공기로 바꾸어 놓는다. 뿌연 먼지가 낀 유리창을 맑고 투명하게 닦아 내고, 지워지지 않을 것 같은 오래된 얼룩을 말끔하게 지워 낸다. 지금의 외롭고 쓸쓸한 시간이 얼마나 가치 있는 시간인지를 알려 주고, 혼자 있어도 결코 혼자가 아니라는 것을 문득문득 깨닫게 해 주기도 했던가, 게오르게 잠필의 팬파이프 연주는 꽉 막힌 도심에 들어 지내는 나를 겹겹의 산과 거칠 것 없는 물줄기가 아득한 거대한 산맥의 꼭대기에 앉혀 놓기도 했다.

이따금 나는 아내와 딸애를 서울에 두고 강마을 작업실에 들어 책을 읽고 시를 쓰며 지낸다. 한데 양 한 마리 양 두 마리, 아무리 숫자를 세어도 잠이 오지 않는 밤엔 자리를 털고 일어나 강변으로 나간다. 강변 자두나무 정류장에 앉아 달빛 일렁이는 바람과 별빛 반짝이는 물결을 내려다본다. 오리온과 큰곰자리와 목동의 별을 더듬어 보고 강물을 건너가는 달을 바라보다가 별빛과 달빛을 도심으로 실어 나르는 버스가 한 대쯤 있어도 좋겠다고 생각한다. 강 건너 외등이 제 얼굴을 강물에 비추어 보려 애쓰는 모습과 언제 봐도 듬직한 검푸른 산등성의 넉넉함도 싣고 가야지, 진즉부터 마음먹고 있었다는 듯 소쩍새 소리가 강물 위로 번진다.

맑고 푸른 아침이다. 창을 열어 대숲 새소리와 마당 공기를 방 안으로 들인다. 얼굴을 씻고 머리를 감고 텃밭으로 나가 풋것들의 안부를 묻는다. 아침 볕과 아침 바람을 걸러 내 연초록 그늘을 만들고 있는 느티나무 할머니께 인사를 하고 파란 하늘을 올려다본다. 그래 안녕, 좋은 아침이야. 먼발치서 나를 알아보고 달려오는 동네 고양이에게 밥을 내주고 방에 들어 책상 앞에 앉는다. 오늘은 뭘 해야 하지? 팬파이프 속에 들어 있는 외로운 양치기를 불러 앉히고 커피를 마시는 일로 일과를 시작한다.

마음의 황무지를 갈아엎으며

배숙자

영문학자. 경남 창녕 출신. 성균관대학교 학사, 서울대학교 석사, 성균관대학교 박사. 대학원 석사과정 때 이종민을 만나 40년을 함께 살고 있다. 오랫동안 대학 시간 강사로 전전하다가 전북대학교 입학사정관을 거쳐 임실영어체험학습센터장으로 퇴임했다. 아직 시골 생활에 자신이 없어 주말에만 유연당悠然堂을 찾아 남편과 함께 전원생활을 즐기고 있다.

사이먼 앤 가펑클
〈험한 세상의 다리가 되어〉

"두 눈에 눈물이 흐를 때 / 내가 모두 닦아 드리겠어요 / 내가 그대 편에 서 있을게요 / 세월이 거칠고 친구 하나 찾을 수 없을 때 / 저 거친 바다 위 다리처럼 / 나 자신을 내려놓을게요." 맑은 피아노 선율 위에 아트 가펑클의 청아한 목소리로 울려 퍼지는 이 노래를 처음 들었을 때, 마치 가슴속으로 한 줄기 서늘한 바람이 지나가는 듯했다. 여고 시절 어느 나른한 점심시간, 교내 방송에서 꿈결인 듯 들려오던 트윈폴리오의 〈웨딩 케익〉의 감동이 되살아났다. 1980년, 진해시 태백동 150만 원의 방 두 칸 전셋집에서 시작한 신혼 시절의 나에게 이 노래는 일종의 출정가와 같았다. 신혼 집들이에서도 나는 사뭇 비장한 결의를 다지며 이 노래를 불렀었다. 한참 후에 미국에서 잠시 살던 때, 사이먼 앤 가펑클Simon & Garfunkel의 실황 공연을 담은 레이저 디스크를 구입하게 되었다. 뉴욕 센트럴파크에 운집한 수십만 청중의 환호 속에서 꿈꾸는 듯한 눈동자로 노래하는 아트의 모습은 경이로웠다.

그 후로 한동안 잊고 있던 이 노래를 다시 소환하게 된 계기는 지난여름 이후 우리 사회를 뒤흔든 소위 조국 사태였다. 조국 민정수석에 대한 "가족 인질극"이 시작되고, 그가 검찰 개혁의 불쏘시개를 자임하며 장관직에서 물러나는 와중에 예전 그가 불렀던 〈홀로아리랑〉과 더불어 이 노래를 담은 동영상이 유튜브를 뜨겁게 달구었다. 그렇게 다시 듣게 된 노래가 그 푸르던 시절, 그 "아름답고 철모르던 지난날"의 이야기 속으로 나를 데려갔다.

지난날의 이야기는 마치 스틸 사진처럼 정지 화면으로 찍혀 배경음악과 함께 다가온다. "우연에 기댈 때도 있었다"던 어느 시인의 말처럼 내 삶의 여정은 나의 의지와 상관없는 두 번의 우연한 사건에 의해 커다란 전환점을 맞았다. 심심산골에 살던 아이가 서울 한복판의 덕수국민학교로 전학을 온 것이 첫 번째 우연이었다면, 두 번째 우연은 전기 대학 입시에 떨어진 것이었다. 사이먼 앤 가펑클의 〈험한 세상의 다리가 되어(Bridge Over Troubled Water)〉가 나의 인생 노래가 된 것도 이런 우연의 결과였다. 내가 원하던 전기 대학에 합격했더라면 굳이 대학원에 갈 생각을 하지 않았을 것 같고, 그랬으면 남편을 만나지 못했을 터이고, 이 노래 역시 그저 괜찮은 노래 정도로 기억되고 말았을 것이다.

나는 초등학교 3학년 여름까지 할아버지 댁에서 자랐다. 초등 교사였던 아버지는 마산에서 근무하며 당신 동생들과 자식들을 거두셨다. 그래서였을까, 우리 사 남매는 초등학교까지는 할아버지 댁에서 다니고 중학생이 되어야 마산의 부모님 집에 합류할 수 있었던 것 같다. 어린 시절의 나는 울보에 고집쟁이였다. 제삿날이 되어 엄마가 마산에서 왔다 가는 날이면 하루 종일 울어 댔다고 한다. 희미하게나마 우는 아이의 모습이 기억난다. 지금도 이연실이 부르는 〈찔레꽃〉을 들으면 그 시절이 아련하게 떠오르며 목이 멘다.

할아버지 댁은 마산과 박진을 운행하는 천일여객 버스가 하루에 딱 한 번 통과하는 후미진 시골 동네였다. 여름이면 친구들과 소를 먹이러 다니던 앞산에서는 6·25 때 터진 포탄 껍질이 종종 발견되었고 우리는 그것으로 엿을 바꿔 먹기도 했다. 방학이 되면 부모님이 사는 마산 집에 가는 것이 큰 기쁨이었다. 어느 해 여름방학이 끝나고 언니와 둘이 할아버지 댁으로 돌아오던 때가 생각난다. 버스가 정류장에 설 때마다 "박진 가요, 박진!" 외치던 차장 언니의 목소리가 생생하다. 낙동강 지류에 면한 우리 동네는 자주 큰물이 들었다. 그해에도 버스가 마산을 출발한 후에 비가 많이 내렸던 듯 버스는 남지 정류소에서 더 이상 못 간다며 모든 승객을 하차시켰다. 우리는 이웃 동네 아저씨를 따라 삼십 리 산길을 걸어서 어스름 녘에야 할아버지 댁에 도착할 수 있었다. 우리 "강생이" 왔냐며 맨발로 뛰어나오시던 할머니의 모습이 지금도 눈에 선하다. 이 장면의 배경음악은 송창식이 부르는 〈산골짝의 등불〉이다.

얼마 후 아버지는 홀연히 서울로 떠나 새로운 터전을 잡았고, 그러고 나서 우리 남매를 차례로 불러올리셨다. 오빠 둘이 먼저 와 있던 그 집에는 막내였던 내 자리를 뺏은 낯선 여동생이 있었다. 그리움과 원망이 함께한 서울살이였지만 그 시간이 없었다면 나의 삶도 사뭇 달라졌을 것이다.

"오빠, 〈썸머 홀리데이〉가 무슨 말이야?" 초등학교 6학년 때 클리프 리처드 주연의 이 영화가 개봉되었다. 나의 독일어식 영어 발음에 영문과 대학생이던 큰오빠는 웃음을 참으며 나를 영화관에 데려다 주었다. 그때부터 나는 그의 팬이 되었고, 중학교 3학년 때에는 클리프 리처드 팬클럽 지회장인 선배 언니의 꾐에 빠져 그의 내한 공연에 따라갔었다(고 기억한다). 아마 티브이 중계를 봤던 것인지도 모르겠다. 밤색 칼라를 덧댄 베이지색 양복을 입은 귀여운 얼굴로 "다알링, 아이 러브 유 소…"하는 모습에 가슴이 콩닥콩닥했었다.

앞에서 말했듯이 전기 대학 낙방이라는 우연한 사건은 내 삶을 바꾼 두 번째 계기가 되었으니 참으로 그분께서는 한쪽 문을 닫으면 다른 쪽 문을 열어 두시는가 보다. 가지 않은 길에 대한 동경 내지 오기의 발현이었을까, 아무튼 나는 대학 은사의 소개로 별생각 없이 시작했던 직장 생활을 1년 만에 그만두고 대학원 시험에 응시하였다. 별로 기대하지는 않았는데 합격이었다. 하늘을 나는 기분이 바로 그런 것임을 실감하였다. 대학 생활 내내 궁금했던 강 건너 대학의 캠퍼스를 오가던 그때에는 한 시간 반 이상의 버스 통학 길도 전혀 힘들지 않았다. 칼바람을 맞으며 오르는 언덕길 도 전혀 춥지 않았다. 그렇게 또 그곳에서 눈이 맑은, 오래 바라보아도 싫지 않을 것 같은 사람을 만 나고, 번민의 시간도 있었지만 우여곡절 끝에 결혼을 하게 되었다.

결혼과 함께 25년을 살아온 경상남도 창녕군이라는 나의 본적은 전라북도 완주군으로 변경되 었다. 로미오와 줄리엣처럼 원수 가문의 만남은 아니었으되, 지금보다는 지역감정이 더 심한 시절 이었다. 양가의 친척들은 약간 뜨악했겠지만 우리는 일찍이 "동서 화해주의"를 몸소 실천하는 선 구자인 양 호기를 부렸다. 남편 말에 의하면, 돌아가신 우리 할머니의 말씀은 30% 정도밖에 이해 하지 못한다고 했다. 실은, 나도 "철학적인" 전라도식 표현에 압도된 적이 적지 않았었다. "썩을 놈" 같은 표현은 처음엔 상당히 "거시기"하게 들렸고 "시한", "솔", "대간하다"와 같은 단어들은 내겐 외래어였었다. 다소간의 문화적 차이로 인한 갈등이 없지는 않았지만 선친은 사위를 총애하셨고, 시부모님께서도 워낙 아들을 믿으셨기 때문인지 모르겠으나 여하튼 며느리를 기꺼워하셨다.

문제는 경제였다. 우린 결혼 당시부터 양가의 도움을 기대할 생각이 없었다. 비록 중위 월급이 야 뻔하겠지만 둘이서 과외 아르바이트를 하면 살림살이 걱정은 하지 않아도 되리라고 생각했었 다. 남편은 학부 때부터 과외 아르바이트로 등록금을 비롯해 하숙비까지 충당해 왔고, 군 입대 전 까지도 꽤 괜찮은 아르바이트를 했었다. 그런데 이런 우리의 야심 찬 계획은 처음부터 틀어지고 말았으니, 결혼식을 몇 달 앞두고 전두환 씨의 갑작스런 과외금지령이 떨어졌던 것이다. 어쨌든 결혼식은 예정대로 치렀고, 신혼 집들이도 안 할 수는 없었다. 대부분 독신자였던 71차 동기들을 방 두 칸 전셋집에 초대하여 저녁 식사를 하는 자리에서 꽤 비장한 마음으로 불렀던 노래가 바로 〈험한 세상의 다리가 되어〉였다. "그래 이건 바로 내 노래네" 하며 스스로의 감정 과잉에 취하여서 부끄러움도 잊고 불렀었다.

"은빛 소녀여, 항해를 계속하세요 / (…) / 그대에게 길동무가 필요하다면 나 그대 뒤따라 항해

하리니 / 험한 세상 건너는 다리가 되어 그대의 근심을 덜어 드리리라." 언제나 내 뒤를 따라오는 친구가 있다니, 이 얼마나 든든한 뒷배인가. 지금은 우리 삶에서 "비 내리고, 어둡고 쓸쓸한 날들"이겠지만 "깨치고 나아가 끝내 이기리라." 와아, 그야말로 내 인생의 노래였다.

그런데 지금에 와서 돌이켜 보니 그 시절 느꼈던 나의 곤궁은 상대적 박탈감이었을 뿐, 배부른 타령이었다. 나이 들면서 조금씩 철이 드는 건지 그때와는 다른 눈으로 주변을 돌아보게 된다. 코로나19로 인한 격리의 시간을 보내면서 새삼 시인 엘리엇이 암시한 "give, sympathize, control"이라는 구원의 의미를 되새겨 본다. 나누고 공감하고 제어하는 생활이 내 마음의 〈황무지〉를 갈아엎으리니. 힘들면 호미 들고 나가 텃밭의 풀이라도 갈아엎어야겠다.

산티아고 순례길의 추억

설준규

서울대학교 인문대학 영문학과 및 동 대학원 졸업. 한신대학교 영문학과 명예교수.

 Ibrahim Ferrer 〈두 송이 치자꽃〉

　2010년 가을 순례길 800km를 걸으며 만난 다양한 국적의 벗들 가운데 이 역병의 시절에 유독 생각나는 사람이 있다. 스페인 친구 도밍고Domingo.

　그를 처음 만난 건 순례행이 일주일째 되던 날 나헤라의 알베르게에서였다. 숙박 등록을 하는데, 아담한 몸집의 내 또래 스페인 남성이 선량한 눈빛 가득 호기심을 담고 한옆에서 나를 살핀다. 등록을 끝낸 나는 서바이벌 스페인어로 의례적인 인사말을 던진다. 낯선 아시아인이 쏘아 댄 유창한(?) 스페인어의 기습 공격을 당한 그의 눈빛이 얼핏 흔들리지만, 그 흔들림은 금방 만면의 미소로 바뀌고 그도 인사말을 응사한다. 상호 소개가 교과서적 '의전 절차'에 따라 끝난 뒤 내가 슬쩍 보탠다. "도밍고라면 주님의 날 즉 일요일이란 뜻인데, 혹 일요일에 태어나셨느냐?" 내가 펼친 이 한 문장의 초식招式은 눈앞의 이방인에 대한 도밍고의(아마도 천성적인) 호의를 단박에 격발했다. 일요일 출생은 아니나 이름은 주님의 자식이란 뜻이라고 설명하는데, 싱글벙글 입이 귀에 걸려 내려올 줄 모른다. 100킬로쯤 떨어진 에스떼야 토박이로 운동 겸해 순례길에 나섰다며 "비엔 베니도!(Welcome)"를 연발한다. 판세를 가늠해본즉슨 대화가 길어지면 내 알량한 스페인어 화력으로는 견뎌 내기 버거운 수준의 언어적 교전 상황이 전개될 가능성이 짙어 보였다. 이럴 땐 작전상 후퇴가 최선, 우아한 미소로 악수를 청하며 "아스타 라 비스타(See you later)"를 발사하는 것으로 우리의 스페인어 조우전을 어물쩍 종결했다.

　다음날 오후 늦게 산토도밍고의 알베르게에 도착해 침대를 배정받고 식당을 찾아 나서려는데, 도밍고가 문득 반갑게 웃으며 나타나 안내를 자청한다. 현지인들이 즐겨 가는 곳을 몇 군데 안다고 했다. 처음 찾아간 식당은 대기자들이 많아 발길을 돌렸고, 두 번째는 "금일 휴업". 골목을 이리저리 돌아 찾아간 세 번째는 또 내부 수리 중. 난감한 기색이 역력한 도밍고가 여기저기 전화를 걸더니 좀 어두운 표정으로 묻는다. "괜찮은 식당이 있긴 한데 10분 정도 걸어야 하고, 순례자들이 주로 가는 근처 식당은 빈자리는 있지만 음식이 별로라는데 어쩌지?" 도밍고에게 폐가 되는 것 같아 근처 아무 식당으로나 가자고 완곡하게 청한다.

50미터 남짓한 곳에 "순례사 메뉴"라고 나붙은 깔끔해 보이는 식당이 있어 들어가려는데 도밍고가 멈칫거린다. 자기는 숙소에서 만들어 먹는 게 좋으니 나 혼자 식사를 하란다. 그럴 수는 없다고 암만 권해도 요지부동이다. 음식 값이 부담이 되나 보다 싶어 내가 사겠다고, 안내하느라 애썼는데 보답할 기회를 달라고 했더니 눈을 둥그렇게 뜨며 정색하고 답한다. "기뻐서 한 일인데 보답은 무슨. 그대 덕분에 내가 기뻤으니 보답은 내가 해야지." 진심이 고스란히 전해져 와 더 이상 강권할 수가 없다. 그의 뜻대로 일단 먼저 돌려는 보냈지만 나도 '뒤끝'이 있는 사람, 기회를 보아 이 신세를 기필코 갚을 작정이었다.

기회는 이틀 후 찾아왔다. 아타푸에르카 알베르게에서 그를 다시 만났지만, 제대로 인사를 나눌 겨를도 없이 순례자 공동 식사 준비가 시작됐다. 내 역할은 장보기, 한국인 일행 중 요리사가 있어 조리는 그 친구, 나머지는 보조 등등, 일사불란하게 움직여 순식간에 식탁 그득 근사한 저녁이 차려지자, 매일 마라톤 풀코스에 버금가는 장거리를 보파步破하는 순례자들은 왕성한 식욕으로 그 많은 음식을 쓰윽 싸악 먹어 치운다. 곧이어 포도주 님을 배 속에 모셔 은총으로 알큰해진 사람들이 돌아가며 노래를 부른다. 샹송, 팝송, 칸초네송이 송송 난무하니 월드 뮤직 콘테스트가 따로 없다.

드디어 내 차례. 자리에서 일어나 맞은편의 도밍고를 가리키며 스페인어, 영어를 섞어 가며 헌사부터 시작하는데, 대충 이러했다. "지구 저쪽에서 날아와 산티아고 순례길에서 도밍고라는 이름의 천사를 벗 삼게 되었으니 잊지 못할 축복입니다. 한국 사람이 한국 노래를 불러야 마땅하겠으나 특별히 도밍고를 위해 쿠바 볼레로[01] 한 곡을 뽑아 볼까 하니 고결한 인내심으로 들어 주시기 바랍니다." 목청을 가다듬은 뒤 서툰 스페인어로 노래 일발 발사.

그대 위한 두 송이 치자꽃 / 이 꽃 바치며 그대에게 말하리 / 사랑하오, 흠모하오, 내 생명이여 / 이 꽃들에 온갖 정성 쏟으소서 / 한 송이는 그대 심장, 또 한 송이는 내 심장이니 // (중략) 꽃들이 그대 곁에 머물며~ 그대에게 말하리 / 그대 나와 함께 있을 때처럼 / 꽃들이 "그대 사랑해" 속삭인다고 / 그대 믿을 때까지 // 하지만 어느 석양 무렵 / 내 사랑의 치자꽃 시들면 / 그건 꽃들이 알아 버렸기 때

문 / 그대 사랑 날 저버렸음을 / 그대에게 새 연인 생겼음을

〈두 송이 치자꽃(Dos Gardenias)〉. 한국에서는 〈부에나비스타 소셜클럽〉에 나오는, 구두닦이 하다 녹음실로 불려 나온 이브라임 페레르(Ibrahim Ferrer, 1927~2005)의 노래로 널리 알려졌지만, 스페인에서는 1947년 안토니오 마친(Antonio Machin, 1903~77)의 노래로 크게 히트했던 까닭에 나이 지긋한 스페인 사람치고 모르는 사람이 거의 없는 사랑 노래.

노래가 시작되자마자 도밍고는 물론 좌중의 대여섯 스페인 사람들의 입이 일제히 떡 벌어지더니 오! 감탄사를 토한다. 도밍고는 거의 황홀경에 빠진 표정. 그러더니 빠져나간 넋을 되불러 온 듯 모두 따라 부르기 시작한다. 마침내 환호성 속에 노래가 끝나고 우레 같은 박수와 더불어 나에 대한 찬사가 (내 스페인어 청해력이 알아듣기 힘든 속도로) 이과수폭포처럼 쏟아진다. 그것으로 게임 끝? 노 웨이! 전혀 예상치 못했던 진짜 공연이 기다리고 있었다. 나 따위 얼치기는 발치에도 못 미칠 고수 중의 고수가 등장했던 것이다.

도밍고였다. 짐승의 울부짖음인 듯, 새의 지저귐인 듯, 냇물의 조잘댐인 듯, 소슬한 바람 소리인 듯, 힘차면서 나긋나긋하고, 흥겨우면서 애절하고, 억세면서 가냘픈, 아니 이런저런 언설로 옮길 수 없는 소리가 도밍고의 입에서 도저到底하게 터져 나왔다. 순박하고 선량한 눈은 가눌 길 없는 격정의 불꽃을 뿜어냈고, 작은 몸은 거인 같았다. 카마론 데 라 이슬라(Camarón de la Isla, 1950~92)가 불러 크게 유행한 플라멩코[02] 〈물처럼(Como el Agua)〉이었다. 노래가 단숨에 나를 빨아들였다.

내 영혼의 신성한 빛 / 내 심장을 밝히는 빛이여 / 내 몸은 즐겁게 거니네 / 내 몸속에 그대 환영幻影 있으므로 // 아, 물처럼 / 물처럼 / 물처럼 // 산에서 흘러내리는 / 맑은 물처럼 / 난 그대 보고 싶네 / 낮에도 밤에도

절창을 끝낸 도밍고가 온몸의 에너지가 고갈된 듯 의자에 풀썩 주저앉으며 맥이라곤 없는 눈빛으로 나를 바라본다. 그의 두 손을 움켜잡으며 "카마론 데 라 이슬라가 따로 없네," 했더니 희미한 웃음을 지으며 입을 연다. "노래 잘한단 말을 많이 들으며 자랐지. 가수가 되고 싶었건만 집안도

02　플라멩코라면 대개 춤을 떠올리겠지만, 실은 노래와 기타 연주와 춤이 하나로 어우러져야 진정한 플라멩코라 할 수 있거니와 셋 중 노래의 비중이 가장 크다. 도밍고의 노래가 어땠는지 간접적으로나마 느껴 보려면, 최고의 플라멩코 가수 카마론의 〈물처럼〉을 들어 보시길.

어렵고, 천식이 심해 목을 많이 쓸 수도 없었네. 목청껏 부르고 나면 발작이 올 수도 있어 자식들이 질색을 하네만, 그대의 〈두 송이 치자꽃〉을 들으니 참을 수가 없었어. 날 위해 좋은 노래를 불러 줘서 고맙네. 잊지 못할 걸세."

부르고스로 향하는 이튿날 아침 도밍고는 천식 기운 때문에 숙소에 남아 나를 배웅했다. 아들에게서 걱정하는 전화가 왔다며, 하루쯤 쉬었다 돌아가야겠다며, 산티아고까지 조심히 잘 가라며, 나를 꼭 껴안았다. 신새벽에 떠나느라 연락처를 교환할 생각조차 못했다.

그것이 마지막이었다. 칠십 가까운 나이로나 심한 천식으로나 코로나 초고위험군이 분명한 도밍고가 이 험한 역병의 시절을 부디 탈 없이 넘기길 빌 따름이다.

물 위에는 연기가 피어오르고,
아직도 버리지 못한 미련

딥 퍼플
〈물 위의 연기
(Smoke on the Water)〉

유대수

화가. (사)문화연구창 이사. 전주에서 태어나 홍익대학교에서 판화를 전공했다. 전주 서신갤러리와 한국소리문화의전당에서 전시 기획자로 일하고, 전라북도에서 계약직 공무원 경험을 잠깐 했으며 한옥마을에 있는 부채문화관에서 일하기도 했다. 배짱 맞는 동료들과 문화기획·연구 활동을 하며 잠시 그림 그리는 일을 멈추기도 했지만, 현재는 판화 공방을 열고 '전업 미술가'로 살기 위해 노력 중이다.

오래된 일이야. 난생처음 여권이라는 것을 만들고, 난생처음 비행기를 타고, 난생처음 발 딛은 해외여행지가 하필 스위스였어. 참 많이 낯선 제네바에서 일주일. 구구절절 사연은 많지만 생략할게. 하지만 특별한 기억으로 남겨진 게 있는데, 그건 바로 호숫가 작은 도시 몽트뢰Montreux라는 곳이야. 나중에야 알게 된 일이지만 알 만한 사람은 다 아는, 제법 유명한 곳이더군.

나에게 몽트뢰의 풍경은 얼핏 바다처럼 느껴졌던 레만호 끝자락을 등지고 앉은 기차역과 그 맞은편 맥도날드 햄버거 가게와 선물 가방을 통째로 두고 와 버린 언덕 위 박물관 광장과 그리고 중세 때 모습 그대로 의기양양하던 시옹성 바위 벽의 모습 정도로 남아 있어. 마침 햇살도 바람도 참 푸근했었지. 겨우 하루 한나절의 방문이었지만 나중에 돈 벌면 이런 마을에서 살고 싶다는 생각을 했던 건 분명해.

그런데 그때는 몰랐어. 그곳이 바로 유명한 재즈페스티벌이 열리는 곳이라는 걸. 애정하는 팝밴드 퀸의 프레디 머큐리가 '천국'이라고 부른 곳이었다는 걸. "마음의 평화를 얻으려면 몽트뢰로 가라"고 했다지. 끄덕끄덕. 그럴듯해. 하지만 그때는 몰랐어. 바로 그곳, 호숫가에 머큐리의 동상이 있다는 걸.

내가 미처 몰랐던 건 그것만이 아니야. 레드 제플린과 핑크플로이드, 블랙 사바스에 프랭크 자파 등등 학창 시절 동경해마지않던 뮤지션들이 모두 그곳, 몽트뢰의 카지노 공연장을 거쳐갔고, 하필이면 그 카지노에 화재가 났는데, 또 하필이면 앨범 녹음을 위해 마침 그곳에 와 있던 딥 퍼플 Deep Purple이라는 밴드가 그 화재 현장에 있었다는 거야. 그때는 몰랐지. 심지어는, 그 화재 장면을 목격한 경험—자신들의 처지를 가사로 옮겨 만든 노래가 바로 〈Smoke on the Water〉였다는 사실조차도 말이야.

아. 물 위의 연기. 그게 불붙은 카지노의 시커먼 연기였다니. 음악 하면 헤비메탈이지 하는 똘기(!)로 뭉친 스쿨 밴드 시절 마치 대표곡처럼 수없이 반복 연주했던 그 노래가, 지금도 기타를 잡으면 무심결에 메인 리프를 따라가게 되는 그 노래가 그런 내용과 사연을 담고 있다는 사실을 정작 스위스를, 몽트뢰를 다녀와서야 알게 되다니. 참 열악한(!) 시절이었어. 그래도 나는 여전히 "Smoke~" 어쩌고 하는 대목을 들으면 담배 연기를 떠올리거나 레만호의 물안개를 상상하곤 해. 몽트뢰의 호숫가에서 기타를 만지작거리는 리치 블랙모어의 머릿결과 함께 말이지.

내가 몽트뢰를 특별하게 기억하게 된 이유가 그거야. 〈Smoke on the Water〉를 들으면 몽트뢰가 생각나고 락을 사랑하던 스무 살 그때가 떠올라. 내 인생의 두 번째 전환기라고 말할 수 있는 그런 시절이었어. 당연히 이 노래를 함께 연주하던 친구들도 생각나지. '와이키키 브라더스'가 되어 떠돌다 각자의 자리로 돌아가기 전까지 나는, 우리는 모두 딥 퍼플이었고 블랙 사바스였고 쥬다스 프리스트였지. 그래서 그래.

명절 핑계 삼아 가끔 만나면, 다시 뭉쳐 연주해 보자고 예전 레퍼토리 하나하나 서로 들이대지만, 결국 매번 다음을 기약하자며 헤어지곤 해. 아마 안 될 텐데. 안 되는 줄 알면서도 안 된다고는 아무도 말하지 않아. 아직 미련을 버리지 못한 탓이지. 그래도 좋아. 꿈을 되짚어 즐겁고 희망 사항으로 기쁘면 됐지 더 이상 뭐가 필요할까. 잊지 못할 노래 하나쯤 간직하고 산다는 게 고마워. 우리도 그들처럼. "몇 개의 붉은 조명과 낡은 침대들뿐이었지만 / 우리는 땀 흘리며 작업했어 / 우리가 여길 나가는 것과는 상관없이 / 난 알아, 우린 여길 절대 잊지 못한다는 걸."

Deep Purple 〈Smoke on the Water〉

https://www.youtube.com/watch?v=P231HaG_ilo

내 젊음을 심폐 소생해 주는
〈The Young Ones〉

 크리프 리차드
〈The Young Ones〉

유혜숙

"나는 할 수 있어요." 마음의 힘이 강한 아이들을 길러 내는 '꼬마 코끼리가는길'(옛 코끼리유치원)의 원장이며 아이들은 '엄지'라고 부릅니다. 유치원 아이들처럼 놀고먹는 거 좋아하고 늘 유쾌하지만 가끔은 삐치기도 하는 어른 아이! 세상을 아름답게 하는 젊은이들에게는 언제든 지갑 열 준비된 사람 욕심 많은 엄지랍니다.

훅. 멎는 것. 숨에 이어 발걸음도 멎는다. 충무로의 좁다란 골목길이었고 라이브 카페 '쉘부르' 앞이었다. 도통 이유를 모르는 눈물, 일천한 형용의 실력으로는 표현치 못할 먹먹함, 설렘.

현실은 휘발되고 특정할 수 없는 시간대의 어디쯤에 툭 놓인 느낌.

〈The Young Ones〉는 나에게 그런 노래였다. 곡이 끝나고도 발걸음을 다시 떼는 일이 쉽지 않고 퍼뜩 정신이 들어 지금, 여기에 서 있는 나를 인지해도 설렘, 먹먹함, 그렁그렁한 눈물에서 쉽사리 헤어나오지 못하게 만드는 그런 노래였다.

〈The Young Ones〉는 타임머신이다. 나를 20대로 훌쩍 되돌려 놓는다. 내 젊은 날의 심장이 순식간에 이식되고 나는 벅차고 환희롭고 아파 온다.

여고 시절, 전주 동문사거리 근처 '태양독서실'은 당시 "공부 좀 하려는" 고교생들의 아지트였다. 학교가 파하면 귀가해서 저녁을 먹고 씻고 독서실로 향했다. 매일 저녁을 독서실에서 보내는 것은 보습학원이란 것이 없던 시절, 고교 생활의 루틴이었다.

공부를 한 것도 아니고 잠을 잔 것도 아니고 딱히 놀지도 않았던 매일매일의 밤들. 책을 펼쳐 놓고 졸고, 졸다 깨서 다시 책을 펼치고 또 엎드려 자다가 다시 일어나 같은 페이지를 읽고 또 읽으면서 한밤을 꼴딱 새던 시간들이 참 예쁘게 퇴적되던 날들이었다. 그리고 비몽사몽 헤매고 있는 우리에게 동이 트고 있다고 다정히 일러 주던 아침 인사들을 나는 지금도 기억한다.

여학생과 남학생 열람실이 엄연히 분리되어 있었으나 무심해 보이기를 바라는 상호 간의 관심은 분리되지 못했었다. 따라서 여학생 열람실 안쪽 입구에 위치한 음향기기를 작동시킬 수 있는 자격을 가진 남학생은 그 '무심한 관심'의 정중앙에 있을 수밖에 없었는데, 지금 서울의 모 대학 부총장으로 있는, 우리 고전독서회 김병량 선배가 당시의 주인공이었던 것이다. 선배는 동틀 무렵이면 슬금슬금 여학생 열람실에 정당하고 수줍게 침입해 음향기기의 버튼을 빌려 부드러운 아침 인사를 건넸는데, 탐 존스의 〈Country Road〉, 클리프 리처드의 〈Ever Green Tree〉라든지 닐 세다카의 〈You Mean Everything to Me〉 등이었다. 그리고 〈The Young Ones〉가 있었다. 처음 들은 순간 사랑에 빠진 것인지 듣다 보니 사랑하게 된 것인지는 기억하지 못하겠다. 어느 쪽이 되었든 즐겁게 반짝이던 청춘에게 우리는 〈The Young Ones〉라는 이름 하나를 더 지어 주었다.

서울에서 대학을 다니고 직장 생활을 하며 충무로와 명동의 북적거리는 음악다방에서, 골목길과 길거리에서 무수히 듣고 또 들렸지만 귀에도 심장에도 결코 질리지 않았다. 다만 서울 생활을 마치고 전주에 다시 내려와 내 일을 하고 결혼을 하고 아이를 키우고 이순을 넘기는 시간을 보내는 동안 그 시절의 음악다방에서, 레코드 가게 앞에서 얼마든지 들을 수 있었던 〈The Young Ones〉는 내 청춘처럼, 젊음처럼 나로부터 멀어졌다.

젊음의 불꽃이 활활 타는 한은
삶도 사랑도 두려워해선 안 돼요
젊은 시절은 길지 않으니까요

하지만 멀어졌었고 잊고 있었다 해도 〈The Young Ones〉가 문득 떠오르는 순간과 그 선율과의 우연한 조우는 이미 박동이 멈춘 내 젊음을 심폐 소생한다. 사랑하기 때문이다.

지금도 그 멜로디를 알아채는 순간엔 나는 피터 팬을 마주한 웬디처럼, 이상한 나라의 앨리스처럼 여기 아닌 다른 세상을 서성이게 된다. 투르게네프의 '첫사랑'을, 생떽쥐베리의 '어린왕자'를, 트리나 포올러스의 '꽃들에게 희망을'에 대해 이야기하고 싶어진다. 사랑을 느끼고 있는 맥박을 공유하고, 누구와라도 다정히 술 한잔 기울이고 싶어지는 것이다. 술잔을 나누며 프로스트의 '가지 않은 길'을 읊조리고 '메디슨 카운티의 다리'에 선 메릴 스트립이 되어 보려는 것이다.

자꾸 뒤돌아보는 것은 막연한 미련 때문일까.

젊은 시절은 길지 않기 때문에, 삶도 사랑도 두려워해서는 안 된다는 그의 당부를 그만 소홀히 생각하고 살아 버린 때문일까.

혹은 사랑에 욕심이 많아 아쉬워하기 때문일까.

사실 무엇이어도 무관하다.

이 노래를 들을 때는 그 시절이 오롯이 내 것으로 남아 있음을 되새길 수 있다는 것으로 족하다.

자꾸만 무어든 추억하게 되는 지금. 〈The Young Ones〉와 함께 관통한 나의 젊은 시절은 막연하게 설렜고, 삶이 또 사랑이 아플까 봐 두려웠지만 가슴을 열어 받아들이기를 주저치 않았고, 욕심을 부렸으나 사랑이었으니 괜찮았다라고, 나는 〈The Young Ones〉를 빌려 변명을 해 보는 것이다.

Young dreams should be dreamed together

And the young hearts shouldn't be afraid

And someday while the years have flown

Darling then we'll teach the young ones of our own

그리고 〈The Young Ones〉는 나의 변명에 대해 이렇게 조언하고 있다.

당신의 젊은 시절은 끝났어도 당신은 그 자리에서 해야 할 일이 있는 때라고.

함께 꿈을 꾸고 두려워하지 말라는 이야기를 당신의 젊은 친구들에게 전해 줄 때라는 것을 말이다.

*덧붙임: 요즘 아이들 말로 '인생곡'을 되찾아 준 이종민 교수님에게 나의 젊음을 대신하여 진심으로 감사의 말씀을 전한다. 영문도 모르고 영문과 교수가 된 것치고는 참으로 낭만적인 그 양반이 나는 참 좋다. 스스로를 '따라쟁이'라고 당당하게 말하는 그를 따라, 나는 '따라쟁이를 따라하는 따라쟁이'로 내게 남겨진 시간을 더 유쾌하게 즐기리라!

나의 그리운 음악 선생님

이광재

1963년 전북 군산에서 출생. 1989년 무크지《녹두꽃2》에 단편
「아버지와 딸」을 발표해 작가가 되었다. 그 후 이런저런 일로 약
20년간 글을 쓰지 못하다가 2012년 전봉준 평전『봉준이, 온다』
를 펴내고 2015년에 장편『나라 없는 나라』를 썼다. 이어 2017년
장편『수요일에 하자』도 썼다. 혼불문학상과 전주시예술상을 받
았다.

슈베르트〈송어〉

음악 교과서에 포개 놓은 삼중당 문고판 황순원의 「잃어버린 사람들」을 읽는다. 석이와 순이
는 서로 좋아했으나 순이는 반신불수가 된 박참봉의 몸을 밤이면 데워 주는 몸뚱이로 논 다섯 마
지기에 팔려 간다. 그 음악 시간에 선생님은 피아노를 치며 또래들에게 슈베르트의 〈송어〉를 가르
치는 중이다. 그리움을 견디다 못한 석이는 근친 온 순이와 하동 어름으로 도망치지만 박참봉의
아들에게 붙잡혀 귀를 잘리고 만다. "거울 같은 강물에 송어가 뛰노네, 화살보다 더 빨리 헤엄쳐 뛰
노네, 나그네 길 멈추고 언덕에 앉아서…" 귀가 잘린 석이가 대처를 피해 순이와 함께 찾아든 곳은
사람들 발길이 닿지 않는 지리산 깊은 곳이다. 짐승의 울음소리가 들리고 지네가 떠르르르 울며
기어가는 곳에 그들은 불을 놓아 화전을 일군다. "거울 같은 강물에 송어를 바라네, 거울 같은 강물
에 송어를 바라네…" 석이네는 지리산 자락에 일군 화전에 보리를 심고, 아이가 태어나자 머루눈이
라고 부르며 행복한 나날을 보낸다. "젊은 어부 마침내 성을 내어 흙탕물을 일으켰네, 아 그 강물
에 이리하여 이윽고 송어는 낚여 올렸네, 마음 아프게도 나그네는 보았네…" 어느 날 순이가 물을
긷는 사이 늑대가 나타나 머루눈이를 물고 숲속으로 사라진다.

"너 이리 나와!"

아이를 잃은 석이와 순이는 산이 싫어져 이번에는 통영 바닷가로 이사를 간다. 그곳에서 순이
는 살림을 하고 석이는 어부가 되어 고깃배를 탄다. 옆에서 누군가 자꾸 옆구리를 질벅거려 고개
를 들고 보니 음악실의 모든 눈동자가 나를 향하고 있다. 사태를 파악한 나는 엉거주춤 일어나 앞
으로 나간다.

"보던 거 가지고 와!"

자리로 돌아가 삼중당 문고를 가져가자 선생님은 대뜸 책을 북북 찢어 버린다. 한꺼번에 너무

많이 잡아 잘 찢어지지 않자 페이지를 덜어 내고 다시 찢는다. 어쩐지 바다로 나간 석이는 풍랑을 만나 죽을 것만 같은데 뒷이야기를 확인할 수 없게 돼 아쉽다. 그러나 우선은 잘게 찢겨 교단에 쌓인 책이 곧 닥칠 내 운명을 암시하는 것 같아 슬슬 겁이 나기 시작한다. 중학교 때보다 체벌은 잦지 않지만 머리가 굵어진 것들을 상대하는 고등학교 교사의 폭력은 훨씬 모질고 묵중한 편이었다. 장난스러운 기대감을 드러내던 급우들도 책이 찢기자 차츰 표정이 어두워진다. 만일 고깃배가 침몰해 석이가 죽기라도 한다면 순이는 어떻게 살아갈 것인가. 선생님의 하악골이 껌을 씹을 때처럼 꿈틀거리더니 숨을 길게 내쉬는지 부풀어 오른 가슴이 안쪽으로 천천히 꺼져 들어간다. 직감이란 녀석은 공기의 출렁임을 빠르게도 포착하지. 어쩐지 엉덩이 서너 대쯤으로 이 사태가 마무리될 것 같아 긴장이 조금 헐거워진다.

"남들 노래 배울 때 넌 책을 읽었다. 〈송어〉를 제대로 부르면 용서하겠다!"

뒤꿈치로 교단을 내리찍으며 선생님이 피아노 앞에 가서 앉았고, 나는 전주가 흘러나오는 동안 석이와 순이의 사연 속에 끼어들던 노래 가사를 떠올려 본다. 거울 같은 강물에서 뛰노는 송어를 한 나그네가 쳐다보고 있다. 젊은 낚시꾼이 낚시를 드리우지만 송어가 잡히지 않자 아예 물에 뛰어 들어가 흙탕물을 일으킨 뒤 고기를 잡아 올린다. 그 모습을 나그네는 안타깝게 바라본다…. "거울 같은 강물에 송어가 뛰노네, 화살보다 더 빨리 헤엄쳐 뛰노네…" 노래를 부르면서 보니 교단 위에서는 아이들의 표정과 태도 하나까지도 한눈에 들어온다. 책을 숨겨 두고 읽는 일이 불가능하겠단 생각이 들자 그간 교사들의 눈을 속인 게 아니라 그들의 권태로움에 힘입어 묵인되거나 무시당해 왔다는 느낌이 든다. 거룩할사, 무능을 잉태한 그대들의 권태여. 어느새 매타작을 면한다는 쪽에 저울추를 던져 놓은 아이들은 흥미와 호기심을 가지고 내 노래를 감상하는 중이다. "마음 아프게도 나그네는 보았네, 마음 아프게도 나그네는 보았네…" 노래가 끝나고 침묵이 고이는 사이 창문 너머 담장 밑에서 국화가 망울을 맺는다. 노래가 끝났으니 이제는 처분을 해야 할 터인데도 선생은 피아노 앞에 등을 말 채 미동 없이 자리만 지키고 있다. 그 잠깐의 정적이 다시 긴장을 불러와 아이들 얼굴에서 장난기가 거두어진다.

"이 노래 언제 배웠어?" 선생님이 등진 자세로 묻는다.

"귀로 듣고 방금 배웠습니다."

그제야 자리에서 일어서며 그는,

"마리오 란자가 환생을 했구나!" 하더니,

"토요일 방과 후에 음악실로 와!" 명령처럼 말했다.

토요일 방과 후에 음악실에 갔더니 선생님은 우선 소리 모으는 법을 배우고 대학교 성악과 교수를 찾아가 레슨을 받으라고 한다. 그의 제안에 대답을 하지 않자 만일 성악만 하면 일류대에 진학하는 건 물론이고 세계적인 가수가 되어 런던과 파리, 뉴욕이나 시드니에서 오페라 공연을 하게 될 거라고 종용한다. 그러나 음악보다 문학에 빠져 있던 나는 선생님의 간곡한 청을 빌아들일 수 없었다. 무엇보다 성악을 하기 위해서는 비용이 만만치 않게 들 거라는 생각도 크게 자리 잡고 있었다. 집안 형편상 대학교수를 찾아가 레슨을 받을 처지가 아니었다.

내가 본인 뜻대로 움직여 주지 않았지만 선생님은 학교를 떠날 때까지 나를 챙겨 주곤 했다. 어쨌거나 학창 시절을 통틀어 국민학교 시절 글짓기로 칭찬을 받은 이래 그 칭찬이 처음이었다. 선생님은 나의 목소리를 어여삐 했고 써먹지 못함을 안쓰러워했다. 그러나 그때 나는 내가 가진 어떤 재능 같은 것을 처음 깨달았다. 훗날 음악을 즐겨 듣고 노래방에 가서 노래 부르는 것을 탐닉하고 록 밴드를 만들어 활동했던 것도 다 그 선생님 덕이라고 할 수 있을 것이다. 언젠가 경기도 어느 사찰 합창단을 지휘한다는 그 선생님을 찾아뵙게 될 날을 나는 기다리고 있다.

*이 글 앞쪽의 음악실 장면은 현재 필자가 쓰고 있는 소설 중반부에 삽입되는 일화임을 밝힙니다. 물론 실화를 바탕으로 합니다.

한국의 마리아 칼라스라 불린 황금심

이동순

시인. 문학평론가. 1950년 경북 김천 출생. 경북대 국문과 및 동대학원 졸업. 동아일보 신춘문예 시 당선(1973), 동아일보 신춘문예 문학평론 당선(1989). 시집 『개밥풀』 『물의 노래』 등 15권 발간. 분단 이후 최초로 백석 시인의 작품을 정리하여 『백석시전집』(창작과비평사, 1987)을 발간하고 민족문학사에 복원시킴. 평론집 『잃어버린 문학사의 복원과 현장』 등 각종 저서 53권 발간. 신동엽창작기금, 김삿갓문학상, 시와시학상, 정지용문학상 등을 받음. 영남대학교 명예교수. 계명문화대학교 특임교수. 한국대중음악힐링센터 대표.

 황금심 〈알뜰한 당신〉

동서고금의 음반이란 음반을 모조리 수집하던 한 선배가 있었습니다. 어느 날 그와 이런저런 방담을 나누다가 문득 가수 황금심(黃琴心, 1922~2001) 이야기로 화제가 옮겨졌지요. 그런데 선배는 대뜸 "그녀는 한국의 마리아 칼라스였어!"라는 충격적 발언을 하는 것이 아니겠습니까?

마리아 칼라스(Maria Callas, 1923~77)는 1950년대를 배경으로 전 세계 음악 팬들에게 커다란 인기를 누린 프리마돈나로 그야말로 오페라의 전설이었지요. 그리스 이주민의 딸로 미국 뉴욕에서 태어났지만 부모의 이혼 등을 비롯한 삶의 파란으로 인해서 많은 시달림을 받게 됩니다. 하지만 이러한 시달림은 칼라스의 예술을 한 단계 도약시키는 밑거름이 되었습니다. 음악의 감성을 정확히 표현하는 힘, 매력적인 음색은 마리아 칼라스의 상표처럼 여겨졌지요. 여기에다 우아한 용모, 스타로서의 기품까지 갖추어 그야말로 2차 세계대전 이후 최대의 오페라가수로 인정받았습니다.

저는 곧 선배의 말에 딴지를 걸었습니다. 아무리 황금심 노래가 훌륭하다 할지라도 어찌 마리아 칼라스에 비견할 수 있겠느냐는 것이 저의 생각이었습니다. 하지만 선배의 표정은 결연했습니다. 황금심 음반을 다시금 귀 기울여 여러 차례 반복해서 들어 보라는 충고를 줄 뿐이었습니다. 그러나 이런 충고를 들으면서도 저의 속마음은 못내 기쁘고 감격스러웠습니다. 항상 서양음악에만 심취해 오던 선배의 관점 내부에 이렇게도 한국의 대중문화에 대한 뜻밖의 놀라운 시각과 애착이 있었다는 사실을 처음 발견했기 때문입니다.

그날 저녁 집으로 돌아와 저는 1960년대 황금심 절정기에 취입한 음반을 매그나복스 장 전축에 걸어 놓고 눈을 지그시 감은 채 몇 시간이고 들었습니다. 고즈넉한 밤, 무르익을 대로 무르익은 황금심의 노래는 과연 저의 마음속 깊은 곳까지 처연하게 스며들어 와 아프고 쓰라린 가슴의 상처를 어루만지고 위로해 주었습니다. 그러다 마침내 도달한 결론은 과연 선배의 지적에 충분한 일리가 있다는 동의와 공감이었습니다.

황금심 음반을 듣던 중에 저는 오래도록 잊고 있었던 하나의 아련한 실루엣이 떠올랐습니다. 그것은 제가 소년 시절이었던 1960년대 초반, 한옥 고가에서 아버님과 함께 살던 시절의 이야기입니다. 마당에는 벽오동 한 그루가 우뚝 서서 바람 소리를 내고 있었지요. 힘겨운 가계에 보태기 위해 아버님께서는 꽃밭이 있던 담장 쪽 공터에 새로 방을 넣으셨습니다. 그 방에 40대 중반의 여인이 어린 두 아들을 데리고 세를 들어 살았습니다. 여인은 아마도 과수댁이었던 것 같습니다.

아침 식사를 마치면 전축에다 곧장 황금심 음반을 올려놓고, 앞·뒷면을 돌려 가며 오후 해 질 무렵까지 듣고 또 듣는 것이 그녀의 일과였습니다. 청소를 할 때도 저녁밥을 지을 때도, 한가한 시간 방바닥에 홀로 누워 있을 때도 오로지 황금심만 들었습니다. 그 덕분에 지금도 황금심 노래만 들으면 그 과수댁 여인의 기억이 먼저 떠오릅니다. 당시 남편과 사별하고 홀로 적막한 삶을 아슬아슬 이어온 과수댁의 복잡하고 힘든 삶의 무게를 지탱해 준 힘의 원천은 필시 황금심 노래였을 것이라고 이제 어른이 된 저는 어렴풋이 짐작을 하는 것이지요.

본명이 황금동黃金童이었던 가수 황금심은 1922년 부산 동래 출생입니다. 그러나 젖먹이 때 부모를 따라 서울 청진동으로 이주했었고, 7살에 덕수보통학교에 입학했습니다. 14살 되었을 때 축음기 노래를 따라 부르는 것을 너무도 좋아했는데, 어느 날 동네의 음반 가게 점원이 골목을 지나다가 소녀의 기가 막힌 노랫소리를 들었습니다. 마침 오케레코드사 전속 가수 선발 모집이 있었는데, 점원은 거기에 출전하기를 권했고, 콩쿠르에 출전한 황금동은 당당히 1등으로 뽑혔습니다.

드디어 1936년 오케레코드사에서 〈왜 못 오시나요〉와 〈지는 석양 어이하리오〉란 음반을 맨 처음에는 황금자黃琴子란 이름으로 처음 취입했습니다.

그런데 그 이듬해 작사가 이부풍이 황금동을 빅타레코드사로 안내하여 전수린 작곡의 〈알뜰한 당신〉(조명암 작사, 전수린 작곡)과 〈한양은 천리원정〉(조명암 작사, 이면상 작곡)을 취입하도록 했습니다.

울고 왔다 울고 가는 설운 사정을 / 당신이 몰라주면 누가 알아주나요
알뜰한 당신은 알뜰한 당신은 / 무슨 까닭에 모른 체하십니까요

만나면 사정하자 먹은 마음을 / 울어서 당신 앞에 하소연할까요
알뜰한 당신은 알뜰한 당신은 / 무슨 까닭에 모른 체하십니까요

안타까운 가슴속에 감춘 사정을 / 알아만 주신대도 원망 아니 하련만

알뜰한 당신은 알뜰한 당신은 / 무슨 까닭에 모른 체하십니까요

-〈알뜰한 당신〉 전문

이 음반을 낼 때부터 예명은 황금심으로 바뀌었습니다. 하지만 이것이 분쟁의 화근이 될 줄 아무도 몰랐던 것이지요. 당시 최고의 가수였던 이화자의 창법을 압도하는 요소가 있다며 빅타레코드 회사에서는 반색을 했습니다. 예측했던 대로 이 음반은 공전의 대히트를 했지만, 장래가 촉망되는 가수를 졸지에 빼앗긴 오케레코드사에서는 황금동을 이중 계약으로 법원에 고소를 하고 말았습니다. 결국 가족들이 나서서 황금심을 빅타레코드사에 머물도록 하고, 분쟁을 겨우 무마시켰습니다.

작사가 이부풍, 작곡가 전수린, 가수 황금심! 이 트리오는 그 후 빅타레코드사를 대표하는 간판 격 음악인으로 확고하게 자리를 잡았습니다. 데뷔 시절, 서로가 탐을 내던 인기 때문에 본의 아니게 엄청난 소란에 휘말려 마음의 극심한 고통을 겪었던 황금심은 그 어느 다른 레코드회사에서 취입을 제의해 와도 전혀 듣지 않고, 오로지 빅타레코드사에서만 충직하게 활동했습니다.

가수 황금심 노래에 가사를 담당했던 작사가로는 이부풍을 위시하여 시인 장만영과 박노춘 등이었습니다. 시인 김안서(김억) 선생도 김포몽金浦夢이란 필명으로 황금심에게 가사를 주었지요. 박영호, 고마부, 화산월, 이경주, 김성집, 산호암, 강남인 등도 황금심 노래의 가사를 몇 곡씩 맡았던 유명 작사가들입니다. 황금심 노래의 작곡을 거의 전담하다시피 했던 작곡가로는 단연코 전수린 선생입니다. 그 밖에 형석기, 이면상, 박시춘, 문호월, 조자룡(김용환), 김양춘, 진우성 등도 몇 곡씩 맡아서 활동했습니다.

자, 그러면 일제 강점기 후반기에 발표했던 황금심의 대표곡을 어디 한번 보실까요?

신민요 〈울산 큰 애기〉(고마부 작사, 이면상 작곡, 빅타 49511), 〈마음의 항구〉, 〈알려 주세요〉, 〈청치마 홍치마〉, 〈꿈꾸는 시절〉, 〈여창에 기대어〉, 〈만포선 천리 길〉, 〈날 다려 가소〉, 〈한 많은 추풍령〉, 〈재 우에 쓰는 글자〉 등입니다. 그 밖에도 좋은 노래가 무척 많습니다.

1939년 4월에 발표한 〈외로운 가로등〉(이부풍 작사, 전수린 작곡, 빅타 KJ-1317)은 전형적인 블루스곡입니다. 일제 말 제국주의 압제에 지치고 시달린 식민지 백성들의 아픈 가슴을 따뜻하게 쓰다듬어 준 아름다운 작품이지요.

비 오는 거리에서 외로운 거리에서 / 울리고 떠나간 그 옛날을 내 어이 잊지 못하나

밤도 깊은 이 거리에 희미한 가로등이여 / 사랑에 병든 내 마음속을 너마저 울어 주느냐

가버린 옛 생각이 야속한 옛 생각이 / 거리에 시드는 가슴속을 왜 이리 아프게 하나

길모퉁이 외로이 선 서글픈 가로등이여 / 눈물에 피는 한 송이 꽃은 갈 곳이 어느 편이냐

희미한 등불 아래 처량한 등불 아래 / 죄 없이 떨리는 내 설움을 뉘라서 알아주려냐

심지불도 타기 전에 재가 된 내 사랑이여 / 이슬비 오는 밤거리 위에 이대로 스러지느냐

-〈외로운 가로등〉 전문

    이 무렵 김용환이 조직한 반도악극좌半島樂劇座의 주요 멤버로 활동한 황금심은 노총각이었던 가수 고복수高福壽와 이동 열차 안에서 사랑에 빠지게 됩니다. 두 사람의 나이 차이는 무려 10년, 이를 극복하고 마침내 결혼에 골인하게 됩니다. 부부는 악극단 활동에 혼신의 힘을 기울이다가 8·15해방을 맞이하게 됩니다.

    한국전쟁은 이들 부부에게도 시련의 세월이었습니다. 고복수는 인민군에 납치되었다가 극적으로 탈출하였고, 부부는 국군 위문 대원으로 활동하게 됩니다. 1952년 황금심이 취입한 〈삼다도 소식〉(유호 작사, 박시춘 작곡, 스타 KB-3002)으로 부부는 커다란 삶의 용기를 얻었습니다. 이 노래는 남인수가 일제 말인 1943년에 발표한 노래 〈서귀포 칠십 리〉(조명암 작사, 박시춘 작곡)와 함께 제주의 풍물을 다룬 가장 대표적인 대중가요로 자리를 잡았습니다. 특히 황금심의 이 노래는 1950년대 초반 제주 모슬포 육군훈련소에서의 슬픔과 애환을 머금고 있는 가슴 아픈 노래였지요.

삼다도라 제주에는 돌멩이도 많은데 / 발부리에 걷어챈 사랑은 없다든가

달빛이 새어드는 연자방앗간 / 밤새워 들려오는 콧노래가 구성지다 / 음 콧노래 구성지다

삼다도라 제주에는 아가씨도 많은데 / 바닷물에 씻은 살결 옥같이 귀엽구나

미역을 따오리까 소라를 딸까 / 비바리 하소연에 물결 속에 꺼져 가네 / 음 물결에 꺼져 가네

-〈삼다도 소식〉 전문

    이후 황금심은 〈뽕 따러 가세〉(나화랑 작곡) 등으로 계속 인기를 이어가지만 경제적으로 몹시

힘들어졌고, 남편 고복수는 영화제작 사업, 운수업 등 손대는 사업마다 매번 실패의 연속이었습니다. 마침내 1958년 고복수는 가수 생활을 접고 은퇴하게 되지만 힘겨운 생활고는 고복수로 하여금 월부 서적 외판원으로 차디찬 길거리로 헤매 다니도록 했습니다. 서울 종로 거리의 온갖 다방을 찾아다니며 유난히 커다란 신장으로 각종 전집물 도서를 한 아름씩 안고 다니며 슬픈 표정으로 떠돌이 도서 판매를 했던 것입니다.

이 무렵 황금심도 생계를 위해 참으로 많은 분량의 노래를 취입하게 됩니다. 영화 주제가, 연속방송극 주제가는 거의 황금심이 전담하다시피 했습니다.

한국가요사를 통하여 '가요계의 여왕', '꾀꼬리의 여왕'이란 칭호를 듣던 가수 황금심. 그녀는 1970년대까지 무려 1,000곡 넘게 발표했습니다. 말년에 파킨슨병을 앓으면서도 노래에 대한 애착이 변함없던 황금심은 드디어 2001년, 한도 많고 설움도 많았던 이 세상을 쓸쓸히 떠나갔습니다.

사랑은 가고 음악은 남는다

이성아

소설가. 단편소설집『절정』『태풍은 어디쯤 오고 있을까요』, 장편소설『경성을 쏘다』『가마우지는 왜 바다로 갔을까』등이 있다. 세계문학상 우수상, 이태준 문학상 등을 수상했다.

 로드리게스 〈검은 돛배〉

리스본행 야간열차를 타고『리스본행 야간열차』를 읽으며 리스본으로 가는 길이었다. 잠을 이루지 못하던 주인공 그레고리우스가 식당칸으로 가는 장면에서, 나도 침대칸에서 일어나 식당칸으로 갔다. 파스칼 메르시어가 런던이나 파리가 아닌 리스본행을 선택한 순간,『리스본행 야간열차』의 기본 정조는 절반 정도 쌓아 올린 것인지 모른다. 도시의 이름에는 지문처럼 어떤 아우라가 서려 있지 않던가. 나는 고독과 우수에 한껏 젖어 있었다.

그레고리우스는 커피를 마셨지만 나는 포트와인을 찾았다. 없다는 말이 돌아왔다. 포르투갈 열차가 아닌 스페인 열차기 때문이었다. 실망한 표정을 감추지 못하는 내게 바텐더가 미니어처 병을 들어 보였다. 포트와인 잔을 들고 의자에 앉았는데 창밖은 검정 도화지를 붙여 놓은 듯 새까맸다. 어둠 속에서 와인 잔을 든 여자가 물끄러미 바라보고 있었다. 기차 바퀴가 철컥거리는 소리에 맞춰 음표가 하나, 둘 흐르기 시작했다. 노크를 하듯 음표가 차창에 부딪혔다. 기억의 수문이 열렸다. 급물살을 탄 듯 격정적인 음악이 흘렀다. 아말리아 로드리게스의 〈검은 돛배〉였다.

중학교를 졸업하고 두 달 동안, 나는 친구들과 영어, 수학 과외 교습을 받았다. 친구 오빠가 영어를 가르치고 그 오빠의 친구가 수학을 가르쳤다. 수학 선생은 외국어대 학생이었다. 내 인생 처음 만난 대학생이었고, 내 인생 처음 가슴 두근거리는 게 무엇인지 가르쳐 준 사람이었다. 그로 인해, 연습장 한바닥을 빼곡히 채우면서 수식을 풀어 나가다가 마지막에 Q.E.D.로 증명을 마치는 복잡한 수학의 재미조차 알아 버리고 말았다. 고작 두 달간의 과외로 나의 수학 성적은 고등학교를 다니는 내내 월등했다. 물론 문과에서.

그가 들려주는 이야기는 대학 생활의 낭만 그 자체였다. 장발 단속에 걸렸을 때 포르투갈어를 마구 늘어놓아서 훈방되었다는 모험 활극이나 간혹 묻히고 오는 최루탄 냄새는 무슨 비밀결사 조직원이라도 되는 듯 멋있어 보였다. 같은 과 여자 친구에게 테니스 치는 걸 가르쳐 주었다는 말을 들을 땐 알지도 못하는 여자에게 질투심이 폭발했다. 그는 테니스뿐 아니라 기타도 잘 쳤다. 기타를 치면서 노래를 부를 때 이마에 흘러내리던 그의 긴 머리카락과 긴 손가락은 떠오르는데 정작 그가 부른 노래는 기억에서 휘발되어 버렸다.

시각이 청각보다 힘이 센 것일까. 아말리아 로드리게스가 그의 목소리를 덮어 버린 건지도 모르겠다. 우리는 덕수궁 앞에서 만나고 태극당에서 빵도 먹었다. 남산을 걸은 적도 있었다. 그러나 그런 날은 오래가지 않았다. 서로 다른 생각을 하고 있다며, 그가 멋쩍게 웃었다. 무엇이 다른지는 말해 주지 않았다. 그는 가고 내게는 카세트테이프가 남았다. 언젠가 포르투갈어를 한번 해 보라고 하자 그가 가방에서 꺼내 준 것이었다. 스티커에는 굵은 사인펜으로 Amália Rodrigues라고 써 있었다. 전파사에서 복제한 것이었다. 나는 테이프가 늘어질 때까지 듣고 또 들었다. 아무리 들어도 다른 생각이 무엇인지 알 수 없었다. 다만 가슴을 쥐어짜는 듯 아팠다.

십 대에 나는 이미 <검은 돛배>를 타고 오는 운명이 호의적일 리 없다는 걸 알아 버렸다. 운명은 밝고 경쾌한 것과는 어울릴 수 없음을, 사납게 몰아치는 폭풍우 앞에서 머리카락을 휘날리며 가슴을 쥐어뜯는 것이야말로 운명에 어울리는 모습이라는 생각을 품게 된 건, 순전히 그 카세트테이프 때문인지 모른다.

새벽의 리스본역에 내린 나는 호스텔에 짐을 맡겨 두고 곧바로 나왔다. 체크인 시간 전이었으므로 여권과 신용카드, 유로화가 든 복대와 카메라, 모자, 물병 같은 걸 작은 배낭에 챙겨서 트램을 탔다. 두 량짜리 노란 트램은 좁고 경사가 심한 구절양장 언덕길을 누볐다. 자동차들까지 엉켜서 달리는 시간보다 서 있는 시간이 더 길었다. 관광객들의 입김 때문에 창밖도 잘 보이지 않았다. 숨이 막혀서 도망치듯 내린 곳이 다행히 바다가 보이는 전망대였다.

대륙의 발코니 같은 전망대였다. 붉은 지붕이 파도치면서 대서양을 만나는 장면이 너무 환상적이어서 평소 잘 찍지 않던 셀카까지 찍었다. 나중에 알고 보니 그건 대서양이 아니고 타호강이었다. 벤치에는 노년의 관광객들이 다리를 쉬면서 버스커들의 연주를 들었다. 지브롤터 해협만 건너면 아프리카인 탓에 열쇠고리를 파는 흑인들이 유난히 많아 명치가 아렸다.

전망대를 내려가는 길에 파두 라이브 카페가 눈에 띄었다. 공연 시간과 가격을 물어보니, 저녁 식사를 하면 공연은 공짜라고 했다. 그렇다면 오늘 저녁은 여기서, 그리고 돌아서는데 웨이터가 내 배낭을 가리키며 지퍼가 열려 있다고 했다. 순간, 누군가 내 뒷덜미로 얼음물을 흘려 넣는 것처럼 등골이 서늘했다. 화장품 파우치, 스카프, 물병이 복잡하게 뒤엉켜 있는 중에도 없어진 것은 딱 하나, 복대였다. 바람이 빠지듯 다리가 풀리면서 나는 그 자리에 주저앉아 버렸다.

소매치기가 많다는 말에 일부러 구입한 복대였다. 나 홀로 여행자가 목숨처럼 사수해야 할 것들을 따로 챙겨서 답답하더라도 차고 다닐 계획이었다. 체크인을 할 수만 있었어도 여권과 돈을 다 들고 나오지 않았을 것이다. 게다가 오전 시간인 탓에 사람이 많지 않아서 잠깐 방심했는데, 기가 막히게 그 틈을 치고 들어온 것이다. 그나마 사람들이 붐비는 곳에 있었던 건, 대서양으로 착각한 타호강 앞에서 셀카를 찍던 1분도 채 안 되는 순간뿐이었다.

인정하마. 나는 깨끗이 포기했다.

그 정도 프로 정신이라면 모든 건 내 불찰이고 운명이었다.

그날 저녁, 나는 애초에 가려던 식당보다 더 근사한 곳에서 파두를 들었다. 내 주머니에는 리스본의 대한민국 영사관에서 긴급하게 차용한 캐시가 두둑했다.

좁은 카페는 사람들로 가득했다. 무대가 따로 없이 두 명의 기타리스트가 테이블 사이에 옹색하게 앉아 있었다. 잠시 후 조도가 낮아지고 검은 드레스에 머리를 길게 늘어뜨린 파디스타가 나타났다. 그녀의 카리스마가 카페를 압도했다. 그녀가 등장하기 전 웨이터는 음악 감상의 예의 비슷한 걸 알려주었는데, 파두는 한 곡이 끝나도 박수를 치지 않는다고 했다. 이유는 가르쳐 주지 않았다. 덕분에 파두가 울려 퍼지는 카페는 무슨 성소처럼 숙연한 분위기마저 감돌았다. 파두의 탄생이 그러하지 않던가. 바다에 나가 돌아오지 않는 사내에 대한 사랑, 그리움, 아픔과 슬픔 그리고 거역할 수 없는 숙명. 파디스타는 아말리아 로드리게스밖에 모르지만, 우리나라의 창처럼 파두의 음색과 창법이 따로 있는 것 같았다. 내게는 그녀가 아말리아 로드리게스였다.

<검은 돛배>는 수십 년 세월의 파도를 넘어 단숨에 나를 여고 시절로 데리고 갔다. 사람은 떠나고 음악은 남았다. 사람을 만나는 건 그 사람의 음악을 만나는 것이었다. 파도가 칠 때마다 모래밭에 물결무늬를 남기듯, 내 운명의 음악들은 내 인생의 나이테로 남아 있었다.

그날의 운명은 나에게 호의적이지 않았으나, 그렇다고 적대적인 것도 아니었다.

내가 좋아하는 노래를 할 수 있어 선생이 좋다

 이호재 〈하루를 돌이켜 보면〉

 강산에 〈넌 할 수 있어〉

 안치환 〈또 기다리는 편지〉

이영근

초등교사, 초등토론교육연구회 회장. 어린이를 위한 책으로 『토론이 좋아요』(에듀니티) 『학급회의 더하기』(현북스)가 있으며 교사를 위한 책으로는 『초등 자치』 『초등 따뜻한 교실토론』(에듀니티) 『초등학급운영 어떻게 할까』(보리) 『와글와글 토론 교실』(우리교육) 『참사랑 땀으로 자라는 아이들』(즐거운 학교)가 있다. 그 밖에 어린이 일기 모음으로 『놀고 싶다』 『이빨 뺀 날』, 『비교는 싫어』(우리교육)가 있다. '아이들이 사랑하고 아이들을 사랑하는 교사가 되자'라는 취지로 초등참사랑(http://chocham. com), '토론은 삶이다'는 취지로 초등토론교육연구회(http:// cafe.daum.net/debateedu)를 운영하고 있다.

나는 초등학교에서 학생들과 살고 있다. 우리 반은 노래를 날마다 부른다. 영근 샘(학생들은 나를 이렇게 부른다)이 주마다 부르는 세 곡을 날마다 듣고, 따라 부를 힘이 생기면 따라 부른다. 생일을 맞은 학생도 노래를 불러 주며 축하한다. 생일 축하곡도 부르지만, 늘 축하곡만 할 수 없으니 내가 좋아하는 노래를 불러 주기도 한다. 날마다 학생 한 명과 돌아가며 점심 밥을 같이 먹는다. 이 학생을 위해서도 노래를 한 곡 한다. 그러니 날마다 노래를 서너 곡은 부른다.

그런데도 나는 피아노, 리코더, 단소 같은 악기를 할 줄 모른다. 교육대학 때 피아노 연습실에서 연습은 하지 않고 담배만 피운 탓이다. 리코더는 몇 번 해 보았으니 부는 즐거움을 못 느꼈다. 단소는 아직도 소리를 낼 줄 모른다. 그런데 기타는 칠 줄 안다. 대학 때 선배들이 술 마시며 치던 기타를 어깨너머로 보고 쳤다. 제대로 배운 적도 없어 잘 치는 것도 아니지만 할 줄 아는 게 그것밖에 없어 선생 하고서 기타 치며 노래했다. 그렇게 기타를 치며 20년을 살았다.

기타 치며 노래하던 어느 날, 우리 반 학생이 물었다. "선생님, 기타 좀 가르쳐 주세요." 사실 자신이 없었다. 제대로 배우지 않았으니. 그럼에도 학생이 가르쳐 달라는 말에 도전하고픈 생각이 들었다. "그래. 그러자. 대신 너만 하지 말고 하고픈 학생들을 모아서 하자." 이렇게 시작한 기타 동아리가 10년이 넘었다. 한 해 동안 열심히 기타를 치고 배우다가 헤어지면 새로운 아이들과 기타 동아리를 한다. 처음 기타 동아리를 할 때 기타를 배우러 문화센터 성인반에 등록해 배우며 가르쳤던 기억을 떠올리면 웃음이 난다.

나는 노래를 잘하지는 못하지만 기타 치며 부르기를 좋아한다. 마을 친구들과 '야미세'라며 기타 동아리를 만들어 놀고 있다. 어디를 가든 내 차 뒤 트렁크에는 기타가 있다. 어디에서건 술이라도 한잔 마시면 기타를 치며 노래한다. 가끔 선생님들이 모인 자리에서 말을 할 때도 있다. 이때도 말을 마칠 때는 노래로 마친다. 이렇게 노래할 때 자리에 따라 기타 치며 부르는 노래가 다르다. 선생으로, 아버지로 살며 나에게 마음에 깊이 남은 노래를 부른다. 선생들이 많은 자리에서는 〈하루를 돌이켜 보면〉이란 노래를 부른다. 아이들에게 선생 노릇 제대로 못 한 날에는 아이들이 집에 간 뒤 이 노래를 부른다. 빈 교실에서 부르는 노래 맛이 좋다.

아이들 떠나 버린 쓸쓸한 빈 교실엔 여기저기 흩어진 책들만이 / 바쁘고 힘겨웠던 하루를 말해 주며 바람결에 흔들리는데 / 오늘을 돌아보며 뿌듯한 마음보단 아쉬움과 안타까운 기억들이 / 내 가슴 파고들며 조금씩 여울지네 하루를 돌이켜 보면 / 무심코 내뱉었던 나의 말속에 상처받은 아이는 없는지 / 오늘도 이름 한 번 불러 주지 못한 아이들은 혹시 없는지 / 내일은 오늘보다 나으리란 믿음으로 개구쟁이 녀석들을 떠올리며 / 가슴이 조금씩 따뜻해짐을 느껴 하루를 돌이켜 보면
- 이호재 〈하루를 돌이켜 보면〉

몇 해 전에 죽고 싶다고 글 쓴 아이가 있었다. 가정 폭력으로 힘들어 아이는 마음 아프게도 죽으려고까지 했다. 그 아이를 위해 상담사를 연결하며 여러 방법을 찾아 고비를 넘겼다. 그 아이와 밥을 먹을 때, 아이에게 이 노래를 불러 주었다. 이 노래는 학교생활로 힘들어하는 제자들에게 불러 준다. 아무 말 없이 노래를 부른다. 노랫말에서도 2절을 부를 때면 노래하는 내가 찡하게 마음을 저리게 된다.

후회하고 있다면 깨끗이 잊어 버려 / 가위로 오려낸 것처럼 다 지난 일이야 / 후회하지 않는다면 소중하게 간직해 / 언젠가 웃으며 말할 수 있을 때까지 / 너를 둘러싼 그 모든 이유가 / 견딜 수 없이 너무 힘들다 해도 / 너라면 할 수 있을 거야 / 할 수가 있어 그게 바로 너야 / 굴하지 않는 보석 같은 마음 있으니 / 어려워 마 두려워 마 아무것도 아니야 / 천천히 눈을 감고 다시 생각해 보는 거야 / 세상이 너를 무릎 꿇게 하여도 당당히 네 꿈을 펼쳐 보여 줘 / 너라면 할 수 있을 거야 할 수가 있어 / 그게 바로 너야 굴하지 않는 / 보석 같은 마음이 있으니 / 할 수 있을 거야 할 수가 있어 / 그게 바로 너야 굴하지 않는 / 보석 같은 마음이 있으니
- 강산에 〈넌 할 수 있어〉

아들이 대학을 다닌다. 선생 하겠다며 한국교원대학교를 다닌다. 이 대학을 가려면 어느 정도 공부를 해야 갈 수 있다. 그런데 우리 아들은 고등학교 2학년까지 공부하지 않아 우리 부부는 골머리가 아팠다. 아들에게 공부하라고 재촉하고 화를 내는 날이 많았다. 그러던 어느 날 후배 한 명이 부르는 노래를 들었다. 그 노래를 들으며 나를, 우리를 돌아봤다. 아들을 사랑한다는 핑계로 너무 몰아붙이고 있다는 사실을 알게 되었다. 그러며 사랑하는 만큼 믿고 기다리자는 생각이 들었다. 그때부터 공부하라는 말을 하지 않고 화도 내지 않았던 것 같다. 아들은 고3이 되면서 공부를 시작했으며 자기가 바라던 대학을 갔다. 우리를 눈 뜨게 해 준 이 노래를 늘 고맙게 생각한다.

저무는 저녁 해를 바라보다 / 오늘도 그대를 사랑하였네 / 날 저문 하늘 아무리 보아도 / 별들은 보이지 않고 / 잠이 든 세상에 새벽 달 하나 / 아무도 없는 거리에 떠올라 / 어둔 바닷가 저무는 섬 하나 / 떠올리다 울고 말았네 / 외로운 사람들은 어디로 가서 / 해마다 첫눈으로 내리고 / 오늘도 그댈 사랑함보다 / 기다림이 행복하여라 / 모두들 잠이 든 고요한 새벽 / 그보다 깊은 섬 기슭에 앉아 / 오늘 하루도 그댈 사랑함보다 / 기다림이 행복하여라

- 안치환 〈또 기다리는 편지〉

선생으로 사는 게 쉽지는 않다. 아무리 좋은 교육 이론도 아이마다 다 다르다. 정해진 시간표에 맞게 사는 것이 가끔 기계 같기도 하다. 학생, 학부모와 배움과 함께 관계로 만나야 하니 정신노동도 크다. 그럼에도 선생으로 사는 게 좋다. 그 까닭 가운데 하나가 기타와 노래다. 내가 좋아하는 기타 치며 노래할 수 있어 좋다. 기타와 노래로 학생들과 함께 어울릴 수 있어 좋다. 학생과 학부모도 우리 반 기타와 노래를 좋아한다. 내가 좋아하는 것을 하며 살 수 있는 선생이 좋다. 기타와 노래 덕분이다.

내 음악 여정의 종착역

 이수인 〈내 마음의 강물〉

 도밍고 〈영원한 사랑〉

이재희

전주 출신. 서울대학교 학사, 석사, 박사. 영어 교사를 하다가 영어교수법 전문성을 심화시키기 위해 한국교육개발원 선임연구원을 거쳐 영국 버밍엄대학에 유학을 가게 된다. 영어학 분야로 유명한 미국 텍사스주립대학에서 연구교수를 했으며 2013~17년 경인교육대학교 총장을 역임하기도 했다. 이종민 교수와는 '절친'으로 2021년 2월 함께 정년 퇴임했다.

노래와 음악은 머나먼 인생 여정을 나와 함께해 왔다. 중학생 때 합창단원으로 뽑혀 시민회관에서 발표를 준비하느라 합창 연습으로 여정을 시작했다. 대학에 들어와서 초기에는 포크송을 주로 불렀다. 친구들과 자취 생활 할 때 어설프게 기타를 치면서 양희은의 〈아침이슬〉〈이루어질 수 없는 사랑〉〈작은 연못〉〈아름다운 것들〉, 송창식의 〈딩동댕 지난 여름〉〈하얀 손수건〉〈피리 부는 사나이〉〈새는〉, 김정호의 〈하얀 나비〉, 어니언스의 〈편지〉 등을 부르곤 했다. 그 후로 트로트를 부를 기회도 가끔씩 있었다. 어머니가 친구들을 불러 소주를 마실 때 요청하시면 〈비 내리는 고모령〉, 〈선창〉 등을 불러 드리곤 했다. 대학 합창단 활동을 할 때는 성가곡, 흑인 영가, 국내외 가곡과 포크송 등을 주로 불렀는데, 〈나의 고뇌 아무도 모르리(Nobody Knows the Trouble I've Seen)〉, 〈나는 철도 공사장에서 일했지요(I've Been Working on the Railroad)〉, 〈모든 산을 올라 보라(Climb Every Mountain)〉, 〈님이 오시는지〉 등이 종종 무대에 올린 곡이다.

사회생활을 하면서 여러 모임에서 타천으로 또는 내 순서가 되어 노래를 부를 때는 우리 가요나 가곡 또는 영어 노래를 부르곤 했다. 송창식의 〈우리는〉〈푸르른 날〉, 나훈아의 〈머나먼 고향〉〈사랑〉, 조용필의 〈바람의 노래〉 등이 주요 레퍼토리였다. 몇 년 전 둘째 딸이 결혼할 때 아빠가 축가를 해 달라고 해서 의사인 친구와 함께 이중창으로 〈영원한 사랑(A Love until the End of Time)〉을 불렀다. 딸을 시집보낼 때 슬피 우는 아버지도 있지만, 나는 딸 내외가 노랫말처럼 사랑하며 살기를 빌며 노래했다. 정년 퇴임을 앞둔 요새 성악 교실에서 독창 또는 합창으로 부른 새로운 노래 중에 〈산노을〉, 〈그리움〉, 〈눈〉, 〈강 건너 봄이 오듯〉, 〈봄의 믿음(Frühlingsglaube)〉, 〈오, 감미로운 사랑(O Del Mio Dolce Ardor)〉 등이 있다.

그동안 특별히 잘하는 것도 없는 취미, 특별히 좋아하는 것도 없는 취향으로 '골고루 인생'을 살아왔다. 지금까지 내가 사랑해 온 노래는 포크송, 가곡, 대중가요 등 장르가 다양하다. 또한 내가 사랑해 온 술도 소주, 맥주, 막걸리, 위스키, 와인 등 종류가 다양하다. 그리고 내가 자주 해 온 운동도 등산, 테니스, 골프 등으로 다양하다. 내 친구 이종민 교수도 다양한 노래와 술 그리고 운동을 좋아하지만, 나와 다른 점은 그는 나보다 전문성이 더 있다는 것이다. 이 교수는 송창식 노래와 김광석 노래를 혼을 실어서 부른다. 그는 수많은 음악인, 예술인, 문인 들과 교우하면서 음악적·예술적 전문성이 평론가 수준에 이르렀다.

이제 내 노래를 특화하고 전문성을 조금 키우고 싶다. 나는 우리 가곡을 부를 때가 마음이 가장 편안하다. 외국 노래 중에는 발음도 잘 안 되고 노랫말의 뜻도 쉽게 와닿지 않는 이탈리아 가곡이나 독일 가곡보다는 영어로 된 노래가 좋다. 내가 부르기 편하고 청중 가운데 영어를 알아듣는 사람들이 더 많기 때문이다. 또한 리듬과 템포가 빠르지 않아서 가사를 음미할 수 있는 노래를 부르고 싶다. 지금부터 나의 18번 노래는 〈내 맘의 강물〉과 〈영원한 사랑〉으로 고정하고 싶다. 이 노래들은 노랫말이 좋고 내가 부르기 편하고 듣는 사람도 뜻을 알아들어서 마음을 함께 할 수 있다.

수많은 날은 떠나갔어도
내 맘의 강물 끝없이 흐르네
(…)
그날 그땐 지금 없어도
내 맘의 강물 끝없이 흐르네

I love you with a heart that knows no one but you
(나는 당신만을 아는 마음으로 당신을 사랑합니다)
(…)
Now that I've found you I'll never let you go from now until the end of time
(이제 당신을 발견하게 되었으니 이제 영원히 당신을 떠나지 못하게 할 거예요)

지난날을 잔잔하게 떠올리는 노랫말과 사랑하는 사람을 만났으니 생을 마감할 때까지 놓지 않으리라는 표현은 인생 2막을 앞둔 나에게 지금 딱 어울리는 말이다.

다시 좋아하게 된 노래

이혜인

전북대학교 한국음악학과에서 가야금을 전공으로 학사와 석사를 마친 후 박사과정 1년 차에 하와이주립대학교로 유학을 갔다. Ethnomusicology를 전공으로 석사 학위를 취득하고 현재 박사과정에 재학 중이다. 다양한 시각을 통해 음악을 연구하는 틈틈이 교내 안팎으로 전통과 현대음악을 어우르며 대중들과 소통하고 있다.

줄리 앤드루스
〈My Favorite Things〉

나는 음악을 전공했다. 아니 여전히 진행 중이다. 악기와 혼연일체가 되어 소리를 만들어 내는 연주자에서 다양한 상황을 고려하여 음악을 분석하는 연구자로 바뀌었지만 말이다. 부끄럽지만 첫 시작은 음악을 너무나 사랑해서, 음악과 평생을 함께하기 위해 전공을 했다기보다는 단지 무대에 있는 그 당당함이 멋있어서였다. 서른을 넘어 결혼까지 한 지금은 많이 변했지만 당당함을 동경하던 어릴 때의 나는 굉장히 소극적이고 소심한 아이였다.

이제서야 말이지만 요즘 큰 이슈로 대두되고 있는 왕따 경험도 있기에 더 그러지 않았나 싶다. 물론 내가 초등학교(당시엔 국민학교)에 다닐 때는 지금처럼 정신적·육체적으로 심각할 정도의 왕따는 아니었다. 하지만 학교에서 시작되는 첫 사회생활에 나를 싫어하는 누군가가 있다는 건 견디기 쉬운 일은 아니었다. 왜인지 모르지만 송모 양은 유난히도 나를 그렇게 괴롭혔다. 그 아이와 3년 내내 같은 반이었는데 정말 지옥 같았다. 물론 그 아이 말고 나를 잘 챙겨 주고 이해해 주던 다른 좋은 친구들이 더 많았다. 지금 생각하면 아무것도 아닌데 그 당시에는 그 한 명의 시선이 왜 그렇게 신경 쓰였는지 모르겠다.

그러다 아빠가 교환교수로 미국으로 떠나게 되면서 온 가족이 함께 플로리다주로 이사를 하게 되었다. 새로운 곳에 간다는 설렘보다 나를 아껴 주던 친구들을 떠나야 한다는 슬픔과 두려움이 더 컸다. 또 나를 싫어하는 누군가를 만날지도 모른다는 걱정이었을 것이다. 몇 번의 비행기를 갈아타고 도착한 게인스빌 공항은 여태까지 느껴 본 적 없던 습함으로 시작되었다. 처음 며칠은 모든 것들이 신기하고 학교를 가지 않았으니 너무 좋았다. 하지만, 학교에 가기 시작하면서 매일 너무 두려웠다. 만 11세의 내 영어라고는 플로리다로 떠나기 전 한 달쯤 다닌 영어 회화 학원에서 배운 것이 전부였으니까.

소심했던 나는 학생에게 부여되는 고유 번호를 받으러 혼자 사무실을 못 들어가 며칠 점심을 굶었던 기억이 있다. 엄마가 담당 선생님께 전하는 쪽지를 들고 가서 겨우 번호를 받았다. 나중에 들은 이야기에 따르면 매일같이 학교에서 돌아오면 배가 고프다고 라면을 끓여 달라던 나를 이상하게 여긴 아빠가 사실을 확인하셨다고 한다. 학교에서는 꿀 먹은 벙어리였지만 집에 와서는 매일같이 다양한 영화를 보며 신나게 놀았다. 그때 내가 제일 좋아했던 영화 중에 하나가 〈사운드 오브 뮤직〉이다. 영어를 몰랐고, 자막도 없이 보는데도 왜 그렇게 좋았는지 지금도 모르겠다.

〈사운드 오브 뮤직〉은 아내를 잃고 7명의 아이들을 군대식으로 키우던 본 트랩 대령 집에 수녀가 되고 싶은 천방지축 마리아가 가정교사로 들어가며 본 이야기가 시작된다. 물론 사랑과 음악을 통해 하나가 된다는 해피엔딩 이야기다. 뮤지컬을 영화화했기 때문에 다양한 음악들이 소개되는데 그중 내가 제일 좋아하는 음악은 〈My Favorite Things(내가 좋아하는 것들)〉이다. 천둥이 치는 날 무서워하는 아이들을 달래 주기 위해 마리아가 불러 주는 노래다. 살아가면서 흔히 볼 수 있는 것들, 예를 들면 장미에 떨어지는 빗방울, 따뜻한 벙어리장갑, 겨울에서 봄으로 넘어가는 시기 등을 생각하면 힘들고, 우울할 때 생각하면 기분이 나아진다는 가사로 이루어져 있다. 내가 그 당시에 이 가사를 이해했을 리 만무하지만, 분위기를 보고 어떤 상황을 노래하는지 느꼈던 것 같다. 많은 것에 굉장히 빠르게 지루함을 느끼는 나이지만 〈사운드 오브 뮤직〉은 지금도 여전히 반갑고 설렌다. 이제 함께 산 지 1년 좀 넘은 남편도 함께 노래를 흥얼거려 줄 정도가 되었으니….

2019년 봄, 하와이로 돌아온 첫 학기에 수강한 한 수업에서 〈사운드 오브 뮤직〉을 다시 만날 수 있었다. 그 강의의 주제는 냉전 시대의 문화와 미국과 아시아의 관계로 로저스와 해머스타인의 뮤지컬을 영화화한 〈왕과 나〉를 새롭게 분석하는 시간이었다. 〈왕과 나〉는 서양은 우수하고 동양은 열등하다는 오리엔탈리즘을 재현하는 영화라는 비판도 있지만 우리는 조금 더 부드러운 시각에서 영화를 해석했다. 예를 들면 〈Getting to Know You〉 같은 노래처럼 일방적인 교육이 아닌 서로를 배워 간다는 점을 강조하며 대조되는 '나와 너'가 아닌 '우리'를 모티브로 미국과 아시아의 관계를 완화시키려 했다는 부분을 살폈다. 그 덕분에 〈사운드 오브 뮤직〉은 로저스와 해머스타인 콤비의 마지막 작업이라며 스쳐 지나갔지만 말이다. 어렸을 때는 몰랐지만 세계 2차대전이라는 역사적 현실이 반영된 무거운 주제를 아름다운 음악과 배경을 바탕으로 역시 "우리"라는 행복한 기대감을 심어 주지 않았나 싶다. 특히 나에게는 새로운 도전에 두려움을 느끼는 마리아였지만 스스로 극복해낸 그 당당함과 우리로 발전해 가는 과정이 깊게 와닿았다. 〈My Favorite Things〉도 아이들과 우리라는 새로운 관계를 시작하면서 부르는 첫 노래이기에 그리고 어려울 때 생각하면 힘이

나기에, 마치 그때의 내 마음을 알고 달래 주었던 것 같아서 내게 소중한 음악이 되었다. 학기가 끝나면 '우리'가 된 남편하고 다시 한번 정주행해야겠다.

날 울린 그녀

임보라

전북대학교 영어영문학과 교수. 전북대학교 재학 시절, 이종민 선생님의 영미시 강의를 통해 영미시에 대한 관심과 애정을 키웠다. 선생님께서 베풀어 주신 지도와 조언은 지금까지도 인생의 버팀목이 되고 있다. 졸업 후, 서울대학교에서 석사 학위를 받고 박사과정을 수료했으며, 이후 아일랜드의 트리니티칼리지 더블린에서 박사 학위를 받았다.

 로리나 마케닛 〈라글란 거리〉

왜 내가 너를 사랑하는 것만큼 너는 나를 사랑해 주지 않지? 난 그래서 네가 미워. 하지만 널 이해한다. 넌 그 정도밖에는 사랑 못 하고, 그 정도밖에는 느낄 수 없는 인간일 뿐이니까, 하지만 난 너와는 다른 천상의 존재거든. 그래, 넌 기껏해야 흙으로 빚은 인간일 뿐이지. 그렇지만, 이렇게 너에게 감정적으로 질질 끌려다니는 내 자신이 정말 싫지만, 그래도 여전히, 여전히 널 사랑한다. 사랑한다. 사랑한다. 세상에서 가장 미운 너를 사랑하지 않을 수가 없다. -〈라글란 거리〉 요약

혹시 이런 복잡 미묘, 해결 불가의 애증을 느껴 본 적이 있는가. 그렇다면 로리나 마케닛 Loreena McKennitt이 부르는 〈라글란 거리(Raglan Road)〉를 눈을 감고 감상해 보길 권한다. 마케닛이 부르는 〈라글란 거리〉는 그 선율도 아름답지만 가사를 알고 들으면 더 아름답다. 〈라글란 거리〉는 아일랜드 시인 파트릭 카바나Patrick Kavanagh의 눈물 나도록 아름다운 시 「라글란 거리에서(On Raglan Road)」에 멜로디를 입힌 곡이다. 카바나는 아일랜드인들에게 무한한 사랑을 받는 시인이자 소설가이다. 한 예로, 카바나를 향한 내 박사과정 동기들의 애정은 대단했다. 난 동기들이 카바나의 시를 이야기할 때마다 그들의 입가에 번지던 미소를 잊을 수가 없다. 어떤 동기는 카바나의 시에서 영감을 받아 유화를 그리는 친구도 있었다. 나는 그 친구의 그림이 반 정도 완성된 것까지 보고 귀국했다. 애증의 구렁텅이에 빠져, 내 마음 나도 모르는 중년 남자의 감정을 카바나보다 더 잘 이해하고, 더 잘 살린 시인은, 내가 아는 한, 없다. 어디 중년 남자의 감정만 잘 알았겠는가. 카바나의 시 전체는 다양한 인간 군상의 다양한 감정을 담은 일종의 감정 백과사전이다. 좋은 문학인지 아닌지 판별해 내는 기가 막힌 눈을 가진 아일랜드인들이 인정하는 시인이라면 신뢰해도 된다는 것이 내가 그곳에서 짧지 않은 시간 동안 생활하면서 내리게 된 결론이다.

아름답고 솔직 담백한 시에 아름다운 선율을 입혔으니 더 말해 무엇 하겠는가. 마케닛의 버전은 시가 담고 있는 열정과 절제, 감정의 파도와 감정의 고요를 가장 잘 살린, 내가 생각하기에 가장 아름다운 버전이다. 하지만 아일랜드의 하프 주자 겸 작곡가 겸 가수인 올라 팔론Órla Fallon의 버전도 좋다. 영국의 가수이자 작곡가인 에드 쉬런(Ed Sheeran, 내가 논문을 쓰던 시기, 더블린의 라디오방송들이 거의 매일 틀었던 〈Thinking out Loud〉와 〈Shape of You〉를 부른 가수)의 버전도 좋다. 하지만 힘 있으면서도 고요하고 절제된 곡 해석으로는 아무도 마케닛을 따라올 수 없다.

「라글란 거리에서」는 힐다 모리아티Hilda Moriarty라는 여성을 향한 시인의 짝사랑을 그린 자전적 작품이다. 40세의 카바나는 매일 아침 22세의 아름다운 여인 힐다가 라글란 거리에 있는 자신의 집에서 대학교로 등교하는 모습을 연모와 열정 가득한 눈으로 몰래 바라보며 그녀에게 말이라도 한번 걸어 봤으면, 아니 그녀 옆에 한번 가까이 가 보기라도 했으면 하고 간절히 바란다. 하지만 언제까지 이러고만 있을 수 없다는 판단을 내린 어느 날, 시인은 간신히 용기를 내어 도슨 가 (Dawson Street)─트리니티 주변인지라 내가 논문 쓰다가 지칠 때면 한번씩 산책 나가곤 했던─를 지나고 있는 그녀에게 다가가서 이렇게 말을 걸어 본다.

"저기, 혹시 제가 쓴 시들을 읽어 주실 수 있으신가요."

드디어 그녀 가까이, 멀리서만 보던 그녀 가까이 서게 된 카바나. 시인은 쿵쾅대는 심장을 부여잡고, 말라 가는 침을 쥐어짜서 혀를 축여 가며 이 세상 전부와도 같은 그녀 앞에 지금 서 있다.

하지만 시를 읽어 본 여인의 반응은 시큰둥했다.

"시커먼 흙이나 늪에 대한 거 말고는 쓰시는 게 없으세요?"

순간 눈앞이 캄캄해진 시인. 아마도 그녀의 아픈 말은 스스로를 농부 시인이라 칭하며 흙이나 늪에 대한 것만 쓰던 카바나로 하여금 사랑에 관한 시, 「라글란 거리에서」를 쓰게 한 추동력이 되지 않았나 싶다. 그 아픈 말을 자신에게 던진 힐다에게 카바나는 단 한마디만 남겼다.

"나는 당신을 내 시 속에서 영원히 살게 해 주겠소, 힐다."

이건 아무나 할 수 있는 말이 아니다. 이 말을 할 수 있으려면, 우선, 자신의 능력에 대한 확고한 믿음, 즉, 나는 너를 영원불멸의 존재로 만들어 줄 정도의 시를 쓸 수 있는 능력을 지니고 있다는 믿음이 있어야 하고, 나아가 자신의 사랑에 대한 믿음, 즉, 나의 사랑이 너로부터 보답을 받지 못하더라도 나는 절대 흔들리지 않고 너를 무한히 사랑할 것이라는 믿음이 있어야 한다. 이런 비범한 신념을 가진 시인에게, 아무나 가질 수 없는 지독한 믿음을 가진 시인에게 힐다는 과연 마음을 주었을까. 후에 그녀는 한 인터뷰에서 자신이 시인의 마음을 받아 줄 수 없었던 중요한 이유 중 하나는 나이 차이였다고 밝혔다.

　시에서 쓰고 있듯 카바나는 힐다의 아름다움은 자신을 옭아맬 덫이 되리라는 것을 애초부터 알고 있었다. 자존심과 존재 자체가 만신창이가 되리라는 것을 예상하면서도 그녀라는 불구덩이 속으로 기꺼이 뛰어들었던 시인. 정작 그녀는 관심도 없는데 말이다. 이 남자는 결국 거절당했지만 분노를 삭이며 예술혼을 불태워「라글란 거리에서」를 써냈다. 내가 아는 어떤 심리학자는 시 본문 중 시인 자신을 천사에, 힐다를 흙으로 만든 인간에 비유하는 대목에서 '여우의 신포도'가 떠오른다고 했다. 시에서 남자의 처절한 자기 보호 본능과 눈물겨운 자기 합리화가 드러나는 건 사실이다.

　하지만 난 시인이 그녀에게 차인 덕분에 얻게 된 엄청난 깨달음에 무게를 두고 싶다. 자신은 천사, 자신이 그렇게도 매달리던 그 여자는 흙덩어리라는 깨달음 말이다. 남자는 자신의 가치를 못 알아보도록 방해했던 상대에게서 정서적으로 분리되는 순간 자신의 가치, 시인으로서의 가치를 발견하게 된 것이다. 도도한 상대에게 문학의 힘으로, 빛나는 시어로 통쾌한 한 방을 날린 카바나에게 박수를 보낸다. 나는 이 시를 사랑뿐만이 아니라 뭔가에 실패한 모든 사람들에게 바치는 시로 읽고 싶다. 카바나가 우리 귀에 대고 속삭이듯, 우리는 우리가 생각하는 것보다 훨씬 괜찮은 사람들이다. 비록 우리가 세상으로부터 간절히 얻고자 하는 것을 세상이 우리에게 결국 내주지 않더라도 말이다.

원평극장 춘향가

안숙선 〈쑥대머리〉

정철성

문학평론가. 전주대학교 교수. 전북 부안에서 태어나고, 김제에서 자라고, 전주에 와서 학교를 다녔다. 이 년 남짓 공부하러 대처에 다녀온 것을 제외하면 줄곧 전주에서 살았다. 영미문학을 전공했다. 덕분에 뜻밖의 통역과 번역을 하기도 했다. 지역 문학에 관심을 기울여 몇 편의 평론을 발표했다.

전라감영에서 완산교 쪽으로 한 사거리 걸어가면 보건소가 보인다. 사거리에서 왼쪽으로 돌면 시인에게 공짜로 국밥을 말아 주던 장뻘이라는 가게 터가 있다. 곧장 몇 걸음 더 가면 남부배차장이 작은 운동장처럼 탁 열린다. 전주에서 남쪽으로 나가던 버스들이 행선지별로 무리를 지어 부릉부릉 가쁜 숨소리를 내던 곳이다. 차장들이 버스 옆구리를 탕탕 두드리며 "정읍, 고창, 영광, 해리" 이렇게 크게 외치던 소리가 아직도 귀에 쟁쟁하다. 해리는 그 이름처럼 정말 먼 바닷가에 있다고 했다. 남부배차장의 화장실은 내 기억에 지상 최고의 지독한 냄새를 자랑하던 지뢰밭이었다. 그래서 나는 버스를 타러 배차장에 가기 전에 원평에 도착할 때까지 참을 수 있을 만큼 충분히 몸을 비워 두는 것을 원칙으로 삼았다.

버스에 자리를 정하고 나면 아버지는 나를 남겨 두고 밖에 나가 누군가를 만나곤 했다. 상대편이 아버지에게 손짓, 고갯짓을 섞어 무슨 말을 하는 것이 보였다. 나는 그렇게 중요한 이야기라면 미리미리 했어야지 버스 출발 시간에 임박하여 재촉을 하는 것은 실례라고 생각했다. 그런데 간혹 아버지의 모습이 보이지 않는 경우도 있었다. 차장이 올라와서 휘 둘러보고 간다. 잠시 후 기사가 화난 표정으로 운전석에 앉으며 차장에게 한소리를 한다. 기사는 시동을 걸고, 운전대에 두 손을 올려놓고, 무심한 표정으로 창밖을 바라본다. 한참이 지났는데 사람들 사이에 익숙한 아버지의 체형이 보이지 않는다. 나는 기사의 눈치를 한 번 보고 엔진 뚜껑에 엎드려 밖을 내다본다.

"가, 앉어라."

"아버지께서 아직 안 오셨는데요."

"어디 가냐?"

"원평이요."

"표는 있냐? 반표라도."

"아직 학교 안 다녀요."

"허, 공짜 손님이네."

기사가 나를 놀린다.

"이 차는 원평 안 들어간다. 직행이다."

"앞에 원평이라고 있는디요?"

"글 읽냐? 학교도 안 다닌담서?"

"그냥 읽어요."

기사가 차장을 돌아보며 또 목소리를 높인다.

"자샤, 이런 아도 읽는디, 그걸 꺼구로 꽂냐?"

"아, 실수지라."

"말대답은, 흐이구. 머 하나 지대로 하는 게 없어, 헐뱅이시키."

국민학교 들어가기 전에 제 이름만 쓸 줄 알아도 대접을 받던 시절이었다. 가끔 아버지의 전주 나들이에 따라나선 나는 버스를 타는 것이 마냥 즐거웠다. 우리는 아주 중요한 임무를 수행하러 전주에 갔다.

버스가 용머리 고개를 지나 비포장도로를 따라 남쪽으로 간다. 학교 운동장 큰 나무 위에 황새들이 푸드덕거리면 금구다. 버스는 금구를 지나 낮은 언덕길을 오르락내리락 털털거리며 간다. 그렇게 가노라면 정미소가 있는 삼거리가 나오는데 거기가 봉남 삼거리이다. 봉남을 지나면 내릴 준비를 한다. 먼저 국민학교가 나온다. 나는 이 학교를 삼 년 다녔다. 벽에 판자를 잇대어 덧댄 앞쪽 낡은 건물에서 저학년이 배우고, 그 뒤로 운동장 오른쪽에 있는 벽돌 건물에서 고학년이 배웠다. 교문에서 교실까지 자잘한 자갈이 깔려 있었는데 걸어가면 자갈자갈 소리가 났다. 학교 건너편에 비켜선 우체국이 있고, 우체국 옆 골목으로 들어가면 면사무소가 있다. 면사무소 앞에는 가운데 작은 섬이 있는 방죽이 있다. 빠지면 못 나온다는 그 방죽에 검정 실잠자리가 알을 낳았다. 다음 삼거리를 지서가 지키고 섰다. 여기가 중요한 길목이기 때문이다. 삼거리에서 왼쪽으로 쭉 올라가면 오리알터와 금산사가 나온다. 지서 옆에는 내 친구의 아버지가 대패질을 하던 목공소가 있었다.

원평의 관공서는, 다리를 건너가야 진짜 원평인데, 다리를 건너기 전에 다 몰려 있다. 해방 전에 놓았을 것이 분명한 다리는 난간이 높지 않아서 무서웠다. 다리 아래 냇물이 졸졸 흐르는 때가 많았지만 큰물이 지면 제법 넘실거리며 쓸고 내려갔다. 그렇게 홍수가 난 다음 날 사촌 형들은 냇물에 들어가 물고기를 쫓았다. 도망치던 불거지(수컷 피라미)가 몸을 뒤집으며 물속으로 숨을 때 반짝하고 빨갛게 빛났다. 아니, 시방 물고기를 잡을 때가 아니다. 버스가 차부에 닿았다. 지금은 학수재 밑으로 이사를 간 차부는 좁고 시끄럽다.

차부에서 시장통으로 들어가면 길이 두 갈래로 나뉜다. 왼쪽으로 가면 한약방과 중국집과 비단 가게가 있다. 비단 가게 주인은 정말 왕씨 성을 가진 중국 사람이었다. 그 집 아이와 함께 놀기도 했는데 나중에 화교 학교에 갔다고 했다. 쭉 가면 공터가 있고, 공터 끝 제방에 아름드리 정자나무가 세 그루 있다. 지금도 이 나무들은 그대로 있다. 정자나무에 벼락이 떨어진 이야기는 다음에 하기로 하자. 고개를 돌아가면 구미란이다. 돌아가는 길 언덕 위에 큰 무덤이 있는데 옛날 장군의 무덤이 아니면 그 장군이 타던 말의 무덤이었다. 구미란 너머 장전에서 학교에 오는 애들은 허리춤에 보자기 책보를 둘러메고 십 리 길을 뛰어서 왔다. 필통 속 몽당연필이 달그락달그락 말달리기를 했다.

시장통 오른쪽 길에는 빈지문을 단 가게들이 있다. 사진관이 있고, 장날이면 사진관 앞에서 고무신을 때우는 냄새가 났다. 계속 가면 시장 한가운데 약국이 있다. 원평에서 제일 큰 이 임약국이 고모네 집이었다. 약국 너머에 수성이네 지물포가 있다. 지물포를 지나간 길은 조금 전에 갔던 공터로 이어진다. 이쪽 공터에서 장날이면 난전에 솥을 걸고 팥죽을 끓였다. 나는 자주색 팥죽에 한 숟갈 올려놓은 백설탕이 스르르 녹는 것을 황홀경에 빠져 바라보았다. 이 두 길 사이에는 수백 칸도 넘는, 함석지붕 아래 기둥만 줄줄이 서 있는, 원평 장터가 있다. 원평장은 4, 9장이다. 인근에서 가장 큰 장이 서는데, 구이에서도 밤재를 넘어 장을 보러 왔다고 한다. 장날이면 사람들로 북적거리던 장터가 이튿날 텅 비는 것은 신기하고 섬뜩한 마술이었다. 장날과 장날 사이 장터가 비면 이곳은 동네 아이들의 놀이터가 되었다.

약국과 지물포 사이로 들어가면 시골 장터에 어울리지 않는 극장이 있다. 극장에 들어가기 전 맞은편에 담배를 주로 팔던 점방이 있고, 그 집 할아버지가 선인장을 키웠다. 유리창에 별무늬 꽃무늬 종이를 오려 붙인 가게 문을 열고 들어가면 어른 손바닥 크기의 납작한 선인장이 층층이 천장에 닿을 만큼 높이 보였다. 겨울이면 선인장이 얼어 죽지 말라고 꽁꽁 싸매고 문단속을 해서 언제나 큼큼한 선인장 땀 냄새가 났다. 나는 열대지방에서는 언제나 이런 냄새가 날 것이라고 결론을 내렸다. 나는 이 엄청난 추리를 아무에게도 발설하지 않았다. 선인장 가게 옆에는 막걸리를 파는 목로주점이 있었다. 지나가면서 눈길을 돌려 외면해도 문틈으로 안쪽이 다 들여다보였다. 언젠가 어떤 어른이 생돼지고기를 두어 번 탕탕 목로에 두드리더니 막걸리를 쭉 들이켜고 나서 질겅질경 씹어 먹었다. 나는 정말 놀랐다. 날고기를 먹다니 이것이 문명인이 할 짓인가?

담배 가게와 술집과 극장은 어른들의 나라였다. 아이들이 보고 들어서는 안 될 것들을 어른들이 마음대로 하는 금지 구역이었다. 그래서 아이들은 모르는 척하면서 이것들을 배웠다. 숲속에서 연애하다 들킨 두 남녀가 무슨 짓을 하는지 누가 모르나? 그러나 그렇게 전수받은 지식에는 한계가 있었다. 한 녀석이 이렇게 주장했다. 그의 말에 의하면, 영화에서 남녀가 키스를 하는 것은 트릭이다. 아무리 배우라도 어떻게 남남끼리 키스를 할 수 있나? 그래서 남자 배우가 이렇게 몸을 숙이고 폼을 잡고, 여자 배우가 이렇게 움츠리고 고개를 젖히면서, 각각 촬영을 한다. 그 후에 필름을 반으로 쪼개어 붙이면 영화에 나오는 포즈가 살아난다는 것이었다. 녀석은 자기 친척 형님이 영화사에 다니는데 그 형님에게서 직접 들었다고 정보원까지 공개했다. 동조와 불신이 반으로 나뉘었다.

극장이 영화를 상영하는 날이 따로 있고, 때로는 마음대로 쉬기도 했다. 상영하는 날에는 장대끝에 스피커를 매달아 유행가를 틀었다. 오늘 영화를 하니 보러 오시오, 하는 광고였다. "해당화 피고 지는 섬마을에, 지나온 자죽마다 눈물 고였네. 장벽은 무너지고 강물은 풀려, 울어라 열풍아 밤이 새도록" 서로 다른 곡조와 가사들이 이렇게 뒤죽박죽 내 기억의 창고에 쌓여 있다. 한쪽으로만 틀면 다른 동네에 들리지 않기 때문에 가끔 스피커의 방향을 돌려 이곳저곳으로 다 들리게 하는 것도 영사실 기사의 책임이었다. 그렇지만 음반이 다 돌아가 치익치익 빈 소리가 들리는데 딴짓을 하느라 바쁜 영사실만 모르고 지나가기 일쑤였다.

"어이, 김 기사. 판 다 돌았다야."

"금메, 후딱 뒤집어라. 빵구 나겄다."

"최신곡은 읎냐?"

타박에 열이 난 김 기사에게 비장의 무기가 있었다. 판소리 창극을 올려놓는 것이었다. 다른 판보다 두세 배는 길게 돌아가서 그날 판돌이 노릇을 마감할 수 있었다. 누가 그런 소리 듣고 영화를 보러 오겠냐고 핀잔을 하면 김 기사도 맞받아쳤다.

"모르는 소리 그만허쇼. 노친네 영화 보러 오면, 모시고 오니께, 표가 두 장 아니요."

사뭇 논리가 정연하다. 창극 가사가 다 가물가물한데 그래도 몇 군데 기억에 남은 곳이 있다. 도령이 묻고 춘향이 대답을 한다.

"일 년은 몇 날이냐?"

"삼백예순다섯 날이지요."

이팔청춘이면 어른인데, 어른이 이런 것을 묻다니 별꼴이다. 그리고 삼백육십오라고 하면 될 것을 삼백예순다섯이라고 할 이유가 있나? 나는 이런 것들이 궁금하였다. 또 이런 구절도 있다.

"어허, 이 사람 날 몰라. 우리 장모가 날 몰라."

장모한테 이 사람 저 사람도 가당치 않거니와, 그렇다고 사람을 몰라보다니, 이런 억지가 어디 있나?

이것이 내가 판소리를 접한 시초였다. 그러나 나는 이 소리들을 까마득하게 잊었다. 소리 축제가 열리고 학인당이나 명륜당 마루에서 해박한 해설과 함께 명창들의 소리를 들을 때도 옛 생각이 전혀 나지 않았다. 그러다가 어느 날 이 구절들이 저절로 떠올랐다. 이상한 일이다. 오늘 모재 이종민 사형의 강권에 못 이겨 원평극장 판소리를 다시 들으러 나섰다. 극장 건물은 지붕이 폭삭 가라앉았다. 무너진 터에서 들려오는 소리가 구슬프다.

모악산방의 첼로

지성호

작곡가. 주로 전북대학교에서 30여 년 동안 이론과 작곡을 강의했다. 주된 작곡 활동은 오페라와 같은 대형 총체 예술 영역이다. 2002년 월드컵 기념문화공연의 일환으로 전주시가 위촉한 대서사음악극 〈혼불〉이 대성공을 거두면서 여러 오페라단으로부터 창작 오페라곡을 위촉받기 시작했다. 창작오페라 〈흥부와 놀부〉는 제3회 대한민국 오페라 대상 소극장 부문 최우수상을, 〈논개〉는 대한민국 오페라 대상 창작 부문 최우수상, 연출가상, 최우수 가수상을 수상했고, 〈루갈다〉는 국립오페라단 창작산실 우수 작품으로 선정된 바 있다. 전주시 예술상 음악 부문 수상, 목정문화상 음악 부문 수상, 한국 오페라 작곡가 베스트 10에 선정(비평가 그룹)된 바 있다.

 마이클 호페 〈기다림〉

박남준 시인이 모악산 자락 음습한 계곡 옆 오두막에 깃들어 살 때의 일이다. 말이 오두막이지, 사시던 무당 할머니가 교통사고로 세상을 떠나자 버려진 폐가나 다름없었다. 아궁이에 불을 지피면 장판과 벽 틈에서 연기가 스멀스멀 스며들어 무대의 드라이아이스처럼 자욱이 깔리는가 하면, 함석지붕인지라 한여름이면 달궈진 열기로 한증막과 다름없었다. 소나기라도 올라치면 기관총 소사하는 듯 요란한 소리는 또 어떻고? 참으로 여름과 겨울나기가 혹독하여 사람이 살기에는 열악한 곳이었다. 아무리 홀로 사는 시인이라지만 생존을 위한 최소한의 물적 토대도 없이 가혹한 삶의 조건 속에서 12년을 견딘 박 시인을 나는 참 독한 사람이라고 속으로 생각하는 사람이다. 그런데도 사람들은 '모악산방'이라는 그럴듯한 이름으로 시인의 체면을 세워 주는 집이었다.

아랫동네에서 계곡을 끼고 난 좁은 산길로 접어들어 제법 올라가야 하기 때문에 우편배달부가 동네 초입인 우리 집에다 박 시인의 우편물을 놓고 갔다. 덕분에 나는 박 시인이 사는 내내 우편배달부로 자원봉사를 해야 했다.

스스로 세상과 등지며 그 등진 세상을 그리워하는 박 시인의 집에는 몇천 장이 넘는 CD가 한쪽 벽면을 점령하고 있었다. 이 CD의 벽 앞에 서면 언제나 내 심사가 복잡해지지 않을 수 없었다. 전업 시인은 그가 시 한 편 투고해서 얻는 원고료를 다 주고도 모자랐을 CD 한 장 값 앞에서 얼마나 많은 망설임이 있었을까를 생각하면 작곡을 일생의 명命으로 알고 사는 내가 한없이 부끄러워지곤 했었다. 나도 모르게 '너는 너의 음악 앞에서 박 시인만큼 마음을 다하고 뜻을 다했는가?'를 묻게 되는 것이다.

나는 우편배달부라는 확실한 직책으로 박 시인의 집을 시도 때도 없이 들락거리며 그가 갖은 정성으로 우려내는 차를 마셨고 가끔은 그의 음전한 솜씨가 빚어낸 빛깔 고운 화전이며 동치미를 곁들인 음식을 대접받곤 했다.

　무엇보다 큰 호사는 흙냄새 짙게 밴 자궁같이 아늑한 방에서 코는 시리지만 방바닥이 설설 끓어 엉덩이를 이리 돌리고 저리 돌리며 그가 틀어 주는 음악을 들을 때였다. 박 시인은 클래식 안에만 갇혀 사는 나를 지독한 편식이라 나무라며 장르를 불문하고 음악을 들려 줘 다른 분야에도 충분히 가치 있는 음악 세계가 있다는 것을 깨우쳐 준 사람이기도 했다.

　그를 이웃으로 산 12년 동안, 기억의 해마에 골 깊게 자리 잡은 굵직굵직한 기억들이 왜 많이 없을까만 그중에 가장 인상 깊은 일 하나를 소개하도록 하겠다.

　어느 여름날, 첫잠이 들었는데 폭우가 지붕을 때리는 소리에 눈이 떠졌다. 거실에 나와 창밖을 내다보니 뇌성과 함께 번개가 하늘을 선명하게 찢어발기는 사이로 장대한 빗줄기가 거침없이 쏟아붓는 것이었다. 망연히 바라보다 갑자기 모악산방 외딴집에 생각이 미치는 것이었다. 평소라면 박 시인과 은밀한 대화를 나누는 버들치들이 한가로이 꼬리치는 개울이겠지만 이 정도 폭우라면 산방까지도 쓸어 갈 수도 있겠다 싶은 생각이 들었다. 한 번 좋지 않은 쪽으로 생각이 미치자 걷잡을 수 없이 불길한 생각이 든 나머지 우리 아내가 늘 나무라는 이순신 병이 도져 버리고 말았다. 11시도 넘은 오밤중에 우리 집에서 제일 큰 우산을 챙겨 들고 장화를 신고 박 시인 집을 향해 올라가다 개울에 이르자 개울이 아니라 성난 물결이 노도와 같이 굽이치며 주위를 쓸어 가고 있었다. 왈칵 겁이야 나지만 어쩌겠는가. 내친걸음이니 조심조심 올라가는데, 우산도 내 몸뚱이 하나 지켜 주지 못하고 길도 이미 개울이 잠식한지라 장화도 무용지물이 돼 버렸다. 움푹 팬 곳에서는 한쪽 다리가 허벅지까지 푹 빠지기도 하였다. 되돌아가고 싶은 유혹과 그래도 가 봐야 한다는 의지가 싸움을 하는 순간, 멀리 감나무가 바람에 고개를 주억거리는 사이로 박 시인 집 불빛이 목숨처럼 깜박이는 것이었다.

　"오메, 살아 있는개벼!"

　가까스로 올라가 마당에 이르니 푸르스름한 불빛이 고인 물에 번져 흠칫, 발을 멈췄다. 언젠가 박 시인이 얘기한 소복 입고 산발한 처녀 귀신과 밤새워 씨름했다는 생각이 퍼뜩 들면서 목을 타고 흐르는 빗줄기보다 더 서늘한 소름이 오싹 돋았다. 그 불빛의 출처는 박 시인 방이었다. 백열전구에다가 잉크빛 창호지로 만든 갓을 씌어 그런 괴기스럽고 요기스러운 불빛이 새어 나오는 것이었다. 무엇이냐, 그 납량특집에나 나올 만한….

　그뿐인가? 양철지붕을 사정없이 후려치는 빗소리, 이건 지척의 소리고 계곡에 가득 찬 성난 물소리, 먼 곳의 빗소리, 나무들의 울부짖는 소리, 먼 태곳적 우주적 빗소리, 소리, 소리. 소리가 일층,

이층, 삼층, 구층으로 겹겹이 입체적으로 들리는 중에도 음악 소리가 압도적으로 들리는 것이었다. 그 산중 오밤중에!

방문짝에 한지를 뜯어내고 파란 모기장을 붙여 놓은지라 안이 다 들여다뵈는데, 40도 넘은 박 시인이 오디오 앞에 쪼그리고 앉아 음악을 듣고 있었다. 오디오의 볼륨을 최대한 올려놓고서. 더 정확히 말하자면 그냥 쪼그리고 앉아 있는 것뿐만 아니라 팔등을 무릎에 대고 뻗은 손으로는 이마를 받치고서 말이다. 세상에서 그런 슬프고 외로운 자세를 로댕이 보지 못하고 죽은 게 억울할 정도였다. 인류사적 손실이 아닐까 싶다. 참말로 불후의 명작이 나올 뻔했는데!

어쨌든, 참 기가 막히고 억장이 무너지는 모습이었다. 그건 인간이 몸으로 짓는 가장 슬픈 몸짓이었다. 내가 그날 그 장면을 본 것이다!

그러니까 이때까지 그리도 기억에 선명하게 남아 있는 것이겠지.

음악은 또 어떤 음악인가? 첼로가 막 흐느끼는 것이었다. 그냥 천지간에 우울과 슬픔과 고통과, 좌우지간 온갖 어두운 것들의 총체가 그 소리에 담겨 있는 것이었고 박 시인은 그 음악에 동조된 완벽한 자세를 취하고 있었던 것이다. 차마 그 기막힌 순간을 침범할 수 없어 밖에서 뜸을 들이다 문을 두드렸던가? 이건 생각이 막히는데, 좌우간 내가 왔다는 것을 전달을 했는데, 그때 박 시인의 표정을 잊을 수 없다. 꼭 지옥 간에 구세주를 만난 표정이었다. 내가 그날 밤 박 시인의 구세주가 된 것이다.

방으로 들어갔다. 두 사내가 무슨 할 말이 있겠는가. 그냥 음악을 듣는 게지. 사나운 비는 양철 지붕을 사정없이 두드리고, 음악은 이에 뒤질세라 거의 비명에 가깝게 흐느끼고, 밖에서는 쏴아! 쏴아! 비가 무리 지어 산간 계곡을 휩쓰는 소리! 아이고, 참말로 대단했다.

그러다 시간이 흐를수록 이제 산 아래 우리 집이 걱정되는 것이었다. 내가 그 밤에 미쳐 가지고 박 시인 집으로 올라갔으니 울 각시는 또 얼마나 내가 걱정될 것인가 말이다. 하, 참말로. 이러지도 못하고 저러지도 못하고 진퇴양난인데, 안 되겠더라고. 그래 일어서는데, 아따! 박 시인이 내 손목을 꽉 잡으면서 "지 선생님!" 하더란 것이여. 가지 말라는 단말마의 애원이 아니고 뭐겠는가. 참말로! 나, 그 도도하고 비싼 박 시인이 그렇게 무너지는 것, 그날 처음 보았다.

그때 반복에 반복을 거듭하며 들었던 음악은 작곡가이며 피아노 연주자인 영국인 마이클 호페 Michael Hoppé의 앨범 중 〈The Waiting (from the Album Afterglow)〉이었다. 첼로 주자는 마틴 틸만Martin Tillman이고. 이 음반은 미국 독립음반협회가 선정한 1999년의 최고 '뉴에이지 앨범'에 오르기도 했단다.

'그때가 좋았지'

메리 홉킨
〈지나간 날들〉

최재봉

1961년 경기 양평 출생. 경희대 영문과 학사, 석사. 1988년 한겨레신문 공채 1기로 입사해 사회부와 국제부 기자로 일했으며 1992년부터는 문화부 문학 담당 기자로 활동하고 있다. 2003~04년 문화생활부장을 역임했디.
저서 『역사와 만나는 문학기행』『최재봉 기자의 글마을통신』『간이역에서 사이버스페이스까지 - 한국문학의 공간탐사』『거울나라의 작가들』『언젠가 그대가 머물 시간들』『그 작가, 그 공간』이 있으며, 번역서로는 『에드거 스노 자서전』『악평』『에리히 프롬, 마르크스를 말하다』『프로이트의 카우치, 스콧의 엉덩이, 브론테의 무덤』 등이 있다.

누가 뭐래도 노래는 슬퍼야 한다고 믿는다. 물론 촌스러운 생각이지만, 나라는 인간이 그렇게 생겨 먹었다. 노래는 과거형이고 회한이며 그리움이다. 흥겹고 즐거운 것은 노래가 아니다. 노래의 변종이거나 배반이다. 퇴행과 영탄이 내가 노래에서 찾는 모든 것이라 해도 좋다.

사랑은 가도 옛날은 남는다지만, 시절은 가도 노래는 남는다고 말하고 싶다. 노래는 지난날들을 다시 데려온다. 노래를 듣고 부르던 날들을. 노래를 듣거나 부르는 동안 나는 잠시나마 과거를 다시 산다. 일시적으로 젊어진다!

이종민 선생의 청탁을 받자 많은 노래가 떠올랐다. 좋아했던 노래가 많다는 건 그만큼 슬픔이 많다는 뜻일까. 그중에서 하나를 고른다. 메리 홉킨이 부른 노래 〈Those Were the Days〉. 제목을 한국어로 옮기자면 '지나간 날들' 정도가 되겠다.

예전에 어느 선술집이 있었지
거기서 우린 한두 잔씩 술잔을 기울이곤 했어
기억해봐, 웃으며 흘려보냈던 시간들을
그리고 우리가 하려 했던 그 거창한 일들도
그때가 좋았지, 친구여
우린 그 시절이 결코 끝나지 않을 줄 알았지
영원에 하루가 더하도록 노래 부르고 춤추고 싶었어
우리가 선택한 삶을 살고
싸워서 결코 지지 않겠노라 했지

우린 젊었고 뜻대로 살아갈 자신이 있었으니까

전체 4절로 이루어진 이 노래는 단편소설 같은 구성을 지녔다. 인용한 대목 중 "그 거창한 일들도"까지가 1절이고 나머지는 후렴으로 절마다 반복된다. "그때가 좋았지"라 옮긴 후렴 첫 구절 "Those were the days"가 노래 제목이 되었다.

1절에서 지난 시절의 선술집 풍경을 회고한 화자(아니, 이 경우엔 '가창자'라 해야 할까)는 그 선술집의 날들 이후 흘러가 버린 세월을 안타까워하며 그와 함께 잃어버린 꿈과 포부에도 애도를 표한다. 그러면서 옛 친구를 다시 만날 가능성을 열어 놓은 채 2절은 마무리된다.

3절에 오면 화자 또는 가창자는 옛날의 그 선술집을 다시 찾는다. 그는 술집 유리창에 비친 낯선 이의 모습을 보며 자문한다. '저 외로운 사람이 정말 나란 말인가?' 나는 이 노래의 눈대목이 바로 여기라고 생각한다. 늙고 외로워 보이는 영상 속 인물이 자기라는 걸 뻔히 알면서도 애써 그걸 부정해 보려 하는 심사가 저릿하다.

4절에서 그는 술집 문 안쪽에서 새어 나오는 귀에 익은 웃음소리를 듣고 친구의 얼굴을 확인한다. 친구는 그의 이름을 부르고, 그렇게 재회한 두 사람은 오랜만에 옛 노래를 함께 부른다. "그때가 좋았지, 친구여 / 우린 그 시절이 결코 끝나지 않을 줄 알았지…"

러시아 민요 〈머나먼 길〉을 번안한 이 노래는 곡의 완급을 조절하면서 그리운 지난 시절과 삭막한 현재를 대비시킨다. 가사에서부터 춤과 노래가 어우러지는 후렴구는 노래방 같은 데에서 친구들과 같이 부르기에 맞춤하다. 목청껏 후렴구를 합창하다 보면, 이제는 지나가 버린 청춘기에 문득 다시 와 있는 듯한 착각에도 빠질 수 있다. 그렇지만 착각은 어디까지나 착각이어서, 흥겹게 청춘을 구가하면서도 가슴 한쪽에서는 그 청춘이 더 이상 내 몫이 아니라는 잔인한 자각을 끝내 떨쳐 버릴 수가 없다. 흥겨움과 떠들썩함 속에 아련한 슬픔을 간직하고 있는 노래인 것이다.

메리 홉킨이 이 노래를 발표한 것이 1968년, 내가 국민학교(초등학교)에 입학하던 해였다. 그 뒤 70~80년대를 통과하는 동안 숱하게 이 노래를 듣고 불렀던 것 같다. 신문사 문학 담당 기자로 일하기 시작한 1990년대에는 또래 작가들과 같이 간 노래방에서 이 노래를 즐겨 부르고는 했다. 당시만 해도 청춘의 끄트머리를 가까스로 붙잡고 있다고 생각했으나, 이제는 더 이상 청춘 운운할 수는 없는 처지라는 걸 너무도 잘 안다. 그래서 이 노래가 더 절절하게 다가오는 것일지도 모르겠다. 노래를 같이 부르던 친구들 가운데 어떤 이는 소식이 끊겼고 어떤 이는 소원해졌다. 남은 친구들과도 전처럼 자주 만나 철없이 어울리지는 못하게 된다. 그래서 노래는 슬픈 것인가.

이종민 선생과는 2006년 초에 중국 윈난성 여행을 함께하며 친해졌다. 동갑 친구인 안도현 시인이 전주의 문인들과 윈난성에 가기로 했다는 말을 듣고 동행하게 된 것이다. 당시 전주한옥마을 사업에 관여하고 있던 선생이 윈난의 고도故都 리장 등에서 한옥마을 설계와 운영에 관한 힌트를 얻을 겸 떠난 여행이었다. 선생으로서는 관찰하고 생각할 거리가 적지 않았겠지만, 그런 부담이 적었던 내게는 모처럼 흔연하고 유쾌한 여행으로 기억에 남아 있다. 여행을 다녀온 뒤 전주에서 선생과 종종 어울릴 기회가 있었다. 어느 해인가는 당시 전북작가회의 회장을 맡고 있던 안도현 시인의 강권(?)으로 작가회의 여름 수련회에서 어쭙잖은 강연을 마친 뒤 뒤풀이 자리에서 선생이 직접 담근 술에 대취하는 바람에 왼쪽 엄지발톱이 멍들어 결국 빠질 정도로 크게 다친 적도 있다. 그래도 그날 밤 비몽사몽간에 보았던 무주 불꽃축제의 장관은 여직 잊히지 않는다.

윈난성 여행도 무주 불꽃축제도 이제는 다 '지나간 날들'이 되었다. 노래를 부른 메리 홉킨은 어느새 일흔 살이 되었고, 소년 같은 미소가 매력적인 이종민 선생도 어언 정년퇴직을 맞는단다. 나라고 나이를 안 먹을 수 있겠는가. 2021년 신축년은 나와 같은 소띠들의 갑년이다! 슬프고 부질없도다, 나이를 헤아리는 일이여. 그러느니 다시 노래나 부르자꾸나. Those Were the Days.

나뭇잎 배를 저어 가는 클레멘타인

하기정

시인. '늦될 아이'라는 소리를 들으며 자랐다. 시詩도 마찬가지여서 남들보다 늦게 쓰기 시작했다. 이 모든 게 아버지가 지어 주신 호적상 이름인 '미숙' 탓이라고는 절대 생각하진 않는다. 다만 할머니가 '터를 잘 파라'고 지어 주신 이름인 '기정'을 선호한다. 언제쯤이나 '된 아이'가 될지 모르겠으나 늦게 시작했으니 아직은 시를 잘 모르고, 잘 모르니 더 잘 알게 될 때까지 시를 사랑해야 한다고 믿으며 살아가고 있다.

이종민 선생님과는 전북작가회의에서 만났다. 선생님의 인자하고 부드러운 첫인상은 잊을 수 없다. 글과 가연歌緣으로 다시 만나게 됨을 진심으로 기쁘게 생각한다.

〈나뭇잎 배〉　　〈나의 사랑 클레멘타인〉

나에게는 내가 먹을 수 있는 음식의 가짓수만큼이나 좋아하는 노래가 있다. 영장류의 식성답게 잡식성이고 기분에 따라 먹고 싶은 것이 달라지듯 다양한 노래가 있다. 그래도 좀 줄여 보라고 하면 세 종류의 노래가 있다. 배워서 기억하는 노래와 내가 그저 좋아하는 노래와 들어 보지 않았지만 앞으로 좋아할 노래가 있다. 기억하지 않을 수 없고 좋아하지 않을 수 없는 노래, 혹부리영감이 나타나 노래 주머니를 달래도 절대 뺏기고 싶지 않은 노래가 있다. 아직도 남아 있는 것과 앞으로도 남을 것과 도래하지 않았지만 좋아하게 될 노래가, 어디선가 만들어지고 있을 노래가 있다. 맥락도 없이 나 혼자 그저 좋아하고 기억하는 노래가 아니라 가연歌緣이나 가맥歌脈이라 할 수 있는 연결된 끈 같은 노래가 있다.

그 처음은 기억하는 노래였으니, 내가 고를 수 있는 어휘가 늘어나 꼴을 갖춘 문장을 만들고 대화에 의도를 집어넣어 상대방의 말을 계산하기 시작할 다섯 살 무렵에 아버지로부터 배운 노래였다. 섬진강 상류에 살았던, 아주 어렸을 적 옛집 풍경은 아버지가(그의 장례를 치르던 날 그를 아는 모든 지인들에게 '너무 좋아서 다시 없는 사람'으로 말해지고 있으므로, 생전에 호명되었던 이름인 '만수' 씨로 부르겠다) 전날 저녁 무렵 던져놓은 그물을 다음날 아침에 걷어와 너른 마당 한가운데 바지랑대가 팽팽히 지탱하고 있는 빨랫줄에 펼쳐 놓는 장면으로 시작한다. 가장인 만수 씨가 그물코에 걸린 붕어니, 꺽지니, 수염 달린 메기니 하는 물고기 들을 회색 양동이에 담아내곤 하던 그림 같은 장면이 내겐 있다. 그물에 잡힌 물고기들은 아직도 살아 있어서 힘찬 꼬리를 팔딱이면, 만수 씨는 미끄러지려하는 물고기가 손아귀에서 빠져나갈까 봐 안간힘을 썼다. 가끔 제가 살던 깊은 물속을 닮아 굵고 거무스러운 반점이 듬성듬성 있는 가물치라도 잡힌 날이면, 그물에서 펄떡이며 다시 강물 속으로 뛰어 들어갈 기세를 꺾느라 만수 씨의 얼굴은 붉고 건강한 힘줄이 섰다. 손아

귀로부터 시작한 긴장이 눈동자와 어금니까지 힘이 들어가 젊은 그의 남자다운 굵은 턱선이 도드라져 보이곤 했다. 그날의 표정이 내게 각인된 것은, 그가 생을 마감할 때까지 매 순간 견디고 버티면서 살았기 때문이다. 그의 표정은 그가 살아온 생생한 삶의 현장에서 나온 까닭이었다.

만수 씨의 안간힘으로 결국 다른 잡물고기들과 양동이 속으로 들어간 가물치는 그 비좁은 무리들 속에서도 큰 덩치를 한참 동안 둔탁하게 펄떡이고 나서야 잠잠해졌다. 그 펄떡이는 커다란 물고기와 팔딱이는 작은 물고기들은 어린 내가 봐도 매우 풍요로운 광경이었는데, 이런 날 만수 씨는 풍어의 축가를 흥얼거리곤 했다. 그는 어부는 아니었으나 꽤 어부 같았다. 그가 20대 중반 서해의 어느 해수욕장에서 친구들과 함께 비슷한 수영복에 비슷한 선글라스를 끼고 허리에 양손을 올리며 비슷한 포즈로 찍은 흑백사진을 보고 있노라면 선주나 선장 같았으나, 아무튼 그 노래는 풍요롭기보다는 어린 딸을 먼저 보내고 온갖 마음의 풍상을 겪은 한 아버지가 화자로 나오는 애처로운 가사였다. 다섯 살짜리 아이가 듣기에는 너무나도 슬픈 가사와 곡조였다. 만수 씨는 물고기를 양동이에 담고 있는 모습을 재미지게 지켜보는 그의 어린 셋째 딸, 내게 한 소절씩 따라 부르게 했다. "넓고 넓은 바닷가에 오막살이 집 한 채, 고기 잡는 아버지와 철모르는 딸 있네"부터 "내 사랑아, 내 사랑아, 나의 사랑 클레멘타인 늙은 아비 혼자 두고 영영 어딜 갔느냐"까지. 슬픈 가사에 매료되었던 나는 단번에 배우고 혼자 불러 보다가 만수 씨와 함께 부르게 되었다.

만수 씨는 면 소재지의 행정적인 일을 맡아 하고 있었으니 어부도 아니었고 바닷가 아닌 농촌과 산촌에 가까운 곳에 살고 있는 내게 공감이 가는 노래는 아니었으나, 그날의 나는 '쓸쓸한'이라는 노랫말이 하나도 들어가지 않았지만 모든 소절마다 '쓸쓸한'이라는 말이 생략됐을 법한 노래 가사를 오래도록 생각했던 것 같다. 클레멘타인이라는 철없는 아이가 늙은 아버지를 혼자 남겨 놓고 왜 바닷가로 갔는지 참으로 원망스럽기까지 했다. 만수 씨는 이 쓸쓸한 노래를 매우 힘차게 불러서 나를 더 헷갈리게 했다. 인생은 원래 쓸쓸한 것이니 쓸쓸한 일이 있어도 힘차게 살아야 하는 것이고 힘차게 사는 것도 알고 보면 결국은 쓸쓸한 일이니, 잘 나가던 길에 갑자기 바윗돌이 가로막힌다 한들 놀라지 말 것이며, 큰일이나 작은 일이나 동요하지 말고 그저 굳건히 살라는 것인지 알 수는 없다. 생전에 좀 물어보기라도 할 것을 후회스럽지만, 너무 느리지도 빠르지도 않은 4분의 3박자의 노래 〈내 사랑 클레멘타인〉은 지금 생각해 보면 인생이란 고통도 노래가 될 수 있다는 것을 처음으로 알게 해 준 노래였다. 어쩌면 만수 씨는 어린 딸에게 아직은 '삶'이라는 어려운 말을 들려줄 수가 없어서 말 대신 노래로 알려 준 것은 아닌지… 알 것도 같고 모를 것도 같다.

두 번째 노래는 일곱 살 무렵, 더 이상 엄마가 골라 준 옷을 입지 않고 내가 입고 싶은 옷을 입고

학교에 가겠다고 떼를 쓰던 즈음에 엄마(만수 씨가 세상과 작별을 한 후 일 년 남짓 살다가 남편 곁에 잠들었다. 장례를 치르던 날 역시 그녀를 아는 모든 지인들에 의해 '둘도 없이 너무 좋은 사람'으로 평가받았으므로, 또한 생전에 누구네 엄마로만 불리었으므로 그녀의 진짜 이름인 '형임'으로 부르겠다)로부터 배운 노래다.

1977년 내가 초등학교에 입학했던 해에는 유난히 돌풍이 많이 불었다. 마당 옆 늙은 살구나무 꽃이 바람에 모조리 떨어졌던 기억으로, 늦봄의 어느 날이었던 것 같다. 옆집 양철지붕이 날아가고 작은 돌멩이들이 강풍에 얼굴을 때리고 버즘나무 가지가 속수무책으로 바람에 찢겨서 생나무에서 나는 냄새가 진동했다. 바람은 그칠 기세 없이 오후가 되자 더 세게 불었다. 이 때문에 학교 수업이 끝나자마자 부모들이 아이들을 데리러 왔다. 대부분 1학년을 둔 엄마들이었다. 형임 씨는 아직 오지 않았다. 앞으로 나가려고 할수록 바람은 더 강하게 몸을 밀고 들어왔다. 넓은 운동장을 지나가는 것은 불가능했다. 나는 강풍을 피해 별관 강당 외벽에 기대어 형임 씨를 기다렸다. 내 또래의 아이들도 나를 따라서 강당 외벽에 납작하게 붙었다. 엄마들은 그중 싹수 좋은 씨감자를 고르듯 자기 아이들만 쏙쏙 뽑아 하나씩 데리고 갔다. 남자애들은 엄마의 손을 잡고, 여자애들은 엄마의 손도 모자라 치맛자락까지 붙잡고 하나둘씩 집으로 돌아갔다. 작은 등을 보이며 친구들이 점점 사라지는 걸 보면서 나는 형임 씨가 오지 않을 것 같은 불길한 예감이 들었다. 그러나 바람에 날아갈지도 모르는데 어쩌면 딸을 데리러 오지도 않다니! 하면서 형임 씨를 원망하지는 않았다. 시간이 더 흐르자 무턱대고 이렇게 기다리고 있다는 것 자체가 좀 아닌 것 같았다. '미풍에 날아가 안착하는 민들레 꽃씨도 아니고 나는 강풍에 날아가 떨어져 죽겠지' 하는 자포자기와 자격지심 비슷한 반항심이 생겼다.

바람은 더 세게 불어와 벽에 붙어 서 있는 것조차 힘들어, 이제는 기다린다기보다는 아예 몸을 동글게 말아 웅크리고 앉아서 버티고 있었다. 혼자 남은 줄 알았는데 저만치 떨어진 벽에 나보다 한 살 위인 2학년 남자아이가 서 있었다. 얼굴이 허옇고 깡마른 영수라는 아이였다. 나는 갑자기 그가 좀 한심해 보였다. 사실 그런 마음의 이면에는 결국 그 애 엄마가 그마저도 데리러 오면 이제 나만 남는 것이 두렵기도 하고 창피하기도 했다. 생각이 여기까지 다다르자 나는 고모가 입학 선물로 사 준 『백조왕자』에 나오는 엘리제 공주가 그려진 분홍색 가방을 단단히 메고 앞으로 나아갔다. 몸이 휘청거렸지만 아무렇지도 않은 것처럼 어깨에 힘을 주었다. 운동장에서 날아온 굵은 모래 알갱이가 얼굴을 때렸다. 눈을 뜰 수조차 없었다. 어딘가 날아가서 죽겠구나, 생각하며 몇 발짝 떼지도 않았는데, 누군가 내 어깨를 치맛자락으로 감싸 쥐었다. 그러더니 몸을 낚아채어 나는 순식간에 업히고 말았다. 형임 씨가 아니었다. 영수 엄마였다. 그녀는 한 손은 영수의 손을 잡고 한 손은 얼떨결에 업힌 내 엉덩이를 받치고 집으로 발길을 옮겼다. 영수 엄마의 등은 넓었다. 그래서 몹시 미안해서 불편했다. 미안한 마음이 고맙다는 마음보다 지배적인 감정이었다. 내리고 싶다고 말했으나 바람이 귀를 때려서 내가 한 말이 나에게도 그녀에게도 들리지 않았다. 내려 달라는 몸짓으로 엉덩이를 뒤로 빼고 발을 땅에 디디려 안간힘을 쓸수록 그녀는 나를 추켜세우고 그러지 말라는 신호로 엉덩이를 살짝 꼬집었다. 그러잖아도 힘드니 가만히 업혀 있으라는 뜻이었다. 그날 영수에게 미안했는지 영수 엄마에게 미안했는지 정확하지는 않지만 나를 업은 영수 엄마의 무게와 영수 엄마의 손을 잡고 있는 영수의 무게까지 한 덩어리가 되어 우리 셋은 어떤 바람도 뚫을 기세로 전진하며 집에 무사히 도착했다. 영수 엄마가 마당에 나를 내려놓았을 때, 형임 씨는 너무 놀라서 안방으로부터 대청마루를 징검징검 건너 댓돌에 놓인 신발도 신지 않은 채 마당으로 뛰어 내려왔다. 형임 씨는 왜 오지 않았을까? 알 수 없었으나, 형임 씨의 사랑법은 대체로 여간해서는 겉으로 드러나지 않는 것들이었다.

그런 형임 씨가 내게 가르쳐 준 노래는 〈나뭇잎 배〉였다. 어느 여름날, 두 살 아래 남동생을 재워놓고 한가해진 형임 씨는 서쪽 마루 서늘한 곳에 나를 누이고 귀이개를 들고 와 말이 잘 들리라기보다는, 다른 사람의 말을 잘 들으라고 귀지를 파 주곤 했다. 그리고 난 후 만수 씨가 그랬던 것처럼 자신의 셋째 딸에게 한 소절씩 따라 부르게 한 노래. 훗날 내가 다시 나의 딸아이에게 가르쳐 준 노래. 그리고 나의 아이가 또 자신의 딸에게 가르쳐 줄 노래. 또 그 아이는 다시 아이의 아이에게 전해 줄, 여간해서는 끝나지 않을 것 같은 노래. '연못에다 두고 온 나뭇잎 배'를 나는 노래 가사처럼 시험해 본 적이 있었다. 대문 앞에는 회문산 자락으로부터 흘러나온 작은 도랑이 있었는데 장마철이면 도랑이 불어, 대문 앞까지 물이 넘쳐흐르곤 했다. 장맛비가 개면 나는 대문 건너 길가에 서 있는 오리나무 잎 하나를 주워와서 도랑물에 띄워 보냈다. 연못은 아니어서 잎은 소용돌이칠 새도 없이 재빠르게 아래로 흘러 떠내려가 버렸지만, 남동생을 재운 다음 한가해진 형임 씨가 비로소 나에게 왔을 때, 형임 씨 곁에 누워 낮잠을 자다가 그 나뭇잎 배를 생각해 보았다. 지금쯤 흘러 흘러 섬진강 하류를 따라 어딘가로 가고 있을, '엄마 곁에 누워도 생각이 난' 그 나뭇잎 배를. 그런데 이상한 일이다. 형임 씨 곁에서 이 노래를 부를 때는 형임 씨보다 어딘가로 떠내려가고 있을 나뭇잎 배를 생각했었는데 이제 형임 씨가 가고 없으니 나뭇잎 배가 아니라 형임 씨가 너무나도 그리워진다. 너무나도. 형임 씨는 왜 많고 많은 노래 중에 〈나뭇잎 배〉를 가르쳐 주었을까? '엄마가 네 곁에 영원히 있는 건 아니니, 언젠가 떠날 때는 독립해야 한다'는 선언서 같은 것이었을까? 이 역시 만수 씨와 마찬가지로 생전에 답을 듣지 못했으니 나는 이 질문을 풀 때까지 형임 씨를 잊지 않고 오래도록 생각할 것이다.

큰언니는 토끼띠고 나는 개띠로 일곱 살 아래다. 세 번째 노래는 토끼띠 큰언니와 연결된 노래다. 당시 큰언니는 막 대학생이 되어 첫사랑 비스무리한 것을 하고 있었고, 나는 이제 막 초경이 시작된 지 얼마 안 되어 놀란 토끼 눈을 하고 다닐 때였다. 언니의 첫사랑, 그가 지금의 형부인지 아닌지는 밝히기 어려우나, 그 무렵은 큰언니가 리즈 시절이었다고까지 말할 수는 없어도 매우 예뻤을 때였다. 나름은 그랬다. 토끼띠 선화 씨는 개띠 동생에게 그 또래의 문화를 직접 전수하기를 부지런히도 했다. 큰언니가 그렇게 할 수 있었던 까닭은 '먹고 놀기 대학생'이었기 때문이다. 당시 어른들은 대학생들을 그렇게 불렀다. 데모하거나, 먹고 놀거나. 아무튼 큰언니는 '먹고 놀거나' 쪽에 가까웠는데, 이는 '국풍81'이라는 대규모로 행했던 관제성 축제의 영향을 받은 탓도 있었다. 큰언니가 어느 날 선배로부터 받아 왔다며 가져온 국풍81의 로고가 새겨진 목걸이는 북청사자놀음에 등장하는 사자탈의 얼굴 비슷한 것이 그려져 있었다.

여하튼 그때 큰언니가 한꺼번에 너무나도 많은 노래를 알려 주었다기보다는, 많은 노래를 내가 그로부터 얻어들었다. 운동회날 아이들이 뛰쳐나와 오자미를 던지면 장대 위에 대롱대롱 매달려 있던 바구니가 툭, 갈라지면서 색색의 종이 가루가 뿌려지듯 반짝반짝 빛나고 다양한 노래들이 쏟아져 나왔다. 비틀즈니, 비지스니, 아바니, 스모키니, '브루라이또(블루라이트) 요코하마'를 부른 이시다 아유미까지 알게 해 주었으며, 나는 푸른빛이 도는 밤의 요코하마 거리가 얼마나 아름다울까 상상해 보기도 했다. 이 노래들을 테이프가 늘어질 때까지 연속재생해서 듣고 따라 불렀다. 그러나 너무 좋아서 따라부르기조차 아까운 노래가 있었는데 그것은 바로 조동진이 부른 노래였다. 〈나뭇잎 사이로〉, 〈작은 배〉, 〈겨울비〉, 〈제비꽃〉, 〈흰눈이 하얗게〉, 〈빗소리〉 등 그가 부른 노래의 가사는 모두 시詩였다. 듣는다기보다는 노래를 읽는다는 것에 더 가까웠다. 한 편의 시에 멜로디가 와서 담아 주는 음이 아름다워서 혼자 조용히 좋아했다. 남 주기 아까운 이 노래 테이프에는 붉은색 띠지가 붙어 있었는데 나는 첫 곡부터 마지막 곡까지 무한 반복하며 미숙한 청소년기를 소비하고 있었다. 이 시절 들은 노래는 모두 큰언니가 골라 온 노래들이었다. 경원동 3가 28번지에 살던 시절이었다.

미숙한 것도 그럭저럭 지나가고 연둣빛 청춘을 맞이하고 있을 때, 가요와 팝송, 클래식 등 지나치게 많은 종류의 노래가 내게로 왔지만, 사실 내가 좋아해서 선택하는 노래의 항상성이란 없다. 좋은 노래는 계속 만들어질 것이고 아주 좋았던 노래는 시간이 지나면 조금씩 희미해질 것이 뻔하기 때문이다. 그런 이유로 오늘까지 살아오면서 남아 있는 음악이 있다면 그것은 그때 그 사람과 그때 그 장소가 있었기 때문이라고 말할 수 있다. 만수 씨와 형임 씨와 나의 사이에서 어느 날은 4분의 3박자의 클레멘타인으로 또 어느 날은 8분의 6박자 속의 나뭇잎 배처럼 떠다니며 살아가고 있는 나의 삶 속에서. 그 노래는 이제 여기 있시 않고 저곳에 있는 만수 씨와 형임 씨가, 지금도 그렇지만 앞으로도 계속 어느 순간 내게 들어와 맥놀이처럼 왔다가 사라지다 다시 왔다가 멀리 사라지며 다시 온 순간, 울컥하게 만들거나 조용히 웃게 한다. 그 노래의 끈을 나는 잡고 있다.

'가방끈' 고문관이 부른 노래

한보리

음악가. 시 쓰고, 노래 만들고, 노래 부르기를 직업으로 하는 사내. 깡마른 얼굴, 작지만 친근하게 보이는 눈웃음, 벙거지 모자 사이로 길게 자란 머리카락. 나이를 짐작하기 어려울 정도로 맑고 차분한 목소리를 가진 사내. 〈내 아내는 우동을 좋아해〉, 〈소를 찾아서〉 등 생소한 테마와 낯선 노래로 음반 가게에서는 쉽게 만날 수 없는 희귀 음반을 종종 세상에 내놓는 싱어송라이터.

비틀즈
〈어제(Yesterday)〉

누구나 그랬겠지만 군대 가기 싫었지. 하지만 신체검사에서 1급 갑을 받고 말았어. 이게 뭐야, 나처럼 허약한 게 무슨 1급 갑이냐구! 죽을 맛이었지만 소 끌려가듯 끌려갈 날을 기다리다가 덜컥 결핵에 걸리고 말았다. 그룹 사운드 지하 연습실의 매캐한 담배 연기와 묵은 먼지가 내게로 들어와 결핵이 된 거였지.

사람 마음이란 게 참 이상한 거다. 막상 군에 못 간다고 생각하니 묘한 자괴감이 드는 것이었다. 논산 훈련소에 입소해 신검을 다시 받는데 군의관을 만날 때마다 통사정을 해서 손목에 그 많은 퍼런 도장을 받아 내고서 겨우 입대했다. 어거지로. 지금 생각해 보면 말도 안 되는 일이지만 그땐 그게 가능했다. 5공 때였으니까!

아무튼 훈련받는 내내 고문관으로, 자대 배치를 받기까지도 고문관으로, 자대 배치를 받고서는 소대장들이 기피하는 허약 체질 병사로 지내다가 아무도 안 데려가는 나는 결국 1소대 1분대에 떠맡겨졌다. 나를 데려가던 소대장의 한숨 소리가 지금도 귀에 고드름으로 남아 있어서 종종 바람 소리를 내곤 한다.

최전방, 눈이 내리면 녹지 않고 계속 쌓였다. 우리는 눈길을 걷고 있었지만 봄이 되어 눈이 녹고 나서야 커다란 참나무 위를 걷고 있었다는 것을 알게 됐다. 온통 하얀 눈 천지. 소대 배치받은 지 한 달쯤 지났을 때 선임하사가 안주와 술을 추진해 왔다. 신병 맞이 축하 파티였다. 몇 달 만에 처음 열리는 파티라고 했다. 술이 달다고 빠르게 잔들이 비워지고, 차례차례 노래를 부르고 춤을 추고 밖은 영하 이십 도에 달빛도 얼어붙어 있었지만 오래된 뽕짝이 내무반을 달구었다.

노래가 끝날 때마다 박수 소리가 자지러졌다. 드디어 내 차례가 되었다.

"육군 이병 배 이병 노래 한 발 자가자가, 장진!" "바가바가 발사!" 우리 중대는 중화기중대 81밀리 박격포를 메고 다니는 부대였다.

'무슨 노래를 부르지?' 그때 불현듯 그리운 날들이 떠올랐다. 오랜만에 술을 마시니 더 그랬다. 엊그제 같은 날들, 봄날 같은 어제들. 그 어제 종종 부르던 노래가 하나 떠올랐는데 바로 '예스터데이'였다. 기타 없이 노래 불러본 적은 없지만 어때 뭐 여긴 군대인걸! 눈을 지그시 감고 "예스터데이 올 마이 트라블 씸 쏘 파아러웨이" 창문으론 달빛이 교교하게 넘쳐 들어오고 먼 산 능선은 보름달 빛을 받아 반짝였다. 아름다운 밤이었다. 사회에서 먹히던 노래 솜씨는 군대 와서도 여전했다. 그러게 재능이 어디 가남? 흘러간 옛 노래 뽕짝으로 방방 뛰던 내무반의 격이 급상승했다. 내 노래를 고요히 감상하는 거 봐!

노래가 끝났을 때 반응이 좀 이상했다. 왕고참이 아주 느린 박수를 치기 시작하자 소대원들도 천천히 박수를 치기 시작했지만 박수가 끝나기도 전에 왕고참이 소리쳤다. "전원 취침 준비!" 뭔가 잘못된 거 같은 불길한 예감이 들었다.

모포를 깔고 소등을 하고 마악 잠이 들기 시작했는데 불침번이 소대원들의 이마를 두드리며 귀에 소곤댔다. "집합… 집합."

80년대 군대에 있어 본 사람들은 집합이 뭔지 잘 알고 있으리라! 말로만 듣던 집합! 교집합 부분집합 그런 거 말고 그냥 집합이다.

보름밤이었다. 온 세상이 다 하얀 대낮처럼 밝은 보름달 밤이었다. 영하 이십 도 체감온도 영하 사십 도 겨울밤이었지만 열기는 장작불이 타고 있는 내무반보다 더 뜨거웠다.

기수별로 위에서부터 차근차근 근엄한 말씀이 있고 나면 뒤에 몽둥이가 춤을 췄다. 근엄한 말씀의 요지는 요새 군기가 빠졌다는 것! 거의 두 시간에 걸쳐 내용은 같지만 조금씩 흥분이 더해지는 말씀과 휘두르는 스윙의 폭이 더 커진 몽둥이가 방방댔다. 막내이자 신병인 난 열외여서 그 모든 일을 고스란히 지켜보아야 했다. 맞는 것보다 구경하는 것이 더 괴로웠다.

기어이는 바로 위 기수와 나만 남았다. 그러니까 그는 소대원 중에서 가장 많이 맞은 사람이었다. 가장 많이 맞은 사람과 한 대도 안 맞은 쫄따구 나만 남은 것이다. 그는 아프고 나는 두려웠지만 서럽기는 비슷했던지 신고를 마친 내게 고참이 내 어깨를 잡고 흐느끼면서 말했다. 무슨 말인가 했지만 울음이 너무 많이 섞여 있어서 잘 알아들을 순 없었다. 미루어 짐작할 때 '군대 생활 잘하자' 뭐 이런 거였을 것이다.

다음 날 아침 식당에 갔을 때 전 중대와 대대에 소문이 나 있었다. 어디서 개 또라이 같은 고문관이 하나 들어왔다는 것! 그리고 그것이 나라는 것! 누군가 '야, 가방끈 이리 와 봐!' 했을 때 나는 금방 알아들었다. 그 고참 앞으로 달려가서는 "옛, 육군 이병 가방끈 부르셨습니까!"

PART 2.

청춘의 번민이 키워준 마음의 노래 - 번민, 시대

사회적 서얼庶孼의 내면

김민영

한국문화재재단 전문위원. 언론사와 문화재청을 거쳐 한국문화
재재단에서 일하고 있다. 현재는 임금피크제 대상자로, 조직에
서 한발 물러나 있다. 일터인 한국문화재재단이 전주한벽문화
관(당시 전주 전통문화센터)을 수탁 운영할 때 그곳에서 일하면
서 이종민 선생님과 연을 맺어 지금까지 이어 오고 있다.

 김대중 전 대통령 작사
〈세월이 오면은〉

2009년 8월 선친 팔순 기념 가족 모임을 전주에서 했다. 내가 전주에서 생활하고 있어서였다. 직계가족만이 아니라 외가 가족들도 함께 했다. 어머님 남매 분들이 많아서 얼추 30여 명이 넘었던 듯하다. 식사만 하고 헤어지기 아쉬운 분위기였다. 함께 일하던 동료가 그 분위기를 짐작했는지(나에게 말도 없이) 전주에서 활동하던 젊은 소리꾼 한 명을 불렀다. 그 소리꾼은 〈육자배기〉와 〈춘향가〉 한 소절로 아버님 팔순을 축하했다. 그 소리꾼이 소리를 끝내고 인사말을 드리자 아버님은 "아따, 젊은 양반이 내 소리를 나보다 더 잘하요"라고 하시며 그 소리와 축하 인사를 받았다. 그때 그 소리꾼이 "그러면 나하고 시합 한번 합시다" 했고, 아버님은 "내 폐가 안 좋아 걷기도 힘드니 소리를 못 한다"며 '소리 답례'를 못 하시고, 주머니에서 만 원짜리 몇 장을 꺼내 손에 쥐여 주셨다. (그때 아버님은 폐섬유증을 앓고 계셨고, 딱 1년 뒤 상여소리를 뒤로하고, 북망산천으로 가셨다.)

아버님은 동네 소리꾼이셨다. 가끔 혼잣말하시듯 〈육자배기〉와 판소리 한 소절을 읊고, 시조도 가끔 읊으셨다. 나는 아버님의 이런 음악적 소질이나 재능을 한 토막도 물려받지 못했다. 학창 시절 음악 점수는 늘 평균 점수를 갉아먹었다. 수십 년 전 학창 시절을 아직도 기억하고 있는 내 동창들은 어쩌다 학창 시절 얘기가 나오면 "김민영은 음치 중에 음치였다"고 지금도 놀린다. 이제 나도 친구들도 잊어버려도 되려만 그 '흑색 기억'을 되살리고, 나는 그 흑색 기억에 '가위눌림'을 당하곤 한다.

음악(노래)은 내 푸르른 시절에 트라우마였고, 갑년까지 살아오는 동안 이를 완전히 극복하지 못했다. 그러니 음악이 내 삶 밖에 있는 것은 자연스럽다. 어느 장르의 음악이나 어느 가수의 노래나 어느 소리꾼의 소리를 그냥 좋아해서 자주 듣거나 찾거나 좇거나 모으지 않는다. 그래서 이종민 선생님이 '내 인생의 음악'이란 소재로 원고를 청하셨을 때 살짝 망설였다. 아마 선생님께 문자

도 그렇게 보냈던 듯하다. "딱히 '내 인생의 음악'이 없는 '삭막한 삶'이지만 (감사하게도 필진에 저를 넣어 주셔서) 원고를 보내 드리겠다"고. '내 인생의 음악'이 없다고, 내 인생의 '음악 이야기'가 없는 건 아니다. 이 쪽글은 내 인생의 '음악' 이야기가 아니라 내 인생의 음악 '이야기'다.

젊은 시절, 광주에 있는 한 신문사에서 일했다. 그 무렵 음악으로 트라우마가 있는 내가 어쩌다 가요(사)에 관한 시리즈 기사를 맡게 되었다. 그때는 인터넷 환경이 좋지 않았고, 지방이어서 자료 구하기도 쉽지 않았다. 가요와 관련된 이런저런 책과 저런이런 가요 잡지 몇 권이 쉽게 구할 수 있는 자료의 전부였다. 저작권법 그물도 헐렁하여 이런 자료 저런 정보를 바탕으로 '짜깁기'해서 지면을 채우곤 했다. 그 자료 중에 으뜸은 전북 장수 출신의 재일교포 2세 박찬호 선생님이 쓰신 『한국 가요사』였다. 그때 박찬호 선생님의 존함을 처음 알았고, 그 책도 기사 쓰는 데 도우미로만 삼았다.

그 뒤 직업과 직장이 바뀌고, 20여 년이 흐른 뒤 박 선생님을 모시고 공연할 기회가 생겼다. 내 일터였던 한국문화재재단 한국문화의집에서 2011년 10월 5일 〈반락盤樂〉과 2017년 6월 28일 〈담담풍류談談風流〉라는 프로그램에서였다. 〈반락〉은 (고)음반 수집가와 연구자들을 초청하여 음반 제작과 수집, 그 음반에 담긴 노래(소리)와 가수(소리꾼)에 얽힌 이야기를 공연 형식으로 풀어가는 프로그램이었고, 〈담담풍류〉는 문화 · 예술계 인사들을 초청하여 그분들이 살아온 '삶의 필름'을 '시청각'으로 보여 주는 공연이었다. 이 두 프로그램은 전통 공연 기획 연출의 '마법사' 진옥섭 한국문화재재단 이사장(당시 한국문화의집 예술감독)의 작품이었다.

박 선생님은 이 두 프로그램에 다 출연했다. 〈반락〉은 그분이 모으고 연구하고 기록했던, 음반에 관한 이야기인 『한국 가요사』에 대한 시간이었다. 야키니쿠(고기구이) 식당 운영(이분은 일본 나고야에서 부인과 함께 전북 장수 지명에서 따온 '장수원' 음식점을 운영했다)과 대중가요 연구를 오가며 일군 시대의 노작 『한국 가요사』의 발간 30주년 회고 무대였다.

〈담담풍류〉에서는 불판(음식점 운영)과 소리판(가요사 연구) 사이를 오간, '소리판을 돌리려니 불판에 기름이 굳고, 불판을 닦으려니 소리판 노래가 멈춘 삶'에 관한 이야기였다. 아버지의 〈육자배기〉, 쇼지 타로의 〈도추모노(道中物)〉, 비극적 경계인이었던 김영길의 〈국경의 밤〉, 역사 속에 묻힌 재일 대중가요 〈팔도강산〉, 김대중 전 대통령이 작사하고 박 선생님이 작곡한 〈내 마음의 눈물〉 〈세월이 오면은〉(일본인 피아니스트 다카하시 유지가 작곡했고, 나중에 가수 이성호 씨가 편곡하여 불렀다), 그리고 박찬호 평생의 정한이 담긴 〈번지 없는 주막〉까지. 개인의 인생사가 민족의 역사로 그리고 한국 대중가요사로 이어지고 합류한 '역사'를 풀어냈다.

그분은 그날, 그 '역사' 사이에 늘 부른다는, 평생 정한의 노래인 〈번지 없는 주막〉(박영호 작사이재호 작곡 백년설 노래)와 처음 들어 보는 〈내 마음의 눈물〉을 불렀다. 이 노래 가사는 김대중 전 대통령이 썼고, 곡은 박 선생님이 직접 붙였다고 했다(후에 작곡가 하훈식 씨가 악보를 다시 정리했다). 김 전 대통령이 1973년 8월 도쿄로 납치되었을 때 소지품 속에는 노랫말 두 편이 있었다고 한다. 한 편은 〈내 마음의 눈물〉이고, 다른 한 편은 〈세월이 오면은〉이었다. 1972년 대선에서 박정희 대통령에게 분패하고, 일본과 미국을 오가던 김 전 대통령이 1973년 6월 16일 미국 댈러스행 비행기 안에서 쓴 노랫말이었다고 전했다.

내 마음의 눈물

내 마음의 눈물은 끝이 없구나
자유 찾는 벗들의 신음 소리가
남산과 서대문서 메아리치며
마산의 의거탑이 검은 보 쓰고
수유리 영웅들이 통곡하는데
내 마음의 눈물이 어이 그치리

내 마음의 눈물은 끝이 없구나
허기진 어린이가 교실에 차며
메마른 여공들이 피를 토하고
꽃 같은 내 딸들의 육체를 탐내
외국의 건달들이 떼지어 온데
내 마음의 눈물이 어이 그치리

세월이 오면은

세월이 오면은 다시 만나요
넓은 큰 광장에서 춤을 추면서

깃발을 높이 들고 만세 부르며
얼굴을 부벼댄 채 얼싸안아요
세월이 오면은 다시 만나요
눈물과 한숨은 걷어치우고
운명의 저줄랑 하지 말 것을
하나님은 결코 죽지 않아요

세월이 오면은 다시 만나요
입춘의 매화가 다시 피도록
대지의 먼동이 빨리 트도록
생명의 몸부림을 끊지 말아요

박 선생님은 이 노래를 울먹이며 겨우 마치셨다. 박 선생님은 자신의 처지가 김대중 전 대통령의 당시의 처지에 투사되고, 감정이입이 되어서인지 이 두 노래를 부르면 언제나 눈물샘이 열린다고 하셨다. 자국도 타국도 아닌 일본에서 한국인도 일본인도 아닌 재일교포라는 경계인으로 살아온 사회적 서얼庶孼인 박 선생님의 내면이 불판에 기름 굳듯 새까맣게 타 있는 듯했다. 나는 그 뒤로, 선생님의 『한국 가요사』를 가요(사) 사전으로 활용하면서, 이 책을 펼칠 때마다 박 선생님께 절을 올리는 마음으로 『한국 가요사 2』 670~671쪽에 새겨진 이 두 노래를 읽고 또 읽고, 읊고 또 읊는다. 내가 읽고 읊는 횟수가 박 선생님이 읽고 읊었을 횟수를 넘어설 때 그분에 대한 최소한의 경배라 여기며.

"Seasons in the Sun"

김영현

소설가. 경남 창녕 출생. 서울대 철학과를 졸업. 1984년 《창작과 비평》에 「깊은 강은 멀리 흐른다」를 발표하여 등단했다. 주요 작품으로 『멀고 먼 해후』, 『달맞이꽃』, 『엄마의 발톱』, 『그리고 아무 말도 하지 않았다』, 『폭설』 등이 있다. 실천문학사 대표를 역임했으며 억압받는 현실에 대한 생생한 기록과 고통스런 삶의 현실을 그려 내는 작가라는 평가가 있다. 1990년 제23회 한국창작문학상을 수상했다.

테리 잭슨
〈Seasons in the Sun〉

철커덩.

철문이 따지고 긴 회랑이 나타났다. 긴 회랑을 지나 또다시 철문이 따지고, 긴 벽을 따라 걸어간 다음 다시 철문이 따지고….

마침내 복도 한쪽으로 늘어선 작은 방들 하나 앞에 멈추었다.

그리고 교도관이 문을 열었다. 0.7평의 작은 방.

이 길고 좁은 방이 한동안 내가 머물러야 할 나의 공간이었다. 내가 들어가자 다시 요란스럽게 철문이 닫기고 열쇠로 문을 잠그는 쇳소리가 날카롭게 들렸다.

점호 시간이 끝나 모두가 잠들어 있는 시간이었다. 높은 천장에 매달린 삼십 촉짜리 백열등만이 희미하게 방 안을 밝혀 주고 있었다.

냄새 나는 요와 이불을 펴고 자리에 누웠다.

어둠과 고요.

바다처럼 깊다.

나는 마치 긴 항해 끝에 낯선 항구에 닻을 내린 배처럼 이상하리만큼 가라앉은 마음으로 누워 천장을 바라보았다.

1977년 겨울. '대통령 긴급조치' 위반으로 체포되어 졸업반 한 학기를 남겨 두고 순식간에 타임슬립을 잘못한 우주선처럼 이런 낯선 공간 속에 내동댕이쳐진 것이었다. 모든 것이 비현실적인 꿈 같았다. 거의 한 달 동안 경찰서와 정보부를 오가는 동안 몸도 마음도 만신창이 되어 있었다. 눈 오는 날 만나기로 했던 그녀와의 약속도 지켜지지 못했다. 고향의 늙으신 부모님께 작별의 인사도 못 드린 것은 물론이었다.

그때였다.

복도 저 끝에서 흘러나오는 라디오 소리.

진급 시험을 준비 중인 교도관이 들으려고 했던 것일까. 귀에 익은 그 소리는 마치 어둠의 저편 다른 세계에서 보내는 메시지처럼 희미하게 들려왔다.

나도 모르게 나의 귀는 그 소리를 따라갔다.

둥둥둥둥

당당당당

Goodbye to you, my trusted friend

We've known each other

Since we're nine or ten

Together we climbed hills or tree

Learned of love and ABC's,

Skinned our hearts and skinned our knees

Goodbye my friend, it's hard to die…

나의 신뢰하는 친구 그대여 안녕

우리는 서로 알고 지냈지요

우리가 아홉인가 열 살 때부터

우리는 함께 언덕을 오르고 나무를 탔지요

사랑도 알파벳도 배웠어요

가슴도 긁히고 무릎도 까졌고요

순간 나는 말할 수 없는 감동이, 마치 강력한 볼트의 전류처럼 나의 뇌와 온몸을 휘감고 지나가는 느낌이 들었다. 그것은 오랫동안 가혹한 폭력에 시달리며 난파선처럼 황폐해진 나의 내면을 두드리며 일깨우는 소리였고, 엘리엇의 시 「황무지」의 한 구절처럼 '기억과 욕망을 뒤섞으며 잠든 뿌리를 흔들어 깨우는' 겨울의 끝 요란한 봄비와 같은 소리였다.

When all the birds are singing in the sky,

Now that the spring is in the air

Pretty girls are everywhere

Think of me and I'll be there

온갖 새들이 하늘에서 노래 부르고

봄기운이 퍼져 있을 때면

예쁜 소녀들이 어디에든 있지요

나를 생각해 줘요 그러면 난 거기에 있을 거예요

나는 나도 모르게 눈가가 축축하게 젖어 오는 것을 느꼈다. 혹시라도 지나가는 교도관에게 들킬까 봐 냄새 나는 이불을 뒤집어썼다.

"Seasons in the Sun…" 눈부신 지중해의 태양이 어른거리는 풍경. 우리들의 청춘이 깃들여있는 곳. 대학 시절 내내 옆에 끼고 다녔던 프랑스 시집 속에 나오는 폴 발레리의 「해변의 묘지」가 있는 곳.

We had joy, We had fun,

We had seasons in the sun

But the wine and the song,

Like the seasons that all have gone…

우린 기쁨과 재미를 누렸어요

우리는 태양 아래 여러 계절을 누렸지요

하지만 계절과 같이 와인과 노래는

모두 가 버렸어요

그녀는 어떻게 되었을까. 대학 처음 들어가서 같은 반에서 만났던 그녀. 내가 그녀에게 처음으로 보낸 연애편지도 아무런 앞뒤 설명 없이 이 "Seasons in the Sun" 가사였다. 왜 그랬는지 그냥 그게 좋아서였다. 더구나 후렴구의 딱딱 떨어지는 운율이 너무나 좋았다.

그리고 "Pretty girls are everywhere…"

하지만 그 노래 가사가 그리 썩 유쾌하거나 눈부시거나 빛나는 청춘과는 멀었다. 어쩌면 마음대로 흥청망청 제멋대로 살다가 어느 봄날, 죽음을 맞게 되는 한 인간의 마지막 유언과도 같은 내용이다.

Goodbye Papa, please pray for me,

I was the black sheep of the family

You try to teach me right from wrong

Too much wine and too much song,

Wonder how I got along…

안녕 아빠 어서 절 위해 기도해 줘요

전 가족 중에서 말썽꾸러기였어요

아빤 제게 올바름을 가르쳐 주시려 했어요

지나친 와인과 지나친 노래로

제가 어떻게 살았는지 모르겠어요

원래 이 노래는 벨기에 출신 시인이자 작곡가인 쟈크 브렐Jacques Brel이 1961년에 발표한 〈Le Moribond〉라는 샹송이라고 한다. 그 뒤 포크송 가수인 로드 멕쿠엔Rod Mckuen이 영어로 번역하였고, 1974년, 그러니까 내가 대학에 들어갈 무렵, 저 유명한 테리 젝스Terry Jacks가 불러 세계적으로 유행하게 된 곡이다.

특히 마지막 부분의 가사, 아내에게 전하는 말은 죽음과 생명의 묘한 역설이 더욱 가슴 아프게 느껴지게 한다.

Goodbye Michell it's hard to die

When all birds are singing in the sky

Now that the spring is in the air

With the flowers everywhere

I wish that we could both be there…

안녕 미셸 죽기는 어려워요

온갖 새들이 하늘에서 노래 부를 때

여기저기에 꽃이 피어 있고

봄기운이 퍼졌으므로

우리가 함께 거기에 갈 수 있으면 좋으련만

나는 지금도 라디오에서 가끔, 우연히, 어쩌다가, 이 노래가 흘러나오면, 마치 전류에 감전되기라도 한 것처럼 모든 동작을 멈추고, 설사 길거리를 걸어가던 중이라 할지라도 그 자리에 우뚝 서서, 한참 동안 멍하니 넋을 잃고 만다.

그리고 낯선 공간과 시간 속으로 순간 이동이라도 한 것처럼 0.7평의 감옥 어두컴컴한 복도 저쪽에서 들려오는 그때 그 소리를 기억하곤 한다.

그리고,

대학 신입생 시절 서툰 편지를 보내곤 했던, 얼굴이 유난히 희던, 내 추억 속의 그때 '긴 머리 소녀'를 기억하곤 한다.

슬픔의 무게로 위안과 힘을 주는
혁명의 노래

 스윙글싱어즈 〈차오 벨라 차오〉

 이브 몽땅 〈벨라 차오〉

 종이의 집 〈벨라 차오〉

김은정

1983년 전북일보에 입사한 이후 줄곧 신문기자로 살아왔다. 이종민 교수님과는 1987년 창간한 《문화저널》 편집위원으로 함께한 이후 동학농민혁명운동기념사업, 전주전통문화중심도시 추진을 비롯한 문화 운동에 동행해 왔다.

나에게 음악은 언제나 불현듯 찾아오는 선물 같은 것이었다. 어느 때는 가슴 먹먹함으로, 어느 때는 환희와 격정으로, 또 어느 때는 콧노래 흥흥거리게 하는 즐거움과 행복으로 다가온 음악은 그래서 더욱 큰 위안과 힘이 됐다. 돌아보니 내가 살아온 시간 위에 나이테처럼 놓여 있는 수많은 노래와 연주곡 들은 그 모두가 언제라도 다시 나에게 찾아오는 '내 인생의 음악'이 되었다.

여러 해 전부터 자주 즐겨 듣게 된 노래 〈벨라 차오Bella Ciao〉도 그렇다. 1940년대 중반, 이탈리아 반파시즘 저항군들이 불렀다는 〈벨라 차오〉는 영국 출신의 혼성 8인조 클래식 재즈 아카펠라 음악 그룹 스윙글싱어즈Swingle Singers가 부른 〈차오 벨라 차오〉로 처음 들었다. 이탈리아어로 된 가사의 뜻을 잘 알 수 없었으나 반복되는 '벨라 차오'와 빠른 템포에 쾌활하면서도 서정적인 멜로디가 묘하게 마음을 끌었다. 그런데 이 노래를 듣다 보니 어느 순간엔가 슬픔이 밀려왔다. 가볍고 쾌활한 멜로디로부터 전해지는 아픔의 무게 때문이었다. 그 이유가 있었다.

〈벨라 차오〉는 우리말로 '내 사랑(사랑스러운 사람아) 안녕' 정도로 해석된다. 무솔리니의 파시즘과 나치의 이탈리아 침공에 저항한 레지스탕스 운동이 활발하게 일어났던 시기, 이탈리아 민중들이 저항 정신을 담아 불렀던 이 노래는 일종의 투쟁가다.

"내가 애국투사로 죽거들랑 나를 묻어 주어야 하오 / 나를 산 밑에 묻어 주오 오 벨라 차오 벨라 차오 벨라 차오 차오 차오 / 나를 산 밑에 묻어 주오 아름다운 꽃그늘 아래."

멜로디는 서정적이지만 투쟁에 나선 저항군의 사연을 담고 있는 가사에는 결연함과 슬픔이 짙게 배어난다.

19세기 중반부터 불렸던 비슷한 곡이 있었지만 노래를 만든 사람은 알려져 있지 않다. 다만 20세기 초 이탈리아 북부의 착취당하던 농부들이 불렀던 가사와 곡을 원전으로 오늘 전해지는 노래는 이탈리아 민요를 연구하는 조반나 다피니가 1962년 녹음한 것이다. 당초 자유와 저항 정신을 담아 불렸던 이 노래는 60~70년대, 이브 몽땅을 비롯해 이름을 알린 유럽의 가수들이라면 누구나 한번쯤 불렀을 정도로 대중들에게 친근한 노래가 되었으며 오케스트라를 비롯해 수많은 연주단이 노래를 편곡해 자신들의 레퍼토리로 삼았다.

유럽을 중심으로 민주주의와 인권을 상징하는 노래가 된 〈벨라 차오〉는 가사가 담고 있는 상징적 메시지와 경쾌하면서도 서정적인 멜로디 덕분에 자유와 저항의 힘이 필요한(?) 세계 곳곳에서 불리고 있다. 유튜브에 수많은 버전의 〈벨라 차오〉가 올라 있는 이유이기도 하다. 이탈리아의 한 원로 신부가 미사가 끝난 후 이 노래를 부르자 신도들이 함께 따라 부르는 영상은 더 특별한 감동으로 온다. 화제를 모은 영화 〈두 교황〉의 마지막 부분 배경음악에 〈벨라 차오〉가 담긴 것도 각별한 이유가 있을 터다. 이즈음에는 대중들의 관심을 모으고 있는 스페인 드라마 〈종이의 집(La Casa de Papael)〉에 삽입되어 더욱 널리 알려지기도 했다.

알고 보니 〈벨라 차오〉는 세계 여러 나라의 시위 현장에서 여전히 살아 있는 혁명의 노래다. 물론 우리나라의 촛불 시위 현장에서도 이 노래는 어김없이 불렸다. 가사는 무겁고 비장하지만 경쾌하고 아름다운 멜로디가 노래의 힘을 더 극적으로 발휘하는 덕분인 것 같다.

우리에게도 이런 노래가 있다. 80년대 뜨거운 시위 현장에서 불리던 운동권 가요 〈임을 위한 행진곡〉이다. 운동권에서 불리는 노래란 특성 때문에 대부분 운동 가요는 대중가요(?)로서의 힘을 얻진 못했지만 대학가의 시위 현장이나 노동자들의 파업 현장에서 살아남아 끝내 생명을 얻은 노래들도 적지 않다. 그중 하나인 〈임을 위한 행진곡〉은 5·18민주화운동 당시 계엄군에 희생된 노동운동가 윤상원 씨와 박기순 씨의 영혼결혼식을 계기로 만들어진 노래다. 가사는 황석영 씨가 백기완 선생의 미발표 장시 「묏비나리」를 차용해 썼고, 곡은 김종률 씨가 만들었다. 작곡가의 말을 빌리자면 이 노래의 의미는 "민주와 자유를 위해 분연히 일어났던 분들의 용기에 대한 존경, 그들 속에 피어난 사랑에 대한 찬사, 미래에 다시 올 수 있는 불의에 맞서 싸울 각오"다. 독재와 불의에 맞서 민주주의를 열망한 이 노래가 우리나라가 아닌 다른 나라의 시위 현장에서도 불리는 이유가 여기 있었던 모양이다.

지난해 세계의 관심이 쏠린 홍콩 시위 현장에서도 〈임을 위한 행진곡〉이 불렸다. 범죄인 인도법에 반대하는 홍콩인들은 이 노래를 부르며 거리로 나와 시위를 벌였다. 홍콩은 〈임을 위한 행진

곡〉이 가장 먼저 외국어로 번역돼 전해진 나라다. 알려지기로는 1980년대 초·중반 한국과 홍콩의 운동권 학생들이 교류하면서 이 노래가 전해졌다고 하니 이미 30여 년 전에 국가의 경계를 허물어 널리 불렸던 민중가요가 〈임을 위한 행진곡〉인 셈이다. 그뿐 아니다. 홍콩에 이어 대만, 중국, 캄보디아, 태국, 인도네시아, 미얀마, 일본, 그리고 호수에 이르기까지 〈임을 위한 행진곡〉은 이제 자유와 정의를 위한 투쟁의 상징이 되었다.

세상을 바꾸려는 사람들의 시위 현장에서 노래는 연대 의식을 불러내 용기가 되고 위로를 나누는 힘이 된다. 80년대 시위 현장에서 불렀던 〈임을 위한 행진곡〉이 어느 사이 우리에게 일상 가요가 된 것은 노래가 가진 바로 그 힘 덕분일 것이다.

어느 날 문득 내 마음에 다가온 〈벨라 차오〉를 이즈음 더 자주 듣게 된다. 혁명과 투쟁의 노래가 일상에서 주는 위안과 감동의 힘이 큰 덕분이다.

노래의 탄생이 비장해서일까. 그 생명의 빛이 눈부시다. 시대와 국가의 경계를 허물고 하나로 만드는 이 노래의 힘이 새삼스럽다.

길에서 운명처럼 만난 내 인생의 음악

김은총

싱어송라이터. '지역 음악 자급자족'을 기치로 전주에서 음악을 시작했고, '음악이 세상을 바꿀 수 있다'고 믿으며 '이상한계절'에서 곡을 쓰고 부른다. 지역에 대한 애정이 조금씩 커 나갈 때쯤 '품격의 전주, 시와 연애하다!' 수업을 통해 이종민 교수님을 만났다. 그의 지역을 사랑하는 마음과 오랜 시간 지역 문화를 위해 노력해 온 모습은 늘 뜨거운 귀감이다. 이종민 교수님과 함께 전주에 있어서 참 좋다.

Kacey Musgraves
〈Rainbow〉

2019년 7월 23일. 약 한 달간의 미국 횡단 길에 올랐다. 횡단은 뉴욕에서 시작해 LA까지 자그마치 11,000km를 이동했다. 그 낯선 땅에서 무슨 용기와 패기였는지 돌아보면 아찔했던 시간이다. 그 횡단 일정 속에서 '내 인생의 음악'을 만났다.

미국 횡단은 내겐 오랜 로망이었다. 그 계기는 포크 음악에 대한 이야기에서부터 시작된다. 내가 해 온 음악이 포크 음악이라고 완전히 정의할 수는 없겠지만 나는 늘 내 음악의 정신적 뿌리가 포크 음악에 있다고 생각해 왔다. 포크 음악의 상징인 통기타로 작곡을 시작했고, 또래보다 '올드'한 시골 출신 특유의 정서와 평균 음역대를 가졌으면서 중음대가 강조된 목소리. 포크 음악에 안성맞춤인 조건이었다.

그래서 국내 포크 가수들은 물론이고 밥 딜런Bob Dylan, 돈 맥클린Don Mclean, 엘리엇 스미스Elliott Smith 등 해외 뮤지션에 이르기까지 다양한 포크 음악 범주의 가수들의 음악을 즐겨 들었다. 즐겨 듣고 관심을 가질수록 삶에 대해서도 더 알고 싶어졌고 그들의 바이오그래피를 탐독하는 것으로 나아갔다. 누가 누구에게 영향을 주었는지 알게 되면서 자연스레 그 영향을 준 가수의 삶까지 파고들게 된 것이다.

특히 미국 횡단과 관련해서는 밥 딜런의 영향이 컸다. 밥 딜런에게 가장 큰 영향을 준 우디 거스리Woody Guthrie와 잭 케루악Jack Kerouac에 이르기까지. 그가 거대한 포크 가수가 되는 데 양분을 제공한 이들의 이야기는 나를 더욱 큰 세계관으로 안내했다. 그중에도 비트 세대의 화신이라 불리는 잭 케루악의 소설 『길 위에서(On the Road)』는 기어이 횡단의 길로 이끌었다.

수많은 비트 세대와 궤를 함께한 포크 뮤지션들의 삶과 음악은 내겐 바이블이자 내비게이션이나 다름없었다. 특히 '어떤 음악을 해야 할까?' '어떤 음악이 필요한가?' 궁극적으로 나는 '음악으로 어떤 이야기를 하고 싶은가?'와 같은 어렵지만 꼭 스스로에게 답해야만 했던 질문마다 그들이 걸은 길은 큰 참고가 되었다. 그들의 발자취를 피부 가까이 느낄 수 있는 미국 여정은 어쩌면 내겐 필연이었다.

그렇게 '이상한계절: 포크음악원정대'는 탄생하였고, 포크 음악의 원류를 찾아 나섰다. 원정은 세 가지를 목표로 했다. 첫 번째는 밥 딜런에게 가장 지대한 영향을 주었다는 우디 거스리의 고향에 가는 것, 두 번째는 미국 최초의 횡단 도로이자 미국인들의 'Mother Road', Route66를 탈 것, 세 번째는 미국 포크 음악의 산실 '뉴포트 포크페스티벌Newport Folk Festival'을 관람하는 것이었다.

이 같은 목표 아래 우리는 가장 먼저 뉴포트 포크페스티벌이 열리는 뉴포트로 향했다. 뉴포트는 뉴욕에서 약 세 시간 떨어진 거리에 위치한 북동부의 대표적 휴양지다. 많은 이들이 설렘을 안고 떠나는 곳인 뉴포트는 우리에게도 특별한 설렘을 선사했다. 굽이치는 산길을 돌아 투명한 에메랄드빛의 바다가 점점 가까워지는 걸 보며 우리는 환호했고, 포크 음악의 낭만이 펼쳐질 무대를 상상하며 매우 들떴다.

그 설렘이 절정을 향해 갈 즈음 뉴포트에 도착했다. 높고 푸른 하늘과 덥지만 건조한 날씨는 상쾌했고, 수면 위를 부유하는 요트들이 떼 지어 휴양을 만끽하고 있었다. 그러나 곧이어 다다른 페스티벌장에서 우리의 설렘은 아쉬움으로 바뀌었다. 티켓이 매진이었기 때문이다. 우리는 이미 사전 예매가 매진이라는 것을 알았지만 현매조차 매진일 줄이야! 허무했다. 쉬이 발걸음은 떨어지질 않고, 건조한 햇볕은 유독 따가웠다.

뜨거운 햇볕을 피해 거대한 트럭의 그림자를 위안처 삼아 앉았다. 통사정조차 통하지 않는다는 것에 실망하여 모두 침울한 표정이었다. 바로 그때 우리를 향해 수상한 걸음의 한 남성이 다가왔다. 그는 다름 아닌 암표상이었다. 예상대로 3배가량의 턱없이 비싼 티켓 가격을 불러 때아닌 글로벌 흥정판이 벌어졌다. 그와 실랑이를 거듭했으나 결과적으로 우리가 구할 수 있는 티켓은 겨우 한 장뿐이었다.

어쩔 수 없이 우리는 횡단 일정과 비용 등을 고려해야 했고, 나 홀로 페스티벌을 관람할 수밖에 없었다. 아직도 멤버와 함께 관람하지 못한 게 너무 아쉽다. 만약에 다시 그때로 돌아갈 수만 있다면 일정을 모두 변경하고, 가진 돈을 다 주고서라도 함께 보고 싶을 만큼 그곳에서 느낀 환희는 영원토록 기억될 인생의 한 장면이었다. 허나 과거는 돌아오지 않기에 멤버와 함께 페스티벌을 다시 볼 수 있는 날이 오기를 꿈꿔 본다.

우여곡절 끝에 어렵사리 들어간 페스티벌은 인산인해의 현장이었다. 그럼에도 비교적 질서정연한 모습이었고, 'Music makes the world a better place'라는 표어가 있는 안내 부스와 각종 먹거리와 MD 상품을 판매하는 매대가 보였다. 그 너머에는 페스티벌의 역사를 기록한 박물관과 4개의 무대가 운영되고 있었는데, 박물관을 중심으로 4개의 무대가 나누어져 있고, 그 장소마다 다양한 연령대의 미국인들이 관람에 집중하고 있었다.

특히 그 해로 60주년을 맞은 페스티벌을 이토록 오랜 시간 향유해 온 오랜 사랑과 열정은 깊은 인상을 남겼다. 때때로 낡고 고리타분한 장르 취급을 받기도 하는 포크 음악을 폭넓은 세대가 한자리에 모여 즐기는 모습은 철저히 타깃층을 설정해 운영하는 여타 페스티벌의 모습과는 근본적으로 달랐기 때문이다. 오랜 역사 동안 대를 이어가며 소비하는 공연 문화는 포크 음악의 가치를 이해하고 즐긴 팬들이 있었기에 가능했으리라.

그래서였을까? 평소 페스티벌을 자주 즐기는 나였음에도 쉬이 어떤 무대를 관람해야 할지 고를 수 없었다. 오히려 여러 무대를 볼수록 어느 것 하나 놓치고 싶지 않았다. 페스티벌은 확고한 취향의 가수들이 무대별로 배정되어 있기에 침착하게 시간표에 맞춰 이동하는 게 일반적이다. 어느 한 무대를 선택하지 못한 채 방황하는 일은 내게도 낯선 일이어서 오래 꿈꿔 온 로망을 허망하게 보내는 것 같아 잠시 패닉이 일었다.

겨우 마음을 진정하고 주위를 둘러봤을 땐 많은 이들의 시선을 끌고 있었다. 이 유서 깊은 포크 페스티벌에 낯선 동양인이라니 그 누가 봐도 신기했으리라. 급기야는 어디서 왔는지 묻는 이들이 나타났다. 한참 인사하다 어떤 무대를 봐야 할지 모르겠다고 손짓 발짓을 써 가며 짧은 영어로 고군분투했다. 그런 내가 안쓰러웠는지 그중 한 여성이 나를 한 무대로 안내해 주었는데, 바로 그 무대에서 내 인생 음악을 만났다.

운명처럼 이끌려 들은 음악은 바로 케이시 머스그레이브스(Kacey Musgraves: 이하 '케이시')의 〈Rainbow〉다. 케이시는 현시점 미국에서 가장 뜨거운 인기를 구가하는 포크 뮤지션이자 슈퍼스타다. 2018년 출시한 《Golden Hour》 앨범은 2019년 그래미 어워즈Grammy Awards에서 '올해의 앨범', '베스트 컨트리 앨범' 등 4관왕을 차지했는데, 바로 그 앨범의 가장 마지막 13번 트랙 수록곡이 바로 〈Rainbow〉다.

그녀의 맑고 청아한 목소리는 단박에 나를 사로잡았다. 무아지경의 상태에서 〈Butterflies〉, 〈Space Cowboy〉 등을 감상했는데 〈Rainbow〉는 기어코 나를 울렸다. 가사의 내용이 무엇인지 다 이해하진 못해도 만국 공용어로서 음악의 힘을 새삼 실감하는 순간, 단연 그 곡은 돋보였다. 아직도 내겐 그 순간이 생생해서 지금 이 글을 쓰는 순간에도 그날 느낀 카타르시스와 전율이 손과 발 끝에 고스란히 남아 있다.

그런 뜨거운 만남을 뒤로 하고 약 1년이 지난 지금. 나는 그 노래를 여전히 즐겨 듣는다. 어쩌면 당연한 일이다. 인생 음악은 쉬이 만날 수 없는 지우知友 같은 것. 처음 만난 그날부터 알면 알수록 좋은 친구처럼 내게 〈Rainbow〉는 인생을 걸쳐 함께 할 음악이 되었기 때문이다. 처음 어떤 노래를 소개해야 할까 고민할 때 이 곡은 마치 나만 알고 싶은 친구를 소개하는 기분이었지만 명곡은 누구나 알아보는 법이다.

도리어 내가 그 노래를 조금이라도 일찍 소개하는 영광이나 누리는 것이 나을 터, 나를 〈Rainbow〉에 더욱 빠지게 만든 뮤직비디오와 가사 이야기로 넘어가 본다. 뮤직비디오에는 미혼모, 독거노인, 알코올중독자, 마약중독자, 성 소수자 등 사회 전반에서 소외되고 방치된 사람들이 차례로 나온다. 아마도 눈치가 빠른 이들은 〈Rainbow〉라는 제목에서 이미 소수자들에 대한 지지와 위로가 담긴 노래라는 걸 예상했을 것이다.

성 소수자들을 지지하는 상징색이기도 한 무지개는 가사 속에서 "언제나 우리의 머리 너머에 떠 있는 것"으로 표현된다. 비가 맑게 갠 후에야 볼 수 있는 무지개. 그 이야기를 위해 가사의 도입부에는 거센 비를 맞아온 이들이 "비가 개고 맑은 하늘이 드러났음에도 폭풍 속에 머물고 있음"을 안타까워한다. 불특정한 이들에게 바치는 위로처럼 들리던 가사는 뮤직비디오를 통해 한층 직접적인 대상들에게 메시지를 전한다.

영상에서는 "폭풍 속에서 간신히 우산을 붙들고 있는" 소수자들의 삶을 묘사하는데, 하나같이 어두운 조명 속에서 어느 곳에도 속하지 못한 채 위축되고 고립된 모습이다. 그때마다 어둠 속에 놓인 이들의 너머로 케이시는 무지개를 표현하듯 밝은 빛과 함께 등장하고, 그들의 곁에서 "비가 그치고 맑은 하늘이 나타났으며, 무지개는 항상 당신의 머리 너머에 떠 있다"고 노래한다.

노래는 잔잔히 흘러 후반부로 향한다. 그들 곁에 "무지개가 떴으니, 이제 그만 안간힘을 쓰며 붙잡고 있던 우산을 놓아 버리라고", "모든 게 괜찮아질 거라고". 케이시와 함께 등장한 무지개를 기점으로 가사는 완결된다. 어두운 방 안에 놓여 있던 이들의 모습이 순차적으로 교차되면서 사뭇 전반부와는 다른 표정이다. 어느새 무지개는 창가를 넘어 방 안까지 스며들고, 그 빛은 모든 이들을 비추며 노래는 끝이 난다.

우리는 늘 상처받고 힘든 환경에 놓인 후에 다 나아졌다고 겉으론 쉽게 얘기하곤 한다. 하지만 남몰래 상처를 숨기고 살아갈 뿐, 분명코 우리는 상처받기 전과 다른 상태다. 더욱이 이 사회에서 외면받는 소수자들은 어떠한가? 일상 자체가 상처의 반복이다. 나와 다르다는 이유로 다수가 행하는 소수에 대한 폭력은 생각에서 시선으로, 말에서 행동으로 점차 확산된다.

최근에야 소수자들에 대한 목소리에 귀를 기울이는 움직임이 조금씩 커져가고 있지만 아직도 사회 전반의 포용은 머나먼 길처럼 요원해 보인다. 그럼에도 사회는 서서히 변화해 가는 것이기에 가사 속에 "하늘은 개고 비바람은 그쳤다"고 하는 말을 우리는 이해할 수 있다. 결국 변화는 작고 조그마한 것에서부터 시작하는 것이니까, 무지개는 이미 저 너머에서 우릴 향해 다가오고 있는 것일지도 모르겠다.

그러나 정확히는 폭풍우가 잠잠해지는 상황일 뿐 언제고 다시 폭풍우가 휘몰아칠지 알 수 없다. 마치 역사를 역행하듯 국가가 개인의 인권을 거스르는 미국과 중국 등 세계 강대국들의 모습을 보면 알 수 있지 않은가? 그런데도 〈Rainbow〉는 속 깊은 메시지를 통해 무감각했던 우리를 깨우치게 한다. 이분법적인 시각에서 벗어나 무지개 속 수많은 색깔의 스펙트럼처럼 다양한 이들이 행복한 사회를 상상하게 한다.

흔히 포크 음악은 '사회를 바꾸는 음악'이라고 말한다. 포크 음악을 음악적 뿌리로 생각하는 내게도 늘 자부심이 되는 말이다. 포크 음악이 오래되어 진부하고, 변화의 여지없이 뻔하다는 평을 들을 수는 있어도 '사회를 바꾼다'는 그 의식과 음악적 자부심이 살아 있는 한 포크 음악은 영원히 젊은 음악이다. 기존의 포크 음악에서 다루지 않았던 소수자, 사회적 약자에 대한 위로를 용감하고 세련되게 담아 낸 이 노래처럼 말이다.

홀로이 개여울에 주저앉아서 하염없이

〈개여울〉 10선

김정경

시인. 2013년 전북일보 신춘문예에 시 「검은 줄」이 당선되면서 작품 활동을 시작했으며, 지은 책으로 시집 『골목의 날씨』가 있다. 전북작가회의 간사로 일하던 이십 대 중반에 이종민 선생님과 인연이 닿았는데, 선생님은 항상 두 가지를 주문하셨다. 핑계 대는 시인이 되지 말 것, 시를 쓰면 이메일로 보내 달라는 것. 다른 일에 정신 팔려 시 쓰기를 게을리해서는 안 된다는 말씀이자 단단하고 당당한 시인이 되라는 뜻으로 마음에 새겼다. 2018년에는 선생님께 떼를 써서 라디오 작가로 일하던 프로그램의 게스트로 모시는 데 성공했고, 1년 남짓 음악을 소개하는 코너를 함께할 수 있었다. 12년 동안 해오던 방송작가 일을 접고 2019년부터는 팔복예술공장에서 일하고 있다.

어린 시절 나는 지독한 음치였다. 음치로 불리는 사람들 대부분이 그러하듯 내가 음치라는 것을 자각하지 못하고 살았다. 그러던 어느 날 그 일이 벌어졌다. 초등학교 5학년 무렵으로 기억한다. 담당하던 화단 청소가 끝나고 교실로 돌아갔을 때 자주 어울려 놀던 여자아이 몇이 풍금을 에워싸고 노래를 부르고 있었다. 음악책에 나오는 노래였기에 나도 껴서 같이 놀고 싶었다. 1절이나 제대로 불렀을까? 교회 합창단에서 반주한다는 친구가 풍금의 뚜껑을 '탁' 하고 닫아 버렸다. 곧이어 날아든 한 마디. "넌 노래를 너무 못해서 같이 못 부르겠어!" 그러고는 자리를 떠 버렸다. 노래하던 아이들도 내 눈치를 보다가 책가방을 주섬주섬 챙기기 시작했다. 지금 생각하면 음정도 박자도 무시하고 악을 써 대는 음치가 단란한 분위기를 망쳤으니 퍽 화가 날 만도 했겠다 싶지만, 나는 그때 꽤 충격을 받았다. '아니, 내가 왜 음치야? 애들하고 똑같이 불렀는데! 내가 음치라니 말도 안 돼' 하고 억울해 했다. 그 뒤로 스스로 혹독한 음치 탈출 특훈에 돌입했다. 말이 좋아 특훈이지 아무 데서나 꽥꽥 노래를 빙자한 소리를 지르고 다녔다. 빈 교실에 나를 남겨 두고 떠나갔던 풍금 사건 연루자(?)들과 반 친구들은 쉬는 시간마다 교실 창가에 서서 큰 소리로 노래를 부르는 나 때문에 몹시 괴로워했다. 근본 없는 음치 탈출 훈련은 고등학교를 졸업할 때까지도 계속되었다. 그때까지 음치라고 타박을 받았다는 말이기도 하다.

음치 탈출을 위한 노력이 효과를 보지 못했기 때문에 학창 시절 나는 줄곧 음악을 끼고 살았다. 늘 노래를 흥얼거리고 다녔다. 또래들에게 인기 있는 곡을 부르면 실력이 금방 탄로 날 수 있으므로 친구들이 잘 모르는 노래를 공략했다. 나의 취향은 그렇게 만들어졌다. 대학에 다니면서 음악 취향은 화양연화를 맞이했다. 밀레니엄 시대를 맞아 음악도 달라졌지만, 역시 나는 틈새를 노렸다. 김광석, 들국화, 채은옥, 박경애, 김정호, 김추자, 배호…. 점점 더 먼 옛날로, 시간을 거슬러 올라갔다. 그 시절 나는 어눌한 나의 말보다는 글이 편했고, 한 곡의 노래가 위안이 되었다. 십수 년이 흐른 뒤 7년 동안 매일 두 시간 분량의 라디오 원고를 써내야 하는 음악 프로그램의 라디오 작가로 일할 수 있었던 것도 그 덕분이다. 음악이 가진 힘을 어릴 때부터 체감해 왔으므로.

이종민 선생의 『음악, 화살처럼 꽂히다』라는 책 제목에서처럼 어떤 음악은 화살처럼 꽂힌다. 귀가 아니라 가슴 한복판으로 곧장 날아든다, 거침없이. 이십 대 중반에 접한 〈개여울〉이 내게는 그런 곡이다. "당신은 무슨 일로 그리합니까" 하고 노래가 시작되면 귀에는 여울목을 흐르는 물소리가 들려온다. 그리고 찾는 이 없는 적막한 물가 풍경이 떠오른다. 사무치게 그리운 이도 없으면서 작살이 꽂힌 물고기처럼 마음이 팔딱거린다. 처음 들은 〈개여울〉은 심수봉의 목소리였다. 그 뒤 노랫말이 1922년에 발표한 김소월 시인의 시라는 것을 알게 되었고, 그의 시로 만든 노래가 정말 많다는 사실을 알고 놀라기도 했다. 어느 책에선가 대중가요로 작곡된 소월의 시가 무려 59편이나 된다는 것을 읽은 적이 있다.

김소월의 시에 이희목이 곡을 붙인 〈개여울〉은 1960년대 후반에 김정희라는 가수가 처음 불렀고, 1972년에 정미조가 다시 불러서 정미조의 대표곡이 되었다. 2017년에는 아이유가 《꽃갈피 둘》이라는 앨범에 〈개여울〉을 수록하면서 젊은 층에도 널리 사랑받게 되었다. 아이유를 통해 재소환된 추억의 명곡으로 회자되고 있지만, 사실 이 곡은 이전에 이미 수많은 가수가 불렀다. 적우, 말로, 김종국 등 30여 명의 가수가 〈개여울〉을 자신의 앨범에 수록했고, 최근까지 여러 음악 프로그램을 통해서 선보인 다양한 〈개여울〉까지 보탠다면 아마 그 수는 껑충 뛸 것이다. 워낙 노랫말과 잔잔한 멜로디가 빼어나다 보니 어떤 가수가 부른 곡이라도 듣기에 좋지만, 이십 대부터 20년 가까이 흠뻑 빠져 있는 자칭 〈개여울〉 애호가인 내가 종종 찾아 듣는 곡은 배우 김혜수가 영화 〈모던 보이〉에서 불렀던 〈개여울〉과 정미조가 2016년에 발매한 컴백 앨범 《37년》에 수록된 〈개여울〉이다. 김혜수의 〈개여울〉은 일제강점기에 우리말로 부른 노래로는 음반을 제작할 수 없었던 영화 속 시대 상황과 맞물려 애틋함이 짙어진다. 기교 없이 끊어질 듯 이어지는 노래라서 더욱 마음이 가는지도 모르겠다. 정미조의 《37년》 앨범에 담긴 〈개여울〉은 은퇴 선언 37년 만에 다시 부른 것이다. 아이유가 리메이크할 때 가장 많이 참고한 곡도 바로 이 앨범 버전이라는 기사를 본 기억이 있다.

올해로 일흔한 살이 된 정미조. 긴 세월이 흐른 뒤 그의 목소리로 "아주 가지는 않노라심은 굳이 잊지 말라는 부탁인지요"라고 노래할 때 '앞으로 "하염없이 무엇을 생각"하며 살아야 할까?' 하는 생각을 하게 된다. 약속의 간절함도 잊고, 부탁의 곡진함도 잊고 산다는 자책. 그리운 것도, 기다리는 것도 없는 인생이야말로 진정 가난한 것 같아서 궁기를 애써 감추고 싶을 때면 시를 필사하는 심정으로 이 노래를 읊조린다. 내 노래를 듣는 사람들이 예전처럼 서둘러 자리를 뜨지 않는 걸로 봐서는 그 옛날 노래 연습이 아주 소용없지는 않았던 모양이다.

당신은 무슨 일로
그리합니까?
홀로이 개여울에 주저앉아서

파릇한 풀포기가
돋아나오고
잔물은 봄바람에 헤적일 때에

가도 아주 가지는
않노라시던
그러한 약속이 있었겠지요

날마다 개여울에
나와 앉아서
하염없이 무엇을 생각합니다

가도 아주 가지는
않노라심은
굳이 잊지 말라는 부탁인지요

―김소월 시, 이희목 작곡 〈개여울〉

문익환 목사님과의 추억 한 자락

문아경

병원 약국에 근무하는 약사. 전주에서 자라고, 객지에 살다가 다시 전주에 돌아와 행복하게 살고 있다. 이종민 교수께서 주관하신 '시와 연애하다' 강좌를 듣고 이 교수님을 따라다니면 인생이 즐거울 거라고 생각하고 천년전주사랑모임에 가입했다.

 김원중 〈직녀에게〉

난 올해 안으로 평양으로 갈 거야

기어코 가고 말 거야 이건

잠꼬대가 아니라고 농담이 아니라고

이건 진담이라고

벌써 30년이나 지난 1990년 봄이었나 봅니다. 문익환 목사님께서는 꿈꾸는 것 같은 시, 「잠꼬대 아닌 잠꼬대」를 읊으시다가 1989년 진짜로 훌쩍 북한에 가셨고 내려오셔서 전주교도소에 갇히셨습니다.

제가 문익환 목사님을 실제로 뵌 것은 1986년 서울 혜화동에 있는 소극장에서 문성근이 연출한 연극 〈칠수와 만수〉를 관람한 날이었습니다. 그날 문익환 목사님께서는 하얀 두루마기를 입고 오셨는데, 연극이 다 끝난 후 관객들에게 인사를 하시고 시 한 편을 낭송해 주셨습니다.

1990년 봄, 문 목사님께서 아프셔서 제가 근무하던 병원에 입원하셨다는 소식을 들었고, 저는 문익환 목사님을 뵙고 싶었습니다. 그래서 점심시간에 같이 근무하던 혜란 씨에게 "문익환 목사님께서 입원하셨대. 그럼 보호자로 문성근이 와 있을까?"라고 했더니 혜란 씨는 "문성근이 왔으면 보고 싶어요!"라며 따라나섰습니다. 당시에 문성근은 TV 드라마에 나오는 인기 있는 연예인이었거든요.

병실에 가면서 "가서 우리가 〈직녀에게〉 노래를 불러 드리자"라고 했습니다. 김원중이 부른 〈직녀에게〉는 가사도 좋고 곡도 좋아서 우리가 즐겨 부르던 노래였습니다. 병동 복도에 경찰이 지키고 있다는 얘기를 들었는데, 막상 가 보니 아무도 없어서 노크를 하고 들어갔습니다. 침대에는 문익환 목사님께서 환한 얼굴로 누워 계셨고, 혜란 씨가 보고 싶어 한 문성근 대신 큰아들 문호근 예술감독이 있었습니다. 인사를 한 후 많이 아프신지 여쭤보고, 〈직녀에게〉 노래를 불러 드렸습니다.

이별이 너무 길다 슬픔이 너무 길다
선 채로 기다리기엔 세월이 너무 길다
말라붙은 은하수 눈물로 녹이고
가슴과 가슴에 노둣돌을 놓아
그대 손짓하는 연인아 은하수 건너
오작교 없어도 노둣돌이 없어도
가슴 딛고 다시 만날 우리들
연인아 연인아 이별은 끝나야 한다
슬픔은 끝나야 한다 우리는 만나야 한다

이 노래의 원시는 1976년 시 잡지 《심상》에 발표한 작품으로, 문병란 시선집 『땅의 연가』(창작과비평사, 1981)에도 수록되어 있습니다. 전체가 1연 26행의 구조를 가지고 있으며, 견우가 직녀에게 말하는 형식을 취하고 있습니다. '견우직녀 설화'를 시의 제재로 사용하여 이별을 극복하고자 하는 마음을 강렬한 어조로 호소하고 있지만 실제는 남과 북의 통일을 염원하는 내용이라 할 수 있습니다.

노래가 끝나자 문 목사님께서는 환하게 웃으시며 저희들 손을 잡아 주었습니다. 곁에 앉아 있던 문호근 예술감독께서는 "이 노래는 〈바위섬〉을 부른 김원중이 불렀는데 남과 북이 서로 만나고 통일되기를 바라는 뜻을 담은 노래예요"라고 목사님께 설명해 드렸습니다.

내려와서 일을 하고 있는데, 그 병동 수간호사께서 급한 목소리로 전화를 했습니다.

수간호사　"그 방에 아무나 들어가면 안 되는데 왜 갔어요?"
나　　　　"문성근이 왔는지 보러 갔어요."
수간호사　"무슨 얘기를 했어요? 경찰이 알면 큰일 나요."
나　　　　"노래 불러 드렸는데요."

오랜 세월이 흐른 지금도 이 노래를 듣거나 부르게 되면 "통일은 다 됐어!"라고 외치며 환하게 웃으시던 문 목사님이 떠오릅니다. 이제 목사님 돌아가신 지도 오래, 남북관계는 여전히 막막하여 안타깝기만 합니다. 통일을 염원하시던 문 목사님의 명복을 빌며 우리 모두의 통일 염원을 담아 오늘도 조용히 〈직녀에게〉를 불러 봅니다.

역사의 기억, 노래의 추억

박명규

서울대학교 교수로 한국사회사, 남북관계, 민족주의, 개념사 등을 연구하는 사회학자이다. 서울대학교에서 박사 학위를 받았으며 하버드-옌칭연구소, UC버클리, 베를린자유대학, 큐슈대학 등에서 연구했다. 전북대에 10년간 재직했고 한국사회학회 회장, 사회발전연구소장 등을 역임했으며 서울대 통일평화연구원을 설립하여 남북관계와 평화 연구를 주도했다. 저서로 『국민, 인민, 시민』 『남북경계선의 사회학』이 있고 공저로 『한국사회사』 『개성공단』 『연성복합통일론』 『Civilzing Emotions』 『꿈의 사회학』 『사회적 가치와 사회혁신』 등이 있다.

박태준 곡 〈동무 생각〉

    음악과 깊은 인연을 맺고 살지는 않았지만 노래는 좋아했던 탓에 내 인생과 음악을 연결시킬 일화들이 더러 없진 않다. 어릴 적 기억도 있고 대학 시절 노래 운동에 참여했을 때의 생각도 난다. 남성 4중창단의 일원으로, 교회 성가대의 일원으로 소리를 다듬고 화음을 맞추던 경험도 떠오른다. 친우 이종민 교수의 정년을 축하하는 책자 기획에 공감하여 지난 시절을 돌아보니 어떤 노래와 특정 순간이 결부되어 깊은 여운을 남겼던 두 기억이 유난히 생각난다.

    1991년, 국제고려학회 두 번째 모임에 한국 측 참가자의 일원으로 참여하게 된 나는 중국 연변에서 북한 학자들과 가슴 설레는 만남을 가졌다. 중국과 공식 수교도 없던 때, 중공으로 배웠던 금단의 땅을 찾아가면서 노래 〈선구자〉의 가사를 떠올렸다. 60년대 시골 같은 풍경이 여전한 곳에 우뚝 서 있던 백산호텔에 여장을 푼 남북의 학자들은 긴장과 궁금함이 뒤섞인 상태에서 대화할 기회를 갖기 어려웠다. 사흘인가 나흘이 지난 밤, 평양에서 가져온 인삼주와 한국에서 가져온 소주를 함께 마시자는 제안이 성사되어 누군가의 방에 열 명가량이 모였다. 술잔이 꽤 돈 시점에 북한 학자 한 분이 일어나 좋아하던 노래를 한 곡 부르겠다 했다. 눈을 감은 내게 들려온 노래는 "봄의 교향악이 울려 퍼지는 청라 언덕 위에 백합 필 적에…" 박태준 작곡의 〈동무생각〉이었다. 예상치 못한 뜻밖의 노래였는데 나직한 톤에 그리움이 한껏 담긴 노학자의 목소리와 우수 어린 표정이 지금도 또렷이 기억난다.

    그로부터 십여 년이 지난 2010년 즈음, 하얼빈의 정률성 기념관을 방문했을 때 나는 또 한 번의 유사한 느낌을 받았다. 정률성은 중국 혁명 음악의 대표적인 인물로 유명하지만 한국에서는 철저히 잊힌 인물이다. 그 기념관에는 식민지 조선의 전남에서 출생하여 성장한 어린 시절, 타고난 미성으로 카루소 같은 성악가를 꿈꾸던 젊은 시절, 그의 재능을 눈여겨본 선교사의 도움으로 이탈리아 유학길에 올랐던 시기, 굴곡진 역사 속에 중국 인민해방군 대열에 합류하게 된 시기와 해방과 전쟁의 역사 속 삶의 궤적이 전시되어 있었다. 그런데 한 방에 들어서자, 감미로운 소리의 익숙한 노래가 들려왔다. "옛날의 금잔디 동산에 메기 같이 앉아서 놀던 곳, 물레방아 소리 그쳤다. 메기 내 사랑하는 메기야…" 남아 있는 정률성의 유일한 육성이라 했던가. 뜻밖의 노래를 들으며 십수 년 전 연변에서의 기억이 떠올랐고 이후 꽤 오랫동안 이 두 장면이 묘하게 오버랩되어 남아 있었다.

나는 노래가 주는 힘은 크게 세 가지 요소에서 온다고 생각한다. 첫째는 노랫말인데, 생각과 감정을 직접적으로 드러내는 것으로 사람의 발성으로는 표현 가능하지만, 악기의 소리로는 담을 수가 없다. 둘째는 곡조인데 음의 높낮이와 장단, 속도와 화성으로 독특한 정조를 표현할 수 있고 성악은 물론 기악에서도 충분히 그 감동을 드러낼 수 있는 음악 고유의 힘이라 하겠다. 셋째로는 노래가 만들어지고 불리는 어떤 시대적 맥락, 특정한 처지에서 유래하는 사회적 상황이다. 이런 아우라는 다양한 맥락, 연주자와 감상자의 독특한 만남 속에서 확대, 변주되는 것이리라. 남북 학자들이 수십 년 만에 처음으로 마주한 어색한 자리에서 그 노학자가 부르고 싶었던 노래가 〈동무생각〉이었고, 격동의 동아시아 현대사를 살아간 혁명가의 애창곡이 〈메기의 추억〉이었다는 사실은 내게 오랫동안 흥미로운 생각거리로 남았다. 노래의 힘은 가사의 메시지나 사회정치적 영향력을 뛰어넘어 음의 특이한 조합에서 만들어지는 정서적 아우라, 에토스의 깊이에서 온다는 것을 보여준 것 아닐까. 비유하자면 이성적인 것보다 감성적인 것이 갖는 궁극적 힘이랄까.

이종민 교수와는 대학 동기이기도 하지만 전북대학교에서 이런저런 활동을 함께하면서 더욱 가까워졌다. 나는 이 교수의 푸근한 심성과 열린 정신 그리고 문화적 감수성에 많은 빚을 졌다. 성품상 대인 관계에 그다지 적극적이지 않은 데다가 연고 없는 타지에 정착한 나를 그는 여러 뜻있는 모임과 행사, 활동에 동참시키려 애썼다. 그 덕택에 나는 개방적이고 실천적이면서도 인간적이었던 여러 시인, 화가, 음악인, 문화활동가 들을 만났다. 영남 출신으로 서울서 공부한 내가 전주의 음식 맛, 문학적 표현과 어법, 판소리의 리듬과 추임에 접할 기회를 가진 것도 이 교수의 도움이 컸다. 내가 서울로 직장을 옮기게 되었을 때, 그는 누구보다도 아쉬워하면서도 축하해 주었다. 그리고 송별의 자리에서 구수한 음성으로 이별의 노래를 불렀는데 지금도 그때의 분위기가 떠오른다. 이후 그의 음악에 대한 내공은 더욱 깊어져 '이종민의 음악편지'로 발전하여 많은 사람들에게 감동을 선사했다.

이 교수나 나나 정년을 일 년도 채 남기지 않았다. 우리는 한국전쟁이 끝난 1950년대 중반에 태어나 도시화와 산업화의 격동을 몸으로 겪으며 성장한 베이비붐 1세대에 속한다. 궁핍한 시대를 살았으나 공부를 잘해 좋은 대학을 다녔다는 사실만으로도 여러 혜택을 입었다. 앞으로의 삶 속에 노래가 어떤 자리를 차지할지, 어떤 미학적 에너지를 제공할지 궁금함 속에서 기대해 본다.

이 교수의 정년 이후 삶이 음악과 함께 늘 여유롭고 풍성하며 아름답기를 바라 도연명의 시「음 주」한 수를 덧붙여 본다.

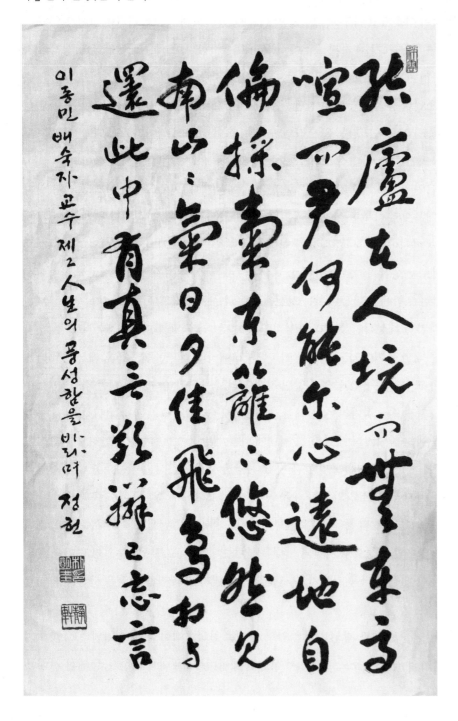

1980년의 신음 소리

김민기 〈저 부는 바람〉

서홍관

의사. 시인. 1958년 전북 완주 출생. 서울대학교 의과대학을 졸업했으며 1985년 《창작과비평》을 통해 시인으로 등단했다. 시집으로 『어여쁜 꽃씨 하나』 『지금은 깊은 밤인가』 『어머니 알통』이 있다. 인제의대 가정의학과 및 의료인문학교실 주임교수를 역임했으며 현재 국립암센터 원장 겸 국제암대학원대학교 총장으로 있다. 한국금연운동협의회 회장으로도 활동하고 있다.

이종민 교수님을 만난 것은 1983년 5월이었다. 의과대학을 졸업하고 군 복무 대신 3년간 무의촌 근무를 하기 위해 군산 앞바다 선유도에서 근무하기 직전이었다. 서울의대 문예부 시절 학교 행사에 초청하면서 만나 뵈었던 신경림 시인이 전북대에 문학 강의를 하러 오신다기에 내 고향 전주에 오신 기념으로 식사 대접이라도 하겠다고 찾아갔었다. 그러나 강연이 끝나자 신경림 선생님은 내 차지가 되지 못했다. 그분을 만나고 싶어 하는 전북대의 진보적인 소장파 교수들이 이미 기다리고 있었고, 내가 그 자리에 끼는 처지가 되었던 것이다. 그날 전북대 교수들을 많이 만나게 되었고, 이종민 교수는 그중 한 분이셨는데, 고등학교와 대학 선배셨다. 그 자리는 나의 인생에서 매우 중요한 자리가 되어 주었다. 얼마간 시간이 지난 뒤의 일이지만, 그 자리에서 만난 최준석 교수, 김홍수 교수, 김익두 교수와 함께 전북 지역의 노동운동, 농민운동, 민요, 판소리, 미술 운동을 결집시키는 책을 내기 위한 편집 동인을 만들게 되었던 것이다. 당시 전주에 만들어진 풍물패였던 놀이판 '녹두골'은 우리에게 만남의 공간을 만들어 주었다. 장구를 배우며 뚱땅거리던 문규현 신부님을 만난 곳도 그곳이었다. 나도 85년 봄 뜻밖에 창비를 통해 시인으로 등단하게 되었지만, 『마당은 비뚤어졌어도 장구는 바로 치자』는 시와 섬진강 연작으로 문단에 혜성처럼 떠오르던 김용택 시인, 전주대학교 학생으로 막 시인으로 등단한 박남준 시인까지 의기투합하여 우리의 삶의 터전을 다져 나가자는 취지의 전북 지역 무크지 《남민南民》을 만들게 되었으니 풋내기 의사였던 나는 뜻하지 않은 보람을 느낄 수 있었다.

나는 3년간의 군 복무를 마친 뒤 의사로서 수련을 받기 위해 서울로 떠났고, 아무래도 고향의 일은 소홀할 수밖에 없었다. 그러나 이종민 교수의 맹활약은 그 이후 시작되었다. 《문화저널》이라는 매체를 창간하시고, 동학농민혁명기념사업을 비롯한 온갖 지역 활동을 해 오셨고, 우리 사회가 나갈 방향을 그때마다 제시하셨으니 그 많은 이야기를 내가 어찌 말할 수 있으리오.

어느 날부터 '이종민의 음악편지'를 통해 음악을 전송받는 기쁨을 조용히 누리고 있었는데, 이번에 뜻밖에 정년 기념으로 '내 인생의 음악'에 한 귀퉁이 참여할 기회를 주시니 감사할 따름이다.

그런데 연락을 받고 집필을 응낙한 것까지는 좋았는데, 글을 쓰는 것은 쉽지 않았다. 내 인생의 음악이 없어서가 아니라, 내가 좋아하는 음악이 너무 많았기 때문이다.

언뜻 떠오르는 것만 해도 장사익의 〈봄날은 간다〉, 김추자의 〈님은 먼 곳에〉, 송창식의 〈우리는〉, 양희은의 〈이루어질 수 없는 사랑〉, 김정호의 〈하얀 나비〉, 해바라기의 〈이젠 사랑할 수 있어요〉, 둘다섯이 부른 〈내 님의 사랑은〉….

영화음악으로도 〈닥터 지바고〉에 나오는 〈라라의 테마〉, 〈대부〉에 나오는 〈조용히 속삭여주세요(Speak Softly Love)」〉, 바이올린 곡으로 듣는 〈브루클린으로 가는 마지막 비상구〉의 테마음악, 영화 〈해바라기〉의 주제음악….

클래식으로 가면 또 얼마나 많은가? 나는 지구를 떠날 때 음악을 딱 한 곡을 가져가라고 한다면 베토벤의 〈월광곡〉을 가져가겠노라고 생각한 적도 있다. 아마 저 먼 별에서 지구를 추억하면서 〈월광곡〉을 하염없이 듣고 있을 것이다. 그리고 고등학교 시절 외로울 때 나를 고양하던 리스트의 〈헝가리안 랩소디 2번〉도 교향곡 연주로 듣지 않으면 안 될 것이다. 그리고 헨델의 〈사라방드〉는 내 장례식에서 듣고 싶었다. 그 장례식은 아무도 없는 나만의 장례식이 될 것이고 나는 슬픔도 연민도 없이 이 음악을 하루 종일 들을 것이다.

오페라 아리아로 넘어간다면, 파바로티가 부른 〈별은 빛나건만〉과 〈남몰래 흘리는 눈물〉은 또얼마나 아름다운가. 가곡으로 넘어가면 갈란테가 부른 바빌로프(혹은 카치니)의 〈아베마리아〉를 빼놓을 수 없고, 슈베르트의 〈아베마리아〉와 〈보리수〉, 미루지아가 부른 그리그의 〈솔베이지의 노래〉를 어떻게 뺄 수 있단 말인가.

우리나라 가곡으로 넘어가면 박화목 작사 채동선 곡의 〈망향〉을 들은 것은 중학교에 마악 입학한 71년 3월 담임 선생님이 꿈은 많지만 어리벙벙하던 소년들에게 불러 주신 노래였다. 그날 이후 그 노래는 나의 마음의 고향이 그리울 때마다 불러 보는 절절한 노래가 되어 주었다.

그러나 딱 한 곡을 뽑으려면 할 수 없이 김민기의 〈저 부는 바람〉을 꼽아야 할 것이다. 전두환 신군부가 1980년 광주를 피로 물들이고, 민주 인사들을 다 잡아들이고, 온 나라가 공포에 시달리던 시절이었다. 한 해 뒤 김태훈이 서울대학교 도서관 5층에서 광주학살을 고발하는 시위를 벌이다 추락하여 사망했고, 그 뒤 죽음을 불사하는 시퍼런 저항의 행렬이 길게 이어진다.

우리는 비록 두려움에 떨었지만, 저들이 옳지 않다는 것을 굳게 믿었고, 우리가 싸워야 하고, 우리가 이겨야 한다고 믿고 있었다. 의대생이던 내가 시를 쓰게 된 것도, 1980년의 신음과 고통이 아니었다면 일어나지 않았을 일이었다.

1982년 의대 본과 4학년이 되었을 때 졸업 여행 대신 혼자 우금치를 찾아갔다. 전봉준 장군이 이끄는 동학농민군이 썩어 빠진 봉건국가 조선을 끝장내고 근대국가를 건설하기 위해 서울로 진군하다가 일본군들의 총칼에 무참하게 참패했고, 끝내 일어서지 못했던 비극의 장소였다. 나는 우금치를 걸어서 넘으면서 동학농민군을 위한 상여 노래를 썼다. 나는 이 시를 '1894년'이라는 제목으로 서울대학교 대학신문사가 주최하는 대학문학상에 응모했다. 영문과 교수이던 황동규 시인이 심사를 했고, 마지막 세 편에 남았지만 낙선했다. 나의 시에 대한 낙선평은 "서홍관의 시「1894년」은 주제가 너무 무거웠다"였다. 나는 문예부 후배들에게 "내 시의 주제가 무겁다고? 나는 나의 시의 주제가 가벼워질까 봐 두려워하는 사람이야!"라고 큰소리를 쳤다. 황동규 시인이 뭐라고 하든 나는 민족과 역사의 가장 아픈 곳을 파고드는 시를 쓸 것이다. 당신과 나는 추구하는 세계가 다르지 않은가.

1982년 가을 졸업을 앞둔 나는 '문학의 밤' 행사에서 그 시를 낭송했다. 원래 문학의 밤 행사는 문예부 학생들이 음악에 맞추어 우아하게 낭송하는 것이 일반적이었지만 나는 음악 없이 상엿소리로 목청껏 불렀다.

죽창 잡던 손에 손에 찬바람을 몰아 쥐고
가네 가네 설운 세상 악에 받쳐 떠나가네
어허어 어화넘차 어화리넘차 어화넘차

우금치야 붉은 빛은 흙빛이냐 핏빛이냐
꽃이 지던 싸움터에 제비꽃만 하늘 하늘
어허어 어화넘차 어화리넘차 어화넘차

삼천리를 돌아갈 적 산은 첩첩 물은 겹겹
이 내 목숨 어이하나 이 강토를 어이하나
어허어 어화넘차, 어화리넘차 어화넘차

그 노래는 동학농민군을 위한 상엿소리였고, 이역만리 타국 땅에서 스러져간 독립투사들을 위한 노래였고, 광주의 넋들을 위한 만가輓歌였다.

문학의 밤 행사가 끝나고 문예부 동료와 후배들과 뒤풀이가 이어졌다. 광란의 밤이었다. 술을 마셨고, 노래를 불렀고, 서로의 이름을 함부로 불렀고, 낄낄댔다. 저들이 우리의 웃음을 어찌 막을 수 있으랴. 우리는 너희에게 결코 지지 않을 것이다. 우리는 너희에게 굴복하지 않을 것이다. 우리는 너희보다 우위에 있다. 너희가 가진 것은 총칼과 탱크와 더러운 탐욕이지만, 우리에게는 정의의 칼과 뜨거운 사랑이 있지 않은가.

광란의 밤이 지나고 다음 날 아침, 학교에 왔다. 축제 기간이었기 때문에 수업이 없는 아침의 대학 캠퍼스는 인적 하나 없이 고요했다. 문예부실에 들어갔다. 아무도 없었다. 술병들, 기타와 노래책들, 시집들이 여기저기 널린 문예부실은 어질러져 있었다.

갑자기 허탈했다. 어제 광란의 밤에 쏟아 대던 말들은 다 어디 갔는가? 모두들 지금 어디에 있는 것일까? 어제 했던 약속을 우리는 지킬 수 있는가?

어떤 선배가 집에서 가져왔다던 오디오가 보였다. 내가 가져다 놓은 김민기 테이프를 틀었다. "검푸른 바닷가에 비가 내리면"으로 시작하는 〈친구〉에 이어… 김민기의 낮은 목소리로 〈저 부는 바람〉이 천천히 흘러나왔다.

누가 보았을까 부는 바람을
아무도 보지 못했지 저 부는 바람을

누가 들었을까 부는 바람을
아무도 듣지 못했지 저 부는 바람을

노래를 듣는데 갑자기 눈시울이 뜨거워졌다. 우리의 꿈은 더 위대한 세상을 이루는 데 있었다. 자유와 평등이 살아 숨 쉬는 세상을 원했다. 하지만 한 인간으로 나는 또 얼마나 나약한가. 나의 가녀린 사랑 하나도 풀잎처럼 불안에 떨고 있지 않은가?

그러나 나는 해탈을 포기하지 않을 것이다. 나는 혁명도 포기하지 않을 것이다. 나는 사랑도 포기하지 않을 것이다. 그런데 이런 생각을 할수록 왜 내 눈에서 더운 눈물이 흘러내리는지 알 수 없었다. 퀴퀴한 냄새가 섞인 문예부실의 차가운 공기만이 엎드려 펑펑 우는 나를 지켜보고 있었다.

노래는 계속 흘러나왔다.

　누가 알았을까… 아픈 이 마음을…
　아무도 알지 못했지… 이 아픈 마음을…

눈물 젖은 강물에 붓을 담그며

송만규

화가. 전북 완주 출신. 1993년 〈이 바닥에 입술을 대고〉라는 주제로 첫 번째 개인전을 열었다. 삶을 껴안고 살아가는 서민들의 일상을 담은 작품들이었다. 이를 계기로 그의 삶은 오롯이 붓질에 담기게 되었다. 2002년에는 섬진강이 내려다보이는 순창의 유서 깊은 구미마을에 작업실을 마련하였다. 섬진강 물길 따라 걸으며 자연의 아름다움과 메시지를 한지에 수묵으로 표현하였다. 국내외 갤러리에서 18회에 걸쳐 개인전을 하였다. 이 밖에도 〈땅전〉〈전국민족미술인연합전〉〈독섬-독도전〉〈동학농민혁명 백주년전〉등 다수의 단체전에 참여했다. 현재 순창 구남마을에 새로 세워진 섬진강미술관 관장이며, 그곳의 작업실에서 붓을 잡고 있다.

김정구 〈눈물 젖은 두만강〉

"백마강만 강이냐, 두만강도 강이다! 두만강 푸른 물에 노 젓는…"

철딱서니 없는 10대 후반, 친구들 자취방에 모여 밥상 두들기며 고래고래 불렀던 노래, 〈눈물 젖은 두만강〉. 메고 가기는 힘들어도 마셔서 비워버리기는 쉬운 통 막걸리에 친구 어머니가 싸 줬다는 곰삭은 묵은지 가닥, 찬합째 열어 놓고 입 주변에 묻혀 가며 한 잔이라도 더 마시려고 호기를 부리던 시절에 불렀던 노래다.

나는 청년 시절에 합창단 활동을 하면서 음악 감상실에서 클래식에 빠지기도 하고, 제법 음악과 가까이하며 살아왔다. 아마도 그림을 그리지 않았다면 음악을 하지 않았을까 싶다.

2002년부터 섬진강변 한옥에 작업실을 마련하고 새벽 강에 젖어 붓놀림을 한 지 20여 년이 지났다. 조국 분단의 장벽을 허물어뜨리러 젊음을 담갔던 시절은 섬진강으로 이어져, 강을 그리며 조국의 산하에 대한 사랑으로 깊어져 갔다. 백두대간의 끝자락인 지리산을 섬진강이 휘돌고 있다 보니 통일에 대한 열망을 표현하고 싶을 땐 내 마음이 천지에 다다르곤 한다. 백두산과 천지는 한국인이라면 누구라도 듣기만 해도 가슴 쿵쾅대는 감동의 대명사일 것이다. 그립고 디뎌 보고 싶은 곳, 그러나 빙 돌아서 갈 수밖에 없어서 더 안타까운 우리의 땅이다.

이러저러한 마음이 두만강에 더 가까이 다가서게 한다. 기회를 만들어 몇 번인가 찾아가 보았다. 소위 '만감이 교차한다'는 말은 이 강변의 도문시에 머물고 있을 때가 아닌가 싶다. 서에서 동으로 흐르는 두만강과 중국의 북에서 남으로 흐르는 '가야하'라는 하천 사이에 도문시가 있고, 서쪽에 일광산日光山이 관광풍경구觀光風景區로 건설되어 있다.

'화엄사華嚴寺'와 '두만강조각공원', '수월정사水月精舍' 앞마당을 거쳐 삼림과 호흡하면서 정상에 오르면 활짝 펼쳐진 북한 지역과 함께 '일광산'을 휘어잡고 흐르는 두만강 물줄기를 넓고 길게 바라볼 수 있다. 산 아래, 코밑에 북한 온성군 남양을 잇는 다리가 두 군데 있는데, 1933년에 철교가 만들어지고 8년 후인 1941년에 도로교가 놓였다고 한다. 도로교는 2016년부터 더 넓게 새로 건설하고 있다. 저 다리를 건너면 내 땅, 내 동포들이 살고 있는 곳으로 갈 수 있으련만 가슴이 먹먹하다.

강을 바라보고 서 있자니 입에서 저절로 "두만강 푸른 물에…" 흥얼흥얼 노래가 나온다. 〈눈물 젖은 두만강〉은 이곳 도문시의 어느 여관방에서 탄생했다 하니 감개무량하기도 하고 아련한 연민이 느껴진다. 90년 가까이 국민가요로 불리는 〈눈물 젖은 두만강〉은 1981년 방송국에서 조사한 '한국인이 뽑은 100곡' 중에서 1위를 차지하기도 한 국민 애창곡이기도 하다.

이 노래는 일제강점기인 1935년 어느 늦가을에 중국 동북 지역을 순회공연 중이던 극단 '예원좌'의 지휘자 겸 작곡가인 이시우가 만들었다. 그가 머문 두만강 부근 어느 여관에 곱게 물든 단풍나무가 눈에 들어왔다. 여관 주인이 두만강을 건너올 때 고향에서 가져와 심은 것이란 말을 듣고 '추억'이라는 주제로 곡을 구상하느라 이시우는 잠을 못 이루고 있었다. 이때 갑자기 옆방에서 비통하고 애절하게 우는 여인의 소리가 들려왔다.

날이 새자마자 여관 주인에게 그 사연을 물어보니, 그 여인의 남편은 독립운동가인데 일제에 의해 붙잡혀 형무소에 갇혔다는 소식을 듣고 불원천리 달려와 남편을 면회하려 하니 이미 총살된 뒤였다고 한다. 여인은 빈방에서 홀로 술 한 잔 부어 놓고 절을 하려 하는데 주인이 알아채고 제물을 차려 왔다. 주인이 차려 준 제상에 술을 붓고 난 여인은 끝내 참지 못해 밤새 오열이 그치지 않았다고 한다. 그날은 남편 생일이었다.

이 사연을 들은 이시우는 가슴이 찢어지는 듯했다. 나라 잃은 겨레의 슬픔이 푸른 물결조차 피눈물처럼 보여 두만강을 떠나지 못하고 곧바로 이 사연을 문학청년 한명천에게 들려주었더니 즉석에서 가사 1절을 만들었고, 여기에 이시우가 두만강 물소리를 들으면서 곡을 붙이게 됐다. 이렇게 만들어진 노래는 극단 '예원좌'의 화술 배우인 장월선이 불렀는데 관중들의 폭발적인 반응과 요청으로 네 번이나 더 불러야 했다 한다.

이 노래는 만주 지역에서 선풍적인 인기 속에 널리 불리게 되었고, 결국 그 여인도 듣게 되었다. 이후, 여인은 남편을 따라 자살했다고 전한다.

순회공연을 마치고 서울로 돌아온 이시우는 작사가 김용호에게 부탁해서 2, 3절 가사를 새로 붙이고 다듬어서 김정구의 노래로 레코드사를 통해 취입한다. 북한에서도 계몽기 가요(일제강점기 가요) 중 대표곡으로 뽑을 정도라 한다. 월간지 《천리마》는 2005년 5월호를 통해 노래의 창작

동기와 과정을 상세히 소개하기도 했다.

한명천은 북한 정권 초기에 활동한 시인으로, 그의 대표작인 「북간도」는 조기천의 「백두산」과 함께 북한에서 2대 서사시로 문학사에 남기고 있다. 한편 이시우는 달동네에서 어려운 생활 속에 작품 활동을 하다가 1975년에 불후의 교통사고로 세상을 마감한다. 그의 고향인 기제에는 작곡비와 기념 동산이 있다.

백두산 동남쪽 기슭에서 발원하는 석을수石乙水를 원류로 하여 동으로 흐르는 두만강은 유로流路의 변화가 심하여 하중도河中島, 즉 섬들이 수없이 형성되어 있다. 온성 지역 아래로 퇴적된 모래섬은 그 빛이 하도 맑고 고와 강 건너 중국의 훈춘에서 바라만 보고 있기엔 화중지병畫中之餠이렷다.

훈춘 시내에서 60킬로미터 정도 남쪽에 방천풍경 구역이 있다. 그야말로 푸른 강물을 따라가다 보면 좁은 도로 왼쪽으로 러시아 국경 철조망이, 오른쪽엔 두만강과 북한 경계 철조망이 설치되어 있다. 이 끝자락엔 러시아와 중국, 북한이 국경을 맞대고 있는 곳이다. 중국의 전 국가주석인 강택민이 이곳을 찾아 "일안망3국(一眼望三國, 한 눈으로 세 나라를 본다)"이란 휘호를 적어 놓기도 했다.

용호각이라 부르는 전망대에 오르면 그야말로 3개국이 한눈에 들어오고, 두만강 끝은 넓게 수평선을 긋는 동해안과 만난다. 그 전에 강을 가로지르는 철교가 있다. 그 위로 대륙 열차를 타고 블라디보스토크를 거쳐 연해주, 베를린까지 가 보자!

두만강의 물빛이 어른거려 여러 번 쫓아다녔다. 제도, 문화 차이가 있는 중국으로 다니다 보니 촌놈 짓을 하기도 했다. 비자가 단수와 복수로 구분되어 있는데 그걸 제대로 알지 못해서 비행기 표 내밀고 출국하려다 허탈하게 되돌아온 적도 있다. 또한 현지인의 안내로 좋은 풍광에 가까이 다가가려다 군인들의 통제로 진입조차 못 한 경우도 왕왕 있었다. 물론 두만강을 사이에 두고 북한과의 국경지대이다 보니 민감할 수도 있을 듯하다. 여러 우여곡절 속에 긴장과 설렘으로 다가간 두만강! 인간의 이러저러한 사정에 아랑곳하지 않은 자연이기에 만들어 낼 수 있는 승경이다.

내가 강을 좋아하는 이유 중에 하나는 자유로운 곡선미이다. 강이란 어딘들 그러하지만 섬진강보다 두 배 이상 길게 휘어진 두만강의 물줄기가 마음을 멈추게 한다. 더욱이 나의 겨레가 있는 조국을 바라볼 수 있기에 몇 번을 보고도 또 뒤돌아본다.

바로 저기, 동해를 바라보며 유유히 다가가는 시리고 시린 두만아! 분단도 국경도 버려야 한다. 이제 시원始原이다. 자유와 평화의 망망대해에서 섬진과 함께 대동세상大同世上, 유토피아를 누려야 한다. 나도 거기에 붓을 담그며 함께 가리라.

두만강 푸른 물에 노 젓는 뱃사공
흘러간 그 옛날에 내 님을 싣고
떠나간 그 배는 어디로 갔소
그리운 내 님이여 그리운 내 님이여
언제나 오려나

강물도 달밤이면 목메어 우는데
님 잃은 이 사람도 한숨을 지니
추억에 목메인 애달픈 하소
그리운 내 님이여 그리운 내 님이여
언제나 오려나

음악을 들으면서 인간이 되었다

유용주

시인, 소설가. 1991년《창작과비평》을 통해 등단. 시집으로『가장 가벼운 짐』『크나큰 침묵』『은근살짝』『서울은 왜 그렇게 추운겨』『어머이도 저렇게 울었을 것이다』가 있고 시선집으로『낙엽』이 있다. 산문집으로는『그러나 나는 살아가리라』『쏘주 한잔 합시다』『아름다운 사람들』『그 숲길에 관한 짧은 기억』『여기까지 오느라 고생 많았다』가 있으며 장편소설로『마린을 찾아서』『어느 잡범에 대한 수사보고』가 있다. 신동엽문학상, 거창평화인권문학상을 수상했다.

킹 크림슨
〈에피타프〉

정금양행은 돈암시장 입구에 있었다. 뒤에 정은장으로 바뀐 정금양행은 1층은 가게, 2층은 살림집, 3층은 공장으로 이루어진 보석 가게다. 나는 거기서 십 대 청춘을 보냈다. 야학을 다녔으며 몽정을 경험했으며 짝사랑을 했으며 짝사랑 닮은 술집 여자에게 동정을 바쳤으며 선수용 자전거를 잘 탔으며 기술을 배웠다. 나는 가게에서 잤는데, 야간 통행금지 시간에 수방사 탱크가 도로를 지나갈 때는 부르르 부르르 가게 전체가 흔들렸다. 야전침대가 흔들렸다. 침낭까지 흔들렸다. 아저씨(사장을 그렇게 부름)는 갓 결혼을 했고, 재홍이 형은 공장을 책임지고, 용수 형은 동국대에, 호영이 형은 가게를 봤다. 아저씨 큰형 재호 씨는 나중에 동국대 부총장까지 올라갔고, 우영이는 혜화동에 자리 잡고 있던 경신고등학교를 다녔다. 이외에도 여자 형제가 두 명 더 있었다. 이 다복한 집안에 꼬마가 한 명 더 늘었는데 그게 나였다.

내가 거기에 들어간 건 근처에서 식모 살던 누나 덕이었다. 누나가 식모 살던 집주인은 중소 건설회사 사장이었는데 문간방에 세 들어 살던 남자가 가스 배달을 했다. 공장에 가스와 산소통을 대 주는 사람 입김으로 찬란한 보석 가게에 들어간 거였다. 나는 백금으로 나무줄기나 잎사귀를 만들었다. 바이스에서 뽑은 철사(금)로 줄기나 잎을 만들어 물을 주면 언제나 살아 싱싱했다. 그러면 수원이 형이나 재홍이 형이 꽃을 피웠다. 보통 우리는 반지나 귀걸이나 팔찌를 만드는데, 화룡점정이라고 보석을 맨 나중에 끼우는 작업을 난을 심는다고 말한다. 그게 꽃을 피우는 작업이다. 내 인생에서 봄을 맞아 꽃을 피우던 유일한 시절이었다. 재홍이 형은 1미터 85센티에 이르는 거구로 아주 잘생겼다. 탤런트나 영화배우 뺨치게 잘났다. 형은 못하는 것이 없었다. 세공 기술도 내가 보기엔 최고였고 산이면 산, 자전거면 자전거, 요리면 요리, 술이면 술(형은 이미 그때 포도주를 좋아했고 취미가 오래 익은 포도주를 모으는 거였다), 야구를 미친 듯 좋아해 일요일마다 중앙정보부 사택 공터에서 고등학생을 대상으로 시합을 열 정도였다. 번듯한 야구복을 맞추어 입고 등 뒤에는 정금양행이라고 큼지막하게 인쇄해 넣었다. 그러나 뭐니뭐니해도 음악을 좋아했다. 당시 형은 독수리표 전축에, LP판을 1,500장 넘게 소장하고 있는 음악 애호가(70년대 공장을 상상해 보라)였다. 베토벤, 모차르트, 시벨리우스, 리스트, 멘델스존, 스메타나, 바흐, 쇼팽, 슈베르트, 스메타나 그리그, 비발디, 차이콥스키, 하이든, 요한 스트라우스, 헨델, 지붕 위의 바이올린 OST를 비롯해 비틀즈, 비지스, 산타나, 이글스, 캔사스, 스콜피언스, 존 덴버, 엘튼 존, 아바, 톰 존스, 앤디 윌리암스, 레드 제플린(퀸은 나중에 나왔다), 스모키, 롤링 스톤즈, 딥 퍼플, 에릭 클랩튼, 블랙사바스, 프리우드 맥, 주다스 프리스트, 모리스 앨버트, 메트 먼로, 닐 다이아몬드, 밀바, 존 바에즈, 호세 펠리치아노, 레이프 가렛, 클리프 리처드, 멜라니 샤프카, 폴 앙카, 프래디 아길라, 지미 오스몬드, 훌리오 이글레시아스, 에니멀스의 《해 뜨는 집》, 레이더스의 《인디언 보호구역》, 메리 홉킨스, 보니 타일러, 무디 블루스, 스페인 출신 여성 댄싱 듀오 바카라, 인 더 이어 2525, 바브라 스트라이샌드, 영화 〈해바라기〉, 〈부베의 연인〉 주제곡, 〈카사블랑카〉, 〈블루 라이트 요코하마〉의 이시다 아유미, 진주하와 아비, 엔니오 모리꼬네, 프란시스 레이, 프랑크 푸셀, 폴 모리아, 헨리 멘시니, 만토바니, 제임스 라스트, 〈철새는 날아가고〉, 〈알함브라 궁전의 추억〉, 김민기의 〈친구〉, 가게에서 걸어갈 정도로 가까운 경동고를 나온, 막 알려지기 시작한 조용필의 〈돌아와요 부산항에〉, 각종 샹송과 칸초네, 수많은 가곡, 남미 음악, 유럽 음악들을 마구 들었다. 차인태, 황인용, 이종환, 박원웅, 김광한, 김기덕을 알았으며 밤의 플랫홈인가? 김세원을 좋아했다. 아저씨가 호영이 형과 안집으로 퇴근하고 수원이 형도 홍제동 집으로 가고 나면 2층에 형하고 나만 남았다. 형은 늘 음악을 틀어 놨다. 장님 문고리 잡듯, 고막이 호강하는 시절이었다.

식당 개 3년이면 라면도 끓인다고 하지 않았나. 나는 공장에서 온갖 음악을 만났다. 재홍이 형이 지리산 종주를 간다거나 친구 집에서 술 먹고 자고 오면, 온통 전축은 내 차지였다. 그중에서도 내가 가장 좋아하는 곡은 킹 크림슨의 〈에피타프〉였다. 에피타프는 프로그레시브 록의 뿌리였다. 9분에 가까운 대작이자 명곡이었다. 1969년 가을, 비틀즈를 꺾고 영국 차트 1위를 기록할 만큼 뛰어난 음악이었다. 아무 이유가 없었다. 무조건 좋았다. 나중에 가사를 쓴 사람이 시인이라는 사실을 알았지만, 가사도 전혀 몰랐다. 그냥 느낌이 나를 강하게 끌어당겼다. 그 뒤로 한번 꽂히면 강박에 가까울 정도로 집착하는 마음 따라 숱하게 들었다. 석 달 넘게 에피타프만 들었다. 너무 들어 늘어지면 전축 바늘을 바꾸거나 판에 흠집이 나면, 황학동 벼룩시장에 가서 똑같은 판을 사 와서 반복해서 들었다. 가게 옆에 있던 성북 경찰서에 두 번 끌려갔다. 아무리 문을 닫았다 해도 탱크 소리보다 큰 스피커를 순찰을 도는 경찰이 가만두지 않았다. 사장이 와서 신원보증을 해서 훈방으로 풀려났다. 그때 버릇이 여든까지 가나? 음악은 무조건 크게 들어야 제맛이 난다. 최근에는 가는귀까지 먹었지만 에피타프를 즐겨 듣는다.

꼬마는 광을 내거나 공장 밑바닥 일을 하거나 종로에 있는 조각 공장을 다녀오거나 청소를 했다. 코미디언 구봉서가 자가용으로 출근하는 모습을 매일 보았으며 영화배우 김희라는 건너에서 다방을 운영하기도 했다. 뽀빠이 이상용이 동아방송 교통 리포터였는데 하루는, 바깥 청소를 하고 가게에 들어오자 우리 전화기로 방송사와 통화를 하고 있었다. 기분이 나빴다. 아무리 꼬마지만 허락을 받아야 하지 않겠는가. 급해서 먼저 썼다고 치자, 그러면 나중에 자초지종을 설명해야 하지 않을까. 이상용은 아무 말도 하지 않고 나갔다. 나는 지금까지 이상용이 나오는 프로그램을 보지 않는다.

나는 1974년부터 1981년까지 돈암동에 살았다. 거기서 검정고시로 중학교 과정, 고등학교 과정, 대학 입시까지 준비했다. 말이 준비지 그냥 놀았다고 보면 된다. 돈암초등학교 앞에 있던 율곡독서실을 잊지 못한다. 독서실 주인은 MBC 보도본부장 아무개라는 설이 있었으나 코빼기도 못 보고, 대신, 영달이 형은 매일 출근했다. 영달이 형은 가수 매니저였는데 한쪽 눈동자가 없었다. 진짜 조폭이었으며, 늘 검은 선글라스를 썼다. 그러니까 독서실 총무가 앉던 자리는 영달이 형 사무실이었던 셈이다. 영달이 형 밑에는 함중아, 인순이, 박일준, 임주리 들이 있었고, 콧수염을 기른, 롯데 우유 광고로 유명한 형이 가끔 와서 짜장면을 시켜 먹었다. 나는 함중아(중아 형이 부산에서 죽었을 때, 나는 울었다. 하루 종일 술을 마셨다)랑 유달리 친했다. 굉장히 서민적이었으며 커피와 라면을 잘 먹었다. 영달이 형 심부름을 가면, 삼선교 친형 집에서, 고른 치열을 반짝이며 반가이 맞아 주었다. 그의 옆에는 피아노가 있어 언제든 작곡할 준비가 되어 있었다. 실제로 오선지와 콩나물 대가리 하고 친하게 놀았다. 나는 서울대나 육사를 점찍어 두었지만 그것은 공염불에 불과했고 트럭운전사나 복싱선수를 지나쳐, 악기를 잘 다루는 드러머가 되는 게 꿈이었다. 그대로 컸으면 가수는 그렇고, 로드매니저는 되었을 텐데, 발길 한번 잘못 돌려 글 쓰는 사람이 되고 말았다.

어느 해, 크리스마스이브에는 음악다방에서 〈수요일의 아이〉를 불러(원어로 어설프게) 3등에 입상하기도 했다. 부상은 LP판이었다. 공부는 뒷전이었고, 정동체육관(공교롭게도 교회 이웃에 있었다)을 뻔질나게 드나들었다. 샌디 페블스나 피버스, 활주로의 라이브 공연을 보기 위해서였다. 영달이 형은 무료 티켓을 많이 가지고 있었다. 신선놀음에 도낏자루 썩는 줄 몰랐던 시절이었다.

자, 이제 오늘의 주인공, 멸종 위기의 남자, 종민이 형님을 불러 보자. 형은 영문학을 전공한 학자다. 백낙청 선생이 스승이다. 음악과 책과 술을 사랑하는 김정환 형과 동문이다. 워낙 음악을 좋아해서 몇 년 전에는 음악 관련 책을 냈을 정도다. 동전을 모아서 기부하는 데 앞장선다. 선배 J 시인이, 내 자동차에서 동전을 싹쓸이하는 이유가 종민이 형이 동전을 모으기 때문이다. 나는 종민이 형님 덕분에 전주에 들러 가끔 막걸리를 마신다. 종민이 형님은 어떤 술자리든 아름답게 취한다. 중요한 사실은 권데, 사이비 명리학의 대가 유용주 입장에서 보자면 귀는, 관운과 장수를 상징한다. 그는 관운으로 볼 때, 올라갈 때까지 올라갔다. 그러면서도 불면, 혹하고 날아갈 것 같은 작은 차를 타고 다닌다. 나하고 차가 똑같다. 나는 차가 밀리면, 옛날에는 앞에 차를, 지게차가 되어 떠넘기고 달렸는데, 지금은 두 바퀴로 달리는 신공을 보여 준다. 그나마 차 속에 음향기기가 달려 있어 다행이다. 내 차는 람보르기니 스파크다. 이종민의 귀는 크고 선하다. 왜 입은 하나이고 귀는 두 개나 달렸나. 말하는 것보다 잘 들으라는 것이다. 그중에 음악도 포함된다. 청각은 숨이 끊어진 뒤에도 한동안 살아 있다. 인간은 끝까지 배워야 한다. 죽어도 학생부군신위 아닌가. 나이가 들수록 입은 닫고 지갑은 열라는 말이 있다. 그것을 실천하는 사람이 형이다. 할 말은(나는 형님을 존경하지만 형수님을 더 좋아한다) 많지만 생략하기로 한다.

울울창창한 청춘은 대학 입시에 낙방했으니, 서울대도 육사도 당연히 못 들어가고 군대에 끌려가게 생겼다. 고민 끝에 바다에 뛰어들었다. 짝사랑하던 여자가 대학생이었다. 미리 버지니아 울프를 알았더라면, 주머니에 돌을 넣었을 텐데, 짠물만 실컷 마시고 민박집 주인 등에 업혀 나오고 말았다. 산골에서 자랐으니 바다 수영은 못 배웠다.

공부와 자살에 실패한 청년은, 원래, 1981년 5월에 입대 예정이었으나, 병으로는 죽어도 안 끌려간다고 고집을 부려(무식하면 용감하다), 공수특전하사관 시험을 봤다. 합격했다. 하사관도 병기본 훈련을 4주간 받아야 한다. 그해 9월 논산으로 갔다. 신체검사에서 탈락했다. 법정 전염병 옴이었다. 1981년 12월 1일, 강제징집되는 대학생들 틈에 끼여 20사단에 입대했다. 직속상관이자, 사진까지 걸어 놓고, 아침저녁 외우는 물건은 최세창, 그는 공수여단장 출신인데 광주를 피로 진압한 혁혁한(?) 공으로 별 두 개를 달았다. 그 뒤로 박준병, 이종구가 후임 사단장이었다. 모두 살인악마 전두환 오른팔이다. 우리(?) 61년대 4대대는 신병교육대대였다. 대대장은 육사를 나온, 나중에 보안사령관까지 오른 김익성 중령, 그는 김준성(김준성 문학상을 받은 작가들이 많다)의 동생이다. 그리고 20사단 61연대(연대장은 함덕선 대령)는 광주 투입 병력이었다.

노태우 아들은 병원 생활하는 아버지를 대신해, 광주 5·18민주묘소에서 무릎 꿇고 사죄했다. 뒤늦었지만 사필귀정이다. 1980년대에, 내 육촌 조카는 고등학교를 졸업하고, 해병대에 자원입대해서, 백령도에 근무했다. 동기 중에, 완전 고문관이 한 명 있었는데, 그가, 유명 소설가 S다. 어디서

구했는지, 항상 실탄 두 개를 만지작거려 중대장도 건들지 못했단다. 머리가 좋은 건지, 진짜 돌아인지, 편하게 해병대 생활을 했다는 것이다. 소총병인 나는, 양평에서 3년 동안, 듣기 싫은, 군가를 억지로, 지겹도록 들어야 했다.

인간은 모두 사라진다. 자연의 섭리다. 40년 만에 고향에 돌아왔다. 음악을 들으면서 귀가 커졌다. 키는 줄었다. 옷이 점점 커진다. 모든 게 뻣뻣해지는데, 한군데만 부드러워졌다. 젊었을 때는, 모든 신체 기관이 부드러웠지만, 오직 한군데만 뻣뻣했다(이건 이정록 시인이 말했다). 몸에 열이 많아 사계절 내내 반바지 차림이라 철없는 놈이 되었다. 세월이 흘러 마을회관 경로당에 출입하는, 머리카락이 허연 노인네가 되어서도, '팬텀싱어', '신지혜의 영화음악'(음악만큼 영화를 좋아한다.)에서 소개한 〈아무르〉, 〈더 와이프〉, 〈보리밭을 흔드는 바람〉, 〈나 다니엘 블레이크〉, 〈가버나움〉, 〈나의 마지막 수트〉, 〈사랑해요, 리키!〉를 좋아하고, '전기현의 세상의 모든 음악'을 듣고 산다. 리나 시몬, 메르세데스 소사, 밀젠코 마티예비치, 뇌종양으로 세상을 뜬 〈백학〉의 드미트리 흐보로스토프스키, 스페인 영화 〈그녀에게〉 테마곡, 〈여인의 향기〉 주제곡인 탱고(춤을 추고 싶다), 〈나의 마지막 수트〉 첫 번째 장면에 흐르는 곡, 시크릿 가든(아일랜드 출신 뮤지션들은 얼마나 시적인가), 전인권과 이동원, 장사익, 김수철, 강허달림과 정수연(정수연은 보이스 퀸에서 1등 먹은 사람, 해금 연주자 정수년이 아님. 그러고 보니 그 저물 무렵부터 새벽이 오기까지도 자주 듣는다)을 즐겨 듣는다. 내 야학 교가인 〈광화문 연가〉도 가끔 듣는다. 가사에 "언덕 밑 정동 길에 아직 남아 있어요 눈 덮인 조그만 교회당"이 나오는데, 정동교회는 큰 교회다. 옛 벧엘 예배당은 서울시가 사적으로 지정했고, 새로운 교회당은 파이프오르간이 있는 큰 교회다. 정동교회는 유관순 열사(바로 뒤에 이화여고가 있다) 장례가 진행된 곳이기도 하다. 한때 〈나는 가수다〉, 〈슈퍼 밴드〉, 〈불후의 명곡〉, 〈복면가왕〉을 열심히 봤다. 작업실에는 텔레비전이 없다. 그래서 지리산에서 사는 선배한테 부탁해 음악을 녹음해 왔다. 섬에 사는 친구에게도 마찬가지 부탁을 했다. 특히, 지리산에 사는 선배는, 세 번에 걸쳐 천 곡이 넘는 명곡을 녹음해 줬다. 글을 쓰면서, 운전하면서 녹음해 준 음악을 듣는다. 주민등록등본에 같이 나오는 사람한테는 숨이 넘어갈 때, 에피타프를 틀어 달라고 부탁했다. 술과 음악이 주어진다면 죽음도 괜찮은 흐름이 아닐까. 다량의 모르핀이 필요할지 모른다. 물론 묘비명은 필요 없다. 명곡은 세월하고 아무 상관이 없다. 오히려 세월이 흐를수록 더 새롭다. 나는 짐승이었으나 음악을 들으면서 인간이 되었다. 흉터 많은 인생을 살아오면서 음악을 들어 영혼이 맑아졌다고나 할까. 귀가 순해지는 나이다.

시원始原의 소리,
바닥을 밀어 올리는 힘

 〈만물산야〉

유장영

전 전북도립국악원 학예연구실장, 관현악단장, 전 전남도립국악단 예술감독. 행정학을 전공하고, 서양음악 분야에 있다가 뒤늦게 우리 음악에 입문하였다. 우리 음악을 바탕으로 다양한 작곡, 칼럼, 방송 진행, 강의 등 활동을 했다. 지금은 여러 음악 도시, 다양한 영감靈感을 찾는 본격적인 세계 음악 여행을 준비 중이다.

〈만물산야〉[03]

1. 영감아 영감아, 무정한 영감아. 육칠월 만물에 메뚜기 뒷다리한티 치어 죽은 영감아 부귀다남富貴多男 백년동락百年同樂 살자더니, 나 홀로 두고 어딜 갔나, 영감아

2. 여보소 마누라 여보게 마누라, 무정한 마누라. 작년 팔월 추석 송편 먹다 채여 죽은 마누라. 우리가 영남에서 건너올 때는 백년동락 사잤더니 어딜 갔나, 마누라

3. 영감아 영감아, 어딜 갔나 영감아. 지리산 까마귀 깃발 물어다 놓듯이 날 데려다 놓고, 쓸쓸한 빈방 안에 독수공방 어찌 살으라고, 나 홀로 두고 어딜 갔나 영감아

4. 여보소 마누라 여보게 마누라, 어딜 갔나 마누라. 일 년은 삼백육십 일 하루만 못 봐도 못 사는 마누라. 북망산천 어디라구 정은 두고 몸만 가니, 정도 마저 가져가소 어딜 갔나, 마누라

5. 오라버니 오라버니 날 시집보내주. 작년에는 오줌을 싸면 쫄쫄쫄쫄하더니, 금년에는 오줌을 싸면 찔찔찔찔하오. 내 건너 꼬보랑 암소 팔아서 날 시집보내주. 오라버니 오라버니, 제발 덕분에 날 시집보내주

끝이 시작이니, 거슬러 올라 마침내 편안하다. 본디 자리를 찾아, 되돌아 깃드니 비로소 시종始終이 하나가 된다.

태어나 첫울음. 새 생명, 파르르 목젖의 떨림. 그렇게 생이 시작되었다.

---

03 익산 삼기농요 중 마지막 김매기 때 부르는 소리. '만물'은 '만두레' 혹은 '손질'이라고도 하는데, 세 번째이자 마지막 논매기 과정이다. 두벌매기 후 10~15일경에 이 소리를 부른다. '산야'는 경상도 지역의 '메나리' 혹은 '어산영'과 관계 있을 것으로 본다. 금강 물줄기를 따라, 경상도(강원도)-충청도 남부-전라도 북부로 연결된다. 메나리조의 처량하고 구슬픈 곡조, 그러나 해학과 익살이 넘치는 가사가 일품이다. 전북무형문화재 제1호 '익산목발노래' 보유자셨던 고 박갑근 옹의 소리이다.

새롭지 않음이 없고, 호기심 닿지 않는 대상이 어찌 있을까마는, 애당초 빛보다 소리였다.

따지고 보면, 어머니 자궁 속 자각의 순간 첫 감각도 그만 소리가 아니더냐.

동요로 그 작은 읍면을 평정한 후, 이내 거만해진 소리 창자. 어른들 유행가를 피리며 하모니카 흉내로 채우고, 음악실 피아노 제 것인 양 흥얼거린 멜로디 오선보로 옮기는 재주를 스스로 작곡이라 으쓱하더라.

풋내도 가시지 않은 청소년기에 뭐하러 그리 오도방정이었던가. 고향 떠난 청춘이 그것도 자랑이라고, 설익어 음악 때깔도 아닌 걸 목에 힘주어 감았다. 막걸리 곁들인 통기타로 얼떤 호사 누리자니 그저 밤낮으로 자자 장지기장장. 멋지다 멋지다 하니 그만 천하 몹쓸 멋이 들었더라.

유학자 집안 호랭이 경찰 선친 불호령에 그만 놓아 버릴 소리일진대, 어찌 그리 11월 가실 비처럼 추적추적 미련을 버리지 못하였던가. 깜냥으로 유식한 체는 해야겠기에, 클래식 몇 개 외운 풍신으로 주구장창 잡은 폼이 기실은 스스로도 마뜩지는 않았더니라.

서양 성악 한답시고 입을 나불거리다가 송창식, 양희은이 귀를 당기는 데로 대학가요제에 들떠 허송세월만 쌓아 가던 어느 한순간, 제대로 된 임자를 만나 비로소 겸손하고 얌전해진 나이 스물하고도 여덟. 영 개운하지 않고, 늘 뒤가 구리던 창자를 단박에 우당탕탕 시원히 쓸어 내린 것이 바로, 그때 만난 우리 소리였다.

역사는 늘 사소한 것으로 시작, 내 인생을 봐도 그렇다. 그새, 알면서도 행하지 못한 것은 뭔가 껄쩍지근, 해결의 끄트머리가 갸우뚱거려졌기 때문. 그러니까, 다시 말하거니와 그때 제대로 임자를 만난 것이다. 뻔히 비루할 인생 한 줄기 빛, 배배 꼬이던 삶, 그렇게 해결의 꼭두머리가 되었다. 죽을 때까지 지 분수도 모른 체 살 뻔한 어중간한 인생, 그대로 끝났으면 어쩔 뻔했던가, 하얗게 아찔하다.

그 복 단디 안고, 종횡무진 이리저리, 마구잡이로 발을 어깃거리며, 벌써 마흔 해 가까이 동짓달 찬바람에 곁불 쬐려는 양 궁둥이 디밀고 앉은 폼새. 그 시절, 운 좋게 발 디딘 전북도립국악원 창극단원이 신작로 앞잡이가 되고, 그렇게 우연찮은 복은 또 겹치기까지 하여, 학예연구실로 발령 나고, 후일에는 관현악단까지 경험하게 되더라. 그 어간에 곁가지로 따라다니던 행운이 어디 한둘이랴.

고고성呱呱聲을 시작으로 동요, 뽕짝, 서양 클래식, 통기타와 가요, 판소리, 그리고 마침내 다시 새롭게 눈을 씻고 보게 된 농사 소리. 10년 가까운 연구실 생활에서 늘상 접했던 소리련만, 근래 순창 금과들소리와 익산 삼기들소리 지도를 하게 되면서 새삼 심금을 울리는, 요샛말로 최애하는 음악이 되었다.

농사 소리는, 농기계와 농약이 일손을 대신하기 때문에, 이제 현장에서는 더 이상 부르지 않는다. 더 이상 들을 수 없는 소리, 속절없이 지나간 이 나이와 맞물려 더 아련해지는 것인지 모른다. 그렇더라도, 이름 없이 스러져 간, 이 땅의 진정한 주인 민초들의 숨결은 그 어느 것보다 소중하다. 자신의 공도 상전의 것으로 아뢰어야 미덕이던 그들, 이제라도 그 의미를 제대로 새겨 봐야 하지 않겠는가. 그래서 나는 그들의 노래를 사랑하지 않을 수 없다. 작년 전남도립국악단에 근무할 당시, 상해임시정부와 3·1절 100주년을 맞아 창극 〈개벽〉을 제작할 때, '민초의 노래'를 그 부제로 새긴 것도 바로 그런 까닭이다.

농사 소리에는 우리 민족 삶의 진솔한 이면만 담긴 게 아니다. 어느 시인의 말처럼, 그 소리를 부르는 사람의 온 생이 담겨 다가오니 더욱 감동적이다. 기교를 걷어 내고, 곁가지를 쳐내고, 투박하지만 담백하게 부르는 소리가 농사 소리다. 막된장이나 막걸리처럼 꾸미지 않고도 깊은 맛을 낸다. 노동과 일상의 고단함을 흥과 해학과 익살로 녹여 낸다. 농사 소리는, 이렇게 공동체의 적층된 웃음과 지혜가 오랜 시간 맛있게 발효된 소리 음식이다.

서두에 올린 박갑근의 만물산야 외에, 군산 옥구탑동마을 고판덕(1900~93)의 문열가, 임실 삼계두월들노래 김준성의 연계타령, 고창 해리 나산마을 김민옥의 술배소리, 순창 유등학촌들노래 최재복의 노향방초, 남원 대강평촌들노래, 서득표의 소탄소리 등을 찾아 들어 보실 것을 권한다.

고독과 자유의 바람

이기범

교수. 숙명여자대학교 교육학부에서 교육철학을 가르치고 있다. 어린이어깨동무 이사장으로 20년 넘게 북녘 어린이들을 위해 콩우유 공장, 병원 등을 만드는 일을 하고 있다. 대북협력민간단체협의회 회장, 한국다문하학회 회장으로 평화공동체를 넓혀 가는 일에 힘쓰고 있다.

이장희의
〈그건 너〉

이종민 선생님의 화산 집에서 하룻밤을 묵은 적이 있다. '미스터리한 어머니'를 모시고 사는 그 집이다. 동네 젊은이들과 술자리를 마치고 잠이 들었는데 인기척에 눈을 떴다. 선생님이 독서 등불 아래에서 무언가 읽고 있었다. 이장희의 〈그건 너〉에 나오는 "모두들 잠들은 고요한 이 밤에 어이해 나 홀로 잠 못 이루나"라는 장면이다. 노랫말처럼 '그건 너'가 연인은 아니겠고, 무엇이 깊은 밤에 그를 깨어 있게 할까? 나이 들며 밤잠이 줄어서 그렇기도 하겠지만 무언가 다른 이유가 있어야 그에게 어울릴 듯하다. 어떤 느낌과 기억들이 일렁거린다. 깨어 있는 그에게서 고독을 남겨 놓는 자유의 바람이 어른거린다.

〈그건 너〉는 1973년에 등장한 이장희 앨범의 타이틀곡으로 자신의 존재를 선언하는 콧수염 얼굴이 재킷에 선명하다. 가사 1절은 이장희가 2절은 최인호 소설가가 나누어 썼다고 한다. '그건 너'라는 제목은 '그 건너'겠지라고 들을 정도이고 가사와 곡 모두 파격적이었다. 엄청나게 히트를 쳤다. 경주로 가는 고교 수학여행 기차 칸칸마다 그 노래의 떼창으로 가득 찼다. 그 앨범에는 〈촛불을 켜세요〉, 〈그애와 나랑은〉, 〈자정이 훨씬 넘었네〉 등 즐겨 부르던 노래들이 많다. 당시 넘쳐 났던 '빽판' 말고 내가 처음 산 정식 LP판이다. 이듬해에 이장희가 주로 작곡하고 노래한 영화 〈별들의 고향〉의 주제가 앨범은 내 영혼을 더 시끄럽게 했다. 영화 장면보다 더 선정적인 앨범의 앞뒤 사진에 끌려 음반을 산 나는 퇴폐에 빠졌다고 아버님께 엄청 꾸중을 들었다. 꼰대들이 거나하면 즐겨 부르는 〈한잔의 추억〉, 〈나 그대에게 모두 드리리〉 등이 그 음반에 담겨 있고, 윤시내의 데뷔곡인 〈나는 열아홉 살이에요〉도 들을 수 있다.

비슷한 시기에 김민기의 앨범도 샀다. 계속 샀다고 하니 돈이 여유가 있었나 하겠지만 가난한 고교생이 푼푼이 사 모은 것들이다. 김민기와 이장희. 상반된 인물로 보이지만 두 사람 모두 자기의 방식으로 그 시대의 고독과 자유를 노래한다. 그런 모순이 나의 '백 페이지(My Back Pages)'이다. 〈그건 너〉와 〈아침이슬〉의 동거처럼 그런 모순이 70년대의 정조情調이다.

숨 막히는 유신독재시대. 73학번인 1954년생부터 79학번까지를 긴급조치 9호 세대('긴조세대')라고 부르기도 한단다. 이종민 교수님은 나의 두 해 선배가 되니 함께 '긴조세대'라 하겠다. 강제와 억압이 사람들을 짓눌렀고 그에 맞서서 저항과 반항이 움텄다. 가까이서 일어난 일만 보자면 나의 고교 선배들은 유신 반대 '삐라'를 학교에 뿌리고 수도경비사령부에 잡혀갔다. 나는 이제 그리운 사람이 되어 버린 벗 노회찬 등과 함께 동아일보 광고 탄압에 항의하려고 자비 광고를 냈다. 대체로 비겁한 편이었던 나는 야학을 만들어 교사를 했지만 정치 운동 조직에 가담하지 못했다. 담배 연기 가득한 뒷방에서 그리고 다방과 주점에서 금지된 노래를 은밀하게 부르고 금지된 글을 나누며 저항이라고 속삭였다. 새로운 세상에 대한 희망을 놓았다가 다시 잡았다.

정치 현실은 누추해도 문화 일탈은 반짝거렸기에 술의 청탁을 가리지 않고 문화의 고저가 없었다. 무엇이든 빨아들였다. 신동엽의 「금강」과 김지하의 「황톳길」에 울분하면서 전혜린이 하지 않은 말에 탄식했다. 탈춤 마당을 기웃거리면서 AFKN(미군방송)에서 흘러나오는 팝송을 노래했다. 방직공장 여공들의 투쟁을 응원하면서 목마를 탄 숙녀를 사랑했다. 쇼스타코비치의 〈레닌그라드〉를 들으며 참호 속에 숨어 있다가 〈그건 너〉를 고성방가하며 세상으로 나와서 세상 모든 것을 향해 욕질을 해 댔다. 신묘한 행각이다. 요즘 말로 '패스티시pastishe'일지 모르겠다.

그 시절의 문화적 폭식과 저항이 나에게 어떤 흔적으로 남아 있을까? 대학원 공부를 시작하면서 가장 매력을 느낀 책이 『교육에서의 이론과 저항(Theory and Resistance in Education)』인 것에는 내력이 있을 게다. 모든 구속을 거부한다. 엄숙주의는 외면한다. 연대를 향하지만 획일은 거부한다. 사람들과 함께 있으면서도 늘 혼자일 수 있는 짬을 본다. 그리고 숨을 내리 쉰다. 자유로우며 고독하다. 사랑하면서 떠난다. 그렇게 까칠한데도 이럭저럭 살면서 이런저런 일을 하고 있으니 세상과 세상 사람들에게 빚지고 있다고 느낀다. 이종민 선생님이 이런지는 모르겠으나 그럴 수도 있겠다.

이 선생님을 북녘 어린이 돕기라는 인연으로 만나서 이제 그 인연이 15년을 넘는다. 나와 주위 사람들이 '어린이어깨동무'라는 단체를 90년대 중반 무렵에 만들어서 지금까지 하고 있는데 이 선생님은 2004년부터 지금까지 콩우유 급식 후원으로 힘을 보태고 있다. 서울과 전주를 오가며 만나고 북녘도 함께 가며 아일랜드를 여행하기도 하면서 여기까지 왔다. 그러면서 그분이 하는 일에 나를 끼워 주기도 해서 동행의 기쁨도 누린다.

'내 몸은 너무 오래 서 있거나 걸어왔다'라는 소설 제목. 만약 이 선생님이 할 수밖에 없었던 역할을 하느라고 눌러두었던 무엇이 있다면 이제는 내놓고 즐기시기 바란다. 올해 3월에 예정되어 있던 이장희 데뷔 50주년 콘서트가 연기되었다고 하니 선생님의 퇴임식도 연기되면 만남을 기다리는 기쁨이 더 커지겠다. 시간의 압박을 덜 받는 직업이 교수이기는 하지만 이제 시간이 온전히 선생님의 것이 되면 좋겠다. 아프가니스탄 사람들은 자신들을 정복하려는 서양 사람들을 향해 "너희들은 시계를 가졌지만 우리는 시간을 가지고 있다"라고 말한다고 한다. 시계를 가진 사람은 시간에 끌려가지만 시간을 가진 사람은 삶을 이끌어 간다는 말일 게다. 그렇게 되시기 바란다. 이장희의 노래 중에서 〈잊혀진 사람〉을 가끔 듣는다. 내가 곧 정년하면 그렇게 되기를 기다린다. 늦으나마 더 고독해야 할 것 같다. 고독해서 가끔 선생님과 만나고 싶다.

나의 존 레넌

이재희

경성대 경제금융물류학부 교수. 서울대 경제학과를 졸업하고, 같은 대학원에서 박사 학위를 받았다. 부산문화재단 이사, 한국지역사회학회 회장 등을 역임했다. 문화경제학 연구와 강의를 하고 있으며, 공연예술 분야에서 『무대의 경제학』『〈난타〉의 경제학』 등과 시각예술 분야에서 『이미지의 시대』『현대 미술의 경제학』 등을 저술했다.

 존 레넌 〈Imagine〉

존 레넌의 〈이매진〉. 아마 모르는 사람이 없을 이 곡을 좋아한다. '예술과 경제'라는 몰상식한 이름의 교과목을 20년 남짓 강의하고 있는데, 매 학기 종강 한두 주 전에는 20세기 대중음악이 주제가 된다. 이때는 강의 시간에 쫓기더라도 〈이매진〉 다큐멘터리 영화에서 2~3분 편집한 장면은 꼭 보여 준다. 오노 요코가 커튼을 걷고 존 레넌이 하얀 피아노에 앉아 노래하는 그 장면이다. 심지어 단답형과 서술형으로 된 기말시험에 '이매진' 세 글자를 적게 만드는 문제를 낼 때도 있다.

존 레넌의 음악이 뭐가 좋은지 설명하기 어렵다. 실은 명확한 이유가 없다. 다만 그의 삶에 드리운 신화적 요소가 호감을 더해 주는 듯하다. 예술가에게 신화가 생기려면 모름지기 이른 나이에 죽음을 맞고 그 죽음이 극적이어야 한다. 가령 베토벤이나 밥 딜런은 위대하지만 신화적일 수 없다. 그러나 모차르트나 존 레넌은 다르다.

또 존 레넌의 음악이 한곳에 머물러 있지 않고 진화한 사실도 매력이다. 비틀즈는 초기에 〈난 네 손을 잡고 싶어〉(1964) 같은 10대 소녀 취향의 사랑 노래를 통해 세계적 스타가 되었다. 하지만 그러한 대중의 인기를 버리고 〈페퍼 상사의 론리 하츠 클럽 밴드〉(1967) 같은 진지한 실험을 통해 음악 세계를 재정립했다. 비틀즈가 오락 음악으로서 대중음악의 굴레에서 벗어나 혁신적인 예술 음악으로 나아가는 변화의 중심에는 존 레넌이 있었다. 1970년 비틀즈가 해체된 후 그는 개인 음악가로서 〈이매진〉(1971)을 발표하고 다시 한번 새로운 음악 세계를 열어 나갔다.

〈이매진〉은 평화의 메시지를 전하는 음악이다. 국가도 없고, 종교도 없고, 소유도 없는 자신의 유토피아적 상상을 공유해 달라고 호소한다.

"나를 몽상가라 부를 수도 있지만, / 나 혼자 이러는 게 아닙니다 / 언젠가 당신도 함께하기 바라고, / 그러면 모두가 하나인 세상이 될 겁니다." 가사는 무정부, 무종교, 무소유의 급진적 사회의식을 표방하지만, 그것을 담은 음악은 지나칠 정도로 감미롭다. 베르디의 〈리골레토〉에 나오는 〈여자의 마음〉처럼 한 번만 들어도 누구나 기억할 만한 선율이다. 존 레넌 스스로 메시지를 널리 전파하기 위해 사탕발림한 음악이라고 술회했다. 그는 '음악을 위한 음악'을 내세우는 순수 음악가가 아니었다. 이미 반전 평화운 동기로 변신하여, 음악을 사회운동의 수단으로 활용하는 존 레넌에게 불순한 음악가라는 지적이 뼈아플 것 같지 않다.

음악뿐만 아니라 가사에 대해 딴지를 거는 사람도 좀 있다. 소유 없는 세상을 내세우고 있으나 이는 백만장자인 그의 삶과는 어울리지 않는다는 지적이다. 맞는 말이다. 그렇다고 급진적인 사람은 밥 먹는 모습이나 걸음걸이까지 죄다 급진적이어야 할까. 체 게바라가 처형당할 때까지 롤렉스 시계를 차고 다녔다고 해서 영원한 사회주의 혁명가로서 그의 이미지가 탈색되지는 않는다. 실제로 존 레넌의 삶도 몽상적 평화운동가로 한정된 것이 아니었다. 그는 오노 요코와 함께 오랫동안 아방가르드 예술가였고, 또 죽기 5년 전부터는 가정에서 육아를 전담하는 가사 남편이었다. 그러나 〈이매진〉을 통해서 그의 이미지는 평화로운 세상을 꿈꾸며 살다 간 몽상가로 확립되었다. 이 이미지는 모순으로 가득 찬 그 삶에서 한 부분일 뿐이지만, 이로부터 수많은 사람들이 영감을 얻는다면 그것만으로 그의 삶 전체가 빛나는 것 아닌가?

태어나 뉴욕에 처음 갔던 날 센트럴파크 한쪽에 있는 기념 광장을 찾았다. 〈이매진〉기념판에 볼품없고 맛도 없는 미국산 '애플' 한 개 올려놓은 것은 오래 품어 온 존 레넌에 대한 경의의 표시였다. 그가 총탄에 쓰러지고 20년 가까이 지난 1999년 4월이다.

1980년대 말 지역사회학회를 인연으로 이종민 교수를 만났다. 전주·전북, 광주·전남, 대구·경북, 부산·경남 등 4개 지역의 학자들이 각기 결성한 연구회가 하나로 연대하여 조직한 학회였다. 당시 이 교수는 전주·전북 지역의 호남사회연구회를 이끌고 있었다. 지역 문제를 지역 고유한 관점에서 연구하고, 특히 지역 갈등을 조장하고 지역감정을 극대화하여 악용하는 정치권력에 맞서 지역 차별 없는 세상을 목표로 학자들이 결속한 것은 실천적 의미가 있었다. 또 전공 분야가 다른 학자들이 한자리에 모인 것도 여느 학회에서 찾아볼 수 없는 독특한 면모였다. 덕분에 나 같은 부류도 존 레넌처럼 차별 없는 세상을 상상하는 특권을 누리게 되었다.

그로부터 30년 세월이 흘렀지만 이 교수는 한결같이 학회에 헌신하는 모습이다. 이 교수를 생각하면 선비의 도시로서 전주 이미지가 딱 겹쳐진다. 영문학을 전공하고 있으나 동양 전통의 학문에 더욱 정통하고, 실제로도 전주 문화도시 사업부터 동학농민혁명기념사업까지 크고 작은 사업들에 그의 노력과 손길이 미치지 않은 곳이 없다고 한다. 하지만 내 보기에 이 교수를 더욱 특별한 존재로 만드는 것은 그의 사회 활동과 마찬가지로 개인적 삶도 늘 품격이 넘치는 점이다. 이 교수에게 사회 활동과 개인적 삶은 서로 막힌 곳 없이 조화되어 하나를 이루는 듯하다. 조만간 교수직의 굴레에서 벗어나게 된다니, 그의 삶이 또 어떤 모습으로 반짝반짝 빛날지 너무 궁금하다.

몇 년 전 이 교수가 부산 학회에 들른 참에 자신이 만든 술을 갖다주었다. 제대로 된 미각이 없는 내가 그 술에 대해 품평해 봐야 별 의미는 없겠으나, 이 교수의 정성과 향기만은 충분히 음미할 수 있었다. 이 교수의 고향 집에 직접 가서 술을 드신 분의 이야기도 들은 적이 있다. 언젠가 내가 그런 호사를 누리는 모습을 한번 상상해 본다. 그때는 당대 호남을 대표하는 선비의 고상한 말씀은 귓전으로만 흘려듣고 술에 한껏 취해 봐야겠다. 이매진!

"아픈 건 당신 탓이 아니라
일 때문입니다"

천지인 〈청계천 8가〉

이정현

전북환경운동연합 선임 활동가. 새만금, 핵폐기장 등 굵직한 환경 현안에서 도심 맹꽁이서식지 복원까지 구석구석을 누볐다. 쾌적한 환경에서 살아갈 권리를 빼앗긴 주민 운동의 현장에 있기를 좋아한다. 지역의 환경 이슈나 생태 자원을 소개하는 활동에도 적극적이다. 영화를 좋아해서 전주시민영화제 사무국장을 맡기도 했으며, 15년간 초록시민강좌를 기획 운영했다. 에너지시민연대 공동대표와 환경운동연합 사무부총장을 겸하고 있다. (이종민 교수는 전북환경연합 20년지기 회원이다. 화양모재에서 일구는 삶은 근본이 깊다. 안타깝게도 첫 만남은 떠오르지 않는다. 새만금 기자회견이거나 동학 관련 행사거나 전북일보 기획취재단이나 어디서든 만났을 것이다. 새벽강에서 우연히 만나기도 했고 동네에서는 마티즈에서 꺼낸 매실주를 선물 받기도 했다. 특별한 기억 하나. 전북대 교수님 일행과 노래방을 같이 간 것. 아… 너무 점잖게 노래를 하시는지라 참 재미가 없었다.)

부처님 오신 날을 하루 앞둔 4월 29일, 그날도 38명의 노동자가 집으로 돌아가지 못했다. 이천 물류 창고 화재로 현장에서 일하던 78명 중 38명이 숨지고 10명이 다쳤다. 2008년 1월, 40명이 사망하고 9명이 다친 이천 냉동 창고 화재 사고의 판박이다. 스러지고 나서야, 그것도 한두 명이 아니라 재난 수준의 참사여야만 사회적 이슈가 되는 그림자 같은 사람들의 안타까운 죽음이다.

1년에 2천 명, 하루 7명이 산재 사고로 숨지는 나라. 크고 작은 사고 산재 피해자를 합하면 연간 9만 명이 넘는다. 구의역 스크린 도어를 혼자 수리하던 중 전동차에 부딪혀 사망한 19살 비정규직 청년 노동자 김모 군, 역시 2인 1조 근무 규정이 있지만 홀로 일하다가 태안화력발전소 컨베이어 벨트에 끼어 숨진 청년 노동자 김용균. 둘 다 현장 유품으로 컵라면이 나와 많은 이들을 더 서럽게 했다.

이들의 희생을 대가로 산업안전법(일명 '김용균법')이 다시 만들어졌다. 만족할 만한 수준은 아니지만 산업 현장의 안전 규제를 대폭 강화했다는 평가를 받았다. 하지만 이윤에만 눈이 멀어 안전을 돌보지 않은 세태는 크게 달라지지 않았다.

같은 날, 대법원은 "태아 건강 손상도 여성 근로자의 업무상 재해"라는 역사적 판결을 내렸다. 2010년 제주의료원에서 임신한 채로 일하던 간호사 15명 중 6명만이 건강한 아이를 출산했다. 소송을 제기한 제주의료원 전직 간호사 4명의 아이는 모두 선천성 심장 질환을 가지고 태어났다. 소송인을 제외한 나머지 5명은 유산했다. 대법원은 불규칙한 교대 근무 등 강도 높은 노동에 시달린 데다 알약을 삼키지 못하는 환자들을 위해 이를 빻아 투약하는 과정에서 산모와 태아 둘 다 유해 약물에 노출되었다는 간호사들의 주장에 손을 들어줬다.

2011년부터 9년 동안, 정부에 신고된 피해자 6,757명 중 1,532명을 죽게 한 가습기 살균제 참사. 이윤에만 혈안이 된 기업들의 탐욕과 이를 관리하고 견제하지 못한 정부의 무능이 합작해 빚은 화학물질 대참사다. 이후 가습기 살균제 참사 재발 방지법이라 불리는 '화학물질 등록 및 평가 등에 관한 법'(화평법) 등 화학물질 안전관리법제들이 만들어졌고, 지난해 가습기 살균제 피해자 구제법까지 제정되었다. 하지만 경총 등 재계는 코로나19 국가 재난과 경제 위기 상황을 핑계 삼아 화학물질 안전관리법제들을 흔들고 있다. 같은 사고를 되풀이하지 않겠다는 사회적 합의이자, 최소한의 안전장치를 거추장스러운 규제로만 보고 있다.

독성 물질은 작업 현장뿐만 아니라 생활공간에도 널려 있다. 삶의 곳곳이 유해 화학물질 지뢰밭이다. 언제 터질지 모른다. 가습기 살균제에서 시작된 '케미포비아(화학물질에 대한 공포)'는 사회 전체로 퍼져나갔다. 장난감·학용품·일회용 기저귀·생리대·자외선 차단제·색조 화장품 등에서 유해 성분이 검출됐다. 매일 주고받는 영수증이나 요가 매트에서는 비스페놀 A 같은 환경호르몬이 나왔다.

열다섯 살 소년 노동자 문성면이 수은중독으로 세상을 떠난 지 30년이 지났는데 세상은 무엇이 바뀌었느냐 묻는 드라마가 있었다. "아픈 건 당신 탓이 아니라 일 때문이다"라는 글을 사무실 벽에 걸어 두고 산업재해나 화학물질 사고를 통쾌하게 해결하는 직업환경 전문의의 활약을 그린 메디컬 수사물이다. 드라마 속 UDC(미확진질환센터)는 국내 유일 독립 역학조사 기관이다. 환경부, 보건복지부, 노동부가 출연한 기관이다. 암 집단 마을로 알려진 남원 내기마을, 익산 장점마을 역학조사 필요성을 제기하고 그 과정을 지켜봤던지라 쉽게 드라마에 빠져들었다.

앞서 말한 지하철 스크린 도어 사건, 메탄올과 수은중독 사건, 가습기 살균제 사건 등 대한민국을 들썩이게 만든 산재 사고나 화학물질 사고 등 실제 사건을 소재로 삼았다. 매회 마지막에 이야기의 소재가 된 실제 사건과 인물들을 작은 다큐멘터리 형식으로 풀어냈다.

노동자들이 산재로 죽어가고 애먼 시민들이 피해자가 되는 안타까운 현실과 남은 사람들의 슬픔을 담은 드라마의 울림을 더 크게 해 준 것은 천지인의 노래 〈청계천 8가〉였다. 극 중에선 29살의 나이로 휴대폰 부품 공장에서 일하다 시력을 잃은 '메탄올 실명 사건'의 아픔을 표현했다.

파란불도 없는 횡단보도를 건너가는 사람들 / 물샐틈없는 인파로 가득 찬 땀 냄새 가득한 거리여/어느새 정든 추억의 거리여 // 어느 핏발 서린 리어카꾼의 험상궂은 욕설도/어느 맹인 부부 가수의 노래도/희미한 백열등 밑으로/어느새 물든 노을의 거리여 // 뿌연 헤드라이트 불빛에 덮쳐오는 가난의 풍경/술렁이던 한낮의 뜨겁던 흔적도/어느새 텅 빈 거리여 // 칠흑 같은 밤 쓸쓸한 청계천 8가/산다는 것이 얼마나 위대한가를/비참한 우리 가난한 사랑을 위히여/끈질긴 우리의 삶을 위하여

- 천지인, 〈청계천 8가〉 가사

쓸쓸하고 가난하고 고단한 삶을 흐릿한 흑백사진에 담은 것 같다. 노랫말과 멜로디에 그림자처럼 존재감이 없는 사람들을 향한 연민이 배어난다.

〈청계천 8가〉가 실린 천지인의 1집 앨범이 나온 것은 1993년 11월. 동구 사회주의가 무너지고 문민정부가 들어서면서 거리의 사회변혁과 민주화의 열기는 노랫말처럼 식어 갔다. 거리의 전사들은 시민운동으로 부문 운동으로 각자 전망을 찾아 흩어졌다. 민중가요 노래패 출신으로 결성된 천지인이 '민중음악의 신세대 밴드'를 표방한 것도 시민들 속으로 들어가겠다는 의도였으리라.

천지인의 노래는 젊은이들에게 익숙한 일렉트릭 기타의 '록' 발라드 선율과 시대 의식과 저항 정신을 담은 서정적인 노랫말로 많은 사랑을 받았다. 이 앨범이 5만 장 이상 판매되었다 하니 록과 민중가요의 접목은 성공적이었다.

그때는 이 노래를 몰랐다. 학생운동을 정리하고 18개월 단기 사병으로 군 생활을 시작하고 제대하고 취직해서 일하고 결혼까지 하느라 시간이 바삐 흘렀다. 나이 서른을 앞두고서야 환경연합 운영위원으로 시민운동을 시작했다. 물건 사러 나온 시간을 쪼개 기자회견도 참여하고 근무시간을 바꿔서 집회도 참석하고 새만금 유인물을 편집·제작까지 해서 제공을 하다가 아예 상근 활동가로 눌러앉게 되었다.

시민 단체에 몸을 담고 있어선가. 세상은 많이 달라졌지만 내 삶의 무늬는 학창 시절과 크게 다르지 않다. 권리가 무시당하거나 침해받는 사람들을 만나고 크고 작은 사회 이슈에 연대하고 집회를 조직하고, 보도자료와 성명서를 쓰는 일상은 그때나 지금이나 여전하다. 노래도 그중 하나다. 동아리 방에서 후배들과 목이 터지게 불렀던 행진곡풍의 노동가나 잔디밭에서 막걸리 한잔하면서 불렀던 '노래를 찾는 사람들'이나 '꽃다지'의 서정적인 민중가요를 거의 다 기억한다. 4·3이나 5·18 즈음에는 〈잠들지 않는 남도〉나 〈오월의 노래1〉을 찾아 듣곤 한다.

지금이야 노래방에 가면 분위기 따지지 않고 일단 누르고 보는 애창곡이 되었다. 금영 노래방

기기 '64414'일 것이다. 거리에서 득음한 수준이라는 실없는 농담을 치며 '록' 필로 고개를 꺾어 가며 부르거나 발라드풍으로 분위기를 잡곤 한다. 여전히 청계천 8가 횡단보도를 위험하게 건너는 사람들이 있고, 그런 이들을 보면서 더 서러워하는 이들이 있기 때문이다. 그리고 나도 지친 삶과 무디어진 꿈을 위로받고 싶을 때가 있다.

2020년은 청년 노동자 전태일이 청계천 평화시장에서 자신의 몸을 불사른 지 50주년이 되는 해다. 근로기준법을 준수하라는 구호보다 먼지가 가득한 열악한 노동의 현실보다 차비를 털어 국화빵을 사 주고 먼 거리를 걸어서 퇴근하는 바보 회장 전태일의 등이 떠오른다. 얼마 전 노동운동을 하시다 귀촌하신 선배님으로부터 문화·예술인들이 전태일 열사 50주기 맞이 연극 〈전태일〉 순회공연을 준비하고 있는데 도움을 주면 좋겠다는 연락이 왔다. 노동계가 나설 일이지만 혹시나 요청이 있으면 기꺼이 역할을 맡겠다고 했다. 연극 어느 대목에서 〈청계천 8가〉가 흘러나오지 않을까 기대를 하면서.

정태춘에게 빚이 있다

임옥상

미술가. 1950년 충남 부여에서 태어나 서울대학교 미술대학 회화과와 동대학원을 졸업하였다. 프랑스 앙굴렘 미술학교를 졸업하고 광주교육대학교(1979~81)와 전주대학교 미술학과(1981~91) 교수를 역임하였으며 민족미술협의회 대표(1993~94)를 지냈다. 문화개혁 시민연대, 환경운동연합, 참여연대, 평화예술인 국제연대, 갯벌살리기 문화예술인 모임에서 활발한 활동을 하고 있다. 또한 대중미술의 저변 확대를 위한 거리미술 이벤트 '당신도 예술가'를 진행하고 있다. 현재 임옥상미술연구소 대표이다.

정태춘 〈섬진강 박 시인〉

참여정부 시절 하루는 정태춘 형이 찾아와 평택으로 미군기지가 이전한다는데 거기 대추리는 자신의 고향이라면서 형도 함께 투쟁에 나서야 하지 않겠냐고 간곡히 부탁하였다. 나는 당연하다면서 그와 대오를 함께하겠다고 약속했다. 대추리의 싸움은 길기도 했고 처절하기도 했다. 기대했던 참여정부는 여타의 정부와 다를 게 없었다. 잘 알다시피 그 싸움은 완전한 패배였다.

나는 정태춘의 '황토강'을 부르며 '장마 종로에서' 이 긴 싸움을 강 건너 불구경하듯 했다. 공공미술에 빠져 있던 때였다. 내가 처음 시작하는 새로운 영역이라 도저히 시간을 낼 수가 없었다. 아… 그리고 대추리는 너무 멀었다.

또 한 사람 박남준 시인에게도 빚을 지고 있다. 프랑스 유학을 마치고 돌아온 1986년은 '타도 전두환'으로 전국이 불타고 있었다. 어느 날 전주대학 내 연구실에 영문과 4학년이라는 처음 보는 친구가 찾아왔다. 그가 박남준 시인이었다.

전북대 이종민 교수, 김용택 시인 등과 어울리며 우리는 쉽게 동지가 되어 갔다. 그런데 내가 대학을 그만두면서 1992년 이후 나는 거의 그를 잊고 말았다. 고난한 문학의 길을 걸어가는 그에게 나는 타인이었다. 모악산에서 또 지리산에서 불어오는 칼바람 소리를 듣는 둥 마는 둥 몸을 움직이지 않았다.

정태춘은 평택 대추리에서 패퇴하고 10년을 노래 없이 지냈다. 나는 그 십 년의 죄인이었다. 그런 그가 다시 노래를 부르기 시작했다는 소식을 들었으나 좀처럼 만날 기회는 오지 않았다. 우연히도 3년 전 경주에서 그의 노래를 듣게 되었다.

아! 나는 탄성을 질렀다.

'섬진강 박 시인!'

연분홍 봄볕에도 가슴이 시리더냐

그리워 뒤척이던 밤 등불은 껐느냐

누옥의 처마 풍경 소리는 청보리밭 떠나고

지천명 사내 무릎처로 강바람만 차더라

봄은 오고 지랄이야, 꽃비는 오고 지랄

십 리 벚길 환장해도 떠날 것들 떠나더라

무슨 강이 뛰어내릴 여울 하나 없더냐

악양천 수양버들만 머리 풀어 감더라

법성포 소년 바람이 화개 장터에 놀고

반백의 이마 위로 무애의 취기가 논다

붉디붉은 청춘의 노래 초록 강물에 주고

쌍계사 골짜기 위로 되새 떼만 날리더라

그 누가 날 부릅디까, 적멸 대숲에 묻고

양지 녘 도랑다리 위 순정 편지만 쓰더라

나는 직감적으로 박남준 시인을 노래하고 있다는 것을 느꼈다. 그리움이 사무쳤다. 정태춘이 지리산 자락 섬진강을 오간다는 얘기를 들었으나 막상 아무것도 모르고 있었는데 이렇게 지내고 있었구나! 가슴을 쳤다.

드디어 나는 그리운 박 시인을 며칠 전 하동에서 만났다. 공지영 작가를 만나러 간 김에 그를 찾은 것이다. 정태춘의 노래처럼 곱게 나이 들어가고 있었다.

뽕짝을 간드러지게 잘 부르는 박 시인을 정태춘은 역시 뽕짝 멜로디지만 처연한, 비장한 아름다움으로 박 시인을 그리고 있다.

아 이제야 다소 정태춘 음유시인 가객에게 빚을 갚은 심정이다.

〈섬진강 박 시인〉은 나의 새 18번이다.

다시 5·18을 되새기며

정근식

전주고등학교를 졸업하고 서울대학교에서 공부했다. 전남대학교를 거쳐 서울대학교 사회학과 교수로 재직하고 있다. 서울대학교 통일평화연구원 원장과 평의원회 의장을 지냈다. 이종민 교수와는 고등 학교, 대학교 선후배로, 그리고 학술 운동 동지로 자주 교류하고 있다.

김원중
〈나는 오늘 검은 리본 달았지〉

아직도 기억이 생생한데 5·18항쟁 40주년이 지났다. 1980년 5월 21일, 나는 서울의 사당동에 있는 자취방에서 광주의 5·18에 관한 소식과 함께 고향 전주 소식을 들었다. 전북대 학생이 한 명 희생되었다는 것과 시위 진압을 위하여 출동했던 형이 나중에 자신의 동료들에 의해 동생이 다쳤다는 소식을 접하고는 한없이 울었다는 이야기도 들었다. 나는 지금도 그 이야기의 주인공이 누군지 잘 모르지만, 그로부터 많은 시간이 흐른 뒤에 전북대학교 농대 학생이었던 이세종 군과 관련된 것이라는 생각을 하게 되었다. 그는 1980년 5월 18일 새벽 한 시, 또는 그 무렵에 인근 금마에서 출동한 제7공수여단의 잔인한 폭력에 의해 사망한 최초의 5·18 희생자였다.

당시 계엄군은 그의 사인을 추락사라고 발표했지만, 13년이 지난 후에 그는 학생회관 옥상에서 추락하기 전에 이미 '두개골 골절과 간장 파열', 수많은 타박상을 입었다는 것이 밝혀졌다. 그가 비운의 죽임을 당하고 난 뒤 5·18 5주년을 맞아 그의 동료와 후배들은 대학 내에 그를 기리는 추모비를 세웠고 그의 이름을 딴 광장이 탄생했다. 그러나 그의 추모비는 우여곡절을 겪으면서 1988년에야 제자리를 잡을 수 있었고, 1998년에 이르러서야 그는 5·18 희생자로 인정되었다. 그는 계엄군의 군홧발을 맞이하기 직전에 동료들과 함께 다음 날 시위 때 사용할 "노래"를 녹음했다고 한다. 그 노래는 지금 남아 있을까? 남아 있지 않다면, 그를 위한 조그만 노래라도 있을까?

1980년 5월 21일은 5·18항쟁의 역사에서 매우 중요한 날이다. 전남도청 앞에는 성난 시민들과 계엄군이 극단적으로 대치하고 있었다. 오후 한 시, 전남도청에서 갑자기 애국가가 연주되었고, 1절이 끝나자마자 계엄군의 총구가 시위대뿐 아니라 이를 구경하고 있던 시민들을 향해 불을 뿜었다. 이 무차별 집단 발포로 인하여 그 자리에서 50명 이상이 희생되었다. '자비'라는 말이 무색하게도 그날은 부처님 오신 날이었다. 시민들은 자기방어를 위하여 총을 들기 시작했다. 바로 이 자리에 시인 김준태가 있었고, 화가 홍성담도 있었으며, 대학생 가수 겸 작곡가 김종율도 있었다. 이들을 통하여 「아아 광주여 우리나라의 십자가여」가 탄생했고, 〈혈루〉 시리즈가 탄생했으며, 〈나는 오늘 검은 리본 달았지〉가 탄생했다.

김종율은 당시 전남대학교 3학년이었다. 1979년 제3회 MBC 대학가요제에 〈영랑과 강진〉이라는 노래로 입상한 적도 있었고, 야학 교사로 활동하기도 했다. 그는 1980년 5월 22일, 전남도청 앞 상무관에 가서 그때까지 수습된 시신들을 보았고, 집 나간 가족들을 찾아다니는 형제들을 만났으며, 또한 자식의 시신을 확인한 부모들의 통곡 소리를 들었다. 시민들은 이들에게 분향하고 추모하는 마음을 담아 검은 리본을 달았다. 김종율은 그날 밤에 집에 돌아가 노래를 만들었다. 바로 그것이 〈나는 오늘 검은 리본 달았지〉였다.

나는 오늘 검은 리본 달았지
나는 오늘 검은 리본 달았지
당신은 하얀 수의 입었지만 나는 오늘 검은 리본 달았지

나는 오늘 슬픈 눈물 흘렸지
나는 오늘 슬픈 눈물 흘렸지
당신은 눈을 감고 떠났지만 나는 오늘 슬픈 눈물 흘렸지
아 이제 어떤 시를 만드나
아 나는 무슨 노랠 부르나
아 이제 무얼 위해 사나
아 누굴 누굴 사랑해야 하나

나는 오늘 슬픈 눈물 흘렸지
나는 오늘 슬픈 눈물 흘렸지
당신은 눈을 감고 떠났지만 나는 오늘 슬픈 눈물 흘렸지

아 이제 어떤 시를 만드나
아 나는 무슨 노랠 부르나

아 이제 무얼 위해 사나

아 누굴 누굴 사랑해야 하나

이 노래는 만들어진 지 1년 6개월 만에 시민들에게 공개되었다. 1981년 11월, 남도예술회관에서 열린 김종율 자작곡 발표회 자리였다. 이날의 무대는 김민기가 연출을 도왔고, 홍성담의 5·18 판화 슬라이드가 상영되면서, 그의 노래가 공연되었다. 노래는 계엄군의 총탄보다 더 예리하게 1981년 엄중했던 겨울의 한복판을 꿰뚫고 지나갔다.

이 공연이 끝나고 난 후 한 달쯤 되었을까? 김종율은 김민기와 함께 무등산에 올랐다. 처음에 그는 영문을 몰랐지만, 알고 보니 무등산 타잔으로 알려진 박흥숙이 사형을 당한 1주년, 눈이 몹시 내리던 날이었다. 김민기는 그 자리에서 막걸리로 목을 축이면서 김종율에게 '리본' 발음이 어색했다고 타박을 주었고, 김종율은 그것이 몹시도 섭섭했다고 한다. 이로부터 서너 달 후에 우리에게 너무나 잘 알려진 〈임을 위한 행진곡〉이 탄생했다. 그러나 김종율은 〈임을 위한 행진곡〉보다 이 노래를 더 사랑한다고 말했다.

새파란 청년이었던 그로 하여금 어떤 시를 짓고 어떤 노래를 불러야 할지 모르게 만든 5월 21일의 충격과 5월 22일의 슬픔, 이것이 수많은 사람들의 가슴에 여운을 남긴 예술적 상상력의 원천이었다. 올해 5·18, 전주의 이세종 열사 추모식에는 〈나는 오늘 검은 리본 달았지〉가 헌정되면 좋겠다 (이종민 선배가 보내 주던 음악편지에는 이 노래가 없었기 때문에).

내 인생의 첫 클래식

정도상

소설가. 전북대학교 독문학과 졸업. 시대의 그늘과 그 안에서 소외된 사람들의 삶을 서정적이면서도 사실적인 문체로 그려 온 작가다. 1987년 단편소설 「십오방 이야기」를 발표하면서 작품활동을 시작하였다. 창작집 『친구는 멀리 갔어도』『실상사』『모란시장 여자』『찔레꽃』등, 장편소설 『누망』『낙타』『은행나무 소년』『꽃잎처럼』등을 냈다. 제17회 단재상, 제25회 요산문학상, 제7회 아름다운작가상을 수상했다. 지금은 익산에서 매일 서울로 출퇴근하며 남북공동국어사전인 '겨레말큰사전' 만드는 일에 집중하고 있다.

정경화 연주
〈스코틀랜드 환상곡〉

아침 6시 45분, 익산역에서 용산행 KTX에 올랐다. 자리를 잡고 스마트폰과 이어폰을 연결한 다음, 유튜브를 검색한다. 오늘은 차이콥스키의 교향곡 제6번 〈비창〉이 눈에 띄었다. 카라얀이 지휘하는 베를린 필하모니의 연주다. 제1악장의 시작은 무겁고 우울하다. 콘트라베이스의 공허한 울림이 마음을 무겁게 끌어내렸다. 하염없이 뒤로 멀어지는 차창 밖의 풍경을 보며 사색에 빠져들었다. 〈비창〉은 아침과 어울리지 않는 교향곡이다. 저녁 늦게 약간의 취기와 함께 들어야 제맛이 난다. 중지 버튼을 누르고 다른 음악을 찾았다. 정경화가 연주한 막스 브루흐(Max Bruch, 1838~1920)의 〈스코틀랜드 환상곡〉(op.46)의 아날로그 LP 음반을 선택했다. 루돌프 켐페Rudolf Kempe가 로열 필하모닉 관현악단을 지휘하여 녹음한 곳이다. 플레이 버튼을 누르고 눈을 감았다. 관악기와 바이올린이 서로 이야기하는 듯한 서두는 언제나 마음을 설레게 한다. 내 안에 잠들어 있던 오랜 기억과 풍경이 판타지처럼 살아났다.

구름이 낮게 깔린 야트막한 언덕 위에서 한 여자가, 언덕 아래의 오래된 도시를 굽어보고 서 있다. 바람이 분다. 바람은 여자의 긴 머리카락을 흔든다. 여자는 흐트러진 머리카락을 그대로 둔 채, 멍한 눈길로 언덕 아래의 평원과 도시 위에 낮게 드리운 구름을 바라보고 있다. 오래지 않아 눈물이 그렁그렁 고인다. 여자는 소리 내어 울지 않는다. 여자는 방금 사랑하는 사람과 헤어졌다. 남자는 어디로 갔을까? 별리의 아픔이 바람 소리와 함께 여자를 흔들었다. 여자는 바이올린이 된다. 마음에도 바닥이 있을까? 마음에 바닥이 있다면 여자는, 그 바닥의 심연에 떨어져 눈물 없이 흐느끼고 있는 것 같았다. 사람은 사랑을 통해 다시 태어난다. 떠나간 남자의 뒷모습을 보는 것도 사랑이다. 여자는 평원을 내려와 플라타너스가 울창하게 서 있는 길로 들어섰다.

그날, 스물여섯 살의 나는, 밤 아홉 시 즈음 플라타너스가 바람에 흔들리는 정류장에서 버스를 기다리고 있었다. 울었던가? 눈물 없이 울었을 것이다. 홀로 술을 마시고 금암동 자취방으로 돌아가는 길이었다. 버스는 좀체 오지 않았다. 나는 플라타너스에 기대어 나무와 함께 흔들렸다. 그 순간, 레코드 숍에서 내놓은 스피커에서 깊은 슬픔을 건져 올리는 듯한 선율이 흐르기 시작했다. 나는 그만 그 소리에 사로잡혀 꼼짝도 할 수 없었다. 내 귀에는 바이올린의 그 선율이 긴 머리의 여인이 작은 방의 구석에 앉아 조용히 흐느끼는 울음소리로 들렸다. 울음은 점점 커져 마침내 폭발하듯 통곡이 되었고, 플라타너스는 거친 바람에 미친 듯이 춤을 추었다. 거친 바람과 춤추는 플라타너스, 그리고 절정에서 슬픔을 토해 내는 바이올린. 그 사이에 여러 대의 버스가 지나갔다. 마침내 곡이 끝났다. 갑자기 고요가 찾아들었다. 내 밖의 세상은 혼란과 절규로 소란스러운데 내 안에는 고요가 들어선 것이다. 한동안 우두커니 나무에 기대어 서 있었다. 그렇게 엄한 눈길로 관통로를 바라보다가 레코드 숍으로 들어갔다. "방금 스피커에서 나온 그거. 그거 주세요." "음반과 테이프가 있는데…." "카세트테이프로 주세요." 주인장이 카세트테이프를 내밀었다. 정경화 연주, 막스 브루흐의 〈스코틀랜드 환상곡〉이었다.

그날은 아침부터 바람이 몹시 불었다.

4월 어느 날이었다. 그날 오후, 전북대에서 민주헌법쟁취투쟁위원회가 결성되었고 첫 시위가 시작되었다. 대학 교정에서는 곧 전투가 시작되었다. 학생들은 화염병과 각목을 들었고, 백골단과 전투경찰이 학교로 진입했다. 밀리고 밀리는 공방전이 이어지다가 투쟁위원장 김아무가 백골단에게 무참히 두들겨 맞으며 체포되었다. 그 순간, 나는 앞으로 나가 백골단과 맞서 싸우지 못했다. 투쟁위원장은 동아리 후배였다. 내 앞에서 피투성이로 끌려가는 후배를 보며 나는 그가 사는 집을 생각했다.

지난겨울, 전북대 안의 운동권 조직인 제3그룹은 김제 어느 산속의 기도원에서 합숙하며 1985년을 어떻게 맞이할 것인가에 대해 학습했고 토론했다. 그 토론에서 우리는 1985년을 민주헌법쟁취를 위한 투쟁의 해로 결정했다. 1985년 2월에 있었던 선거는 국민의 뜻이 충분히 반영되는 선거가 안 될 것이라고 예상했다. 결과는 예상대로였다. 우리는 민중의 힘으로 민주헌법을 쟁취해야 한다고 결론짓고 개학하자마자 투쟁위원회를 구성하기로 하였다. 투쟁위원장은 김아무였다.

김아무는 1985년의 전북대 제1호 투쟁위원장이 된 것이다. 투쟁위원장이 된다는 것은 곧 구속된다는 것을 의미했다. 출범식을 하자마자 수배령이 떨어질 것이고, 투쟁위원회를 이끌다가 언젠가는 체포되어 교도소로 가야만 하는 예정된 길이 그 앞에 놓여 있었다. 산속의 기도원은 유난히 추웠다. 기도원 바로 앞에 있는 저수지는 썰매를 타고도 남을 정도로 꽁꽁 얼었다. 밤새도록 바람이 불어 기도원의 유리창을 거칠게 흔들었다. 치열한 토론이 이어졌다. 1호 투쟁위원장에 이어 2호, 3호 투쟁위원장도 결정되었다. 그들은 모두 비합법 공간에서 활동하던 지하조직원들이었고 4학년이 된 친구들이었다. 4학년이 되면 교도소로 갈 것인지 아니면 여전히 비합법 활동을 하다가 공장으로 들어가 노동운동을 할 것인지 결정해야만 했는데, 몇몇은 이리나 군산의 공장으로 가기로 했고 몇몇은 투쟁위원장이 된 것이었다.

1호 투쟁위원장인 김아무는 잠을 이루지 못했다. 사랑하는 사람을 두고 교도소로 가야만 하는 운명이 두려웠는지 밤새 온몸을 뒤척였다. 나도 그의 애인을 알고 있었다. 나와 같은 과의 후배 여학생이었다. 동글동글하고 선하며 연약하게 생긴 여학생으로 조직의 후배이기도 했다. 독문과에 진학했지만 음악을 전공하고 싶다며 고민을 토로하던 친구였다. 나는 다만 김아무의 깊은 한숨을 옆에서 듣기만 했을 뿐, 어깨를 다독여 주지도 못했다. 깊은 한숨이 바람 소리와 유리창을 흔들었다. 학생운동은 영광이 아니었다. 수배와 고문과 투옥과 제적 그리고 위장 취업과 현장에서의 삶이 예정되어 있었다. 그 과정에서 몇몇은 감옥으로 갔고 몇몇은 이별을 겪었으며 몇몇은 공장으로 들어갔다.

후배가 체포된 날 늦은 오후, 나는 모래내 시장 앞의 어느 골목을 서성거렸다. 손에는 김아무의 주소가 적힌 쪽지를 들고 있었다. 좁은 골목과 낮은 처마들로 이루어진 동네였다. 문패도 없는 어느 쪽문 앞에 섰다. 대문이 아닌 쪽문을 사용하는 집이니… 세를 사는 집이 분명했다. 나는 쪽문을 똑똑 두드리거나 열지 못하고 그 앞에서 서성거렸다. 수없이 발길을 돌렸다가 다시 돌아오곤 하였다. 그러다 어느 사이엔가 골목에 어둠이 내리기 시작했다. 골목을 채운 어둠에 몸을 숨기고 슬픔에 잠긴 마음을 다독이기도 했다. 오래지 않아 하루 일을 끝내고 집으로 돌아오는 사람들이 골목에 모습을 드러냈다.

"누구시오?"

막일을 끝내고 온 차림의 어느 아낙네가 쪽문 앞에 서성거리고 있는 나를 보고 물었다. 닮은 꼴로 보아 김아무의 어머니라는 것을 직감했다.

"김아무의 선배입니다. 드릴 말씀이 있어서 왔습니다."

어머니는 멈칫했다. 좋은 기별이 아니란 것을 단박에 알아차린 듯 침묵이 이어졌다.

"들어오시우."

어머니를 따라 김아무의 집으로 들어갔다. 부엌 하나에 두 칸짜리 방이 전부인 집이었다. 어두침침한 조명에 드러난 살림살이는 남루하기 짝이 없었다. 내 마음도 그러했다. 어둑한 방에 들어가 어머니와 마주 앉았다. 숨이 막혔다. 입을 열어야 하는데 막막했다. 나는 무릎을 꿇었다.

"학교 선배라고? 무슨 일이우?"

"저어… 오늘 아무가 데모를 하다가 경찰에 체포되었습니다. 아마 교도소로 넘어가게 될 것 같습니다."

어머니의 얼굴이 얼음처럼 굳어졌다. 잠시 후, 어머니가 내 따귀를 찰싹 때렸다. 나는 뺨을 피하지 않았다. 어머니가 또 내 뺨을 때렸다. 그냥 맞았다.

내가 뺨을 피하지 않자 어머니는 손을 내렸다. 그리고 울었다.

"어떻게 키운 자식인데… 그 고생을 하면서도 그 자식 하나 바라며 살았는데…."

"죄송합니다."

나는 그저 죄송하다고만 말했다. 달리 무슨 말을 하겠는가. 후배들이 체포되면 부모님들께 그 사실을 알리는 게 내가 맡은 일이었다. 그 역할은 생각보다 힘이 들었다. 후배의 집에 찾아갈 때마다 마음이 참담해졌지만 누군가는 반드시 해야만 하는 일이었다.

"밥은 먹었고?"

"아니요."

"밥 먹고 돌아가소."

어머니는 부엌으로 나가 밥상을 차려 왔다. 조촐한 반찬에 고봉밥이었다. 나는 꾸역꾸역 밥을 먹었고 어머니는 수저를 놓고 나를 지켜보았다. 밥상을 물리니 믹스커피를 내왔다. 커피를 마시며 변호사를 소개했고, 면회는 어떻게 다녀야 하는지에 대해 자세하게 설명했다. 나중에 민가협으로 발전하게 되는 구속자가족모임을 설명하고 간사의 전화번호를 드렸다. 후배의 집을 나와 주먹으로 담벼락을 긁으며 좁은 골목을 걸었다. 주먹에서 피가 터졌다. 나는 입술을 악물고 울지 않았다.

그리고 버스 정류장에서 정경화의 〈스코틀랜드 환상곡〉을 만났다.

나는 삼성 마이마이를 사서 〈스코틀랜드 환상곡〉을 듣기 시작했다. 걷거나 대중교통을 이용할 때마다 듣고 들어서 테이프가 늘어질 정도였다. 그렇게 〈스코틀랜드 환상곡〉은 내 인생의 첫 클래식이 되었다. 물론 A면에 있던 〈바이올린 협주곡 1번〉도 거의 같은 횟수로 들었다. 1986년 겨울에 나도 수배와 체포와 투옥의 과정을 거쳤다. 전주교도소에 있을 때, 나를 힘들게 했던 것 중 하나가 〈스코틀랜드 환상곡〉의 부재였다. 나는 독방에 가만히 누워 천정을 바라보며 〈스코틀랜드 환상곡〉을 상상했다. 바이올린의 선율은 음표가 되어 독방의 천정에서 춤을 추었다.

감옥에서 나온 이후, 사라진 삼성 마이마이 대신에 일본제 '아이와 워크맨'을 사서 본격적으로 클래식을 듣기 시작했다. 김정환 시인의 도움을 받아 다양한 클래식을 접했고, 본격적으로 연주회에도 다니기 시작했다. 가장 기억에 남는 연주회는 십여 년 전에 공연했던 요제프 렌드바이Jozsef Lendvay의 바이올린 연주회였다. 헝가리 부다페스트 출신의 이 뚱뚱한 남자의 바이올린 연주는 내 안의 깊은 슬픔을 호출해 내는 집시풍의 연주였다. 소품으로만 구성된 연주지만 매혹적이어서 한 번 듣기 시작하면 며칠씩 렌드바이만 듣게 만들었다. 지금도 가을이 되면 며칠씩 렌드바이의 바이올린을 듣는다. 나는 클래식 음악을 안정된 환경에서 들어 본 적이 없다. 좋은 스피커로도 듣지 못했다. 언제나 이어폰으로 길 위에서 유목하며 들었다. 오늘도 나는 유목 중이다.

동백사에서 만나다

정희섭

한국예술인복지재단 상임이사. 경기 포천 출생. 대학 시절 어쩌다 연극반 근처를 기웃거리다가 마당극 판에 끼어들다. 1984년 애오개소극장 대표를 시작으로 민중문화운동협의회(민문협) 총무부장, 극단 현장 대표 등을 맡아 일하는 한편 정이담이라는 필명으로 『문화운동시론』을 발표했다. 90년대에는 민족극운동협의회(민극협) 사무국장, 한국민족예술인총연합(민예총) 정책실장 등을 역임했으며, 2000년~02년에는 국립극장 공연과장이라는 '어공' 노릇도 경험하다. 2003년부터 2013년까지 한국문화정책연구소의 소장으로 있으면서 몇 군데 대학에서 강의하다가, 2014년~16년에는 중국 연변대학에서 초빙교수를 지내기도 했다. 2018년부터 한국예술인복지재단 상임이사로 일하고 있다.

 김소현 〈새야 새야〉

새야 새야 파랑새야

녹두밭에 앉지 마라

녹두꽃이 떨어지면

청포장수 울고 간다

이 노래를 모르는 사람은 없을 것이다. 그리고 이 노래가 녹두장군 전봉준과 관련이 있다는 것도 다들 아실 거다. 1894년의 갑오농민전쟁이 끝내 우금치를 넘지 못하고, 수많은 농민군의 죽음과 지도자 전봉준의 처형을 안타까워하는 민중의 마음이 낳은 노래다. 이 노래의 지은이(작사, 작곡)는 알려지지 않았다. 그렇지만 전국적으로 많은 사람들이 이 노래를 알고 있다. 우리는 이런 노래를 민요라 부른다. 박찬호는 『한국 가요사』(미지북스, 2009)에서 이 노래가 '조선 대중가요의 시조'라고 일컬어진다고 했다. "새야 새야 파랑새야"가 대중가요의 시조라고? 구전되는 민요가 아니라 가요라고 할 수 있으려면 작자가 누구인지 확인할 수 있어야 한단다. 그렇다면 이 노래는 어떤가?

우리나라 의병들은

나라 찾기에 힘쓰는데

우리는 무얼 할 거냐

의병들을 도와주세

1895년의 을미사변과 단발령을 계기로 전국적으로 일어난 의병항쟁에 시아버지 유홍석과 함께 참여한 윤희순(1860~1935)이 만든 〈안사람 의병가〉이다. 그녀가 만든 노래로 〈병정가〉도 있으며 국가등록문화재 제750호로 지정된 『윤희순 의병가사집尹熙順 義兵歌詞集』이 남아 있으니 어쩌면 그녀는 최초의 가요 작사자라 할 수도 있을 것이다.

너무 옛날이야기가 아니냐고? 그럼 이 노래는?

넓고 넓은 바닷가에 오막살이 집 한 채
고기 잡는 아버지와 철모르는 딸 있네
내 사랑아 내 사랑아 나의 사랑 클레멘타인
늙은 아비 혼자 두고 영영 어딜 갔느냐

〈나의 사랑 클레멘타인(Oh My Darling, Clementine)〉이다. 이 노래는 미국의 골드러시를 배경으로 하는데 위키백과에 따르면 일반적으로 퍼시 몬트로즈Percy Montrose가 1884년에 작곡한 것으로 알려져 있다. 대강 '새야 새야'와 비슷한 시기이다 (가사는 1863년 발표된 헨리 S. 톰슨H.S. Thompson의 〈Down by the River Liv'd Maiden〉을 바탕으로 작사된 것으로 보고 있다). 우리말 가사는 1919년 무렵에 음악가 박태원(소설가 박태원과는 다른 사람)이 번안한 것이라고 한다. 〈황야의 결투〉로 알려진 존 포드 감독의 영화 원래 제목이 'My Darling Clementine'(1946)이다. 노래 '클레멘타인'은 분명히 가요라 할 수 있다. 앞으로라도 동학(혹은 갑오농민전쟁)을 소재로 뮤지컬이나 영화를 만든다면 〈새야 새야 파랑새야〉는 틀림없이 이 시대의 가요로 되살아날 것이다.

나는 이종민 선생과 동백사에서 만났다. 동백사? 무슨 절 이름 같다고 고개를 갸우뚱하는 분도 있겠다. 동백사는 동학농민혁명 백주년기념사업의 약자이다. 동학농민혁명 백 주년이니 1994년의 일이다. 당시 나는 민예총 정책실장으로 일하고 있었는데, 그 사업을 추진하는 과정에서 전주의 동학농민혁명기념사업회에서 일하던 선생을 만나 함께 백 주년 사업을 하게 되었다. 그때부터 단아한 성품으로 빈틈없이 일을 해 나가는 선생을 존경해 왔지만 내가 특히 감동한 것은 선생이 열정적으로 추진하고 있는 '천인갈채상'이다. 천 사람이 보태서 전북 지역의 젊은 예술인들을 응원하는 이 일은 정말 선생의 성품과 마음 씀씀이가 온전히 드러나는 이종민표 사업이 아닐까 생각한다. 예술인 복지의 실무를 맡은 사람으로서 선생을 모범으로 삼겠다는 다짐과 함께, 앞으로 천인갈채상에 반드시 힘을 보태겠다고 약속드린다.

눈뜬 자들의 도시

왕기석
〈심봉사 눈 뜨는 대목〉

조희숙

전주 출생. 1990년 방송작가로 사회생활 시작. 전주한옥마을프로젝트를 수행할 전문계약직 공무원으로 발탁, 7년 가까이 수행했다. 문화부 공공기관으로 이직 후 전통, 지역, 공예, 디자인영역에서 국가정책을 제안 수립 지원하였으며 뒤이어 문화재청 국립무형유산원의 개관 기획 감독을 역임했다. 이종민 교수와는 KBS전주 라디오의 시사기획 프로그램인 '화요기획' MC와 작가로 만났다. 공직에 투신하라는 권유로 전주시 공무원이 되었고, 전주시 공직을 떠날 때도 가장 먼저 상의드린 나의 멘토다. 고향을 떠나온 지 10년, 그 모습 그대로 자신의 소신과 생각, 실천이 하나 되는 어른으로 이종민 교수님을 흠모하며 조금이라고 닮고자 하는 마음을 여기에 밝힌다.

선고는 8월 12일에 하겠습니다. 오늘 공판을 마칩니다.

2020년 6월 15일 현재 나는 1심 선고를 앞둔 피고인이다.

검찰의 구형은 2년 6개월. 최후진술을 하는 내내 아무 정신이 없었지만 방송작가를 하던 내게 전주시 문화담당 공무원을 해 보라던 이종민 교수의 또렷한 목소리만은 선명했다. 반드시 이기고 싶은 전쟁에 내보낼 전사를 찾는 듯 그의 목소리는 결의에 차 있었다.

그렇게 시작한 공직 생활이 흘러 흘러 재판정에 이르게 되다니 고향 전주를 떠나온 10년 동안 내게 붙은 꼬리표는 전주한옥마을이었다. 어서 떼고 싶었지만 전통, 한옥, 한복, 한지, 무형문화재는 갈수록 길이 보이지 않는 밀림 같았다. 문화부 공예디자인진흥원, 문화재청 국립유산원을 거치는 동안 공공의 한계는 뚜렷해져 갔다. 뜻이 같은 동지가 필요했다. 민간의 역량이 모여야만 가능한 일이라는 확신으로 의지를 불태울 무렵 미르재단 이사 제안을 받는다.

기업이 나서겠다는데 뭔가 될 성싶지 않은가. 이사회가 거듭될수록 역시나 돈 안 되는 일에 기업이 나설 리 없다는 체념이 깊어졌다. 사업 승인을 거부하며 사퇴한 후 한 달 만에 밝혀진 국정농단의 실체는 설명할 필요 없는 역사적인 사건이 되었다.

고향 전주는 그사이 100만 관광도시가 된다.

끝내 이기고픈 그 전쟁은 아직 끝낼 수 없는 건가. 전주가 먼저 하겠다는, 전주답게 살겠다는 그 맹세는 헛된 꿈이었나. 구경거리가 되어 그렇게 모은 돈으로 살고자 했던가. 가장 한국적인 일상을 누리고자 했던 전주 사람들의 열망은 아직 이른 것인가?

보좌관이 되어 의원을 모시고 전통문화센터 토요 상설 무대를 기다리는 짧은 시간 객석에 앉아 스치는 상념을 나는 부여잡고 있었다.

2009년 서울살이를 시작하던 그해는 한국 공예를 세계시장에 내놓겠다는 일념으로 국제페어 출장이 잦은 때였다.

시카고 페어. 저녁 7시 페어 오픈을 앞두고 잠깐의 시가지 투어에서 보이는 건 온통 자전거 타는 사람들.

"시카고에선 자전거를 타야 편해요."

"아빠를 모시고 와야겠네."

위험하다 그렇게 말려도 자전거를 타시는 아빠 생각이 잠깐 스쳤다.

그리고 성황리에 오픈을 마친 후에야 몇 통의 부재중 전화를 확인한다.

어떻게 돌아왔는지 모른다. 나는 전북대 병원 장례식장에 걸린 아빠의 사진에 오열해야 했다. 교통사고였다. 직진 신호에 달리던 아빠의 자전거는 갑작스레 우회전하는 트럭을 피하지 못했다.

전통문화센터는 아빠랑 자주 오던 곳이었다. 이방인처럼 객석에 앉아 공연을 보다가 공연 끝 무렵 자주 들었던, 너무나 친숙한 왕기석 명창의 〈심봉사 눈 뜨는 대목〉. 주체할 수 없이 눈물이 쏟아진다.

"아버지!!!" 심청이 오열한다.

"아빠!!!" 10년이 다 가도록 차마 꺼내지 못한 말. 그렇게 한바탕 후련하게 아빠를 찾게 한 그날 '왕기석의 심봉사 눈 뜨는 대목'을 함께한 그날 이후로 나는 아빠를 부를 수 있게 되었다.

피고인이 되어 최후진술을 마치고 1심 선고를 앞둔 지금 나는 오히려 이 나라 검찰에 눈뜨게 해 준 이 사건에 감사한다. 내가 겪으니 알겠다. 그사이 대학생이 된 딸아이는 언론과 검찰의 권력에 눈뜨게 되었다.

검찰은 손혜원 목포 투기 사건을 재판에 넘겼지만 나의 양심은 부릅뜬 눈이 되어 강건해지고 있다.

이제 눈뜬 자들의 도시를 꿈꾼다.

나의 아버지가 자전거를 타고 멀리서도 크게 손짓하며 환대하는 전통이 강물처럼 흐르는 도시를!!!

건강한 글쓰기 노동자의 삶

최기우

극작가. 최명희문학관 관장. '전주'라는 단어에 애틋함이 생기던 2000년대 초반, 이종민 교수를 알게 되었다. 희곡집『상봉』과 창극집『춘향꽃이 피었습니다』, 인문서『꽃심 전주』『전주, 느리게 걷기』등 내가 컴퓨터 자판을 두들기며 전주를 알릴 때, 학자인 그는 온몸으로 전주를 알렸다. 그로 인해 전주는 더 유명해졌고 힘이 세졌다.

김호철〈포장마차〉

내 인생의 음악? 인생의 무엇을 꼽아 본 일 없는 이에게는 난감하고 폭폭한 질문이다. 무대에 오른 100여 편의 작품 중에도, 집필에 참여한 50여 권의 도서 중에도 인생작은 아직 없다. 하물며 음악이라니. 주저하고 망설이다 보니, 민망하다. 나는 왜 이리도 삭막하게 산 것인가.

원래 나는 노래 듣기와 부르기 모두 좋아하고 즐겨한다. 글을 쓸 때면 늘 음악을 틀어 놓는다. 유튜브 검색창에 '7080'을 쓰고 무작위로 듣는 경우가 많고, 글의 분위기에 따라 '유익종', '김광석', '범능 스님', '정태춘', '조영남', '심수봉' 등을 키워드로 한다. 마당극과 같이 유쾌하고 풍자성 짙은 작품을 쓸 때면 무작정 '트로트'를 친 뒤, 노래를 따라 부르고, 몸을 흔들면서 자판을 눌러 댄다. 이는 모이기만 하면 술판·노래판을 벌인 친가와 외가의 풍속에서 시작됐을 것이다. 60·70년대 노래를 많이 아는 것도 이 때문이다.

어릴 적부터 음악 선택은 대중없었다. 초등학교 6학년 때 담임은 학부모들에게 가곡 테이프를 사 오도록 명했고, 우리는 쉬는 시간, 점심시간, 음악 시간마다 〈명태〉, 〈비목〉, 〈그리운 금강산〉, 〈가고파〉를 들어야 했다. 중학교 때는 슈베르트, 베토벤, 멘델스존과 어울렸다. 떠돌이 장수에게 속아서 할부로 산 클래식 명곡 선집 때문이다. 고등학교 때는 온통 가스펠 음악이었다. 여학생들과 자연스럽게 만날 수 있는 곳은 교회뿐이었다. 대학 때는 각지에서 채록한 할머니들의 노랫가락이 좋았지만, '진보'라는 단어의 굴레에 갇혀 주야장천 민중가요만 불렀다. 〈잘린 손가락〉, 〈단순조립공〉, 〈기름밥 동지여〉 등 '노동자'를 앞세운 작곡가 김호철의 노래. 노동자의 삶을 문건으로만 알던 때다.

온갖 음악으로 꽉 찬 삶이지만, 곁에 선 이들의 시선은 꽤 다르다. 특히, 사회생활을 시작했을 때 함께한 전북작가회의 선배들은 더 그렇다. 동문거리 '새벽강'에서의 잦은 술자리. 노래는 빠지지 않았다. 너털너털 우스꽝스럽고 야한 단어를 진지하게 씹어서 뱉는 정양 시인부터 음치가 분명한데 엄청난 포스로 좌중을 지배하는 이병천 소설가, 가곡 음반을 틀어 놓은 것 같은 김저운 소설가, 온몸의 힘줄이 터질 듯 쥐어짜는 이병초 시인, 기타를 치며 낭만적인 음성을 들려주는 한정화 시인 등등 누가 시키지 않아도 앞서서 부르는 이들이었다. 나는 술잔만 만지작거리다 맥없이 휘파람만 날렸다. 앞다퉈 노래하는 흥겨움에 내가 끼어들 틈은 없었다. 너의 노래를 들어 보자, 아무도 말하지 않았다. 한 사람씩 돌아가면서 노래를 부를 때에도 건너뛰기 일쑤였다.

낮에는 전북일보 기자로, 밤에는 무대극과 각종 매체에 글을 연재하며 생계를 유지하던 고단한 때. 선배들과의 술자리는 해방구였지만, 누군가의 노래가 시작되면 막막했다. 고등학교와 대학교 때 교내·외 가요제는 빠짐없이 출전했으니 수상 여하와 관계없이 노래에 대한 자긍심은 충만한 나였다.

'음악 불통'의 불안이 심각하게 다가온 것은 20대 초반의 문학청년이던 김정경 시인이 술자리에 참석하면서부터다. 노래도 일품인 데다 알록달록 히피 스타일에 손짓 발짓까지 덧붙이는 그녀에게 이미 막내 자리를 빼앗긴 뒤였다. 2003년 가을 '새벽강'. 시키지도 않은 이들의 노래가 끝나고 사람들은 잔을 부딪치며 또 다른 '가수'의 노래를 기다리고 있었다. 내 입에서 무언가 터져 나온 것은 그때였다.

"닭똥집이 벌벌벌 닭다리 덜덜덜 / 잔업철야 지친 몸 소주로 달래네 / 세상은 삐까번쩍 꺼꾸로 돈다네 제자리 찾아간다네~"

민중가요 〈포장마차〉. 가사는 유쾌했고 가락은 흥겨웠다. 하지만, 사람들의 시선은 나를 향하지 않았다.

"비지땀이 삘삘삘 열나게 돌아도 / 요놈의 노동자 살림은 / 발바닥이 박박박 닳도록 뛰어도 / 앉으나 서나 제자리~"

눈치 보지 말자, 〈포장마차〉는 기교가 아니라 기백이다. 내가 치고 나가면 그만. 까짓 언제는 누가 챙겨 주는 삶이었던가.

"깡소주에 문어발 생맥주 노가리 / 오공비리 대머리 속이구 노가리 / 세상은 삐까번쩍 꺼꾸로 돈다네 제자리 찾아간다네."

나의 전북작가회의 데뷔곡은 순식간에 끝났다. 박수 소리는 들리지 않았다. 숟가락 장단을 멈추고, 마지막 소절을 느리게 반복했다.

"세상은 삐까번쩍 꺼꾸로 돈다네 제자리 찾아간다네."

환호성은 없었다. 오히려 진중했다. 뭐지? 감동한 건가? 고개를 들어 보니 심수봉의 〈개여울〉이 들려왔다. 사람들은 소주병에 숟가락을 꽂고 노래하는 막내에게 빠져 있었다. 누군가 어깨를 툭, 치며 소주를 가득 따라 주었다.

"노래를 헐라믄 첨부터 허등가. 끝에만 웅얼웅얼허믄 어쩌? 괜찮어. 노래 못할 수도 있지. 글쟁이가 글만 열심히 잘 쓰믄 되어."

아, 우렁차게 내뱉었다고 생각했지만, 노래는 입가에서만 맴돌았고, 마지막 소절만 느리게 반복해서 불렀던 것. '상상임신'처럼 상상으로 부르고 들린 노래, 환가 환청이었다. 그래, 노래는 무슨, 글쟁이가 글만 열심히 쓰면 되지…. 술자리는 금세 제자리를 찾아갔다.

전북작가회의에서 나는 여전히 노래 못하는 사내지만, 그때부터 노래를 불러야 하는 자리에서 곡 선택의 고민은 사라졌다. 흥겨운 날은 〈포장마차〉를 빠르게 부르고, 장엄한 날에는 〈포장마차〉를 느리게 부른다. 큰소리로 당당하게.

이 노래를 좋아하는 것은 '노동자'라는 단어에 가슴이 설레기 때문이다. 치열하게 취재하고 사무치게 글을 쓰는 선배 기자들과 작가들을 만나면서 글 쓰는 노동자의 삶이 시작되었다. 박동화(극작가, 1911~78)와 최형(시인, 1928~2015)과 이정환(소설가, 1930~84)과 최명희(소설가, 1947~98)와 문정희(시인, 1961~2013)와 서권(소설가, 1961~2009) 등을 배워 가며 글과 노동의 무게를 조금씩 느껴가고 있다. 고운 사람들과 인연을 맺고 소소한 일상에서 위로받으며 나는 '글쓰기 노동자'의 의미를 되새긴다. 낯 뜨겁지 않게 사는 삶, 건강하고 당당한 글쓰기 노동자의 삶을 잊지 않는 것이 마음의 무장이다. 세상이 비록 삐까번쩍 거꾸로 돌아도, 결국은 제자리를 찾아가는 세상이 오기를, 내 단어와 문장이 그에 보탬이 되기를 기대한다.

군가와 싸가와 진중가요
– 졸병의 노래와 장교의 노래

한경구

서울대 자유전공학부 교수. 문화인류학자. 해군 장교로 병역을 마침. 이종민 교수와는 74학번 서울대 입학 동기. 공유하는 친구가 많으며, 특히 전주시가 음식으로 유네스코 창의도시 네트워크에 가입할 때 그 신청서 작업을 맡게 되면서 다시 만나 많은 도움을 받음.

정년 퇴임을 맞이하여 이종민 교수가 재미있는 기획을 한다는 소식을 전해 왔다. 많은 훌륭한 분들이 아름답고 감동적인 노래와 음악에 대해 좋은 글을 쓸 것이니, 나는 조금 촌스럽게 군가와 '싸가'(私製軍歌)와 '진중가요'에 대해 이야기해 보려 한다. 우리 또래는 6·25가 끝나고 얼마 되지 않아 태어나 초등학교 때 베트남 파병이 있었기에 싸움이나 희생과 관련된 노래를 참 많이 듣고 부르며 자랐다. 남자아이들은 전쟁놀이를 했고 여자아이들은 고무줄놀이를 하면서 "무찌르고 말테야 중공 오랑캐" 같은 노래를 불렀다. "귀신 잡는 그 기백 총칼에 담고"나 "조국의 이름으로 님들은 뽑혔으니"를 귀가 아프도록 들었고 "월남에서 돌아온 새까만 김상사"가 유행하는 것도 보았다.

한국 남자들은 병역을 마쳐야 했기에 대부분 군대에 가서 군가와 싸가를 배웠는데, 한국 여성들은 그 덕분에 종종 오빠와 애인과 친구, 남편 그리고 나중에는 아들이 부르는 '촌스러운' 노래를 지겹도록 들어야 했다. 이런 노래는 악을 쓰면서 부르기 때문에 가장 듣기 싫다는 '군대 가서 축구한 이야기'보다 더 지겨울 수도 있다.

군가의 노랫말은 엄숙하고 비장한 결의를 담고 있지만, 흔히 뽕짝이라고 불리던 대중가요들과 마찬가지로 평소에 맨정신으로 들으면 과장되고 촌스럽게 들릴 수도 있다. 그러나 괴롭고 슬픈 일이 있을 때 술 한잔 마시며 듣는 유행가 가사가 그야말로 폐부를 콕콕 찌르는 진리의 말씀으로 다가오듯이 군가 등도 역시 그러할 때가 있다. 사전에서는 진중가요를 "군대에서, 군인들 사이에 애창되는 가요"라고 하지만, 내 생각에 전쟁이나 군인과 관련하여 사랑과 죽음, 이별과 슬픔을 노래한 것들은 누가 어디서 부르건 모두 진중가요가 아닐까 한다. 이런 노래들 가운데는 그야말로 명곡들이 많은데, 이는 원래 노래가 훌륭하기 때문이기도 하지만 듣거나 부르는 사람의 상황 때문에 명곡으로 다가오기도 한다.

나는 뛰는 것을 매우 싫어하는 데다가 군대 생활을 조금 더 편하게 해 보려는 알량한 심보에서 해군 단기 장교로 병역을 마쳤는데, 그 덕분에 수많은 군가, 싸가, 진중가요의 명곡들을 알게 되었다. 정말 찐하게 고생한 사람들이 보기에는 별것 아니겠지만 4개월 가까운 사관후보생 훈련과 3년의 복무는 전쟁과 군인, 삶과 죽음, 이별과 슬픔을 바라보는 나의 시선을 크게 바꾸어 놓았다.

1. 페르난도

아바〈페르난도〉

군대 가서 가장 먼저 가슴에 깊이 다가온 노래는 아바ABBA의 〈페르난도Fernando〉였다. 사후생(士官候補生: 죽었다 다시 태어난다고 '死後生'이라 불렀다)이 되고 나서 2주일쯤 지났을 때 동기생들이 소그룹으로 나누어 이발을 하게 되었다. 현역 이발병들이 근무하는 해군2사관학교 구내 이발소였지만, 일단 밝고 따뜻했으며 무시무시한 구대장도 없었다. 라디오를 켜 놓았는지 아바의 노래들이 흘러나오고 있었다. 그야말로 '충격과 공포'의 나날을 보내다가 듣게 된 아바의 노래는 꿀처럼 달콤했고 잠시 동안이지만 우리들은 너무나 행복했다.

〈페르난도〉는 원래는 그냥 사랑의 노래였다는데, 미국에서 발표되면서 미국과 멕시코의 전쟁 (1846~48)을 회상시키는 노랫말을 갖게 되었다. 멕시코는 노예제를 인정하지 않고 있었으며 텍사스를 노예주로 미합중국에 편입시키려는 시도를 저지하려다 처참하게 패배했다. 잔잔한 곡조로 이어지는 노랫말 가운데 "나는 너무나 두려웠다, 우린 젊었고 생기로 충만했으며 아무도 죽을 각오가 되어 있지 않았어. 총과 대포의 천둥소리에 나는 거의 울 뻔했고… 그날 밤은 무언가가 있었다. 별들이 그대와 나를 위해 빛나고 있었지. 자유를 위해. 우리가 패배할 거라고 꿈에도 생각 못 했지만 후회는 없어. 만일 또다시 싸워야 한다면. 친구여, 난 또 하겠어. 아직도 리오그란데강을 건너던 그 끔찍한 밤을 기억하고 있는지? 그대의 눈을 보면 이 땅의 자유를 위해 싸웠던 것을 그대가 얼마나 자랑스러워하고 있는지 알 수 있어…"는 곱씹어 볼수록 가슴에 다가온다. 울음을 터뜨릴 것만큼 두려웠지만 또다시 자유를 위해 싸워야 한다면 싸우겠노라. 진정한 용기는 두려움을 모르는 것이 아니라 두려워하면서도 해야 할 일을 하는 것이라 했던가. 군대 가기 전에는 그냥 무심코 듣고 흘렸던 노랫말이 군대 가서 들으니 새록새록 가슴에 스며들었다.

2. 전우

〈전우〉

"겨레의 늠름한 아들로 태어나"로 시작하는 〈전우〉는 인터넷을 보면 '군가 베스트 5'에 들어간다. 짧고 리듬 타기가 좋아서 구보할 때 인기가 좋다나? 그런데 요즈음의 기준으로 보면 '아들'을 강조한 것은 양성평등의 시각에서 문제가 있다고 할 수 있다. 2절 가사 "한 가치 담배도 나눠 피우고"가 흡연을 조장한다고 하여 '필수 군가'에서 빠졌다는 이야기도 있다. 이런 기준을 적용하면 아마도 수많은 군가가 검열에 걸릴 것 같다.

사회의 변화에 따라 노랫말도 변하기 마련이지만 약간의 아쉬움도 있다. "전우의 시체를 넘고 넘어"로 시작하는 〈전우여 잘 자라〉의 2절 역시 "달빛 어린 고개에서 마지막 나누어 먹던 화랑담배 연기 속에 사라진 전우야"로 끝이 나는데, 담배를 나누어 피워 본 사람들만이 느끼는 그 특별한 감정을 대신할 수 있는 것은 무엇일까?

'전우'라는 제목의 노래는 일본에도 있다. 러일전쟁을 배경으로 1905년에 나온 것으로 모두 14절이나 되는데 10절에 "그 후부터는 한 가치의 담배를 둘이서 나눠 피고"라는 구절이 나온다. 담배가 동서양을 막론하고 근대 군인과 너무나 긴밀한 관계를 갖고 있기 때문인지, 혹은 군가에서 직접 영감을 얻었기 때문인지는 모르지만, 군가들은 서로 많이 빌려 오기도 하고 또 비슷한 것도 많다.

한국군 기갑부대의 〈충성전투가〉는 나치 독일의 〈기갑가(Panzerlied)〉를 빌려 온 것으로서, 영화 〈벌지 대전투(Battle of the Bulge)〉에도 나오는 이 노래는 프랑스군, 이태리군, 칠레군 군가로도 사용되었다고 한다. 또 〈신흥무관학교가〉와 〈대한독립군가〉는 남북전쟁 때 미군의 〈Marching through Georgia〉의 선율을 차용했는데, 이 노래는 가사를 고쳐서 영국군과 일본군도 불렀고 핀란드에서는 저항 가요로 영국 자유당의 당가로도 사용되었다고 한다. 항일독립군은 일본 군가도 가사를 고쳐서 많이 불렀다고 하는데, 독자적으로 작곡을 할 여력이 없었던 탓도 있지만 적의 노래를 이용해서 아군의 사기를 올리는 미묘한 쾌감도 느꼈을 것이니 함부로 왜색이나 일제 잔재를 논할 것은 아니다. 한편 김일성이 작곡했다는 〈조선인민혁명군가〉를 비롯한 여러 북한의 군가들도 일본 군가와 선율이 거의 같다고 한다.

아무튼 박사 학위 논문을 쓰려고 일본에서 문화인류학적 현지 조사를 할 때 가라오케바에서 일

본 군가 부르는 것을 듣고 깜짝 놀랐다. 똑같은 것은 아니었지만 멜로디나 가사, 특히 전체적인 정서의 구조가 너무나 익숙했다.〈동기의 벚꽃(同期の櫻)〉 같은 노래는 한 번만 듣고도 금방 외울 수가 있었다. 그래서 한동안 일본 군가를 일부러 열심히 듣고 가사도 조사했던 적이 있다. 일제강점기라는 것이 과연 우리에게 무엇인가에 대해 많은 것을 생각하는 계기가 되었다.

훈련 시절에 배운 〈전우〉는 훈련이 끝나갈 때가 가까워지면서 정말 많이 불렀다. 동기생 가운데 누군가가 우리 중대 구대장님(해군 특교대에서 구대장은 하느님과 동기라고 한다)이 〈전우〉의 2절을 좋아한다고 하여 걸핏하면 불렀다. 혹시라도 구대장이 기분이 좋아져 훈련을 조금이라도 일찍 끝내 주지 않을까 하는 얄팍한 계산이 없던 것은 아닌데, 자꾸 부르다 보니 우리가 정말로 전우애로 뭉쳐진 것 같다는 느낌이 들 때도 있었다. 작사자가 박목월 시인이고 작곡자가 나운영 선생이라는 사실은 최근에야 알았다. 괜히 명곡이 된 것이 아니었다.

3. 늙은 군인의 노래
최백호 〈늙은 군인의 노래〉

한국의 70년대 포크 음악을 대표하는 김민기가 1976년 겨울에 인제군 원통리에서 졸병 생활을 하던 중 퇴역을 앞둔 늙은 상사의 부탁으로 막걸리 두 말을 받고 만들었다는 전설에 빛나는 노래이다. 양희은의 이름으로 1978년 발표되어 급속히 퍼져 나갔으나 '군기 해이'와 '사기 저하' 등의 이유로 국방부 장관 지정 금지곡 1호가 되었다고도 한다.

평생을 군에서 보내며 박봉에 시달렸던 쓸쓸한 노병의 마음을 20대 장교가 알 리가 없건만 그래도 군대 생활할 때 이 노래를 참 많이 불렀다. 아마도 군대에서 3년을 보내야만 한다는 막연한 박탈감 때문이었는지 후렴의 "아 다시 못 올 흘러간 내 청춘, 푸른 옷에 실려 간 꽃다운 이 내 청춘"에 공감을 하고 있었던 것 같다.

기본적으로는 그런 수준의 알량한 박탈감 때문이었지만 "아들아 내 딸들아 서러워 마라, 너희들은 자랑스런 군인의 아들이다. 좋은 옷 입고프냐 맛난 것 먹고프냐, 아서라 말아라 군인 아들 너로다"를 부를 때면, 무언가 권력을 잡고 부패를 저지르고 있는 군인들을 비판하고 있다는 기분이 살짝 들기도 했다. 진정한 군인은 "무엇을 하였느냐 무엇을 바라느냐, 나 죽어 이 흙 속에 묻히면 그만이지"라고 하고 있는데… 그러다가 "꽃 피어 만발하고 활짝 갠 그날을, 기다리고 기다리다 이 내 청춘 다 갔네"에서는 잠시 코끝이 찡하기도 했다.

이 노래는 내가 보기에는 당대의 기준으로 확실한 건전 가요였다. 아무리 나라 살림이 부유해지더라도 직업 군인들에게 민간 부문에 비해 넉넉하게 급료를 지불하기는 어려운데, 이 노래는 군인의 긍지를 자녀들에게 요구하며 근검한 생활을 강조하고 있다. 또한 우리 손주 손목 잡고 금강산 구경을 간다는 것은 적화통일이 되면 상상도 못 할 일이니 대북 통일관도 확고하다. 군 생활 오래 했다고 무엇을 바라지도 않고 그저 이 흙 속에 묻히면 그만이라니 고결하고 담백하기 짝이 없다. 금지한 사람들은 무언가 켕기는 게 있었던가? 아무튼 과거의 장군들이 금지했던 이 노래를 요즘은 퇴역 장성들도 즐겨 부른다고 한다.

한때 금지곡이 되었던 〈늙은 군인의 노래〉는 2018년 국립대전현충원에서 개최된 현충일 추념식장에 울려 퍼졌다. 세상이 변한 것을 보여 주는 것은 좋은데, 그래도 이건 좀 아닌 것 같다. 현충원은 장렬하게 산화한 분들을 많이 모신 곳이고 현충일은 그분들의 유족과 친구들도 많이 오는 날이다. 죽은 자를 기리는 추념식장에서 어쨌든 무사히(?) 군 생활을 마치고 살아서 정년 퇴역하는 군인의 감상을 노래하다니… 전사자 유족은 마음이 복잡했을 것 같다. 〈늙은 군인의 노래〉는 내가 정말 좋아하는 명곡이지만, 때와 장소를 가리지 않는 것은 명곡을 망치는 일이다.

4. 곤조가: 싸가(私歌) 중의 싸가

〈곤조가〉

해군 소위로 임관을 하고 함대에서 훈련을 받은 다음에 처음 배치된 곳은 김포의 해병2사단 항공중대였다. 느닷없는 해병 생활에 조금씩 적응을 하는 과정에서 수많은 '사제私製' 군가들을 접하고 정말 놀랐다. 대개는 대중가요의 가사를 바꾸어 부르는 것들이지만, 〈곤조가〉는 공식 군가 〈부라보 해병〉의 싸가 버전이었다.

싸가는 외전 군가, 비공식 군가라고도 하는데, 노골적인 성 묘사나 여성을 비하하는 표현도 많이 보인다. 말뚝가, 묵사발가, 빨간 명찰, 뺏다가, 곤봉가, 동기가, 시궁창가, 쎄무 워카, 서울의 왕대포집, 백령도 엘레지, 십대 보X가, 인천의 성냥공장 등 수많은 노래가 있는데 이들 중 상당수는 물론 타군에서도 조금씩 달리 불리고 있다. 체계적인 조사를 해 보지는 않았지만 외설적인 표현은 다른 나라의 비공식 군가에도 흔히 나타나는 것 같다. 〈풀 메탈 재킷〉이나 〈사관과 신사〉 같은 영화에 등장하는 cadence(행진·구보 운율)는 이를 웅변으로 증명하고 있다.

페미니스트 시각에서 보면 싸가는 금지하거나 순화해야 하는 매우 고약한 노래들이다. 페미니스트에게 군대란 특수 목적을 위해 명령과 복종을 조직 원리로 하며, '사나이'로서의 정체성 획득을 위해 남성과 여성의 이분법을 사용하며 특히 여성 배제와 부정을 통해 남성의 우월성을 확인하는 폭력의 집단이다. 싸가는 이런 집단의 '문화화(enculturation)'의 도구이며 양성평등을 지향하는 문명국가의 군대에서는 당연히 금지되어야 하는 것이라 간주된다.

그러나 과연 그것뿐일까? 나처럼 평화 시에 군 생활을 하면 군대를 다녀왔어도 실감하기 어렵지만, 원래 군인이란 끊임없이 죽음과 부상과 임무의 실패라는 악몽에 시달리는 존재들이다. 아무리 우수하고 훈련을 많이 받고 경험을 풍부하게 쌓았더라도 전투에는 너무나 예측하기 어려운 요소들이 많으며 죽음과 치명적 부상은 느닷없이 찾아오기 마련이다. 게다가 자신이나 동료의 커다란 희생도 허망하게 임무 완수에 실패할 가능성은 상존한다. 어디 그뿐이랴! 공식적으로는 국가에 대한 충성과 용기와 전우애를 강조하지만 어느 조직이나 다 그렇듯이 군대도 여러 문제를 안고 있다. 권력 남용과 책임 전가, 무능과 비능률, 부패와 비리 그리고 죽음과 실패에 대한 두려움도 있다. 위계질서는 엄중하고 조직은 때때로 무서울 정도로 냉혹하고 잔인하고 비정하다. 개인의 딱한 사정은 하소연조차 어렵다.

싸가가 외설적인 것은 혹시 그러한 두려움과 불안감에 대응하려는 발버둥이 아닐까? 싸가에는 외설적 표현도 있지만 〈서울의 왕대포집〉처럼 가난으로 몸을 파는 화류계 여성에 대한 연민과 함께 졸병인 자신의 처지를 슬퍼하는 노래도 있다. 싸가가 훈련의 가혹함이나 군대 생활의 모순과 비리를 노래하는 것도, 폭로를 통해 저항과 개선을 도모하기보다는 "다 그런 거지, 뭐 그런 거야" 같은 대중가요의 노랫말처럼 어찌할 수 없는 거대한 현실 속에서 나의 고통과 슬픔을 조금이라도 덜어 주는 진통제나 당의정糖衣錠 같은 구실 때문은 아닐까? 군인이 처한 실존적 상황을 개선하려는 진지한 노력 없이 군가의 가사만 순화한다는 것은, 혹시 병은 그대로 두고 진통제만 줄이거나 쓴 약을 그냥 먹이는 결과가 되는 것은 아닐까 생각해 본다.

그런 의미에서 해병대의 〈곤조가〉는 탁월하다. 흘러가는 물결 아래 편지를 쓰고 춤을 추고 19세 애인을 그리워하다가 "오늘은 어디 가서 깽판을 치고 내일은 어디 가서 신세를 지나, 우리는 해병대"라든가 "때리고 마시고 부시고 조져라"로 험하게 바뀌는 1절 가사는, 타군에 비해 절대적으로 소수이며 게다가 해군에 의존해야 하는 해병대의 상황을 드러내는 동시에 사납고 악착같은 근성을 해병의 정체성이라 노래하고 있다. "아침에는 식사당번 저녁에는 불침번에, 때때로 완전무장, 연병장을 구보하니"를 통해 졸병과 고참이라는 황당한 질서를 드러내면서 군대 생활이란 "알고도 모르는" 것이라 마무리한다. 3절은 노골적인 성 묘사도 있지만, 싹싹하기 그만인 우리 마누라가 "부엉이 눈깔을 뜰 때면 자동차 헤드라이트 못 당해"라는 과장을 통해 연인과 아내에 대한 감정을 드러낸다. 웃기고 황당하면서도 애틋하고 가슴에 와닿는 〈곤조가〉는 졸병에서 장교까지 함께 부르는 노래로서 싸가의 모든 것을 함축하고 있으니 가히 명곡이라 하겠다. 나무위키에 따르면 초임 부사관들이 많이 부른다는 〈군바리 부르스·김일병 Song〉은 일본의 〈軍隊小唄〉와 〈海軍小唄〉의 가사를 바꾸어 부른 것이라는데 가사가 4절까지 있지만 영관장교, 위관장교, 부사관, 졸병을 비교하는 것으로 일관하는 등 상대적으로 단순하여 〈곤조가〉 같은 맛은 없다. 〈곤조가〉의 곤조는 근성의 일본어 발음이지만, 식민 잔재를 청산한답시고 〈근성가〉로 순화하려는 시도는 제발 하지 말자. 명곡을 죽이는 일이요 해병대에 상처를 주는 일이다.

5. 릴리 마를렌: 졸병의 노래와 장교의 노래

〈릴리 마를렌〉

정치 지도자와 장군들은 조국에 대한 충성과 적군에 대한 적개심을 고취하면서 적을 죽이라고 하지만, 막상 싸우고 있는 졸병들은 전쟁터에 끌려 나온 불쌍한 존재들이며 춥고 배고프고 죽음이 두렵고 애인과의 이별이 슬프고 어머니와 고향이 그리울 따름이다. 이러한 애틋함과 두려움을 잘 그리고 있는 노래 중 하나가 〈릴리 마를렌Lili Marleen〉이다.

제2차 세계대전 당시 고향의 아가씨를 그리워하는 〈티퍼레리는 멀구나(It's a Long Way to Tipperay)〉와 함께 독일군과 연합군 병사들 모두에게 사랑을 받았던 〈릴리 마를렌〉은 조금 슬프다. 부대 정문 앞의 가로등 아래에서 애인을 만나는데, 늦으면 사흘 영창을 가야 하는 점호 나팔 소리에 헤어지곤 했다. 그런 내게 불행이 닥치면 누가 가로등 밑에서 릴리를 기다리리? 설령 땅속 침묵의 공간에 있다가도 릴리가 꿈결처럼 나를 불러 준다면, 밤안개가 깔릴 무렵 마치 그때처럼 나, 그 가로등 밑에 있으리라는 내용인데 경쾌하게 시작하지만 이별과 죽음을 예견하는 슬픈 노래이다. 파스빈더Fassbinder 감독이 만든 영화 〈릴리 마를렌〉에서는 나치의 선전상 괴벨스가 장병들의 사기를 생각하여 이 노래를 금지시키려 했는데, 히틀러의 지시로 방송이 다시 가능하게 된다. 졸병으로 1차대전에 참전했던 히틀러는 현장의 병사의 마음을 이해했다나?

그리고 보면 앞에서 언급했던 〈동기의 벚꽃〉는 전형적인 장교의 노래이다. "그대와 나는 동기의 벚꽃, 같은 사관학교의 뜰에서 피었지. 피어난 꽃이라면 지는 것은 각오. 나라를 위해 멋있게 지자"는 것이 일본군의 공식적 입장이었지만, 병사들은 실제로 '천황폐하 만세'가 아니라 '어머니'를 부르며 죽어 갔다고 한다.

그래서인지 군가건 싸가건 진중가요건 명곡의 반열에 오른 노래들은 모두 슬픈 구석이 있다. 씩씩하거나 경쾌하게 시작하고 가끔 웃기기도 하지만 결국은 이별과 죽음을 예고한다. 이런 노래들은 모두가 언제 어떻게 맞을지 모르는 죽음과 잔혹한 폭력에 대한 마음의 준비를 시켜 주면서 그러한 터무니없고 허망하고 비참한 불행을 '다 그런 것'이라고 나름대로 "설명"해 준다. 한국에도 왔었던 밀바Milva도 불렀고 북한에서는 〈빨치산 처녀〉라고 번역해 부르는 〈벨라 차오(Bella Ciao: 아름다운 이여, 안녕)〉 역시 그러하다.

6. 맺으며

정치 지도자와 장군들은 '졸병의 노래'를 순화하고 싶어 한다. 신세타령이나 군대의 모순과 냉혹함에 대한 언급을 삭제하고, 애인과의 이별의 괴로움이나 어머니와 고향에 대한 향수도 "적절한 수준"으로 억제하려 한다. 죽음은 슬프고 허망하고 억울한 것이 아니라 장렬하고 의미 있는 것이어야 한다.

선생님들도 '졸병의 노래'를 순화하고 싶어 한다. 상소리와 저급한 표현, 노골적 성 묘사, 여성 비하 발언 등을 지우려 한다. 군가는 남녀 군인이 같이 부를 수 있는 것이어야 하며 모멸감을 주거나 여성의 대상화를 초래하는 것은 곤란하기 때문이다.

그런데 졸병의 노래는 정말 순화해야 하는 것일까? 공자가 민요를 수집하여 『시경』을 편찬하고 중국의 고대 왕조가 패관稗官을 둔 것은 백성의 풍속을 살피어 좋은 정치를 하려는 것이었지 검열을 하려는 뜻은 아니었다. 세상은 노랫말과 떠도는 이야기를 순화해서 좋아지기보다는 좀 더 좋은 정치를 통해 좋아지는 것이 아닐까?

세상이 좋아지면 노래와 이야기도 좋아질 것이다. 군가를 순화하는 시도보다 더 중요하고도 시급한 것은 군인이 직면하는 끔찍한 현실을 개선하려는 진지한 노력이 아닐까?

용기와 희망의 운동 노래로 변한 '헤이 주드'

 심보선 〈헤이 주드〉

 비틀즈 〈헤이 주드〉

한긍수

현 한남대학교 미디어영상학과 교수. 방송 다큐멘터리를 만들며 살았고 '가난한 사람들을 위한 그라민 은행', 유누스 박사를 취재 방송했는데 그때 그가 노벨평화상을 수상했다. 2012년 여수엑스포에서 주·부제관, 한국관, 빅오쇼 등 전시를 총괄 감독했으며 2017 대한민국 독서대전을 총감독했다.

초등학교 6학년, 채 졸업도 하기 전에 알파벳을 배우면서 처음 접한 노래가 〈카사비앙카(White House)〉였다. 난 동요에서 곧장 팝송으로 뛰어들었다. 어느 날 어른들 앞에서 난 〈White House〉를 멋들어지게 부르고서 내심 칭찬을 기대했는데, 어린놈이 뜻도 모르면서 추억이 어쩌고를 노래한다는 핀잔을 들어 버렸다.

그때 받은 상처가 컸다. 이쯤 되면 '다시는 팝송을 부르지 않겠다', 그리될 수도 있었건만 난 계속 팝송에 빠져들면서, 대신 가사를 해석해서 뜻을 알고 부르는 쪽으로 진화해 나갔다. 10대를 팝송과 함께 지내며 좋아했던 가수는 닐 다이아몬드, 사이먼과 가펑클, 피터 폴 앤 메리, 존 바에즈, 비틀즈 등이었다. 그런데 그 좋아하던 팝송을 대학에 들어간 후에는 딱 끊어 버렸다. 뭐랄까, 팝송을 부를 때마다 '까페 췌어 레볼리셔니스트, 그대 손이 희고녀'와 같은 기분이 든 것이다. 노래가 내가 맞닥뜨리는 상황과 어울리지 않았다.

난 팝송 대신 김민기의 노래 몇 곡, 그리고 가곡 〈명태〉를 즐겨 불렀다.

"짝짝 찢어지어 내 몸은 없어질지라도

내 이름만 남아 있으리라…"

노래와 음악은 늘 나와 함께하며 슬픔과 아픔을 다스려 줬고 위안이 되었다. 한 곡 한 곡은 저마다 내 한 시기를 함께 하며 나의 진정한 벗이 되어 주었다. 그중 그 어떤 곡을 '내 인생의 음악'이라 뽑을 수 있을까?

나에게는 두 개의 내가 있다. 내 안의 나와 다른 사람 앞에 서 있는 나이다. 내 안의 나는 늘 음악과 함께했다. 그런데 사람들과 함께하는 나의 노래, 음악은 점차 줄어들고 사라져갔다. 사람들 앞에서 부를 노래가 없어져 노래판엔 아예 끼질 않았고 예기치 않게 판이 벌어져도 음치를 빙자해

입을 다물었다.

그렇게 몇십 년을 보낸 2011년, 나에게 새 노래가 생겼다. 비틀즈의 〈헤이 주드〉였다. 〈헤이 주드〉는 비틀즈의 대표곡이지만 난 이 노래를 좋아하지 않았다. 가사가 말랑말랑했고 내 심정과 맞은 적이 없었기 때문이다. 2011년 여름, 난 집을 떠나 여수에서 합숙 생활을 하고 있었다.

그 여름 한국 사회의, 적어도 나의 가장 절실한 관심사는 한진중공업의 김진숙이었다. 그녀는 연초에 50m 높이의 고공 크레인에 올라가 추운 겨울을 지내고 200일을 넘기며 뜨거운 여름을 맞고 있었다. 그녀는 크레인에 오르기 전에도 8년 전 크레인에서 목숨을 끊은 동료를 기리며 8년 동안 온수를 사용하지 않았고 냉방 생활을 해 온 터였다. 그녀는 살아서는 내려오지 않을 각오였을 것이다. 김진숙을 살리는 건 동시대인의 의무 같았다. 서울에서 대전에서 김진숙을 살리고자 하는 희망버스가 김진숙을 찾아갔다.

태양이 작렬한 뜨거운 여름, 고통스런 하루하루를 지내고 있을 때 심보선의 시 「헤이 주드」가 나왔다. 시라 하지만 비틀즈의 〈헤이 주드〉를 자의적으로 번역했을 뿐이었다. 심보선은 주드를 깨어 있는 시민으로 번역했고 그녀를 김진숙으로 번역했다. 슬픈 노래는 슬픈 현실로 해석했다. 심보선의 새로운 해석으로 인해 비틀즈의 〈헤이 주드〉는 더 이상 모호하고 말랑말랑하고 흥겹기만 한 곡이 아니라 세상을 바꿀 용기와 희망을 주는 힘찬 운동 노래가 되어 버렸다.

그 여름에 비틀즈의 〈헤이 주드〉는 나를 덮쳤고 피를 끓게 했고 희미한 맥박을 증기기관차처럼 힘차게 뛰게 만들었다. 〈헤이 주드〉의 그녀는 세월호가 되고 장자연이 되고 단역배우로 자살한 자매가 되기도 했다. 누군가 외롭고 힘들고 지쳐서 주저앉을 때, 그 누구를 불러일으키는 노래가 바로 〈헤이 주드〉였다. 그녀는 또한 힘들고 지친 나 자신이기도 했다. 그해 여름에만 100번도 더 부른 〈헤이 주드〉는 그 후 꾸준히 내 마음의 노래가 되었고, 앞으로도 〈헤이 주드〉는 계속해서 불릴 것이다. 〈헤이 주드〉가 나의 노래가 된 지는 10년이 안 됐지만, 이쯤 되면 '내 인생의 노래'로 꼽을 만하지 않을까?

이종민 형과의 첫 만남은 까까머리 고딩 1년, 유서 깊은 서클의 신입생 환영회였다. 형은 안경 너머 까만 눈을 반짝였고 늘 겸손한 미소를 머금었었다. 한눈에 형은 책상머리 범생이었고 그런 만큼 껄렁했던 난 형을 만만하게 여겼다. 형과는 고교 서클을 두 개나 같이 한 관계로 간혹 만날 때만 친한 척하다가 헤어지면 그만인 사이로 지냈다.

만만하던 형을 다시 보기 시작한 건 1985년 전주에서였다. 형은 책상머리가 아니라 현장의 활동가였다. 그는 운동화에 자전거를 끌고 다니면서 아랫것들이 할 만한 문서 수발, 발송, 배달일을 손수 하고 있었다. 교수가 아니라 학생 같았다. 문화저널, 동학, 한옥마을 등 형이 나서는 일이 많아졌는데 놀랍게도 한번 시작하면 중도에 그만두는 일이 없는 것이었다. 성실함은 알고 있었지만 그 에너지는 어디서 나오는 것인지 경이로웠다. 만만해하던 형을 대할 때마다 난 점차 작아짐을 느꼈고, 어느새 형은 나에게 거인이 되어 있었다.

헤이 주드

-심보선

Hey Jude, don't make it bad

주드(시민 여러분), 비관하지 말아요

Take a sad song and make it better

슬픈 노래를(현실을) 더 낫게 만들면 되잖아요

Remember to let her into your heart

그녀를(김진숙을) 마음속 깊이 받아들여요

Then you can start to make it better

그러면 당신은 더 나은 세상을 만들어 가기 시작하는 거예요

Hey, Jude, don't be afraid

주드(시민 여러분), 두려워 마요

You were made to go out and get her

당신은 나가서 그녀를(김진숙을) 구하도록 운명 지어졌으니까요

The minute you let her under your skin

당신이 그녀를(김진숙을) 잊지 않는 순간부터

Then you begin to make it better

당신은 더 나은 세상을 만들어 가기 시작하는 거예요

And any time you feel the pain,

Hey,Jude,refrain

그리고 아픔을 느끼게 되면,주드(시민 여러분),참지 말아요

Don't carry the world upon your shoulders

혼자서 어깨 위에 세상을 짊어지고 가지 마세요

Well you know that it's a fool who plays it cool

잘 알잖아요,바보들이나 쿨한 척하면서

By making his world a little colder

세상을 더 차가운 곳으로 만든다는 것을요

Hey,Jude!Don't let me down

주드(시민 여러분)! 저를 실망시키지 말아 주세요

You have found her,now go and get her

그녀를(김진숙을) 찾았으니,이제 가서 구해 주어요

Remember to let her into your heart

그녀를(김진숙을) 마음속 깊이 받아들여요

Then you can start to make it better

그러면 당신은 더 나은 세상을 만들어 나갈 수 있을 거예요

So let it out and let it in,hey,Jude,begin

이제 크게 숨을 들이쉬었다 내쉬어요, 주드(시민 여러분), 시작하세요

You're waiting for someone to perform with

당신은 함께 실천할 사람을 기다리고 있잖아요

And don't you know that it's just you,hey,Jude,

잘 알잖아요, 그 기다리던 사람이 바로 당신 자신이라는 것을, 주드(시민 여러분)

You'll do,the movement you need is on your shoulder

당신은 실천할 거예요, 필요한 행동은 당신에게 달려 있어요

Hey,Jude,don't make it bad

주드(시민 여러분), 비관하지 마세요

Take a sad song and make it better

슬픈 노래를(현실을) 더 낫게 만들면 되잖아요

Remember to let her under your skin

그녀를(김진숙을) 언제나 마음 깊이 기억해 주세요

Then you'll begin to make it better

그러면 당신은 더 나은 세상을 만들어 가기 시작하는 거예요

Better,Better,Better,Better,Better,Waaa!!

더 나은, 더 나은, 더 나은, 더 나은, 세사앙!!

으악새 슬피 우니…

한승헌
변호사

 고복수 〈짝사랑〉

'으악새'라는 모임이 있었다. 1970년대 박정희 독재 정권의 탄압으로 강단이나 자기 직업에서 쫓겨난 사람들의 친목 모임이다. 그 멤버로는 전후 다소의 변동이 있었지만, 이영희(한양대), 이상두(중앙일보), 장을병(성균관대), 김중배(동아일보), 김상현(정치인), 윤형두(출판인), 한완상(서울대), 임헌영(평론가), 한승헌(변호사) 등이 있다. 모두 징역살이를 했거나 추방을 당한 수난자라는 공통점을 지니고 있다.

우리는 형제들처럼 지냈다. 자주 모여서 농담도 때리고, 야외로 소풍을 나가는가 하면, 테니스도 치고, 대폿집에도 들렀다. 실직자의 처지라서 싸구려 집을 애용했음은 물론이다.

그런 자리에서 함께 부른 애창곡이 다름 아닌 "으악새 슬피 우니…"로 시작되는 고복수의 〈짝사랑〉이다. 음정이나 박자야 어디로 갔던 간에 우리는 한편 즐거웠고 한편 착잡했다. '으악새'라는 우리 모임의 이름도 여기서 나왔다. 훗날 남산(박 정권 시대의 '중앙정보부') 문서에도 그 이름이 올라 있어서 어이없는 추궁을 당한 적도 있다.

적지 않은 지식인들이 곡학아세와 입신출세의 셈법으로 속물화되어 가는 풍토에서도 그들은 끝내 불의한 권력에 맞섰고, 선비답게 지조를 지켰다.

좀 엉뚱한 비교지만, 박정희와 한승헌, 두 사람 사이의 공통점은 무엇일까? 그것은 놀랍게도 앞서의 '으악새'로 시작되는 고복수의 〈짝사랑〉이 애창곡이라는 사실이었다. 뿐인가, 나의 애창곡 서열 2위라고나 할 이미자의 〈동백아가씨〉도 역시 그의 애창곡 중 하나였다.

몇 해 전, 여름철 휴가에 가족들과 무주엘 갔다가 숙소의 노래방엘 들렀다. 나는 주저 없이 '으악새'를 불렀다. 노래가 끝나면 화면에 대개 점수가 나오는데, 거기서는 점수 아닌 문구가 떴다. 가령, '장래 가수가 될 소질이 있습니다.'라던가, '아주 잘 불렀습니다. 계속 분발하십시오.' 따위였다.

그런데 내 노래가 끝나자 화면에 이런 자막이 나타났다. '혹시 가수가 아니십니까?' (물론 일동 박수) 그 노래방 반주기야말로 '경로사상'에 투철하구나 하고 일행이 파안대소한 기억이 난다.

그런데, 이 '으악새'(〈짝사랑〉)가 다른 사람도 아닌 박정희 씨의 애창곡이었다니, 기분이 좀 묘해졌다. 그는 1975년 1월, 장모의 팔순 잔칫날, 그 노래의 1절을 무반주로 불렀다. 그 장면과 표정이 담긴 동영상이 각종 포털 사이트에 올라와 있기까지 했다. 나도 그 화면을 봤는데, 영상이 흐렸지만 멋쩍은 웃음으로 고음을 비껴가는 등 수수한 데가 있어서 대통령 또는 독재자 박정희 아닌 인간(또는 사위) 박정희의 한 면모를 엿볼 수 있었다. 한 기사에는 "육 여사가 저격당하고 5개월 뒤에 열린 이 여사(장모)의 생일잔치에서 딸을 잃은 장모를 위로하려고 애쓰는 박 대통령의 인간적인 모습이 엿보인다"고 쓰여 있었다.

그때가 1975년 1월. 그 전 해의 소위 '대통령긴급조치' 발동으로 유신헌법 반대 운동을 징역 15년으로 다스린다는 극약 처방을 내리는 등 반유신운동 탄압에 광분하던 시기였다. 더구나 나로 말하면, 이래저래 정권에 밉보여 남산에 붙들려 다니며, 난데없는 반공법 위반으로 조사를 받고 묶여 들어가던 바로 그 시점 아니던가?

그런데 압제자인 그와 압제당하는 내가 똑같이 〈짝사랑〉을 즐겨 부르다니, 이 무슨 운명의 장난이란 말인가? 뿐만이 아니다. 가수 이미자 씨의 회고담에 따르면, 박정희 씨가 〈동백아가씨〉를 좋아했다는 것이다. 바로 내가 좋아하는 그 노래를 또 그가 좋아하다니! 정부에서는 소위 방송 금지곡으로 묶어 놓고서, 박 대통령은 이미자 씨에게 그 노래를 부르도록 했다는 것.

그런데, 내가 서울지검 검사로 있을 때, 관내 여주지청에서 '유고'가 생겼다. 검찰 지청장이 부인의 '야반도주'에 동행(?)하는 바람에 하루아침에 검찰의 공백이 생기자, 평검사인 나보고 거기가서 수습하고 오라는 것이 아닌가? 상명하복이라 할 수 없이 현지에 가서 한 달 동안 하숙을 하면서 심심하면 다방엘 나갔는데, 그때 〈동백아가씨〉 열풍이 전국을 휩쓸 때였다. 귀에 못이 박이도록 "헤일 수 없이 수많은 밤"으로 시작해서 "꽃잎은 빨갛게 멍이 들었소"로 끝나는 그 노래를 배우지도 않고 익힐 수 있었던 것이다.

가해자와 피해자가 같은 노래를 합창한다면, 그것은 아이러니도 되고 화합의 묘약도 되지 않을까. 〈아침이슬〉이나 〈상록수〉쯤이면 더욱 말할 것도 없을 테고. 엉뚱한 상상을 해 본다.

나는 중2 때에 음악 점수 1백 점을 받은 희한한 기록도 보유(!)하고 있다. 음악 선생님이 웬일인지 필기시험 점수를 그대로 음악 성적으로 '대입'시킨 덕분이었다.

어쨌든 노래는 어느 자리에서나 피하고 보는 편이다. 마지못해 일어서게 되면 또 하나의 딴전을 부린다. "아시다시피 노래는 음정과 가사로 구성됩니다. 그런데 저는 그중 가사가 전공이라 지금부터 가사를 읊어 보기로 하겠습니다." 참 어이없다는 표정으로 실망을 하는 좌중에서 때로는 이런 고함 소리가 튀어나오기도 했다. "지금은 음악 시간이지 국어 시간이 아니다!"

비록 음치일망정 국내외에 이름난 오페라, 뮤지컬, 오케스트라의 연주 등을 감상할 수 있는 기회는 더러 있었다. 주최 측이나 주인공의 초청에 대한 예의로 가는 경우도 있지만, 어느 경우이든 한스럽게도 그것이 내 음악에 대한 소양이나 수준을 높여 주지는 못하고 있다.

그러나 〈짝사랑〉이나 〈동백아가씨〉에 대한 사랑은 여전하다. 아니 나이가 들어가면서 더욱 진해지고 있다. 애창곡으로 확고하게 자리를 굳히고 있는 것이다.

삶의 필수 조건, 음악

댄 홀튼Dan Holden

현재 하와이주립대학교에서 Second Language Studies 석사 학위를 취득 후 박사과정에 재학 중이다. 교내에 위치한 Hawaii English Language School에서 영어 교사로 근무했으며, 그전에는 일본 Tokyo International University에서 교수로 재직하였다. 단순한 언어 교수법이 아닌 서로의 문화를 배우고 이해하며 성장해나갈 수 있는 교육 환경을 위해 연구뿐만이 아니라 수업을 통해 실천하고 있다.

스미스 밴드(The Smiths)
〈끝이란 걸 알아
(I Know it's Over)〉

음악이 나의 삶에 미친 영향을 생각해 볼 때, 나를 형성해 준 단 하나의 노래, 하나의 앨범, 또는 한 명의 가수를 선택하는 것은 불가능할 것 같다. 지금까지 수집한 모든 음악을 되돌아보고 훑어보면 각각의 노래를 처음 들었을 때 내가 어디에서 무엇을 하고 있었는지 기억할 수 있다. 지금도 음악은 너무나 중요하고 강력한 내 삶의 일부분이기에 거의 매일 일할 때나 운동할 때 음악을 들으려고 노력한다.

유년의 기억에 따르면, 나는 부모님 때문에 음악을 좋아하게 되었던 것 같다. 부모님은 직접 악기를 연주하는 데에는 관심이 없었지만 음악을 즐겨 들으셨다. 장거리 여행을 할 때 혹은 집안일을 할 때에도 부모님은 좋아하는 레코드를 틀거나 즐겨 듣는 라디오방송을 크게 틀어 놓으셨다. 어린 나이에 나는 부모님 세대의 노래를 배웠고 그들과 함께 즐겁게 합창하곤 했었다.

어린 시절 우리 집에는 아름다운 저수지를 내려다보는 커다란 전면 현관이 있었다. 집 주변에 공터가 많아서 우리는 원하는 대로 크게 음악을 들을 수도 있었다. 부모님께서 카세트 데크가 딸린 휴대용 스테레오라디오를 사신 날을 결코 잊지 못할 것이다. 원하는 대로 라디오를 이동시킬 수도 있고 테이프 데크도 있었기에 이제 마침내 집 어디에서나 좋아하는 음악을 들을 수 있게 되었던 것이다.

나는 종종 라디오를 현관에 갖고 나가 춤을 추었고, 때론 집 뒤란으로 가져가서 음악을 들으며 상상력이 이끄는 각본에 따라 연기를 펼치곤 했다. 라디오를 집안으로 가져와서는, 놀랍게도, 숙제를 하는 동안에도 음악을 듣곤 했다. 대부분의 아이들은 다른 공부를 할 때 음악을 들으면 방해가 된다고 여기는 것 같았지만, 나는 오히려 집중이 잘 되고 더욱 열심히 공부하겠다는 동기부여가 되었다.

나이가 들고 저축을 하게 되면서 중학생이었던 나의 최초의 큰 구매품은 검정 포터블 시디플레이어였다. 어느 곳이든 가지고 다니게 되면서 이것은 나의 일상생활을 완전히 바꾸어 놓았다. 스쿨버스에서나 집 주위에서 조깅할 때도 음악을 들었고, 자율 학습 시간에는 새로운 음악을 친구들과 공유하였다. 나는 외아들이었기에 이 시디플레이어가 나의 저녁 생활의 큰 부분을 차지하였다. 나는 잠자리에 들기 전 30분 정도 음악을 듣곤 했다. 음악은 내 마음을 위무하였고 하루 일을 반성하게 만들었다. 음악이 나의 친구가 되었기에 나는 외롭지 않았고 무섭지도 않았다.

십 대가 되어 나의 첫 번째 자동차에서 그 시디플레이어를 사용하게 되면서 그것은 계속하여 내 삶에서 커다란 역할을 하였다. 친구들과 함께 음악을 듣는 것은 우리 교우 관계에서 중요한 부분이 되었다. 새로운 음악을 발견하면 우리는 서로 시디를 빌려 각자의 컴퓨터에 복사해서 우리 스스로 새 버전을 구웠다. 여름의 멋진 날씨에 세 친구와 함께 온갖 장르의 음악을 들으면서 자동차를 몰고 다니던 수많은 날들이 떠오른다. 잊을 수 없는 시절이고 앞으로도 언제나 그 시절에 대한 행복감을 평생토록 느끼게 될 것이다.

대학 생활을 시작하고 새로운 친구들을 만나게 되었는데 그들은 수년간 축적해 온 각자의 음악 취향을 갖고 있었다. 이 시기에 나는 힙합부터 헤비메탈, 레게 그리고 일렉트로니카까지 모든 종류의 음악 장르에 노출되었다. 모두가 젊고 같은 기숙사에서 살았기에 우리는 서로의 방에서 만나 음악을 들으며 담소하곤 했고, 음악은 우리 일상에서 말할 나위 없이 중요한 요소였다. 이 무렵에도 나는 여전히 검정 시디플레이어를 사용하고 있었다. 근처에서 조깅을 하거나 학교 뒤편 숲속을 답사할 때도 항상 좋아하는 시디를 갖고 다녔다. 음악을 들으며 해방감을 느꼈고 일상의 스트레스에서 벗어날 수 있었다. 혼자 시간을 보내고 싶을 때에도 내 곁에는 항상 어떤 형태이든 음악이 있었다.

대학 시절은 내가 최초로 라이브 음악을 정기적으로 체험한 때이기도 하다. 많은 친구들이 기타를 연주할 줄 알았고 우리는 종종 라이브 밴드 공연을 보러 갔다. 드디어 어릴 때부터 좋아하던 밴드의 실황 공연을 보러 이동할 수 있을 만큼 충분한 돈이 있었던 것이다. 마음속에 자리한 음악을 현장에서 체험해 봄으로써 마치 중요한 여정을 완수한 것 같은 기분을 느낄 수 있었다.

불행하게도 졸업 후 일본으로 가면서 나와 음악의 관계는 갑자기 정체되고 말았다. 이것은 당시에는 인식하지 못한 일이었다. 내가 입주했던 작은 아파트에 사는 사람들은 아주 조용한 생활을 하고 있었고, 교직이라는 직업상 학교에서 음악을 듣는 것도 허용되지 않았다. 새로운 나라에 고립된 상태였기에 새로운 친구를 쉽게 만날 수도 없었다. 그 결과 거의 3년간 나는 기존의 음악을 들지 못했고, 그러다 보니 과거에 좋아하던 음악에 대해 흥미를 잃게 되었다.

내가 갑자기 두 명의 가수를 발견하게 된 것은 바로 이때 즉 음악에 대한 나의 열정이 최저치에 달했던 즈음이었고, 그들은 지금까지도 내게 가장 강한 영향을 주고 있다.

어느 날 외장하드에서 문서를 찾던 중에 나는 수년 전에 절친 체이스로부터 다운로드받은 음악 더미를 발견하였다. 그것들을 들어 보니 가수 이름과 앨범 이름을 알 수 없는 〈끝이란 걸 알아(I Know it's Over)〉라는 노래가 있었다. 분명히 오래전에 들어 봤을 텐데, 다시 듣자니 어쩐지 내 속의 무언가 찰칵 소리를 냈다. 열정적인 가수의 음성, 맑은 음색, 고도의 음악성, 그리고 가사의 의미 등 모든 것이 의기소침하던 나에게 깊은 충격을 주었다. 그의 노래 속에 나의 삶을 온전히 포획해 넣은 듯했다. "웃는 건 너무 쉬워, 미워하기도 너무 쉬워, 상냥하고 친절하게 되려면 언제나 힘이 들지"라는 그의 가사는 한 번도 소리 내어 말해 본 적 없는 복잡한 나의 생각을 정확하게 표현해 주고 있었다.

〈끝이란 걸 알아〉 노래를 쓴 밴드 이름은 '스미스(The Smiths)'였다. 내가 밴드의 전체 음악 목록을 속속들이 파악한 것은 이들이 처음이자 마지막이었다. '스미스'는 5년이라는 짧은 활동 기간 동안 8장의 앨범과 70여 곡의 노래를 발표하였다. 시적인 가사부터 베이스와 기타의 정서적 사운드뿐 아니라 그들이 실험한 다양한 음악 스타일까지 나는 이들 앨범의 거의 전부를 좋아한다. 이 밴드의 사운드는 상당히 사색적이면서 내면적이고 미소와 유머로써 힘든 시절에 대해 노래하였다. 특별히 나에게 감동을 준 노래는 〈지금 이 순간은 언제 올까(How Soon Is Now)〉였는데, 스토리는 어느 하룻밤의 행복에 대해 너무 큰 기대를 걸었으나 결국은 실망에 빠지고 마는 젊은이에 대한 것이다. 그렇다고 해서 자기 연민으로 가득한 슬픈 이야기는 아니고 깨달음과 공감을 주는 이야기이다. 그들의 음악이 지닌 솔직함이 내 마음을 정화시켜 새롭게 용기를 얻고 살아가게 만들었던 것 같다.

흥미로운 것은, 전통적인 영국식 4인조 밴드 구성이었기 때문인지 스미스 밴드의 음악이 어린 시절 나의 아버지가 소개해 주신 음악과 공통점이 많다는 것이다. 또한 그들의 스타일은 나에게 지속적인 영향을 끼친 '일렉트릭 유스Electirc Youth'의 〈바로 너에게로(Right Back to You)〉의 음악 스타일과 크게 다르지 않았다. 나는 영화 〈드라이브〉를 통해서 일렉트릭 유스의 〈진짜 영웅(A Real Hero)〉을 처음 알게 되었는데, 이 신스웨이브 사운드트랙에 완전히 압도되었다. 신스웨이브는 1980년대의 신시사이저 사운드를 사용하여 미래파적 미니멀리스트 팝 사운드를 만들어내는 새로운 음악 장르이다.

'스미스'가 부모님의 삶을 수긍하는 나의 현재에 대한 명백한 표현이라고 한다면, 〈바로 너에게로〉는 나의 현재와 미래에 대한 표현이었다. 이들은 한층 밝은 미래를 향한 감정을 불러일으키는 긍정적인 템포와 낙관과 함께 나의 유년기에 대한 향수를 담은 사운드였다. 나에게 〈바로 너에게로〉는 모든 요소가 제대로 어우러진 완벽한 팝송이다. 보컬은 달콤하면서 강렬하고 곡의 구성 요소는 여러 번을 들은 후에 제모습을 다 드러낸다. 이 노래는 당신을 노래하고 춤추고 싶게 만들고, 살아 있음을 행복하게 느끼도록 한다.

음악은 항상 나의 삶에서 필요 불가결한 역할을 해 왔고 음악이 없는 세상에서 사는 내 모습은 상상할 수 없다. 음악은 나에게 에너지를 주고 사색의 시간을 갖도록 허락하며, 앞으로도 다른 방식으로는 결코 설명할 수 없는 영향을 줄 것이다. 어떤 점에서 보면 내 삶의 많은 것들이 변화해 왔지만 동시에, 나는 아직도 더 나은 내일을 꿈꾸며 그 검정 시디플레이어를 움켜쥐고 잠자리에 드는 어린 소년인 것도 같다.

PART 3.

음악, 내 인생의 철학자를 만나다 – 인생, 성찰, 사색

정년 축하

김기현

익산 용안 출신. 전북대학교 명예교수. 서울대학교 법과대학, 고려대학교 대학원 석사 박사. 전북대학교 사범대학 윤리교육과 교수 역임. 현재 한국고전번역원 전주분원 원장으로 4서 3경 등 동양고전을 강의하고 있다. 이종민 교수도 참여하고 있는 여택회麗澤會 동양고전 동호회에서 30년 넘게 강독을 이끌어 오고 있다. 저서로는 『선비』(민음사) 『천작』(서해문집) 『선비의 수양학』(서해문집) 『주역, 우리 사람을 말하다』(민음사) 등이 있다.

음악에 대한 소양이 없는지라 글을 '건더기' 없이 양념으로만 요리하는 것 같아 머뭇거려진다. 하지만 모재茅齋 선생의 정년을 축하하는 마당 한 모퉁이에 자리를 차지할 테니 피할 도리가 없게 되었다. 별수 없이 옛 기억을 뒤지다가 잡힌 케케묵은 이야기나 하나 늘어놓아야겠다.

대학 4학년 봄 학기가 시작되면서 인생의 진로 문제를 심각하게 고민하기 시작하였다. 전공이 애당초 적성에 맞지 않았던 탓도 있었겠지만, 아마도 당시 박정희의 독재 정권이 고민의 단초를 열어 주지 않았나 생각된다. 1학년 때부터 대학 생활 내내 데모하면서 길러 온 반발과 저항의 정신이 저들에 의해 번번이 좌절당하면서 방향을 바꾸어 '자기 파괴적인' 성향으로 변모된 것이다. 그동안 당연한 것으로 간주해 왔던 자신의 꿈과 삶의 방향을 근본적으로 되묻고 회의하는 것이었다.

그 고민의 장소를 어느 조용한 고전음악 감상실로 잡았다. 용돈도 넉넉하지 않은 터에 점심 밥값으로 티켓을 사서는 몇 시간씩 음악을 들으며 두어 달 동안 수많은 생각에 고민을 거듭하였다. 고전음악을 좋아해서 그곳을 택한 것이긴 하지만, 거기에서 음악은 사실 소리 배경에 불과하였다. 결국 나는 상식적이고 편안한(?) 길을 버리고는 자신을 막막한 광야로 내몰고 말았다. 이는 어찌 보면 자신의 삶 자체를 해체하는 무지막지한 결정이었다. 그것은 자신의 사회적 입지와 경제적 보장을 스스로 포기하는 것일 뿐만 아니라, 시골의 연로하신 부모님의 기대를 배반하는 불효막심한 짓이었기 때문이다. 그것은 졸업 뒤에 실감하였다. 나는 자신을 '유형자流刑者'로 낙인찍고는 지독한 실존의 방황을 오랫동안 거듭하였다. 그것을 어지럽게 토해 놓은 일기장들이 지금도 서가 어느 구석에 박혀 있다. 무슨 미련이 남아 있는지 그것을 버리지 못하고 있다.

그런데 지금 되돌아보면 음악은 단순한 배경에 불과한 것이 아니었던 것 같다. 음악이 나의 생각에 자유의 날개를 달아 준 것이다. 좀 거창하게 말하면 "예술은 우리들에게 다른 방법으로는 도

달할 수 없는 내면적 자유를 부여해 준다."(E. 카시러) "미적 감정은 곧 자유에 대한 쾌감이다."(T. 립스) 그처럼 음악에서 얻은 심미 감각이 나로 하여금 생각과 고민을 자유롭게 하도록 분위기를 조성한 것이다.

사실 많은 사람들이 음악을 가까이하는 이유도 여기에 있을 것이다. 사람들은 사회생활 속에서 갖가지의 부담과 속박, 스트레스에 시달리며 지낸다. 특히 오늘날처럼 "파이팅(싸움)!"을 마치 미덕인 양 여기면서 공공연히 권하고 외쳐 대는 사회에서 사람들은 모두 게임의 '스트리트 파이터'로 자신을 다짐하면서 남들을 이겨 먹어야 살아남을 수 있다고 생각한다. 참으로 황량하고 신산한 심사다. 당연히 그로 인해 스트레스는 더욱 가중될 것이다.

그리하여 그들은 자기 구원의 한 방책으로 각종의 스트레스를 어떻게든 해소하려 한다. 대표적으로 술을 들 수 있다. 하루의 일과를 마치고 퇴근길에 좋은 사람과 한잔 거우르거나, 또는 혼자서 즐기는 술맛을 아는 사람은 안다. 고 천상병 시인은, "막걸리는 술이 아니고 밥이나 마찬가지다 / 밥일 뿐만 아니라 / 즐거움을 더해 주는 / 하나님의 은총"(「막걸리」)이라고 찬양하기까지 하였다. 물론 그럴 일만은 아니다. 속담에 "적당한 음주는 백약의 으뜸이요 과음은 만병의 근원"이라고 하지 않는가. 술을 좋아하는 사람에게는 이 또한 스트레스를 줄지 모르지만 그것으로 자신을 해쳐서는 안 된다. 억만년을 빌고 또 빌어도 다시는 못 얻을 인생인데 말이다.

음악 또한 부담과 스트레스의 해소책으로, 아니 그 이상 승화의 방편으로 훌륭한 도구다. 개중에는 듣는 사람의 마음을 어지럽게 만들고 생명 감각을 저하시키는 저질의 음악도 있지만, 음악의 소중한 의의는 사람들의 마음을 정화시킨다는 점에 있을 것이다. 그 대표적인 예가 고전음악이다. 일본의 어떤 연구자가 실험을 했다고 한다. 음악을 틀어 놓고는 유리병 속의 물을 순간적으로 얼리면서 그 결정結晶의 형태를 사진으로 찍었더니, 고전음악은 아름다운 결정을 만들었지만, 헤비메탈 곡은 결정이 제멋대로 깨진 형태로 나타났다는 것이다. 이는 고전음악이 사람들의 마음을 정화시킴은 물론, 몸의 활력까지 높여 주는 기능이 있음을 짐작게 해준다. 우리 신체의 70퍼센트가 물로 이루어져 있으니 말이다.

아무튼 사람들은 음악을 통해 사회생활의 갖가지 부담과 스트레스로부터 해방되는 '자유의 쾌감'을 얻는다. 그것은 이해타산과 온갖 성공의 술수가 지배하는 혼탁한 현실을 일거에 괄호 쳐 버리고는, 자유롭고 또 정화된 영혼의 세계에서 삶을 음미하고 즐기게 해 준다. 지금 돌이켜 생각해 보면, 내가 진로의 고민을 푸는 데 배경으로 깔렸던 고전음악의 은밀한 작용이 바로 그것 아니었나 싶다. 현실의 개인적, 가정적 속박의 여건을 벗어나 실존의 자유를 찾아 나서도록 음악이 은

근히 부추겼는지도 모른다.

　모재 선생은 음악에 조예가 깊다. 다 아는 것처럼 선생은 음악을 주제로 하는 책을 세 권이나 냈다. 『음악, 화살처럼 꽂히다』, 『화양연가』, 『흑백다방의 추억』이 그것들이다. 그러고 보면 선생의 음악 사랑에는 자유로운 영혼이 숨 쉬고 있는 듯하다. 그래서 그런가? 영문학자인 선생은 전공에 갇히지 않고 지역사회와 우리 문화의 현장으로 나와 유의미한 활동을 하고 있기도 하다.

　선생이 연로하신 어머니를 모시고 지내는 화산의 고향 집 기둥에 "茅齋山氣淸 素琴機慮靜"이라는 주련이 걸려 있다. 띠집에 산기운이 맑은데, 꾸밈없는 가야금 소리에 속된 생각들이 고요히 가라앉는다는 뜻이다. 정말 선생이 태어난 곳이기도 한 그 요람에서 밤하늘의 달을 벗 삼아 좋아하는 술이라도 한잔 자작하면서 음악을 듣노라면 도시 생활의 잡담이 말끔히 씻기면서 영혼이 맑아질 법도 하겠다. 이제 정년의 자유도 얻은 만큼 더더욱 그러한 영혼으로 일상을 누리시길 바란다. 술은 쬐끔 줄이시고.

오동잎

홍잠언 〈메들리〉

김용택

시인. 1948년 전북 임실 진메마을 출신. 스물한 살에 초등학교 교사가 되어 아이들을 가르쳤다. 초등학교에서 수십 년 동안 어린이들의 선생님으로 지냈고, 지금은 좋은 글들을 많이 쓰면서 즐겁게 지내고 있다. 1982년 '창비 21인 신작 시집'『꺼지지 않는 횃불로』에 「섬진강 1」 등을 발표하며 작품 활동을 시작. 시집으로 『섬진강』『맑은 날』『꽃산 가는 길』『강 같은 세월』『그 여자네 집』『나무』『키스를 원하지 않는 입술』『울고 들어온 너에게』 등이 있으며,『김용택의 섬진강 이야기』(전 8권)『심심한 날의 오후 다섯시』 등 산문집 다수와 부부가 주고받은 편지 모음집『내 곁에 모로 누운 사람』그리고『콩, 너는 죽었다』외 여러 동시집을 냈고 시 모음집『시가 내게로 왔다』『어쩌면 별들이 너의 슬픔을 가져갈지도 몰라』등이 있다. 김수영문학상, 소월시문학상, 윤동주상 문학대상을 받았다.

오동잎에 떨어지는

넓은 빗소리를 들었다

음에, 질문이 없다

　　　－졸시 「오동잎」 전문

퇴근 때 아내는 늘 차를 가지고 마중을 나왔었다. 마중 나온 아내의 차를 타면 그 시간이 여섯 시쯤이었다. 아내는 라디오에서 흘러나오는 '김미숙의 세상의 모든 음악'을 들었다. 솔직히 말하면 나는 '클래식'하면 '다도'처럼 격식이 먼저 떠올랐다. 나는 형식과 내용을 따라야 하는 격식 그 행위의 구속에 대한 거부반응이 거의 본능적이었다. 사회적인 교양과 형식의 질서를 갖추어야 하는 경직된 통제의 격식을 받아들이지 못하는 몸에 밴 내 사회성 부족의 단점이다. 어떤 질서의 억제가 시작되는 그 지점의 슬픔을 나는 견지지 못하는 것이다. 나는 스물여덟 살이 되어서야 커피를 처음 마시고 혼난(?) 적이 있고, 마흔이 넘어서야 녹차를 마셔 보았다. 시골에서 살고 있는 나는 커피나 차를 접하지 못하고 살았다. 나는 복두네 집 찬 샘물을 좋아했다, 지금도 어느 집에 가서 마실 것 드릴까요 하면 나는 "찬물이요" 한다. 클래식 음악도 나는 접할 기회가 없었다. 김종삼 시인의 시를 좋아하는데, 그 시인의 시 속에 나오는 바흐의 〈브란데부르크 협주곡〉 비발디의 〈사계〉 등이 궁금해서 들어 본 적이 있었지만, 마음에 들어와 '음과 악이 곡'이 되어 주지 못하고 지나갔다. 그런데 아내가 몇 년 동안 '김미숙의 세상의 모든 음악' 프로를 듣는 바람에 나는 나도 모르게, 이상하게도 그 소리가 내 귀에 들어오고 어색하나마 마음 구석에 작은 바람으로 물결을 일게 했다. 그것은 어디서도 찾을 수 없는 순간의 편안이 되어 주기도 했다. '세상의 모든 음악'은 때로 봄이 오고, 눈이 오고, 바람 부는 겨울날의 차창 밖 풍경들을 살려 주기도 하고, 연기하는 배우의 영화 속 행위를 극적으로 도와주는 영화음악처럼 풍경들을 생생하게 살려 주기도 하고 편안한 소파 깊숙이 파고드는 안락을 주기도 했다. 어느 해 방송국을 가게 되었는데, 내가 지나가는 복도에서 김미숙 씨를 보았다. 검은 옷을 입고 앉아 있었다. 세상의 모든 음악 시간이었던 모양이다. 음악을 틀어 놓고 잠깐 피디들과 작가들하고 복도 의자에 앉아 쉬고 있었다. 너무 반가웠다. 내가 웃으면서 다가갔더니, 김미숙 씨가 "어머, 김용택 선생님이다" 하여, 놀랬다. 라디오 속의 목소리처럼 차분하고 성숙한 고요를 터득한 세련된 인간적인 면모를 보았다. 그 프로를 나중에 정은아 아나운서가 맡았는데, 어느 날 어디선가 정은아 아나운서가 '세상의 모든 음악' 음반 세트를 선물로 주어 지금도 간직하고 있다.

아내와 김미숙 씨 덕분에 나는 클래식 음악을 자연스럽게 듣게 되었다. 그렇다고 내가 일부러 음반을 산다거나 시디를 산다거나, 라디오 주파수를 찾아 맞춘 적은 없다. 그 정도는 아니다. 지금도 그냥 그때 흘러나오는 곡이 귓가를 지나가는 것이 감미로울 때가 있어 어? 할 때가 있을 뿐이다. 그 곡이 누구의 곡인지 알려고도 하지 않고 곡이 시작된 지점인지 끝에 다다랐는지에 대해 신경 쓰지 않는다. 겨울 동안 아내는 하루 종일 라디오의 클래식 채널을 고정시켜 놓고 지낸다. 일부러 내가 음악을 들으려고 노력한 적은 없지만, 나는 한겨울을 자연스럽게 음악 속에 산다. 클래식의 그 미세한 떨림의 리듬과 선율들은 내가 사는 마을 강과 산, 강변의 쓸쓸함을 더욱 서정적인 사실로 드러내 준다. 이 나이에 풋풋한 그리움이 불러올 때도 있고, 나를 옛 외로움을 찾아 주기도 하여 좋다.

여름이 시작되면 굳게 닫은 창문을 열어 놓고 지내게 된다. 그러면 아내는 자연스럽게 라디오 음악을 듣지 않는다. 자연의 소리가 더 좋다고 한다. 자연의 소리가 인간이 만든 소리를 자연스럽게 밀어낸다. 나는 이른 아침에, 아니 새벽에 깬다. 서재로 오는 짧은 길 중간에 서서 나는 늘 하늘을 올려다본다. 별들이 가득한 하늘이 나는 아주 좋다. 수많은 별들 사이, 그 사이가 나는 좋은 것이다. 여름이면 새벽부터 서재 문을 활짝 열어 놓고 지낸다. 먼동이 트기 전에 새들은 울기 시작한다. 나는 새소리에 아주 미세한 반응에 내 어디가 반짝 눈을 뜨는 반응을 느낀다. 새들의 종류는 어떤 연주회 악기의 기종들보다 다양하다. 타악기, 관악기, 현악기의 모든 구색을 다 갖추고 있다. 무대는 또 얼마나 다채롭고, 자유롭게 아름다운가. 음계도, 음색도 헤아릴 수 없다. 가만히 새소리를 듣고 있으면 모두 제소리를 낸다. 자연은 형식과 내용의 질서를 무시한 무한 자유의 조화로운 세계를 보여 주고 들려준다. 어디 새소리뿐인가, 바람에 실려 오는 물소리, 눈이 오는 소리, 나는 달이 우리 집 하늘을 지나가는 소리까지 다 들을 수 있다. 내가 누워서 노는 방 앞에는 커다란 오동나무가 있다. 잎이 어찌나 넓던지 아기들이 앉아 마음대로 놀 수 있을 정도,라고 나는 상상을 과장한다. 그 오동나무 잎에 빗방울이 떨어지는 소리를 듣는다. 어느 연주가 저리 아름답고 조화로울까. 그것은 평화와 안온, 삶을 다독이는 안심의 조화로운 음이다. 아름다움을 추구하는 모든 조화는 너도 살고 나도 사는 상생의 속 깊은 삶의 연주다. 낙엽 한 장의 악기로 저렇게 아름다운 합주를 하다니, 그것은 수학도 닿을 수 없는, 크고 작은 빗방울들의 낙하지점에서 나오는 신비로운 소리의 협주다. 어느 날은 달과 오동잎이 일치를 이루며 겹쳐질 때가 있다. 나는 그렇게 자연의 소리를 들으며 가을 귀뚜라미 풀벌레 울음 속에서 여러 가지 마음들을 달래고 썼으며 시를 쓴다. 앞산 참나무 가지를 지나가는 겨울 밤바람 소리, 마른 감잎이 언 땅을 스치는 소리들을 들으며 내 생을 뒤척인다. 소리와 소리 사이, 살고 죽고 다시 사는 그 평화와 긴장, 갈등을 교정하고 다스리고 다듬는 것을 사람들은 음악이라고 하지 않았을까?

올겨울 나는 트로트를 들으며 좋아했다. 내가 알고 있는 많은 트로트 가수들의 노래를 다시 좋아하게 되었다. 장윤정과 남진이 함께 부르는 〈당신이 좋아〉는 강연 다니며 아내와 둘이 차 안에서 크게 부르며 다녔다. 송가인의 〈정말 좋았네〉의 속 있는 애절함도 좋아하고, 홍잠언 어린이의 노래 〈내가 바로 홍잠언이다〉도 좋아하고, 정동원 군의 〈사랑은 눈물의 씨앗〉도 '어린 슬픔'이 있어서 좋아한다. 내가 일부러 찾아 듣는 유일한 노래가 홍잠언 군의 노래다. 홍잠언 군의 동영상을 틀어 놓고 아침밥을 먹기도 한다. 홍잠언 군의 노래 부르는 눈빛, 귀여운 표정, 몸짓의 당당함이 귀여워서, 그것참, 그것참, 하며 볼 때마다 즐겁다. 아무리 좋은 노래라도 한두 번이라는 말이 있다. 듣다가 싫증이 난다고 해서 내 잘못이 아니다. 자연의 소리가 질리지 않고 아름답고 귀하듯, 좋은 음악은 그럴 것이다. 감동의 선율을 가진 음에는 질문이 없고, 의문이 없고, 설명과 해석은 따로 필요 없다. 세상에는 수학의 산술과 철학의 논리와 과학의 증명이 닿지 않는 곳도 있다. 나는 나무를 좋아한다. 나무는 정면을 지우고 경계가 없다. 바람이 불고 새가 날아와 앉는 나무는 어떤 선입견도 없다. 새가 앉은 나무를 보면 나는 내가 날 것 같다. 오동잎에 떨어지는 빗방울 소리는 모든 정면과 경계를 지우는 '그때 그 소리'다. 음악은 시와 함께 실로 인류의 위대한 유산이다. 시에 붙은 음은 우리들을 인류 이전으로 이동시키기도 한다. 그러나 그 아름다운 음악보다 나는 적막을 건너온 온 내 삶의 고요를 더 믿고 좋아한다. 경계와 정면을 지운 나의 고요는 때로 몰입도 무아지경도 떠난다. 다만, 거기서 그 어떤 소리가 나비로 환생하여 날지 않을까?

상식 철학자의 음악 세계

 조성은 〈별〉

 보첼리 〈기도〉

 〈천개의 바람이 되어〉

김의수

전북대 철학과 명예교수. 독일 유학을 마치고 전북대 교수가 되면서 이종민 교수와 옆 연구실에서 생활했다. 옥천, 서울, 보쿰, 전주, 천안으로 이어진 생활에서 가장 길게 27년 동안 살며 일한 곳이 전주다. 민교협과 호남사회연구회를 중심으로 다양한 생활문화를 이종민 교수와 함께했다.

지난해 어느 날 성악 레슨을 받기 시작했다. 천안에서 12년 동안 아내와 함께 합창단 활동을 해 왔음에도 불구하고, 전문가의 눈에 나의 노래는 엉망이었다. 첫마디부터 호흡은 줄줄 새고, 공명&두성 소리는 어딘가에 막혀 거의 밖으로 나오지 않는단다. 아마추어지만 프로 정신으로 노래하고 있다던 나의 자긍심은 한순간에 무너졌다. 기초부터 시작했다. 소리가 거칠어지고 호흡이 달려서 합창단을 그만두어야 하나 고민하던 차였으므로 기꺼이 배우기로 하였다. 그런데 의외로 배우는 기쁨이 컸다. 나의 약점을 고치기 위해 매일 1시간씩 혼자서 연습하는 일이 즐겁다. 템포가 느려지고 음정이 떨어지는 것도 바로잡고자 한다. 10개월이 지나도 거의 시작 단계라는 느낌이다. 어디까지 갈 것인가? 기본은 자족이다.

내가 평생 가까이한 음악은 노래다. 물론 피아노, 대금, 관현악, 오페라, 뮤지컬, 영화음악까지 그리고 세계의 여러 민속음악도 접할 때마다 인상 깊고 감동적이었다. 그런데도 내가 어릴 적부터 지금까지 가장 많이 접하고, 연주하며 즐긴 것은 역시 노래다. 독창곡, 중창곡, 합창곡이 포함된다. 나는 이 글에서 하나의 곡을 선택하여 소개하기보다 수많은 곡들을 말하고 싶다. 내 생애 동안 만난 특별하고 유일한 곡은 따로 없고, 생애 주기마다 함께한 노래들은 많기 때문이다.

소리의 현상학

내가 태어나서 가장 먼저 들은 소리는 무엇이었을까? 엄마의 목소리, 나 자신의 울음소리 그리고 새소리와 강아지 소리였을 것이다. 3살부터 5살까지는 전쟁이었으므로, 나는 정지용의 고향 옥천에서 자랐음에도 유아기에 시와 음악의 감수성을 키우지는 못했을 것 같다. 내가 기억하는 것은 학교 음악 시간에 배운 동요들이다. 나는 화음을 배우면서 특별한 즐거움을 맛보았다. 〈초록 바다〉,〈옹달샘〉을 들판에서 2중창으로 부르면서 화음이 느껴졌을 때의 짜릿함은 아직도 또렷이 남아 있다.

중·고등학교에서 배운 이탈리아와 독일 가곡은 제법 성악가의 멋을 느끼게 하였고, 한국의 민요를 비롯한 세계의 민요들은 어딘지 모르는 동질감을 느끼게 하였다. 노래가 취미였던 나는 대학생이 되어 오페라 아리아를 배워 불러 보는 만용/호사를 누리기도 하였다. 모방과 학습은 인간이 가지고 있는 특별한 능력이지 않은가.

화음의 매력은 중창에서 합창으로 확장된다. 합창도 대학 시절 이후 거의 평생 즐기는 장르이다. 4년 전 솔트레이크시티에서 감상한 태버네클 합창단(Tabernacle Choir, 단원 375명)의 온화하고 하나 된 화음 소리가 지금도 은은히 울리는 듯하다.

음악에도 역사의식이 필요한 이유

대학 시절부터는 정치적 저항의 시대였고,〈상록수〉,〈아침이슬〉,〈We Shall Overcome〉,〈통일의 노래〉가 공감과 연대 의식으로 함께 부르던 노래들이었다.

독일 유학 중에 경험한 하나의 에피소드는 평생 잊히지 않는다. 우리와 달리 독일 학생들은 노래를 부르지 않았다. 종강 파티에도 음악을 시끄럽게 틀어 놓고 대화만 하거나 춤만 추는 것이다. 그러던 어느 날 지도교수가 주관하는 박사과정 세미나와 명사 특강(Gadamer)이 전원에 위치한 작은 호텔에서 있었다. 점심시간에 어디선가 합창 소리가 들려왔다. 2층으로 올라가 보니 머리가 하얀 할머니들이 잘 맞는 화음으로 노래를 하고 있었다.〈들장미〉,〈보리수〉 우리가 중학교에서 배워 익숙한 노래들이 아닌가! 나는 마치 고향에라도 온 듯 포근한 느낌을 받았다. 흡족한 마음으로 내려오니 지도교수가 고개를 옆으로 살살 젓는다. 왜 그러시냐고 물으니, 저분들은 나치 시대 소녀단이었단다. 그 끔찍한 독재 시대에 소녀들은 매일 저런 합창을 하며 나치의 선전대 노릇을 했다는 것이다.

음악은 보편적으로 아름다움을 선사하는 것일까? 역사는 우리에게 그렇지 않다고 말해 준다. 우리가 한동안 즐겨 부르던〈선구자〉(조두남)와 지금도 온 국민이 제창하는〈애국가〉(안익태) 외에도 친일 음악인들의 작품이 지뢰처럼 숨어 있다.

수평적 리더십 이종민

나는 천안에서 두 개의 독서 모임에 참여(을 운영)하고 있다. 하나는 시민들의 독서 토론 모임이고, 다른 하나는 교수 독서 모임이다. 후자가 먼저 시작했고, 멤버도 더 고정적이다. 10주년을 맞아 저자 특강 순서를 마련하고 이종민 교수를 강사로 추천하였다. 음악편지와 에세이집의 저자이기 때문에 자연스런 일이었지만, 나의 속마음은 진정으로 존경받을 숨은 일꾼을 소개하고 싶어서였다. 매월 한 차례씩 만나 3~4시간 대화하는 '책&담' 회원은 인문학·사회과학·공학·물리학 그리고 의학과 간호학까지 다양한 전공이고, 천안, 대전, 서울 거주자들이다. 여러 곳에서 사회·문화·산업·인문 분야 전문위원으로 활동하는 사람들이어서 이종민 교수로부터 배울 것이 많다고 생각했다. 그는 완주군 시골 고향 집에 살면서 세계시민과 소통 공감하며, 지역적인 것이 세계적인 것이라는 원리를 삶으로 보여준 부드럽고 수평적인 미래형 리더십을 가졌다. 그는 문화적·철학적·역사적 상식을 세우고 실천하는 지식인이다. 나는 기회가 있을 때마다 존경을 담아 이종민 교수를 사람들에게 소개한다.

별이 빛나는 밤에 시냇물은 흐르고

내가 오랫동안 즐겨 부른 노래는 〈별〉(이수인)이다. 동요 같은 가곡이고, 별을 보며 자연과 호흡한 시조 시인 이병기의 시이다. 요즘엔 같은 가사의 새로운 곡(조성은)을 배우고 있다.

〈The Prayer〉(안드레아 보첼리와 셀린 디온 노래)를 처음 들었을 때 나는 그 황홀함을 주체하기 힘들었다. 약속 시간을 10분 이상 어겨 가며 서너 차례 반복하여 들은 후에 겨우 자리에서 일어날 수 있었다.

〈내 영혼 바람 되어(A Thousand Winds)〉도 그만큼 좋았다. 북아메리카 원주민들이 생사의 지혜를 담아 전해 온 시를 9·11 1주기 추모식에서 아빠를 잃은 14세 소녀가 낭독했다. 그 모습은 마치 아메리카 대륙의 엄청난 피해자가 도인이 되어 가해자에게 감동의 가르침을 내려주는 현장 같았다. 김효근이 곡을 붙여 한국 가곡이 되었고, 세월호의 해 2014년 우리 합창단 J-콰이어에서 정기 연주회를 준비하며 부르고 또 불러 온몸으로 감동이 체화된 노래이다.

〈시냇물〉(권길상)은 신영복 선생님을 통해 새롭게 발견한 동요이다. 2005년 우리는 전주에서 신영복 선생님 초청 강연회를 열었다. 대단한 열기로 어려운 시대에 희망을 만든 행사였다. 전국 각지에서 모여든 독자들과 저녁에 깊은 대화의 시간을 가진 후에 참가자들의 요청에 신영복 선생님은 애창곡이라며 이 노래를 부르셨다. 감옥에서 20년을 꼬박 채운 선생님의 간절한 소망과 철학을 담은 노래였을 것이다. 이 노래 가사는 유고집의 제목이 되었다.

혼신을 다하여 노래하며 기원하며

전주를 문화도시로 승화시킨 사람들 한가운데에 이종민과 그 친구들이 자리한다. 어느덧 세계적인 수준을 자랑하는 전주세계소리축제에 가면 전 세계 음악 고수들의 공연을 만나게 된다. 그들의 경지는 영혼이 노니는 듯하고, 앉아서 관람하면서도 힘께 혼연일체가 되는 느낌이다. 어느새 우리는 각자의 소원을 빌게 되고, 모두의 소원을 함께 빌게 된다. 촛불 시민 혁명의 정신이 후대로 세계로 이어지기를 바라는 마음이 되고, 올해부터는 바이러스 감염증을 인류가 함께 이겨 낼 수 있기를 간절히 기원하게 될 것이다.

'손목에 놓인 얼음'같이 시린
〈아베 마리아〉

이네사 갈란테 〈아베 마리아〉

김정수

전주대학교 공연방송연기학과 교수. 전주세계소리축제 예술
감독(2009~2010), 전라북도 브랜드 공연 뮤지컬 〈춘향〉 총감독
(2014), 99회 전국체전 개·폐막식 총감독(2018) 등의 일을 했다.
《문화저널》필진으로 참여하면서 이종민 교수님을 알게 되었고,
동학백주년기념사업, 천년전주 등 활발히 문화 운동을 주도하
시는 교수님을 지켜보면서 팬이 되었으나 마음속으로만 응원해
왔다.

누구나 비슷하겠지만 나의 경우, 음과 향기와 기억은 늘 함께 몰려다닌다. 우연히 길을 걷다가 장작 타는 냄새를 맡으면 어떤 기억이 떠오르고, 그 순간 들려왔던 음악이 귓가를 맴도는, 그런 식이다. 어린 시절부터 음악을 비교적 많이 접할 환경에서 자랐다. 해서 못 다루는 악기는 없지만, 정작 제대로 다루는 악기는 하나도 없다. 음악을 미친 듯이 사랑하거나 몰입한 적도 없이, 그저 그렇게 음악과 적절한 평행선을 유지해 온 셈이다.

그런 나에게 '인생 음악' 하나를 고르라는 것은 다소 잔인한 주문이다. 그것은 마치 '너의 인생을 단 한 장의 사진으로 설명하시오'라는 압박과도 흡사하게 다가온다. 이강백의 희곡 「결혼」에서 주인공인 젊은 사기꾼이 "인생은 달랑 석 장의 사진으로 남는다. 어릴 때, 젊었을 때, 늙고 나서" 이렇게 말하는 대목이 있는데, 그 정도만 되어도 차라리 낫겠다 싶다. 무려 세 배의 기회 아닌가? 그래서 결심했다. 제목은 이렇게 쓰겠지만 은근슬쩍 세 곡을 말하자고, 그런다고 설마 편집에서 빼지는 않겠지 하면서.

십 대 때 보았던 영화의 영향으로 젊은 시절 나의 인생 음악은 영화 '닥터 지바고'의 〈라라의 테마〉였다. 눈이 오면 즐겨 들었노라 어느 방송에 소개한 기억도 있다. 눈 덮인 시베리아 벌판을 배경으로 들려오던 그 음악도 묘한 설렘을 주었지만, 무엇보다 피난민 행렬을 만난 군인들이 "누구요? 당신들을 이렇게 만든 사람들이. 아군이요, 적군이요?"라고 물을 때 그저 "군인들이…"라고만 대답하던 피난민의 눈초리가 오랫동안 잊히지 않았기 때문이다.

한동안은 〈오페라의 유령〉에 광적으로 집착했다. 그것도 서곡에. 이 뮤지컬은 서곡으로 시작하지 않고 경매 장면으로 막이 오른다. 오페라 하우스가 지닌 몇 개의 유물이 경매로 팔린 후 마지막 초대형 샹들리에가 소개되는 장면에 이르러서야 서곡이 터져 나온다. 무대 위에서 낡은 천을

덮고 있던 샹들리에가 객석 한복판으로 둥실 떠오르며 과거로 돌아가는 대목이다. 공연을 볼 때마다 이 서곡은 늘 오줌이 찔끔 마려운 흥분을 가져다준다. 금관악기들의 사자후 같은 외침이 폭포수처럼 쏟아져 극장을 메우다가, 현악기가 조를 바꿔 이어받을 즈음 되면 '아! 이 극장 그리고 나, 살아 있음이 정말 행복하다'라는 생각이 들곤 했다.

직업상 공연을 많이 볼 수밖에 없었다. 많을 때는 한 해에 백오십여 편의 크고 작은 공연을 만났다. 음악 공연도 한국의 전통음악, 클래식, 대중가요, 힙합까지 온갖 무대를 다 지켜봐 왔다. 그러나 나의 빈약한 감수성 탓인지 음악에 그다지 크게 감동하지 않는 편이다. 의무적 관람이 상당수고 체면치레로 자리를 지키는 경우도 많았기 때문인지 모른다. 그러던 내가 딱 한 번, 나도 모르게 흐르는 눈물로 깜짝 놀란 적이 있었는데, 그 곡이 바로 바빌로프의 〈아베 마리아〉였다.

흔히 '카치니'의 것으로 알려진 이 곡은 1970년대 세상에 나왔지만 90년대 중반 이네사 갈란테의 목소리로 취입되면서 세계적인 명성을 얻었다. 이네사 갈란테는 수차례 한국 공연을 가졌는데, 그때마다 초기 음반의 목소리보다 훨씬 원숙해진 소프라노로 그 누구도 흉내 내기 어려운 깊은 통증과도 같은 아름다움을 느끼게 해 주었다. 정양 선생님의 시에 등장하는 '손목에 놓인 얼음'같이 시린 느낌이 그랬을까? 무심코 삼킨 얼음덩이가 주는 편두통이 그랬을까? 특히 피아니시모로 처리하는 고음에서는 공연장 전체의 시간이 정지된 듯 얼어붙고, 실종되었던 한 줄기 음이 마치 바늘인 양 스며들며 얼음 전체를 두 동강 내는 듯한 착각은 분명 나만의 것이 아니었을 것이다.

10년 전 전주세계소리축제 예술감독을 맡고 있을 때, 이네사 갈란테를 초청했고, 그녀의 원숙한 목소리는 관객들의 큰 호응을 받았다. 그녀는 〈아베 마리아〉를 앵콜 무대로 불러 많은 사람들의 가슴을 뒤흔들어 놓았다. 그럼에도 그해 도의회 문광위 감사에서 몇몇 의원들이 언성을 높여 호통을 친 내용에는 이네사 갈란테 초청 문제도 끼어 있었다. 단 한 번도 축제의 공연장을 방문한 적도 없고, 그 어느 공연도 본 적이 없는 의원들이 소리 높여 '도민의 혈세를 낭비' 운운하고, '국내 유명 가수를 불러라' 운운하는 모습은 정말 어처구니가 없었다. 결국 축제를 그만두자고 결심하는 계기가 되었다.

이 사건은 그동안의 나의 생각, 예컨대 공연, 축제, 사람 등에 관한 잡다한 단상들을 크게 바꾸는 계기가 되었다. 그리고 그 생각은 영국의 워매드를 비롯한 많은 축제들을 돌아다니면서 더욱 굳어졌다. 그래! 다시는 관과 결부되거나 관의 지원을 받는 일은 하지 말자. 형식적인 데 집착하지 말고 작아도 진짜 사람을 위한 일들을 해 보자, 결심했다. 하지만 돌이켜 생각해 보면 관은 민간의 활동을 당연히 지원해야 하는 것이고, 의원들은 관의 대표가 아니라 민의 대표였던 것이다. 결국

의원들의 무지를 탓할 게 아니라 그들을 대표로 삼은 우리들의 문제였다.

이래저래 이네사 갈란테는 내 인생에 있어 잊을 수 없는 가수가 되었다. 그녀의 대표곡 〈아베 마리아〉를 썼다고 알려진 기타연주가이자 류트 연주가 브라디미르 바빌로프와 함께.(이렇게 글을 마무리하는 순간 갑자기 다른 노래가 떠오르며 후회가 몰려온다. 그러나 어떡하겠는가, 늘 이 따위로 살아온걸.)

침향의 향기,
가만히 봄이 건너오는 소리

 황병기 〈침향무〉

김형미

시인. 1978년 전북 부안 출신. 2000년 진주신문 가을 문예 시 당선, 전북일보 신춘문예 시 당선, 2003년《문학사상》시 부문 신인상을 수상하면서 작품 활동을 시작. 시집 『산 밖의 산으로 가는 길』 『오동꽃 피기 전』 『사랑할 게 딱 하나만 있어라』, 그림 에세이집 『누에 nue』, 풍수 에세이집 『모악산』 『전주한옥마을 골목길, 오늘 여기 오길 잘했다』, 동화책 『승암산 올빼미』 『내 비밀은 이거야』, 그림 소설 『불청객』 등이 있다. 제6회 불꽃문학상(2006), 한국문학예술상(2014), 서울문학상(2016), 목정청년예술상(2017)을 수상했으며, 아르코창작기금(2018), 제8회 천인갈채상(2019)을 수상했다.

이종민 교수를 '만난' 것은 몇 해 전 완주의 어느 카페에서였다. 시인 황동규 선생을 모시고 인문학 특강이 있는 자리였다. 평소 전북작가회의를 통해 알고는 있었지만, 나는 그때 교수님을 '만났다'라고 생각했다. 목소리가 유난히 맑고, 말에 위트가 있으면서도 품격이 있었다고 기억된다. 그 모습을 가까이에서 오래 볼 수 있었으면, 하고 남몰래 바랐던 것이 제8회 천인갈채상을 받으면서 이루어진 것이다. 그것이 지금도 꿈인가 생시인가 싶다.

대학을 졸업하고 나서였을 게다. 황병기 선생의 〈침향무〉와 만나게 된 것은. 〈침향무〉는 당시에는 귀신 나오게 생긴 곡이라고 해서 꽤나 화제였다. 게다가 우리 전통음악의 틀을 완전히 벗어나 있는 곡이기도 했다. 그런 점들 때문에 젊은이들에게도 유명할 수밖에 없었다. 나 또한 그런 부분에서 곡에 매료되었던 듯싶다.

"정적을 좋아하는 것과 음악을 좋아하는 것은 통한다."

곡을 작곡한 황병기 선생의 말이 〈침향무〉를 두고 한 말인 것처럼 여겨지던 것도 몫을 거들었다. 하여 이삼 년 동안 밤이고 낮이고 이 낯선 음악에 빠져들었다. 사실 전통이라는 틀을 벗어던지는 것은 전통을 완벽하게 소화하지 않으면 할 수 없는 일이다. 또한 그럴 만한 근거와 힘이 있어야 한다. 하지만 〈침향무〉는 가만히 귀 기울이고 있으면 정적을 움직이는 육중한 무게와 소리가 느껴진다. 나는 그 정적의 소리가 좋았는지도 모르겠다.

〈침향무〉가 우리 고유의 조선조 음악 밖에 있을 수 있었던 것은, 불교음악인 범패에 기초를 두고 있어서다. 그래서 음악이라고 하는 감각적인 아름다움보다는 종교적으로 승화된 신라 미술의 사상이 음악 속에 담겨 있다. 선생은 조선조의 유산이라고도 할 수 있는 전통의 틀을 벗기 위해 거꾸로 조선조의 근원인 신라에 접근하고자 했던 것이다.

해서 그는 이 곡 하나를 만들기 위해 천 년 전 신라 속으로 줄달음쳐야 했다. 박물관에도 가고, 절이나 탑, 고분과 같은 신라 유물이 있는 곳이면 그곳이 어디든 달려갔다. 심지어 좋아하는 밤하늘의 별을 보면서도 선생은 천 년 전으로 돌아가 있었다. 그러다 보니 어느 날엔가는 신라의 무녀를 환영처럼 마주하기도 할 정도였다.

이를 두고 선생은 "안 본 것도 잘 알지만, 본 것도 확실하다"고 말했다던가. 어느 하나에 몰입하다 보면 그에 응하는 신이 든다는 얘기를 어디선가 들은 기억이 나서 수긍이 가는 대목이었다. 어쨌든 선생은 신라 음악이 그랬듯 음역의 공간을 넓혀 국제성을 가지고자 애를 쓰기도 했다. 그렇게 만들어진 〈침향무〉는 암스테르담에서 초연되어 '전통적이면서 가장 현대적'이라는 평을 받기에 이른다.

지금 생각해 보면 내 나이 이십 대에 어떻게 〈침향무〉에 침잠해 들어갈 수 있었는지 궁금하다. 별빛을 보며 악상을 다듬고, 혼을 가다듬고 산을 타듯 가야금을 타는 황병기라는 사람에게 이미 마음이 닿아 있어서 그러지 않았을까 하는 생각도 든다. 악기와는 연관성이 없어 보이는 법학을 전공한 데다, 생각이 어지러울 때는 수학책을 사다가 수학 문제를 풀며 마음을 가라앉히는 독특한 특성에 호기심이 갔는지도 모를 일이다.

하지만 기암괴석과 같은 소리를 내기 위해, 정적같이 절실한 소리를 내기 위해 평생을 자신이 악기가 되어 산 천재 연주가이자 작곡가였던 선생의 〈침향무〉를 나는 지금도 사랑한다. 침향을 피우고 침향의 향기 속에서 추는 무용. 신라의 춤과 문화를 대표하는 침향으로 천 년의 세월을 표현한 곡.

그 때문인지 지금도 곡을 듣고 있으면 침향 연기가 피어오르고, 침향 내가 나는 것 같다. 그리고 속이 비칠 듯 얇고 긴 비단 천을 나풀거리며 추는 신라인들의 춤사위 속으로 나도 모르게 빠져들어 가곤 하는 것이다. 줄을 눌러서 소리를 내는 가야금의 음률이 더욱 절실하고 미묘한 소리가 되어 나오는 〈침향무〉.

"우리 미술을 동양화라고 말하지만, 음악은 국악이라고 합니다. '국國'자가 들어가는 것은 국어와 국악밖에 없어요. 그리고 서양음악이 벽돌처럼 나열된 것이라면, 우리 음악은 수천 년의 경험이 뽑아져 나온 거예요. 일테면 천연 돌 같은 거죠."

살아생전 황병기 선생이 한 말이다. 선생의 말을 떠올리며 나는 참 간만에 다시 〈침향무〉를 꺼내 들었다. '국國'자 들어가는 게 또 뭐가 있을까, 이것저것 떠올려 보았지만 딱히 생각나는 게 없다. 다만 신라 시대부터 지금까지 그 향을 유일하게 간직하고 있는 침향, 천 년간 지속되어 온 침향

의 향기 속으로 가만히 봄이 건너오고 있는 소리가 들렸다. 그 먼 정적 속에서 정적이 깨이는 소리
도 함께 들려오고 있었다.

동쪽 울타리 아래에서
국화를 따다가

문혜정

전북대학교 중어중문학과 강사. 전북대 인문역량강화사업단(코어사업단) 학술연구교수로 활동하면서 이종민 교수님과의 인연이 시작되었다. 어렸을 적부터 계속해 왔던 서예 작품 활동으로, 문화와 예술을 사랑하시는 이종민 교수님과의 공감대가 형성되었다. 대한민국서예대전에 입선하였고, 세계서예전북비엔날레, 중국강유위서예비엔날레 등 각종 전시에 초대되기도 하였다.

주철금朱哲琴
〈悠然見南山(유연견남산)〉

2018년 가을, 드디어 우리만의 전원 공간을 마련했다. 꿈에 그리던 모습이었다. 주말이면 남편과 아들과 텃밭에 가서 삽과 호미로 땅을 매고 흙을 갈아 배추를 심고 대파를 심었다. 그렇게 심고 가꿔서 자란 작물들을 지인들과 나누는 재미도 쏠쏠하다.

전북 완주군 삼례읍에는 아직도 5일장이 선다. 봄이 되면 각종 묘목들이 장에 즐비해 있다. 우리는 삼례장에 가서 보리수나무와 자두나무, 석류나무와 대추나무 등 몇 가지 묘목을 샀다. 그 묘목들을 우리의 텃밭 한편에 정성스럽게 심었다.

어릴 적 우리 집은 일명 '나무 많은 집'이었다. 짜장면을 시켜도 '나무 많은 집'으로 주문을 했던 기억이 있다. 초등학교 때, 친구들과 함께 정원에 열린 앵두를 따먹고, 나무에 매달린 채 쩍 벌어진 석류 속에서 석류알을 빼먹기도 했다. 봄이면 앞 정원에 가득 핀 철쭉꽃 사이에서 사진을 찍었고, 가을이면 지붕 위까지 가지를 뻗은 대추나무를 털어 온 가족이 대추를 주웠다. 어린 시절의 소중한 추억이다. 쐐기에 쏘여 손등이 얼얼했던 기억마저도….

이후로 나는 계속 도심 속에 살면서도 그런 정원을 가꾸는 꿈을 간직해 왔다. 아들에게 나의 어릴 적 추억과 같은 그런 소중한 추억을 갖게 해 주고 싶었다. 그러나 삶을 하루하루 살아가다 보니 그 꿈은 그냥 꿈일 뿐이었다. 그 꿈을 꼭 실천에 옮기고 싶었다.

2017년 봄, 나는 전북대 코어사업단에서 일을 하게 되었다. 전북대 인문대는 교육부의 지원을 받아 인문역량강화사업(약칭 코어사업단)을 운영했다. 이종민 교수님과의 인연은 이때 시작되었다. 이 사업의 단장님이셨던 교수님은 구성원들과의 단합 대회 차원에서 단원들을 화산 본가로 초대해 소고기 파티를 해 주셨다. 그곳에서 우리는 텃밭의 상추, 깻잎을 따다 씻고, 각종 야채들을 함께 따서 먹으며 낭만적인 시간을 즐겼다. 그 뒤로 단장님은 직접 가꾼 매실로 만든 매실주며 매실

엑기스를 단원들에게 선물로 주시곤 하였다. 가끔 옥수수와 은행, 고구마 등도…….

그즈음이었던 것 같다. 어릴 적 추억을 되살리리라, 실천에 옮기리라 생각했던 것이.

단장님의 화산 본가 한쪽에 '화양모재華陽茅齋'라는 아담한 사랑채가 있었다. 그 앞 주련에 이런 도연명의 글이 있었다.

"採菊東籬下, 悠然見南山(채국동리하, 유연견남산)"

동쪽 울타리 아래에서 국화를 따다가 우연히 남산을 바라보네

중국 문학을 전공하며 평소 즐겨 읊었던 도연명 「飮酒(음주)」 시의 한 구절이다. 자연스러움과 순박함을 동경했던 도연명의 마음, 그 마음의 담담한 자태를 엿볼 수 있는 글이다. 그래서 한국의 대표 화가 정선도 〈동리채국도〉·〈유연견남산도〉와 같은 작품을 하고, 김홍도도 〈동리채국도〉와 같은 그림을 그렸겠지. 단장님도 그렇게 살고 싶으신 마음을 담아 주련에 써넣으신 거겠지.

정선 〈동리채국도〉

문혜정 作 〈음주〉

정선 〈유연견남산도〉

김홍도
〈동리채국도〉

그러고 보니 나도 10여 년 전에 이 시를 작품으로 만들었었다. 그때는 그저 내용이 좋아서 작품을 했던 것인데, 지금 생각해 보니 내 안에 잠재되어 있던 자연 사랑 본능이 이렇게 표출되었던 것인가 보다.

어린 시절 나에게 그런 행복한 추억을 주신 분은 바로 할아버지였다. 할아버지는 나무를 엄청 사랑하셔서 그렇게 정원에 꽃과 나무를 가꾸셨다. 집의 삼면을 나무로 채우셨으니 말이다.

아! 그런데 할아버지 존함이 '東(동)'자 '籬(리)'자이시다. '동녘 동'자에 '울타리 리'자를 쓰셨다. 본명이 따로 있으셨지만, 평생 '東籬(동리)'라는 이름으로 사셨다. 할아버지는 도연명처럼 그렇게 '동쪽 울타리'를 가꾸고 싶으셨던가 보다. 그분의 그런 자연 사랑이 나에게도 전해졌나 보다.

이종민 단장님의 화양모재에 걸린 "採菊東籬下, 悠然見南山(채국동리하, 유연견남산)"을 다시 되새겨 본다. 단장님은 그렇게 전원에 사시면서 몸소 자연사랑을 실천하시고 계셨다. 자연이 주는 선물도 여러 사람들과 나누신다. 제초제를 사용하지 않고 정원을 가꾸는 법도 단장님에게 배웠다. 우리 텃밭 동네 분들은 우리가 풀 뽑는 모습을 보고, 제초제 쓰면 편하다 말씀해 주신다. 하지만 우리는 제초제를 사용하지 않는다. 단장님의 영향이겠지.

최근 각 나라마다 음악 프로그램이 많다. 우리나라에도 있고 미국, 중국에도 있다. 중국 중앙방송 CCTV-1는 2018년에 '經典詠流傳(경전영류전)'이라는 프로그램을 방영하였다. 중국 고전 시와 현대 대중음악을 결합하여 편곡한 노래를 부르는 대형 문화 음악 프로그램이다. 중화권의 많은 인기 가수들이 출연하는 예능 프로그램으로, 2020년 현재 시즌3를 진행할 정도로 인기가 많다.

이 대회에서 가수 朱哲琴(주철금)은 도연명의 「음주」 5수를 〈悠然見南山(유연견남산)〉 제목으로 불러서 크게 인기를 끌었다.

結廬在人境(결려재인경) 사람들 사는 곳에 오두막집을 지었어도
而無車馬喧(이무거마훤) 수레의 시끄러운 소리 들리지 않네
問君何能爾(문군하능이) 그대에게 묻노니 어찌 그럴 수 있는가
心遠地自偏(심원지자편) 마음이 멀어지니 사는 곳이 절로 외지네
採菊東籬下(채국동리하) 동쪽 울타리 아래에서 국화를 따다가
悠然見南山(유연견남산) 우연히 남산을 바라보네
山氣日夕佳(산기일석가) 산기운은 해 질 녘에 더욱 아름답고
飛鳥相與還(비조상여환) 날던 새는 짝지어 돌아오네

此中有眞意(차중유진의) 이 가운데 참뜻 있으매

欲辨已忘言(욕변이망언) 말하려 하나 말을 잊었소

   가수는 도연명 시의 내용을 가사로 하여, 자연에 심취한 도연명의 감성을, 자신만의 독특한 창법으로 잘 표현해 내었다. 자연의 경치와 하나가 되었던 도연명, 그 가운데에서 참뜻을 깨달았으나, 도연명은 말조차 잊었다 말한다.

   요즘 전원생활에 푹 빠져 살고 있기 때문일까. 이 노래가 더욱 가슴 깊이 다가왔다. 이 노래가 이제 나에게 요즘 말로 '最愛(최애)'가 될 것 같다. 이런 감성을 이끌어 주신 이종민 교수님과의 인연에 감사하며 이 글을 맺는다.

내 심연에 다가와서

David Darling
〈Minor Blue〉

박남준

1984년 시 전문지 《시인》으로 등단. 시집 『중독자』 『그 아저씨네 간이 휴게실 아래』 『적막』 『다만 흘러가는 것들을 듣는다』 『그 숲에 새를 묻지 못한 사람이 있다』 등과 산문집으로 『하늘을 걸어가거나 바다를 날아오거나』 『스님, 메리크리스마스』 『박남준 산방일기』 『꽃이 진다 꽃이 핀다』 등이 있다. 거창평화인권문학상, 천상병시문학상, 아름다운 작가상 수상.

날개를 잃었다면 노래하고 싶었다. 날개 이전의 날개, 노래 이후의 노래, 내 영혼에 족쇄를 채워 시마에 빠트린 음악을 고발한다. 그러나 또한 시의 머리맡에 찬란의 날개를 주사해 주는 음악이 없는 세상이라면 나는 기꺼이 그를 일러 빛과 어둠의 종말이라고 말하련다.

상처받은 영혼을 통해 노래가 나오네
마음의 깊은 동굴로부터
울려와 들려오는

초원의 평화로운 풍경이
양떼구름의 하늘로 퍼져 가는 이거나
슬픔으로 가득 찬 유리창에
눈물처럼 적시며 피어나는 이거나

그리하여 고백이다 기다림이다
비탄으로 애끓는 탄식이다 춤이다
영혼을 관통하는 시다
생명 있는 것으로부터 나온다
바람처럼 떠돌던 세상의 불립문자들이
다가와 어루만지며 무늬를 이룬다

노래가 절절하고 아리게 된 가지가지 이유이다

−졸시「노래」전문

아스라이 민 닐 − 한 아이가 선생님의 무릎 위에 앉거나 풍금 앞에 손을 모으고 서서 노래를 부르고 있었네. 선생님이 풍금으로 노래를 한번 들려주고 두 번째 연주를 시작하면 바로 따라 부르던 노래들, "엄마가 섬 그늘에 굴 따러 가면 아기가 혼자 남아 집을 보다가~", "해당화가 곱게 핀 바닷가에서 나 혼자 걷노라면 수평선 멀리~."

작은 바닷가 마을에서 자맥질을 하며 어린 시절을 보낸 아이는 자라서 Tom Johns의 〈Delilah〉, 김추자의 〈님은 먼 곳에〉 등을 흥얼거렸다. 서울 계림극장 건너편에는 음악을 틀어 주는 DJ 아저씨가 있는 털보식당이 있었다.

불량기가 슬쩍 든 단짝 고등학생 세 명은 늘 돈이 부족했다. 그래서 그곳에 가기 전 분위기를 내기 위해 술도 취하고 몸에 기름기 있는 안주도 먹어야 한다며 미리 구멍가게에서 4홉들이 소주와 기름종이에 싸진 마가린 한 통을 사고는 했다.

친구들과 한 숟가락씩 느끼한 마가린을 배 속에 욱여넣으며 소주를 꼴깍거리고 들어가서 King Crimson의 〈Epitaph〉, 장현의 〈나는 너를〉, 〈미련〉을 신청하며 문학과 철학과 어설프고 쓰디쓴 인생을 논하기도 했다.

청춘의 뱃머리는 좌초할 듯 흔들렸으나 쏜살처럼 내달렸다. 어느 날 운명처럼 군대 훈련소 동기였던 친구의 자취방에서 우리가 흔히 Tomas Albinoni의 Adagio라고 부르는 이탈리아 작곡가인 Remo Giazotto의 〈Giazotto Adagio〉를 듣고 한 보름여를 지독한 환각과도 같은 환청을 경험하며 아다지오 이전과 아디지오 이후로 내 인생을 나누기도 했다.

기억들은 달콤한 술잔처럼 이름들을 더듬고는 했다.

카잘스, 쇼팽, 차이콥스키, 쇼스타코비치, 데이빗 달링, 윤이상 그리고 명상 음악들….

누군가의 상처와 숨죽이는 울음이 고통스럽게 전이되어 올 때가 있다. 그리하여 그 울음은 흰 종이 위에 번지는 물감처럼 고스란히 스며들어 전생을 관통하는 몸의 한편이 되기도 한다. 카탈로니아 민요를 첼로로 연주한 〈The Song of Birds〉라는 곡이라고 소개를 했는데 탄식과도 같은 울음소리가 연주 중간중간 배어 나온다.

처음엔 첼로의 현을 깊게 긋는 소리려니 했다. 아니었다. 심연의 어두운 동굴에서 울려 나오는 상처받은 영혼의 소리였다. 1961년, 카잘스가 85세 때 백악관에서 연주한 실황 음반 속에 들어 있는 곡, 다른 어느 연주자가 연주를 해도 결코 들을 수 없는 탄식이 들어 있었기 때문이었다.

자주 가던 카페가 있었다. 주인은 내 헐렁한 주머니 속을 잘 알아서 달랑 맥주 한 병을 시켜 놓고 홀짝거리는 내 앞에 곧잘 양주잔을 내밀거나 아예 병째 내주기도 했다. 그곳에서 들었다. 첼로 연주가 들려오는 것이다.

도대체 날카로운 쇠꼬챙이로 가슴을 찔러 대는 듯한, 독한 양주잔을 들이켜는데 술잔 속에 일렁이는 바다가, 산과 산맥들이, 아스라이 깊고 푸른 먼 산빛으로 끝없는 너울을 일으키는 풍경이 그 연주로부터 밀려왔다. 데이빗 달링David Darling의 〈Minor Blue〉였다. 그렇게 데이빗 달링을 만났다. 그의 〈Dark Wood〉를 듣고 「저녁 무렵에 오는 첼로」라는 시를 썼다.

시인보다는 음악가가, 첼로 연주자가 되고 싶었다. 가을비 오는 통영, 윤이상 기념관을 찾았다가 또다시 첼로에 사로잡혔다. "낮고 무거운 현이 가슴을 베었다 텅 비어 있었다 이 상처가 깊다", 윤이상의 〈The 7 Etude for Cello Solo〉 곡이었다.

아침에 눈을 뜨며 낡고 늙어가는 몸에 들려주는 음악이 있다. Karunesh의 〈Calling Wisdom〉, Ben Leinbach의 〈Horizon of Gold〉 같은 명상 음악 계통인데 간단한 몸풀기에서부터 십 배, 백 배, 절을 하는 동안 음악을 들으며 동작을 하면 여명 같은 아침이 몸 안에 들어오며 평화로운 초록으로 채워지고는 한다.

매년 사오월, 한 해 동안 마시는 차를 만드는 내게 있어서 아주 소중한 철이다. 아궁이에 불을 때고 뜨거운 아랫목 이불 속에, 따서 시들키고 비비고 풀어 향기로워지는 찻잎을 담은 항아리를 묻고 음악을 들려준다.

물론 나도 듣는 것이지만 차에게 들려주는 음악이다. 평소에는 음악적 편식이 심한 편이지만 되도록 치우치지 않는 다양한 장르의 음악들을 들려주고 있다. 주로 명상 음악 계통을 들려주지만 가능한 한 수제천에서부터 재즈까지 음반을 올려놓는다. 혹시 내가 만든 차를 받아 본 사람들은 귀 기울여 보시길, 찻잔 속에 어떤 소리가 그대의 심연으로 다가와 고요하게 우려져 나오는지.

동요 한 자락에 실려

복효근

시인. 전북 남원 출신. 1991년 계간 시 전문지 《시와 시학》으로 작품 활동을 시작하였다. 시집으로 『당신이 슬플 때 나는 사랑한다』 『버마재비 사랑』 『새에 대한 반성문』 『누우 떼가 강을 건너는 법』 『목련꽃 브라자』 『마늘촛불』 『따뜻한 외면』 『꽃 아닌 것 없다』 『고요한 저녁이 왔다』 등이 있으며 시선집 『어느 대나무의 고백』과 청소년 시집 『운동장 편지』, 교육 에세이집 『선생님 마음 사전』을 출간하였다. 편운문학상, 시와 시학상, 신석정문학상 등을 수상한 바 있다. 작지만 야무진 시를 쓰자는 시 창작 동인 '작은 詩앗 채송화'에서 활동하고 있으며 현재 남원 대강중학교에서 국어를 가르치고 있다.

 〈산딸기〉

솔직하게 가자. 난 음악에 관해서는 문외한이다. 좋아하는 노래 뭐 있어? 하면 한두 곡 얘기하긴 쉬워도 갑자기 '내 인생의 음악'이라는 화두를 앞에 두니 할 말이 잘 떠오르지 않는다. 거장들이 작곡한 명곡을 말한다든지, 전문적인 음악 용어나 식견을 드러내야 좀 있어 보이지 않을까 하는 생각이 먼저 스치기도 하지만 고백하건대 나는 거기에 젬병이다. 명연주가나 지휘자를 언급해야 할 것도 같고 유명한 합창단이나 성악가를 아는 체해야 할 것도 같다. 그럴 만한 재간이 나에겐 없다.

난 음악에 대해서 잡식성이다. 일관된 취향을 가지고 듣는 편이 아니고 가리지 않고 들리는 대로 듣는 편이다. 생수로 목을 적시듯 가끔 클래식을 듣거나 뉴에이지 음악을 듣는 정도다. 재즈도 싫어하지 않는다. 국악 연주곡도 싫어하지 않는다. 다시 말하건대 뭘 알고 듣는 것은 아니다. 박건이나 배호 같은 옛 가수들이 부르는 가요도 싫어하지 않는다.

그런데 어설프게도 내가 내 인생의 음악이라고 말할 게 있다면 아주 오래된 동요를 하나 조심스럽게 내밀고 싶다. 시적인 동요 노랫말을 써서 이후 동시라는 장르가 자리 잡는 데 공헌을 한 강소천 선생이 노랫말을 쓰고 정세문 선생이 곡을 붙인 노래다. 2절로 되어 있는데 노랫말은 이렇다.

잎새 뒤에 숨어 숨어 익은 산딸기 / 지나가던 나그네가 보았습니다 / 딸까 말까 망설이다 그냥 갑니다 // 잎새 뒤에 몰래 몰래 익은 산딸기 / 귀엽고도 탐스러운 그 산딸기를 / 차마 차마 못 따가고 그냥 갑니다

-동요 〈산딸기〉 노랫말 전문

나와 같은 무렵 초등학교를 다녔던 비슷한 연배들은 모르는 이가 드물 것이다. 대중가요가 어

린이들에게까지 불리는 요즘과는 달리 그 시절 어린아이들은 동요를 배우고 동요를 즐겨 불렀다. 이것 말고도 어린 시절 부르던 동요가 참 많았는데 어른이 되어서까지 늘 머릿속에 남아 종종 부르게 되는 곡이 이 노래다.

많은 동요가 그렇듯이 리듬이 요란하지 않고 단순하며 곡의 흐름에 빠른 속도감이 느껴지지 않아 차분하고 밝은 느낌을 주는 곡이다. 농촌 지역에서 자라면서 늘 접했던 친근한 소재를 쓴 데다가 노랫말의 내용에서 느껴지는 따뜻한 온기 때문에 이 노래가 좋았지만 나이가 들면서까지 마음속에 남아 있는 것은 무슨 까닭일까? '학교종이 땡땡땡'을 즐겨 부르고 '산토끼'를 즐겨 불렀으나 나이가 들면서 더 이상 부르지 않게 되었다. 그런데도 이 '산딸기'는 나이가 들면서 오히려 잔잔한 울림이 더 깊어지는 것 같다.

대학 시절에 에리히 프롬을 읽었다. 그의 대표 저서 가운데 하나인 『소유냐, 존재냐?』에서 프롬은 인간의 생존 양태를 소유와 존재의 양상으로 나누는데 시를 예로 들어 구분하고 있다. 영국의 시인 A. 테니슨은 "내가 너를 이해할 수 있다면 인간과 신에 대해 이해할 수 있을 텐데…" 하며 벽 틈에 핀 꽃을 뽑아 든다. 반면 하이쿠를 완성시켰다고 평가받는 마쓰오 바쇼는 발아래 핀 꽃을 보며 "자세히 보니 냉이꽃이 핀 울타리어라"라고 말한다. 테니슨은 꽃을 뽑아 들고 소유함으로써 그 아름다움을 자기 혼자만의 것으로 했던 반면 바쇼는 꽃을 그대로 존재하게 함으로써 그 생명을 온전케 하고 그 기쁨을 공유했다는 것이다. 이 대목을 읽으면서 나는 어릴 적 불렀던 동요〈산딸기〉가 에리히 프롬이 말했던 '존재의 삶'을 말해 주고 있구나 하는 생각을 했다. 소유와 소유 욕망에 사로잡힌 오늘 우리 삶을 넘어서 우리가 지향해야 할 삶의 참모습을 말하고자 했던 프롬의 목소리와 다르지 않음을 느꼈던 것이다.

산딸기가 익어 갈 무렵이면 햇살이 뜨거워지기 시작한다. 먼 길 가는 나그네는 목도 마르고 배가 고팠을지도 모른다. 그런데 길가 덤불에 산딸기가 탐스럽게 익어 있는 것이 아닌가? 얼른 다가가 손을 뻗었으나 곧 거두어들이고 만다. 어떤 생각에서였을까? 노랫말에 비추어 "귀엽고 탐스러워" 그랬을 것으로 짐작할 수 있다. 저 귀엽고 탐스러운 것을 냉큼 따먹어 버린다면 곧 사라지고 말 것이므로 차마 못 따먹은 것이다. 이 귀엽고 탐스러운 풍경을 어찌 나만 본단 말인가? 산딸기에게도 미안하고 다른 이에게도 미안하다고 여겼을지도 모른다.

어찌 그뿐인가? 저 조그만 열매로 배고픔을 면하기도 어렵고 갈증을 가시게 할 수도 없는 것, 그렇다면 작은 새들에게 양보하는 것은 어떨까 생각했을지도 모른다. 새들이 따먹고 소화되지 않은 씨알들이 새로운 산딸기 자손을 번식시켜 줄 테니까, '본래 주인은 새들인지도 몰라' 하는 생각을 했을 수도 있겠다. 나보다 더 배고프고 갈증 난 다른 이도 있을 수 있어, 하는 생각도 했을까? 아무튼 "뒤에 숨어 숨어" 익은 산딸기를 그냥 지나쳐 주는 여유가 부럽기만 하다. 왜 나그네라고 인간적인 갈등마저 없었을까? "딸까 말까 망설이"는 그 소박하고 인간적인 갈등이 어여쁘지 아니한가?

자장가가 아이를 재우기 위해 만들어졌다고 말하기 어려운 것처럼 이 동요가 계몽적이고 교화적인 의도에서 만들어졌다고는 할 수는 없겠다. 아름다운 것을 아름답게 내버려 둘 줄 아는 맑고 고운 동심을 노래한 것이리라. 하지만 좋은 시, 좋은 음악은 시간의 흐름과 더불어 향유하는 자의 마음에서 새롭게 태어나는 것이라 생각한다. 그냥 좋아서 불렀던 노래가 내 안에서 자라난다. 노래가 나를 키운다. 더 많이 가지고 더 누리려고 하는 내 삶을 가끔씩 돌아보게 한다.

짤막한 동요 한 곡이 나를 꿈꾸게 한다. 힌두인들은 인생의 세 번째 단계에 이르면 다 내려놓고 숲으로 간다 한다. 나의 숲도 그리 멀지 않았다. 움켜쥐려 했던 것 놓아 두는 연습을 조금씩 해야 할 때다. 산딸기 대신 현금과 금괴가 주렁주렁 열려 있어도, 딸까 말까 망설이기는 하겠지만 그냥 가고 싶다. 가볍게 동요 한 소절에 실려 흥얼흥얼 가고 싶다.

사족: 대학 시절 우연히 맥줏집에서 교수님 두 분이 담소하는 자리에 꼽사리 껴 지켜본 적이 있었다. 교수님들 사이에 문학 이론에 대한 논쟁적 대화가 오갔는데 처음 그 자리에서 이종민 교수님을 뵙고 학자로서의 위의와 인간적인 품격을 엿보게 되었다. 지금도 전주의 역사와 문화와 예술에 대하여, 그리고 그것을 가꾸어 가는 젊은 문화·예술인에 대하여 당신이 보여 주는 무한 애정을 지켜보면서 많은 것을 배우고 있다. 당신에 대한 흠모의 마음을 이기지 못하여 음악에 문외한인 나도 어쭙잖은 글로 이 기획에 동참하게 되었다.

아리랑꾼이 되다

서용순

이지출판사 대표. 수필과 시를 쓰며 37년째 책 만드는 일을 하고 있다. 광진문인협회 회장을 역임했으며 현재는 명예회장을 맡고 있다. 에세이문학작가회 부회장 및 해외동포책보내기운동협의회 편집위원으로 활동 중이며, 저서로는 『갈망의 노래』(수필집), 『Colors of Arirang』(아리랑 로드 대장정의 기록) 등이 있다.

 〈아리랑〉 모음

아리랑이 내 인생의 음악으로 각인되기 시작한 것은 15년 전 일이다. 반세기 넘게 조국을 떠나 살아온 한 지리학자의 책을 만들면서였다. 팔순의 노교수가 아리랑을 공부하면서 3년 동안 아리랑 연고지(서울, 정선, 밀양, 진도)를 세 번이나 답사하고 쓴 글을 읽는 순간, 무엇에 이끌리듯 아리랑이 내 마음속으로 들어왔다.

그 후 '아리랑' 소리를 들으면 눈과 귀가 열리고 가슴이 뛰었다. 아리랑의 모든 것이 궁금하고, 아리랑이 왜 우리 겨레의 노래인지, 아리랑이 어떻게 세계에 전파되었는지 알고 싶었다. 노교수를 조르고 졸라 영문판 아리랑 해설서를 두 권 더 만들었다. 그러자 노교수께서 "서 대표도 아리랑꾼이 되어 가는군!" 하셨다.

아리랑꾼! 참 듣기 좋았다. 그리고 나의 아리랑 사랑은 점점 확장되어 갔다. 알면 알수록 아리랑의 신묘함에 빠져든 나는 '아리랑 로드 대장정' 팀원이 되어 답사의 길을 떠났다. 아리랑이 세계로 퍼져나가게 된 그 길을 따라 아리랑을 부르는 사람들을 만나고 그들의 이야기를 들어 보기로 했다. 1차 대장정은 3년 동안 이어졌다.

언제부턴가 중앙아시아 등지에 살던 고려인들이 우리나라에 와서 정착하기 시작했다. 첫 답사지가 될 중앙아시아 우즈베키스탄, 카자흐스탄, 키르기스스탄 현지에서 고려인 강제 이주와 아리랑에 대해 이야기해 줄 분을 소개받기 위해 광주 월곡동 국내 최대 고려인 자치마을을 찾았다.

그리고 안산, 진천, 음성 등에 흩어져 있는 고려인 3·4세들은 만나 도움말을 들으면서 마음이 급해졌다. 1937년 연해주에서 강제이주 당한 고려인 1세들이 거의 생존해 있지 않아 생생한 이야기를 들을 시간이 얼마 남지 않았기 때문이었다. 그리하여 국내에서의 사전 답사가 아리랑 로드 대장정을 서두르게 한 이유가 되었다.

우즈베키스탄 타슈켄트의 유명한 재래시장인 꾸일루크 바자르는 고려인들의 생활 현장이었다. 김치, 장아찌, 무시래기 등을 팔고 있는 여인들에게 다짜고짜 말을 걸었다. 언제 이곳에 왔는지, 아리랑을 들어 본 적 있는지, 그리고 아리랑을 부를 수 있는지. 그들은 잠깐 경계의 눈빛으로 주변을 살피더니 작은 목소리로 아리랑을 부르기 시작했다. 우리는 이내 하나가 되어 아리랑을 합창했다. 가슴 밑바닥에서 뜨거운 것이 목을 타고 넘어와 눈물로 쏟아졌다.

말로만 듣고 책으로만 보던 고려인을 현지에서 처음 만난 감동은 상상 이상이었다. 가난한 조국을 떠나 낯선 땅에서 나라 잃은 수모를 겪으며 숨죽여 살아왔을 한과 서러움. 그럼에도 굳세게 살아남아 고려인임을 부끄러워하지 않는 자존심. 그것을 지켜 오면서 그들을 위로하고 위로받으며 한민족이라는 정체성을 잃지 않게 만든 중요한 대목에 아리랑이 있었다. 말과 글은 잊어버렸어도 아리랑은 부를 수 있는 그들에게 아리랑은 무엇이었을까.

80여 년 전 일본군이 연해주 침략을 위해 한인들을 통해 정보를 수집한다는 소문이 나돌았다. 그러자 스탈린은 이를 구실 삼아 고려인을 포함한 소수민족 강제 이주정책을 집행했다. 지식인은 처형하고, 화물차와 가축 운반차를 개조한 열차에 짐짝처럼 실어 중앙아시아라는 황무지에 내다 버렸다. 매서운 삭풍이 불어 대는 허허벌판에서 이들은 살기 위해 토굴을 파고 강인한 생명력으로 낯선 땅 곳곳에 뿌리를 내렸다.

'아리랑 요양원'이라는 곳에서 그 주인공들을 만났다. 평균 연령 83.5세. 서너 살 무렵 부모 등에 업혀 와 이 땅에서 평생을 살아온 고단한 삶. 눈 감기 전 한국에 한번 가 보는 것이 소원이라는 그들을 얼싸안고 부른 아리랑. 된장과 김치를 좋아하고 우리와 같은 말을 하지만 내일이면 만날 수 없는 어르신들이 부르던 아리랑이 지금도 가슴을 울린다.

여기서 아리랑 로드 대장정을 일일이 열거할 수는 없지만, 카자흐스탄 알마티와 크질오르다, 강제 이주 첫 도착지인 우슈토베 기차역과 고려인 무덤, 키르기스스탄 재래시장, 다시 블라디보스토크와 우수리스크 라즈돌노예역, 하바롭스크, 이르쿠츠크와 바이칼, 유형의 땅 사할린, 강제 징용되어 목숨을 바친 탄광, 그 광부와 아내, 지금도 가난한 아들들. 그들과 함께 부른 아리랑은 진정 우리 삶이 만들어 낸 한숨이요 슬픔이요 위로였다. '노래 중의 노래' 아리랑은 그렇게 우리 민족을 일으켜 세우는 대서사시로 지금도 곳곳에 살아 있었다.

이처럼 아리랑은 우리 민족의 정서적 수렴체로, 때로는 시대 모순에 대한 저항의 발현체로, 편향과 극단의 차단체로, 고난에 대한 극복 의지의 추동체로 창작되고 가치화된 겨레의 노래다. 사랑과 이별, 만남과 헤어짐, 슬픔과 기쁨, 행복, 화해, 저항, 대동大同, 해원상생解寃相生 정신을 이어

온 아리랑은 한민족이 살고 있는 곳 어디서든 불리고 있고, 유네스코 세계무형문화유산으로 세계의 노래가 되었다.

이제 우리가 관심을 가져야 하는 것은 아리랑에 담긴 정신과 문화를 세계인들과 함께 나누는 것이다. 그러려면 학문 간의 통섭(consilience)을 통해 아리랑은 재정립되고 아리랑 정신은 더욱 발현되도록 해야 한다.

끈질긴 생명력으로 기적과 부활을 이루어 우리의 삶이요 희망이요 역사가 된 아리랑이 우리를 하나로 만드는 기적의 힘을 발휘하도록 더 널리 더 멀리 퍼져 나가 대한민국의 창窓이 되길 소망해 본다.

그리고 나는 지금 2차 '아리랑 로드 대장정' 출발의 날을 기다리고 있다.

이종님 교수님과의 인연은 '산민회'라는 모임을 함께 하기도 하지만, 이종민의 음악편지 『화양연가』, 이종민의 秋水客談 『미치거나 즐기거나』를 출판하면서 스스로 교수님을 잘 알고 있다고 믿고 있다. 교수님은 어떠하신지 모르지만….

정년 퇴임을 진심으로 감축드리며 귀한 책에 졸고를 올리게 되어 무한 감동이다.

세 개의 문

송선미

시인. 격월간지《동시마중》발행인. 동시와 동시 평론을 쓰며 동시 팟캐스트와 유튜브를 진행하고 있다. 우석대와 세종사이버대 문창과에 출강하고 있으며『옷장 위 배낭을 꺼낼 만큼 키가 크면』(문학동네, 2016)을 냈다.

 세카이노 오와리 〈RPG〉

어떤 책에서 읽었거나 어디서 보았거나 듣거나 한 사실인지 아니면 지어낸 것인지 확인할 수 없는 몇 가지 이야기들이 저에겐 있습니다. 가령 쌍둥이 이야기. 어릴 적 저는 쌍둥이 꿈을 자주 꾸었습니다. 버스를 타고 가다 저랑 똑같이 생긴 저를 만나, 내 방에 몰래 함께 와서, 잠을 자다 침대를 타고 날아다니는 거지요.(이것은 꿈일까요, 아니면 책에서 읽은 이야기를 꿈으로 바꾼 걸까요.) 그리고 가령 고3 때 EBS 방송에서 들은 이야기. 국·영·수 아니고 암기 과목이었는데, 정확한 과목이나 시청 날짜는 기억나지 않지만, 그날 TV 속 선생님은 기차 이야기를 하였습니다. 수업의 중간, 잠시 쉬어 가는 시간에서였어요. 선생님은 분명 이렇게 말했습니다. 우리 모두는 기차를 타고 있다, 선생님인 나도, 학생인 여러분도. 타고 있는 기차는 한 기차다. 내리는 곳은 각각 다르다. 먼저 내리기도 하고, 나중에 내리기도 한다. 거기가 그 사람의 목적지, 죽음이다.

그 순간 저는 세상에서 도려내진 느낌을 받았습니다. 흑백으로 그려진 만화책이 무미건조하게 넘어가던 일상이라는 시간에서, 갑자기 쫓겨나 한 장의 판화로 쿵 찍히는 느낌이랄까요. 누가 꺼내 움켜쥔 듯 심장이 아팠습니다. 아, 산다는 게 그런 거구나. 지금을 견디고 열심히 공부하면 원하는 대학과 미래와 삶이란 목적지에 닿아 거기서 내릴 수 있는 게 아니라, 산다는 건 모두 그냥 죽으러 가는 거구나. 처음으로 알게 된 인생의 비의(?)는 너무도 충격적이었습니다. 그런데 한편 시원했지요. 청군과 백군이 모두 저인 팽팽한 줄다리기에서, 우주적 도움으로 동시에 줄을 놓을 수 있었던 일순간의 기분이랄까요. 그러나 마흔이 훌쩍 넘은 지금까지도 의심스럽습니다. 그때 TV 속 선생님은 정말 죽음의 기차 이야기를 하였을까요? EBS 교육방송 공중파 TV를 통해, 그것도 고3들 앞에서?

大切な何かが壊れたあの夜に

僕は星を探して一人で歩いていた

ペルセウス座流星群　君も見てただろうか

僕は元気でやってるよ　君は今「ドコ」にいるの?

소중한 뭔가가 무너졌던 그 여름에

난 별을 찾으며 홀로 걸었지

페르세우스자리의 유성군 그대도 봤겠지?

난 건강히 잘 있어요 그대는 지금 '어디'에 있어?

'세상의 끝'이라는 뜻의 세카이노 오와리(せかいのおわ)는 후카세(Fukase, 보컬, 기타), 나카진(Nakajin, 기타), 사오리(Saori, 피아노) 그리고 DJ 러브(Love), 네 사람으로 이루어진 밴드입니다. 드럼 대신 피아노로 구성된 밴드는 낯선 조합이지만, 보컬 후카세의 가사와 곡은 섬세한 사오리의 피아노와 만나 세카이노 오와리만의 특별한 느낌을 만듭니다. "내일을 살아가는 환각의 이름은 희망"(〈은하 거리의 악몽〉)이나 "'꿈을 이룬다'는 것이 꿈이 되어 있던 것"(〈Yume〉), "환상을 꿈에서 만난다면, 그건 환상이 아냐"(〈환상의 생명〉) 등 '세상의 끝'에서 길어 올린 통찰은 특유의 대중적이면서도 신선한 멜로디에 얹혀 희망과 위로를 전합니다. 세카이노 오와리는 2005년에 결성된 밴드이지만, 저는 첫 동시집이 나온 2016년 11월에야 알았습니다. 제가 처음 만난 세카이노 오와리의 노래는 〈RPG〉인데, 〈RPG〉는 기차로 달리는 노래가 아니라 행진하는 노래입니다. 세카이노 오와리는 노래합니다. "하늘은 푸르고 맑게 개었네. 바다를 가리키며 걸어. 무서운 것 같은 건 없어. 우리들은 이제 혼자가 아냐." "걷다 보니 // 모르는 데다. // 몰랐던 이야기가 걸어 나온다."(송선미, 「골목」전문) 한 권 동시집을 묶으며 제가 알게 된 것은 안전한 내 책상과 집을 떠나 내 두 발로 걷지 않으면 아무것도 볼 수 없고, 아무도 만날 수 없다는 깨달음이었습니다. 백 권 책보다 한 명의 사람이 나를 움직인다는 깨달음은 벅차고 설렜습니다. 깨달음은 계속 새로운 풍경을 소망하게 하고, 자꾸만 걷게 합니다.

'方法'という悪魔に　とり憑かれないで

'방법'이라 불리는 악마에 홀리지 마

출처를 알 수 없는 또 다른 이야기가 있습니다. 저 혼자서 작명하길 '세 개의 문'. 세 개의 언덕 위에 세 개의 문이 있습니다. 그 문을 향해 사람들은 길게 세 개의 줄을 섰습니다. 줄을 선택한 사람들은 저마다 확신에 가득합니다. 그러나 저는 더 특별한 득의에 차서 긴 줄 끝에 서 있습니다. 선택한 이 문이야말로 바로 그 문이란 걸 우연한 행운으로 알았거든요. 끝나지 않을 것 같던 기다림도 마침내 때에 이르고, 드디어 제 차례를 두 사람 어깨 건너로 받았습니다. 그러나 그때 저는 슬그머니 그 긴 줄의 맨 끝으로 가 섭니다. 꼭 그럽니다. 세 개의 문 이야기는 기차 이야기 다음으로 제게 오래된 이야기입니다. 이야기의 의미는 스스로의 성공을 망치는 프로이드적 의미로도, 실패하지 않기 위해 실패하는 페미니즘적 의미로도, 인생의 시기마다 다르게 왔습니다. 그러다 세카리노 오와리의 노래 〈RPG〉의 한 구절처럼, 어느 날은 이렇게 다가오는 것이었습니다. 포기하라. 너를 획기적으로 변화시킬 정답의 문이란, 방법이란 없다. 그러니 포기하고 내일도 오늘과 달라지지 않는다는 것을 받아들여라.

가끔은 분명한 것이 '문'이 아니라 '죽음'이란 사실이 다행한 일로 여겨집니다. 다행多幸. 하나의 문을 내려놓고 길 위에 섰으니, 길 위에서 여러 행幸을 만나기도 하려나요. 그러려면 죽음이 허락하지 않을 때까지 '걸어야' 하겠지요. 걷다가 만난 무엇 중에 저를 닮은 아이 하나도 있으면 좋겠습니다. 〈RPG〉의 4/4 행진곡으로 큰북 작은북 치며 걸어 걸어가 보겠습니다.

우연과 필연 사이

송혜진

숙명여대 문화예술대학원 교수. 한국학중앙연구원 한국학대학
원 박사. 2006년 숙명가야금연주단 대표 및 예술감독으로 활동
했으며 2016~19년 국악방송 사장을 역임하면서 한국 음악 대중
화와 국악TV방송 설립을 위해 혼신의 노력을 다해 그 결실을 보
기도 했다. 현재는 유튜브에서 '송혜진 라디오 - 눈에 삼삼 귀에
쟁쟁'을 운영하고 있다.

 〈박상근류 가야금 산조〉

박상근류 가야금 산조는 나의 대학 입시 연주곡이다. 내 생애에서 가장 많이, 열심히, 집중해서 연주해 본 유일한 곡일 것이다. '내 인생의 곡'을 꼽아 보라는 이종민 교수님의 말씀을 듣고, 두어 달 골똘히 생각해 봤지만, 결국은 이 곡을 꼽게 되었다.

박상근류 가야금 산조는 박상근이라는 가야금 연주가가 구성한 산조다. 60년대부터 80년대 초반까지만 해도, 가야금 산조 계를 석권하던 곡이라, 가야금 산조라면 응당 박상근류 가야금 산조였던 시절이었고, 가야금에 입문해서 기초를 떼고 나면 누구나 이 산조에 입문했다. 1976년 봄. 나도 이 산조를 처음 배웠다.

이 무렵 정말 우연히 고등학교 합창반에서 '가야금'이라는 악기를 처음 만났다. 학교 축제 준비를 하시던 음악 선생님 권유로 처음으로 레슨을 받게 되었는데, 그 전에 피아노를 좀 쳤던 나는 다른 친구들보다 조금 빨리 받아들인 듯하다. 이를 지켜보시던 학교 음악 선생님과 바깥에서 모셔온 가야금 선생님이 내게 소질이 있는 것 같다며, 축제가 끝난 후로도 가야금을 더 배워 보라며 격려해 주셨고, 나는 칭찬 듣는 재미에 '진짜 그런가?' 싶어 뭔지도 모르고 계속했다.

이렇게 시작된 '취미 가야금 생활'은 상당히 오래 계속되어 '박상근류 가야금 산조'로 지방의 몇몇 대회에 나가면, 하는 사람이 워낙 적었기 때문이었는지, 그 초보 실력으로도 2등이나 3등상은 늘 받았다. 여러모로 가야금이 재밌었다. 부모님께서는 필요한 악기나 경연 대회용 의상을 준비해 주시면서 둘째 딸의 이색 취미를 흥미로워하셨고, 특별한 가족, 친지 모임이 있을 때면 자랑 삼아 내 산조 연주를 청하곤 하셨다. 그야말로 아무 근심 걱정 없이, 천진하게 가야금을 배우고 즐기던 시간들이었다.

그러나 이때까지만 해도 내가 가야금 전공으로 대학 국악과에 진학하리라는 것은 나도 몰랐

다. 그냥 옛날식으로 음악만 가르쳐 주시는 가야금 선생님이 내가 아는 유일한 '국악 통로'였기 때문에 아무것도 모르고 가야금 산조가 재밌어서 레슨을 계속 이어 갔다. 이런 모습을 지켜보시던 음악 선생님이 어느 날 내게 음대 진학을 권하셨다.

"국악과요?" "가야금 연주로 대학을 가요?"

음악 선생님의 뜻밖의 제안에 나는 눈이 번쩍 뜨였고, 부모님은 단번에 난색을 표하셨다. 무엇보다 취미라면 몰라도, 전공할 만큼 재능이 있는지, 대전에서 서울까지 원거리 주말 레슨을 다녀야 하는데 위험하다는 걱정이셨다. 한 열흘… 울며불며 꼭 해 봐야겠다고 매달린 끝에 부모님 허락을 받아 뒤늦게 국악과 입시생 대열에 낄 수 있었다.

이때부터 완전히 다른 각오로 '박상근류 가야금 산조'를 파고들었다. 본래 전곡은 좀 길지만, 입시 때는 좀 짧게 구성해서 준비를 하는데, 입시생들은 이 곡을 수백 번 반복 연습하면서 단단하게 기초를 다진다. 새로 만난 입시 선생님과의 수업은 이전과 완전히 달랐다. 어설프게 굳어진 연주 수법을 고치고, 선율의 세부적인 표현까지 파고들어 자연스럽고 세련된 한판을 완성하도록 가르쳐 주셨다. 매번 '이렇게 해야 한다'는 선생님 말씀이 머리로는 완전히 이해되었지만 안 되는 게 많아 나날이 주눅이 들어 갔다. '이렇게 하면 안 되는데…'라는 생각이 들 때마다 연주가 막혔고, 어느 한 부분이 잘되었다 안심이 되면 곧 다른 실수가 나왔다. 즐거이 연주하던 그 산조가 아니라는 생각에 겁이 났다. 입시를 앞두고 맹연습을 하던 6개월 동안, 레슨 선생님 앞에서 단 한 번도 제대로 연주한 적이 없었으니까 말이다. '그럭저럭, 점점 나아지고 있다'는 선생님의 격려에 '올해 떨어지면 내년에 되겠네'라는 마음으로 마침내 입시를 치르게 되었다.

그런데 시험 날 좀 이상한 일이 벌어졌다. 같은 선생님 문하에서 함께 입시 준비를 하던 '우등생' 친구가 있었다. 내가 봐도 모든 면에서 나보다 월등했던 그 친구는 나보다 입시 준비 기간도 길었고, 입시 요강 중에 포함된 피아노나 청음, 음악 이론도 일찍부터 좋은 선생님들께 레슨을 받고 있었다. 누가 봐도 합격 안정권이었던 터라 뒤늦게 입시 대열에 끼어들어 고군분투하는 나를 마치 친언니처럼 걱정해 주곤 했다. 그런데 공교롭게도 시험 순서 추첨에서 그 친구가 내 다음 번호를 뽑았다. 그 친구는 평소처럼 시험장 밖에서 내가 틀리지 않을까 걱정하고 있다가, 내가 실수 없이 시험을 치고 나오자, 자기 일처럼 기뻐하며 여유 있게 시험장으로 들어갔다. 나도 "너도 잘 봐"라며 인사하고 돌아서 나왔는데, 좀 있다가 그 친구가 울며 나왔다. 틀려서 한참 헤매다 끝내지도 못하고 나왔다는 것이다.

참으로 운명이란 알 수 없는 것이어서 나는 '어려울 것 같다'는 선생님의 예상을 깨고 무사히 합격했고, 그 친구는 그만 떨어지고 말았다. '늘 틀리던 혜진이가 실수 없이 끝내는 걸 보고 긴장이 풀려서 그랬던 것 같다'는 말을 건네 들었다. 그러고는 재수 끝에 독문과로 진학하여 국악계를 떠났다. 그 재주 많던 친구가 입시에 실패하고, 마침내 음악을 포기한 것이 내 탓이라는 생각에 죄책감에 좀 시달렸고, 지금도 그 생각을 하면 안타깝고 미안하다.

입학 후, 나는 실기 전공을 겨우겨우 이어갔지만, 연주 실력이 생각만큼 늘지 않았다. 머리로 그려지는 음악들이 손끝에서 따로 노는 괴리감을 감당하기 어려웠다. 누구의 연주가 왜 좋은지는 분명히 알면서도, 내가 그처럼 할 수 없다는 걸 인정하기까지 오래 걸리지 않았다. 학부 졸업 후, 실기를 접고 남의 연주를 즐기며 공부하고, 평론하는 입장이 되고 나니 조금 숨통이 트였다. 몇 해 전, 이제 편한 마음으로 가야금을 다시 해 볼 수 있을까 싶어 아무도 없는 학교 실기실에서 정말 오랜만에 가야금을 안아 봤다. 그리고 그 옛날에 골백번 타고 또 타고, 명인들의 연주를 듣고 또 들으며 마음속에 생생하게 새겨진 그 가락을 연주해 보려 줄 위에 손가락을 얹어 봤지만 몇 장단 해 보고 그냥 일어나고 말았다. 마음과 몸의 거리가 너무도 멀었기 때문이었다.

이 문제를 오래 고민해 오던 중 이런 결론에 도달하게 되었다. 사람에게는 음악을 알고 좋아하는 '풍류DNA'와 '타고난 재능으로 업을 삼을 만한 잽이DNA'가 있는데, 내가 가진 '풍류DNA'를 '잽이DNA'로 착각하여 잠깐 음악의 길에서 고전했던 것이라고. 그러고 보면 대학 입시 때 단 한 번, 실수 없이 생각했던 대로 연주를 마친 그 연주는 '풍류DNA'로서 도달한 최고의 음악 순간이었던 것이라고.

그리고 이 글을 쓰면서, 이런 생각도 해 본다. 아마도 은퇴 후의 일상에서 다시 아무 걱정 없이 음악에만 몰입하여 재미를 누렸던 소녀 시절의 감성을 회복할 수 있다면, '풍류DNA'에 충실하게 그 옛날 박상근류 가야금 산조를 다시 연주해 볼 수도 있을지 모르겠다는 생각 말이다.

갈라쇼의 〈금강선녀〉

 이광웅 〈금강선녀〉

신귀백

영화평론가. 전남 나주 출신. 일곱 살에 아버지 손을 잡고 호남선을 타고 이리역에 내린다. 이리국민학교를 졸업하고 검은 교복을 입는다. 뺑뺑이 1세대로 원광중학교를 무시험으로 입학하고 시험을 봐서 남성고등학교에 입학한다. 장발로 이리에서 원광대학교 국어교육학과를 다니면서 3년 동안 야학 교사를 한다. 졸업 후 고등학교 국어 교사로 분필밥을 먹었다. 학교 바깥일로 영화감독이 되어 장편 다큐 〈미안해 전해줘〉를 연출해서 극장에 걸었다. 전북비평포럼대표, 전북독립영화제 조직위원, 무주산골영화제 심사위원을 역임하였다. 영화평론가로 활동하면서 영화평론집으로『영화사용법』을 냈고 지역 인문서인『전주편애』를 펴냈다. 익산지역의 철길과 물길 그리고 교육에 관한 자료를 가지고 박사논문을 쓰고 있다.

영업 비밀

여자 때문이다. 아래는 영업 비밀 중 일부이다. 음악은 중요한 도구다. 보딩패스다. 나중엔 유행가가 절실해지는 시절이 오지만.

고1 겨울, 크리스마스 칸타타를 준비하면서 〈오 거룩한 성〉 베이스를 맡았다. '그 빛은 아주 어둡고 그 광명 참담해', 성가 연습이 끝나고 포장마차에서 잔으로 파는 소주를 마셨다. 친구네 집에서 밥 딜런의 방글라데시 다카 공연 실황 앨범을 들었다. 미학적 경험이라기보다는 반미나 반전이란 말이 머리를 때렸다. 그 나이의 '흔한 감성'이 아니었다. 담담한 척했다. 후일, 그 친구의 여동생에게 노트 한 권 분량의 편지를 보낸 적이 있다.

금성 칠석라디오로 〈에피탑〉을 들었고 〈슬라브행진곡〉 같은 것을 들었다. 클래식 해설서를 사고 노트에 일일이 적어 가면서 들은 음악을 지구음악감상실이나 홍지 근처 필하모니에서 복습을 했다. 음악만 열심히 들어도 귀를 맡기는 사람이 있다는 것은 선물 아니면 보상이다.

선생이 되었다. 인켈을 살까 하다가 주인의 강권에 파이오니어를 샀다. 킹 크림슨도 레드 제플린도 샀다. 이퀄라이저 불빛이 휘황한 오디오에서 나오는 음악을 귀가 예쁜 애인이 와서 같이 들었다. 음악이 들어 있는 귀는 어디서도 뺏을 수 없다는 것. 첫 만남에서 "노력하면 아슈케나지 정도도 가능하냐?"고 물었다. "작은 키, 작은 손으로 오른손을 왼쪽으로 넘겨 건반을 치는 것, 이만큼 치려면 어떻게?" 하는 뒤 질문을 붙였다…. 세상에, 홍상수의 〈오! 수정〉에서 이 같은 영업 비밀이 공개되다니?

애인은 하숙집 전화로 자신이 친 피아노곡을 들려주었다. 몇 년 후 나는 혜화동 로터리 공중전화 부스 안에서 송수화기에 대고 "어느 찬비 흩날리는 가을 오면 아침 찬 바람에 지우지" 하면서 노래를 불러 주었다. 〈봄날은 간다〉를 스무 번쯤 부르던 날과 3절까지 부르고 싶은 날이 오더라. 그때, 학교 가기 싫을 때, 기억에 남는 LP판은 선명회합창단이 부른 "산새도 오리나무 위에서 운다"와 "접동 접동 아 울오래비 접동" 하는 노래로 기억된다. 사월과 오월의 "오늘도 젖은 짚단 태우듯 또 하루를 보낸다" 던 〈화〉도 많이 들었다. '카수' 김근수가 유일한 친구이던 시절, 세 번째 애인은 갔다.

폭식과 거리두기

음악을 폭식하던 시절이었다. 하드 락에서 〈회심곡〉의 부모은중경까지 모든 음악을 매일 매시간 들었다. 절에서 붉은 홍시가 열릴 때 들었고 그 감나무에 눈이 쌓일 때도 들었다. 열차에서도 산에서도 바다에서도 들었다. 무릎 꿇고 들어야 하는 음악이 있다는 것도 알았다.

아파트 대출금은 많았지만 맥킨토시 중고를 샀다. 검정 바탕에 손목시계만 한 버튼이 여섯 개가 전면에 붙은 앰프는 불이 들어오면 묵직하고 고풍스러움에 성공한 삶을 사는 착각이 들었다. 스피커는 집이 좁다는 핑계로 보스로 구입했고 턴테이블에 바늘과 카트리지를 일습했지만 그리 많이 듣지 못했다. 기계가 중요한 건 아니었다.

박남준처럼 혼자 살 때 가능한 것이다. 아니면 여럿이 살아도 독종일 때 가능한 것이 음악 듣기다. 아이가 생기고 거의 마지막으로 산 LP가 아마 노찾사 혹은 조용필이었을 것이다. 마눌이 한심하게 보는 것 같아 〈Q〉는 몇 번 듣지 못했다. 콤팩트한 CD의 시대, NOW시리즈가 있어 조금의 위로가 되었다. 그때 큰놈이 귀가 있었다. 〈I Am Sam〉을 본 후, 딸 루시가 그네 장면에 나오던 음악을 기억해 내더랬다. 기특했다. 아깝지 않게 CD를 사 주었다. 놈은 요즘도 종일 음악 속에서 산다. 옛날의 나를 보는 것 같다. 놈 때문에 켄트나 콜드플레이, 그린데이를 듣기도 했다. 놈은 젊은 데이빗 보위와 류이치 사카모토가 주연으로 나온 영화 〈전장의 크리스마스〉 주제가를 피아노로 곧장 친다. 그래봤자 '일심으로 정념은 극락세계'라는 〈회심곡〉이나 신쾌동의 거문고 병창을 듣지 못하지만.

새로운 음악보다는 전에 들은 것을 주로 듣는다. 이제는 음악과 싸우지 않는다. 요즘 말로 거리두기를 할 줄 알게 되었다. 이 음악 저 음악 다 좋아하던 바람꾼의 시절은 갔다.(그래도 귀가 도톰한 애인이 생겨 막심 브라비차를 권한다면 어쩔 수 없겠지만…) 혀를 날름 내미는 손열음도 좋고 조성진도 가끔 듣는데, 〈왕벌의 비행〉보다 드비시의 〈달빛〉이 더 치기 어렵다는 것을 안다.

아무 때나 듣지 않는다. 퇴보다. 백화점 음악이나 공항 음악 정도의 이지 리스닝이 유튜브에 걸린다. 취향이 고스란히 드러난다. 바닥 드러내는 일이다. "스타리 스타리 나잇" 하는 고독한 천재의 생애를 담은 노래나 신효범의 〈미련한 사랑〉 같은 것이 먼저 뜬다. 가능하면 바흐의 첼로나 쇼팽의 녹턴 같은 것을 흔적으로 남긴다. 말러 5번은 숙제다.

갈라쇼의 〈금강선녀〉

호남 고령층인 내게 직함이 있다. '배호선양회 이리지부장'! 〈돌아가는 삼각지〉의 그 배호다. 노래방에 가면 배호의 〈파도〉를 첫 번째 노래로 부른다. 전주에 갈매기가 끼룩끼룩 운다. 태진미디어 10736보다 금영 746번 반주가 낫다. "부우딪쳐서 깨어지느흔 물거품만 남기이고"를 좌악 깐다. "파도는 영원한데 그런 이별은 없을 수도 있으려언만" 하면서 나는 머리를 쓰다듬는다. 후일 선수를 만나면 코인 노래방에서 〈안개 낀 장충단 공원〉에서부터 〈마지막 잎새〉까지 모두 불러 젖힐 요량이다.

나는 식모 누나의 손에 끌려 이리극장 '쇼'에서 남저음 목청으로 기침을 하던 배호를 친견한 적이 있다. 배호의 고향은 산동성 제남이다. 공자님 근거지에서 태어났으니 부모의 업적과 그 출생이 예사롭지 않다. 1942년생이니 황석영 선생 비슷한 또래다. 검은 뿔테의 서른도 못 된 젊은이가 이런 저음을 냈다니. 나는 그가 1971년에 세상을 떠났다는 뉴스를 라디오에서 직접 들었다. 오늘날, 회원이 나 혼자뿐인 배호선양회 이리지부장을 맡고 있다. 안도현이 전주지부장이었는데, 후임도 없이 안동으로 지부를 옮겼다.

배호를 넘어 "먼 산 언저리마다 너를 남기고" 하면서 목을 키우고 뱅크의 〈가질 수 없는 너〉로 나아간다. 최재훈의 〈잊을 수 없는 너〉의 애절함이 나오면 좀 되는 날이다. 제자들이 소화기 들고 벽을 타면서 〈말 달리자〉를 부르면 그땐 돈을 막 푼다. 박강성의 〈문밖에 서 있는 그대〉를 부르면 아줌마들이 귀여워한다. 오랜 영업 촉으로 안다. 대개 엔딩은 〈사랑한 후에〉다. 아무나 한다.

진정한 선수끼리는 갈라쇼가 남아 있다. 태진이나 금영 족보에도 없는 노래를 한다. 러시아 민요 〈기러기떼〉를 부른다. 기어이 "내 옷은 어데로 갔나, 그 누가 가져갔나" 하는 〈금강선녀〉까지 간다. 이광웅이 감옥에서 불러 전해진 이 노래에 꽂혀 박배엽 시인을 기리는 다큐멘터리를 만든 적이 있다. 그때, 이종민 선생이 머리가 세기 전 출연을 했다. 지리산 현지로케를 하면서 촬영한 영화는 스크린에 걸렸지만, 날개옷이 없어 옥황상제에게 못 가는 애달픈, 눈먼 빨치산이 고향을 그리는 그 마음은 전달하지 못했다. 여럿에게 폐를 끼쳤다.

덧: 진짜 가수 박두규가 미성으로 간절하게 부르는 〈금강선녀〉와 이병천의 〈예성강〉 들을 재

킷에 담아 두어야 한다. 전주 막걸릿집에서 시인 이병초가 부르는 "아침의 털, 모르는 남자 털"도 역시. 나는 "원수의 총칼 앞에 피를 흘리며" 하는 〈이승복 노래〉를 취입할 것이다. 이광웅, 황석영, 정양 등 큰형님들이 부르신 오디오와 비디오가 내게 있다. "이 노래는 정양 시인이 전주를 떠나 한참 외로울 때 부른 노래입니다" 하는 엄벙한 해설이 들어가도 좋다. 연락하시라. 후배들이 한판 떠놓길 바란다.

우리 모두 함께 "눈을 뜨자"

왕기석 · 안숙선의
〈심봉사 눈 뜨는 대목〉

왕기석의
〈심봉사 눈 뜨는 대목〉

왕기석

국악인. 전북 무형문화재 제2호 판소리 수궁가 예능 보유자. 전북 정읍 출신. 중앙대학교 대학원 석사. 오랫동안 국립창극단 단원으로 활동하다가 시립정읍사국악단 단장을 거쳐 현재는 국립민속국악원장을 맡고 있다. 전국국악경연대회 대상, 남원춘향제 전국명창경연대회 최우수상, 동아국악콩쿠르 성악부문 은상, 서울국악대경연 판소리부문 장원, 전주대사습놀이 전국대회 판소리 명창부 장원 대통령상, KBS 국악대상 판소리상, KBS 국악대상 종합대상 등을 수상했다.

온 산에 물감을 풀어놓은 듯 화려했던 꽃들도 지고 이제 슬슬 여름의 문턱으로 가는 계절, 녹음방초승화시綠陰芳草勝花時라!

내가 이종민 교수님을 처음 뵈었을 때가 1999년 2월에 전북대문화관에서 동학농민혁명을 다룬 음악극 〈천명〉 공연 때로 기억된다. 음악극 〈천명〉은 1994년 동학농민혁명 백주년 기념으로 만들어진 공연으로 약 300여 명이 출연하는 대형 음악극이었는데, 내가 공연의 주역인 전봉준 장군 역을 맡았었다. 그리고 몇 번의 앵콜 공연을 거쳐 1999년에 당시 동학농민혁명기념사업회 이사장으로 계시던 한승헌 감사원장님의 노력과 후원으로 광주와 전주 공연을 개최하여 큰 호응을 얻었었다. 그때 만난 이종민 교수님은 그저 부드러운 인상에 영락없는 학자의 모습이었다. 그 이후 쭉 교수님과 어울리게 되었는데 그저 점잖은 학자가 아닌 아주 열정이 많은 대단한 분이란 걸 알게 되었다. 특히 동학농민혁명뿐 아니라 우리 문화와 예술, 음악을 너무도 사랑하는 분으로 전주한옥마을의 활성화를 위해 정기적으로 음악회를 개최함은 물론 매년 지역에서 열심히 노력하며 활동하는 젊은 예술가를 발굴하여 1,000명의 후원자에게 만 원씩의 후원금을 모아 전달하여 격려하는 "천인갈채상"을 만들어 예술가들에게 큰 힘이 되고 있다. 이러한 열정적인 교수님과 함께할 수 있어 참으로 행복하다.

나는 전라북도가 고향인 소리꾼이다.

남도의 노래 판소리는 한恨의 예술로서 나의 세포 하나하나는 전북의 바람과 물로 이루어져 있다. 나는 태생적으로 전북을, 남도의 한을 노래할 수밖에 없는 사람이다.

우리 전라북도는 아름다운 산과 넓은 들 그리고 푸른 바다가 넓게 펼쳐 있으며, 넉넉한 인심이 넘쳐흐르는 풍요로운 땅이다. 또한 우리 민족의 얼이 담긴 판소리의 발상지이며, 호남 좌우도 농악의 본산이기도 하다.

그만큼 멋과 흥을 알고, 그 멋과 흥을 우리의 "판"을 통해서 즐길 줄 알았던 것이다.

늘상 어릴 적 고향의 마당에서 고샅에서 들판에서 모정에서 흥겨운 '판'이 벌어지곤 했다. 그러나 산업화로 인해 많은 사람들이 고향을 등지고 도시로 떠밀려 가는 동안 우리의 멋과 흥이 녹아 있는 신명 나는 '판'도 우리 곁에서 점점 사라져 갔다.

내가 가장 좋아하고 무대에서 즐겨 부르는 소리는 판소리 심청가 중 〈심봉사 눈 뜨는 대목〉이다. 아마 대한민국 소리꾼 중에 가장 눈을 많이 뜬 소리꾼도 나일 것이다. 내가 이 대목을 즐겨 부르는 이유는 시시각각 변하는 세상에 모든 분야의 사람들이 새롭게 눈을 떠서 새로운 세상을 만들었으면 하는 바람이고 무엇보다 사라져간 우리의 신명 나는 '판'을 되찾고 싶어서이다.

요즘 우리 사회의 화두는 '소통'이다.

나는 요즘 가는 곳마다 사라져 가는 우리의 '판'을 찾아야 한다고 외치고 다닌다. 왜냐하면, 우리 고유의 '판'이 갖는 진정한 의미도 역시 '소통'이기 때문이다.

예전 가족공동체나 마을 공동체가 중시되던 우리 조상들의 삶에서는 우리 고유의 '판'을 통해서 즐거울 때는 '놀이판'이나 '춤판', '소리판', 혹은 '굿판'을 통해서 서로 소통하고, 슬플 때는 초상 마당의 판에서 아픔을 같이하고 서로 위로하며 '판'을 통해서 희로애락을 함께 공유하며 살아왔다.

하나 요즘은 우리의 건강했던 가족공동체와 마을 공동체가 해체되고 물질 만능주의의 심화와 무한 경쟁주의, 그리고 오직 나밖에 모르는 개인주의와 이기주의로 인해 우리 사회는 온통 몸살을 앓고 있다.

다행히 맛과 멋과 흥의 고장 전라북도는 다양한 문화 · 예술 콘텐츠를 개발하고 우리 전통문화를 극대화할 수 있는, 즉 우리 고유의 '판'을 찾기 위해 다양한 시도와 노력을 하고 있어 다행이 아닐 수 없다.

나는 앞으로 국악의 수도이자 소리의 본향인 전북에서 판소리의 보존과 저변 확대를 꾀하고, 우리 소리의 우수함을 국내외에 알리는 데 최선을 다할 것이다.

또한, 우리 국민 모두가 판소리 한 대목쯤은 부를 수 있고 추임새 한마디쯤은 할 수 있는 귀 명창들이 넘쳐나는, 그리하여 백두에서 한라까지 우리 소리가 판치는 그날이 오리라 확신하며 오늘도 나는 합죽선을 손에 움켜쥐고 무대에 올라 눈을 뜬다.

-2020년 여름의 초입에서

평화의 기도서

유강희

시인. 1987년 서울신문 신춘문예에 시가 당선되어 등단했다. 시집 『불태운 시집』 『오리막』 『고백이 참 희망적이네』, 동시집 『오리 발에 불났다』 『지렁이 일기 예보』 『뒤로 가는 개미』 『손바닥 동시』 등을 냈다. 이중민 선생님을 비롯해 박남준, 안도현, 최재봉 등의 작가와 중국 운남성을 함께 여행한 기억을 즐겁게 간직하고 있다.

파블로 카살스
〈새들의 노래〉

〈새들의 노래〉가 파블로 카살스의 〈새들의 노래〉란 걸 알게 된 건 순전히 아내 덕분이다. 결혼 후 아내가 가지고 있던 시디들 중 파블로 카살스 첼로 연주곡이 있었던 것이다. 그런데 이 곡은 아내를 만나기 전에도 많이 들은 것만 같다. 단지 누가 이 곡을 연주했고 곡명이 무엇인지 관심을 갖지 않았을 뿐, 귀에 익은 곡이었기 때문이다. 워낙 유명한 곡이었으니 어떤 자리에서든 들었을 게 빤하다.

음악에 문외한인 나는 〈바흐 무반주 첼로 모음곡〉과 함께 이 시디를 자주 들었다. 이 곡은 들을 때마다 가슴을 파고드는 묘한 마력이 있다. 그걸 무어라고 딱 집어 말할 수 있다면 얼마나 좋을까. 〈새들의 노래〉를 들으며 깨달은 건 이 곡이 내 귀에 익숙한 이유가 꼭 전에 들은 적이 있기 때문만은 아니란 것이다. 그것은 내 안의 어떤 근원적 슬픔의 혈류와 닿아 있기 때문일 터였다. 그걸 달리 인간이 감수하는 보편적 슬픔이라고 표현할 수도 있겠다.

이 〈새들의 노래〉는 카살스의 조국 카탈루냐의 민요다. 이 노래는 또한 나이팅게일, 방울새, 홍방울새, 참새, 개똥지빠귀, 굴뚝새, 딱따구리, 독수리 등 온갖 종류의 새들이 예수의 탄생을 기리는 크리스마스캐럴이기도 하다. 하지만 이 곡은 보통의 캐럴과 다르게 경쾌하거나 즐겁지 않다. 오히려 무겁고 침울하고 슬프고 엄숙하다. 왜 그럴까. 이 노래의 내면은 많은 걸 함축하고 있는 듯 보인다. 우리 식으로 말하면 한의 삭임, 그런 다음에야 비로소 갖게 되는 웅숭깊은 슬픔이랄까. 내게 이 〈새들의 노래〉는 민중들의 눈물과 한숨의 빛으로 짠 한 편의 서사시로 읽힌다. 그래서일까. 이 곡을 듣고 있으면 절로 우리의 〈아리랑〉이 떠오른다.

카살스가 그토록 긍지와 자부심으로 노래했던 조국 카탈루냐의 오랜 민주주의 전통. 그 자랑의 역사와 감출 수 없는 비극이 이 노래를 낳았는지도 모르겠다. 프랑코 독재 정권과 결연히 맞서 끝내 자신의 뜻을 죽을 때까지 굽히지 않았던 한 위대한 음악가의 영혼이 이 연주 속엔 오롯이 녹아 있다.

그는 한 사람의 뛰어난 음악가이기 전에 한 시대를 이끈 자유와 평화의 사도였다. 음악 운동가이자 음악 노동자였다. 이 역시 아내가 가지고 있던 책『첼리스트 카살스, 나의 기쁨과 슬픔』을 통해 알게 되었다. 내가 알기로 그는 음악을 통한 최초의 부드러운 혁명가였다. 그가 1971년 유엔에서 한 연설을 듣고 나는 전율했다. "제 고향 카탈루냐의 새들은 '피스peace', '피스peace' 하고 노래합니다." 몇십 년 전의 그의 육성은 섬뜩하도록 아름다운 절규에 가까웠다.

　　　새
　　　　　- 파블로 카살스의 〈새들의 노래〉를 듣고

　　　하늘의 가장
　　　깊고 깊은 연못에
　　　떠 있는 빈손 하나

　　　어떤,
　　　추운 나라에선
　　　그걸 새라고 부른다지

이 시는 나의 세 번째 시집『고백이 참 희망적이네』에 실려 있다. 물론 아내의 시디를 듣고 쓴 시다. 그토록 인류의 자유와 평화를 위해 싸우고 기도하고 연주했지만, 그는 결국 죽기 전까지 그가 사랑한 조국 카탈루냐로 돌아가지 못했다.

사람의 심장 가장 가까이에 있는 악기가 첼로다. 그런 점에서 첼로는 심장의 악기라고 불러야 할지도 모르겠다. 첼로의 성자라 불리는 파블로 카살스의 〈새들의 노래〉는 바로 우리 인류의 노래이고 인류의 눈물이고 인류의 절규다. 파블로 카살스보다 자신의 조국 카탈루냐식의 이름 파우 카살스로 더 불리길 원했던 그의 〈새들의 노래〉는 그가 인류에게 바친 하나의 기념비적 '평화 기도서'로 내게 다가온다. 그가 생전에 남긴 말을 적으며 새삼 그의 안식을 빈다.

"우리는 모두 한 나무의 잎사귀들이에요. 그 나무는 인류애의 나무입니다."

나를 다시 일깨워 주다

 조르바의 춤(영화)

 연주와 춤

유승

전북대학교 영어영문학과와 동대학원에서 문학박사 학위를 받았다. 전북대, 원광대, 전주교대에서 강의했다. 전북대학교 전라문화연구소 전임연구원, 원광대학교 연구교수, 전라북도교육청 남원영어체험학습센터 원장을 역임했다. 한국학중앙연구원과 한국국제교류재단 한국학 객원교수로 헝가리 엘테대학교에서 근무했다.

내가 조르바를 만난 것은 엄청난 행운이었다. 대학 시절에 '필로스'라는 동아리를 조직해서 독서 토론 등을 하던 때였다. 어느 날 이 동아리를 지도했던 이종민 교수가 『그리스인 조르바』(1943)를 읽어 보길 권했다. 격정적이고 육감적인 조르바의 육성이 남긴 메아리가 아직도 생생하다. 그의 말을 통해 반복적으로 등장하는 '자유'라는 단어는 '나도 자유인이 되고 싶다'는 열망으로 커 갔다. 이 소설을 쓴 니코스 카잔차키스가 생전에 남긴 자신의 묘비명도 큰 울림으로 남았다.

나는 아무것도 바라지 않는다
나는 아무것도 두려워하지 않는다
나는 자유다

작가의 묘비명 내용이 소설 속 조르바의 삶의 방식과 일치한다는 점은 흥미롭다. 조르바는 모든 것을 걸고 도전하고 그 과정 자체를 즐긴다. 한번 시작하면 미친 듯이 일한다. 자신이 좋아하는 도자기 만드는 일에 거치적거린다는 이유로 자신의 손가락 하나를 스스로 절단하기도 한다. 가진 것 하나 없이 방랑자의 삶을 살면서도 걱정하지 않는다. 세상만사 모든 일을 겪었기 때문에 마음이 확 트였고 두둑한 배짱도 있다. 학교 문턱에도 못 가 봤으면서도 복잡하고 어렵다고 생각하는 모든 문제를 칼로 자르듯 명쾌하게 풀어낸다. 버찌가 자꾸 먹고 싶어지자 한 번에 몽땅 먹고 토하고 난 뒤 다시는 쳐다보지도 않는다. 그게 무엇이든 바라지도, 두려워하지도, 얽매이지도 않기 때문에 그는 항상 자유롭다. 매일 아침 눈앞에 펼쳐지는 익숙한 세계를 새로운 눈으로 본다. 매사에 '왜' 해야 하는지 묻지 않고 '그냥 하고 싶어서', 마음 가는 대로 움직인다. 지금, 여기에서 최선을 다

하기 때문에 모든 것을 쏟아부은 일이 실패할지라도 결코 좌절하지 않는다.

"…나는 어제 일어났던 일 따위는 다시 생각 안 합니다. 내일 일어날 일도 미리 생각하지 않지요. 내게 중요한 건 바로 오늘, 이 순간에 일어나는 일입니다. 나는 자신에게 물어봅니다. '조르바, 지금 이 순간 자네는 뭘 하나?' '잠자고 있어.' '그래, 그럼 잘 자게.' '조르바, 자네 지금 뭐 하나?' '여자한테 키스하고 있지.' '그래, 그럼 실컷 해 보게. 이 세상에는 아무것도 없네. 자네와 그 여자밖에 없으니 실컷 키스나 하게.'"(2권 228)[04]

우리가 종종 머릿속에 떠올리며 반성하곤 하는 까르페디엠(Carpe Diem, 지금 이 순간에 충실하라)은 조르바의 삶과 말 속에 그대로 녹아 있다. 그래서 처음 소설을 읽기 시작했을 때 드는 조르바에 대한 거부감은 페이지를 넘길수록 호감으로 변하고, 마지막 책장을 넘길 때는 꼭 한번 만나 보고 싶고 닮고 싶은 인물로 변한다.

카잔차키스가 자신의 문학 작품에서 추구했던 바는 영혼과 육체의 대립 속에서의 조화이다. 이 소설에서 주인공 '나'가 "내 정신을 육체로 채우고, 내 육체를 정신으로 채워야 한다. 내 내부에 웅크린 두 개의 영원한 적을 화해"(1권 149)시키려고 생각하는 것은 이런 그의 특성을 잘 보여 준다. '나'는 책벌레이다. 책과 글쓰기에 매몰되어 살던 "나는 크레타 해안에 폐광이 된 갈탄 광산 한 자리를 빌려둔 게 있었는데, 책벌레들과는 거리가 먼 노동자, 농부 같은 단순한 사람들과 새 생활을 하기로 마음먹었다."(1권 18) '나'는 조르바와의 만남을 통해 변화를 겪게 된다. '나'는 영혼을, 조르바는 육체를 대변하는 인물이다. '나'가 책에서 얻은 지식을 말과 글로 표현한다면 조르바는 몸으로 경험하여 깨친 바를 행동과 춤으로 표현한다. 특히 흥미로운 것은 조르바가 자신의 생각, 행복과 불행을 춤으로 표현한다는 점이다.

"보스! 당신에게 할 말이 아주 많아요. 당신만큼 사랑해 본 사람이 없었다오. 하고 싶은 말이 쌓이고 쌓였는데 내 혀로는 부족해요. 춤으로 보여 드리지. 자, 갑시다."
그가 공중으로 뛰어올랐다. 팔다리가 날개가 달린 것처럼 바다와 하늘을 등지고 날아오르자 그는 마치 반란을 일으킨 대천사 같았다. 하늘에다 대고 이렇게 외치는 것 같았다. '전능하신 하느

---

04   『그리스인 조르바』1,2(니코스 카잔차키스 지음, 베스트트랜스 옮김, 미르북컴퍼니, 2018). 이 책에서의 인용은 권수와 쪽수만 기재함.

님, 당신이 나를 어쩌시려오. 죽이기밖에 더 하겠소? 그래요, 죽여요. 상관 않을 테니까. 나는 분풀이도 실컷 했고 하고 싶은 말도 실컷 했고 춤출 시간도 있었으니… 더 이상 당신은 필요 없어요!'(2권 263~64)

미카엘 카코야니스 감독의 영화〈그리스인 조르바〉(1964)에서 내가 가장 관심 있게 보았던 것은 바로 이 춤추는 장면이었다. 소설을 영화로 만드는 작업이 제2의 창작이라는 점에서 글로 쓰인 춤이 행위예술로 어떻게 표현될지는 호기심을 자극하기에 충분했다. 결론적으로 말한다면 영화의 마지막 장면을 장식한 조르바의 춤은 만족감을 주기에 충분했다. 시르타키, 즉 그리스 전통춤 하사피코를 새롭게 해석한 지오르고스 프로비아스의 안무는 미키스 테오도라키스의 음악과 조화를 이뤄 대중의 환영을 받기에 충분했다.

이 춤을 돋보이게 만든 것은 음악이다. 이 영화에서 주제곡을 만든 테오도라키스는 나치에 대항한 레지스탕스 운동과 우파 독재 정권에 맞서 사회주의 운동을 하면서 수차례 투옥과 망명을 반복하기도 한 인물이다. 그리스 민족의 정서를 반영한 민중 가곡과 정통 클래식 음악을 1,000여 곡 작곡하였다. 대표곡은 유대인 수용소 마우트하우젠에서 살아남은 그리스 시인 라코보스 캄바넬리스의 시를 바탕으로 한〈마우트하우젠 삼부작(Mauthausen Trilogy)〉으로 홀로코스트를 다룬 가장 아름다운 음악곡 중 하나로 평가받는다. 우리에게 잘 알려진 곡은〈기차는 8시에 떠나네〉이다. 그리스의 대중가수 하리스 알렉시우와 메조소프라노 아그네스 발차의 곡으로 유명하며, 조수미의 앨범에 수록되어 우리와 더욱 친숙해진 곡이다. 영화〈그리스인 조르바〉와〈페드라〉등의 영화음악을 통해서 대중과 친해지기도 했다.

카코야니스 감독은 후일담을 다룬 소설과는 달리 영화의 마지막 장면을 이 춤으로 마무리한다. 시르타키는 하사피코를 새롭게 해석한 것이다. 하사피코는 비잔틴제국 때부터 전해 내려오는 춤으로 4/4박자의 느린 춤과 2/4박자의 빠른 춤으로 구분된다. 테오도라키스는 '조르바의 춤'을 조심스럽게 발걸음을 내딛는 듯한 느린 박자로 시작해서 온몸을 광적으로 리듬에 내맡겨야 할 정도의 빠른 박자로 진행한다. 연주는 그리스 전통 악기 부주키로 이루어졌다. 부주키의 현을 뜯는 듯한 단순하면서도 리듬감이 풍부한 독특한 음색은 나를 회오리바람에 실어 어딘가로 날려 보내는 듯한 느낌을 갖게 한다. 그리고 그곳에선 아무것도 바라지 않고, 두려워하지도 않는 자유인이 된 나를 발견하곤 한다. 세상살이에 찌들어 가는 나, 사람들 사이에서 이리저리 계산하며 서 있는 나, 하고 싶지 않은 일을 생계를 위한다면서 하고 있는 나, 하고 싶은 일을 항상 다음으로 미루고 있는 나, 새로운 도전보다는 익숙해진 일상에서 안락함을 찾으며 무디어져 가는 나, 책과 글과 누군가의 말씀에서 비답을 찾으려고 애쓰는 나를 발견할 때마다 조르바, 그리고 그 인물을 응축시킨 '조르바의 춤'은 나를 다시 일깨워 주는 내 인생의 음악이었다. 지금 그 음악을 듣고 싶다.

저 멀리 흰 구름 자욱한 곳

유영대

이용탁 작곡 〈먼 길 떠나는 사람은 뒤돌아본다〉
(해금 안수련, 신디 오세진, 더블베이스 김소현 · 한현정)

전북 남원 출신으로, 국립창극단 예술감독을 역임하면서 창극 〈청〉〈적벽〉〈춘향2010〉〈수궁가(Mr. Rabbit and Dragon King)〉〈산불〉〈로미오와 줄리엣〉 등의 작품을 제작했다. 창극 〈청〉은 2006년 진주소리축제에서 초연했고, 2011년까지 대극장에서 100회 이상, 그리고 10만이 넘은 관객이 사랑했던 작품이다. 2007년 이종민 형이 국립극장에서 이 작품을 보시고, 작품의 주제곡이랄 수 있는 〈먼 길 떠나는 사람은 뒤돌아본다〉에 대하여 유려한 에세이를 써서 〈이종민의 음악편지〉에 소개해 주셨다. 나는 애초부터 이 편지를 즐겨 읽고 공감해 왔지만, 특히 이 에세이에서 이종민 형의 음악에 대한 심미안과 작품에 대한 깊이 있는 해석에 반했다. 특히 다음 구절은 여전히 울림을 주고 있다. "창극 〈청〉에서의 서정적 연주는 우리들 '마음의 거문고'(心琴)를 족히 뒤흔들 만큼 감동적입니다. 우리 음악에 애써 등 돌리려는 사람들 귀도 깜짝 잡아끌 수 있을 정도입니다. 창극 〈청〉에는 많은 길이 등장합니다. 곽씨부인 상여 나가는 길, 심봉사와 심청이 밥 빌러 가는 길, 심청이 인당수에 빠져 저세상으로 가는 길, 맹인들 황성잔치 찾아가는 길, 심봉사가 눈을 뜨고 딸 심청과 함께 도화동 찾아 나서는 길 등. 슬픔과 기쁨이 교차하는 인생살이를 나그넷길이라 이르는 것도 이 때문일까?"

심청이가 인당수에 들기 직전에 도선주에게 묻는다. "여보시오. 선인님네, 도화동이 어느 쪽에 있소?" 그러자 도선주가 대답한다. "저 멀리 흰 구름 자욱한 곳, 그곳이 도화동이요." 심청이는 그곳, 흰 구름 자욱한 그곳을 향하여 한 번 절한다. 정말 흰 구름 자욱했다. 심청이가 배 아래 바닷물 속으로 떨어지고, 그리고 검은 바닷물 속을 걸어서 도화동을 향해 천천히 걸어 들어가는 모습을 춤으로 그려낸다. 이때 연주되는 곡이 〈저 멀리 흰 구름 자욱한 곳〉이다. 회전무대를 돌아서 무대 앞에 이른 심청이는 무대의 가장 깊은 곳을 향해 들어간다. 3분 정도에 걸쳐서 진행되는 이 장면의 마지막은 심청의 등 뒤로 급박하게 내려 떨어지는 검은 천이다.

그동안 작품을 보면서 비평하거나 작품 속에 푹 빠져들기는 했을망정, 기획자 겸 제작자의 자리에 서본 기억은 가물가물했다. 대학 시절 국문학과 민속반에서 만들었던 '고대산대놀이'를 준비하다가, 자욱한 최루탄 연기에 휩싸여 막을 올리지도 못했던 기억이 떠오른다. 우석대학에 근무할 적에 박병천 선생을 모시고 '진도씻김굿' 한판을 대강당에서 공연했었다. 2006년 국립창극단의 예술감독이 되어 작품을 기획하고 제작하는 일이야말로 가슴 뛰는 일이었다. 남산 국립극장에서 보내는 동안, 을씨년스런 겨울의 끝자락에서 꽃피고 새가 우는 봄을 보냈다. 작품 하나를 만들어가는 것이 참 손이 많이 가고 힘든 과정이라는 것을 새삼 깨닫기도 한다.

나는 애초에 소설을 공부했었다. 전주에 자리를 잡고 학생들을 가르치고 소설을 공부하다 보니 판소리계 소설이 논문의 주제가 되었고, 그 소리판의 매력에 빠져서 그냥 판을 돌아다녔다. 무대에서 이루어졌건 굿판의 형태를 띠고 있건 우리의 마당은 왕성한 생명력이 있는 공간이다. 그 판에서 살고 있다는 것이 즐겁기도 하고 속상한 대목도 많아서, 말 그대로 애증의 사다리를 타고 있다. 이러한 균형 없는 애증의 탓일까? '판소리'와 '창극'를 대표하는 국립창극단의 예술감독이라는, 한없이 가볍기도 하고 무거운 책임이 내게로 왔었다.

그해 1월에 국립창극단에서 창극의 방향성에 대한 세미나가 있었다. 나는 그 자리에서 발제문을 통해 우리 소리와 우리 음악, 우리 춤을 바탕으로 제작한 '창극'이 대중화와 세계화의 맥락을 확보해야 된다고 주장했다. 막연하다 싶은 이 명제의 실천을 위하여 창극단 식구들과 같이 창극의 방향성을 모색했다. 나는 전통적이면서도 우리 시대의 관객에게 다가가야 한다는 점을 내세워, '우리 시대의 창극'이라는 명제를 내세우기로 하였다. 어느 시대나 우리 시대이다. 지금 이곳에서 벌어지는 창극의 무대가 동시대의 사람들에게 의미가 있는 예술로 자리매김할 수 있게 만드는 것이 숙제였다. 나는 판소리를 연구로 시작하였으나 예술로 즐기고 있다. 그렇지만 이 예술의 미래에 대해서는 정말 비관적이기도 했다. 이 스러져가는, 그러나 눈물겹게 아름다운 예술, 판소리를 어찌할 것인지, 참 고민이 많았던 시절이었다.

이즈음의 공연예술들은 그 현란함이 이루 말할 수 없다. 우리 시대는 무대에서 10초도 눈을 뗄 수 없게 만들어야 장사가 되고 관객을 끌 수 있는, 그런 시대이다. 이런 방식에 길든 관객을 대상으로 창극이 어떻게 다가가야 하는지, 그러면서도 창극이 지닌 정체성은 어떻게 지켜 나가야 되는지, 이것이 문제였고 지금도 문제다. 3월부터 내내 창극단의 정기공연 연습으로, 밤늦게까지 국립극장에 남아 있는 날이 많았다. 대학 다닐 때 밤 열한 시쯤 도서관에서 집으로 돌아오면서 뭔지 모를 뿌듯함이 있었는데, 오십이 넘어 다시, 늦은 밤 극장에서 걸어 나와 집으로 돌아오는 길이 허허로웠다.

국립극장 대극장은 1,500개의 좌석이 있었다. 객석의 숫자가 나를 압도해 본 적은 그때가 처음이었다. 공연을 앞두고 이 객석을 어찌 채울 것인가에 대한 문제로 번민한 적이 많았다. 나는 창극단 공연의 역사에서 최초로 배우들이 지휘자를 보면서 노래하는 방식으로 가겠다고 선언해 버렸다. 창극 배우들의 반발이 극심했다. "우리가 북소리 듣고 소리했지, 언제 지휘자 보고 소리했다냐?"라는 볼멘소리가 들려왔다. 극장 안팎에는, 새로운 예술감독이 와서 벌이는 이 다소 엉뚱해 보이는 작품에 대하여 '기대 반 걱정 반'의 표정이 역력했다. 일단 '두고 보자'는 것이 대세여서 살갑게 다가와 의논하는 분위기는 어디에도 없었다.

그런 힘겨운 시간을 거치면서 막이 올랐다. 기왕의 창극의 관객은 대체로 국악인들이 객석을 채웠다. 그런데 이번에는 일반인이나 대학생들이 그 자리를 많이 채워 줬다. 특히 고려대 학생들이 많이 보러 와서 '고대생 창구'를 급조하여 만들기도 하였다. 그 힘 때문일까? 나름대로 멋진 판이 만들어졌다는 것이 중평이다. "창극이 이런 것인 줄 몰랐다", "다듬어 세계화시킬 내용성을 갖췄다"는 평을 받았다. 마지막 공연을 마치고 늦은 밤 극장을 나설 때, 복숭아꽃이 바람에 날리고, 밤하늘에도 흰 구름은 떠 있었다, 저 멀리 아득히.

인간, 자유 그리고 광기, 삼중주의 매력

 영화 〈희랍인 조르바 OST〉

이동연

전북 완주에서 태어나 전주고, 한국외국어대학, 타이완 푸런대학에서 공부했고, 전남대학교 중어중문과 교수로 재직한 후 명예교수로 있다. 지금은 전남 담양 창평 절산마을에서 주경야독하며 지낸다. 이 책의 편자 이종민과는 중·고등학교에서 함께 공부하며 같은 동아리에서 활동하기도 했다. 그때는 서로 다른 성격이었는데 근래 나이 들어가면서 많이 비슷해지는 느낌이다.

　　스무 살, 『희랍인 조르바』를 처음 만났다. 군부 독재의 혹독한 어둠, 불확실한 청년 시대의 혼란 속에서 자유로운 영혼의 상징 조르바는 긴 방황에 대한 해답을 건네기보다는 오히려 무수한 질문을 던지는 멘토로 다가왔다. 책상물림 시인 '나'와 평생을 자유롭게 떠도는 건달 조르바, 두 대조적 인물의 동행 여정은 그렇게 이성과 광기, 선과 악, 육체와 정신, 문명과 야만, 성과 속이라는 대립적 형상으로 이어지지만, 둘은 마침내 서로를 온전하게 이해하고 동화同化의 세계를 이룬다. 하지만 이렇듯 단순한 서사를 따라가면서 얼마나 많은 질문이 이어졌던가. 이제 나 또한 조르바가 '나'를 항구에서 처음 만나 함께 지냈던 나이, 작가 니코스 카잔차키스가 실제 인물 조르바와의 삶을 담아낸 이 작품을 발표했던 나이, 예순 중반이 되어 오래된 벗을 다시 만난다. 그사이 '그리스인 조르바'로 서명도 바뀌었고, 번역 대본도 처음의 영역본 말고도 불어본, 그리스어본까지 다양해졌다. 그리고 이 명작과의 인연을 토로하는 수많은 사람들의 독후감이 이어지고 있다.

　　어쨌든 내게는 암흑의 청춘기, 각종 이념 서적들 사이에서 니코스 카잔차키스의 장편소설 『희랍인 조르바』는 그것들과는 또 다른 해갈解渴의 샘이었다. 그러다가 80년대 초 우연히 영화 〈희랍인 조르바〉에 삽입된, 그리스의 저명한 음악가 미키스 테오도라키스의 사운드트랙 음반을 듣게 되었다. 원작이 1946년에 출간된 후 1964년에 영화로 제작되었다는데, 그 무렵까지만 해도 이 영화를 볼 기회가 없었다. 영화부터 보고 음악을 들었다면 그 곡이 삽입된 구체적 상황을 기억하면서 한층 맛깔스러웠겠지만 그렇게 순서가 뒤바뀐 셈이다. 그런데도 음악은 참으로 독특했고, 그야말로 심금의 저변을 울리는 매력이 가득했다. 우선, 연주하는 악기의 음색과 리듬이 무척 인상적이었다. 그때까지 이름도 제대로 들어보지 못한 '부주키Bouzouki' 등 그리스 전통악기와 가락이기 때문이었을 것이다. 여기에 각 음악 앞머리마다 영화 속 '나'와 조르바의 대화(사실은 주로 조르바의 대사이지만)를 편집해 삽입한 것도 참 흥미로웠다.

그 후 타이완 유학 생활 내내 음반을 녹음해서 들고 간 테이프에서 흘러나오는 음악은 고단한 나날에서 언제나 평온한 사색과 위안을 주곤 했다. 때로는 힘차게, 때로는 서정적 선율로 이어지는 연주들, 그토록 감명 깊었던 소설 내용의 장면과 대화를 생동감 있게 기억나게 만드는 영화 대사는 그 어떤 노래의 가사 못지않게 가슴에 파고들었다. 유학에서 돌아올 무렵, 손때 가득한 이 테이프는 더 이상 들을 수 없을 만큼 늘어진 상태였지만, 그렇다고 그 오래된 벗을 차마 내다 버릴 수는 없었다. 서른 해가 지난 지금도 서가 모퉁이 『그리스인 조르바』 책 옆에 말없이 누워 있다. 그리고 몇 년 뒤 마침내 영화를 구할 수 있었다. 오래도록 일상의 배경이 되어 왔던 그 친숙한 음악을 원래 영상에서 다시 '새롭게' 만나는 그 느낌이란!

영화 〈희랍인 조르바〉(미할리스 카코야니스 감독)는 카잔차키스의 원작 소설에 비교적 충실한 편이지만 일부 삭제나 변형도 없지 않다. 원작에서 많은 부분을 차지하는 조르바의 과거 삶에 대한 추억, '나'의 정신적 방황과 사색에 관한 서술은 두 인물 형상을 이해하는 데 매우 중요한 부분이며, 우리가 독서 과정에서 깊은 동감과 감동을 느끼게 되는, 수많은 '명언들'이 담겨 있는 장면이기도 하다. 그렇지만, 영화에서는 거의 보이지 않는다. 물론 장편소설 서사 전체를 두 시간 안팎의 영화로 온전히 재현해 낸다는 것은 애당초 불가능한 일이기에 이런 삭제 작업은 필연적이었을 것이다. 그런데도 영화는 원작의 형상과 주제를 '영화적 언어'로 충실히 구현해 낸 명작이다. 이러한 성과는 무엇보다도 조르바 형상을 완벽하게 표현해 낸 명배우 앤서니 퀸의 연기 덕분이다. 좀 과장해서 말한다면, 그는 조르바보다 더 조르바 같은 말투와 표정과 행동을 보여 준다. 문자언어로 서술된 원작의 형상을 넘어서서 살아 있는 실물로 재탄생한 것이다. 여기에, 미키스 테오도라키스의 음악은 원래는 이 영화를 위해 만든 것이지만, 원작이나 영화의 줄거리, 장면을 떠나서 들어도, 그 자체적으로 깊은 울림을 주는 아름답고 멋진 곡들이 아닌가. 물론 앞서 살펴본 대로 영화의 관련 대사와 함께 음미하면 그 운율의 느낌이 한층 깊어지지만 말이다. 그리하여 니코스 카잔차키스의 원작 소설, 미할리스 카코야니스 감독의 영화, 미키스 테오도라키스의 음악은 같으면서도 다른, 독특한 삼중주의 매력으로 다가오는 것이다.

'20th Century Fox Records'에서 처음 발매한 사운드트랙 음반에는 총 12곡이 수록되어 있다. 이 영화음악 음반은 그 후로 CD로, 디지털 작업을 거친 새로운 버전 등으로 꾸준히 재발매되면서 음질은 향상되었지만 대부분 영화 대사는 삭제한 형태다. 그래서 아무리 음질이 좋아졌다 하더라도 나는 이들 버전에 흥미를 느끼지 못하고 여전히 초기 음반과의 인연과 추억을 고수한다.

처음은 이 영화의 주제곡(Theme from Zorba the Greek)으로, 영화 전반에서 수시로, 때로는 변주되어 이어지는 경쾌하면서도 강렬한 춤곡 연주다. 이어 두 번째는 〈완전히 어리석은 인간(The Full Catastrophe)〉. '내'가 크레타로 가는 항구에서 처음 조르바를 만나 함께 일하기로 약속한 후 폭풍 속에서 그에게 결혼 여부를 묻자, 결혼하고 가정을 이루었지만 그건 완전히 바보짓이었다고 대답하는 장면이다. 세 번째는 〈삶은 계속되고(Life Goes On)〉. 조르바가 오로지 화려했던 '과거의 연애'를 추억하며 살아가는 오르탕스 부인을 만나 새로운 사랑을 벌이는 장면이다. 네 번째 곡은 〈용서받지 못할 한 가지 죄(The One Unforgivable Sin)〉. 성탄 전야, 마을의 젊은 과부가 보내온 선물을 숨겨둔 '나'를 향해 줄곧 그녀에게 적극적으로 다가가라고 재촉했던 조르바는 하나의 '비밀'을 말해 준다. 신은 관대하지만 여성이 침대로 부를 때 응하지 않는 남자는 결코 용서하지 않는다는 것이다. 다섯 번째 곡은 〈해답 없는 물음들(Questions without Answers)〉. 성탄절, 젊은 과부를 짝사랑해 오던 마을 청년이 자살하자 온 동네에 광기가 흐르고, 마침내 죽은 청년의 아버지가 성탄 예배를 보러 온 과부를 군중 앞에서 칼로 죽인다. 이를 막아 보려 했지만 어쩔 수 없었던 '나'와 조르바는 깊이 상심한다. 조르바는 '나'에게 이런 어처구니없는 삶에서 당신의 그 망할 놈의 책에서는 뭐라 말하는지, 무슨 쓸모가 있는지 말해 달라고 한다. '나'는 그 책들은 인간의 고통에 대해서만 말해 줄 뿐 해답을 줄 수는 없다고 토로한다. 여섯 번째 곡은 가장 널리 알려진 〈조르바의 춤(Zorba's Dance)〉. 광산 사업이 완전히 파산된 직후 '나'와 조르바는 어깨를 부여잡은 채 손과 다리의 율동을 맞춰가며 해변 바닥을 울리고 튀어 오르며 함께 춤춘다. 일곱 번째 곡은 〈내면의 불길(The Fire Inside)〉. 광산 사업이 성공하면 부자가 되어 세계를 함께 여행하자는 조르바의 꿈에 '나'는 너무 성급한 계획이 아니냐고 걱정한다. 조르바는 자신이 이미 많이 늙었지만 여전히 세상과 싸워 나갈 '불같은 의지'가 넘친다고 외치는 장면이다. 여덟 번째 곡은 〈똑똑한 사람들과 식료품 잡화상들(Clever People And Grocers)〉. 크레타로 가는 항구에서 조르바가 '나'를 만나 크레타 광산 사업에 그런 일에 경험 있는 자기를 써 줄 것을 요청하자 '나'는 평소 그래 왔던 것처럼 쉽게 결정하지 못한다. '나'의 직업을 묻는 조르바에게 글을 쓰는 작가라 하자 그는 바로 이렇게 강조한다. "당신은 너무 많이 생각하시는군, 그게 바로 당신의 문제점이오. 똑똑한 사람들과 식료품 잡화상들은 모든 걸 저울질하지(You think too much. That is your trouble. Clever people and grocers, they weigh everything…)." 아홉 번째 곡은 〈언제나 문젯거리와 함께(Always Look For Trouble)〉. 성탄절, 과부의 집을 지나며 조르바가 '나'더러 더 이상 망설이지 말고 그녀 집 안으로 들어가 사랑을 이루라고 재촉하자 '나'는 그렇게 단도직입적인 방식으로 문제를 만들고 싶지는 않다고 거부한다. 그러자 조르바는 삶은 문젯거리 자체이니 벨트를 풀고 문제와 맞닥뜨리라고 강조한다. 열 번째 곡은 세 번째 곡 〈삶은 계속되고(Life Goes On)〉의 반복이다. 탄광 사업의 완전한 실패 앞에서도 조르바와 '나'는 성공 축하연을 위해 마련한 양고기를 굽고 포도주를 마시며 서로의 새로운 여정을 준비한다. 열한 번째 곡은 〈자유(Free)〉로, 영화 중간 부분에서 광산 일을 마치고 노동자들이 귀가하면서 부르는 민가 합창이다. 이 곡에는 따로 대사가 들어 있지 않다. 열두 번째 곡은 〈그게 바로 나, 조르바(That's Me Zorba)〉. '조르바의 춤'의 반복곡인데, "그게 바로 나, 조르바요"라는 이 대사는 사실 영화의 시작 부분에서 광산 일에 자신을 써 달라는 조르바의 요청에 쉽게 판단하지 못한 채 계속 '저울질'하고 있는 '나'를 보며 조르바가 자기라면 "조르바, 좋소!" 아니면 "조르바, 안 되겠소!" 하고 바로 결정해 버릴 것이라며 하는 말인데, 마지막 곡에 인용되었다.

여기서 알 수 있듯이 음반의 전체 구성과 각 음악에 붙인 대사 내용은 영화의 순서와 일치하지 않는다. 예컨대, 마지막 곡의 대사는 영화 시작 부분 두 사람의 만남 장면에서 끌어왔고, 세 번째 곡과 네 번째 곡은 영화 후반부 성탄 전야 장면인데, 뒤 장면인 세 번째를 앞에 두었다. 여섯 번째 곡 〈조르바의 춤〉은 영화의 마지막 대목, 열한 번째 곡 장면에 이어지는 부분이다. 여덟 번째 곡 역시 영화 시작 부분 두 사람의 만남 장면에서, 열한 번째 곡은 영화 중간 부분에서 나오는 대사다. 그리고 여덟 번째 곡에서처럼 영화 진행 순서와 다르게 편집된 대사도 보인다. 이런 순서 배치는 이 음반을 발매할 때 첫곡부터 여섯 번째 곡까지를 A면에, 나머지는 여섯 곡은 B면에 수록하면서 각 면의 구성과 음악의 성격을 함께 고려해서가 아닌가 여겨진다.

열두 곡마다 관련되는 장면과 연결해 듣다 보면 나름대로 서로 다른 정조情調가 느껴지지만 그중에서도 특히 오래도록 여운이 남는 것은 세 번째와 열 번째의 〈삶은 계속되고〉 그리고 여섯 번째 〈조르바의 춤〉이다. 이 음반 이후에 나온, 대부분 대사 없이 음악만 편집한 음반에서는 '삶은 계속되고'에 '오르탕스 부인'이란 부제를 달아 세 번째는 '1', 열 번째는 '2'로 표시했다. 후자가 전자를 약간 변형시켜 반복한 곡이라 이해는 간다. 하지만 두 곡이 놓인 장면이 사뭇 다르다는 점에서 곡에서 느껴지는 분위기도 달라질 수밖에 없다. 열 번째 곡은 영화의 마지막 부분에서 모든 과정을 최고조로 마무리한다. 탄광 사업 실패 후 이별에 앞서 조르바는 '나'에게 이렇게 충고한다. "난 두목을 말할 수 없이 좋아하오. 두목은 모든 걸 갖추었지만 딱 한 가지가 모자란단 말이오. 광기, 광기 말이오. 사람은 어느 정도 광기가 있어야 하는 거요. 그렇지 않으면… 결코 밧줄을 끊어 버리고 자유롭게 되지 못하는 법이오." 이 조언에 '나'는 오랫동안 침묵한다. 아픈 지적이기 때문이다. 그리고 마침내 조르바에게 '광기'의 진정한 표상, '춤'을 배우겠다고 요청한다. 그리하여 두 사람은 함께 춤춘다. 전혀 다른 성격, 전혀 다른 삶, 전혀 다른 두 극단의 세계가 마침내 하나로 어우러지는 '동화同化'의 멋진 춤이다.

　그러나 그렇게 해서 '나'는 그 이후로 이제는 책상물림에서 벗어나 조르바처럼 광기로 살았는가? 아니다. 삶에서 광기는 학습이나 노력의 결과가 아닌 것이리라. 이 부분의 서사가, 음악이 내게 언제나 깊은 울림을 주는 것은 내 삶의 역정에서도 늘 이 화두와 고통이 이어졌기 때문이다. 청년 시대에『광상곡시대』라는 시집을 수기手記로 등사해 만들었던 적이 있었다. 지금 생각하면 유치한 일이었지만 그 무렵 영혼의 혼란과 내출혈을 그렇게라도 견딜 수밖에 없었는지도 모른다. 그런 미친 상태에서 다가온 조르바의 저 언명, 그 어찌 머리통을 후려치는 죽비가 아니겠는가. 그러나 또한 '삶은 이어지고' 난 삶을 구속하는 밧줄을 끊고 자유로운 영혼으로 나아가는 투쟁 대신에 낡은 서책 무더기 속에서 미망의 해답을 찾아 헤매는 서생이 되고 말았다. 마치 조르바 앞의 '나'의 길을 선택했던 것이다. 그리고 이제 사십 년이 흐른 지금, 결과는 어떤가? 나 또한 여섯째 곡에서의 '나'의 대답을 반복하고 있지 않은가? 그러나 그렇다고 또한 어쩔 것인가? 삶은 선택이고 운명은 가지 않은, 가지 못한 길로 이어지는 법.

　조르바의 명언들 못지않게 자주 인용되는 저자 카잔차키스의 묘비명, "나는 아무것도 바라지 않는다. 나는 아무것도 두려워하지 않는다. 나는 자유다." 들리는 바에 의하면, 십 년 전쯤 우리 학계에서 쉰이라는 나이가 되어 이 책을 다시 읽다가 조르바의 '자유' 생각에 교수란 직업을 내던지고 새로운 생활을 시작한 사람이 있어 화제가 되었다 한다. 글쎄, 조르바가 말한, 카잔차키스가 말한 '자유'는 과연 어떤 의미인가. 대학에서 가르치며 읽어온 수천 권 책들을 하나씩 시골집 아궁이에서 태워 가며 그 붉고 파란 불 앞에서 멍때리는 '불멍'의 시간에 여전히 이 화두를 이어 간다.

좋은 걸 어떻게 해

이용선

소리꾼. 전라북도 무형문화재 제2호 적벽가 이수자. 1985년 판소리 입문. 제5회 국창 송만갑 추모 전국판소리경연대회 일반부 대상, 제2회 한밭전통가무악 전국경연대회 종합최우수상, 제13회 동아콩쿠르 국악경연대회 학생부 은상, 2014천인갈채상 등을 수상. 전통 판소리뿐만 아니라 국악가요 등을 통한 한국 음악 대중화 사업에도 적극적이다. 퓨전국악그룹 '오감도'의 보컬로도 활동 중이다.

이용선 〈좋아서 좋았네〉

인간은 하루에 몇 번이나 웃을까? 하긴, 누가 자신의 웃는 횟수를 세어 가며 의식적으로 웃지는 않을 테니 그 또한 알 리가 없을 것이다. 그렇다면 어떠한 일에 집중해 있을 때, 혹은 생각에 잠겨 있을 때, 반대로 아무 생각 없이 멍하니 있을 때 나의 얼굴은 어떠한 표정 그림의 모습일까?

나는 볼 수 없었던 내 표정들을 남에게서 누구나 한 번씩은 들어 봤을 것이다. 눈으로 바라보면 눈이 웃고… 귀로 들으면 입이 웃고 입술로 함께 부르면 이목구비가 다 웃는다.

다섯 살짜리 아이. 그 아이가 그랬다. 남자아이 같기도, 여자아이 같기도 한 그 아이 이야기를 나는 지금부터 해 보려 한다.

아이: 엄마~~~~! 엄마~~~~!

엄마를 여러 번 외쳐 가며 뛰어가는 아이가 눈에 들어왔다. 달려가 엄마한테 안기나 싶었더니, 아이 앞에 아이 엄마는 보이지 않았고 아이의 뒤에서 지친 반 걸음 반 뜀으로 양팔은 허리를 잡고 숨 고르는 아주머니,

아이 엄마: 아이고, 아가!!!!!! 찌~깐한 것이 벌써 저까정 갔댜? 아가~ 가만히 있어 봐라이.

아주머니의 지친 음성이 무색할 만큼 아이는 살짝 뒤돌아보더니 바로 또 뛴다. 아주머니는 마치 곡을 하시는 듯 "아이고~! 아이고~!" 하시며 아이 따라잡기에 다시 돌입하셨다. 아이는 얼마 가지 않아 작은 전자상가 앞에 멈춰 섰다. 무슨 일인지 움직임도 없이 그렇게 한참을 서 있었다.

눈으로 웃고, 귀로 들어가며 입술이 웃고 얼굴을 보니 기분이 무척이나 좋아 보였다. 아이의 엄마는 아이가 멈춰 서 있는 곳에 그제서야 도착했다. 저절로 숨을 길게 가다듬는다. 아이의 얼굴을 쓰다듬으며 서로를 바라본다. 그렇게 한참을 웃는다. 저 웃음의 의미는 뭘까? 그곳에 무슨 비밀이 있는 걸까?

아이: 엄마~!(속말: 엄마! 저 언니 아는 사람이에요?아까부터 계속 저를 보는 것 같아요.)

엄마: 으이구~ 이 땀 좀 봐~ 이렇게 해 봐~ 우리 새깽이 안 더워? 날도 더운디 뭣 헐라고 그렇게 뛰어싸? 저~그 언니? 그 언니야가 우리 새깽이 이쁜가벼~ 계속 쳐다보고 막 웃는 것이 말여!

아이는 전자상가에서 한 번씩 크게 켜 주는 한국 음악이 좋았나 보다. 히죽거리며 엄마를 보고 쌩글 웃고, 가만히 움직임 없이 듣고 있기를 반복하면서, 그러고는 엄마 손을 잡고 집으로 향하였다.

아이는 아침마다 동네 산책을 한다. 혼자가 아니다. 산책 파트너는 다름 아닌 장대. 아이의 자기 키를 훌쩍 넘는 장대 하나를 들고 다니며 동네 사람들을 깨운다.

"아침이에요~ 아침! 인나세요!"

긴 막대로 문고리를 흔들고 다니기도 하고 혼자 민요를 흥얼거리며 남의 집 문 앞에서 어른들 흉내를 내기도 했다. 동네 사람들은 아침을 깨우는 아이가 애늙은이 같다며, "왔냐? 오냐~ 일어났다 어서 가서 밥 먹어라" 하고 인사를 받아 준다. 아이는 참 행복해 보였다.

이 좋았던 시절을 그리워하며 작사한 것이 〈좋아서 좋았네〉다. 강성오 선생이 곡을 붙여 주었는데 내게 딱 안성맞춤이다. 어디서든 부르고 싶은 노래다. 이 노래를 부르면 언제나 행복하다. 이 노래를 부르기 위해 그렇게 열심히 소리 공부를 했나? 뜬금없이 그런 생각이 들 때도 있다. 참 좋다 더없이!

좋아서 좋았네

좋아서 좋았네 좋으니 좋았어 좋은데 어찌해 좋으니 좋았어
내 방식 내 색깔로 표현하며 노래를 하고 싶은 것
나는 그저… 음…
좋아서 좋았네 좋으니 좋았어 좋은데 어찌해 좋으니 좋았어
나 어릴 적, 꿈을 꾸었네. 길다란! 장대 하나 들고 다니며,
닭이 울기도 전에 일어나 뭐가 그리 신이 나서
새벽마다 동네방네 집집마다 찾아가서
어르신들 문안 인사 노래하며 대신 했네 좋은 걸 어찌해
한번 왔다 한번 가기에 후회도 미련도 없는 거네

한번 왔다 한번 가기에 후회도 또 욕심도 없는 거네

나물 한 가지도 볶고 삶고 지져 먹으면 그 맛이 다양한 게지

그 나물이 다르던가 변할손가

좋아서 좋았네 좋으니 좋았어 좋은 데 어찌해 좋으니 좋았어

내 방식 내 색깔로 표현하며 노래를 하고 싶은 것

나는 그저… 음…

삶, 절망이 아닌 희망으로

이일재

전북대학교 영어영문과를 졸업하고, 동대학원에서 영국 낭만주의 시인인 Percy Bysshe Shelly의 시들에 대한 연구로 석사와 박사학위를 취득했다. 현재 전북대학교에서 강의초빙교수로 학생들을 가르치고 있다.

 윤도현 〈가을 우체국 앞에서〉

저의 일상에 작지만 강한 울림으로 다가온 음악이 있습니다. 바로 윤도현의 〈가을 우체국 앞에서〉입니다. 몇 년 전 가을날 우연히 만난 오송제 작은 음악회에서 아마추어 연주자들의 소박한 기타와 바이올린으로 연주되던 그 노래 때문에 그해 가을을 별 탈 없이 보낼 수 있었습니다. 1994년에 발표된, 20년도 넘게 들었던 익숙한 노래인데… 그 가을날 햇빛을 조명으로, 편백나무 사이를 지나는 바람 소리를 배경음악 삼아서 울려 퍼지던 그 선율은 지금도 귓가에 생생합니다.

가을 우체국 앞에서 그대를 기다리다
노오란 은행잎들이 바람에 날려가고
지나는 사람들같이 저 멀리 가는 걸 보네

세상에 아름다운 것들이 얼마나 오래 남을까
한여름 소나기 쏟아져도 굳세게 버틴 꽃들과
지난겨울 눈보라에도 우뚝 서 있는 나무들같이
하늘 아래 모든 것이 저 홀로 설 수 있을까

가을 우체국 앞에서 그대를 기다리다
우연한 생각에 빠져 날 저물도록 몰랐네
날 저물도록 몰랐네

"가을 우체국 앞에서 그대를 기다리"던 노래 속 주인공은 날 저물도록 그대를 만나지 못한 것 같습니다. 대신 바람에 날려 가는 노오란 은행잎들을 따라 그 자신 속으로 여행을 떠납니다. "세상에 아름다운 것들이 얼마나 오래 남을"지 확신할 수 없어서 잠시 슬펐을 수도 있었던 그는 다시 자신을 추스릅니다. 한여름 소나기와 겨울날 세찬 눈보라에도 살아남아 우뚝 서 있는 꽃들과 나무들. 그것들을 통해서 그는 아마도 다시 힘을 얻고 내일 아침을 시작할 수 있을 것 같습니다. 그에게 또 하루를 선사하는 꽃과 나무들, 그것들을 땅에 뿌리 내리게 하고 돌보는 사람들. 그렇게 하늘 아래 모든 것은 서로 이어져 있습니다. 저 홀로 설 수 있는 것은 없습니다. 물론, 모든 것은 홀로 설 수 없다는 것을 읽어 낸 것은 그 자신입니다. 그의 그러한 세상 읽기가 그로 하여금 삶을 포기하지 않고 계속 살아가게 하는 열쇠일 겁니다.

저에게도 삶을 사랑하게 하는 열쇠가 있습니다. 바로 문학입니다. 저는 이종민 교수님의 석사, 박사 지도 학생이며, 현재 전북대학교에서 강의초빙교수로 학생들을 가르치고 있습니다. 학부 2학년 2학기에 낭만주의 영시 수강을 시작으로 박사과정까지 교수님의 모든 수업을 들었습니다. 영문과 학술동아리였던 필로스에서도 영문학뿐만 아니라 국내 작품, 제3세계 작품들을 교수님과 같이 읽고 토론했습니다. 교수님이 필로스 지도교수님이셨기 때문입니다. 돌이켜 보면, 인생에서 가장 혼란스럽고도 치열한, 그래서 아름다웠던 시절들 속에 교수님이 계셨던 것 같습니다. 질서가 흐트러지고 조화가 깨져 버린 인간 세상을 자신들의 상상력을 기반으로 한 시를 통해서 바꿔 보고자 했던 영국 낭만주의 시인들의 열정과 세상 읽기를 교수님을 통해서 배웠습니다. 그들의 무모하리만치 치열한 열정은 오래도록 저 자신을 비춰보는 거울이었습니다. 그들처럼 세상을 향한 큰 열정을 가지지는 못해도, 적어도 세상에 오점을 보태지는 말아야겠다고 다짐하게 해 준 가르침이었습니다.

〈가을 우체국 앞에서〉를 만난 그 가을날을 기점으로 저는 새로운 일상을 보내고 있습니다. 예전 같지 않은 몸 상태와 열정을 확인하게 되면서 점점 무기력해지고 혼란스러워질 즈음, 일상을 추스를 요량으로 걷기 시작한 학교 옆 건지산에서 다시 희망을 보았기 때문입니다. 한 시간에서 한 시간 반 정도를 걷습니다. 작은 도서관이 있는 편백나무 숲도 좋습니다. 사실 건지산이 품고 있는 곳 중 안 좋은 곳은 없습니다. 그런데 저는 아기자기한 모습들과 이야기들을 담고 있는 오송제로 주로 갑니다. 대지마을 쪽으로 가서 오송지를 돌아 장덕사로 향하는 길로 올라가 장군봉까지 갑니다. 처음엔 장군봉이 봉우리 이름이라고 생각했습니다. 그런데 그것이 그냥 큰 바위 이름이라는 것을 알고 한참을 웃었습니다. 건지산이니까 가능합니다. 건지산에서 하나밖에 없는 큰 바위니 그런 이름을 받을 자격이 충분하지 싶습니다. 사시사철 번갈아 다른 꽃들을 보고, 계절마다 색깔이 바뀌는 나무들을 봅니다. 처음엔 큰 꽃들과 나무들만 보였습니다. 그런데 건지산에 익숙해질 무렵에, 우산 풀, 강아지풀, 제비꽃은 물론이고, 전에는 알지 못했던 들꽃들을 만나기 시작했습니다. 애기똥풀, 처음엔 작은 나팔꽃이라고 생각했던 유홍초, 이름이 너무 어려워 몇 번을 중얼거렸던 여뀌, 꽃마리 등이 그것들입니다. 그것들은 키가 작아서 땅을 보고 걸어야 보입니다. 그리고 어느 시인의 말처럼 '가까이 보아야' 보입니다.

건지산이 힘든 산이었다면 저는 지금까지 계속 가지 못했을 것입니다. 저의 일상과 떨어져 있지 않아 접근하기 쉽고, 산의 모습을 하고 있지만, 오르는 산이 아니라 걸으면서 바라보고 이야기할 수 있는 곳이어서 갑니다. 온종일 혹은 반나절 올라야 하는 곳이 아니어서 편안하고 여유로워 좋습니다. 건지산을 걸으면서 저는 그곳이 주는 답을 듣습니다. 예전 같은 열정이 왜 없는 거냐고 슬퍼하거나 자책할 일이 아니랍니다. 가슴 절절한 열정이 사라진 자리에 지혜와 여유와 관용이 들어설 수 있으니. 그리고 고통에는 다 이유가 있으니…. "참으로 인생이 길 없는 숲과 같아서 전면에서 후려치는 나뭇가지로 한쪽 눈에 눈물 고일 때" 프로스트(Robert Frost)가 자작나무를 오르며 받았던 위로를 저도 시를 통해서, 건지산을 통해서 받습니다. 이제 저는 〈가을 우체국 앞에서〉 주인공이 기다리던 그대, 아름다운 것은 오래 남지 않는다는 것을 잘 압니다. 그러기에, 그것을 계속해서 기다리고 찾으면서 살아야 한다는 것을 압니다. 그러니, 아직도 삶은 절망이 아닌 희망을 줍니다. 이제 땅과 가깝게 사는 들꽃들과 들풀들을 더 찾아내어 이름을 외워 볼 것입니다. 아직도 이름을 모르는 들꽃들이 지천이기 때문입니다.

노래, 나를 움직이다

이창봉

"인간미가 느껴지고 열정적인 분들을 좋아함. 언어를 통해 인간 본성을 탐구하고 문화적 다양성을 연구함. Die-hard Philadelphia Eagles fan." 서울대학교 인문대 영문과를 졸업하고 미국의 펜실베이니아대학교에서 언어학 박사학위 (세부전공: 화용론)를 받았다. 현재 가톨릭대학교 영어영문학부 교수로 재직 중에 있다. 조건절의 의미와 화용 및 은유 현상 관련 등의 연구를 하여 왔으며 영어 교과서와 학습서 출간 및 기고 활동(중기이코노미 '미국을 읽다' 시리즈 연재, http://www.junggi.co.kr/article/articleView.html?no=25071) 등도 하고 있다. 이 책의 기획자인 이종민 선생님과는 2년 전 인문역량강화사업(CORE사업) 단장협의회 때 만나서 인간미와 진솔함에 기초한 묘한 유머 감각에 매료되었고 대학과 학과 선후배임을 알게 되면서 친하게 되었다.

글의 제목을 따라 생각이 흐르는 대로 내 인생을 반추하다 보니 많은 추억의 장면과 함께 여러 곡들이 떠오른다. 사실 나는 음악 전문가가 아니고 감상자에 불과하므로 굳이 한 편의 곡을 선택하여 그 음악적 깊이를 파헤치기보다는 가요와 팝송과 클래식 음악 중 한 편씩을 골라서 다양한 인생의 장면의 모습을 소개하고자 한다. 가장 먼저 청소년 시절부터 좋아하던 팝송 애창곡 카펜터즈의 〈Top of the world〉와 20대 중반 청년 시절 현재의 아내가 된 그녀와의 연애 시절의 추억을 떠오르게 하는 조하문의 〈이 밤을 다시 한번〉 그리고 대학 시절부터 지금 50대 후반에 이르기까지 내가 가장 소중하게 자주 듣고 좋아하는 클래식 명곡인 모차르트의 클라리넷 협주곡(Concert for Clarinet)을 차례로 소개하면서 글을 써 보려고 한다.

카펜터즈의 〈Top of the world〉

누구나 그렇겠지만 음악의 맛과 멋을 제대로 느끼기 시작하는 것은 청소년 시기인 것 같다. 이 곡이 내 인생의 추억의 곡으로 떠오르는 중요한 이유는 바로 그 시절의 우리 가족과 그때 살던 집의 모습이 떠오르기 때문이다. 나는 인천에서 잔뼈가 굵었다. 초·중·고를 다 인천에서 다녔다. 내가 중학교에 들어가자 아버지께서는 그 당시 뇌졸중으로 반신이 마비된 불편한 몸을 감수하시고 나에게 영어와 수학을 직접 과외 교사처럼 가르쳐 주셨다. 특히 이 시기부터 아버지로부터 특별히 영어 참고서 공부를 받으며 선행 학습을 한 덕분에 학교 성적이 뛰어났음은 물론 영어에 대한 관심과 자신감이 키워져서 지금처럼 영어를 전공하는 언어학자가 되는 길을 가게 된 것 같다. 아버지는 영어 공부의 정통 방법으로 단어 학습을 강조하셨다. 수업 중 새로 접한 단어들을 단어장에 정리하게 한 후 다음 수업 시작에 맞추어서 단어 시험부터 보게 하셨다. 나는 라디오방송을 작은 소리로 틀어 놓고 단어를 소리 내어 읽으며 뜻을 외우곤 하였다. 수학 공부를 할 때는 문제를 풀면서 음악을 들을 수 있었기에 더욱 음악 방송을 즐겨 들을 수 있었다.

인간은 환경의 영향을 받는 존재인 것이 분명하다. 내가 어려서부터 공부에 집중하고 상위권을 유지할 수 있었던 배경에는 아버지의 영향도 컸지만 누이들의 영향도 컸던 것 같다. 누이들로부터 다른 과목 시험을 어떻게 대비하고 공부하는지도 배우기도 했지만 무엇보다도 누이들의 모범적 학습 태도와 생활을 보고 자연스럽게 학구열이 생겼고 함께 공부를 하는 성숙한 집안 문화를 가꾸었던 것이 큰 힘이 되었던 것 같다. 시험이 있는 주에는 밤늦게까지 공부하면서 서로를 격려하고 간식도 챙겨 주곤 하던 모습이 지금도 가족이 모이면 조카들 앞에서 늘어놓게 되는 소중한 추억의 단상이 되고 있다.

추억 여행을 잠시 접고 〈Top of the World〉 곡 자체 얘기로 돌아가 보자. 이 곡은 1970년대 초에 뛰어난 활약을 펼친 Carpenters 남매가 부른 노래로서 경쾌한 리듬과 멜로디와 함께 Karen Carpenters의 꾀꼬리 같은 청아한 목소리가 돋보이는 곡이었다. 최근에 이 노래에 더욱 애착을 갖게 되는 일이 생겼다. 수년 전부터 나는 언어학자로서 은유(metaphor)에 관한 연구에 관심을 기울여 왔다. 그러던 중 우리 인간이 느끼는 중요한 감성 현상 중의 하나인 기쁨의 감성을 은유를 통해 이해하고자 논문을 쓰게 되었다. 그런데 바로 이 노래 가사의 중심 내용이 바로 영어에서 발견되는 전형적인 기쁨의 은유 표현을 담고 있다는 것을 그때 깨닫게 되었다. 이 노래의 제목 자체가 'Top of the world'인데 이 노래에서 반복되는 "Your love's put me at the top of the world" 가사 부분이 사랑하는 사람을 만난 이래로 당신의 사랑이 마치 내가 세상 꼭대기에 서 있을 때 느끼는 기쁨을 주었다는 은유를 깔고 있다. 영어에서는 특히 그리스도교의 영향으로 기쁨을 천국에 있는 느낌으로 은유한 표현들이("기쁨은 천국에 있는 것") 자주 발견되는데 사랑하는 그 사람 자체가 천국과 같은 존재이고 그 사람을 만난 이래로 천국에서 세상을 내려다보는 기분임을 "You're the nearest thing to heaven that I've seen / I'm on the top of the world lookin' down on creation"과 같은 가사에서 묘사하고 있다.

또한 "Not a cloud in the sky, got the sun in my eyes"와 같은 가사에서는 사랑하는 사람을 만난 기쁨을 구름 한 점 없는 맑은 하늘과 빛이 가득한 밝은 눈빛에 은유하는 "기쁨은 빛"의 은유도 발견하게 된다.

한 권의 책을 처음 읽있을 내 느끼넌 감동과 감상의 성격과 정도가 다음에 읽을 때 달라지게 마련이다. 그 이유는 다시 읽었을 때 우리 머리와 가슴 속에 쌓인 배경지식의 깊이와 인생 체험의 넓이가 달라졌기 때문이다. 한 곡의 노래도 어린 시절에는 그 음악적 매력만을 느끼는 수준에 그치지만 지식이 깊어지고 인생 체험도 다양화하면서 그 느낌과 해석 수준이 점점 높아져 가는 것임을 확인하게 된다. 즉 이 곡은 나의 어린 시절의 추억이 떠오르는 곡이기도 하지만 전공 분야인 언어학 연구의 중요한 자료가 되었기에 더욱 소중한 곡이 되었다. 이제 언어학적 깊이가 있는 해석 수준이 가미되어 이 노래를 들을 때의 감상의 깊이가 훨씬 깊어지게 되었다.

조하문의 〈이 밤을 다시 한번〉

이 곡은 지금의 아내인 당시 여자 친구와 열애에 빠져 있던 시절에 자주 듣던 곡이다. 나는 지금의 아내를 대학원 2학년 때에 만났다. 그녀를 만나고 한눈에 반했다. 초기 연애 시절 우리는 거의 매일 통화하고 일주일에 거의 3번 이상을 만났었다. 친해지면서 서로의 친구들과도 인사하게 되자 그녀가 내가 살고 있는 인천을 방문해서 내 친구들과 어울리곤 하였다. 그런 날에는 서울에 사는 그녀를 바래다주기 위해서 인천과 서울을 오가는 삼화고속버스를 자주 이용하였었다. 우리의 연애 감정은 버스 안에서 나란히 앉아서 다정하게 밀담을 나누는 과정에서 더욱 깊어졌던 것 같다. 어느 날 버스 안 라디오에서 흘러나오는 이 곡을 듣게 되었는데 마치 그녀와의 이 달콤하고 아름다운 시간이 다시 한번 오기를 바라는 간절한 내 마음을 읽고 나를 위해 만든 곡인 것처럼 느껴져서 즉시 이 곡에 매료되고 말았다.

이 밤을 이 밤을 다시 한번
당신과 보낼 수 있다면
이 모든 이 모든 내 사랑을

당신께 드리고 싶어요!!!

이후 이 곡을 자주 들으며 나는 그녀를 향한 사랑을 키우고 미래에 반드시 그녀를 아내로 만들 겠다는 의지를 키우곤 하였다. 이후 우리는 모두 대학원 석사과정을 마치게 되었고 자신의 미래에 대한 중대한 결정을 앞두고 있었다. 그녀는 미국으로 유학을 가기로 하였고 나는 일단 군 복무를 마쳐야 했기에 미국 대학원에 지원을 한 상태로 입대를 하게 되었다. 그러던 어느 날 내가 가고 싶어 하던 펜실베이니아대학(University of Pennsylvania)에서 입학허가서가 왔고 나는 내 인생 최대의 고민에 빠지게 되었다. 대학 2학년 때 아버지가 돌아가신 후 홀로되신 어머니를 두고 상남으로서 쉽게 유학을 떠나는 결정을 할 수 없었기 때문이었다. 가족들은 물론이고 은사님들과 상의하고 친구들과도 의논하곤 하였지만 결국은 온전히 결정은 나의 몫이었다. 결국 나는 어머님을 설득하고 과감히 유학을 가기로 결정하였다. 이 결단의 배경에는 두 가지 결정적인 힘이 있었다. 그 하나는 대학 시절 어느 시에서 읽은 구절이었는데 "감정에 충실한 결정을 하는 것이 이성에 기초한 차가운 결정을 하는 것보다 후회가 적다"는 그 시인의 호소가 많은 다른 사람들의 조언보다도 크게 내 마음을 움직였다는 것이고, 다른 하나는 바로 내가 즐겨 듣던 바로 이 곡의 가사의 메시지처럼 나의 사랑과 인생을 '이 밤을 다시 한번'의 마음가짐으로 살아야겠다는 결심을 하게 된 덕분이었다. 나는 복잡한 상황적 요인들을 이성적으로 따지지 않고 그녀와 다시 한번 이 밤을 보내야겠다는 감정에 충실한 결정을 했고 그녀를 만나는 유학행 비행기에 과감히 몸을 실을 수 있었다.

나는 미국 동부의 필라델피아에서 공부를 했고 여자 친구는 뉴욕에서 공부를 하고 있었다. 두 도시 간의 거리는 약 100마일(160km 정도) 되는데 기차로 2시간 정도 걸리는 거리였기에 충분히 주말에 서로를 보러 갈 수 있는 상황이었다. 나는 일주일 동안 열심히 공부하고 그녀를 보러 간다는 들뜬 마음에 토요일 아침에 일찍 일어나서 시내의 기차역으로 신나서 발걸음을 옮기곤 하던 그 시절이 지금도 아름다운 추억의 장면으로 남아 있다. 뉴욕에 도착하면 그녀와 유학 생활 중 겪는 외로움을 달래며 서로를 격려하고 뉴욕 시내도 구경하던 그때가 내게는 너무도 소중한 안식의 시간이었다. 밤에 돌아오는 기차에서 나는 어김없이 워크맨을 통해서 기차 옆을 스치는 이국적 풍광을 음미하며 〈이 밤을 다시 한번〉을 들으면서 한국에서의 추억도 반추하고 그녀와의 미래를 그리곤 하였다. 우리는 마침내 1990년 6월 말에 유학 중 방학 기간을 이용하여 한국에 귀국하여 결혼을 하였다.

우리 부부가 결혼한 지도 벌써 30년가량이 되었다. 그동안 행복했던 시간도 많았지만 힘들고 어려웠던 순간도 많았었다. 모든 부부가 그렇듯이 갈등과 싸움도 많았었다. 그럴 때마다 나는 이 곡을 들으며 내 사랑을 지킬 수 있었다. 그녀와 심하게 다투고 난 후에는 이 곡을 들으며 조용한 성찰의 시간을 가지면서 예전의 모습을 떠올리며 내가 그토록 사랑하던 그녀에게 왜 나는 이런 좁고 못난 모습을 보이는 것일까 반성하여 다시금 삶의 중심을 잡을 수 있었다. 어느 신부님의 말씀처럼 "사랑은 감정으로 시작하지만 의지로 지키는 것이 참사랑이다"라는 말이 가슴을 울리곤 하였다. 나는 앞으로도 아내와의 사랑과 의리를 지키기 위해서도 '이 밤'을 다시 한번 갖게 해 달라는 겸허한 자세로 더욱 그녀를 아끼며 열심히 살아갈 것이다.

모차르트의 클라리넷 협주곡(Concert for Clarinet)

나는 클래식 음악을 비교적 늦게 접하였다. 청소년기에도 라디오에서 흘러나오는 클래식 음악을 듣기는 했지만 경쾌하고 신나고 시끄러운 팝에 비하면 지루하고 재미없는 음악이라고 생각하곤 했었다. 어느덧 대학에 입학해서 인생과 세상을 바라보는 안목이 넓혀지면서 클래식의 음악적 가치에 눈뜨기 시작했던 것 같다. 내가 대학에 입학한 시기인 80년대 초는 정치적으로 매우 암울한 시대였다. 전두환 독재 시절 대학 캠퍼스는 데모와 소요 사태가 끊이지를 않았었다. 내게 있어선 이 시기가 가치관 정립의 최대 혼돈 시기였다. 민주주의 회복과 사회정의 실현을 위해 투쟁하는 학우들이 고초를 겪는 것을 보는 것이 너무도 괴로웠다. 그것이 옳고 용기 있는 일인 것을 알지만 병환 중인 아버지와 온 가족의 기대를 받고 있는 집안의 장남으로서 선뜻 그런 길을 걷기에는 내겐 용기가 부족했고 늘 그들에게 빚지고 미안한 마음으로 학창 시절을 보내고 있었다.

그러던 어느 날 친구 집에 놀러 갔을 때 클래식을 좋아하던 그 친구가 모차르트의 클라리넷 협주곡을 들려주면서 "다 각자의 길을 성실히 가는 것이 중요하다고 생각해. 그 친구들의 희생이 마음이 아프지만 다 데모하고 모두 희생될 수는 없고 미래에 학자도 나와야 하고 사업가도 나와야 하고 공무원도 있어야 하는 거니까. 그들을 위해서도 공부 열심히 하자"라고 말하는 것이었다. 나는 그 순간 이 곡의 아름다우면서도 슬픈 선율에 가슴 속 깊이 위로를 느끼면서도 친구의 성숙한 성찰의 메시지가 내 머리를 맑고 투명하게 만드는 경험을 하였다. 슬픔과 기쁨이 교차하는 묘한 순간이었다.

친구 집을 나와서 나는 즉시 이 곡의 LP를 샀다. 이후 대학 생활 중 혼자서 슬픔이 느껴지거나 깊은 사색에 잠기곤 할 때 이 곡을 즐겨 듣곤 하였다. 그러던 중 어느 해 겨울에 〈아마데우스〉라는 영화를 보게 되었고 이 아름다운 곡을 모차르트가 가장 고통스러운 시절에 작곡하였다는 것을 알게 되었다. 그가 병들어 신체적으로 고통을 받으면서 가난으로 힘들어하던 시절에 죽음을 예감하면서 침대에서 이 곡을 쓰던 장면을 잊을 수 없다.

이 곡은 그 곡을 쓴 작곡가의 슬픈 최후의 순간에 쓴 곡이기에 슬프기도 하지만 그 선율 자체가 관현악의 웅장함 속에서 클라리넷의 독주 소리가 묘한 슬픔을 느끼게 하는 이유 때문에도 인생의 아름다움과 슬픔을 동시에 느끼게 하는 걸작이라고 생각한다. 사람은 누구나 죽는다. 중요한 것은 죽을 때까지 어떤 삶을 사느냐일 것이다. 나의 인생관에 지대한 영향을 끼친 한 편의 시가 있다. 대학 2학년 시절 영시 과목을 수강할 때 접한 영국 낭만주의 시대 시인 중의 하나인 John Keats가 쓴 「Ode on a Greican Urn」이다. 이 시는 시인이 아름다운 항아리를 바라보면서 아름다움의 근원이 진실됨에 있음을 느끼며 예술을 통해 인생의 의미를 성찰한 걸작이다. 특히 시의 마지막 구절은 너무도 유명하다.

Beauty is truth, truth beauty, —that is all
Ye know on earth, and all ye need to know.

이 시를 접하고 나는 이 세상의 모든 것들 특히 수많은 사람들을 만나고 헤어지면서 진짜 아름다운 사람들은 진실된 사람이고 오직 진실된 마음을 가진 사람들만이 아름답다는 것을 깨닫게 되었다. 그리고 이런 중요한 깨달음으로 내 자신이 진실된 사람이 되어 아름다운 삶을 살려고 노력하겠다고 다짐하게 되었다.

나는 아내에게 한 가지 중요한 부탁을 했다. 내가 죽어갈 때 바로 이 모차르트의 클라리넷 협주곡을 들려 달라는 부탁이다. 나는 비교적 이른 나이에 아버지의 죽음을 접하고 겪으면서 영혼의 구원과 죽음에 대한 성찰을 일찍 시작하였다. 깊은 성찰 끝에 가톨릭 신앙에 귀의하게 되었는데 내가 신자로서 깊게 믿고 좋아하는 사도신경 기도문의 일부가 "모든 성인의 통공을 믿으며…" 부분이다. 이 부분은 우리 모두가 신체적으로 다 죽지만 영혼은 남게 되어서 사후 어디를 가든지 다른 사람을 기억하고 그의 영혼을 위해 기도한다는 뜻이다. 나는 신자로서 이것을 믿기에 병들어 죽어 가는 시간을 내가 진실로 아름답다고 믿던 사람들을 위해 기도하며 지내고 싶다.

그때 병상에서 모차르트의 이 곡을 들으며 내가 사랑 속에 기억하는 모든 사람들을 위해 기도할 것이다.

음악을 만나니
또 하나의 세상이 보이다

 비발디 〈사계〉

이철량

화가. 전북 순창 출신. 홍익대학교 미술대학에서 공부하고 전북대학교 예술대학에서 근무했으며 현재는 명예교수로 있다. '한국화100년전(호암갤러리)' '한국화1953~2007년(서울시립미술관)' '수묵정신(전북도립미술관)' 등 많은 수묵화 기획전과 개인전을 해 오고 있다.

내가 음악 〈사계〉를 만난 것은 참으로 우연이었다. 음악을 전혀 몰랐고 호기심도 별로 없었던 내게는 그저 '신기한 일이었다'라는 표현이 더 적절할 듯하다. 우연이란 어떻든 두 관계가 이미 오래전부터 얽히고설키듯 짜여져 있다가 불쑥 일어나는 일이었음을 말해 주는 것이라는 생각이어서, 그래서 내게는 오히려 신기하다고 해야 맞을 것 같다. 물론 뜻밖에 음악 이야기를 꺼내 이 글을 쓰게 된 것도 그와 못지않게 특별한 일이기도 하다.

이 글을 쓰게 한 이종민 교수와의 인연이 결코 짧지 않다. 족히 30여 년이 넘은 듯하다. 단지 같은 대학에서 근무했던 동료 교수여서가 아니다. 젊은 시절에 같은 동네에 살았고, 또한 역사 탐방 길에서 여러 날을 함께 걸었던 기억도 어제 일처럼 또렷한데, 그 후로도 틈틈이 이런저런 자리에서 바라본 그의 얼굴은 구름이 비치는 맑은 물 같았다. 초롱초롱하고 선하며 호기심이 많았던 눈빛을 오래 기억하고 있다. 그는 점점 여러 사회 활동으로 무척 바쁜 몸이 되었는데 이제 학교를 떠나면서 또 좋은 인연을 만들려 하니, 그래서 어찌 거절을 못 하고 옛 기억을 다듬어 쓴다. 이는 참 부끄러운 일이긴 하나 용기를 낸 사연이다.

사실 나는 음악을 잘 모른다. 잘 모르는 것이 아니라 실상 거의 알지 못한다고 해도 맞다. 음악을 관심 있게 들여다본 경험도 없을 뿐만 아니라 자주 듣는 편도 아니어서 그렇다. 아무리 그렇더라도 이제껏 살아오면서 음악과의 인연이 한번쯤은 있었을 법하여 지난 시간들을 들추어 하나를 꺼내 들었다. 아마도 누구든지 평생을 살면서 음악과 만나는 경험이 한번은 있게 마련일 터라 생각했다. 그래서 사실 이 글은 음악에 대한 이야기가 아니라 내가 음악과 만났던 그 기억을 적고 있다. 따라서 어쭙잖게 음악에 대해 설명하거나 음악을 이야기하고자 하는 글이 아니라는 점에서 이해를 구하고자 한다.

나는 20대가 훨씬 지날 때까지 학교에서 음악 시간을 제외하고는 음악을 만날 기회가 실상 거의 없었다. 특별히 관심도 없었을 뿐만 아니라 그 관심을 유발할 만한 기회도 사실 얻지 못했던 것 같다. 그래도 대학 다닐 때 음악대학을 다니는 친구와 일 년을 같이 살았던 계기로 악기를 공부해 보고자 했던 노력은 지금 생각해도 가상했다. 우리는 어쩐 일인지 서로 라디오도 들을 수 없었던 형편이었지만 어떻든 그 친구를 통해 음악이 일상 속에 있음을 이해했다. 친구는 내게 기타에서 시작해서 그보다 더 쉽게 할 수 있을 것으로 보인다는 작은 우쿨렐레까지 가르치려 노력했지만 나는 끝내 악기를 공부하지 못했다. 그 정도가 나의 음악에 대한 소질이었던 것 같다. 그렇더라도 "누구에게나 한번은 기회가 주어지는 법"이라는 말이 그리 빈말이 아닌 줄 나중에 알았다.

나는 20대 후반에 학교를 마치자마자 경기도에 있는 안양여자고등학교에서 잠시 근무하게 되었다. 음악도 그러하건대 미술도 실상 우리 삶 속에서는 필수과목인데 막상 학교에서는 소위 비교 과처럼 취급받는다. 특히 고등학교에서는 입시 외의 과목으로서 소외되는 것이 예나 지금이나 다름이 없다. 그러나 한편으로는 음악이나 미술은 가르치는 과목이 아니라 스스로 즐기는 과목이라는 생각은 지금도 변함이 없다. 어떻든 3년여 근무하는 동안에 나는 학생들이 재미있고 즐거우며 좀 새로운 그럴듯한 수업이 없을까 생각하다 음악을 만났다. 감성이 가장 충만한 시기의 그들이 그림과 음악을 함께 경험할 수 있다면 참 좋을 것 같았다. 음악을 고르는 일은 참으로 쉽지 않은 일이었지만 다소 귀에 익숙했던 비발디의 '사계' 테이프를 구했다. 그저 제목이 좋았고 워낙 많이 알려져 친근하고 그럴듯하였다. 그렇다고 당시 비발디가 어떤 인물이며 어떤 음악적 특색이 있는지, 그리고 사계는 어떤 내용을 가지고 있는지에 대한 확인은 전혀 하지 않았다. 그리고 학생들에게도 제목을 비롯하여 음악에 대한 설명은 전혀 하지 않았다. 수업 시간마다 학생들은 그저 음악을 들으며 그것을 그림으로 그려 냈다. 그리고 돌아가면서 자신의 그림을 설명하였다. 그런데 이렇게 반복하다 보니 사실 학생들에게는 미술시간이었으나 나에게는 뜻밖의 음악 시간이 되었다. 이렇듯 여섯 개 학급을 번갈아 돌다 보니 점차 나름대로의 소리가 보이는 듯했다. 물론 작곡자의 의도나 전문적인 감상 혹은 이해와는 전혀 다른 것이었을지라도… 반복학습의 효과가 안개 피듯 슬그머니 돋아난 것이리라. 나중에서야 18세기 바로크 음악이라든가 비발디가 본래 12곡으로 작곡한 바이올린협주곡 중 일부라는 사실도 확인했다.

나는 〈사계〉를 반복하여 듣게 되면서 내가 보아 왔던 세상과는 다른 또 하나의 세상이 존재한다는 것을 알았다. 처음 음악을 들으면서는 고향 생각이 많이 났다. 어린 시절 함께했던 산골 산자락과 들녘들, 냇가의 풍경들이 새삼스럽게 다가왔다. 이런 상상을 하게 하는 것이 그저 재미있는 일이었음에 틀림없었다. 사실 평소에는 생각이나 하고 살까. 음악 속에서 오래된 어린 기억들을 들여다본다는 것은 당시에 참으로 엉뚱한 사건이었고 대단히 놀라운 충격이었다. 처음 이러한 풍경을 상상했던 것은 아마도 제목에 의지하여 〈사계〉를 들었음이 분명했을 터이다. 아무래도 제목은 선입관을 주는 문패와 같은 역할을 한다. 사실 그것은 결코 별 의미가 없을 수 있다는 것을 나중에 알았음에도 그땐 어쩔 수 없는 일이었다.

그런데 음악은 듣기를 반복하면 전혀 다른 세계를 경험하게 한다는 것도 알았다. 소리에서 호흡이 느껴지고 소리의 공간이 보인다는 것을 알았다. 그리고 소리 하나하나가 마치 서로 다른 실체처럼 또렷하게 다가오는 것을 느꼈다. 그리고 그것들은 거대한 조직체처럼 전혀 다른 세계를 형성하고 있지 않은가 하는 생각이 들었다. 이는 전혀 별개의 세상이 존재하고 있고 그 특별한 곳을 관찰하고 있다는 느낌을 받았다. 음악이 참 묘한 것이라는 생각을 지울 수가 없다. 그렇더라도 그 이후 사실 음악을 자주 듣지는 못했지만 그림에서 또는 자연 속에서 음악성을 느끼려고 노력하고 있다.

나는 왜 공자가 그토록 음악의 중요성을 강조했고 피타고라스가 음악에서 자신의 철학을 파악했는지를 시간이 많이 흐른 후에서야 알게 되었다. 사람은 본래 조합이 불안정한 존재로 태어나는 것 같다. 선하기보다는 악한 면이 많은 존재이며 도덕적이기보다는 욕망이 강한 편이어서 음악으로 이의 균형과 조화를 가능하게 할 수 있다고 말하고 있는 것이 아닌가 생각했다. 공자는 사람이 덕을 기르는 데 음악만 한 것이 없다고 했고, 피타고라스는 세상의 조화와 중도를 음악에서 발견하였다고 했다.

그래서 비록 평소에 음악을 거의 듣지는 못하더라도 나의 라디오는 언제나 음악 방송에 고정되어 있고 가급적 음악을 들으려 하는 것은 실은 이렇듯 젊은 시절에 얻었던 경험 때문이다.

생각을 생각하는 삶

이현배

손내옹기점 옹기장. 옹기를 빚고 굽는 일로 사람들이 살아온 삶의 방식이나 문화에 대한 깊은 믿음을 바탕으로 하여 열여섯 번의 초대전 및 개인전과 다수의 문화예술교육을 진행한 바 있다. 쓴 책으로 『흙으로 빚는 사유』가 있다. 스스로를 두고 '농사꾼 못되고 옹기장이가 되었다'고 하듯이 농촌과 농업이 가지고 있는 숨은 가치에 늘 주목하고 있다.

 조용필 〈킬리만자로의 표범〉

1991년 봄, 전남 벌교. 버스를 타고 오일장을 보러 읍내를 간 날이었다. 소화다리 간이정류소에서 내려 시장으로 걸어가다가 '이게 뭐지?' 하는 게 있었다. 그 며칠 전에 옹기 일을 배우고자 벌교로 이사를 하였다. 그 얼마 전에 여행을 왔던 곳이 삶터가 되었다. 모든 게 불확실했는데 그마저도 몰랐다가 문득 '이게 뭐지?' 하게 되었다.

그때 어딘가에서 조용필의 노래 〈킬리만자로의 표범〉이 들렸다. 그래 장골목으로 들어가지 않고 노랫소리를 따라가게 되었다. 벌교역 근처의 자그마한 음반 가게였다. 가게 밖에서 노래를 마저 듣고서 장을 봐야 할 돈으로 조용필의 LP 음반을 샀다. 돈만큼 산 것이 1집에서 10집까지였다. 그리고 〈킬리만자로의 표범〉이라는 노래만을 60분짜리 테이프에다 반복 녹음을 하여 몇 날 며칠을 들었다. 그 노래에서 '이게 뭐지?' 하는 그 무엇인가를 알고 싶었다. 그러니까 서울에서 벌교로 삶터를 바꾸고, 호텔에서 옹기점으로 일터를 바꾸고, 초콜릿에서 옹기로 일을 바꾼 나를 알고 싶었다.

학생 때 내가 노래를 하면 아랫집 봉두네 개가 짖었다. 그래서였을까. 노래로 그 무엇을 알 수가 없었다. 또 다른 계기로 결국 옹기 일을 붙들었다. 처음에는 학습으로 3년을 작정했다. 그러고는 10년을 채우자 했다. 그 10년에 매조지되는 것이 없어 한 번 더 10년을 작정했다. 그러다 불을 다룬다고 하면서 불을 내고는 일이 엉켜 그 노래가 이야기한 킬리만자로엘 무조건 찾아가게 되었다. 2003년 정초였다. 도대체 옹기 일을 왜 하게 되었는지에서 왜 하는지까지를 알면 "옹기장이 이현배입니다" 하는 그 나를 알까 싶었다.

내심 킬리만자로가 끝이었으면 하는 기대로 가게 되었지만, 거기가 끝이 아니면 이 삶을 어쩌지 하는 두려움도 컸다. 그렇게 갔는데 현지 가이드가 당황하였다. 덜렁 혼자에다 가이드의 말(영어)을 내가 잘 알아듣지 못했다. 고등학생 때 영어책을 알파벳으로 읽는 수준이었으니 그 또한 알 수가 없었다. 다만 외국인과 6년간 같은 부서에서 일하며 체득한 것이 있어 상황을 파악하여 산행을 약속할 수 있었다.

그 길은 결국 살아온 삶의 복습이었고, 살아갈 삶의 예습이었다. "옹기장이 이현배입니다"에서 옹기장이의 자격으로 옹기를 추적하자면 질그릇(토기)에 이르고 그 질그릇(토기)이 증거하는 것들이 신석기 문명이다. 질그릇(토기)문화의 전개는 사물의 변환을 통한 차원화로 이는 곧 '생각의 탄생'이기도 하다.

나에게 본격적인 '생각의 탄생'이란 중학교 3학년 때였다. 엄밀하게 '생각을 생각'하기 시작했다. 현배라는 이름보다 골이 비었다는 골배라 불리며 '생각 좀 하고 살으라'는 지도를 많이 받으며 살다가 드디어 나도 생각을 하면서 살기 시작한 시점이 중학교 3학년 때부터였던 것이다. 그렇다고 그게 그렇게 되는 것이 아니었다. 생각해 보니 그전에도 생각이 없었던 것이 아닌데 바로 그 생각이, 생각이 아니라 하니 전혀 다른 생각을 하게 되는 거였다. 그렇게 오늘에 이르렀고 일로는 옹기의 원형인 흙그릇, 질그릇(토기)까지인 것이다.

'생각의 탄생' 생각을 생각하며 사는 삶에서 그 생각 너머에 대한 생각으로 킬리만자로를 가게 된 거였다. 킬리만자로의 키보 4,700고지에서 길만스포인트 5,630고지를 급경사로 오르자니 그 생각에 대한 생각이 끊겼다. 그때까지 토하고 설사하고, 토하고 설사하고. 무작정 갔기에 준비라는 것이 없었다. 무조건 올랐다. 내려오는 사람들이 하는 말이 있었다. '폴레폴레 킬리만자로'였다. 그것은 전혀 경험해 보지 못한 걸음이었다. 상상해 보지도 못한 걸음이었다. 소걸음으로 안 되고 코끼리걸음이어야 한다고도 했다. 더한 것도 있었다. 한 걸음 내딛으면 두 걸음 미끄러지는, 생각을 하는지 생각이 되는지 그도 잠깐 그마저도 없는 그 지경이었다. 그 고비를 간신히 넘어 그 어떤 경계선을 넘었다 싶었을 때, 분화구의 한 지점 길만스포인트(5,630)에 올라섰을 때 해가 뜬다고 가이드 굿루크가 알려 줬다. 뜨는 해를 바라보며 '굿모닝 아프리카'(2013.01.19 AM 05:50)를 외치고는 다시 토하기 시작했다. 더는 토해지지 않자 울음이 터져 나왔다. 한 걸음 한 걸음이 이 몸 세포 하나하나를 지나는 살 떨리는 발걸음이었다. 그 발걸음은 그대로 울음이었고 정상 우후루(5,895)를 다녀와 다시 길만스포인트로 되돌아설 때까지였다.

1990년 뿌리깊은나무사에서 발행한 민중자서전 옹기장 박나섭의 한평생 『나 죽으면 이걸로 그쳐버리지』를 읽고 제대로 된 옹기점이 없어지기 전에 가 보고 싶어 옹기점에 들렀었다. 느닷없이 옹기 배우고 싶어 왔다는 말을 하게 되었고 그 말을 하고 나니 물 밀려오듯이 옹기가 배우고 싶어지는 거였다. 더욱이 뿌리깊은나무사와 관련이 있는 옹기점이라는 말에 운명이다 싶었다. 그러니까 시회문화잡지《뿌리깊은나무》와 처음 인연은 고2 때였다. 서울이었는데 가출한 상황이었다. 한 편의 기사, 공익광고문구 "이 더러운 버릇"이라며 "건강을 위하여 지나친 흡연을 삼갑시다"라는 말의 모순을 두고 호통을 친 게 있었다. 그 모순 지적이 내면에 큰 울림이 되었다. 담뱃갑은 이 세상에서 없어지는 것이 가장 좋고 굳이 있어야 한다면 그 구호가 "담배를 피우는 것은 건강에 해롭습니다"라고 적어야 한다며 말의 모순을 지적한 거였다. 그 말의 모순을 통해 내가 어디서부터 다시 시작해야 하는지가 분명해졌던 것이다. 그래 나는 기꺼이 되돌아올 수 있었다.

세상에 뚫지 못할 것이 없는 창(矛)과 세상에 방어하지 못할 것이 없는 방패(盾)의 공존, 모순의 인식은 그때 바로 나 자신 그대로였다. 모순에 의한 실존의 인식 경험은 시골 면청 소재지 고등학교 2학년짜리가 가출하여 서울 한복판에 서 있는 꼴만으로도 꼭 그랬다. 삼 년 뒤 창간호부터 폐간호까지 한 질을 구해 탐독을 하면서 사회 문화, 전통문화, 지역 문화, 생활 문화 따위의 문화에 대한 개념을 갖게 되었다. 그리고 기어이 발행인 한창기, 한상훈 선생을 찾아 학습을 하자고 찾아 들어갔다가 서울에서 하루아침에 벌교 읍내를 배회하는 모습에서 또다시 자신의 모순을 자각하게 되었던 것이다. 그리고 그때 조용필의 〈킬리만자로의 표범〉이라는 노래를 통해 아프리카 대륙에서 만년설이라는 킬리만자로의 모순을 오르리라는 소망을 갖게 되었던 것이다.

운 좋게도 소위 관광지가 아닌 케냐와 탄자니아의 국경 지대가 가까운 룸부아라는 한적한 마사이에리어에 머물게 되었다. 그곳에서도 날씨가 좋으면 아련하게 킬리만자로가 보였다. 가장 인상 깊었던 것은 대부분이 나무 막대기를 들고 다닌다는 거였다. '마사이스틱'이라고 했다. 그런데 나무가 자란 형상 그대로 무거운 부분을 아래로 두는 거였다. 이유를 물었더니 사자를 만났을 때 투척을 하기 위해서라 했다. 지팡이처럼 들고 다니다가 사자를 만나면 다리 사이로 던져 덤비는 발걸음을 꼬이게 한다는 거였다. 킬리만자로를 가기 위해 나망가의 국경을 건너면서 마사이들에게 생존 요소의 하나인 그 지팡이를 빌려 들고 나섰다.

정상에 이르러 지니고 있던 물과 마사이스틱을 앞에 두고 삼배를 올렸다. 가이드는 신발 벗는 것을 저지했지만 자유(우후루)라는 이름 앞에서는 신발을 벗는 게 도리였다. 옹기 일을 추적하면서 한숨 돌리려 썼던 글들을 모았을 때 편집자 차창룡 시인은 『흙으로 빚는 자유』(사계절출판사, 2000)라 이름해 주었더랬다. 그 의미를 우후루 앞에서 겨우 알 수 있었다. 킬리만자로는 '킬리마'와 '자로'의 합성어인데 킬리마는 스와힐리어로 산이라는 뜻이고, 자로는 마사이어로 물의 근원이라 하니 마사이스틱과 물에 의지했던 것이 옳기도 했다.

룸부아로 돌아와 마사이 티라티에게 마사이스틱을 만드는 법을 배우고 싶다고 했다. 그래 티라티와 나무 선택에서부터 과정까지 배워 왔다. 그리고 다음에는 내가 물 항아리 만드는 법을 알려주고 싶었다. 그렇게 물그릇을 그들과 함께 만들고 싶은 소망을 갖게 되었지만 생각뿐이고 또 사니까 그대로 사는 삶이 되었다. 이 삶이 참 실없다.

세이킬로스의 당부

브라이튼 〈Seikilos Epitaph〉

이현수

이종민의 아들. 태어난 곳은 전북 전주. 전주동암고등학교와 전북대 고고문화인류학과를 졸업하였다. 전북대학교 박물관에서 학예원으로 있다 29살이 되던 2014년 미국 유학을 떠났다. 현재 미국 오리건대학 인류학과에서 고고학을 전공으로 박사과정을 밟고 있다. 식물유체를 바탕으로 과거 동아시아 거주민들의 식생활, 식물자원 관리 및 환경과의 상호작용을 연구한다. 대학교 동아리 '노모스'를 통해 통기타 및 포크 음악에 취미가 생겼는데, 어머니와 아버지가 집안 및 차 안에서 어릴 때부터 틀어 주었던 김광석 음악 영향이 있었다. 대학 다니며 특히 김광석의 〈그녀가 처음 울던 날〉과 〈부치지 않은 편지〉 그리고 서울대 트리오의 〈젊은 연인들〉을 즐겨 부르곤 했다. 김광석 등의 포크 음악을 통해 한국의 민주화 운동과 국제적인 사회문제에 관심이 커지기도 하였다. 대중음악 중에는 80~90년대 홍콩영화 OST, 박혜경, Marit Larsen, Sondre Lerche의 노래를 즐겨 들으며 가야금, 해금 및 바이올린 연주 음악을 좋아하기도 한다.

〈세이킬로스의 노래〉는 서기 150년경 남겨진 것으로 추정되는 고대 지중해 문화권의 음악이다. 영어로는 'Seikilos Epitaph', 즉 '세이킬로스(의) 비문'으로 불린다. 악보와 가사 전체가 남아 있고 복원이 온전히 이루어진 것으로는 인류 음악사에서 가장 오래된 음악이라 할 수 있다. 시리아에서 확인된 기원전 1400년경 추정 악보 '니깔을 위한 후르리인의 찬가(Hurrian Hymn to Nikkal)' 등이 더 오래된 것이지만, 악보와 가사 전체가 남아 있지 않고 언어의 번역 등이 원활치 못해 온전한 음악으로 복원은 어려운 상황이다.

세이킬로의 노래 비문이 새겨진 묘비석은 현재 터키 아이딘Aydin 인근에 위치했던 고대 그리스 도시 트랄레스Tralles 유적지의 한 무덤터에서 발굴되었다. 트랄레스는 아르테미스 신전이 위치했던 당시 주요 도시 에페수스와 멀지 않은 곳이다. 묘비에는 다음과 같은 설명이 고대 그리스 문자로 새겨져 있다. "나는 묘비이며, 이미지이다. 세이킬로스가 나를 여기 세웠다. 죽음 없는 기억의 영원한 상징으로서."

묘비석에 새겨진 각각의 가사 위에 고대 그리스 악보 표기 체계에 따라 문자와 부호로 멜로디가 표현되어 있다. 음악은 아주 짧은 편인데, 가사는 다음과 같다.

그대 살아 있는 동안, 빛나기를
너무 슬픔에 젖지 말기를
삶은 찰나와 같고
시간이 마지막을 청할지니

세이킬로스의 비문

이 음악과 묘비 문구는 세이킬로스라는 사람이 사랑하는 '유테르페Euterpe'를 기리며 남긴 것으로 추정된다. 고대 그리스 세계에서 시와 음악의 뮤즈였던 유테르페에게 공헌된 음악으로 판단되기도 한다. 묘비 마지막 부분은 '세이킬로스로부터 유테르페에게' 혹은 '유테르페의 세이킬로스'로 판독될 수 있다. 여신을 위한 의례라기보다는 아내 혹은 어머니를 위한 음악이라는 해석이 더 힘을 받는데, 아마 그 가사와 멜로디에서 느껴지는 묘하게 아련한 감성을 연구자들도 느끼는 게 아닐까 싶다. 짧지만 많은 것을 담아낸 듯한 가사를 잘 되새겨 보면, 가장 사랑하는 사람을 잃은 이가 격렬한 슬픔에 오랜 시간을 힘들어한 후 다다른 초연함 같은 것이 느껴지는 듯하다. 다음은 필자가 상상해 본 세이킬로스의 이야기이다.

"술에 찌들어 폐인도 그런 폐인이 없었다. 먹는 것 자는 것 일하는 것 어느 하나 제대로 하기 힘들었다. 그런 나날들을 보내며 세상을 원망도 했고 살아갈 이유에 대한 존재론적 회의에 빠지기도 했다. 죽는다는 것에 대해 질문을 던지고 두려워했으며 삶의 덧없음에 한탄도 하였다. 시나 음악, 술이나 친구가 잠깐의 위로는 되어도, 금세 몰려드는, 밤만 되면 커지는 그리움과 허함에 몸부림쳤다. 그러다 시간이 어느 정도 지나자, 삶이 궁금해 깨달음을 좇기 시작했고, 죽음이 궁금해 신앙에 의지하기도 했다. 그런 방황을 하길 오래, 그 모든 슬픔과 허탈함을 초월한 상태에 가까워진 한 사람은, 깊어진 눈동자와 부드러워진 얼굴로, 수천 년을 넘나드는 짧은 음악 하나를 남기게 된다."

많은 아티스트들이 세이킬로스의 노래를 커버하였는데, 그중에 가레스 코커Gareth Coker가 편곡하고 에럴리 브라이튼Aeralie Brighton이 부른 버전을 추천하고 싶다. 가레스 코커는 대중 비디오게임 OST 분야의 대표적인 작곡가이며, 에얼리 브라이튼은 게임 음악의 목소리로 잘 알려진 가수이다. 에럴리는 특유의 음색으로 몽환적인 분위기를 잘 살리기 때문에 고대 배경의 판타지 영화음악에 어울리는 색깔을 지녔다. 다양한 분야에서 OST 가수 및 성우로 활동 중인데, 디즈니사 '정글북', '태양의 서커스', '헝거게임 테마파크' 등에 그녀의 목소리가 등장한다. 가레스와 에럴리가 함께한 세이킬로스의 노래는 정보 평등, 도시계획, 교육 등에 사회 공헌도가 높은 비디오게임 '마인크래프트'에 삽입되었다.

이 음악은 고고학도로서 부끄럽지만 최근 유학 생활을 하며 알게 되었다. 채사장의 『우리는 언젠가 만난다』라는 책을 통해 접했는데, 듣자마자 세이킬로스의 깊은 슬픔과 고뇌, 그리고 초연함이 느껴지는 듯했다. 과거 연구자가 흔히 하는 고대에 대한 막연한 선망과 미화 같은 감정은 아니었다. 우리는 알고 있다. 만든 이 혹은 부른 이의 감정과 인생, 메시지가 깊이 스며든 음악은 왠지 모를 공감과 감동을 절로 일으킨다는 걸⋯ 『우리는 언젠가 만난다』는 반드시 읽어보길 권해 드린다. 내 아버지의 주옥같은 저서들도(미소)⋯.

채사장이란 사람은 한때 돈 벌기에 혈안이 된 사람이었다. 하지만 어려운 형편에서 아버지의 죽음, 교통사고에서 눈앞에서 죽어 간 회사 동료들, 이런 사건들을 겪으며 의식과 윤회 등을 공부하게 된다. 자살 시도를 하는 등 우울증을 겪어 내며 각종 분야에서 종합한 자신만의 철학을 대중들과 나누게 되었다. 그가 참여한 '지적 대화를 위한 넓고 얕은 지식(지대넓얕)' 팟캐스트도 꼭 들어보길 권해 드린다. 채사장 같은 이들이 하고 있는, 인류의 다양한 세계관, 이야기 그리고 삶에 대한 발굴과 대중들과의 나눔⋯ 필자가 고고학을 통해 하고 싶은 바이기도 하다.

다시 세이킬로스의 노래로 초점을 돌려서, 사랑과 죽음에 대해 필자가 해 온 생각을 풀어내 보고 싶다. 이런 이야기를 하는 필자를 보며 걱정을 하지 말길 부탁드린다. 유학 생활하며 우울함에 시달리는 것도, 이상한 세계관에 빠진 것도 절대 아니니까 말이다. 고고학을 시작한 것도, 계속하며 보람을 느끼는 지점도, 바로 사랑과 죽음에 대한 계속되는 건강한 고민이 원동력 중 하나이다. 고고학을 전공할 것인지 고민하던 대학생 때, 어떤 책에서 "고고학은 죽은 이가 남기고자 했던 메시지를 살려내는 학문이다"라는 구절을 읽고 많은 생각을 하였다. 수천 년 전 유물과 생활 흔적을 살펴보며 그 당시 사람이 어떤 모습과 생각, 어떠한 사랑을 했을까 그려 보곤 한다.

인류 역사 수백만 년, 현재 살아가는 수십 억 명의 사람들, 모두 다양한 사랑을 하고 저마다의 죽음에 대한 생각을 가져왔다. 영원성을 탐닉하고 갈망하며 신앙에 기대고 종교를 구축하며 신과 전생과 사후세계와 윤회와 부활과 아트만과 영혼과 천국을 그려 내었다. 이렇게 나름 탄탄하게 구축했다 믿은 한 사람의 믿음의 성은, 가장 사랑하는 이를 잃었을 때의 슬픔과 상실감으로 인해 순식간에 송두리째 휩쓸려 버린다. 『맛지마 니까야』 경전의 한 이야기에서, 부처님은 자식을 잃고 모든 의욕을 잃어 미친 사람처럼 떠돌아다니며 울기만 하는 한 남성을 만난다. 부처님은 "사랑하는 사람으로부터는 사랑과 행복이 생겨나는 것이 아니라 슬픔과 절망 그리고 고통이 생겨나게 된다"라고 말해 준다. 남성은 그 말을 잘 이해하지 못하며 부처를 무시한다.

『슬픈 불멸주의자』라는 책에서처럼, 인간의 불멸에 대한 아련한 추구는 파멸적인 상황을 이끌기도 하지만 긍정적인 동력이 되기도 했을까? 중세의 암흑을 걷어낸 단테의 작품들은 너무도 사랑한 베아트리체의 죽음과 그에 대한 승화가 없었으면 만들어지기 어려웠을까? 삶은 찰나와 같다… 너무 슬퍼하지 마라… 그대여… 빛나라! 세이킬로스는 괴테(『파우스트』인용)처럼 다음과 같은 말을 하고 싶었을까?

"오, 이 미혹의 바다에서 벗어나길… 이 보배롭고 아름다운 시간을 그런 우울한 생각으로 망가뜨리지 마세! 오, 나에게 날개가 있다면 대지를 박차 올라 언제까지나 태양을 쫓아갈 수 있으련만! 순간이여, 멈추어라! 정말 아름답구나! 우리에게 생명을 부여하는 장엄한 감정들은, 지상의 혼란 속에서 마비되어버리는 것을… 환상이 기대에 넘쳐 대담하게, 영원을 향해 활짝 나래를 펴다가도, 행복이 시간의 소용돌이에 휩쓸려 하나둘 좌초하면, 작은 공간에 만족하기 마련… 그러면 수심이 금방 마음속 깊이 둥지를 틀고서, 남모를 아픔을 만들어내고, 불안하게 요동치며 기쁨과 평온을 방해하노라…."

부처님과 괴테, 그리고 세이킬로스의 말을 생각해 본다. 너무 슬픔에 젖지 말기를, 찬란히 너 자신의 빛을 가꿔 가길, 따스히 위로하며 이야기해 주는 듯하다. 부처님은 자신의 마지막을 지키며 슬퍼하는 제자들에게 "무엇을 그리 슬퍼하느냐, 만남이 있으면 헤어짐이 있는 것이다. 마음을 잃지 않고, 자신과 올바름을 등불 삼아 매일 정진하면, 누구나 평온과 깨달음에 이를 수 있다" 따스하게 말해 주었다. 베르베르의 『신』에서 죽음의 공포와 맞서며 주인공들은 "사랑을 검으로, 유머를 방패로"를 외쳤다.

걱정의 안개에 휩싸여 아름다운 순간을 놓치지 말고, 지금 마음껏 사랑하고, 빛나는 삶을 같이 하라! 세이킬로스의 당부였을 것이다.

운명을 사랑하라

장마리

소설가. 원광대학교 문예창작과 박사 수료. 2009년《문학사상》으로 등단. 전북작가회의 이사. 창작집『선셋 블루스』, 장편소설『블라인드』를 출간했으며, 2014년 제7회 불꽃문학상을 수상했다. 2019년 아르코문학창작기금을 받았다.

김연자 〈아모르파티〉

띵가띵가 궁짝궁짝, 띵가띵가 궁짝궁짝… 자가 격리 첫날, 제이는 어디선가 반복적인 멜로디 소리에 자기도 모르게 눈을 떴다. 머리맡을 더듬어 휴대폰을 보았다. 새벽 5시를 지나고 있었다. 공무원연수원은 긴 복도를 따라 열 개의 방이 있었고 내부 구조도 모두 똑같았다. 자신의 몸만큼 커다란 첼로를 메고 화물용 캐리어를 끌고 다니면서 입국 수속을 받고 자가 격리를 위한 절차를 받았으며 공항에 대기하고 있던 버스에 올라 밤 열 시가 넘어 이곳에 왔다.

시향市響의 단원이라는 스펙 덕분에 예중을 목표로 하는 초등생 셋을 개인 레슨하고 있었다. 교습소라도 운영해 볼까 했지만 임대료도 못 내 쩔쩔매는 동료는 차라리 트로트를 가르치는 노래교실을 여는 게 수익성이 있을 거라고 했다. 제이는 원래 성악을 했다. 목에 결절이 생겨 기악으로 바꿨다. 늦게 시작했지만 그 누구보다 열심히 했기에 시향의 단원이 되었다. 얼마 전부터 남자 친구의 휴대폰 컬러링이 얼굴 빵빵한 송가인의 "가인이어라아아"인 것에 화를 냈다. 동료들은 배고픈 소크라테스보다 배부른 돼지로 살고 싶다고, 그렇게 선택한 남자 친구가 현명하다고 했다. 남자 친구는 바이올리니스트였는데 일 년 전에 시향을 그만두고 아버지가 하던 삼겹살집을 함께 운영하고 있었다.

제이가 유럽도 아니었고 오케스트라와의 협연도 아니었지만 정 교수의 부탁을 거절할 수 없어 중국 우한에 다녀왔다. 정 교수가 우한 교민 페스티벌에 객원 지휘자로 무대에 서는데 첼로 연주자가 없다고 했다. 비행기표와 숙소 제공을 해 줄 테니 한 이틀 머물면서 항주와 운남을 돌아보며 놀다 가라고 했다. 제이는 거절하지 못했다. 오 년간이나 미뤘던 논문을 쓰기로 마음먹었기 때문이었다. 남자 친구는 논문을 쓰겠다는 제이의 계획에, 그 나이에 논문을 써서 박사학위를 받는들 어디다 쓸 것이며, 기악학과가 폐과가 된다는 소문이 있고 정 교수도 곧 잘릴 판국인데 아직도 현실을 인식하지 못하고 있다고 했다. 내년이면 마흔이었다. 더 나이 들기 전에 결혼이나 하자고 했다. 쌍둥이로 아들과 딸을 동시에 낳고 식당 운영을 잘해서, 클래식은 공연으로 보러 다니자고 했다. 제이는 갈수록 배 나온 아저씨 같은, 아니 뽕짝 같은 얘기만 한다며 헤어지자고 했다.

땅가땅가 궁짝궁짝, 땅가땅가 궁짝궁짝… 십 분이 지나도록 계속되고 있었다. 자리에서 일어났다. 소리는 크지 않았지만 4박자의 반복적인 멜로디가 신경을 긁었다. 옆방? 복도? 윗방? 아랫방? 근원지가 어딘지 알 수 없었다. 화장실인 듯했다. 순간 소리가 그쳤다.

체온을 재서 기록지에 적는데 다시 예의 그 멜로디가 들렸다. 돌아 버릴 지경이었다. 담당자에게 내선 전화로 문제의 음악에 대해 강력히 항의를 했다. 담당자는 조속히 조치를 하겠다고 했다. 하지만 다시 걸어온 전화에서는 윗방, 아랫방, 양 옆방, 모두 모른다고 했다. 제이는 화장실인 것 같다고 했다. 담당자가 피식 웃고는 무슨 음악이냐고 물었다. 제이는 트로트에 대해 아는 게 없었다. 할 수 없이 그 음악이 나올 때까지 신경을 곤두세웠다.

땅가땅가 궁짝궁짝, 땅가땅가 궁짝궁짝… 휴대폰으로 검색을 했다. 김연자의 〈아모르파티〉였다. 무슨 뽕짝 제목이 이렇게 철학적이지? 삶의 필연성을 긍정하고 사랑하는 태도를 갖자는 독일의 철학자 니체가 한 말이었다. 니체는 자신에게 주어진 운명을 긍정하고 사랑할 때 인간은 위대해진다며 고통과 상실을 포함해 자신에게 일어나는 모든 일을 받아들이는 삶의 태도를 갖자고 했다. 즉 운명을 체념하거나 굴복하는 것이 아니라 자신의 삶에서 일어나는 고통도 적극적으로 받아들이라는 것이었다. 아모르는 '사랑'을 뜻했고 파티는 '운명'을 뜻했다.

제이는 유튜브를 열고 김연자뿐만 아니라 여러 사람들이 이 노래를, 다양한 사연을 갖고 부르는 모습을 보았다. 어느 결혼식장에서 신부의 친구가 한복을 입고 이 노래를 불러 웃음바다로 만드는 영상을 보며 눈물이 고이도록 웃었다. 공유하기를 눌렀다. 지금 나에게 일어나는 이러한 일들에 대해 더 이상은 탓하지 않으려고, "사랑해!"라고 쓰고 남자 친구에게 전송했다.

헤르만 헤세와 기타

 Sandrine Luigi 연주
〈Feste Lariane〉

정경량

이종민 교수의 고등학교 동창 친구. 헤르만 헤세 문학 전문가이
자 노래하는 인문학자. 목원대학교 명예교수.

14살에 나는 헤르만 헤세와 기타를 만났다. 그 후 50여 년의 세월이 흘러 오늘에 이르기까지 헤세와 기타는 늘 내 삶과 함께해 왔다.

1968년이었던 그해 헤세의 시 「방랑길에」를 만나면서 헤세와의 인연이 시작되었다. "슬퍼하지 마라, 곧 밤이 되리니"라고 말하는 이 시는 당시 우울하게 청소년기를 보내고 있던 나를 위로해 주었다. 그리고 인생이란 짧은 것이니 아무리 힘들어도 슬퍼하거나 괴로워할 필요가 없다는 삶의 예지와 더불어 나에게 낙천적인 인생관을 심어 주었다. 스무 살 때는 『데미안』을 만나 결정적으로 커다란 감동을 받게 되었다. 그리하여 나는 대학에서 독일 문학을 전공하게 되었고, 뮌헨대학교에서 헤세 문학 연구로 박사학위를 받으면서 헤세 문학 전문가로 살아오게 되었다.

헤세를 처음 만났던 그해 나는 부모님으로부터 크리스마스 선물로 기타를 받게 되었다. 정신적으로 힘들게 지내고 있던 나를 달래주려는 바로 위 누님과 부모님의 마음이었다. 나는 기타를 통하여 생활의 활기를 얻게 되었으며, 이내 기타의 매력에 빠져들게 되었다. 그런데 당시 어느 분이 종종 우리 집에 와서 슈베르트의 〈자장가〉를 클래식 기타로 연주하곤 했는데, 그때 서정적이고 부드러운 클래식 기타의 매력에 사로잡히게 되었다. 그래서 나는 통기타를 선물로 받은 지 1년이 안 되어, 기타를 통기타에서 클래식 기타로 바꾸게 되었다.

그렇게 해서 클래식 기타 연주 생활을 해오던 나는 22살 때 내 '인생의 음악'을 만나게 된다. 당시 고향 전주에서 음악회에 갔었는데, 어느 기타리스트가 〈Feste Lariane(코모 호수의 축제)〉라는 곡을 클래식 기타로 연주하였다. 너무나도 아름다운 이 곡에 감동을 받은 나머지, 이 곡 연주가 채 끝나기 전에 나는 이런 결심을 하게 되었다: "죽을 때까지 나는 이 클래식 기타를 손에서 놓지 않아야겠다." 이 결심은 오늘에 이르기까지 변함없이 이어져 왔고, 클래식 기타는 오랜 세월 동안 나의

기쁨과 슬픔, 고통과 행복을 함께 나누는 소중한 친구로 내 곁을 지켜 주었다.

아, 기타가 없는 내 삶을 생각할 수 있을까? 만약 기타가 없었다면, 내 삶의 행복 중 절반은 그냥 사라졌으리라. 〈코모 호수의 축제〉는 이 세상의 모든 연주곡 중에서 내가 가장 사랑하는 곡이자, 가장 많이 연주해 온 곡이다. 아마도 지난 세월 동안 수천 번도 더 연주했을 것이다.

힘겨웠던 청소년 시절 헤세의 시와 소설은 나를 위로하고 격려하면서, 진정한 삶을 추구할 수 있도록 성찰하는 인문 정신의 세계로 이끌어 주었다. 그리고 헤세 문학 전문가의 길을 가면서, 나는 평생에 걸쳐 헤세와 함께해 왔다. 헤세의 문학과 사상, 신비주의적 영성은 내 삶에 커다란 영향을 주었다. 젊은 날 정신적 스승이었던 헤르만 헤세는 이제 오랜 세월을 함께 지내 온 친구처럼 여겨진다.

나는 대학에서 헤세 문학을 비롯한 독일 문학을 연구하고 가르쳐 왔는데, 교수 생활 후반기에는 내가 수업 시간에 기타를 많이 활용했다는 것이 특별한 점이다. 1990년대 말 대학 입시에 학부제가 도입되면서 '인문학의 위기'가 닥쳐왔는데, 내가 속했던 독일어 문학 관련 학과도 위기에 처하게 되었다. 그러자 나는 그 상황에서 우선 학생들이 독일어 공부를 재미있게 할 수 있도록 하기 위해 기타를 활용하는 수업을 해야겠다는 생각을 하게 되었다.

그렇게 해서 생겨난 것이 '노래로 배우는 독일어' 수업이다. 담당 교수가 직접 기타를 치고 노래하면서 학생들과 함께 수업을 진행하니, 학생들은 아주 즐겁게 독일 노래를 부르며 독일어 공부를 하게 되었다. 이 수업에 이어 나는 독일 시와 음악 수업도 기타와 노래를 활용하게 되었다. 독일어 문학 전공 학생들이 이러한 수업을 아주 좋아하게 되자, 나는 다른 학과 학생들도 함께할 수 있는 '아름다운 시와 음악' 교양과목을 신설하여 기타와 노래가 함께하는 수업을 진행하게 되었다. 노래 속에 시와 음악이 융합되어 있다는 것에 착안하여, 국내외의 훌륭한 시와 노래를 인문학과 문화·예술의 차원에서 공부하는 것이 '아름다운 시와 음악' 수업의 주된 학습 내용이었다.

독일 노래를 비롯하여 국내외의 아름다운 노래들을 기타로 연주하며 노래하는 수업을 진행하다 보니, 이왕이면 학생들에게 더욱더 멋진 연주와 노래를 들려주어 감동을 더해 주고 싶은 열망이 커져 갔다. 그래서 예전에는 그저 취미로 기타 연주와 노래 생활을 했을 뿐인데, 이제는 전문 연주자와 같은 마음으로 수업 준비를 위한 기타 연주와 노래 연습을 더욱더 열심히 하게 되었다.

그러다가 2004년에 나는 '정교수와 함께하는 클래식 기타와 노래의 밤'이라는 제목으로 독주회를 열게 되었다. '아름다운 시와 음악' 수업을 신설하면서, 나는 이 수업의 학습 목표를 '시와 음악의 생활화/시와 음악 생활의 대중화'로 세웠다. 그러다 보니 담당 교수인 내가 더욱더 모범적으로 솔선수범해야겠다는 생각에서 용기를 내어 독주회를 열었던 것이다.

기타와 노래가 함께하는 수업을 우리 대학생들이 아주 좋아하게 되자, "이토록 아름다운 시와 노래의 감동을 대학생들만 누려서야 되겠는가" 하는 생각이 들게 되었다. 그래서 나는 가능한 한 남녀노소를 불문하고 많은 사람들과 함께 클래식 기타와 노래가 펼쳐 내는 아름다운 시와 음악의 감동을 나누고 싶었다. 이러한 열망으로 인하여 나는 '노래하는 인문학' 사회운동을 펼치게 되었다.

'노래하는 인문학'은 인문학을 노래로 풀어내자는 취지에서 나온 말이다. 클래식 기타 연주와 노래의 예술적 감동과 더불어 노래와 연주에 담긴 소중한 인문 정신을 함께 나누고자, 나는 오랜 세월 동안 전국 각지를 돌아다니면서 많은 사람들을 만났다. 이제 대학 교수직도 은퇴를 한 상황이니, 남은 삶은 주로 노래하는 인문학에 몰두할 생각이다. 매일 기타를 연주하고 노래하면서, 시와 음악의 예술적 감동과 인문 정신을 펼쳐 나가니 더 바랄 나위 없이 행복하다. 이 행복을 가능한 한 많은 사람들과 나누는 것이 내 남은 삶의 꿈이자 희망이다.

헝가리 무곡과 사물놀이

 브람스 〈헝가리 무곡〉 5~6번

 동남풍 〈사물놀이〉

조상훈

전통 타악연주자로 개인독주회 7회, 국내·외 2000여회 이상 연주를 해 오고 있다. 고 나금추 명인으로부터 부포놀음과 설장고를 사사했고 부안농악의 이수자로 활동했으며, 1988년 전국농악경연대회 대통령상과 2014년 천인갈채상을 수상했다. 1994년 전통타악그룹 '동남풍'을 창단해서 현재까지 팀을 이끌고 있다. 이 사회에서 받은 온정을 나누고자 뜻을 같이하는 분들이 모여 만든 이바지 장학회에 1995년 장학생으로 선발되어 모임을 이끌던 이종민 교수와 인연을 맺었다.

농악을 두드린 지 서른여덟 해다.

마을 경사나 정월 대보름에 들려오던 풍물 소리를 어린아이 때부터 좋아했다. 집안에 전통예술을 업으로 삼은 어른이 계셨던 것도 아닌데 마냥 배우고 싶어 따라다녔던 기억. 선녀 같은 몸짓으로 농악에 대한 나의 눈을 뜨게 하고 부안 농악의 스승이 되어 주셨던 고故 나금추 선생님. 1994년 창단 이후 지금껏 함께하고 있는 전통타악그룹 '동남풍' 가족들과의 시간. 난 그렇게 한 치의 망설임도 없이 농악과 함께해 왔다.

농악이 아닌 또 하나의 음악이 청소년 시절의 나를 추억하게 한다. 레코드 가게에 들러 다양한 장르의 음반들을 한 장씩 사서 모으던 때, 감정과 감각들이 꽃처럼 피어나며 순수하게 교감했던 곡들 중 하나가 지금도 내 몸을 들썩이게 한다.

중학교에 입학해 부모님의 반대를 무릅쓰고 농악부에 입단해 상모와 장고 가락을 배웠다. 시골에서 시내로 버스를 타고 다니며 무릎에 손을 얹고 장고 가락을 두드리면서도 귀로는 〈헝가리 무곡〉을 자주 듣곤 했었다. 무곡舞曲이라 그랬을까. 상이할 것 같은 두 음악은 오히려 이질감이 없었다.

낭만주의가 유럽 전역을 휩쓸던 후기 낭만악파에 속하면서도 고전주의 전통의 맥을 이었던 브람스. 형식의 틀이 주는 안정감 내에서도 집시 무곡 '차르다시'의 자유와 다채로움을 충분히 담아낸 헝가리 무곡.

헝가리 집시의 열정을 담은 이 곡을 가만히 듣다 보면 다채롭고 풍성한 장고 가락에 얹어지는 춤사위들이 머릿속에 떠올랐다. 사뿐거리는 발걸음, 크고 작은 소리의 강약과 선율을 좇아 상상의 나래를 펼치다 보면 어느새 장고 가락의 명인이 된 듯한 마음에 몸이 울렁거렸다. 그러면 곧장 연습실로 달려가 장고를 메고 신나게 두드리며 가락의 강약을 다듬어 내렸다. 발동작의 탄탄한 디딤을 위해 기본 스텝을 꾹꾹 눌러 가며 가다듬고 다져 내던 반복 연습, 경쾌하지만 중후한 몸동작을 만들어 내기 위한 시간들, 좋으면서도 지쳐 힘이 들 때면 헝가리 무곡을 들으며 또다시 활력을 찾기도 했다.

헝가리 무곡은 그 시절 투박하고 단순했던 내 장단에 생기 있는 리듬감을 부여하고 음악적 흐름과 감성의 섬세함을 인식하게 해 준 내 인생의 소중한 음반 중 하나였다.

그 뒤 대학 시절 때는 오디오에 많은 관심을 가졌었다. 시간이 나면 오디오 가게에 들러 관심 있는 기기를 보며 주인과 대화를 나누곤 했다. 쪼들리는 대학 생활 형편에도 불구하고 어느 날 거금을 들여 오디오 기기를 구입했다. 용돈이 생기면 레코드 가게에서 음반을 한 장씩 사 모으며 클래식, 팝, 가요 가릴 것 없이 듣곤 했는데 판소리를 전공 중이어서 소리 관련 음반이 많았다. 그러던 중 오아시스레코드에서 발매한 사물놀이 음반을 접하게 됐다. 김덕수, 김용배, 이광수, 최종실의 연주로 1983년 미국 뉴욕에서의 공연을 녹음하여 발매한 사물놀이의 기념비적인 음반이었다. 그 시기는 사물놀이가 우리나라 전역에서 선풍적인 인기를 누리던 시절이었는데 전통 예술을 올곧게 지켜 가는 전북의 전통 예술인이라는 자부심을 가졌던 나는 사물놀이라는 새로운 장르에 대해 다소 편협한 시각을 가지고 있었다.

그렇게 만난 이 음반을 들으며 전통음악에 대한 나의 이해가 달라지기 시작했다. 개인의 기량과 네 개의 악기가 어우러지며 장단이 넘실대는 신명이 들려왔다. 어떻게 금속 악기와 가죽 악기가 이런 절묘한 조합을 만들어 낼까? 같은 장단 안에서 각기 다른 악기와 서로 다른 감각으로 자신 속에 있는 무한한 가락을 풀어내며 각 악기의 성음을 조율해 내고 있었다. 그렇게 나는 이 음반을 통해 사물놀이의 매력에 빠져들었다.

어느 날 난 초등학교 은사님으로부터 임동창 선생님을 소개받았고 선생님과 인연으로 내가 듣던 음반의 연주자들을 직접 만나게 되었다. 꽹과리 연주를 맡았던 김용배 명인은 항간의 무수한 소문을 남긴 채 유명을 달리해서 뵐 수 없었지만 삶의 궤적을 짐작할 만한 뉴스를 찾아보고 유언장의 의미에 대해 생각해 보기도 했다.

"예술은 인간의 가장 승화된 표현입니다. 삶에 대한 진실의 세계가 극치를 이루는 것이지요. (중략) 삶을 승화시킵니다."

휴학계를 내고 무작정 서울로 상경했던 무렵, 음반에서 듣던 가락을 직접 배울 수 있었다. 여린 마음에 하염없이 눈물을 흘린 적도 많았지만 흥에 겨워 어깨를 들먹이며 춤을 추었다. 선율이 아름답게 쌓이며 울리는 황홀경, 악기의 성음을 있는 그대로 툭툭 내뱉는 듯한 감각적인 연주들이 나의 깊은 곳을 두드리며 스며들었다.

　외국 공연을 마치고 돌아온 날이면 전통 예술을 학습 받고 공연하던 어린 시절의 이야기며 세계 많은 음악가들과 교류하며 얻게 된 다양한 삶의 경험들에 대해 들을 수 있었다. 김덕수 명인의 전통 예술에 대한 열정 넘치는 말씀과 장구 채편의 명확한 성음, 궁편의 울림이 어우러져 가슴을 일렁이게 하는 일이 많았다. 또한 이광수 명인의 쇳가락 성음은 마치 쇳물을 빚는 장인의 손에 들린 망치가 정을 때리는 듯 명확하면서도 인절미처럼 부드럽고 차지고 맛있었다. 아직도 눈만 감으면 이광수 명인의 비나리가 손에 잡힐 듯 선명하게 들려온다. 허공에 흩어지며 정확하게 제자리를 잡아 찍어 내는 상모짓의 둥근 선, 신명으로 올려 들렸다가 겹치고 돌아가는 발동작. 그 선들을 보며 하염없는 즐거움으로 지금도 세월을 살고 있는 나.

　요즘에는 고정된 너름새와 장단의 강약을 가진, 마치 어디에나 진열되어 있을 듯한 사물놀이가 많다. 내가 좋아하는 것을 고스란히 간직하며 지켜 간다는 것은 참 어려운 일이다. 가둬 두면 썩고 풀어놓으면 날아간다. 오랜 세월을 버텨 낸 고목의 풍성한 그늘 아래 약동하는 생명의 움틈. 지금도 이 음반을 들으면 아득한 세월이 느껴지지만 이 속에 담긴 그들의 연주가 지금 내가 갈 길에 대한 이정표가 되어 주기도 한다. 어른들과 함께했던 그 시간. 언제든 나를 그곳으로 데려다주는 이 음악은 마치 나에게만 주어진 큰 선물 같다.

길고도 깊은 인연

최동현

군산대학교 명예교수. 전라북도 순창에서 태어났다. 전북대학교를 졸업하였고, 30년 넘게 판소리 연구에 몸담고 있다. 2020년 군산대학교를 퇴직하였고 전라북도 문화재위원회 위원, 전주세계소리축제조직위원회 부위원장을 맡고 있다. 쓴 책으로 『판소리란 무엇인가』『판소리 길라잡이』『판소리 동편제와 서편제』『소리꾼』등이 있다.

신쾌동 거문고 병창 〈호남가〉

이종민 교수가 정년이 된다니 놀랍다. 항상 청년같이 생각하고, 청년처럼 활동하시기에 아직 멀었다고 생각했는데, 그동안 세월이 참 많이 흘렀다. 이 교수보다 앞서 정년을 맞아 명예교수가 된 나로서는, 내게만 세월이 참 빨리 간다는 생각도 했는데, 역시 공평한 것이 세월인가 보다. 그래도 당분간은 청년 같은 모습을 잃지 말아 주시기를 바란다. 그렇지 않다면 많은 사람들이 서운해할 것이다.

이종민 교수가 정년을 준비하면서 '내 인생의 음악'이라는 주제로 글을 써 달라는 부탁을 해왔다. 생각해 보면 나도 판소리 연구로 30여 년을 보냈으니, '내 인생의 음악' 정도는 있지 않았겠나 생각했을 것이다. '내 인생의 음악'이란 게 내가 가장 좋아했던 음악 혹은 내 인생에서 어떤 계기가 된 중요한 음악이라고 한다면, 내게도 그런 음악은 있을 듯하다. 사실 나는 어느 한 음악만을 좋아하지 않았다. 한동안은 임방울의 판소리가 좋다가, 또 어느 때는 정정렬의 소리가 좋다가, 또 어느 때는 박동진, 또 어느 때는 박지윤의 판소리가 좋았다. 물론 다 판소리이다. 판소리를 연구하며 살다 보니 판소리를 늘 듣게 되고, 그러다 보면 좋아하는 소리꾼이 생기게 마련이어서 당연한 일일 것이다. 그런데 내가 이런 판소리에 관심을 갖게 된 음악이 있었다. 지금도 뚜렷하게 남아 잊히지 않는 한 음악이 있다. 이제 그 이야기를 해 보려고 한다.

1977년 겨울이었다. 그해 여름 군에서 제대를 한 나는 다음 해 봄 학기 복학을 앞두고 있었다. 유신체제는 절정으로 치닫고 있었다. 유신의 억압적 체제는 모든 희망을 앗아가 버리고 말았다. 내가 다니던 학교는 사범대학이었기 때문에 졸업을 하면 시골 중학교 교사로 발령이 날 것인데, 거기서 무엇을 할 수 있을 것인지 아무런 생각도 나지 않았다. 무엇보다도 1년 남은 대학 마지막 학년을 탈 없이 마칠 수 있을지 걱정되었다. 눈이 내렸고 날이 추웠다. 본래 밖에 나가기를 즐겨하지 않았던 나는 이불을 뒤집어쓴 채 오래된 라디오를 옆에 끼고 살았다. 오후쯤이었을 것이다. 거문고 명인 신쾌동(1910~1977)의 죽음을 애도한다면서 노래가 흘러나왔다. 거문고를 연주하면서 부르는 노래였다. 거문고라는 우리 악기가 있다는 것만 알았지, 거문고 소리는 난생처음 듣는 것이었다. 노래는 〈호남가〉라는 제목만 알아들을 수 있었다. 그런데도 악기의 묵직하고 깊은 울림과 슬픔이 묻어나는 목소리의 음색이 가슴을 울렸다. '웅숭깊다'는 말을 붙일 수 있다면 아마 이 노래에 붙일 수 있으리란 생각이 들었다. 이미 고인이 된 사람이 연주한 악기의 소리와 목소리가 내 몸을 감고 돌 때 나는 이상한 전율을 느꼈다. 나중에 나는 이 노래와 음악가를 반드시 알아봐야겠다고 생각했다.

그로부터 5년 후에 나는 전주에서 고등학교 교사를 하고 있었다. 겨울방학이 되어 전라북도 문화재였던 홍정택 선생께 가서 북과 판소리를 배우기로 했다. 홍정택 선생이 무슨 노래를 배우고 싶냐고 물었다. 나는 〈호남가〉라고 말했다. 그래서 한 달가량에 걸쳐 단가 〈호남가〉를 배웠다. 물론 북도 배웠다. 이때 배운 것이 박사학위 과정에서 판소리를 연구하게 된 밑천이 되었다.

그리고 상당한 세월이 흐르고 나서 나는 그때 〈호남가〉를 부른 신쾌동이 어떤 사람인지 알게 되었다. 신쾌동은 익산시 삼기면 출신으로 근세 최고의 거문고 명인이었다. 주지하다시피 거문고는 고구려의 왕산악이 만들었다는 악기이다. 거문고는 오랫동안 양반들의 음악에 사용되었다. 거문고는 소리가 굵고 깊으며, 울림이 오래 가지 않기 때문에 담백한 소리를 낸다. 거문고는 우리나라의 대표적인 남성적 악기로 오랫동안 선비들이 즐겨 연주했다. 합주를 할 때에는 거문고가 중심적인 역할을 한다. 그래서 거문고를 백악지장百樂之丈이라고 한다. 곧 모든 음악 중에서 거문고 음악이 으뜸이라는 뜻이다.

정악에 사용하던 거문고를 민간의 민속음악에서 사용한 지는 오래되지 않았다. 민속음악을 대표하는 산조의 경우, 거문고산조는 강경 출신 백락준(1884~1933)이 만들었다고 한다. 백락준은 아버지의 판소리 가락과 시나위(굿 음악) 가락으로 거문고산조를 만들었는데, 신쾌동은 이 가락을 이어받아 엇모리, 휘모리를 새로 만들고, 중중모리 부분을 확대하여 거문고산조의 틀을 잡았다고 한다. 신쾌동은 또한 송만갑으로부터 판소리를 배운 뒤 거문고 병창을 개발하였다. 그러기 때문에 신쾌동은 거문고산조를 완성한 사람이며, 거문고를 타면서 노래를 부르는 거문고 병창을 창안해 낸 사람이다. 신쾌동이 없었다면 거문고산조와 병창은 이 세상에 태어나지 않았을지도 모른다. 신쾌동이 타는 거문고 소리는 다른 사람의 것과 확연히 다르다. 같은 악기로 타는데도 신쾌동의 거문고에서는 영롱한 소리가 난다. 그래서 어지간한 사람은 금방 신쾌동의 거문고 소리와 다른 사람의 것을 구분할 수 있을 정도이다. 아직까지도 신쾌동을 능가하는 연주자는 나오지 않고 있다. 특히 병창의 경우에는 명인급에 드는 사람이 없다. 그러니 신쾌동이 더 귀해 보인다.

〈호남가〉는 판소리 단가로 호남 지방의 지명을 이용하여 가사체로 만든 노래이다. 〈호남가〉는 1820년부터 1822년까지 전라도 관찰사를 지낸 이서구(李書九, 1754-1825)가 지었다는 말이 있다. 이서구는 조선 후기 문장 4대가에 드는 사람으로 도술, 예언, 풍수에도 밝았다고 한다. 또 신재효(申在孝, 1812~84)가 정리해 놓은 사설도 있다. 신재효의 사설집에 〈호남가〉가 실려 있는 것으로 보아 이미 이때부터 판소리 단가로 부르지 않았나 생각되는데, 일제강점기에 임방울이 불러 크게 유명해졌다. 임방울은 1930년 〈쑥대머리〉를 음반으로 내서 판소리사상 가장 크게 히트했는데, 이 음반의 뒷면에 〈호남가〉를 실었다. 그래서 〈호남가〉는 임방울의 단가로 각인되어 있다.

〈호남가〉는 호남 지방의 지명을 이용하여 만든 노래이기 때문에, 당시 호남의 거의 모든 지명이 등장한다. 〈호남가〉는 "함평 천지 늙은 몸이 광주 고향을 보랴허고"로 시작한다. '함평'과 '광주'는 지명이다. 그런데 또 '함평 천지'는 '모두가 태평하고 편안한 세상'이라는 뜻이다. "여산석礪山石에다가 칼을 갈아 남평루南平樓에 꽂았으니, 호남이라 허는 데는 삼남三南의 으뜸인가. 헐 일을 허면서 놀아 보세."는 〈호남가〉의 끝부분이다. 여기서는 여산과 남평이 지명이다. 여산현은 조선 정종 때 여량현과 낭산현이 합쳐져서 만들어졌는데, 세종 때에 여산군이 되었다. '여산礪山'의 '礪'는 숫돌이라는 뜻이다. 여산에서 숫돌이 많이 나서 이렇게 불렀다고 한다. '여산석'은 '숫돌산에서 나는 돌' 곧 숫돌이다. 그래서 '칼을 갈아'가 가능하다. '남평'은 지금의 나주시 남평면이다. '남평루'는 '남쪽 지역을 평정하기 위해서 지은 누대'라는 뜻이다. '여산의 숫돌에 칼을 갈아 남평루에 꽂았'다고 했으니 자못 기개가 높고 크다. 그러면서 호남이 삼남(경상, 전라, 충청)에서 으뜸이라고 했다. 그러고 보면 〈호남가〉는 호남에 대한 자부심을 표현한 노래이다.

나는 지금도 간혹 소리 한 마디를 부를 일이 있으면 〈호남가〉를 즐겨 부른다. 혼자 있을 때도 심심하면 이 노래를 부르기도 한다. 내가 부르는 〈호남가〉가 임방울이나 신쾌동을 어찌 따라갈 수가 있으랴. 그래도 나는 이 노래를 부르면서 신쾌동과 임방울을, 그리고 1977년 그 엄혹했던 겨울을 생각한다. 노래 한 곡조가 이렇게 길고도 깊은 인연을 만들 줄은 몰랐다. 그리고 이렇게 오랫동안 내 곁을 지킬지도 처음에는 알지 못했다.

내 생의 가장 큰 보람

최상화

중앙대학교 교수. 어릴 적부터 대금을 불다가 작곡가와 지휘자로 활동하고 있다. 전북도립국악단 상임지휘자, 국립국악관현악단 예술단장, 아시아전통오케스트라 예술감독 등을 역임했으며, 현재는 중앙대학교 전통예술학부 교수이자 국악 보급하는 학교기업 '아리' 대표로도 활동하고 있다.

〈아시아전통오케스트라
11개국 전체 합주〉

아시아 악기 여행을 떠나다

2008년 8월 즈음의 일이다. 당시 김명곤 문체부장관님으로부터 연락이 왔다. 아시아 지역 여러 나라들과 함께 전통음악을 교류할 방안을 연구해 보라는 것이었다. 그렇지 않아도 온통 아시아 음악에 관심을 쏟고 있던 나는 반가움을 안고 한달음에 문체부 실무자를 만나 구체적인 안을 만들기 시작했다. 우선 각국의 민족악기를 중심으로 한 오케스트라를 구성해야 이후 연주자들 간 실제 만남과 연주를 하면서 교류가 가능할 것이라고 판단하였다. 조직 대상국은 동남아시아 중심의 아세안(ASEAN) 10개국으로 하고 차후 더 확대하기로 하였다.

아시아 민족악기로 오케스트라를 만드는 것은 처음 있는 일이어서 각 나라별 어떤 악기들이 있는지, 그 악기들은 어떤 소리를 내는지, 그리고 연주자들의 연주 모습과 기량은 어떤지 등 모든 것이 궁금했다. 일단 각 나라를 방문하여 악기에 관해 알아보는 것이 우선이었다. 마음은 벌써 아세안 10개국에 가 있었지만, 아세안 국가들의 민족악기를 알아보기 위해서는 방문에 앞서 준비해야 할 일이 있었다. 악기의 모양과 크기, 최저음과 최고음의 음역, 소리 크기의 음량, 연주 빠르기, 음색, 연주하는 모습, 악보 읽기 여부 등에 대한 구체적인 조사가 필요했다. 이 조사를 위해서 한국의 '아리랑'을 여러 형태로 편곡하였다. 이 곡들은 악기 조사를 위해 특별히 편곡한 것으로 각국의 연주자가 연주하는 동시에 필요한 악기 정보를 얻을 수 있는 특수 목적의 아리랑이었다. 그리고 오케스트라는 규모는 각 나라별 5종씩 한국과 아세안 11개국이므로 총 55개 악기로 잠정 결정하였다. 각 나라별 5종의 악기 선별 기준은 그 나라의 정체성이 강한 것, 오케스트라 합주에 적합한 것, 오케스트라 구성상 저음부와 고음부를 고려, 그 정부의 의견을 종합하여 악기를 선별하고자 했다.

몇 번의 기획 회의 끝에 문체부에서 '한아세안 오케스트라 창단'을 위한 기획단을 만들어 주었다. 나는 부푼 마음을 안고 바로 아세안 10개국으로 출발했다. 아세안 10개국의 전통음악과 악기의 상황은 각 나라별로 많은 차이가 있었다. 인도네시아는 전통 악기가 70여 종이 넘었고, 브루나이와 싱가폴은 5종의 악기를 마련하는 데도 어려워하는 등 차이가 많았다.

인도네시아의 경우 현재에도 70여 종이 넘는 악기와 많은 전통음악이 일반 음악으로 생활 속에 연주되고 있었다. 우리의 징과 같이 주물(놋쇠)로 만든 악기와 대나무로 만든 악기 중에 주물로 만든 징 모양의 악기들의 소리가 맘에 들었으나 인도네시아 측은 대나무로 만든 악기를 고집하였다. 이유는 주물 악기는 무거워 운반하기 어렵고 대나무 악기는 가볍기 때문이라고 하였다.

필리핀의 악기 중에 인상적인 악기가 있었는데 바로 사람의 코로 부는 악기였다. 한쪽 코를 막고 한쪽으로 부는 관악기인데 들숨을 입으로 하고 코로 날숨에 연주를 한다. 음량도 작고 날숨에만 연주 가능한 특이한 악기였다.

미얀마의 대표적인 악기인 '팟웨잉'은 작은 북부터 큰 북까지 순서대로 여러 개를 둥근 원 모양 걸어놓고 안에 연주자가 들어가 몸을 좌우로 180도 움직이면서 연주하는 악기이다. 작은 북은 높은 소리를, 큰 북은 낮은 소리를 내면서 여러 멜로디를 또렷이 연주할 수 있다. 그런데 특이한 것은 소리가 움직인다는 점이다. 하나의 북에서 두 개의 소리가 난다. 피아노로 '도'를 치면 '도' 소리가 계속 나지만, 이 악기는 '도'를 치면 '도~레', '레'를 치면 '레~미'처럼 음정이 올라간다. 마치 '뿅망치' 쳤을 때의 소리처럼 '뾰~옹'하고 들린다.

캄보디아와 태국은 몇몇의 같은 악기를 서로 다르게 이름을 붙여서 전통악기로 사용하고 있었다. 우리의 거문고와 비슷한 악기였는데, 두 나라 모두 이 악기를 추천하였다. 나라 간 같은 부류의 악기의 중복을 피하기 위해 다른 악기로 교체해 주기를 원했으나 두 나라 모두 완고했다. 자존심을 건 대결처럼 둘 다 주장을 꺾지 않으니 골치가 아팠다.

브루나이는 선율악기가 많지 않아 북, 징과 같은 타악기로 5종의 악기를 마련하였다.

이렇듯 나라별로 전통악기와 음악의 다른 것은 나라별 역사가 다른 것과 맥을 같이 하기에 당연한 것이다. 그런데도 각 나라별 5종의 악기씩 선정하고 다음 해 2월 한국에서 만나서 연습하기로 하고 아세안 10개국 악기 조사 여행을 마쳤다.

11개국 아세안 연주자들이 첫 연습을 하다

2010년 2월 서울 구로구 아트센터에서 한국을 포함한 아세안 11개국의 오케스트라 관련자들이 모였다. 각 나라별 악기 연주자 5명, 음악 전문가 1명, 작곡가 1명, 공무원 1명 등 8명씩 모이니 전체 규모가 100여 명에 이르렀다. 각 나라별 최고의 영재급 연주자와 국제적으로 저명한 음악학자들이 대거 참여했다. 처음 탄생하는 '한아세안 전통오케스트라'에 대한 관심이 대단함을 알 수 있었다.

2월 초 한국의 추위에도 불구하고 반소매에 반바지를 입고, 맨발에 슬리퍼를 신고, 악기를 어깨에 메고 들어오는 참가자들을 보면서 오케스트라 구성까지 꽤 험난할 것 같은 예감이 들었다. 한국의 추위에 대해 알고 있으나 자국에서는 겨울옷과 신발을 팔지 않아 살 수가 없었다고 한다. 나는 급히 내가 근무하는 대학교 학생들의 유니폼을 빌렸다. 또 동네 아파트 부녀회 등을 찾아다니며 재활용 옷과 신발 모아놨던 것을 구하느라 동분서주했다.

드디어 55개의 각기 다른 악기들이 첫 합주를 시도했다. 그런데 나라마다 또는 악기마다 기본음 높이가 다 달랐다. 예를 들어 '도' 음의 높이가 조금씩 다른 것이다. 난감했다. 이렇게 악기별로 기본음이 다르면 같이 합주하는 오케스트라는 불가능한 것이다. 긴급히 각국 대표들과 기본음 맞추는 회의에 들어갔다. 기본음을 하나로 정하는 데 몇 가지의 문제가 발생했다. 각국마다 전통적으로 사용해 왔던 기본음이 있어 그것에 맞추어 악기가 제조되었다는 것이다. 주물이나 쇳물(징, 꽹과리 종류)로 만든 악기는 이미 일정한 틀에 쇳물을 부어 만들기 때문이다. 게다가 그러한 기본음을 바꾸려면 본국의 허가를 받아야만 가능한 나라도 있었다. 그러니 본인들의 기본음에 맞추기를 원하는 것은 당연했다. 격론 끝에 기본을 맞추었다(a'라'=Flexible 440Hz). 기본음 합의가 끝나자 싱가폴의 경우 본국에서 음향 전문가가 급히 와서 악기 조율하는가 하면 인도네시아는 대나무로 만들어진 악기를 현장에서 깎고 다듬어 음정을 맞추는 등 각국마다 음정 조정을 했다.

대망의 첫 합주를 시작했다. 김성국 님의 지휘로 〈아리랑〉과 〈쾌지나칭칭〉 연주를 시작했다. 놀라웠다. 모두가 놀라면서 연주하고, 연주하며 더 놀랐다. 코로 부는 악기, 줄을 튕기는 악기, 대나무를 쳐서 소리 내는 악기 등등 모두 제 색깔을 내면서도 서로 잘 어울렸다. 이렇게 아시아의 악기가 오케스트라 형태에 잘 어울리는 합주가 될 것이라고는 생각지 못했다. 그야말로 역사상 최초로 맛보는 색다른 음악이었다. 아시아 악기는 악기마다 색채가 짙어서 다른 악기와 어울리기 어려웠다. 그래서 대체로 혼자 하는 독주 악기가 대부분이다. 우리 전통악기도 마찬가지였다.

서양악기들의 오케스트라에서 역할은 부분으로 나누어 주춧돌, 기둥, 서까래, 지붕 등이 어우러져 멋진 집 한 채를 짓는다면 아시아 악기들은 하나하나가 조그마한 집이고, 그 집들이 쌓여서 기둥 또 겹쳐서 서까래와 지붕이 된다. 그래서 결국에는 커다란 멋진 집 한 채를 짓는 것과 같았다.

서양 오케스트라와는 차별되는 오케스트라 화음에 모두들 고무되었고, 향후 서양식의 오케스트라와 차별 있는 아시아 색채가 분명한 오케스트라를 만들자는 데 동의하였다.

'한 · 아세안 전통오케스트라' 창단공연을 하다

2009년 5월 31일 제주 국제컨벤션센터에서 한아세안 특별정상회의 특별공연으로 한아세안 각국 정상들이 모인 가운데 창단공연을 가졌다.

객석은 11개국 대통령들과 많은 관객으로 꽉 찼다. 공연 시작을 알리는 종소리가 들리자 객석이 조용해지고 불빛이 어두워졌다. 나는 객석 뒤쪽에서 무대 막을 올릴 타이밍을 잡기 위해 한두 호흡을 한 후에 무대 막을 올리도록 했다. 무대의 막이 서서히 올라가면서 그 밑으로 조금씩 보이는 울긋불긋한 연주자들의 모습이 나타나자 온 관객이 우레와 같은 박수를 보냈다. 그리고 무대가 완전히 열리자 관객 모두가 일어나 환호하였다.

각국의 전통 연주 의상은 모자까지 원색으로 화려하였고 그 의상에 걸맞은 아시아 민족악기들까지 어우러지니 그 눈부심에 할 말을 잃었다. 무대 위에 의자와 보면대가 없었다. 무대는 나무로 계단식으로 쌓아 올렸고 계단마다 연주자들이 앉았다. 바닥에 누운 악기, 무릎에 얹은 악기, 가슴에 보듬은 악기, 어깨 위에 얹은 악기, 입맞춤하고 있는 악기들이 빨강, 노랑, 파랑색의 연주자들과 어울려 있는 모습은 한마디로 장관이었다. 마치 오케스트라 무대에 80송이의 꽃무리가 일어나 '울긋불긋 꽃 대궐'을 이루고 있는 것 같았다.

가장 먼저 김성국 님의 지휘로 한국의 〈아리랑〉이 연주되었고, 뒤이어 순서대로 나라별 대표곡을 그 나라의 지휘자들의 지휘로 연주 릴레이가 이어졌다. 한 나라의 연주가 끝나면 그 나라 연주자 5명이 자리에서 일어나 인사를 했다. 그때마다 객석에 자리 잡은 해당 국가의 대통령과 수행원들이 자리에서 일어나 인사했다. 객석은 열한 번의 환호와 박수갈채로 꽉 채워졌다.

오케스트라 앞에서 노래하는 가수, 악기 연주자도 있고, 악기와 노래와 춤을 함께 협연하는 나라 등 다양하게 연주되었다. 그렇게 11개국의 연주가 끝나고 마지막 곡 한 곡만을 남겨 두고 있었다. 대망의 마지막 곡은 바로 '한아세안 전통오케스트라' 대표곡으로 한국의 박범훈님이 작곡한 〈사랑해요 아세안〉이었다. 한아세안 11개국의 언어로 "사랑해요", "안녕하세요", "고맙습니다"라고 한 목소리로 노래하였다. 무대에 선 100여 명의 합창단이 오케스트라를 감싸자 각국의 대표 가수들이 무대 앞으로 나왔다. 박범훈 님의 지휘로 강하고 빠른 박자로 연주가 시작되었다. 각 나라 언어로 작곡한 합창과 전통악기의 어울림에 가슴이 벅차올랐다. 무대 뒤를 에워싼 합창단과 울긋불긋 화려하게 빛나는 오케스트라 연주자들 그리고 앞에 선 가수들이 한 호흡으로 노래를 부르며 마지막 곡의 대미를 장식하고 있었다. "사랑해요 아~세~안"라는 말로 연주곡이 웅장하고 강하게 끝을 맺자 객석에서 일제히 환호가 터져 나왔다. 무대 위의 200여 명이 모두 일어서 객석에 인사를 하는 동안 객석의 박수와 환호는 그칠 줄을 몰랐다. 그때 예상치 못한, 대본에 없는 상황이 벌어졌다. 갑자기 아세안 11개국 대통령들이 앞 다투어 무대 위로 올라갔기 때문이다. 대통령들이 무대에 올라와 자국의 연주자들과 포옹하고 사진 촬영을 하자 각국의 경호원들도 황급히 무대 위로 올랐다. 무대는 순식간에 300명이 넘는 사람들로 넘쳐 행복한 아수라장(?)이 되었다. 그 광경 차체가 오늘 공연에서만 볼 수 있는 또 하나의 역사적 퍼포먼스 같았다. 그 경이로운 퍼포먼스를 멈출 수 없어 나는 무대막을 계속 열어 놓을 수밖에 없었다. 그렇게 한참 동안 기쁨을 나누고 무대막이 내렸을 때에도 어느 나라의 대통령 한 분은 아직도 무대 안에서 연주자들과 어울리고 있었다.

2009년 창단한 '한아세안 전통오케스트라'는 세계 유일의 아시아 민족악기로만 이루어진 오케스트라로서 음악학자와 인류학자들의 연구 대상이기도 하다. 현재 '아시아 전통오케스트라'라는 명칭으로 광주 국립 아시아 문화의 전당에 소속되어 활동 중이다. 이 오케스트라의 창단부터 10년간 예술감독을 맡은 것이 내 생애 가장 보람 있던 일이다.

내 인생의 오케스트라의 기억을 담은 이 글이 이종민 교수 책에 실을 것이라니 고마울 뿐이다. 이종민 교수는 나에게는 존경하는 형님 같은 친구이고, 내 결혼에 주례를 해 준 주례 선생님이다. 책 출간을 진심으로 축하한다.

나의 베토벤

황동규

시인. 서울대학교 명예교수. 대한민국 예술원 회원. 1958년 미당 未堂 서정주의 추천으로 《현대문학》을 통해 등단. 팔순八旬을 넘긴 나이에도 3년에 한 권꼴로 시집을 펴내며 젊은 시인 못지않은 부지런한 시작詩作을 이어가고 있다. 문인으로서의 운명에 감사하며 글쓰기에 대한 갈망으로 60년 넘는 세월을 문학의 새 길을 계속 모색하고 있다. 호암상 예술상, 구상문학상 본상, 김달진문학상, 만해대상 등을 수상했으며 홍조근정훈장을 받았다. 이종민 교수의 박사 지도교수다.

Claudio Arrau 연주
Beethoven
〈Piano Sonata No. 32〉

청소년 시절, 청각이 나의 다른 어느 감각보다도 우위에 있던 때가 있었다. 6·25 직후 환도한 서울, 중심이 온통 폐허. 지금의 명동은 성당과 시공관 그리고 음악실 돌체가 있는 곳 등 몇 블럭만 남기고 그냥 폐허였다. 이집트나 그리스의 장엄한 폐허가 아니라 발을 들여놓으면 인분이 밟히는 그런 폐허였다. 시각의 즐거움이 없었다.

대신 음악실 르네상스나 돌체의 음악이 있었다. 한 고등학교 2학년생이 그 두 곳을 드나들며 청각의 도취에 빠졌다. 오죽하면 피아노는 물론 서툰 하모니카 빼고는 어느 악기 하나 제대로 다룰 줄 모르는 주제에 그가 작곡가가 되겠다는 꿈을 꾸었겠는가? 고등학교 2학년 시절 상당 부분을 잘 모르는 영어로 된 화성학과 대위법 책을 읽으며 보냈다. 목표는 새로운 베토벤이었다.

그 꿈은 그 해가 가기 전에 깨졌다. 학교 친구와 함께 시공관에서 열린 김형욱의 바이올린 독주회를 듣고 나오며 들은 곡을 같이 휘파람을 불었는데 내 휘파람이 약간의 발성 음치였던 것이다. 청력만 정확하면 약간의 발성 음치는 성악가가 아닌 한 음악가가 되는 데 별 지장이 없다는 사실은 후에 알게 된 것이고 그때는 앞이 캄캄했다.

그 일로 음악을 포기하고 대신 음악과 가장 가까운 예술인 시와 함께 일생을 보내게 되었지만 음악에 대한 애착은 나에게서 떠나지 않았다. 결혼하고 전셋집을 전전할 때도 무거운 오디오 기기를 떠메고 다녔고, 집을 옮길 때마다 오디오 놓을 자리부터 살폈던 일이 생각난다. 집도 없이 판을 사 모으고, 돈을 줘도 원하는 판을 구하기 힘든 때였기 때문에 큰 릴 녹음기를 장만해 애써 판들을 빌려 녹음해 듣기도 했다. 시간이 지나자 테이프의 자성이 풀려 녹음기와 릴들을 다 남에게 넘겨주고 말았지만. 나의 이런 기벽을 참고 견뎌 준 아내에게 감사한다.

음악이 자연스레 내 시의 기틀이 되었다. 지금 그 기틀은 시 속으로 숨어들었지만 번호나 소제목들을 단 시를 많이 썼고 그 번호나 소제목들은 음악의 악장 역할을 했다. 그리고 음악적인 흥취가 없으면 좋은 시로 생각하지 않았다.

살다 보니 차차 비틀즈의 음악을 아주 좋아하게 되고 최진희, 김광석의 노래나 스캇 라파로의 재즈도 즐겨 듣게 되었다. 그러나 서양 고전음악에서 멀어지진 않았다. 처음엔 베토벤이나 슈베르트 브람스의 중기 음악에 주로 심취했으나 차차 이들의 후기 음악(짧은 생애 슈베르트의 후기 음악은 마지막 일 년여의 너댓 작품뿐이지만)에 빠졌다.

살펴보자. 지금 내가 즐겨 듣는 음악에는 민요도 있고 팝도 있다. 고전음악까지 포함해서 하나만 고르라면 참 힘들 것이다. 전북대의 이종민 교수가 꽃씨를 나눠 주듯 애써 골라 날라 주던 음악편지 가운데 아직 기억나는 두세 곡 중 하나를 택해 '내 인생의 음악'으로 삼아도 무방하지 않을까.

그러나 나에게는 서양 고전음악이 첫사랑이었고 그중에도 베토벤이었다. 곡은 변했다. 처음에는 3번 영웅교향곡이나 5번 7번 교향곡, 〈비창〉에서 시작해서 〈열정〉 〈발트슈타인〉에 이르는 피아노 소나타들, 그리고 작품번호 59 〈라즈몹스키〉부터 시작되는 중기 현악사중주들을 즐겨 들었다. 그러다 지난 이십여 년 간은 그의 후기 현악사중주, 그리고 30, 31, 32번에 속하는 후기 피아노 소나타들이 아껴 듣는 곡들이 되었다. 그중에서 단 하나를 택하라면 아무래도 32번, 그의 마지막 피아노 소나타가 될 것이다.

이 곡은 베토벤의 마지막 작품은 아니다. 저 장엄한 9번 교향곡 '합창'이 더 후기 작품이고, 저 깊숙한 후기 현악사중주들이 더 마지막 작품들이다. 32번은 두 개의 악장으로 되어 있고, 두 번째 악장 아리에타 즉 '조그만 노래'(예술가들이 자기 작품에 붙이는 '조그맣다'는 말에 속지 말자. 이 '조그만 노래'는 평균 연주 시간이 18분이다. '달빛' 소나타 전 3악장보다 3분쯤 긴)가 중심이다. 평범하다고 할 만한 주제가 제시되고 그것이 다섯 번의 변주를 거치며 천상의 황홀이라고 표현할 수밖에 없는 지경에 이른다. 원래 장식용으로 사용되는 트릴도 이 곡 마지막에 가서 이 세상의 소리가 아닌 경지를 만드는 것이다.

이 곡은 내가 사십대 후반인가 오십대 초에 클라우디오 아라우의 연주로 처음 만난 후 벨헬름 켐프, 알프레드 브렌델, 리처드 구드, 블라디미르 펠츠먼 등을 거쳐 폴 루이스에 이르기까지 수집한 10여 피아니스트들의 연주 가운데 그 어느 하나에도 물린 적이 없는 곡이다. 물론 그중에서 군이 하나를 골라야 한다면 명암이 분명한 폴 루이스의 연주이다. 최근에 알게 된 것을 한마디 덧붙이자면, 작가 토마스 만은 소설 『파우스트 박사』에서 주인공의 말을 빌려 이 곡을 "피아노 소나타가 그 운명을 다한 곡"이라고 했다. 이 곡 다음에는 피아노 소나타라고 할 피아노 소나타가 있을 수 없다는 말이다. 사실 하이든, 모차르트, 베토벤에 의해 완성된 피아노 소나타는 후에 피아노의 달인 작곡가들인 쇼팽, 리스트, 브람스가 피아노 소나타들을 몇씩 남겼지만, 그 곡들은 그들의 작품 속에서도 빛나지 않는다. 예외가 있다면, 베토벤의 타계 일 년 후 작고한 슈베르트가 마지막 해에 작곡한 피아노 소나타 3곡이 나름대로 피아노 소나타나운 소나타들이라고 생각된다.

폴 루이스의 연주로 32번을 들으면서 쓴 시 「폴 루이스의 베토벤 소나타를 들으며」의 후반부를 읽으며 이 글을 끝내기로 하자.

이즘처럼

아는 것 모르는 것 다 합쳐도 별 감동거리 없는 초여름 저녁
늦게까지 혼자 집에 남아 옛 음악이나 틀고 있을 때
폴 루이스가 치는 베토벤의 마지막 소나타 끝머리에
지상에 잠시 걸리는 무지개처럼 건반에 올려져
마시던 녹차 색깔까지 아슬아슬 떨게 하는 트릴 한 토막,
창밖의 별들까지 떨고 있다.
이 세상에 이보다 더 절묘한 떨림 어디 있으랴.
이 트릴, 혹시 별빛 가득 찬 천국의 한 토막은 아닐까?
별 하나가 광채를 띠고 떨며 내려온다.
그래, 소나타도 트릴도 끝난다.
허지만 끝남, 끝남이 있어서
천국의 한 토막이 아니겠는가?

가만, 잊은 게 하나 있다. 한 군데 매이기 싫어 이 '내 인생의 음악'을 바꾸고 싶은 충동을 느낀 때도 있었다. 그러나 이즈음처럼 모든 게 정신없이 바뀌는 세상에서, 코로나바이러스로 집콕 하며 여러 곡을 다시 돌아가며 들으면서도 물리지 않고 계속 사랑할 수 있는 곡이 있다는 사실, 그것만도 삶의 '조그만' 축복이 아니겠는가?

2020년 4월

PART 4.

너의 이름이 어느새 나의 노래가 되어 – 위로, 그리움

나의 노래, 내 삶의 위로

임상아 〈뮤지컬〉

구성은

전주에서 중학교, 고등학교, 대학교를 졸업하고, 결혼하고 아이를 낳고 키우며 직장 생활을 하다 전주시의회 의원으로 재직했다. 전주시의회 문화경제위원장으로 일하면서 같은 동네 주민이자 전통문화중심도시 전주를 위해 활발한 활동을 하시는 이종민 교수님께 자문을 구하게 되었다. 지금은 전주시 평생학습관에서 일하며 이종민 교수님의 나눔과 실천의 삶을 배우기 위해 노력하고 있다.

엄마는 항상 가스펠송을 부르셨다. 설거지를 할 때나 청소를 하거나 빨래를 할 때도. 아마도 내가 엄마 배 속에 있을 때부터 부르셨으리라. 나는 엄마의 복음성가를 배경 삼아 자랐다. 물론 내가 좋아하는 노래는 "외로워도 슬퍼도 나는 안 울어"〈들장미 소녀 캔디〉나 "달려라, 코난! 미래소년 코난! 우리들의 코~오~난"이었다. 만화영화의 주제가는 지금 눈 감고도 떼창이 가능한 우리 모두의 노래였다. 초등학교에서 가르쳐 주는 기념일 노래도 목놓아 불렀다. "기미년 3월 1일 정~오"로 시작하는 〈3·1절 노래〉나 "이제야 갚으리, 그날의 원수를…"로 이어지는 〈6·25 노래〉도 정말 열심히 불렀다.

그러던 나의 20대는 민중가요가 내 삶이 된다. 〈임을 위한 행진곡〉은 애국가 수준이었고, "사랑을 하려거든 목숨 바쳐라, 사랑은 그럴 때 아름다워라"로 시작하는 〈바쳐야 한다〉나 〈꽃다지〉, 〈민들레처럼〉 등의 민중가요를 하루에도 몇 번씩 부르고 들었다. 민중가요는 집회 현장에서 몇 안 되는 우리를 불러 세우는 신호였고, 우리의 단결을 표현하는 무기이기도 했다. 집회가 끝난 후 뒤풀이 자리에서는 빠짐없이 자신의 애창곡을 부르며 결기를 다졌다. 그렇게 우리는 "언제라도 지쳤을 때 내게 전화를 하라고" 불러 주는 꽃다지의 〈전화카드 한 장〉이나 노래마을의 〈나이 서른에 우린〉을 부르며 자신과 서로를 위로했다.

결혼을 하고, 아이를 낳고, 직장을 다니며 내 컴퓨터 화면은 조성모, 윤도현으로 바뀌어 갔다. 아이 둘을 친정에 맡기고 한국소리문화전당 야외무대에서 열리는 윤도현밴드의 공연을 보러 간 적도 있다. 예민한 둘째가 너무나 우는 바람에 결국 중간에 나와야 했지만 이때가 대중가수를 가장 많이 애정한 때인 듯하다.

30대 중반에 뜻하지 않게 정치 현장에 들어선 뒤 통장님들을 비롯해 자생 단체 회원들과 버스를 타고 가면서 뒤풀이에서 많은 대중가요를 듣고 부르게 되었다. 내 인생에서 가장 많이 노래방을 가거나 버스 안에서 노래를 불렀던 때, 나는 "내 삶을 그냥 내버려~ 둬!"로 시작하는 임상아의 〈뮤지컬〉이나 "난 다시 태어난 것만 같아~ 그대를 만나고부터"를 강조하는 이상은의 〈비밀의 화원〉을 즐겨 불렀다. 이때부터 지금까지 나의 노래방 애창곡은 〈뮤지컬〉이 되었는데, "또 다른 길을 가고 싶어~ 내 속에 다른 날 찾아~ 저 세상의 끝엔 뭐가 있는지 더 멀리 오를 거야 아무도 내 삶을 대신 살아 줄 순 없어"라는 가사는 끝까지 뭔가 도전하고 싶은 마음을 대변해 주는 것 같다.

〈뮤지컬〉은 1996년 주영훈 작곡의 임상아 데뷔곡이다. 가수 임상아는 사회자로 먼저 데뷔한 후 연기자를 거쳐 가수가 되었으며 〈저 바다가 날 막겠어〉, 김현철과 듀엣으로 부른 〈크리스마스이브〉 등으로 인기를 누렸다. 이후 패션 디자이너 및 사업가로 변신, 자신의 이름을 딴 패션 브랜드 '상아Sang A'로 전 세계 수십 개의 매장에 진출했다. 〈뮤지컬〉의 내용처럼 끊임없는 도전으로 자신의 꿈을 실현시켜 나가고 있는 것이다.

40대 중반부터 지금은? 지금은 드라마 OST에 빠져 산다. 〈동백꽃 필 무렵〉을 보면서 "그댄 나를 설레게 만드는~" 〈이상한 사람〉에 빠지고, 〈낭만닥터 김사부〉를 보면서 "비가 내리는 날엔 그대, 아무 말없이 내 곁에서 안아 줘~"를 열창하고, 〈이태원 클라쓰〉를 보면서 하현우의 〈돌덩이〉와 김필의 〈그때 그 아인〉을 목놓아 부른다. 혁오밴드의 〈톰보이〉나 잔나비의 〈주저하는 연인들을 위해〉도 좋아한다. 문제는 이젠 가사나 가수가 잘 떠오르지 않는다는 것이다.

좋아하는 장르도 가수도 바뀌지만 노래는 항상 내 삶을 위로해 주고 힘을 북돋워 주는 내 인생의 필수 아이템이다. 날마다 천변을 걷는다. 아무도 없을 때는 혼자 노래를 흥얼거린다. 어릴 때 들었던 복음성가부터 쉽게 잠들지 않는 아이를 달래며 불렀던 동요, 얼마 전 끝난 드라마의 주제곡까지. 어떤 노래든 흥얼거리다 보면 마음이 편안해지고 기분이 좋아진다. 혹시 지나가다가 혼자 노래를 읊조리는 아줌마를 만나시면 모른 척해 주시기를. 음악은 클래식부터 대중음악까지 넓은 스펙트럼을 가지고 있지만 그것이 무엇이든 인간의 희로애락을 가장 직접적으로 표현해 주는 인류 공통의 언어이다. 나는 지금 나만의 언어에 심취해 있다.

누가 뭐라든 너 자신이 되어라

김광숙

여연당與連堂, 색연필화 작가, 일러스트 굿즈 사업가, 그리고 전주시 문화관광해설사. 이종민 교수님과 인연은 14년 전에 전주 한옥마을 최부잣집 골목길에서 시작되었다. 외국인들과 함께였던 교수님은 생활한복을 입고 관광객에게 해설 중인 문화관광해설사에게 눈길을 주시며 응원해 주셨다.

 스팅 〈뉴욕의 영국인〉

편안한 그림을 창의적으로 그리는 데 전제 조건이 있다면 음악 듣기가 빠질 수 없다. 대부분은 힐링에 도움을 주는 비발디 〈사계〉, 바흐 〈무반주 첼로 모음곡〉 등 고전을 생각할 것이다.

하지만 최근에 그림을 그리며 가장 많이 듣는 음악은 영국 가수 스팅의 〈뉴욕의 영국인〉이다. 이 곡은 스팅이 1987년에 발표한 두 번째 솔로 앨범에 수록되었고, 스탠다드 재즈 선율과 업템포의 레게 리듬이 혼재된 편안하고 위트있는 프레이즈phrase가 인상적이다. 이 노래는 활발하게 귀로 들어와 온몸에 긴장을 이완시키며 의류직물학과 대학 생활 이후 다시 잡는 색연필에 마술을 건다.

이형성 전남대 교수님이 지어 준 호 여연당으로 작품 낙관 도장을 만들며 색연필화 작가로 자랑질을 시작한 지 4년차이다. 2019년 8월 '여연당' 일러스트 굿즈 사업자를 내고 공예 작가로 재미있게 활동 중이다. 2019년 7월 조영호, 김광숙 콜라보레이션 전시 '소소한 유럽 감성전'이 전주시 덕진구 송천동 카페 '드보호'에서 있었다.

"김광숙 씨의 그림은 펜으로 그린 삽화. 발랄하고 화려하다. 스케치의 가벼움에서 그치지 않고 많은 이야기를 들려준다. 그림이 말을 하는 듯하다. 사람이 투영돼 있다. 이번 전시에서는 한지에 인쇄해 나무판으로 무게를 더했다." 전북포스트 강찬구 기자의 '사진과 삽화로 느끼는 유럽 감성' 기사 일부 글이다.

2020년 1월부터 전라북도공예협동조합, 전주시 수공예의 프로들(수프) 작가로 활동을 하고 있다.

"여연당의 작품은 부드러운 색연필과 날렵한 펜 끝으로 담아냅니다. 자연의 순수하고 청아함이 담겨 있으며 색으로 담아낸 그림은 마치 보석을 담은 듯 기분 좋아지고 입가에는 미소를 머금게 해줍니다. 또한 보는 이로 하여금 마음에 '休'를 느끼게 해 줍니다." 2020년 4월 이지연 칠보공

예작가 페이스북 '10일 동안의 아티스트 챌린지'에 여연당을 소개한 글이다.

　60살을 바라보는 친구들은 20~30대 청춘처럼 색연필화 작가, 일러스트 굿즈 사업가, 그리고 전주시 문화관광해설사를 하며 분주하게 움직이는 나의 태도에 늘 충고를 한다. 노세 노세 하란다. 그럴 때미다 〈뉴욕의 영국인〉 노랫말을 반복하여 흥얼거린다.

　누가 뭐라든 너 자신이 되어라
　난 이방인, 당당한 이방인
　뉴욕에 온 영국 사람
　난 이방인, 당당한 이방인
　뉴욕에 온 영국 사람

　그리고 문화와 예술에 끝없는 목마름으로 다양한 작가들을 만나는 관계 사치를 누린다. 〈뉴욕의 영국인〉은 스팅이 시대를 앞서갔던 작가 크리스프에게 헌정한 곡이다. 스팅은 그에 대해 "그는 나이가 들어도 여전히 매우 우아하고, 주관이 뚜렷하며, 누가 뭐라고 해도 갈 길을 가는 존경스러운 사람이다"라고 말했다.

　2020년 1월 뉴질랜드 밀포드사운드를 다녀왔다. 그리고 2월부터 코로나19는 우리 모두에게 집에서 참아야 하는 많은 시간을 주었다. 밀포드사운드가 배경인 그림을 많이 그렸다. 아니 주경이다. 그림 안에서 꽃을 안은 소녀는 나이고 너이고 우리 모두이다. 잘 참는 당신이 꽃입니다. 소녀는 꽃이고 자연의 일부이다. 여행 추억을 그림으로 그리는 재주를 주신 하나님께 감사 기도를 드린다.

밀포드사운드, 2020

전 외국어대학교 교수 이기상 문화콘텐츠학자가 2020년에 쓴 글 「아버지의 이메일」은 '전통적 관계의 망' 안에서 일어나는 소통의 문제점을 극복하는 방법을 모색하는데, 여연당 그림 〈대화를 담는다〉가 삽화로 들어 있다.

대화를 담는다, 2020

여연당은 현재 많은 작가들과 대화하며 작품 세계를 키우고 있다. 그들은 전주한옥마을 골목길 작가들, 서학동 예술마을 작가들, 한국전통문화전당 작가들, 2019년 부채전 '쉼'을 함께한 작가들, 그리고 2018년 2019년 밀라노 장인박람회에 함께 참여한 작가들이다.

2020년 4월 전주한옥마을 교동다원 앞뜰과 뒤뜰에 사람보다 키 큰 모란이 한창이다. 모란을 만난 흥분으로 요동치며, 하얀 셔츠에 적당히 살찐 모습으로 허리춤을 추는 Sting의 길거리공연을 듣는다. "Oh, I'm an alien, I'm a legal alien. I'm an Englishman In New York…."

교동모란, 2020

아린 '하얀 목련'의 추억

김남수

전북대 수의과대학에서 수의외과학을 가르치고 있으며 주로 동물의료센터에서 반려동물은 물론 산업동물의 외과수술을 하고 있음. 해병대에서 군복무를, 서부호주·머독대학과 미국 위스콘신·매디슨 대학에서 수의정형외과 공부를 했음. 매년 학생들과 해외 봉사활동을 하고 특히 북인도 라다크에서 VBB(Vets beyond Borders) 활동을 해오고 있음. 평소 주말은 완주, 용복리 황토 집에서 텃밭 가꾸기, 재활용 목재로 탁자나 의자를 만드는 게 취미임. 이종민 교수님과는 비슷한 시기에 학장을 함께한 덕분에, 관심사가 비슷한 덕분에, 취미가 다르지 않은 덕분에 닮고 싶은 사람이다.

양희은 〈하얀 목련〉

봄, 올해에도 어김없이 목련은 핀다. 수의대 본관 뒤 목련을 본다. 참 예쁘다. 매년 이맘때, 〈아침이슬〉이라는 노래로 민주화운동의 상징이 된 가수 양희은은 이런 노래를 부른다. "하얀 목련이 필 때면, 다시 생각나는 사람/봄비 내린 거리마다 슬픈 그대 뒷모습…."

점심시간이 조금 지났다. 봄과 함께 걸었다. 후문을 지나고 '길명반점'에 들어가 짜장면을 시켰다. 사장님은 여전히 중국말로 주방에 주문을 넣는다. 멋진 음식점과는 좀 거리가 있다. 조금 어둡고, 약간 냉기가 도는, 표현키 어려운 중국집 특유의 분위기가 있다. 때 지난 점심을 혼자 먹기 딱 좋은 집이다. 걷는 중간, 봄은 이곳저곳에 있다.

하얀 목련이 피는 이맘때면 가슴 한편이 아리다. 그만 잊힐 때도 되었는데 늘 기억은 또록또록하다. 오늘 아침처럼, 라디오에서, 가수 양희은이 부르는 〈하얀 목련〉이라도 나오는 날이면 아무것도 할 수 없다. 가슴에 박힌 상처는 아물지 않는다. 당시 전포대장이었던 김경호 교수를 만나기 전까지는, 난 나만 이 상처가 아물지 않는 줄 알았었다. 그는 김성우의 기수와 군번까지도 기억하고 있었다.

미륵산이 보인다. 전우였던 나도 이런데, 부모님의 찢긴 가슴은 감히 짐작도 어렵다. JTBC 이규연의 스포트라이트를 봤다. 세월호 부모님들의 절규와 작게 어깨를 들썩이며 흐느끼셨던 김성우 부모님 모습이 자꾸 겹쳐 보인다.

목련은 다시 피지만 가슴에 묻은 자식 때문에 봄이 봄이 아닌 사람들이 많다.

1983년 말 포항 해병대 제1사단에 신병이 왔다. 커다란 꼰뽕(따블백, 군대 배낭)을 메고 온 모습이 참 순하게 생겼고, 눈이 유난히 컸다. 당시에는 드물게 대학 재학 중에 왔다는 이유와 똘똘함이 넘치는 얼굴이 한몫한 탓인지 김성우 해병은 측지병으로 우리 내무실에 왔다. 통신병과 측지병이 함께 쓰는 18중대 7내무반에 온 첫날, 내 옆에서 잔다. "대학교나 잘 다니지 왜 해병대에 지원하게 됐니?" "살아오면서 늘 나약한 자신에게, 강한 변화를 주고 싶었다"고 했다. 특히 부모님께 든든한 버팀목으로 강한 아들의 자랑스런 모습을 보여 드리고 싶단다.

1983년, 〈하얀 목련〉을 노래한 가수는 양희은이다. 나는 해병대 복무 중에 이 노래를 들었다. 통기타를 치기 시작하면 제일 먼저 코드를 잡고 연주하는 곡이 양희은의 〈이루어질 수 없는 사랑〉이고 또 〈아침이슬〉 때문에 엄청 좋아하던 가수의 신곡이라 와락 관심이 갔다.

전설처럼 내려오는 412기 하리마오(악랄한 독종 선임) 해병이 남기고 간 통기타가 있었다.

"기타 칠 줄 아니?" 뜻밖에 "예" 한다. "그럼 한 곡 해 봐" 몇 번 위 아래로 기타줄을 튕기더니 부른다.

하얀 목련이 필 때면 다시 생각 나는 사람

봄비 내린 거리마다 슬픈 그대 뒷모습

하얀 눈이 내리던 어느 날 우리 따스한 기억들

언제까지 내 사랑이어라 내 사랑이어라

거리엔 다정한 연인들 혼자서 걷는 외로운 나

아름다운 사랑 얘기를 잊을 수 있을까

그대 떠난 봄처럼 다시 목련은 피어나고

아픈 가슴 빈자리엔 하얀 목련이 진다

김성우를 통해 처음 들은 노래, 〈하얀 목련〉이다. 어두운 시대가 만든 스타 김민기에 대한 기억이 밀려왔다. 아! 잠시 잊고 있던 양희은은 또 이런 노래를 부르는구나! 순검(해병대식 점호)이 끝나고 취침 전, "야, 김성우 노래 일발 장전!" 일주일 내내 순검이 끝나면 김성우 해병이 양희은 대신 불렀다. 당직사관이 들을 수 없게 작은 소리로 가르쳐 준 '하얀 목련'은 이렇게 내 애창곡이 되었다. 나는 과외비(?) 지불을 성우가 제일 좋아하는 '빠다코코낫 비스켓'으로 했다. "김성우 하나 더 줄까?" 아까워 씹지도 못하고 입에 문 채 어느새 잠들어 있는 김성우 얼굴은 아직도 풋풋한 대학생이었다.

팀 스프리트 훈련은 대한민국 해병대와 미 해병대가 함께하는 훈련이었고 늦겨울에서 초봄으로 넘어가는 연천의 들판과 냇가에서 끝났다. 들판엔 여린 초록빛 보리와 함께 잔설이 여기저기 있었다. 1984년, 강원도 연천에서 끝난 팀 스프리트 훈련엔 아직도 이병인 김성우 해병도 참가했다. 중대의 가장 막내였다. 이등병이 견디기에는 힘든 과정인 데다가 훈련 기간 중 왼쪽 눈이 아팠었다. 해병소위 김경호 전포대장은 중대장과 대대장에게 김성우 해병의 조기 부대 복귀를 건의했다. 하루라도 빨리 시설이 있는 부대로 복귀시켜서 쉬게 하고 싶은 마음에서 우러나온 배려였다. 원주역에서 시작된 탑재(훈련에 참가한 장비를 열차에 싣는 작업)는 기압든 쫄병에겐 짬밥이 부족했다. 에프엠(정확한 규정과 원칙에 따름) 해병 군장을 메고 탑재 작업을 했단다! 그것도 왼쪽 눈에 안대를 하고! 순식간에 일어난 사고였다.

"집합, 집합, 제7내무실 집합!"

측지병, 통신병 모두 다섯 명. 측지에 내가 세일 고참이었다. 영문도 모르고 원수 육군51 후송병원에 도착했다. 기가 막혔다. 무표정한 얼굴로 염을 하는 육군 의무병을 바라보며 울 수도 없었다. M16 소총의 총구를 아래로 메고 삼 일을 지켰다. 그 삼 일 밤 동안 냉동고에서 '김남수 해병님 살려주세요…' 냉동모터 돌아가는 소리는 나에게만 그렇게 들리는 게 아니었나 보다. 송인승 해병이 모두 함께 밤을 새자고 했던 걸 보면.

해병대 복장으로 염을 해야 한다는 해병중령 최해준 대대장의 고집으로, 긴급 공수해 온 해병대 위장복을 입고 김성우 해병은 떠났다.

제대한 후에도 봄은 매번 같은 모습으로 왔다. 흐드러지는 벚꽃과 함께 목련은 피고 또 졌다. 지금처럼 하얀 목련이 필 때면, 늘 가슴 한쪽이 저미어 온다.

36년 전 성우가 떠난 오늘 대전 국립현충원에 다녀왔다. 소주 한잔과 빠다코코낫 비스킷을 김성우 해병 묘비석 앞에 놓고 잠시 하늘을 본다. 그리고 순검 마친 내무실에서의 김성우처럼 "하얀 목련이 필 때면 다시 생각나는 사람, 봄비 내린 거리마다 슬픈 그대 뒷 모습" 작은 소리로 불러 본다.

1983년 발표한 양희은 작사, 김희갑 작곡의 〈하얀 목련〉에는 이런 사연이 전해 온다. 1982년의 봄, 30대 초반의 양희은은 3개월 시한부 난소암 판정을 받는다. 투병 중에 친구로부터 한 통의 편지를 받았다. "오늘 너와 똑같은 병으로 세상을 뜬 사람의 장례식장에 다녀왔다. 넌 잘 살고 있니? 싸워서 이겨"라고 적혀 있었다. 양희은이 병실에서 간절한 기도를 마치고 창밖을 내다보는데 거기에 하얀 목련이 눈부시게 피어나고 있었다. 양희은은 복받치는 감정으로 단숨에 노랫말을 써 내려갔다. 유서처럼 쓴 인생의 마지막이 될지도 모르는 노래, 〈하얀 목련〉은 작곡가 김희갑에게 넘겨져 '불후의 명곡'이 됐고, 양희은은 기적처럼 소생했다.

비 내리는 소리, 카세트테이프,
송창식에 관한 몇 가지 기억

 송창식 〈창밖에는 비 오고요〉

김병용

소설가. 전북 진안 출생. 1990년《문예중앙》중편소설 부문으로
등단한 뒤『그들의 총』『개는 어떻게 웃는가』『길은 길을 묻는
다』『길 위의 풍경』등을 펴냈다. 백제예술대학 문예창작과 교수,
아이오와대학 국제창작프로그램 파견 작가, 미 국무부 한국어
교육프로그램 현지 디렉터를 지냈다. 전북작가회의에서 만나기
전에는 오랫동안 '배숙자 선생님의 바깥분'으로 이종민 선생님
을 기억했다.

떠올려 보면 내 유소년 시절의 기억 속에 유독 비 내리는 장면이 많다는 것을 서른 즈음 어느
날 우연히 깨달았다.

첫 직장 군산 출근길에 김광석 노래를 들으며 차창에 물결쳐 흐르는 바깥 풍경을 물끄러미 바
라보다가 나도 모르게 문득, 비가 내리면 더 좋겠어, 혼잣소리를 하고 그 소리에 혼자 놀랐다. 대야
들판에는 싱그러운 신록이 출렁이고 아침 햇살 순하게 부서지는 맑은 날인데 나는 왜 하필 차창을
두드리는 빗방울 소리를 그리워하나, 우산도 없이 출근하면서… 나는 왜 이날 이 맑은 풍경과 불
화하고 그날의 내가 그토록 마뜩치 않았던가.

이후, 때때로 그날의 기억이 나를 더 오래된 기억 속으로 끌고 들어갔다.

…금강 상류 큰 개울가에 있던 초등학교를 가려면 1킬로 가까이 길게 이어진 방둑 길을 터벅
터벅 걸어가야 했는데 비가 오는 날은 유난히 강골바람이 더 거세져 우산은 뒤집어지기 일쑤였고
몇 번은 바람이 우산 채가는 걸 속수무책으로 지켜보다가 비바람을 무릅쓰고 뜀박질했던 게 그렇
게 약 오른 일이었던가… 교복 한 벌로 한철을 나던 중·고등학교 때, 한 번 비를 맞으면 다음 날 아
침에도 눅눅하던 동복을 입을 때의 선뜩한 느낌과 쿰쿰한 냄새를 아직도 잊지 못한 것인가… 밤새
내린 가을비에 앞산 낙엽까지 우리 집 마당으로 몰려들어 시린 손 호호 불며 싸리질을 계속해야만
했던 기억 때문일까….

왜 나는 내 추억들이 빗속에 잠겨 있다고 생각하는 것인지, 내 지난 시절을 헤집어 봐도 그럴
듯한 답변은 찾기 힘들었다. 그리고 간헐적으로 튀어나오는 이 같은 궁금증이 나를 노상 붙들고
있는 것도 아니어서… 잠깐 궁금하고 한참 잊고 사는 일이 이어졌다. 그렇게 오락가락하며 나는
차츰 나이가 들고 있었다.

그러다가…

　오래 글공부를 하고 늦게 등단한 보람도 없이 허무하게 일찍 세상을 버린 고향 선배이자 대학 선배 장례를 치른 날이 있었다. 상갓집에 모인 선후배들이 그냥 헤어지기 힘든 날이라고 다시 가까운 술집에 모여 주인 없는 빈 술잔을 하나 가운데 두고 서로 말없이 사기 술산을 비우고 채우며 그가 남긴 시구 "바람처럼 나를 훅 뚫고 지나가는" "소리가 새어 나오는 하모니카 구멍"을 떠올리고 있는데, 역시 내게는 동향이고 동문인 선배가 혼자서 낮고 가는 목소리로 노래를 부르기 시작했다. 바짝 마른 성음이 창에 부딪쳐 우리들 사이에 무겁게 가라앉아 있던 침묵 사이로 파고들 때, 나는 그제야 창밖에 비가 내리고 있다는 걸 알았다.

　"창밖에는 비 오고요 바람 불고요 / 그 내의 귀여운 얼굴이 날 보고 있네요…"

　초기 송창식의 미성을 그대로 빼박은 그 선배의 목소리 속에 날카롭게 빠르게 진동하는 기타 줄 소리가 섞여 있다는 느낌이 들었다. 그 사이 노랫말 속의 '귀여운 얼굴'은 '핼쓱한 얼굴'로, '창백한 얼굴'로 바뀌었고… 노래가 끝나고 자리도 파했다.

　빗줄기와 함께 집으로 돌아가는 길… 나는 그 선배의 노래가 죽은 자와 산 자를 모두 함께 위로하는 노래라는 생각을 했다. 기억한다는 건 무언가를 잃지 않으려는 몸부림 같은 거라는 생각도 했다. 함께한 시절을 통과한 사람을 잃은 자리에서 우리는 무엇을 붙들고 무엇을 놓았는가…. 대답 없는 질문은 그치지 않고 쏟아지는 빗소리와 함께 계속 내 가슴을 두드렸다.

　취기로도 잠을 청하기 힘들던 그날 밤, 나는 야속하게 세상을 먼저 저버린 선배와 노래를 한 선배의 얼굴을 떠올리다가, 어떤 상황에 처한 사람의 마음을 노래하는 노래를 지은 이와 세상의 그 많은 노래 중에서 '그 자리 단 한 곡'의 노래를 찾아내는 사람들 사이에 존재하는 것이 분명한 특별한 공감대에 대해… 이 생각, 저 생각 두서없이 뒤척였다. 그렇게 송창식의 "창밖에는 비 오고요"라는 그 노래를 내가 처음 들은 때는 언제일까, 생각하다가 갑자기 몇십 년 잊고 살았던 한 친구의 얼굴이 부스스 떠오르기 시작했다.

　내 생일이었던가, 승급하며 반이 갈리던 때였던가…. 중학교 때 한 친구가 내게 자신이 좋아하는 노래만 골라 모았다며 카세트테이프를 하나 선물로 건넨 적이 있었다. 스마트폰에 음원을 다운로드하는 지금을 기준으로 생각하면 불법 복제, 편집한 카세트테이프였는데…. 자신이 좋아하는 가수와 곡명을 적어 음악사에 갖고 가면 그 노래들을 옮겨 '세상에 단 하나뿐인 테이프'를 만들어 주던 시절…. 그 테이프의 대부분이 송창식 노래들로 채워져 있었다. 정확하게 기억나진 않지만 아마도 〈꽃, 새, 눈물〉, 〈비의 나그네〉, 〈비와 나〉, 〈꽃보다 귀한 여인〉, 〈상아의 노래〉, 〈철 지난 바닷

가〉,〈딩동댕 지난 여름〉등의 노래였을 것이다. 그 테이프 속의 송창식은 그야말로 '비의 나그네',
비를 노래하는 가객이었다.

선물을 받을 당시 내가 알던 송창식의 노래는〈피리 부는 사나이〉단 한 곡뿐이어서 이 가수가
이런 노래도 했구나, 저 친구는 언제 이 노래들을 알았지… 의아해했던 기억은 선명하다. 잇댄 함
석지붕 위로 세차게 쏟아지는 빗방울 소리가 그대로 창틀을 흔들고 방바닥을 두드리던 그 시절,
나는 사우디아라비아에 가서 돈 벌고 돌아온 사촌 매형이 선물했던 라디오 겸용 일제 테이프 플레
이어를 통해 테이프가 여러 차례 섭히고 늘어질 때까지 송창식의 노래를 듣고 또 들었다. 지붕
위의 빗소리와 송창식의 소리는 그때 내게 완벽히 하나였다.

한숨 같은 빗소리, 설레게 하는 빗소리, 아쉬운 빗소리, 반가운 빗소리가 모두 그의 노래 속에
있었다. 이런 탓인지 오랫동안 나는 '우수憂愁'라는 단어를 '우수雨愁'로 부러 잘못 쓰기도 했었다.
그런데…

그 송창식, 그 노래들을 잊고 지냈다니…!

테이프를 선물했던, 어쩌면 형 같았던, 그 친구의 얼굴이 가물가물하다니…!

그날 밤 내내 나는 누군가에 미안하고 누군가를 떠올리면 서러웠고 세파에 무뎌진 내게 서운
했다.

송창식의 노래를 들으며, 다른 사람의 목소리가 내 귀에 들어오고 노래가 가슴을 적신다는 것
을 느끼면서 나의 사춘기가 시작되었고, 다른 이의 목소리에 내 마음을 실을 수 있다는 것을 깨닫
는 걸로 나는 사춘기를 통과했다. 긁히고 해진 테이프에서 비 내리는 것 같은 소리가 들릴 때까지
송창식의 초기 노래들은 나의 한 시절 속에서 반복해서 재생되었었다. 나는 그의 노래를 통해 마
음을 담아 소리로 읊조리는 방법을 배우기 시작했다. 당연히, 그때 송창식은 나의 스승이었다.

노래를 부르고 듣는 것은 공감을 함께 누리고 함께 만드는 것을 전제로 한다. 함께 노래를 들
으면서 친구와 나는 '공명共鳴'했었다. 혹 지금 나는 공감, 공명이 없는 외톨이로 살아가고 있는 것
은 아닌가…. 그날 밤, 내 가슴에는 계속해서 비 내리고 바람 불었다, 서럽던 마음이 후련해질 때까
지….

지금 나는 송창식의 노래를 들을 때마다 고향 친구와 고향 선배 그리고 그 시절 옛집 빗소리를
생각한다, 더 정확하게는 그들과 함께 감동하고 고민하고 울먹였던 나, 나를 일깨웠던 빗소리를
떠올린다. 그리고 생각한다, 지금 나는 누구를 위해 노래하나, 누구의 목소리에 귀 기울이나… 나
는 이 시대와 공감하는가…. 이런 면에서, 1970년대 송창식은 여전히 나의 스승이다.

'목포의 눈물'도 나에게는 클래식이다

김영자

1959년 생. 천년전주사랑 회원이며 그 모임의 이사. 전북대학교 문과대학 국어국문학과 졸업 후 1982년부터 37년 6개월간 모교인 전주성심여고에서 후배들에게 애정 어린 잔소리 많이 하며 행복하게 지내다가 2019년 8월 명예 퇴직함. 현재 미냥 여유로운 시간을 즐기고 있음.

 이난영 〈목포의 눈물〉

아무리 생각해도 음악에 문외한인 나에게 '내 인생의 음악'은 좀 거창하다. 그냥 '그때 그 노래'로 말을 바꾸어 봤더니 펜을 잡을 용기가 조금 생긴다. 이순耳順의 세월을 살아오는 동안에 많은 사람을 만나고 살았다. 나는 사람과의 관계에서 본질의 마음 씀씀이를, 또 의리를 소중히 생각하고 산다. 그 사람들을 만나면서 스치다가 생긴 사연들도 각각 제목을 붙여 기억의 창고 속에 차곡차곡 넣어 두곤 했다. '노래'라는 단어로 떠오르는 사연들을 찾아 되새겨 보니 울컥해지며 멍멍한 마음이 쉽게 가라앉지 않는다. 어떤 사람을 그리워할 때 문득 특별한 노래와 함께 생각나면서 더 뭉클해질 때가 있다. 때로는 그 노래를 들었을 때 추억이 함께 있는 사람이 사연 속에서 간절해질 때도 있는데⋯. 아, 하늘로 떠난 사람은 이제는 다시 만나기 힘들다. 그래서 더 그립다. 가끔 주제곡 앞세워 다가오는 사연이 있다. 그 노래 제목으로 내 이야기를 한 뭉치씩 담아 놓고 대부분 정리도 못 한 채 지나갔다. 곡절이 주렁주렁 달려 있어 그 추억들조차 나만의 소중한 보물 보따리라고 여기고 살았다. 그 보따리를 열어 보는 비밀한 즐거움을 정년 퇴임을 앞두신 이 교수님 덕분에 다시 느낀다.

요즘 가요계는 트로트가 대세인 것 같다. 세상이 시끄러울 만큼의 오디션 프로그램 덕분에 스타 가수가 많아졌다. 나는 개인적으로 특정 채널의 텔레비전을 안 봐서인지 결승전이 있기까지는 이미 유명해진 가수들을 잘 모르고 있었다. 주변의 지인들이 전라도 말로 '엥간히 권하고 여그저그서 무슨 곡들을 보내줘싸서' 나중에는 그들의 인기와 사연들을 저절로 알게 되었다. 트로트 신진 스타들의 무대를 보면서 제일 먼저 드는 생각은 '아, 울 아버지가 아직 살아 계셨으면 얼마나 행복해하며 다시없이 좋아하셨을까~!' 하는 생각이었다.

생전에 트로트(그런데 아버지는 늘 '도롯도'라고만 발음하셨다) 곡을 상당히 인정하고 챙기고 아끼시던 친정아버지, 지금 생각하면 우리 아버지는 세상의 모든 음악을 양껏 사랑하신 분이셨다. 지난겨울에 부모님이 50년 넘게 살림해 온 친정집 이삿짐 정리를 하는데 지금은 어디에 끼우거나 돌려서 들을 수도 없는 음악 테이프가 상당히 나왔다. 특히 해묵은 짐 속에서 나온 어마어마한 양의 가요무대 녹화 테이프는 이제는 폐기 처분 0순위가 될 수밖에 없는데 말이다. 아버지의 커다란 글씨가 있어 유품이지 나중엔 더 들을 사람도 없을 것을 당신은 매주 월요일마다 녹화해 놓고 듣고 또 듣고 보고 또 보곤 하셨다. 그래서인지 아버지는 노래의 가사를 잘 외우는 편이셨다.

아버지는 말년에 노환으로 입원을 하셨다. 병원 생활이 길어지면서 가족도 번갈아 가며 자기 스타일로 간병을 하였다. 엄마와 언니는 기도와 찬송을 주로 하여 경건한 분위기를 만들고, 내가 간병하는 시간에는 주로 주변의 가족 얘기, 친척들의 근황, 학교 얘기 등등을 전해 드렸다. 이런저런 얘기를 해 드리다가 밑천(?)이 떨어지면 짤막한 시를 낭송해 드리기도 하다가… 잠시 멈추고 있었는데 갑자기

"노래나 한 자루 불러도라."

이러시는 거다.

으잉? 예전에 우리 아버지는 시시때때로 가족 음악회를 주관하시곤 했다. 어릴 때의 그 기분으로 나이 들어가는 딸에게 퍽이나 당당히도 부탁하시는 거다. 성의를 보여야 했기에 무얼 부를까 생각하다가 우리 가곡 중 짧은 것, 〈그 집 앞〉을 불렀는데 반응이 밍밍하다. 〈비목〉도 〈봄이 오면〉도 개심심하신지 미온적이시다.

"그러면 패티 김, 이미자, 조용필?"

하고 여쭙는데

"에이 얌마, 거시기… 목포의 눈물! 너 부를 줄 모르냐?"

옆으로 누우시며 이러신다.

아하, 울 아부지에게 노래는

바로바로 '목포의 눈물'이었구나. 그 노래를 그렇게 다시 듣고 싶으셨구나.

초등학교 4학년 시절이었나? 새로 산 연회색 전축에 따라왔던 디스크 재킷을 열심히 독파했던 덕분에 얼핏 그 노래랑 〈타향살이〉랑은 가사를 좀 익혔다. 슬쩍 부르기 시작하니 손도 고개도 까닥까닥하시며 입원 후 처음으로 적극적 반응을 보이신다. 두 소절부터는 직접 따라서도 부르신다. 1절이 끝나니 2절도 하라신다. 기억을 떠올려 가며 2절을 거의 다 부르고 이제는 됐다 싶어 마지막 소절 가사를

"임 그려 우는 마음 목포~의 설~~움"

하고 폼(?) 좀 나게 꺾으며 끝내려는데

"얌마, 2절은 목포의 설움 아니고 목포의 사랑(!)이여, 넌 그것도 아직 모르냐?"

힘도 없으신데 꽤 매섭게 다그치신다.

역시나 가요무대 열성 팬다우시다. 하하하.

그날부터 나의 간병 특별 메뉴는 목포의 설움에서 시작하고 목포의 사랑으로 끝났다. 그런데 노환이라 점점 기력이 떨어지시며 그 짧은 노래도 못 따라 부르시고 손장단도 못 하시는 지경에 이르게 되었다. 아, 그런데 그 목포의 눈물은 울 아버지만 좋아하시는 게 아니라 그 방에 누워 계신 어르신들이 다들 좋아하셨다는 걸 경청의 분위기로 보아 알았다. 매일같이 들르던 내가 바쁜 일정으로 사흘 만에 병실에 들어서자마자 아버지보다도 어르신들이 더 반기는 눈치를 보이신다.

"하이고, 이 따님 오는구먼!"

"아까 언니는 다녀갔어!"

"서울 동생이 낮에 왔는디~ 찬송가랑 오래오래 불러 주고 가데에~?"

번갈아 가며 문병객 통신을 날리신다.

그날도 아버지의 주문으로 목포의 사랑까지 불러 드리고 왔다. 그 며칠 후부터는 아버지와 의사소통이 힘들어졌다. 말씀을 못 하고 다만 눈이나 고갯짓으로만 통했다. 여생이 며칠 안 남은 거 같아 1인실로 옮겨 가족들과 좀 더 편안하게 마지막 시간을 보내시게 하려고 그날따라 우리 가족은 여러 명 모여 있었다. 아버지는 내 소리가 들리자 또 목포의 눈물을 기다리시는 눈치다. 냉큼 시작이 안 되자 입술을 내밀어 ㅁ자를 발음하시려고 한다. 내가 눈치를 채고 일부러 명랑한 척하며

"아버지, 목포의 눈물 또 불러요?"

(끄덕!)

말씀을 한 마디라도 더 하실 수 있는지 소리 내는 기능은 괜찮으신지 살피려고 나는 다시 일부러 말을 걸었다.

"아 근데… 아부지이… 제가 오늘 긴장해서 첫 가사를 까먹었네이, 어떻게 시작하지요?"

이러고 살피고 있는데

"사공의 뱃노래~~!"

이러시는데… 엥? 낯선 음성이다. 물론 울 아버지 목소리가 아니고 저쪽 침상에서 다른 사람들과 소통도 아니하고 늘 벽만 바라보는 어르신이 성의껏 질러 주신 거다.

그 순간 나는 당황하고, 낮은 의자에 모여 있던 우리 가족들은 입을 틀어막고 웃음을 참아 내고 있다. 나는 태연한 척하며

"아하, 그러네요! 그걸 까먹었네요~"

하며 아버지에게 한 마디라도 또다시 시켜 보려고

"사공의 뱃노래 가무~울 거리~며~ 그 다음이 뭐더라아? 에잉 또 가사를 까먹었네이~"

그 소리가 끝나자마자

"삼학도 파도 깊이~~!!"

조금 전보다도 더 씩씩하게 면벽 수도하시는 그 어르신이 또 벽에다 대고 질러 주신다.

우리 아버지는 살짝 고개 끄덕여 주시는 듯 싶고…. 나는 웃음도 나고 참으려니 눈물도 나고 노래는 불러야겠고 진땀이 났다. 모든 상황을 함께 지켜본 우리 식구들은 입을 틀어막고 뛰쳐나간다. 감정 수습을 하고 노래를 1절만 겨우 부르고 나도 나가서 보니 저쪽 복도 끝 계단쯤에서 식구들은 아직도 배를 잡고 웃다가 울다가를 하고 있었다. 비장한 코미디 한 편 마친 것 같은 느낌이었다. 요즘 애들은 이런 상황을 '웃프다'고 하던가? 그날 바로 아버지 방을 1인실로 옮겨 드렸다. 아담하고 작은 특실에서 한 사흘 목포의 눈물과 사랑 눈 감고 더 들으셨다. 다시 손장단도 고갯짓도 못 해 주시고 아련한 눈빛만 남기시곤 멀리 하늘길 가셨다. 그곳에서 유달산 바람도 맞으시고 유장한 영산강을 안아 보기도 하실 것을 기대한다.

훗날에, 산소에 갈 때마다 나는 노래로나마 작은 효도를 하게 해 주셔서 감사하다고 되뇌면서 거기에서도 또 목포의 사랑까지 나지막이 불러 드렸다. 이번에는 가사 알려 주시는 분 아니 계시니 2절까지의 가사를 천천히 곱씹으며 부른다.

목포의 눈물을 지나 목포의 사랑까지

안단테 안단테로….

관문동 649-1 이창환 씨 댁을 배경으로 존 바에즈의 〈도나 도나〉를 다시 듣는다

김영춘

시인. 1957년 고창 해리의 눈이 많이 내리는 마을에서 태어났다. 1988년 《실천문학》을 통해 시를 쓰기 시작했으며 교육을 통해 세상을 바꾸고 싶어 하는 생각으로 부안과 익산, 전주 등에서 지내오다가 얼마 전에 학교를 떠났다. 시집으로 『바람이 소리를 만나면』(푸른숲)과 『나비의 사상』(작은숲)이 있다.

 존 바에즈 〈도나 도나〉

이창환 씨 댁은 스물일곱 살의 내가 선생을 시작하면서 자리 잡은 여수의 첫 하숙집이다. 버스에서 내려 골목길을 따라 노래를 두어 곡 부르면서 올라가면 낡은 양철 대문이 언제나 나를 맞아 주었다. 하숙집은 바다 쪽을 향한 언덕배기의 고만고만한 집들 사이에 용케도 비집고 들어앉아 있었다. 사실 그때 우리 하숙집의 주인공은 이창환 씨가 아니라 우리가 할머니로 부르는 이창환 씨의 아내였다. 그런데도 불구하고 나는 아침저녁 밥상을 차려 와서 짱짱한 목소리로 우리를 지휘하던 할머니 대신에 할아버지의 이름을 기억하고 있다. 그것도 40년 가까운 시간을 넘어 서서 3통 5반 649-1번지와 함께.

이러한 종류의 기억은 순전히 외로움 때문에 만들어졌을 것이다. 어딘가로 무슨 말인가를 적어 보내야 했던, 그래서 매일 밤 썼던 편지 때문일 것이다. 시를 쓰고 살아야 한다는 사실 말고는 아는 게 하나도 없었던 자가, 새로운 세상에 놓여졌는데 외롭지 않을 무슨 대책이 있었겠는가. 직원 회의만 시작하면 이해할 수 없는 사람으로 변하는 교장 선생과 교실에 들어가면 나만 바라보고 있는 아이들의 까만 눈빛, 집에 돌아와 누우면 밤새워 부서지는 오동도 쪽 파도 소리 그리고 이창환 씨 곁에서 고단히 잠든 하숙집 할머니의 뒤척이는 한숨 소리가 내가 만난 새로운 세상이었다. 하루도 빠짐없이 술을 마시고 하루도 빠짐없이 나를 기억하는 사람들에게 편지를 썼다. 여수시 관문동 3통 5반 649-1번지 이창환 씨 댁. 이창환 할아버지 댁이라고 편지봉투에 쓸 수는 없었던 모양이다. 그래서 내 기억 속의 하숙집 주소는 아직도 이창환 씨 댁인데 떠오르는 사람은 하숙집 할머니의 얼굴이니 신기한 일이다.

할머니의 하숙집에는 4명의 하숙생이 살았다. 소처럼 먹어 대는 이 청년들을 먹이는 일이 보통 일은 아니었을 것이다. 새벽 5시에 일어난 할머니는 부엌과 빨랫간과 시장을 뱅뱅 돌다가 11시 넘어서야 잠이 들었는데 그 시간이야말로 나는 가장 큰 슬픔과 외로움에 빠져 편지를 쓰고 있는 순간이었다. 피곤에 지친 건넛방의 할머니가 돌아누울 때 끄응~하고 내지르는 소리는 새벽까지 잠 못 이루는 나를 따라올 수밖에 없었다. 할아버지는 그 곁에서 20년도 넘게 무위도식하는 세칭 한량이었다. 아침에 우리가 출근하고 나면 그 양반도 집을 나서는데 활을 쏘는 국궁장으로 갔다가 저녁밥 시간이면 돌아오곤 했다. 늘 단정한 양복과 잘 닦인 구두를 신고 다녔다. 할머니는 밥상조차 들어 주지 않는 할아버지를 향해 가끔씩 투정을 부려 보기도 했지만 우리와 눈이 마주치면 얼른 말꼬리를 흐리고 말았다. 그러고는 우리를 향해서 젊었을 때 할아버지가 얼마나 좋은 학교를 다녔으며 대단한 사람이었는지를 줄줄이 늘어놓았다. 아마도 우리가 이창환 씨를 우습게 보거나 할머니의 인생을 가볍게 알게 될까 봐서 그랬을 것이다. 나는 억세고 잔소리가 많은 할머니를 좋아하지 않았지만 늦은 밤의 뒤척이는 소리 때문에, 할아버지와 살아가는 가난한 여자의 삶 때문에 늘 할머니 편이었다.

관문동 하숙집 4명의 하숙생들은 모두 나이들이 엇비슷했다. 할머니 방을 중심으로 문간방의 나, 맨 뒷방의 같은 학교에 발령받은 도덕 선생, 세무서에 근무하는 친구 둘이서 가운데 방에서 살았다. 한 달에 한 번 정도 집에 다녀왔고 나머지 주말은 그들과 같이 지냈다. 술도 마시고 여수의 쓸만한 곳을 걷고 세상에 대해서 이야기도 나눴다. 세무 공무원이었던 두 친구는 고등학교를 졸업하자마자 사회생활을 해 왔기에, 잘난 척하는 것 빼고는 아무것도 모르는 선생 둘을 충분히 데리고 다닐 자격이 있었다. 두어 달이 지나면서 서로 친해졌는데 그런 마음을 느끼는 밤에는 더욱 더 많이 마시고 긴 이야기를 나누었다. 돌아서 생각해 보니 모두 고만고만한 고백들이었다. 고만고만하지만 영원히 잊히지 않는 이야기들이었다. 공부 괜찮게 했는데 집안 형편은 어렵고 대학 가는 대신 세무 공무원이 되었노라고. 돈 좀 모아지면 대학을 가려 했는데 군대 다녀오니 나이도 있고 어려울 것 같다고. 선생을 하려고 이력서를 들고 시험을 보려 다녔는데 합격했다는 연락이 와서 가 보면 학교 재정이 어려우니 돈이 좀 필요하다는 말뿐이었다고. 여수까지 와서야 돈을 받지 않는 학교를 찾아냈는데 학교의 이사장은 밀수를 해서 돈을 모았고 엉터리 교육으로 행세를 하며 살고 있다고. 젊은 날의 깊은 밤에 마신 술은 참 꿀떡꿀떡 잘 넘어갔었다.

그날 밤 이후로 이창환 씨 댁 하숙생들은 많이도 친해졌다. 그 친해진 징표를 증명이라도 하듯이 우리는 저녁에 자다가도 일어나서 벽을 두드려 서로의 잠을 깨우고 통방을 했다. 마치 감방에 갇힌 자들처럼 그다음 날 아침을 기다리지 못했다. 한 달에 한 번 집에 가는 날도 정해 놓았다. 집에 가지 않는 날은 하숙집에서 지냈는데, 우리는 시원한 아침나절의 시간에 밀린 빨래를 했다. 빨래는 4평 남짓의 앞마당의 수돗가를 가운데에 놓고 이루어졌다. 그 당시의 속옷들은 대부분이 흰색이어서 꼭 삶아 주어야만 했다. 등산용 버너 4개에 각자의 가장 큰 코펠을 얹어 놓고 그 안에 속옷을 삶는 동안에 우리는 부피가 큰 겉옷을 부비고 빠는 것이었다. 경험이 있는 사람들은 짐작하겠지만 등산용 버너는 압축을 통해서 불을 뿜어내기 때문에 그 소리가 만만치 않거니와 4개의 버너가 한꺼번에 작동을 했으니 흡사 작은 헬리콥터가 프로펠러를 돌리는 듯했다. 더구나 하숙집은 대문에서 마당으로 들어올 때 4개의 시멘트 계단을 딛고 내려와야 했는데 그만큼 마당은 깊숙해서작은 원형의 깡통처럼 세상의 모든 소리를 하늘로 뿜어 올리는 것 같았다. 우리들의 속옷은 그 작은 마당에서 끓었고, 우리들의 빨래는 4대의 버너가 뿜어내는 소리 안에서 삶아지고 있었다.

이때! 가장 중요한 일은 바로 이 순간에 이루어졌다. 안방으로 들어가는 마루에서 노래를 좋아했던 세무서 친구의 녹음기를 통해 존 바에즈의 서늘한 목소리가 우리의 가난한 영혼을 점령해 왔던 것이다. 아, 한 여성의 슬픔에 찬 목소리가 담담히도 흘러나왔던 것이다. 빨래를 삶는 버너의 불꽃 소음을 뚫고, 내가 젊은 날을 아파하며 사랑하게 될 〈Donna Donna(도나 도나)〉는 이렇게 내 곁으로 왔다. 말하자면 '내 인생의 음악'이었던 셈이다.

결국 죽음에 이를 송아지 한 마리가 팔려 가고 있다 / 날쌘 제비는 자유롭게 하늘을 날고 바람은여름밤을 즐기며 깔깔거리고 있는 동안에 모두 이루어지는 일이다 / 농부는 워워~ 송아지를 몰며재촉한다 / 누가 널더러 송아지가 되라고 했니? / 누가 너처럼 살라고 했니? 워워~

나는 늙을 때까지 남편을 받들고 우리들의 밥을 해 주어야 했던 하숙집 할머니의 좁아터진 마당에서 이 노래를 들었다. 집안 형편이 어려워서 대학을 포기하고 세무 공무원이 되었던 하숙방친구의 녹음기로 들었다. 선생이 될 때 돈을 요구하지 않는 학교를 찾아 멀고 먼 항구까지 날아와어느 학교의 교무실에서 들었다. 오랫동안 학교에 나오지 않는 우리 반 아이가 엄마와 함께 공장에서 쥐포 껍질을 벗기고 있을 때 들었다. 선생으로 늙어 가는 동안 시시때때로 들었다. 심지어는기쁠 때도 들었다. 노래 속에서 〈Donna Donna〉의 후렴구는 농부가 소를 몰며 재촉하는 '워워~'와같은 소리라고 한다. 하지만 나는 늘 그 소리를 '돈아! 돈아! 이 절망의 돈아!'로 듣고 마는데 언제나이 환청으로부터 벗어날 수 있을지 모르겠다. 이러니 바에즈의 노래는 내게 와서 늘 강물처럼 흘러간다. 그래서 그의 슬픔은 깊고 깊다. 송아지의 죽음은 계속될 것이기 때문이다. 소외받고 상처받은 자들의 아픔 또한 다른 이들의 자유와 기쁨 속에서 이어질 것이기 때문이다. 그의 노래는 이런 세상을 노래한다. 이미 많은 사람들의 연인이 되었으므로 바에즈의 삶이나 노래를 나까지 나서서 설명할 생각은 조금도 없다. 다만, 상처투성이의 영혼들을 쓰다듬기 위한 그의 노래는 아직도 멈추지 않고 있다는 소식은 꼭 덧붙이고 싶다.

그냥 대학 안에서 살기만 해도 덕망 높은 학자로 존경받기에 부족함이 없는 우리 이종민 선생님이 퇴임을 앞두고 있다는 소식을 듣는다. 가슴이 서늘해지고 아쉽다. 나는 선생이 대학 사회의 민주적인 힘을 키우기 위해, 전북 지역의 제대로 된 문화적 토대를 마련하기 위해 학교 안팎에서 어찌 살아왔는지 조금은 알고 있다. 상처투성이들의 삶을 쓰다듬기 위한 바에즈의 노래가 아직도 계속되고 있다는 소식을 이종민 선생님께도 전해 드리고 싶다. 그래도 섭섭한 건 어쩔 수 없다.

장터 가는 마차 위에
슬픈 눈의 송아지야
머리 위로 제비 한 마리
날쌔게 하늘을 날으네
워~워~

마음을 씻어 주는 향기

김자연

아동문학가, 문학박사. 전북 김제군 금산면에서 출생, 전주에서 자람. 아동문학평론(동화) 당선 2000년 한국일보 신춘문예(동시) 당선. 전북아동문학상, 제10회 방정환문학상 수상. 연구서로 『한국동화문학연구』 외 5권이 있으며 동화 및 동시집으로는 『초코파이』 외 7권이 있다. 현재 동화창작연구소에서 '리더의 글쓰기'를 맡고 있다.

베토벤 〈운명 교향곡〉

오랜만에 베토벤 교향곡을 듣는다. 잔잔하게 향기롭다. 마음이 우울하거나 갈등이 생기면 나는 방에 들어가 베토벤 교향곡을 20분 넘게 듣는 버릇이 있다. 그중에서도 특히 5번 〈운명〉을 제일 많이 듣는다. 교향곡 〈운명〉을 몇 번 들으면 신기하게도 축축했던 마음이 어느새 고실고실해진다. 평소 음악에 남다른 조예가 있어 교향곡을 즐겨 왔던 것은 아니지만 하나의 버릇이 교향곡 사랑에 대한 나이테를 만들어 놓았다. 벌써 40년 넘게 이어져 온 나만의 특별한 시간이다.

음악에 관한 추억은 어린 시절 아버지가 사 온 전축에서 흘러나오는 대중가요 노래에서부터였다. 집에 오면 아버지는 늘 전축을 틀어 가수들의 노랫소리가 온 집안을 물결치게 했다. 때때로 대문 옆 화장실까지 노랫소리가 들려올 정도였다. 통기타 가수들이 부르는 노래나 '별이 빛나는 밤' 방송에 나오는 노래가 아니라 모두 아버지 취향에 맞는 노래들이라 내심 불만이 있어도 내색할 수 없었다. 가부장적인 아버지 취미 앞에 나는 그저 순응하며 따라갈 수밖에 없는 어린 양일 뿐이었다. 덕분에 나는 어린 시절에도 〈울고 넘는 박달재〉, 〈미아리 고개〉, 〈동백 아가씨〉, 〈여자의 일생〉 등 그 당시 대중가수들이 부르는 노래 가사들을 동요 〈과수원 길〉보다 먼저 머리에 꽃피웠다. 지금도 가끔 나도 몰래 흘러간 대중가요 가사들이 불쑥불쑥 머리에서 흘러나오는 것은 그런 이유 때문이다.

그런 내가 클래식에 관심을 가진 것은 고등학교 때로 기억된다. 뭔가 좋지 않은 일로 어깨가 축 처져 남문 길을 터벅터벅 걷고 있을 때다. 남문 악기점에서 음악이 흘러나왔다. 통학하면서 그 주변을 지날 때면 간간이 흘러나오는 아름다운 선율에 잠시 귀를 적시곤 했었다. 그런데 그처럼 발을 멈추고 귀를 세웠던 적은 드물었다. 물결처럼 잔잔히 흐르다 다시 휘몰아치는 웅장한 선율이 우울한 기분을 말끔히 쓸어내렸다. 나도 몰래 한참 동안 그 자리에 서서 마력적인 그 선율을 들었다. 그 후 친구랑 같이 남문 악기점을 지나다 그 음악이 베토벤 교향곡이라는 사실을 알게 되었다. 내가 그 곡에 관심을 보이자 음악광이었던 친구는 베토벤 교향곡 테이프를 사서 나에게 건넸다. 하지만 그때뿐이었다. 베토벤 음악에 대해 굳이 알려고 들지 않았다. 다만 뭔가 해결되지 않는 문제나 갈등이 생겼을 때면 방문을 잠그고 베토벤 교향곡을 들었을 뿐이다. 그런 버릇이 계속 이어졌고 내가 좋아하는 베토벤 〈운명〉은 한번에 반복적으로 열 번을 들을 때도 있었다. 내 마음을 평온하게 해 주는 음악! 이후 베토벤 교향곡을 듣는 시간이 늘어났고 음악에 관심을 부풀리는 계기가 되었다.

내가 이종민 교수님을 처음 알게 된 것은 전북작가회의 모임에서다. 하지만 직접적인 계기는 음악을 통해서가 아닐까 생각한다. 전북작가회의 모임 때면 집에서 담근 술을 가져와 회원들과 함께 나누는 모습이 소탈하면서 정이 많은 분이라는 인상을 주었다. 부드러운 이미지에 조용조용 말하면서도 한편으로 날카로운 성품이 학자다운 면모를 풍기기도 했다. 『음악, 화살처럼 꽂히다』라는 책을 받고 참 멋진 취미를 가진 분이구나! 생각했다. 『음악, 화살처럼 꽂히다』라는 책은 인터넷을 통해 이종민 교수님에게 보내온 음악편지들을 모은 것으로 총 일흔 남짓한 편지 중 서른두 통을 추려 엮은 것이다. 책 속에 담긴 다양한 내용과 음악에 대한 교수님의 사랑이 은근 부럽기도 했다. 음악에 대한 넓은 지식, 열정이 대단해 보였기 때문이다. 알고 보니 이종민 교수님은 2004년부터 '전주전통문화중심도시추진단' 단장을 맡아 전주를 가장 한국적인 도시로 만들기 위해 노력했고 '천년전주사랑모임'이라는 민간 조직을 만들어 이어 오며 더불어 가는 삶을 실천하고 있는 분이었다. 평소 유연하고 여유로운 이종민 교수님의 모습은 음악을 사랑하는 마음에서 나오는 것이리라! 좋은 취미를 삶과 연결해 인생을 즐길 줄 아는 분인 것 같다.

새삼 '내 인생의 음악'을 통해 지난날의 베토벤을 추억해 볼 수 있어 행복하다. 요즈음도 마음의 안정을 위해 나는 간간이 베토벤 교향곡을 듣는다. 볼륨을 크게 틀고 음악을 들으면 세찬 소나기에 마음이 말끔히 씻기는 느낌이다. 교향곡의 상쾌한 잔향! 베토벤 교향곡을 들으며 음악으로 연결된 교수님과의 인연을 생각하니 입가에 미소가 번진다. 앞으로도 이종민 교수님은 계속 음악 여행을 하면서 주변에 멋진 음악 선율의 잔향을 남길 것이다. 삶에 여유라는 아름다운 꽃씨를 뿌려 나가실 것 같다.

옥황님, 나는 못 가오

박두규

시인. 전북 임실 출생. 1985년에 《남민시南民詩》, 1992년 《창작과비평》으로 작품 활동 시작. 시집으로 『가여운 나를 위로하다』 등 5권, 산문집으로 『生을 버티게 하는 문장들』 등 2권이 있다. 한국작가회의 부이사장, 생명평화결사 운영위원장, 지리산사람들 대표, 문화계간지 《지리산 人》 편집인, 여순사건순천시민연대 사무총장, 전교조 전남지부 교육국장 등의 활동을 해 왔다. 現 생명평화학교장.

서은향 〈나는 알았네〉

나는 지금도 가끔 혼자서 이 노래를 청승맞게 부르곤 한다. 아무도 없으니 마음이 풀어져 눈물이 촉촉해질 때가 많다. 제멋에 겨워 그런 것이지만 돌아가신 이광웅 시인이 생각나기 때문이기도 하다. 그때만 해도 이광웅 시인은 술이 몇 순배 돌면 반드시 노래를 불렀다. 축 처진 어깨에 고개가 기웃해져 조곤조곤한 목소리로 시키지도 않은 노래를 부르곤 했다. 어디선가 개울물 소리가 들려오듯 노래가 저절로 흘러나왔다. 군부독재 시절에 '오송회 사건'(1982년 군산 제일고등학교 전·현직 교사 9명을 이적 단체 조직과 간첩 행위 등으로 구속한 용공 조작 사건)으로 억울하게 7년 옥살이를 하고 남은 것이 있다면 그곳에서 배운 이 노래뿐이라는 듯 술만 먹으면 이 노래들을 불렀다.

그는 옥살이를 비전향장기수 어른들과 함께 했는데 운동 시간에 늘 자신이 부축해서 함께 다니던 분이 있었다고 한다. 그분의 두 눈은 전투 중에 총알이 스쳐 가 멀게 되었다는데 운동하러 나갈 때는 곁에 누군가가 있어야 했고 그 일을 이광웅 시인이 했다고 한다. 그분의 팔을 끼고 운동장을 오갈 때면 그분이 중얼중얼 노래를 하곤 해서 북쪽의 노래들을 배우게 되었다고 했다.

나는 작고한 박배엽 시인이랑 늘 어울려 다니며 술을 했는데 어느 날 이광웅 시인의 노래가 귀하니 녹음을 해 놓자는 말이 나왔다. 그래서 배엽이 아내가 집에서 술상을 마련해 주어 한잔씩 마시며 테이프 녹음을 했다. 그 후 이광웅 시인이 죽고 그의 노래가 그리워질 즈음 그 테이프가 생각났다. 그래서 당시 전주MBC 라디오 피디로 있던 소설 쓰는 이병천에게 부탁해서 가지고 있던 테이프를 더 좋은 음질로 다시 여러 개를 만들었고 주변의 지인들과 당시 활동가들이 나눠 가졌다. 그때만 해도 그 테이프를 가지고 있는 것만으로도 국가보안법에 해당되는 거여서 나는 당시 끌고 다니던 중고차 프라이드의 바닥 시트 밑에 숨겨 놓고 차 속에서만 그 노래들을 들었다. 그렇게 그 노래들을 혼자서 차 속에서 부를 때면 저절로 눈물이 나곤 했다. 그때 녹음한 노래가 얼추 열 곡 정도는 될 터인데 모두 이광웅 시인이 감옥에서 배워 와 부른 노래다. 그때 부른 노래들을 소개한 시를 훗날 첫 시집에 실었다.

월미도의 하얀 사과꽃 향기나 / 날개옷을 잃어버린 금강산녀 / 원수를 찾아 눈 덮인 영을 내리던 반짝이던 눈빛의 헐벗은 전사들 / 그리고 얼어붙은 하늘을 휘날리던 모스크바의 붉은 깃발과 / 흰점꽃이 인정스레 웃는 고향의 하늘 / 당신은 이런 노래를 불렀지요 / (중략) // 나는 산에 올라 / 원추리가 무리지어 피어나는 평전에 누워 쉴 때면 / 당신의 나직한 노래를 만나곤 합니다 / 가장 우울했던 시절에 / 가장 아름다운 꿈을 품고 있었다는 죄목으로 / 세상을 버리신 당신 / 당신의 노래가 이 산을 흐르며 떠나지 않으니 / 이제 저 산봉우리 어느 하나에 당신이 머무르셨군요 / (하략)

-「지리산10 - 이광용」부분

이광웅 시인을 만나 술 마시고 노래 부르던 때가 선생이 옥살이 마치고 나와 전주에서 학원 강의를 하며 밥벌이를 하던 때였다. 이광웅 선생님이 군산에서 나와 혼자 덕진 쪽에서 살던 때였는데 나는 늘 박배엽 시인과 함께 선생님을 만나 술 마시며 그의 노래를 들었다. 우리는 덕진 왕릉 근처 숲이나 선생님의 집 등에서 술을 마시며 노래를 불렀다. 배엽이는 "검은 산만 떠가네" 하는 〈밤뱃놀이〉라는 김민기의 노래를 쥐어짜듯 불렀고 이광웅 선생은 〈지리산녀〉나 북한 영화 '월미도'에 나오는 〈나는 알았네〉를 불렀다. 그리고 나는 고 유희태 형의 집에서 테이프 복사해서 배웠던 제목도 모르는 "내 정성 부족함이 아니오" 하는 김종률의 노래를 부르곤 했다. 이광웅 선생이 〈금강산녀〉라는 노래를 부르면 꼭 당시 그의 심정을 들여다보는 것 같았다.

(1절) 내 옷은 어디로 갔나. 그 누가 가져갔나 / 오늘 꼭 올라가야 내일부터 베를 짜는데
(후렴) 직녀는 옷을 잃고 울면서 보낸다오 / 이 일을 어이하랴 옥황님 나는 못 가오
(2절) 날개옷 잃고서야 저 하늘 어이 날으리 / 날 두고 가는 선녀 말이나 전해다오
(후렴) 직녀는 옷을 잃고 울면서 보낸다오 / 이 일을 어이하랴 옥황님 나는 못 가오

천상의 사람 이광웅이 어쩌다 이 모진 세상에 내려와 날개를 잃고 "옥황님, 나는 못 가오" 하며 하늘에 대고 하소연하는 것만 같았다. 작은 어깨가 흐느끼듯 들썩이며 가늘게 새어 나오는 한숨 같은 그의 노래를 들으면 슬픔이 목까지 차올랐다. 이광웅은 당시 폭압적이고 살인적인 군부독재

가 앗아간 자유와 민주에 대한 그리움과 함께 그 상황 속에 개인이 처한 현실과 그 심정을 담아 이 노래를 불렀을 것이다. 그리고 지금의 나 또한 이광웅 선생을 생각하며 그때의 그리움에다 지금의 내 문학과 세상살이의 상황에 처한 심정을 담아 이 노래를 부르곤 한다.

그렇게 노래가 불릴 때는 보통 부르는 이의 심정이 실려 있는 것은 물론이고 노래 자체가 담고 있는 의미도 함께 전달되는 것인데 이 노래를 30년 가까이 부르다 보니 노래 속의 화자가 꼭 나와 같다는 생각도 드는 것이다. 이 노래는 인간이라는 태생적 한계가 가진 본연의 슬픔과 그리움을 그리고 인간 존재의 절대 자유를 갈망하는 노래라고 해석해도 무난할 것이다. 그런데 이런 노래가 북한 노래라는 게 믿기지 않았다. 북한은 사회주의 국가인데 어찌 이런 정서의 노래가 있을까? 하면서 내 사고의 편협함과 무지를 탓하곤 한다.

그리고 나는 이광웅 선생님이 돌아가신 후에 첫 시집을 냈는데 그 제목이 '사과꽃 편지'다. 선생님이 주로 불렀던 또 다른 노래 〈나는 알았네〉의 첫 구절 "봄이면 사과꽃이 하얗게 피어나고"에서 따온 제목이다(이 구절은 나중에 여순항쟁 추념 CD를 만들 때 그 제목으로도 썼다). 이 첫 시집에는 이광웅에 대한 시가 두 편 실렸다. 하나는 위에 소개한 「지리산10 - 이광웅」이고 다른 하나는 시집 제목으로 붙인 이 시다. 그가 옥살이 후유증과 함께 위암으로 죽고 1년 후 군산교도소 근처 어디에 있던 그의 무덤을 찾아가 소주 한잔 음복하던 그때의 풍경을 담은 시다.

선생님, 사과꽃이 피었어요. / 은은한 갯바람 따라 / 새 한 마리 날아와 앉았고요. / 눈부셔 하면서도 애써 / 하늘을 올려보던 모습이 생각나네요. / 사람들은 모두 잘 있어요. / 작은 어깨들 맞대고 / 오순도순 징역살이 잘 하지요. // 어제는 볕이 하도 좋아 / 그곳에 갔어요. / 선생님이 좋아하던 / 향그러운 술 하나 들고. / 햇볕으로 종일 / 몸 씻었어요. / 선생님 흉내 내어 / 노래도 나직이 불러 보았지요. / 세상이 참으로 / 새털처럼 가볍게 느껴졌어요. / 서러운 사람들 / 무거운 세상이 / 금강산녀 날개옷처럼 / 가볍고 / 또 가벼웠어요. // 선생님. 올해도 사과꽃은 피었어요. / 그 향내음 / 햇살 하나 휘감아 / 눈부셔 / 눈부셔 / 하늘도 볼 수 없네요. / 선생님의 하늘 / 올려다볼 수 없네요.

-「사과꽃 편지」 전문

그가 죽고 나는 지금까지 이런저런 술자리에서 이광웅의 노래를 불러 왔다. 당시는 죽은 이광웅이 그리웠고 그가 잊혀 가는 것이 싫어서 부르던 노래였건만 세월이 흐르고 흘러 생전의 그보다 더 많은 나이가 된 언제부터는 나의 노래가 되었고 나의 슬픔이 되었다. 사람들도 술자리에서 나에게 노래를 청하며 "박두규의 노래는 그 노래야" 하니 얼추 나의 노래가 된 것인데 어쩌면 이광웅 시인도 그랬을 것이다. 옥에서 나와 쓸쓸해진 세상의 술자리를 전전하며 노래를 부를 때는 이미 장기수들의 슬픔이 아니라 자신의 슬픔을 노래하고 있었을 것이다.

이광웅 시인이 주로 즐겨 부른 노래는 〈금강산녀〉와 〈나는 알았네〉 그리고 〈부용산〉 세 곡인데 나는 그 당시 사람들에게 귀했던 이 노래들을 불렀었다. 그러다 〈부용산〉은 안치환이 불러 많이 알려지게 된 이후로는 잘 안 불렀다. 끝으로 당시 군부독재 시절 민족·민주 전사들의 마음을 적셔 주었던 노래로 고향과 조국을 생각하던 인민 병사의 심정을 담은 북한 영화 '월미도'의 삽입곡 〈나는 알았네〉의 가사를 첨부하며 글을 맺는다.

(1절) 봄이면 사과꽃이 하얗게 피어나고 / 가을엔 황금이삭 물결치는 곳 /
　　아아 내 고향 푸른들 한 줌의 흙이 / 목숨보다 귀중한 줄 나는 나는 알았네 /
(2절) 불타는 전호 가에 노을이 비껴오면 / 가슴에 못 잊어서 그려 보는 곳 /
　　아아 내 고향 들꽃 피는 그 언덕이 / 둘도 없는 조국인 줄 나는 나는 알았네
　　　　　　　　　　　　　　　　 ─ 북한 영화 '월미도'의 삽입곡 〈나는 알았네〉

낭랑 십팔 세의 낭만

 윌리암스 〈해변의 길손〉

 빌크 〈Jenny〉

 한명숙 〈해변의 길손〉

박종훈

삼화한의원장. 부천YMCA 증경이사장. 시민햇빛발전조합 초대이사장.

천하음치 소의小醫에게 이런 일이! 오롯이 무모함의 덕분이다. 8년 전 '책과 인생'에서 '이종민의 음악편지'를 처음 보았다. 음치라 음악 얘기보다 교수님의 다양한 사회활동에 마음이 갔다. 마침 YMCA 회원들과 인문 기행을 하던 차라 무턱대고 찾아갔다. 화양모재華陽茅齋! 화양연가華陽戀歌 음악으로 유쾌, 상쾌, 통쾌하게 하룻밤을 같이했다. 만리장성을 쌓은 것은 아니지만 이후 교수님의 활약에 경탄하며 가느다란 끈을 이어 가고 있다. 한 가지, 아직도 벤치마킹을 못 하고 있는 것이 아쉽다.

나 여기 서서
조수가 밀려 가는 것을 보네
그렇게 외롭고 우울한 채로
마냥 당신에 대한 꿈을 꾸면서

나는 당신의 배가
바다로 떠나가는 것을 보네
나의 꿈을 싣고서
나의 모든 것을 싣고서

파도의 한숨도

바람의 울부짖음도

타는 듯한 내 눈의 눈물도

애원하네 사랑하는 이여 돌아오라고

왜 아 왜 나는 이렇게 되어야만 하나

나는 해변의 외로운 길손이 되어야만 하는가?

Here I stand

Watching the tide go out

So all alone and blue

Just dreaming dreams of you

I watched your ship

As it sailed out to sea

Taking all my dreams

And taking all of me

The sighing of the waves

The wailing of the wind

The tears in my eyes burn

Pleading,my love,return

Why,oh,why must I go on like this?

Shall I just be a lonely stranger on the shore?

음악에 맺힌 한이 많다.

어릴 적부터 음치였기 때문이다. 음정, 박자뿐만 아니라 발성, 감각까지 음치의 모든 요소를 갖췄다. 어쩌면 깡시골에서 늦둥이로 태어나 음악을 접할 기회가 없어 음치가 된 건지도 모른다. 하여튼 초등학교 내내 음악은 '양' 아니면 '가'였다. 그러다 졸업을 앞둔 마지막 표현시험을 볼 때였다. 천장만 쳐다보고 간신히 〈이순신 장군〉을 불렀다.

"이 강산 침노하는 왜적 무리를~

우리도 씩씩하게 자라납니다."

웃음바다 속에 노래를 마쳤고 결과는 '미', 처음으로 '양', '가'를 벗어났다.

중학교에 가서도 흑역사는 계속됐다.

초등학교와 달리 노래를 안 불러도 됐는데 대신 전체 점수에서 손해를 봤다. 우수반에 들었는데 음악에서 다른 학우보다 한참 뒤졌다. 운명은 고등학교에서 더 가혹했다. 역시 특수반에 들었는데 중학교 때나 마찬가지였다. 그나마 노래는 했다는 깃. 둘씩 불렸는데 초등학교를 같이 졸업하고 다른 중학교로 진학했다 한 반으로 만난 상규, 그와 짝이 되었다. 곡명은 윤용하의 〈도라지꽃〉. 달아오른 얼굴로 "도라지꽃~", 피아노는 멈췄다. "들어가~" 다른 학우들은 최소 '한 소절'은 불렀는데 우리는 '한 마디'뿐이었다. 그리고 참담한 건 상규는 75점, 나는 65점, 최하 점수였다. 80점 이하는 우리 둘뿐이었다.

이런 내가 '내 인생의 음악'을 만났다.

2학년이 되어 문과, 이과로 나뉘었다. 그리고 우리 반에 성철이가 왔다. 중학교 때 같은 반의 그림을 그리는 친구, 그는 전공을 잘 살려 우리나라에서 시각디자인 분야를 개척한 교수가 되었다. 성철이는 그림에 특별한 재능을 가졌다. 다만 학과 공부를 안 할 뿐, 내가 인정하는 천재였다. 성철이네 집은 적산가옥으로 그의 방은 화장실 옆인데 어둑했다. 그리고 그의 그림은 막 청색시대로 접어들 때였다. 성철이는 이젤 등 그림 도구로 어수선한 방에서 기타를 치며 노래를 불렀다. 히식스의 〈초원의 사랑〉 같은, 그런데 영어 노래도 불렀다. 이른바 '팝송'으로 앤디 윌리암스의 〈해변의 길손〉이었다. 음치에게 '팝송'이란 말도 생소했지만 성철이가 기타를 치며 영어 노래를 한다는 게 충격이었다. 그림에다 시도 쓰고 더욱이 팝송까지… 선망과 질시로 오금이 저렸다. 그때부터 공부를 못한, 아니 안 한 성철이는 내가 범접하기 어려운 우상이 되었다. 나중에 안 사실이었지만 성철은 절대음감으로 기타를 배운 적도 없이 들으면 칠 줄 알았다.

팝송은 비록 겉멋이었지만 음치에겐 신세계였다.

용돈을 모아 앤디 윌리암스의 LP판을 한 장 구해 포터블 전축에 걸었다. 성철이의 멋진 폼을 흉내 내보려고 했으나 노래를 따라 하기는커녕 가사도 못 외웠고 뜻도 몰랐다. 그래도 〈해변의 길손〉을 들으면 황혼의 바닷가 풍경이 그려졌고 상상 속에서는 항상 아름다운 여인과 함께였다. 또

〈Love Is a Many Splender Thing〉 등 주옥같은 노래도 알았다. 그렇게 낭랑 십팔 세의 솔봉이에게 낭만적인 한꺼풀이 씌워졌다. 그마저도 없었다면 얼마나 끔찍한 빡빡머리였을까.

아직도 여전히 음치이고 음악에는 문외한이다.

걸핏하면 추억에 빠지는 늘그막이라선지 〈해변의 길손〉이나 〈페드라Phaedra〉 같은 사연이 있는 노래를 자주 찾는다. '서당개 삼 년이면 풍월 읊는다'고 지금은 윌리암스와 패티 페이지의 〈Here I Stand〉의 묘미도 안다. 전주가 나오면 눈이 절로 감긴다. 정말 이팔청춘과 7080에 어울리는 아름다운 노래다.

〈해변의 길손〉은 영국의 괴짜 클라리넷 주자 애커 빌크(Acker Bilk, 1929~2014)가 1961년 어린 딸을 위해 작곡한 것으로 딸의 이름인 'Jenny'라는 곡명으로 출판되었다. 젊은이들을 위한 BBC 텔레비전 드라마의 주제곡이 되면서 〈해변의 길손(Stranger on the Shore)〉으로 바꿨다. 다음 해 로버트 멜린(Robert Mellin, 1902~94)이 작사를 하고 앤디 윌리암스(Andy Williams, 1927~2012)와 패티 페이지(Patti Page, 1927~2013)가 노래했다. 로맨틱한 분위기와 부드러운 멜로디로 '팝송 명곡'의 반열에 올랐다. 또한 기타, 트럼펫, 클라리넷, 섹스폰 등 연주곡으로도 널리 사랑받고 있으며, 1969년 아폴로10호가 달에 갈 때 카세트테이프에 실려 탑승 우주인들이 즐겨 들은 것으로도 유명하다. 우리나라에서는 한명숙, 배호 등이 번안하여 불렀다.

연서를 쓰는 풀 엮음

서정인

1936년 전남 순천 출생. 서울대 영문과 졸업. 육군 중위 전역. 전북대 명예교수. 예술원 회원. 소설집 『강』『가위』『토요일과 금요일 사이』『철쭉제』『달궁』『귤』(문학과지성사) 『가을 사흘』(문학동네), 산문집 『지리산 옆에서 살기』『봄꽃 가을열매』『붕어』『베네치아에서 만난 사람』『용병대장』『말뚝』『모구실』『빗점』『개나리 울타리』『바간의 꿈』. 사상계 신인문학상, 한국문학작가상, 월탄문학상, 한국문학창작상, 동서문학상, 김동리문학상, 대산문학상, 이산문학상 수상. 녹조근정훈장, 은관문화훈장을 받음.

송광선 〈동심초〉

꽃잎은 하염없이 바람에 지고
만날 날은 아득타 기약이 없네
무어라 맘과 맘은 맺지 못하고
한갓되이 풀잎만 맺으려는고

　

어떤 물건을 좋아했다는 것은 그것을 이미 좋아하지 않는다는 말이고, 그것을 좋아한다는 말은 그것을 전에 좋아하지 않았다는 말이기가 쉽다.

나는 2016년 12월 20일 중국 사천성 성도에 갔다. 이튿날 아침을 먹고 강변을 따라 만강루공원을 찾아갔다. 거기에는 4층 누각 옆에 수에 타오의 기념관과 무덤이 있었다. 도중에 그녀의 이름을 딴 음식점인가 뭔가를 두어 개 만났다. 반가웠다. 사람들은 그녀를 잘 몰랐다. 그녀를 기리는 공원은 넓고 잘 가꿔졌지만, 무후사武侯祠나 두보초당杜甫草堂처럼 사람들로 붐비지 않았다.

그녀의 무덤 앞에 당녀교서설홍도 묘唐女校書薛洪度 墓, 오른편 위쪽에 공원1994년 10월公元一九九四年十月, 왼쪽 아래쪽에 설도연구회 립薛濤研究會 立이라고 새겨진 묘비가 있었다. 거의 천이백 년 전에 죽은 사람의 비석을 우리 시대에 세웠다. 아마 예전에 세운 것을 비바람에 닳아서 중수했을 것이다.

두보가 죽던 해에 태어난 그녀는 아버지를 따라 시안에서 청두로 옮겨 왔다. 가난한 아버지를 일찍 여읜 그녀는 어린 나이에 생활의 흰소 속으로 뛰어들었다. 그녀는 시를 잘 읊었다. 바람둥이 시인과의 정분을 못 잊어 삼십여 년을 홀로 살다가 예순둘에 세상을 하직했다. 그녀가 남긴 봄을 기다리는 시 춘망사春望詞 네 연들 중 셋째 연을 안서 김억이 번역했다. 동심초는 풀 이름이 아니라 연서를 쓰는 풀 엮음이다.

花開不同賞 花落不同悲 欲問相思處 花開花落時

(화개부동상 화락부동비 욕문상사처 화개화락시)

攬草結同心 將以遺知音 春愁正斷絶 春鳥復哀吟

(람초결동심 장이유지음 춘수정단절 춘조복애음)

風花日將老 佳期猶渺渺 不結同心人 空結同心草

(풍화일장노 가기유묘묘 불결동심인 공결동심초)

那堪花滿枝 飜作兩相思 玉筯乘明鏡 不春風知不知

(나감화만지 번작우상사 옥저승명경 춘풍지부지)

꽃이 피어도 같이 즐기지 않고, 꽃이 져도 같이 슬퍼하지 않는다, 서로 생각하는 곳 묻고 싶냐? 꽃이 피고 꽃이 질 때다

풀을 잡아 같은 마음 엮어서 장차 나를 아는 이에게 보내려니 봄 시름 정히 끊어지는데, 봄 새 다시 섧게 운다

바람에 꽃이 날로 시들고 고운 기약 오히려 멀고 멀어 같은 마음으로 사람을 묶지 못하고 헛되이 동심초만 묶는다

꽃 가득한 가지를 어찌 견딜까, 변하여 서로 생각하는 것을 만드는데 옥젓가락 두 줄기 눈물이 맑은 거울 위로 흐른다, 봄바람이 아는지 모르는지

공원을 구경하고 밖으로 나오니 버스 정류장이 있었다. 나는 시내로 들어가는 버스를 탔다. 요금통에 넣으려고 십 원짜리를 꺼내 보였더니 운전사가 화를 냈다. 나는 백 원짜리를 꺼내 보였다. 운전사는 더 화를 냈다. 내 옆에 있던 한 중국인 남자가 나를 대신해서 일 원짜리 한 갠가 두 개를 통 속에 넣었다. 그제사 운전사는 만족했다. 나는 중국 사람에게 빚을 갚았다. 그는 친절하게 나를 안내하다가 내릴 때는 딴 사람에게 업무를 인계했다. 나는 차창 위에 죽 써 붙인 정류소들을 보고 무후사에서 내렸다.

國破山河在 城春草木深 感時花濺淚 恨別鳥驚心

(국파산하재 성춘초목심 감시화천루 한별조경심)

烽火連三月 家書抵萬金 白頭搔更短 渾欲不勝簪

(봉화연삼봉 가서저만금 백두소경단 혼욕불승잠

나라 망하고 산천 의구하다. 성에 봄이 오니 초목이 짙다, 때에 느껴 꽃이 눈물에 젖고, 이별의 한에 새 보고 마음 놀란다

봉화가 연이어 석달을 타고, 집 편지 만금에 값한다. 흰머리 긁으니 머리카락 또 짧아지고, 비녀 꽂자니 견디지 못한다

춘망이 또 나오냐? 두보초당과 무후사는 나의 성도 여행 덕이었다.

1962년 봄 나는 군대 생활 3년을 보태서 7년 만에 대학을 졸업하고 대학원에 진학했다. 등록 마감은 다가오는데 돈이 없었다. 냇가의 벚꽃 나무들에 꽃이 흐드러지게 피었다. 김성태의 〈동심초〉를 그때 처음 들었는지 불렀는지 분명치 않다. 꽃잎이 하염없이 떨어졌고, 가까운 미래가 불확실했고, 먼 장래는 기약이 없었다.

고아의 노래

손세실리아

시인. 전북 정읍 출생. 2001년《사람의문학》을 통해 작품 활동을
시작했으며, 시집으로『기차를 놓치다』『꿈결에 시를 베다』가
있고, 산문집『그대라는 문장』이 있다. 현재 제주에서 서점카페
'시인의 집'을 운영한다.

 주현미〈비 내리는 고모령〉

　　지난봄, 수개월 가요무대에 출연했었다. 코로나19 이후 눈에 띄는 일상의 변화였으나 가족을
제외하곤 누구도 눈치채지 못한 일이다. 다행인 것은 공중파 방송의 프로그램명을 무단으로 차용
했고 흘러간 대중가요를 매회 다른 곡으로 열창했지만, 그 누구도 표절이나 저작권법을 문제 삼지
않았다는 거다. 하긴 핸드폰을 이용한 엄마와 나 둘만의 공연이니 외부로 알려질 리 만무하기 때
문이기도 할 테다. 요양병원 면회 금지 조치 이후, 뵙지 못하는 날이 길어지자 재롱 잔치하는 심정
으로 사흘에 한 번, 결방 없이 진행하다가 예상치 못한 복병을 만나 난항을 겪기도 했는데 역병의
장기화가 바로 그것이다. 엄마 젊을 적 애창곡을 부르되 재탕, 삼탕은 하지 말자는 나름의 원칙을
세우고 출발했다가 레퍼토리가 거덜이 나, 이를 어쩌나 난감하기도 했으니 말이다. 게다가 종식될
기미는커녕 백신 개발마저 요원해 조기 하차나 종영을 고려함이 마땅했지만 걷지도 못하고 병상
에만 누워 우울하게 지내는 엄마를 잠시나마 웃게 해 드릴 수 있는 시간인지라 쉽게 그만두지 못
했다.

　　또래와 비교해 흘러간 노래를 많이 아는 편이다. 엄마를 통해 자연 습득한 덕이다. 맨정신일 때
도 늘 흥얼거렸지만, 취기라도 오를라치면 감정이 최고조에 다다라 마치 무대 위 가수처럼 열창하
곤 하셨는데, 전자는 덩달아 기분이 좋기도 했지만, 후자일 땐 어디 숨어 버리고 싶을 정도로 창피
하기도 했고, 더러는 어린 나마저 눈물 콧물 범벅이 될 만큼 절창일 때도 있었다. 이제 와 생각해 보
니 엄마의 설움에 동화됐던 것 같다. 왜 아니겠나, 딸 하나 딸린 과부, 가난, 타향, 생계형 선술집…,
도망치고 싶은 순간 수두룩했을 자신의 생애를 대변하는 것이었으니 노래는 고해성사이자 고백
이고, 넋두리이자 절규였을 터.

　　맨 첫 선곡은〈사랑은 눈물의 씨앗〉

"엄마 십팔번 좀 불러 줘."

"다 잊어버렸어."

"사랑이 무어냐고 물으~신다~면~ 눈물의~ 씨~앗이라고 말하~겠어요~ 그거!"

"몰라 그때가 언젠디."

"에이~ 설마…, 그럼 내가 먼저 부를 테니까 생각나면 따라 해. 어느 날 당~신이 나~를 버~리지 않~겠지요~"

그제야 가만가만, 들릴락 말락 따라 부르신다.

"서로가~ 헤어지면 모두가 괴로워서 울~테~니까~~요"

다인실인지라 빈방했던지 보싯소리를 멈치 못하는 내신 자식의 곰살궂음을 파시하고픈 심사로 추임새와 칭찬은 아끼지 않으셨다. 한번은 패티 김의 〈초우〉를 골랐다. 도중에 어물어물할지도 몰라 바닷가 산책 도중 파도 소리에 맞춰 딴엔 리허설까지 마치곤 한껏 분위기를 잡고 시작했는데 어쩐 일인지 끝까지 입을 떼지 않으신다. 그러더니….

"오매 겁나게 좋네. 요새 노래여?"

요새 노래냐다. 마흔 이쪽과 저쪽의 뜨겁던 시절, 어린 나를 품에 끌어안고 부르고 또 부르던 노랜데 잊어버린 게다. 그뿐 아니다. 목포 태생이라 유독 즐겨 부르던 〈목포의 눈물〉도, 〈하숙생〉도 〈가슴 아프게〉도 〈꿈속의 사랑〉도 가만히 귀 기울여 듣다가 중간중간 추임새에 열심이시다. "잘헌다 잘혀. 아이고 잘혀. 눈물이 다 나올라고 허네. 아조 잘헌다. 그려 그려. 아조 잘혀. 가수네 가수여." 혹시 치매 전조 증상은 아닐까? 근심에 근심인데 다행히도 꼭 그렇지만은 않다는 게 며칠 안 있다 증명됐다. 어찌나 감사하던지. 문제의 바로 그 노래 〈비 내리는 고모령〉, 역시나 무심한 듯 부르기 시작했던.

"어머님의 손을 놓고 돌아설 때에~"

거짓말처럼 따라 부르기 시작했으므로 얼른 입을 다물었다.

"부엉새도 울었다오(울먹)~~ 나도 울었소(울먹울먹)~~"

북받치셨던지 더는 잇지 못하시자 다시 내가 이어받았다.

"가랑잎이 휘날리는~"에서 노래는 아랑곳 않고 끼어들어

"사랑해. 사랑해. 나도 우리 딸을 많이 사랑해."

결국 그날 완창은 불발에 그치고 말았다.

장기화를 대비해 예닐곱 곡 사전 연습하기까지 해 뒀는데 그만, 3개월 넘게 진행되던 '가요무

대'는 6월 7일부로 막을 내렸다. 하나뿐인 여식을 고아로 만들어 놓고 91세로 생을 마감하신 게다. 장례는 작별에 충실하고 싶으니 가족과 외사촌 위주의 가족장으로 하고 싶다는 직계 상주인 나의 바람대로 검박하고 차분하게 진행됐다. 다만 여느 장례식과 다른 점이라면, 근조 화환 가득한 영정 앞에 반원으로 둘러앉아 녹음해 둔 생전의 '가요무대' 파일을 재생시켜 놓고 그 안의 추임새, 그 안의 숨소리, 그 안의 여전한 웃음, 그 안의 울먹울먹…에 따라 약속이나 한 듯 추임새를 넣고, 숨을 고르고, 깔깔거리고, 흐느꼈다는 점.

동백나무 아래 모셨다. 생전의 결정이셨고, 이따금 안부를 챙기곤 하셨던 바로 그 나무다. 곁엔 수국, 능소화, 유카, 맥문동, 사프란이 계절마다 성심껏 꽃을 피워 내니 그토록 즐기던 꽃놀이에 심심하지 않으실 터.

오늘로 44일째다.

몇 번인가는 무심코 핸드폰 단축키를 눌렀고, 두어 번은 선곡한 노래를 흥얼거리다 흠칫 놀라기도 했다. 어제만 해도 그랬다. "당신과 나 사이에 저 바다가 없었다면 쓰라린 이별만은 없었을 것을 해 저문 부두에서 떠나가는 연락선을 가슴 아프게 가슴 아프게~"를 구슬피 부르고 있는데 문자 메시지 신호음이 울리는 게 아닌가.

"월요일에 원고 넘기려 합니다!"

아뿔싸! 이종민 교수님이다.

오랜 벗들의 글을 모아 퇴직 기념집을 출간할 거라며 '내 인생의 노래'를 주제로 한 산문을 부탁한 게 여러 달 전의 일인데, 마감을 어기더니, 다시 최종 마감일까지 어겨 버린 내게 보낸 최후의 통첩인 게다. 안다, 모친상의 슬픔을 배려하느라 그랬다는 걸. 하여, 안 그래도 쓰려던 참이라는 답을 보내 놓곤 노트북 앞에 앉았다. 마감 전 탈고라면 필시, 젊은 시절 잠시 활동했던 합창단 지휘와 시립합창단 활동과 성가대 단장 등을 들먹이며 뭔가 클래식한 곡을 정해 놓고 블라블라 했을 게 불 보듯 뻔한데, 1인극이라 해도 과언이 아닌 '가요무대'를 엄마께 헌정하고 나니 이전의 것들은 아무것도 아니게 느껴졌다. 말하자면 '내 인생의 노래'에서 뜻하는 '인생'의 없고, 있음을 몸으로 앓았다고나 할까?

〈히브리 노예의 합창〉과 〈아침이슬〉과 〈전라도길〉, 〈If I Leave〉와 〈The Prayer〉가 무용해져 버린 자리에 〈비 내리는 고모령〉이 운명처럼 훅, 들어왔다. 코로나19 탓(어쩌면 덕)에 마치 영화와도 같은 몇 장면을 얻을 수 있었고, 그 덕분에 화면만 터치하면 노래와 고백을 무한 재생하며 들을 수 있는 뮤직박스를 얻었으니 얼마나 감사한지.

부엉새도 울었다오(울먹)〜〜 나도 울었소(울먹울먹)〜

사랑해.사랑해.나도 우리 딸을 많이 사랑해.

존경과 우정에 대한 예의로 쫓기듯 시작한 글인데 어느새 종반부에 접어들었다. 아직 실감 나지 않는 '고아'라는 단어를 처음 썼고, '심장에 주먹만 한 구멍이 뚫려 있'다는 고백도 처음이다. 그래, 뭐든 처음 내려놓기가 어렵지, 일단 입 밖으로 끄집어내면 이후엔 한결 수월해지는 법, 이 어려운 발설을 할 수 있게끔 기다려 준 선생께 깊이 감사드리며 최후통첩처럼 못 박은 "월요일"이 자정을 기준 삼아 아직 13분이나 남았다니 횡재한 기분이다. 약속을 지킬 수 있어서 다행이다. 원고 송부와 동시에 모처럼 동백나무를 향해 눈인사 건네야지.

어머님의 손을 놓고 돌아설 때에〜

사랑해.사랑해.나도 우리 엄마를 많이 사랑해.

이 세상 최고의 춤곡

안상학

시인. 경북 안동 출신. 1988년 중앙일보 신춘문예 당선. 권정생 사후에 유품을 정리하고 추모 사업을 하는 일에 매달리게 되어, 권정생어린이문화재단 사무처장으로 6년이 넘게 일했으며 한국작가회의 사무총장도 역임했다. 고산문학대상, 권정생창작기금, 동시마중 작품상을 수상했다. 시집으로 『그대 무사한가』 『안동소주』 『오래된 엽서』 『아배 생각』 『그 사람은 돌아오고 나는 거기 없었네』가 있다.

김정호 〈하얀 나비〉

나는 어머니의 목소리를 모른다. 아니, 기억 속에 남아 있지 않다. 저음이었을까, 고음이었을까. 탁음이었을까, 청음이었을까. 가창력은 좋았을까, 음치였을까. 자주, 즐겨 부르는 노래가 있었을까, 아니면 아예 노래와는 담쌓고 살았을까. 이 글을 쓰자니 갑자기 궁금한 게 넘쳐 난다.

어머니는 1939년생이다. 1970년 당신 생일날 막내 낳고 병을 얻어 이태 정도 투병 끝에 1972년 입동 무렵 생을 마감했다. 세는 나이로 당신 나이 서른넷, 내 나이 열한 살 때다. 어머니의 정이 무엇인지, 죽음이 어떤 것인지도 모른 채 생애 첫 죽음을 맞이하고 보냈다.

이듬해 새어머니가 들어왔다. 뛰어난 미모에 허스키한 목소리, 노래와 춤에 일가견이 있었다. 서글서글하고 사람을 품는 재주 또한 매력 만점이었다. 우리는 어느새 어머니를 잊고 새어머니를 어머니라 부르며 따랐다. 가난한 살림살이, 남의 집 곁방살이였지만 언제나 웃음꽃이 피었다. 풀죽은 아버지도 삶의 활력을 되찾은 듯 열심히 일했다.

행복은 오래 가지 않았다. 이듬해인 1974년 8월 15일, 육영수 여사가 총 맞던 그 시간에 어머니도 운명을 달리했다. 옛 애인인 듯한 사내가 8·15특사로 출옥하여 찾아온 것이다. 어머니는 앞산으로 끌려갔고 총 대신 칼에 맞아 목숨을 잃었다. 아버지는 또 한 번 상복을 입었으며, 우리는 또 하나의 어머니를 잃었다. 현장을 목격한 할머니는 이후 시름시름 앓더니만 그해 겨울 세상을 떠났다. 형과 누나는 학습권을 잃고 객지로 떠돌았고, 남겨진 나와 누이 둘은 홀아비 밥상에서 밥술을 굶거니 뜨거니 하며 살았다.

이듬해 나는 중학생이 되었다. 겨울이 시작될 무렵이었을 것이다. 새새어머니가 들어왔다. 키는 작지만 다부진 체격을 지녔다. 서먹한 기운이 사라질 즈음 사달이 났다. 학교에서 돌아오니 집안이 발칵 뒤집혀 있었다. 동네 사람들이 구경 섰고 누이는 호되게 당하고 있었다. 문제를 해결하려고 나섰던 나도 어느새 동생과 같은 죄목을 뒤집어쓰고 무방비 폭력 상태에 노출되고 말았다. 억울하고 분한 마음에 소리쳤다. 다시는 당신을 어머니라 부르지 않겠다고, 동네 사람들이 둘러싸고 있는 현장에서 천명하고 말았다.

이후 나는 새새어머니를 어머니라 부르지 않았다. 부를 여가도 기회도 없었다. 기의 날마다 진투의 연속이었으니까. 그래도 어른을 이기지 못하는 나는 자주 과녁을 놓쳤다. 새새어머니에 대한 적개심은 새어머니와 어머니에 대한 그리움과 원망을 불러왔다.

새새어머니와 갈등과 대립이 깊어갈수록 그리움과 원망은 쌓여만 갔다. 이 무렵 나는 시를 알게 되었다. 암담하고 비애에 가득한 현실 속에서 출구는 오직 그곳밖에 없었다. 그것으로도 도저히 위로가 되지 않으면 이미니 무덤을 찾아가서 한마당 울곤 하였다. 학업은 뒷전이고 시는 그 무엇보다 늘 앞자리였다. 가출과 자퇴를 거듭하던 나는 스무 살 언저리가 되어서야 그리움과 원망에 종지부를 찍을 수 있었다. 새새어머니에 대한 저항과 투쟁은 묵묵부답과 무대응으로, 그리움과 원망은 거리두기와 긍정과 이해로 자리바꿈시켰다.

더 이상 과거에 얽매여 살지 않겠다는 각오를 다짐한 자리는 다름 아닌 어머니의 무덤 앞이었다. 그날은 쑥부쟁이 다발을 향로석에 놓았으니 아마도 가을이었을 것이다. 소주를 한 잔 올리고 음복을 하며 고했다. 다시는 일없이 찾지 않겠다고, 찾아와서 눈물 콧물 짜지 않겠다고, 더 이상 과거에 얽매여 살지 않겠다고.

쑥부쟁이와 산국화가 만발한 산길을 내려오며 나는 음복주에 취해 노래를 불렀다. 김정호의 〈하얀 나비〉였다. 어느 대목에선 노래로, 어느 대목에선 허밍으로, 어느 대목에선 쉬며, 건너뛰며 불렀다. 한편으로는 서럽고, 한편으로는 홀가분한 기분이었다. 어머니가, 새어머니가 그리울 때면 부르던 노래였으니 그날도 그렇게 흘러나온 것은 당연한 일이었다. 마냥 슬프기만 한 것 같던 노래에서 그날은 무언가 묘한 카타르시스 같은 게 얼핏 느껴지기도 했다.

김정호. 어머니와 실낱같은 인연을 따지자면 똑같은 나이에 세상을 버렸다는 것이다. 그래서 그런가. 따져보면 어머니가 돌아가기 무섭게 기다렸다는 듯이 데뷔했다. 〈이름 모를 소녀〉, 공전의 히트를 기록했다. 새어머니 돌아가기 무섭게 〈하얀 나비〉가 나왔다. 당시 남의 집 흑백텔레비전에서 가끔 김정호를 봤다. 지그시 감은 눈, 이마를 반나마 덮은 앞머리, 우수에 찬 얼굴이며 목소리는 당시 내 쓸쓸한 가슴에 출렁이기는 일도 아니었다. 나는 속수무책으로 그에게 넘어갔다. 새새어머니와 불화할수록 그의 노래는 내 마음속 깊이 자리를 잡았다. 김정호, 그는 시와 더불어서 내 어두운 십 대를 지배한 목소리 중 하나였다.

〈하얀 나비〉의 가사는 시종 나에게 말을 건넸다. 지나간 일은 생각도 말고 그리워도 말라는 압력을 넣었다. 언제까지 그렇게 살 거냐고, 이젠 그만하고 제대로 살아 봐야 하지 않겠냐고, 인생의 목표를 세우고 어디로든 길을 떠나야 하지 않겠냐고 나를 다그쳤다. 그럴 때마다 나는 시의 길로 조금씩, 아주 조금씩 접어들고 있었다.

이 노래는 이후로도 내 인생의 고비마다 나를 호명하며 달려들었다. 첫사랑에 실패했을 때도, 아버지가 돌아가셨을 때도 잊지 않고 나를 찾아왔다. 내게서 무언가 떠나갔을 때 그 빈자리에는 항상 이 노래가 대신했다. 지금까지도 변함없이 동행하고 있다. 앞으로도 얼마나 더 길항할지 알 수 없다.

어느 순간부터 이 노래는 그저 노래만이 아니라 나에게 춤까지 추게 만들었다. 친하게 지내는 시노래패 '징검다리'는 내가 있는 자리라면 무조건 이 노래부터 당긴다. 그럴 때면 나는 예외 없이 일어나서 춤을 추며 노래를 부른다.

혹자들은 그런다. 어떻게 이런 노래에 춤을 출 수 있냐고. 나는 그런다. 이만한 춤곡이 없다고. 노래가 나오면 춤을 춘다. 발은 외발로, 깨금발로, 모둠발로, 까치발로 옮겨 가며 스텝을 밟는다. 손은 삽질을, 거울보기를, 때 밀기를, 하늘 찌르기를 섞바꿔 가며 율동에 참여한다. 몸은 좌로 돌고 우로 돌고, 앞으로 나아가고 뒤로 물러서기를 이어 간다. 온몸으로 흐느적거리며, 비틀거리며 노래에 동화된다. 춤을 추면서 나는 내 마음속 서러움이 어떤 체념과 긍정과 또 다른 내일의 어떤 꿈을 매만지고 있는 것을 느낀다. 눈물과 함께 웃음 지을 수 있는 마음의 표정을 가질 수 있었기 때문이다. 이 노래는 나에게 그 표정을 일깨워 준 벗이나 다름없다. 머지않아 오십 년 길동무가 될 〈하얀 나비〉.

김수철 형님에게

이병초

시인. 1963년 전북 전주 출생. 1998년 《시안》 신인상으로 등단했고 시집으로 『살구꽃 피고』 『까치독사』 등이 있다. 현재 웅지세무대학교 교수로 재직 중이다.

 김수철 〈못다 핀 꽃 한 송이〉

김수철 형님.

한 번도 뵌 적이 없는 형님, 산천엔 봄이 왔다고 꿩이 길게 목을 뺍니다. 그동안에도 잘 지내셨지요? 형님은 저를 모르셔도 저는 형님 음악을 듣고 산 적이 있습니다. 1980년대에 대학을 마쳤으니 형님 음악을 안 들었을 리 없지요. 하지만 저는 형님의 음악 세계는 잘 모릅니다. 오선지에 적힌 음표들끼리 어울려 생성되는 하모니가 산천의 봄꽃들을 불러 낸 것인지 어떤지는 더더욱 모릅니다. 그렇지만 형님 노래를 들으면서 이렇게 불러 보기도 하면서 제 마음은 편안해집니다.

한 여가수를 기억합니다. 무교동 낙지골목 근처 무슨 카바레에서 일하는 친구를 만나러 갔던 1984년 가을이었습니다. 포장마차 불빛인데도 그녀 얼굴은 저보다 댓 살은 위로 보였습니다. 누구에게 얻어터졌는지 화장기 벗겨진 눈두덩이 시퍼랬습니다. 처음 보는 저에게 노래를 아냐고, 자신은 '카수'라고 소주잔을 들었습니다. 저는 담배를 꺼냈습니다. 노래가 좋다고, 업주를 소개해 주거나 업소를 챙겨 주는 이들에게 출연료를 뜯기기 일쑤인 데다 함부로 무시당하고 멸시당하다 못해 개같이 두들겨 맞기도 하지만, 그래도 무대에 서서 노래 부르는 게 좋다고 반쯤 꼬부라진 혀로 말을 이었습니다. 그러더니 나 돈 있다? 지갑에서 만 원짜리를 여러 장을 꺼내어 천천히 찢어 가면서 노래를 불렀습니다.

언제 가셨는데 안 오시나
한 잎 두고 가신 임아
가지 위에 눈물 적셔 놓고
이는 바람소리 남겨 놓고

앙상한 가지 위에

그 잎새는 한 잎

달빛마저 구름에 가려

외로움만 더해 가네

밤새 새소리에 지쳐 버린

한 잎마저 떨어지려나

먼 곳에 계셨어도

피우리라

못다 핀 꽃 한 송이

피우리라

—김수철〈못다 핀 꽃 한 송이〉 부분

　그녀는 가냘퍼 보이는 어깨를 안으로 모으면서 노래를 불렀습니다. 고향이 어딘지는 몰라도 살짝 허스키한 음색은 해금내 찔어 든 들판의 바람 소리를 간직하고 있었습니다. 고향 집 바람벽에 묻은 쥐오줌 냄새를 아끼는 것 같기도 했습니다. 누가 자신의 노래를 들어 주든 말든 음표 한 개 한 개에 허투루 다가서는 법 없이 온몸을 쥐어짜 내는 목소리. 배꼽 아래의 단전을 올려붙이듯 "밤새 새소리에 지쳐 버린 / 한 잎마저 떨어지려나 / 먼 곳에 계셨어도 / 피우리라 / 못다 핀 꽃 한 송이 / 피우리라"에 피 냄새 엉기는 목타루, 지폐 찢던 손가락을 주먹으로 꽉 쥐고 이 노래에 목숨을 걸었다는 듯, 못난 세상을 덮쳐 버릴 듯 격렬해지려는 목타루를 애써 참는 음색에 저는 빠져들었습니다. 그녀의 사연이 무엇인지 스물두 살의 제가 알 리 없었습니다. 담뱃불 댕기는 것도 잊고 그녀 노래에 녹아들었습니다. 제 마음속에서 시도 때도 없이 이는 바람 소리를 기대고 싶은 게 아니었는데도 말입니다.

　김수철 형님.

　그 뒤로 그녀를 못 만났습니다. 시간은 빠르게 지나갔습니다. 저는 시詩를 공부했지만 시는 일용할 양식이 못 되었으므로 학원의 국어 강사 노릇을 하면서 시를 썼습니다. 재수생과 고3의 녹음기처럼 되풀이되었을 "밑줄 거요, 이거 시험에 자주 출제되는 내용이란 말이에요"라는 말에 정나미가 떨어졌음에도 저는 지식 소매업자에서 벗어날 수가 없었습니다. 시를 쓰고 싶었습니다. 시 속에 저만의 집을 짓고도 싶었습니다. 그러나 마음만 그럴 뿐 학원 시간표에 박힌 처지는 시 쓸 틈을 내주지 않았습니다.

어느 순간부터 빈 시간만 생기면 시를 읽기 시작했습니다. 세상 탓만 하다가는 아무 짝에도 쓸모없는 고물이 될 것 같았기 때문입니다. 제가 익히 알고 있는 시부터 읽어 나가면서 쓰다가 만 제 졸시를 읽고 고치고 또 고쳐 나갔습니다. 백석 시인의 「모닥불」이나 정양 시인의 「내 살던 뒤안에」, 박재삼 시인의 「울음이 타는 강」 등의 작품들은 필사를 했습니다. 시를 읽고 필사하면서 정신을 맑게 하고 싶었는지도 몰랐습니다. 이러다 보니 저는 시를 쓰는 사람이 아니라 시를 필사하거나 고치는 사람이 된 듯했습니다. 생활에 밀착된 시상을 적극적으로 써 가기보다는 남의 시를 필사하거니 고치는 시간이 더 많으니 이런 형편없는 둔재는 이 땅에 다시 없을 것 같았습니다.

당시 저는 제 시에 자부심이 있었습니다. 문단 데뷔작이 「황방산의 달」인데 연작시였던 것입니다. 지금도 그렇지만 연작시가 신인상에 당선되는 경우는 드물었습니다. 근대화에 소외되다 못해 깡그리 콘크리트 더미에 묻혀 버린 제 고향의 내력, 이것을 쓴 작품이 당선되었으니 '황방산'으로 압축되는 정서는 제가 쓸 시의 뒷받침이 되리라고 믿었습니다. 평생을 들판에 빼앗겨서 얼굴이 더 이상 하얘질 가망이 없는 어른들, 소나무 뿌리같이 굵어진 손마디, 이빨이 몇 개 안 남아서 말을 할 때마다 헛바람이 먼저 새던 말씨를 적극적으로 써내야 되겠다고 다짐했습니다. 내놓을 게 쩍쩍 갈라진 뒤꿈치뿐일지라도 개개인의 삶이 모여서 역사를 이룬다고 배웠기 때문일 것입니다. 그러나 그게 아니었습니다. 일껏 써 놓고 보면 그 밥에 그 나물이었고 깜냥에 공력을 들여서 썼다고 생각되는 작품들도 고향의 가난에서 빠져나올 낌새조차 없어 보였습니다. 당선작 한참 아래를 밑도는 시를 갈갈이 찢어 버리지도 못한 채 저는 괴로웠습니다.

문득 그 여가수가 생각났습니다. 자신의 노래를 누가 들어 주든 말든 제 노래에 전력을 기울이던 창법, 살짝 허스키한 목소리, 격렬해지려는 목타루를 애써 참아 내던 표정이 제 정수리를 내리치는 것 같았습니다. 무작정 노래가 좋았던 그 가수처럼 저도 무작정 시가 좋아서, 시를 쓰는 게 좋아서, 남들이 삼류시인이라고 뒤에서 손가락질해 대는 줄도 모르고 멋진 시 구절을 만나면 노트에 베끼곤 했던 것입니다. 저는 그 여가수의 〈못다 핀 꽃 한 송이〉의 음색을 적어 가듯 시를 다시 쓰기 시작했습니다. 단어와 단어가 어울려서 새 이미지로 생성되는 언어미학에 적극적으로 매달리는 한편 헛바람 새는 말씨에 실린 전북의 입말을 날것으로 부각시켰습니다. 오선지에 찍힌 음표들이 반음만 틀려도 음악이 아니라던 누군가의 서늘한 말을 가슴에 새기며 시에 적힐 단어 한 개, 쉼표 한 개에 다가갔습니다. 그 후 저는 세상이 알아주든 말든 『밤비』『살구꽃 피고』『까치독사』란 세 권의 시집을 상재했고 이렇게 형님께 편지까지 쓰게 되었습니다.

김수철 형님

오늘도 많은 이들이 즐겁게 기억하는 〈못다 핀 꽃 한 송이〉를 동시대인들에게 들려주셔서 고맙습니다. 즐거운 일보다는 고단한 일을 더 많이 겪는 오늘이 반복된 지 너무 오래여서 내일이란 단어가 부담스럽기는 합니다. 이 땅의 "못다 핀 꽃송이"들의 사연, 돈과 문명에 소외되었든 말든 자신의 일에 전력을 쏟는 꽃송이들의 사연은 태산을 이루고도 남습니다. 하지만 또 다른 '나'이자 '우리'인 그들은 어제에 얽매이지 않고 형님 노래를 부르며 하루하루를 넓혀 갈 것입니다. 노래 한 곡에 목숨을 걸었던 여가수처럼 삶에 물린 비극성을 뛰어넘고 싶은 〈못다 핀 꽃 한 송이〉의 욕망을 읽어 낼 터입니다.

형님, 봉동 읍내의 작은 식당에서 삼겹살 굽는 냄새가 맛있게 다가옵니다. 만난 적 없지만 만나면 낯설지 않을 제 동료들은 오늘 밤 길게 얼크러질 것 같습니다. 돈을 신앙 삼은 시절에 차라리 꽃 피지 않기를 잘했다는 듯 떠들썩한 저들의 순정을 끼고 저는 집으로 돌아갑니다. 언젠간 저도 형님이랑 따뜻한 저녁을 맞이하겠지요. 저에게 문득 다가왔던 눈두덩 시퍼렇던 여가수 - 해금내 쩔어 든 들판의 바람 소리를 간직했던 꽃송이의 저녁도 맛있고 아름답기를, 자신이 부른 노래가 자신을 살려 낸 미학으로 확장되었기를 바랍니다.

끝날 듯 끝나지 않는
아름답고 슬픈 '카논 변주곡'

파헬벨 〈카논 변주곡〉

이영종

시인. 정읍 출생. 전북대학교 영어영문학과 이종민 교수에게서 영시를 배웠다. 동 대학원에서 심리를 공부했고, 우석대 대학원에서 문예창작을 익혔다. 2012년 전북일보 신춘문예에 시 「노숙」이 당선되어 등단했으며, 15회 박제삼문학제 신인문학상 백일장 대상을 수상했다. 2020 아르코문학창작기금을 수혜했다. 전북작가회의 회원이며, 지평선 시동인이다. 고등학교와 대학에서 영어, 통번역 등을 가르쳤으며, 현재는 상담을 하며 시 쓰기에 골몰하고 있다.

파헬벨 카논 변주곡 – 하프와 바이올린의 슬프고 아름다운 선율은 끝나지 않을 것 같다. 하지만 10시간 1분 19초가 혼곤한 잠의 옆구리를 부드럽게 지나가면 끝날 것이다. 이종민 교수님의 영시 수업이 그랬다. 윌리엄 워즈워스의 시 「I Wandered Lonely As a Cloud」를 낭송하는 선생의 목소리는 젊고 '랑만적'이었다. (어찌나 젊었던지 나이 든 복학생들 중 일부는 사석에서 맞먹으려고 했다. 한쪽에선 교수님한테 그러면 되느냐고 언성을 높이기도 하면서 찬란한 시절이 흘러갔다.) "Tossing their heads in sprightly dance" 부분에 이르면 내 고개도 금빛 수선화처럼 까닥까닥 흔들리는 듯하였다. 영원히 계속될 것 같은 시간도 마지막이 왔다. 선생은 "하늘의 별을 바라보며 시를 읽자"라고 했다. 그후 나는 영어를 가르치며 '경제적 숙명'을 완수했다. 심리학을 기웃거리기도 했다. 별을 바라보며 살진 못했지만, 오랜 세월이 흐른 후 시인이 되었다.

독일적인 진지함에서 순수한 아름다움이 배어 나온다는 이 곡은 단순하고 작고 부드럽다. 그가 쓴 유일한 카논 곡이라는 대목에 이르면 '오직 하나'라는 어휘에 마음이 꽂힌다. 동요 〈동네 한 바퀴〉처럼 '돌림노래' 형식을 띤다. 선율이 계속 반복되어 단조롭지만, 화음이 참 아름답다. 미학적 균형이 돋보여 몸과 마음이 편안해진다. 피아노, 가야금, 드럼, 바이올린, 어쿠스틱 기타 등 여러 버전이 있지만, 나는 하프와 바이올린 버전 10시간짜리를 듣다가 조는 걸 좋아한다.

이 연주를 소개하는 유튜브에는 이와 같은 '좋은 음악'이 주는 효과에 대한 설명이 첨부되어 있다. 요약하면 이렇다.

좋은 음악을 듣고 있으면, 마음이 편안해지고, 우울했던 기분이 풀린다. 치유의 능력이 있어 몸과 마음은 물론 뇌 건강에도 좋다. 과학이 밝힌 음악의 네 가지 주요 효과는 다음과 같다. 첫째 면역력을 키워 준다. 독일 막스플랑크연구소의 로니엔크 박사 팀이 시행한 연구 결과에 의하면, 기분을 좋게 해 주는 음악을 50분간 듣게 되면 체내에 항체가 증가한다. 둘째 우울증과 불안감을 낮춰 준다. 미국 드렉셀대학의 조크 브랏 박사 팀이 암 환자 1,891명을 대상으로 한 연구에서 음악 감상을 통한 치료를 받은 환자는 우울감과 불안감이 줄고 혈압도 안정되었다. 셋째 심장에 좋다. 이탈리아 파비아대학의 루시아노 베르나르디 교수 팀이 심장 수술을 받은 환자들을 대상으로 조사를 시행한 결과, 자신이 좋아하는 노래를 들은 환자는 그냥 쉬고만 있던 환자보다 수술 뒤 불안감이나 통증이 적은 것으로 나타났다. 이는 뇌에서 엔돌핀이라는 행복 호르몬이 분비되기 때문이라는 것이다. 넷째 뇌를 건강하게 한다. 미국 캔자스대학 의료센터의 브렌다 한나, 플래디 박사 팀이 노인을 대상으로 조사를 시행한 결과, 나이를 먹으면 먹을수록 악기를 연주하거나 음악을 듣는 사람은 뇌가 더 건강한 것으로 밝혀졌다. 특히 기억력과 두뇌의 선명도에서 차이가 나타났다.

이런 효과 때문에 내가 음악을 챙겨 듣는 것은 물론 전혀 아니다. 하지만 평소 음악을 즐겨 듣는 이종민 선생의 경우, 이런 '선의의 영향'을 받지 않았을까 상상해 본다. 아니 그렇게 믿고 싶다.

"낭만의 핵심은 상상(력)입니다. 현상 넘어 실체(reality 혹은 logos)를 볼 수 있는 능력. 주어진 현실에 체념하거나 안주하지 않고 새로운 내일의 개벽을 꿈꿀 수 있는 혁명의 열정은 이러한 상상력 없이는 불가능한 일입니다." 선생의 홈페이지에서 높은 가지에 달린 감을 따듯 따온 말이다. 선생의 이러한 낭만과 상상에 대한 상상력이 현실을 뛰어넘어 '보이지 않는 끈'을 잡고자 하는 나를 움츠리게 했음에 틀림없다. 영화 〈죽은 시인의 사회〉에서 키팅 선생은 "의학, 법률, 경제, 기술 따위도 삶을 유지하는 데 필요하지. 하지만 시와 아름다움, 낭만, 사랑은 삶의 목적인 거야"라고 말한다. 이 세상의 좋은 선생들이 전해 주는 메시지는 한결같다. "하늘의 별을 바라보며 시를 읽자." 선생께서 '작고 느리고 부드러운' 삶을 살았다고 큰소리쳤으면 좋겠다.

아버지의 노래

카펜터즈 〈Top of the World〉

이일순

1972년 전남 강진에서 태어났다. 전북대학교 예술대학에서 미술을 전공하고 현재 전주에서 작품 활동을 하며 살고 있다. 20여 회의 개인전을 열었고, 대한민국미술대전 '특선', 전라북도미술대전 '우수상'을 수상했다. 전주시민들 1,000명이 뜻을 모아 선정하는 '천인갈채상', 우진문화재단의 '청년작가초대전'에 선정되었다.

어느 초여름, 아버지와 함께 안개 낀 고개를 넘어가고 있었다.

우리는 익산에서 새벽 3시 30분에 출발했다. 안개가 너무 짙어 아버지는 핸들을 꽉 잡아 쥐고 아주 천천히 조심스럽게 운전에 초집중하고 계셨다. 정말 1미터 앞이 보이지 않는 꼬불꼬불한 고개를 넘으며 긴장된 분위기가 고조되어 가고 있을 때였다.

"여기 넘어갈 땐 항상 그래."

하시며 이 상황이 자주 일어나는 익숙한 일임을 일깨워 주셨다.

졸음마저 싹 거두는 긴장감이 30분은 족히 이어지는 길이었다.

이날은 서울에 일이 있다는 핑계를 대고 엄마를 보기 위해 아버지를 따라나섰었다. 밤에 따라갈 준비를 미리 해 놓고 있다가 새벽에 아버지께서 집을 나설 때 아빠의 쌀 차에 냉큼 오른 것인데, 부족한 잠을 자고 일어나 운전하시는 아버지가 안쓰러워 졸지 않으려고 애썼다.

소리든 형태든 무엇이든 삼켜 버릴 것 같은, 안개가 꽉 찬 도로는 오싹오싹 자꾸 주변을 살피게 만들었다.

"아빠, 이런 안개 속을 항상 어찌 다니셨어요?" 물어보니 아버지는 이 고개에서 안개만 애를 먹인 것이 아니라 차가 이유 없이 멈춰 서서 오전 장사를 망친 적도 있고, 길을 잘못 들어서 영 다른 곳으로 돌아간 적도 있다고 하셨다.

"사연 많은 고개군요?"

아버지는 대꾸도 없으시다가

"너 이 노래 아니? 내가 좋아하는 노래다!"

라디오에서는 카펜터즈의 노래, 〈탑 오브 더 월드〉가 흘러나오고 있었다.

"저도 알죠~, 저도 좋아해요. 이 가수들."

아버지는 '탑 오브 더 월드'를 좋아하시는데, 나는 '예스터데이 원스 모어'를 좋아했다.

그 새벽에 카펜터즈의 노래를 들으며 우리 부녀는 말이 많아졌다.

젊은 시절, '우표 수집'과 함께 선진국의 유행과 문화에 관심이 많으셨단다. 고교 시절에 미국의 한 소녀와 펜팔도 하셨다는데 당시 유행 팝송이나 팝 가수들의 이야기는 펜팔에 자주 등장하는 단골 메뉴였다고 한다.

"우와~ 아버지는 '아안즈으며언 주인이이지이~' 하는 '회전의자', 이 노래를 좋아하시는 줄 알았는데 팝송도 좋아하셨어요?" 여쭤보니

"카펜터즈 노래 중에 '잠발라야'는 흥겨워서 좋고!" 하신다.

이렇게 아버지의 학창 시절과 노래 이야기를 주고받다 보니 안개는 사라지고 어느새 환해지고 넓어진 도로엔 많은 차들이 달리고 있었다.

부모님께선 내가 대학을 졸업할 즈음 쌀장사를 하겠다고 홀연 경기도 성남으로 올라가셨다.

당시 성남은 천당 밑에 분당이라고 하는, 한참 신도시가 세워지고 있을 때였다. 주로 건설 현장의 함바집들을 상대로 쌀을 납품하셨고 동네에선 소매업도 겸하셨다. 두 분의 마지막 사활을 건 사업을 위해 최소한의 짐만을 꾸려 비장하게 올라가셨다. 할머님과 나를 두고, 아버님뿐만 아니라 어머님도 함께 올라가셔야 했기에 두 분은 걱정과 고민으로 오랜 날을 의논하셨다.

부모님이 올라가신 후 우리 집은 나의 어설픈 살림 솜씨에 얼마 가지 않아 모두 엉망진창이 되어 버렸다. 답답한 날엔 마당에 나가 엄마가 심어 놓으신 수선화며 수국, 백합 등 화단의 꽃, 나무들을 바라보며 부모님과의 생활을 그리워했다.

두 분은 하루가 다르게 야위셨다. 어느 날은 밤에 대문을 열고 들어오는 모습이 할아버지로 보여 가슴이 철렁한 적도 있었다. 한 달에 2번 토요일 밤에 본가에 와서 할머님과 집을 살피고 월요일 새벽 3시 30분엔 어김없이 아침 장사를 하러 올라가셨다. 잠도 덜 깬 두 분이 내가 깰까 인사도 없이 살금살금 집을 나서며 대문 닫는 소리가 나면 그때부터 두 분이 분당에 도착하실 때까지 조마조마해서 잠을 이룰 수가 없었다. 주로 국도를 이용해서 올라가셨는데 시간이 더 걸리니 올라가다 졸음운전이라도 하시면 어쩌나…, 비라도, 눈이라도 올라치면 걱정이 더 깊어졌었다.

아버지는 3사관학교 1기생으로 군인의 삶을 꿈꾸셨으나 군인 시절 사고로 전역을 하셨다. 몸을 회복하신 후 직장생활을 시작하셨고 일에 빠져 사는 회사원의 전형을 사셨다. 그런데 80년대 초 떠들썩했던 장영자 사건에 아버지가 다니던 회사가 연루되었다. 위기에 놓인 회사는 업계의 명

성을 잃게 되었고 아버지도 결국 회사를 나오셨다. 퇴사 후 야심 찬 준비 끝에 충무로에 전자 제품 대리점을 내시며 다시 재기하셨고 통금 시간 전에는 얼굴 보기도 힘들 정도로 열심히 일하셨다.

대리점 직원들에게도 애정이 깊으셨다. 때마다 직원분들을 집으로 초대해 회식도 하고, 당시 아프셨던 직원분은 몇 달간 동생의 방을 비워 요양도 했더랬다. 우리도 이모, 삼촌이라 부르며 따랐었다. 그런데 한 직원의 계획에 의해 의도적으로 큰 손해를 입게 되고 결국 부도가 나게 되었다. 그 후 몇 달 뒤 우리 식구는 아버지의 고향, 이리(익산)로 새벽을 달려 이사를 왔다.

한참 예민한 시기에 부모님의 고향에 내려와서 살아야 하는 처지가 우리 남매에게도 낯설고 외롭고 힘든 상황이었다. 나는 막 시작한 그림 공부도 중단했고 친구들과 헤어져서 생긴 향수병이 오래도록 나를 힘들게 했었다. 하지만 어린 맘에도 부모님 앞에서 힘든 마음을 내색할 수는 없었다. 지금 와서 생각해 보니 아버지의 젊은 시절은 롤러코스터에 올라타고 질주하듯 당신의 의지대로 살 수 없었던 불안하고 위태로운 시절이었고, 감당하기 힘든 아버지의 삶의 무게가 어린 눈에도 보였기 때문이었던 것 같다.

그런 힘든 상황에서도 미술 공부를 시켜 주신 것은 일생 감사 드릴 일이다. 고1 겨울방학에 딱 2달만 화실에서 그림을 배우겠다는 딸에게 어머니는 "그림은 꼭 취미로 하렴" 하셨지만 부모님은 그날 이후 내 발 앞에 징검다리를 놔 주시며 지금까지도 나의 꿈을 응원해 주고 계시다.

〈탑 오브 더 월드〉라는 노래는 '카펜터즈'의 노래로만 들었을 때는 사실 별 느낌이 없었었다. 그런데 아버지께서 좋아하는 노래임을 알고 난 후부터는 노래를 떠올리면 자연스레 아버지가 생각나고 코끝이 찡해진다.

노래 제목과 아버지께서 살아오신 삶의 궤적이 서로 엇갈린 제목으로 연결된 듯, 도달하고자 끊임없이 노력하지만 도달하지 못하고 점점 멀어져만 가는 안타까움이 연상되기 때문이다.

사실 이 노래는 오히려 아버지의 환한 웃음이 떠오르는 행복한 노래이다.

자신이 꿈이 있어 그 꿈을 향해 달리는 순간이 이 세상의 최고다!, 나와 함께하는 당신이 있어 지금 이 순간이 최고다!, 나의 꿈인 너희가 함께여서 지금 이 순간이 최고다! 라고 환히 웃으시는 무한 긍정의 모습과 닮아 있다.

자신의 길에서 최고 만족스러운 정점을 찍어 보고 싶으셨을 꿈을 향한 모습은 어느새 우리들의 꿈에 거름처럼 스며들었고 아버지는 산에서 하산을 하듯 자연스럽게 자신의 그 꿈에서 천천히 내려오고 계시다.

미련도 있으실 텐데 새로운 길에 집중하시며 뒤를 돌아보는 일이 없으시다.

미련이 남아 뒤를 돌아보며 내려오다 보면 발을 삐끗하기도 하고 내려오는 길에 보아야 할 아름다움을 또 놓치게 될 것이다.

올라가는 것만큼 내려오는 것도 중요하다는 것을 이만큼 살면서 많이 듣고 느껴 왔다.

아버지는 나에게 그 모범을 보여 주고 계시다.

카펜터즈의 〈탑 오브 더 월드〉는 아버지의 인생 여정과 오버랩되며 나에겐 아버지에 대한 존경과 내내 감사한 마음을 떠올리게 하는 노래이다.

두 번의 편지

이재규

우석대학교 교수. 시민단체, 방송, 국회, 남북관계 등 다양한 분야에서 일했다. 30년 만에 다시 문학의 길로 돌아왔다.

아누슈카 샹카르 〈인디언 썸머〉

B 선생님. 아직 인도이신가요. 이곳 상하이도 엊그제부터 겨울에 들어선 듯 제법 춥군요. 영하로 떨어지는 날이 좀처럼 없고, 눈을 구경하기도 매우 드물다는 이곳이지만, 온돌에 익숙한 한국의 이방인에게는 늦은 저녁과 새벽의 한기가 마음의 쓸쓸함을 더해 주곤 합니다. 2012년 초입의 겨울에는 선생님이 주신 인도의 털양말 때문이었는지, 여러 날을 눈 쌓인 거리에 서 있어도 춥지가 않았어요. 그때의 기억을 떠올리며 선생님이 전해준 온기에 새삼 몸이 따뜻해지는군요.

아누슈카 샹카르가 인도 전통악기 시타르Sitar로 연주하는 〈인디언 썸머〉를 듣다가 문득 선생님 생각이 났어요. 인생의 사랑, 이별, 고통, 기쁨의 여러 겹 변주를 이 악기처럼 맑게 튕겨 내며 들려주는 건 드문 듯해요. 누군가는 오묘하여 취하게 하는 시타르의 음색을 빗대어 '음악으로 느끼는 마약'이라고 했더군요. 그리스 악기인 부주키의 통통 튕겨내는 맛과도 또 다르군요. 부주키가 불러 낸 조르바 댄스는 또 묘한 중독성이 있지요.

최근 앨범과 관련한 이메일 인터뷰에서 아누슈카 샹카르는 "사람이 어려운 일을 겪어도 어떻게 다시 일어나서 아름다운 일들을 해낼 수 있는지를 다루고 싶었다"고 했군요. 멋진 말이에요. 아누슈카가 어린 날 겪은 남다른 고통을 생각할 때 그 깊이가 다르게 느껴지더군요. 시타르의 거장인 아버지 라비 샹카르의 음악적 유산을 의붓 언니인 노라 존스(노라의 〈Sinkin' Soon〉을 정말 좋아해요. 마음이 꿀꿀한 날에는 익살스런 트럼본과 재즈 피아노가 섞이는 가운데 무심한 듯 편안하게 노래하는 노라 존스를 보며 한 고비를 넘어가곤 하죠)와 함께 공유하며 음악으로 엮여 있는 그들. 참으로 부러운 가족이지요.

인디언 썸머. 10월 중하순의 북아메리카에서 늦가을에서 겨울로 넘어가기 직전 일주일 정도 계속되는 따뜻한 날이라 하더군요. 가을 속의 잠깐 여름이랄까요. 인생의 쓴맛 단맛을 어느 정도 안 후에 찾아오는 열정이라고 할까요.

2013년 상하이에서의 1년이, 제게는 꼭 제 인생의 '인디언 썸머' 같군요. 인도를 떠올리며 문득 시작한 안부 인사. 겨울의 초입에서 이렇게 황망하게 마감합니다. 인디언식 달력에 의하면 '마음 깊은 곳에 머무는 달' 1월에 한국에서 뵙지요.

기러기 날아가는 달(키오와족), 모두 다 사라진 것은 아닌 달(아라파호족) 11월의 끝에, 상하이에서 올립니다.

미키스 데오도라키스 〈Zorba〉

가진 거 다 말아먹었을 때에는
그저 한바탕 웃음과 손가락 장단
슬쩍 무릎 굽혔다 튕기며 일어서는 시르타키[05]
조르바 댄스를 추는 거야
앞날이 걱정되시는가
절벽 앞에 오래 서 있는 그대여
난 어제 일은 어제로 끝내는 자
당신이 부르니 조르바
세상을 잠시 나온 소풍처럼 건너가는

---

05 시르타키συρτάκι는 그리스의 춤으로, 조르고스 프로비아스가 1964년 영화 〈그리스인 조르바〉를 위해 만들었다. 그리스의 전통 춤이 아니고, 하사피코 춤을 변형시킨 것이다. 미키스 테오도라키스가 작곡한 반주곡과 함께 '조르바의 춤'이라고도 불린다.

희한한 잡놈, 몸으로 시를 쓰는 자라네

허튼수작으로 재빨리 말을 섞고

당신의 손을 새벽으로 잡아끌지

'가장 아름다운 여자는 모르는 여자'라는 어느 시인의 말을

나처럼 사랑하는 이는 또 없을걸세.

이 지상의 숨 쉬는 것만큼 많은 사랑법

그것을 다 하기에도 부족한 인생이라네.

하고 싶은 일이 있을 땐 눈 질끈 감고 질러 버리는 거야

책 따위는 한 번씩 불을 질러야 세상에 나가는 거지

밤이고 낮이고 전속력으로 화끈하게 내닫는 거지

자네, 지금 뭐 하나

당신을 사로잡은 바로 그것에

미치게 브레이크 없이 질주해 보는 거지

왼발 내밀고 오른발 들어

세상을 만져보고 뒤로 사뿐

다시 꿇었다가 가볍게 솟아오르는

이 춤처럼

그저 무너지지 않고

내젓고 반발하며

사는 게 인생 아니신가.

인생이 술 취했을 때

사는 게 휘청거릴 때

조르바 댄스!

에라 모르겠다 뒷짐을 지고

왼발 슬쩍

오른발로 튕기고

옆으로 가재걸음

함께 말아먹은 친구 어깨도 한 번 짚어 주는 거야

당신이 내게 흥정을 하는군

조르바여, 몸을 가장 빨리 달구는 법을 가르쳐 주게

시인인 나는, 말의 그물을 던지는 법을 가르쳐 주겠네

이미 화산처럼 붉게 끓어올랐다면

말 따위가 뒤처진들 무에 상관 있으리

한세상 어떤 일에도 애닳지 않고

웃으며 다시

나는 아무것도 원치 않는다

나는 아무것도 두려워하지 않는다

나는 자유다

조르바처럼

원래의 당신처럼

막대기가 선생이다

이정록

시인, 교사. 충남 홍성 출신. 대학에서 한문교육과 문학예술학을
공부했다. 학교에서 아이들을 가르치며 부지런히 시와 이야기
를 쓰고 있다. 1989년 대전일보, 1993년 동아일보 신춘문예에
시가 당선되었고, 바재삼문학상, 윤동주상 문학대상, 김달진문
학상, 김수영문학상을 받았다. 시집으로 『동심언어사전』 『눈에
넣어도 아프지 않은 것들의 목록』 『정말』 『의자』 『까짓것』 등과
산문집 『시가 안 써지면 나는 시내버스를 탄다』 『시인의 서랍』,
어린이 책 『황소바람』 『달팽이 학교』 『지구의 맛』 『콧구멍만 바
쁘다』 『똥방패』 『대단한 단추들』 등을 냈다.

이정민 〈내 이름은 마도로스〉

산모퉁이에서 버스가 이마를 내밀면 대문을 박차고 달리기 시작한다. 학교에 가려고 운동화
끈을 묶는데 아버지가 부른다. "가방에 약값 넣어 놨다. 병원에 들렀다 와라. 원장님한테 술 끊었다
하고." 훅, 소주 냄새가 뒷덜미에 닿는다. 아무 말 없이 논두렁을 달린다. 아랫말에서도 산등성이에
서도 무장 공비처럼 검은 교복이 달려온다. 차창 밖으로 공동묘지가 보인다. 복수가 그득 찬 아버
지의 둥근 배가 떠오른다. 황달에 걸린 눈동자가 차창에 붙어 있다. 아버지는 간경화를 앓으면서
도 술을 끊지 않는다. 오늘은 책가방이 가장 가벼운 날이다. 한 달분 약을 타는 날엔 학교에 책을 두
고 온다. 사람을 피해 마지막 버스를 탄다. 가방 속에서 새어 나오는 약봉지 부딪는 소리가 괴롭고
부끄럽기 때문이다. 숫돌에 목숨을 가는 것 같다. 쌓이는 소리가 아니라, 파이고 소멸하는 소리다.
나는 벌써 안다. 세상에서 가장 서글프고 비참한 소리는 약봉지끼리 살 비비는 소리다. 아픈 사람
에게 가장 잔인한 시간은 '식후 30분'이란 것도 안다. 인생이 고해라는 걸 이미 안다. 나뭇잎도 파도
도 다 힘들어서 뒤척거리는 것이다. '식후 30분'은 구차한 목숨과 싸우는 시간이다. 십 년, 이십 년,
하루 세 번 '식후 30분'을 기다리는 삶은 장마철 물걸레처럼 축축하다. 약봉지를 뜯는 손끝과 마른
입술의 떨림을 보라. 굴러떨어졌다가도 기어코 기어오르는 목젖이라는 돌을 보라. 벽시계의 시곗
바늘도 덜컥, 제 숨결을 몰아쉰다. 아무런 느낌 없이 마시던 공기도 한 조각씩 떼어 먹는 선물임을
알게 된다.

소주잔 앞에서 마음이 흔들릴 때마다 아버지는 혼잣말한다. 그것도 가족들이 다 들을 수 있도
록 크게 말한다. "짧고 굵게 사는 거여. 인생은 다 역사가 증명하는 거여." 그러고는 맥주 컵 가득 소
주를 들이켠다. 어머니가 아버지의 소금 안주에 고춧가루와 볶은 깨를 섞어 놓았나 보다. 잇속에
낀 참깨를 내뱉으며 어머니를 꾸짖는다. "안주가 너무 기름져. 사는 게 이렇게 느끼하면 안 되는 거

여." 소주는 어느새 노래가 되어 나온다. 늘 같은 노래다. 이정민 노래, 김성욱 작사, 이승준 작곡의 〈내 이름은 마도로스〉이다.

　1. 기분에 죽고 사는 내 이름은 마도로스
　　구렛나루 시커매도 사귀면 좋을끼다
　　항구의 아가씨야 뱃고동 울기 전에
　　고운 정 톡톡 털어 기분을 맞춰 다오
　　주먹은 거칠어도 인정 많은 사나이다

　2. 털보란 별명 속에 내 이름은 마도로스
　　계급 없는 신셀 망정 기분은 최골끼다
　　하룻밤 뜬 정이라 정마저 없을소냐
　　있는 정 톡톡 털어 이 밤을 즐겨 보자
　　내일을 기약 못 할 마도로스 사나이다

—이승준 작곡집, 유니버설 레코드사, 1968

　나는 울면서 뒤뜰 장독을 깬다. 안마당에서 울려 퍼지는 아버지의 '역사증명론'이 뒤뜰에서 박살이 난다. 앞마당과 뒤뜰 사이에 방이 있고 할머니와 엄마와 동생과 콩나물시루의 눈물이 있다.

　오늘은 일요일이다. 아버지가 어디 가서 막대기를 구해 오란다. 잘됐다. 나도 흠씬 두들겨 맞고 싶다. 굵직한 나무토막을 가져간다. 아버지가 말씀이 없으시다. 막대기가 아니라, 쇠몽둥이를 가져오란 건가. 병든 아버지가 휘두르기에는 너무 무거운가. 마루 밑 장작개비를 가져올까. 아니면 복숭아나무 붉은 햇가지를 베어 올까. 대숲으로 가서 죽비를 만들어 올까. 아니면 도낏자루를 뽑아 올까. 망설이며 주춤거리는 사이에 아버지가 목침을 당겨 벤다. 마루를 방구들 삼아 스르르 눈을 감는다.

　"막대기를 가져왔으면 마당에 쓰고 싶은 말을 써라."

　도낏자루로 두어 글자 욕을 쓴다. 썼다가 발로 비빈다. 도낏자루를 내려놓고 부지깽이로 쓴다. '이따위'라는 말을 열 번쯤 쓴다. '이놈의 집구석'이라는 말을 다섯 번쯤 쓴다. '가출'이라는 말은 썼다가 얼른 발로 문지른다. '군대 가자'라는 말도 서너 번 썼다가 지운다. '말뚝 박자'라고 쓴다. 그러다가 '엄마가 불쌍하다'라고 썼다가 지운다. '동생들아 잘 있어라'라고 썼다가 눈물을 떨군다. '술 좀 작작 마시지'라고 쓰려다가 막대기로 내 머리통을 때린다. 아버지가 부스스 깨어난다. '취침 후 30분'이면 어김없이 눈을 뜨신다. 부엌에 가서 다시 한 잔 마시리라. 아버지가 목덜미를 긁으며 잠꼬대처럼 한 말씀 내려놓는다.

"글은 힘이 센 거여. 몇 글자 더 써 봐." 다시 목침을 당겨 베고 코를 곤다. '제발 건강 좀 챙…' 쓰다가 부르르 떤다. '막내가 겨우 일곱 살이에요' 눌러쓰다가 엉엉 운다. 아버지가 깨어나서 부엌으로 간다.

"너는 소금 밥 먹을 놈이 아녀. 펜대 굴릴 놈이여. 들어가서 공부나 혀. 남은 장독 다 때려 부수지 말고." 아비지가 부엌에서 다시 한 마디 날리신다.

"모든 건 역사가 증명하는 거여."

아버지가 벌을 주거나 매타작을 했으면 나는 남은 장독도 다 깨부수고 애먼 닭 모가지도 비틀었을 것이다.

"슬픔과 화를 글로 다스리지 않고, 술과 몽둥이로 때려 부수려다간 애비 꼴 나는 거여."

식후 삼십 분이 지나면 아버지는 약을 먹고, 나는 원고지 앞에 앉는다. 아버지는 "기분에 죽고" 약에 다시 살아난다.

"글은 힘이 세서 울화통도 녹이는 거여. 모든 건 역사가 증명하는 거여. 일기라도 부단히 쓰다 보면, 쓸 만한 놈이 되는 것이여."

내 인생의 첫 번째 노래

 〈겨울나무〉

임혜선

KBS 프로듀서. 1962년 전북 임실 출생, 초중고 대학교를 전주에서 다녔고 1985년 1월 KBS 한국방송에 공채 프로듀서로 입사하여 〈한민족 리포트〉 〈인간극장〉 〈낭독의 발견〉 〈아침마당〉 〈걸어서 세계속으로〉 등 여러 교양 프로그램을 제작하였고 지금까지 일하고 있다. 아직껏 직장생활을 해낼 수 있는 자산은 학교와 집 그리고 신앙의 가르침이었다고 믿고 사는 사람이다. 특별히 대학 3학년 2학기 때 만난 이종민 선생님과 시인 윌리엄 블레이크는 오랜 시간 삶의 전반 영역에서 지대한 영향을 끼쳤던 분들로 여전히 스승의 날 작은 화분 하나 보내지 않고선 맘이 편치 않은 그런 제자이다. 하지만 때로 그것을 빠트렸다 할지라도 선생님과 그리고 블레이크에게 내 가장 젊은 날 오래도록 타올랐던 그 열정은 쉽게 지워지지 않을 것이다.

1967~8년 무렵이니 아마 내 나이 예닐곱 정도가 아니었을까 싶다. 학교에 다니는 세 언니는 엄마와 전주시 노송동에 살았고, 나는 임실군 신덕면 신덕초등학교 관사에서 아버지와 함께 지냈다. 때가 되면 전주에도 가끔 나왔지만, 국민학교 입학 전 2년 정도를 꼬박 신덕에서 살았다. 몇 달에 겨우 한 번 신덕에 오시는 엄마를 나는 늘 그리워하였다. 학생들이 수업시간 교실로 들어가면, 나는 텅 빈 운동장에 홀로 남았다. 그리고 운동장 한편에서 그네를 타며 시간을 보냈다. 그러다가 멀리에서 뽀얀 흙먼지를 날리며 버스가 올라치면 운동장 주변에 심어진 두툼하고 낮은 벚나무 가지에 올라가 버스를 주시하였다. 기대는 번번이 어긋났고 엄마는 내리지 않았다.

조금은 애잔했던 그 시절이 내게는 계절로 각인되어 있다. 어느 이른 봄날이었을 것이다. 누군가의 손에 이끌려 논길을 따라가며, 베어 낸 벼의 밑동이 아직 남아 있는 논에 무리 지어 핀 꽃을 보았다. 봄철 농사가 시작되기 전 묵은 논에 피었던 보라색 자운영꽃 무리였다. 여름엔 당연히 시냇가를 쏘다녔다. 학교의 소사 아들들인 내 또래 용운, 용대 형제는 나를 데리고 잘 놀아 주었다. 형제의 이름은 하나로 기억될 뿐 누가 동생이고 형인지는 모르겠다. 아무래도 형 되는 남자아이가 좀 더 의젓했다. 가끔 작은 양푼 하나를 들고 형제를 따라 개울에 나가 작은 민물 새우와 가재를 잡아 왔다. 나름 힘겹게 개울의 돌들을 헤쳐 가며 자랑스레 들고 온 그것들을 막상 먹지는 못했다. 아버지께서 허락하지 않으셨기 때문이다. 당시로선 이해가 가지 않아 많이 서운했는데, 아버지께선 디스토마에 대한 염려로 집에서 키우던 닭에게 던져 주지 않았나 싶다.

60년대 후반 농촌에 처음 경운기가 보급되던 시절인지라, 밤마다 학교 운동장에서 경운기 운전 연습을 하느라 한동안 시끄러웠던 서늘한 가을밤의 기억도 남아 있다. 그런데 왜 그런지 꽁꽁 얼어붙은 산과 들에서 미끄럼을 타거나 눈싸움을 했던 기억은 하나도 없다. 겨울날의 유일한 추억이라면 바로 학교 졸업식 날의 풍경이다. 당시 신덕국민학교는 한 학년에 한 반인 소규모 학교였다. 학생들은 어인 일로 까만 학생복을 입었던 것처럼 생각된다. 이 기억은 훗날 내가 아버지 앨범에서 보게 된 학생들의 모습에서 굳어졌는지도 모를 일이다.

하여간 어느 겨울날 학교 졸업식이 있었고 나도 오랜만에 교실 안에 들어갔다. 까만 겨울 교복을 입은 까까머리 남학생들과 단발머리 여학생들이 앉아 있었는데, 평소의 교실 모습과 확연히 달라 보였다. 책상과 의자를 뒤로 물리고 마룻바닥이 드러난 교실 한복판에 흰 종이가 깔렸고 그 위에 몇 가지 먹을 것이 놓여 있었기 때문이다. 어린 내 눈에도 먹을 것이 그다지 풍성한 상차림은 아니었다. 그래도 선명한 분홍색과 수박색 물을 들인 일록달록한 젤리형 과자를 처음 먹었던 기억이 떠오른다.

지금 기준으로 보면 초라한 졸업식 파티였을 것이다. 하지만 나의 어린 가슴이 설렜다. 학생들이 앉아 있던 책상이 모두 교실 뒤쪽으로 물러나 텅 빈 공간이 만들어지고 그 위에 널따란 흰 종이가 깔린 그 상황은 평소엔 볼 수 없었던 광경이었기 때문이다. 분명 뭔가 다른 일이 벌어지는 것이로구나 하는 생각이 들었을 것인데, 그것은 가슴이 살짝 뛰는 조금의 흥분이기도 했고 왠지 모를 기대감을 불어넣는 순간이기도 했다.

재학생도 졸업생도 아닌 나는 왜 그리고 어떻게 그 자리에 초대를 받았을까. 추측하기로, 어린 여자애가 맨날 혼자 운동장에서 놀거나 때로는 아버지가 수업하는 교실에 살짝 들어와 청강생처럼 앉아 있던 나를 눈여겨본 어떤 선생님의 배려가 아니었을까 싶다. "임 선생님, 오늘은 따님도 졸업 파티에 오라고 그러세요!"라고 아버지께 말씀드렸을 것이다. 선생님의 딸이라는 자격으로 교실에 초대받은 나는 어딘가 조용히 앉아 과자나 조금씩 먹고 있었을 텐데, 갑자기 교실 앞 무대로 불려 나가는 상황이 발생하였다. 내게 노래 한 곡의 요청이 들어온 것이다. 전주와 신덕을 오가는 불안한 주거 형태로 유치원은 제대로 다니지도 못했고 텔레비전 또한 구경조차 해 본 적이 없던 때인지라, 노래를 제대로 배울 수 있는 환경이 못 되었다. 라디오는 혹시 좀 들었을까 문명의 혜택을 누렸던 기억은 별로 없고, 산과 들 개울과 바람이 나의 다정한 친구가 되어 주었던 시절이다.

내 앞에 여럿의 졸업생들이 나와서 한결같이 불렀던 노래는 '학교 종이 땡땡땡'이거나 '나비야 나비야' 같은 1학년 때 배우는 동요들이었다. 왜 저렇게 같은 노래를 맥없이 부를까 하는 안타까움과 지루함 그리고 의문이 내 가슴에 차오를 때, 누군가 아니 어쩌면 우리 아버지가 "혜선아, 네가 한번 나와 불러 봐라" 하셨던 것 같다. 잠시 망설였지만 나는 이내 앞으로 나가 거침없이 노래를 한 곡 불렀다. 그것도 아마 제법 잘 부르지 않았나 싶다. 노래를 마치자 교실에 우레와 같은 박수가 터졌기 때문이다.

"나무야, 나무야, 겨울나무야 눈 쌓인 언덕에 외로이 서서 아무도 찾지 않는 이 겨울에 나무는 휘파람만 불고 있느냐?" 지금 되뇌어 보아도 아름다운 노랫말과 가슴이 절절해 오는 멜로디, 그리고 노래 전반에 흐르는 쓸쓸한 감정을 어린아이가 기다렸다는 듯 불렀나 보다. 느닷없는 호출에도 동요하지 않고 거침없이 불렀던 뜻밖의 노래,〈겨울나무〉. 까까머리 단발머리 관객들의 뜨거운 환호성과 박수 소리가 '어린 가수'의 가슴에 그날 한껏 부어졌다.

여섯 혹은 일곱 먹은 어린이가 부르기에 난이도가 제법 높았던 이 곡은, 전주에 머무르던 시간 엄마가 내게 가르쳐 준 노래였을 것이다. 지금은 서울시의회 건물로 사용되고 있는 '부민관'이라는 곳에서 열린 합창대회에 참가할 정도로 서울 처녀였던 엄마는 학창 시절 노래를 잘 불렀다고 한다. 서울의 젊은 날을 뒤로하고 이제는 지방 소도시에 내려와 네 딸을 키우며 힘겹게 살아가던 우리 엄마. 엄마의 그런 어떤 심정이 시골 한구석에서 한 시절을 나고 있는 내게도 고스란히 전달되었던 것은 아닐지. 그래서 어쩌면 나도 모르게 더 처연하게 불렀을지 모를 나의 첫 노래,〈겨울나무〉!

전주에 갔을 때 엄마로부터 그 노래를 배운 뒤, 신덕에 돌아와 나는 그 노래를 내내 흥얼거리며 엄마와 전주를 그리워했던 것 같다. 그런 내 모습을 몇 번 목격했을 아버지이기에, 조금 뜬금없지만 그 졸업생 환송연에서 갑자기 나더러 노래를 부르라고 지목하지 않았나 싶다. 내가 그날 부끄럼을 타면서 몸을 사렸다면 내게 이 아련한 추억이 남아 있지 못했을 것이다. 그런데 그날 그 즉석 무대에서 나는 그 노래를 당당한 모습으로 불러 버렸다. 교실 안에 풍금이 있었겠지만 반주는 없었던 것 같다.

〈겨울나무〉는 그렇게 내 인생의 첫 번째 노래가 되었다. 생각해 보니 중학교 때 간혹 선생님께서 "이 반 누구 노래 한 곡 해 봐" 하면, 나는 별 부끄럼 없이 앞으로 나가 노래를 부르곤 했다. 제대로 된 음악적 훈련을 받지도 못하였고 좌중을 흔드는 타고난 탁월함도 없었지만, 어린 시절 어머니가 가르쳐 주신 그 노래 한 곡 그리고 아버지께서 깔아 주신 그 특설 무대로 인하여 나는 어느새 '가수'가 되어 있었던 것이다. 어떤 자리에 아무도 자청하여 나서는 이가 없어 침묵과 어색함이 불거질 것 같으면 나는 기꺼이 자리에서 일어나는 이 '미덕'을 꽤 오랜 세월 동안 발휘하였다.

스물네 살 대학을 졸업도 하기 전 방송사 프로듀서 생활이 시작되었다. 그리고 35년이 흘렀다. 직업의 특성상 많은 사람들과 힘겨운 협업을 조율하여야 했고, 전혀 예상 못 한 돌발적 상황 때문에 당황할 일이 많았다. 그런데 그 와중에 '겨울나무' 노래에 얽힌 내 어린 시절의 추억과 자신감이 나를 지탱해 주는 든든한 토대가 되어 주었다. TV 프로그램의 진행자로 나섰을 때 별다른 무대 공포를 겪지 않을 수 있었던 것도, 생방송을 연출할 때 그리 긴장하지 않을 수 있었던 것도, 신덕초등학교 졸업 환송연에 깜짝 출연하여 얼결에 이룬 〈겨울나무〉의 성공적 데뷔 덕분이 아닐까 싶다.

아, 그로부터 한참의 세월이 흘렀다. 그 겨울날 눈 쌓인 응달에서 외로이 휘파람만 불던 한 어린나무가 이제는 나이 60을 목전에 둔 초로初老를 지나고 있다.

한결같은 위로

정형란

전 기자. 경기 동두천 거주. 연세대학교 영문학과 졸업. 결혼 전에 4년 동안 장애우권익문제연구소에서 발간하는 월간《함께 걸음》기자로 활동했으며 번역서『인체 데상 기법』(Jack Hamm 저, 고려문화사, 1988)를 낸 바 있다.

 김영동〈바람의 소리〉

요즘은 전국 어디서든 도서관 덕분에 돈이 없어도 시간만 투자하면 거의 무한대로 책을 읽을 수 있는 세상이다. 59년을 살아온 동안 나에게 책이란 어떤 존재였나를 가만 생각해 보았다. 주어진 내 삶이 감당하기에 힘들고 벅차게 느껴진 순간, 책을 읽으며 이런 아픔이 나 혼자만 겪는 것이 아님을 알았다. 앞서간 인생살이 선배들이 조용히 드러내 보여 준 글 속에 담긴 삶을 통해, 지혜와 더불어 인내심을 얻었다.

결혼 후, 두 아이를 낳아 키우면서 책 읽을 여유가 없자 내 삶에 뭔가 빠진 것 같고 나는 몹시 외로웠다. 친구 좋아해서 밖으로 나가는 남편과 달리, 두 아이를 챙기면서 내가 누릴 수 있는 기쁨 중 하나가, 어디서나 자투리 시간을 이용해서 읽을 수 있는 책과의 데이트였다.

둘째 아이가 유치원에 들어간 후 도서관을 규칙적으로 다녔다. 그러다 도서관에 독서 모임인 '책향'이 있다는 것을 알게 되어 회원이 되었다. 같은 책도 읽는 이의 관심 분야가 다르고 살아온 배경이 다른 까닭에 눈여겨본 구절이 서로 다르고 주의 깊게 관찰한 부분이 달라 토론을 할수록 책과 사람에 대한 이해의 폭이 혼자 읽을 때와는 비교도 안 될 만큼 깊어지고 두터워지는 것을 체험했다. 올해로 꼭 차게 16년을 독서 모임에 참여하면서 책 읽기의 깊이와 넓이를 무한대로 키운 것 못지않게 삶의 모습도 참 바르고 매사 열심히 사는 인생의 선후배를 알게 되어 얼마나 내 삶이 풍요로워지고 넉넉해졌는지 모른다. 혼자 읽을 때는 역사책을 주로 읽었는데 '책향'에 동참하며 과학, 음악, 사진, 시, 그림동화, 좋은 영화까지 다양하면서도 재미있는 책들을 접하게 되었고 토론의 횟수가 늘어나면서 사람들을 이해하는 역량도 커진 것을 커다란 수확이라 여긴다.

이종민 교수님과의 인연은『음악, 화살처럼 꽂히다』책을 읽고 시작되었다. 이 책은 폐암으로 일찍 우리 곁을 떠난 이명순 '책향' 회원의 추천도서였다. 나는 이 책을 읽은 후 이종민 교수님께서 북한 아이들을 위해 두유 공장 후원하는 것에 적은 액수지만 동참했다. 그리고 얼마 후 이종민 교수님으로부터『화양연가』책과 함께 음악 CD를 받았다. 2008년 9월이었다. 그때 '훈'이라는 악기 소리를 처음 들어 보았다.

책에 실린 '훈' 악기 사진을 물끄러미 바라보며 흙으로 빚어 구운 도토리 모양의 '훈'을 나도 하나 간직할 수 있으면 좋겠다고 생각했다. 에메랄드나 청자빛으로 빚은 '훈'을 하나 갖고 싶다는 당돌한 바람을. 나는 음악에 대해 아는 것이 거의 없다. 하지만 말이나 글로 표현할 수 없는 아픔이 그즈음 내 가슴에 박혀 있었기에 김영동의 〈바람의 소리〉를 듣는 순간 '화살처럼 꽂힌 음악'을 제대로 체험했다. 훈으로 연주하는 〈바람의 소리〉는 갓 태어난 송아지 울음소리 같기도 하고, 해 질 녘 어둠이 내리는 골목길을 바라보며 귀가하는 엄마의 빌걸음에 온갖 신경을 집중하던 어린아이의 숨소리 같기도 했다. 진흙으로 빚은, 두 손으로 감싸기에도 작은 악기 '훈', 그곳에 사람 숨을 불어넣어 좁은 공간을 휘돌아 나오는 독특한 바람 소리. 내 심장 속에 '훈' 크기만 한 숨통이 있을까 상상하며 들었다. 새벽마다 눈을 뜨면 아이들 공부방으로 조용히 건너와 〈바람의 소리〉를 반복해서 들었다. 김영동, 그의 '훈' 연주를 반복해서 들으며 내 숨을 고르고 가라앉혀가며 코앞에 놓인 불안과 걱정을 다독였다.

그 당시 나는 참으로 숨 막히는 삶의 길 위에 서 있었다. 2005년 12월, 시각장애를 지닌 남편은 여러모로 도와주는 직장 동료들에게 짐이 되는 순간이 잦고, 근무 중 사고 발생 위험이 높아져서 퇴직했다. 결혼 전, 남편의 시각장애가 갈수록 심각해질 거라는 것은 전해 들었다. 늦게 결혼하여 애들이 어린 까닭에, 남편은 한 해라도 더 오래 직장에서 버텨 내려고 애를 썼다. 직장에서 이런저런 사고가 발생했다. 길에서도 자주 딱딱하고 모난 사물에 부딪혀 온몸이 멍투성이었다. 극도의 긴장 상태로 생활하며 남편은 소화제를 밥보다 자주 먹었다. 치료되지 않는 만성위염이 위암으로 발전될 가능성이 크다는 내과 의사의 경고를 받고서야 남편은 퇴직을 결심했다. 그때 큰아이는 초등 6학년, 둘째는 유치원생이었다.

나는 우리 가정에 불안이 스미지 않도록 최대한 남편의 퇴직에 대비했지만, 퇴직 후 남편이 겪게 될 우울증은 미처 예측을 못했다. 시각장애로 어쩔 수 없어 퇴직한 남편의 무기력함이 초래한 여러 가지 사고 앞에서 나는 어찌해야 할지 몰랐다. 무한 자유가 버겁다며 끊임없이 자기 인생을 비관하고 가라앉는 남편으로 인해 밤마다 속울음을 삼킬 때가 많았다. 직장 동료들에게 짐이 되기 싫어서 퇴직하고 보니 가족에게 짐스런 존재가 되었다고 남편은 불안해하고 방황했다. 이런 미래를 예견하여 친정 피붙이들과 지인들 모두가 나의 결혼을 반대했었다. 그런 까닭에 누구 한 사람

하소연할 데도 없었다.

혼자 힘으로 버텨 내야 할 뿐, 달리 뾰족한 해결책이 없다는 불안감에 오래 시달리다 보니 나는 자주 피곤했고 소변에 피가 섞여 나왔다. 다니던 동네 병원에서 서울에 있는 어느 대학 병원 신장 내과에 가 보라고 의뢰서를 써 줬다. 그곳에 입원하여 조직검사를 받았고 1년 6개월 동안 치료를 받으러 다녔다. 신우염에 백혈구 수치가 너무 낮아 면역력이 떨어진 상태라고 스테로이드 성분이 들어 있는 약을 처방해 줬다. 약을 복용하자 얼굴이 달덩어리처럼 부풀어 올랐다. 평소에 나는 추위를 겁내는 체질이었는데 갑자기 온몸에서 열이 나고 슈퍼 우먼같이 에너지가 솟구쳐 매일밤 잠을 거의 자지 않아도 피곤하지 않았다. 사람들을 피해 밤에 마트를 다니고 운동을 했다. 독서 토론 모임을 제외한 모든 바깥 활동을 삼갔다.

나는 콩팥 치료를 받으면서도 경제적 책임과 함께 두 아들을 챙겨야 했다. 또 남편의 자존심도 북돋아 줘야 했다. 식탁에 마주 앉아 밥이 아닌 눈물을 삼켜도 내 얼굴표정을 볼 수 없는 남편은 묵묵히 밥을 먹었다. 내 목소리가 잠겨 아무 말도 안 하면 그제서야 남편은 무슨 일인지 물었다. 나는 얼굴표정보다 목소리를 바꾸기가 더 힘들었다. 속상하거나 힘들고 불안하면 편도가 먼저 붓고 목소리가 잠겼다. 덧붙여 내 속의 감정이 소용돌이치면 목소리가 아예 나오지 않았다. 어리고 무심한 두 아들에게는 아무 일 없는 척 넘어갈 수 있었지만 귀가 예민한 남편은 내 음성이 변하면 금방 알아챘다. 말해 봤자 속만 상하지 해결책이랄 게 별달리 없는 상황에서 목소리를 평탄하게 지켜 내기가 쉽지 않았다. 나는 두 아들 앞에서는 믿음직한 엄마요, 남편 앞에서는 용감한 아내여야 했기에 한숨을 내쉴 수가 없었다.

이른 새벽에 일어나 책을 읽고 〈바람의 소리〉를 들으며 내 마음 밭을 조금씩 다져 나갔다. 김영동의 〈바람의 소리〉는 질식하지 않으려 안간힘을 쓰며 버티는 내 영혼에 가느다란 숨을 불어넣어 주었다. 성숙한 영혼을 지닌 단계에서나 가능해 보이는 절제된 숨으로 연주하는 김영동의 '훈' 연주. 가사가 없어 곡에만 오롯이 집중하며 내 마음을 다독이기에 적합했다. 눈을 감고 '훈' 연주를 듣다 보면 내가 즐겨 들여다본 책, 동양화가 이호신의 〈풍경소리에 귀를 씻고〉의 산사 그림들이 고요히 떠오르며 내 마음을 맑게 해 주었다.

서울에 있는 대학 병원으로 콩팥 치료를 꾸준히 받으러 다녔다. 그러는 동안 남편과 두 아들을 챙기며 할 수 있는 일을 궁리했다. 그때까지 불규칙하게 했던 번역 일을 접고 큰아이 친구들을 가르친 경험을 밑거름 삼아 동네 공부방을 해 보기로 용기를 냈다.

고맙게도 남편 직장 동료들이 자녀들을 내게 보내 주었다. 아이들에게 우리는 간식을 넉넉히 만들어 먹였다. 공부방이 아니라 먹방이었다. 아이들은 문을 열고 들어오면 첫마디가 "오늘 간식 뭐예요?"였다. 아이들은 많이 먹고 맘껏 웃었다. 또 같은 공간에 남편이 있다는 사실은 짓궂은 사내 녀석들의 행동에도 은근한 압력을 발휘하여 공부 시간에는 공부에 집중케 했다. 남편은 시력이 부족해도 요리에 관심이 많아서 다양한 간식을 쉼 없이 발굴해 냈다. 까다로운 입맛을 지닌 아이들도 공부방에 와서는 가리는 것 없이 무엇이든 잘 먹었다. 학교 수업이 끝나면 아이들이 공부방으로 곧장 달려오게 하는 비결이었다. 직장 동료들은 자기 자녀들이 성장한 후에는 조카들이나 지인들 자녀 소개도 적극적으로 나서 주었다. 그런 동료들 덕분에 남편 퇴직 후 15년 동안, 우리 부부는 두 아들을 키우며 무탈하게 살아 낼 수 있었다.

1988년에 남편이 직장 동료들과 처음 시작한 보임이 지난해 31주년을 맞았다. 2019년 12월 14일 부부 동반으로 1일 여행을 다녀왔다. 강원도 동해를 오가는 버스 속에서 동료 부인들과 살아온 얘기를 가만가만 나누었다. 내가 가르쳤던 아이들이 결혼하여 이제 그들 모두는 할머니가 되어 있었다. 그들 핸드폰 속에서 웃고 있는 손주들 얼굴이 전혀 낯설지 않았다.

나는 다섯 살 때 마루에서 뒷걸음하다 떨어져 오른손을 다쳤다. 그 당시 치료를 적절히 받지 못해 주먹 쥔 상태로 굳어 버린 다섯 살 그대로의 작은 오른손과 팔을 지녔다. 그래서 손뼉치기도 악수하기도 악기를 연주하기도 곤란하다. 왼팔과 오른팔 길이도 15센티 이상 차이가 난다. 아픔과 고통의 종류에는 사람이 아닌 오직 신에게만 위로받을 수 있는 것도 있다고 나는 생각한다. 신체 장애가 아니어도 누구나 감당해야 할 제 몫의 십자가가 있음을 반세기 넘는 인생길에서 목격하기도 했다.

사람이 살아가다 힘든 것은 아픔이 있어서가 아니라 진실로 그 아픔을 함께할 존재가 없기 때문인 것도. 하지만 나와 똑같은 마음으로 아픔을 공유해 주는 누군가가 곁에 있을 때는 고통 속에서도 희망이 싹트고 꿈을 꿀 수 있다는 것도 발견했다. 그 누군가가 내게는 가족과 책 모임에서 알게 된 속 깊은 사람들과 인정 많은 남편의 직장 동료 부인들이었다. 그리고 책과 음악과 그림도 그런 사람들 못지않게 한결같은 위로를 내게 안겨 주었다.

안탈랴에서 Eros를

한지선

소설가. 전주교육대학을 졸업하고 대학 도서관 사서로 일했다. 장편소설『그녀는 강을 따라갔다』와『여름비 지나간 후』, 소설집으로『그때 깊은 밤에』와『여섯 달의, 붉은』을 출간했으며, 공동 집필 테마소설집『두 번 결혼할 법』『마지막 식사』가 있다. 제1회 전북소설문학상과 제2회 작가의 눈 작품상을 수상했다.

 크리스 스피어리스 〈Eros〉

한때 봄의 두 달 정도를 카페에 출근한 적이 있다. 밤에 두세 차례 연주하는 재즈를 듣기 위해서. 인생은 예상치 못한 어떤 순간들이 불쑥 다가와서 가슴을 뛰게 하거나 비밀스레 어디론가 이끌기도 한다. 그 비밀스런 몸짓을 따르며 우리는 조용한 흥분 속에서 남몰래 미소 지을 수 있다. 그때 그 밤들이 그랬다.

카페가 문을 연 뒤 나는 하루도 빼지 않고, 저녁 여덟 시에 집을 나서서 차를 몰고 호수 옆 산자락 밑에 있는 작고 지붕 낮은 카페에 출근했다가, 늦은 밤 식구들이 모두 잠든 집으로 가만가만 스며들었다. 때론 한 시가 넘어 귀가할 때도 있었다.

그땐 암묵적으로 모든 식구가 카페의 밤 출입을 이해해 주었다. 음악이라는 갈증으로 목말라하던 내게 새로운 문이 생겼으니 그 문을 열고 즐기러 가는 것에 대해 뭐라 하지 않겠다, 축하한다, 그런 뜻이 들어 있는 파격적인 무언의 동조였다고나 할까.

하얀 사과꽃이 카페의 낮은 창밖에 하늘거리던 사월이었다. 하얗게 흔들거리는 사과꽃은 카페의 낮은 창처럼 키가 작았다. 그즈음은 오후가 되면 카페에 나가 노트북을 켜고 원고를 들여다보고, 카페 뒤쪽으로 면해 있는 산에서 누군가가 불고 있는 대금 소리를 듣기 위해 옆문을 열어 놓고 서성이기도 했다.

그런 후 집으로 갔다가 저녁 여덟 시쯤 다시 카페로 출근했다. 누군가의 카페였다. 내가 아는 누군가와 그 친구들이 밤이면 재즈를 연주하기 위해 그 카페를 열었고, 나는 카페가 열린 그날부터 매일 저녁 카페로의 출근을 시작했다.

네 명의 연주자 외에는 직원이 없었으므로 나와 나의 절친한 친구는 어쩌다 잘못 들어온 듯한 손님들을 위해 커피도 만들고 칵테일도 만들어 서빙을 했다. 칵테일은 칵테일을 좋아하는 내가 만들었다. 다행히 그들이 준비해 둔 레시피가 있었다. 먹어보기만 했던 과일 안주도 깔깔거리며 만들어보았다. 어설펐지만 신나는 경험이었다. 재즈를 들을 수 있으니까! 커피 정도야 얼마든지 만들 수 있었다.

낮 시간엔 나 홀로 텅 빈 카페에 들어가 원고도 쓰고, 주변을 서성거리며 보낼 수 있었다. 그들의 친구였으니까, 맘대로 낮의 카페를 점령할 수 있었으므로.

카페는 오픈할 때 잠깐 소문을 듣고 찾아온 사람들로 붐비기도 했다. 네 명의 쿼텟Quartet이 재즈 연주를 한다고, 음악을 좋아하거나, 우리들의 친구들 혹은 네 명의 연주자들의 친구들 또는 네 명의 연주자들처럼 어디선가 드럼, 베이스, 기타로 대중음악을 연주하는 사람들이 꽤 몰려왔다.

쿼텟 이름은 카페 이름과 똑같은 Blue Bird였던가? 기억이 안 난다. 그때의 쿼텟 Blue Bird의 연주는 음악적인 갈증으로 목말라하던 내게 바람에 살풋거리던 사월의 하얀 사과꽃 같았다고나 할까. 사월, 혹은 오월의 오후, 봄 햇살 가득 쏟아져 들어오던 카페에 앉아 노트북을 열고 원고를 들여다보거나 옆문을 열고 나가 해찰을 하던 그 시간은 화양연화의 시간이었을까.

그들은 때때로 이른 저녁에 모여 리허설을 하기도 하고, 내가, 혹은 친구가 만들어 준 콩나물국이나 김치찌개에 밥을 먹기도 했다. 주말에는 일찍 나와서 리허설을 하거나 담배를 피우며 음악 얘기로 시간 가는 줄 몰랐다.

그들은 지방 도시의 애매한 조건 속에 있는, 돈 없는 가난한 음악쟁이들이었지만 내가 보기엔 실력이 좋은 연주자들이었다. 낮엔 각자 생존에 필요한 자기 일들을 하고 밤에 모여 진짜 좋아하는 일들을 하는 사람들이었다.

어느 날 우리의 친구 한 명이 와서 Eros를 연주해 달라고 했다. 그들은 그날은 악보가 없어서 다음 날 저녁에야 〈Eros〉를 연주했다. 그때 Yany와 Isao Sasaki 같은 뉴에이지 음악에 빠져 있던 나는 그 곡을 몰랐고, 건반 주자인 쿼텟의 리더에게 퉁을 먹었다. 그리스의 미남 크리스 스피어리스Chris Spheeris의 〈Eros〉를 모른다고.

나는 그로부터 크리스 스피어리스의 기타 연주에 빠져들었다. Eros는 영롱하게 반짝이는 아침 이슬방울 같고, 난바다를 일렁이며 은비늘처럼 번뜩이는 수면 같다고 할까. 찰나를 반짝이다가 살포시 눈을 감는 순정.

카페는 잠깐 음악으로 가득 찼다. 그들은 뜻밖이지만 도니체티의 오페라 아리아 〈남몰래 흐르는 눈물〉을 재즈로 연주했고, 재즈 스탠다드인 〈The Girl from Ipanema〉와 〈Take Five〉 같은 곡들을 연주했다. 뭔가 대중가요도 간간이 섞어서 연주했던 것 같은데 기억이 나지 않는다.

곡 선곡으로 보면 매우 수준 높은 연주였으나 유감스럽게도 대중들의 관심은 한 달 후 스러졌다. 그들은 재즈를 원하지 않았던 모양이었다. 한 번 다녀간 사람들이 다시 오는 일은 없었다. 사람들은 재즈나 음악을 좋아해서 찾아온 게 아니라 그저 한번 와 본 모양이었다. 음악에는 관심도 없거나 알지 못하거나 그런 것인 모양이었다. 카페는 두 달로 선을 그었다. 나는 매우 섭섭했고, 두 달째의 후반부에는 연주자 네 명과 나와 친구뿐이었으나 그 밤의 재즈들은 훌륭했다. 그렇게 나의 카페 출근은 두 달 만에 끝나 버렸다. 다시 올 수 없는 with Jazz의 시간이었다.

몇 년 후 나는 터키의 이스탄불에서 남부 지중 해변까지 내려가는 터키 내륙 여행에 올랐다. 푸른 바다 건너엔 그리스가 있었다. 터키의 맨 아래쪽에 있는, 지중해의 꽃이라는 안탈랴 해안에서 나는 하얀 돌 하나를 주웠다. 그리고 우리가 묵을 호텔에 들어서 이층의 로비를 캐리어를 끌고 걸을 때였다.

호텔은 높은 건물이 반원을 그리고 가운데에 둥근 공간이 하늘로 열려 있었다. 그 넓고 높은 공간에 어딘가 익숙한 영롱한 기타 흡이 아름다운 오월 햇살처럼 울려 퍼졌다. 나는 너무 황홀해서 멈춰 서서 듣다가 아, 이건 Eros야, 라고 낮게 소리 질렀다. 그러고는 아무도 음악에 귀 기울이는 것 같지 않은 긴 복도에서 흥분하여 흥얼거렸다.

그때 한국 관광객 몇 명이 지나가다가 이상한 사람 보듯 나를 쳐다봤으나 나는 아랑곳하지 않았다. 그러곤 다가온 한국인 가이드에게 "이거 크리스 스피어리스의 〈Eros〉라는 곡이에요. 제가 좋아하는 곡인데 안탈랴의 호텔에서 듣다니 감동이에요!"라고 흥분해서 말했다. 가이드는 모르는 곡이었지만 고개를 끄덕여 주었다. 바로 건너에 그리스가 있다면서.

나는 은총을 받은 기분이었다. 푸른 지중해처럼 넘실거리는 〈Eros〉를 들으면서. 나는 순간적으로 그 카페의 밤들을 떠올리며 미소를 지었다. 지금 그 사람들은 어디에 있을까. 누군가는 실용음악학원에서 Gibson을 치며 베이스를 가르치고, 누군가는 사십 대와 오십 대를 위한 난타에서 드럼을, 콘트라베이스를 하던 누군가는 전에 하던 가게를 하다가 어쩌다 구석에 놓여 있는 커다란 악기를 들여다보고 싱긋 웃거나, 또 누군가는 피아노를 계속 치고 있는지.

그리움은 순식간에 마음을 점령한다. 그러고는 아련하게 무언가에 깃들게 하는 것이다. 그것이 안탈랴에서 내 귓가에 넘실대다가 몇 년 전 두 달간의 카페에서의 시간들과 조우하게 하였다. 안녕, 나의 두 달의 카페. 안녕, Eros….

너도 내 마음 같으면 좋겠어

 Dire Straits 〈Going Home〉

한창훈

소설가. 남쪽 바다 먼 섬에서 태어났다. 그곳에서 얻은 언어와 정서로 전업 작가 짓을 하고 있다. 바다와 섬을 배경으로 여러 권의 소설집과 장편소설, 산문집과 어린이 책을 냈다. 사람을 볼 때 51점만 되면 100점 주자, 목마른 자에게는 물을 주어야지 꿀 주면 안 된다, 중요한 것은 진심보다 태도이다, 땅은 원래 사람 것이 아니니 소유하지 않는다, 따위를 생활신조로 갖고 있다.

내 인생의 음악에 대해 이야기를 해 보자면 워낙 많아서 무엇부터, 어디서부터 해야 할지 모르겠다. 사랑하는 산이나 호수, 바닷가를 대보라는 것보다 훨씬 어려운 문제이다.

섬마을 아이였을 때, 바다가 보이는 돌담에 기대서 들었던(건전지 8개가 들어가는 전축이 집에 있었다) 〈황야의 무법자〉와 〈키스로 봉한 편지〉(어쩌겠는가, 그 곡이 내 귀에 들렸는데)는 처음으로 인생의 쓸쓸함을 안겨 주어서 7살짜리에게 가출의 충동을 일으켰고 육지에서의 사춘기 때는 폴 모리아의 연주곡들이 가슴을 후벼 파 들어와서 가출의 구체적인 계획을 하게 됐으며⋯ 뭐 이렇게 하다 보면 날 샌다. 한 사람 인생에서 음악만큼 다양하게 얽히는 게 또 있을까 싶다.

어쨌든 20대 초반엔 명색이 DJ였던 시절도 있었으니 폼 좀 잡고 70년대 하드락의 마지막 곡이자 헤비메탈의 시작점으로 평가받는 Led Zepplin의 〈Stairway to Heaven〉을 언급 안 할 수 없다. 지미 페이지의 기타 연주는 끝내준다. 그런데 나는 사람들이 욕을 해 대는(레드제플린을 기린다면서 대놓고 돈 벌려고 작정했다는), 심지어 혐오하기까지 하는 Far Corporation 버전을 더 좋아한다.

음악 좀 안다는 사람은 나의 이 선택을 의아해한다. 20세기 가장 영향력 컸던 곡(대중들이 그렇게 투표를 했었다. 그렇다. 비틀즈 음악이 아닌)의 아류 버전인 리메이크를 더 좋다고 하다니. 하지만 이 또한 어쩌겠는가. 로빈 매컬리의 광기 어린 창법과 신시사이저의 리드미컬한 음향이 귀에 더 들어오는 것을.

또 있다. 85년 가을 광주 지산동 허름한 전파사 앞에서 우연히 들었던, 전파사 사장에게 부탁하여 두 번이나 더 들었던 엘튼 존의 〈Sorry Seems to be the Hardest Words〉는 또 어떠한가(그날 나는 학원을 가다 말고 대폿집으로 방향을 틀어 막걸리를 마셨다. 이 모든 게 엘튼 존 때문이다).

그리고 그 전, 스무 살 나이에 사랑하던 여인에게서 차이고 나서 낙동강 하구를 걸으며 들었던

Black Sabbath의 〈She′s Gone〉과 Barclay James Harvest의 〈Poor Man′s Moody Blues〉도 있다. 그래 그땐 부산어묵과 대선소주 두 병이 늘 옆에 있었지. 특히 두 번째 곡은 내가 영화를 만들게 된다면 몹시 넓은, 사람 하나 없는 운동장의 관중석에 홀로 앉아 있는 남자가 이 곡을 듣는 장면부터 시작해야지, 막연하게 그려 보곤 했다.

떠나간 그녀는 몇 달 뒤 갑자기 연락을 해 왔고 우리는 광주 시내 카니발이라는 음악실에서 다시 만났다. 그녀는 "이 세상 모든 빛은 꺼지고 멀리서 밀려오는 그리움…"이렇게 시작하는 혜은이의 〈독백〉을 신청했다. 그리고 이 노래 가사가 요즘의 자기 마음이라고 말했다. 이런 가사는 나처럼 채인 사람의 마음 아닌가, 왜 얘는 지가 피해자 흉내를 내고 있지? 생각했는데 그날 나는 결국 한 번 더 차이고 말았다. 도대체 왜 그랬는지는 19년 뒤에 알게 되는데 역시 음악 이야기 하다 보니 신파로 가는구나 싶어서 이 정도에서 그만.

나는 재즈나 교과서 같은 음악을 제외한 대부분의 장르를 다 좋아한다. Santana의 연주곡 〈Europa〉를 듣다가 김소희 선생의 판소리나 구음口音을 듣고 정태춘 박은옥도 듣는다. 엘레니 카라인드류, 레너드 코헨, 최백호, 조용필, 파가니니, 밀바, 나탈리 망세, 조동진, 반젤리스, 마이클 호페, 조관우, 해바라기, 야니네 얀센, 명혜원, 배호, 남인수, 엔야, 노찾사와 꽃다지, 아니, 최진희, 〈과꽃〉을 포함한 여러 동요들은 또 어쩌라고(이들은 내 인생의 매 순간을 함께 했다. 역시나 한정 없네).

'2시의 데이트 김기덕'이 평소 "좋은 음악은 한정이 없다"고 종종 말했다. 맞는 말이다. 가슴이 적셔 오면서 내 안에서 정서의 반응이 일어나면 좋은 곡이다. 재미있는 곡도 마찬가지이다. 오래전 우연히 TV에서 보았던, 아마추어 젊은 친구들이 자작곡으로 불렀던 "엄마가 마셔버린 복분자이야이야아 누나가 마셔버린 복분자이야이야"를 요즘도 나는 흥얼거린다.

그런데 이 꼭지는, 이종민 선생께서는 니 알아서 써라, 하셨지만 무언가 대표적인 하나의 곡을 골라야 할 것 같다.

촛불 정국 때이다. 남들처럼 나도 토요일이면 찬바람 부는 광화문을 갔었다. 뒤틀린 근대를 밀어내는 그 도저한 물결을 바라보면서, 서로가 서로를 위무하는 장면들을 보면서 딱 하나 아쉬운 게 메인 무대에서의 연주곡이었다. 전인권이 부르는 〈아름다운 강산〉도 나쁠 것은 없지만 무언가 더 근원적이고 상징이면서 존재를 진정으로 존재케 해 주는 그런 곡이 있었으면 했던 것이다.

그럴 때마다 Dire Straits의 〈Going Home〉을 이어폰으로 들었다. 거기서도 10만 관중의 함성 소리가 들렸다. 기타 피크를 쓰지 않는 Mark Knopfler의 연주는 생명체의 자연스러운 숨결 같기만 하다. 매번 집회 때마다 부드러우면서도 뜨거운 마크 노플러의 연주를 들으며 우리나라 뮤지션 중에는 이 광장과 사람들의 흐름을 (청각의 기록 같은) 멋진 연주곡으로 만들어 낼 수 있는 이가 왜 안 나올까, 공연히 안타깝곤 했다.

그나저나 종종 이런 생각을 한다. 세상에 음악이 있는 이유가 뭘까. 없어도 사는 데는 별 문제 없는데 기를 쓰고 새로운 곡을 만들어 내며 노래하고 연주하는 이유는 무얼까. (그러기 때문에 따라 나오는 자연스러운 의문. 우주에도 음악이 있을까?)

순전히 내 관점이지만 세상에 음악이 있는 이유는 '너도 내 마음 같으면 좋겠어' 아닐까.

내 인생 인내와 분발의 단초

함광남

C&A Expert 회장. 한일韓日마케팅포럼 회장. 도쿄커뮤니케이션대학 초빙교수. 저서로는 『경영진단의 이론과 실제』 『100세시대 50대의 선택』 『참으로 유감입니다』 등이 있으며 이종민 교수와는 산민회를 통해 인연을 맺게 되었다.

신지아 연주
〈지고이네르바이젠〉

나는 에스파냐의 사라사테(Pablo de Sarasate)가 작곡한 〈지고이네르바이젠(Zigeunerweisen, 일명 '집시의 달')〉을 좋아한다. 연주자로는 수많은 명연주자가 있지만, 그중에서도 '사라 장(Sarah Chang, 장영주)'의 연주가 참 좋다. 그의 연주가 현란한 기교에만 치우치지 않고 듣는 이에게 '깊은 울림과 긴 여운을 남겨 주기' 때문이다.

이 곡을 좋아하게 된 것은 내가 중학생 때부터이니 반세기 이상을 애청곡으로 간직해 온 셈이다. 언제나 깊은 감동과 함께 위로와 격려와 소망을 갖도록 보듬어 주었다. 하지만 이 곡을 좋아하게 된 데에는 가슴 아린 숨은 사연이 있다.

중학생 시절 신문 배달을 하던 나는 무더운 여름날, 갑자기 쏟아진 소낙비를 피하기 위해(신문 뭉치를 옆구리에 낀 채) 어느 저택의 솟을대문 추녀 끝에 서 있었다. 마침 그 집은 고학생의 신문 구독 간청을 거절하고 대문에 빨간색 페인트로 '00신문절대사절'이라고 써 붙여 놓은 부잣집이었다. 당시 두어 달 전, 한 푼이 새로운 나는 학비에 보태려고 그 집에 계속 신문을 배달하면서, "사모님, 고학생을 도와주시는 은혜 마음속 깊이 새기겠습니다"라며 구독을 애원했었다. 월말이 되어 구독료를 수금하려고 초인종을 누르자, 사모님께서는 몹시 화난 얼굴로 "야, 안 본다는데 왜 자꾸 신문을 넣고 그래? 이 XX아" 하면서 모아둔 신문 뭉치를 대문 앞에 쓰레기 버리듯 내동댕이쳤다. 그때, 그분의 부유한 옷차림, 번쩍이는 액세서리, 곱게 칠한 장밋빛 매니큐어… 성장 차림의 귀부인 모습은 매우 위압적이었고, 그분 바로 옆에는 송아지만 한 불도그가 나를 노려보며 곧 달려들 듯 서 있었다. 땅바닥에 흩어진 신문들(당시 그 신문은 내게 유일한 밥줄이었다), 고개를 숙이고 죄인처럼 서 있던 내 모습. 두 번 다시 생각하고 싶지 않은 광경이 연출되었던 바로 그 집이었다.

추녀 끝에 서서 잠시 숨을 돌리고 있는데 그 집에서 뜻밖에도 바이올린 선율이 들려왔다. 누군가 성능 좋은 스피커가 장착된 전축에 LP판을 걸어 놓고 감상을 하는 듯했다. 황홀하기도 하고 슬프기도 한 선율을 들으면서 나의 고달픈 처지가 오버랩되어 가슴속 밑바닥에서 울컥하는 감정이 복받쳐 올랐다. 애절하고도 감미롭고 황홀하고도 변화무쌍한 음악이 열다섯 소년에게는 천둥소리처럼 가슴을 파고들었다. 신문 배달을 쉬는 날, 레코드점에 가서 멜로디 한 소절을 읊조려 제목을 찾게 되었고 LP판을 사 가지고 전축이 있는 친구 집에 가서 자주 감상하게 되었다. 이후 이 음악은 나의 고학 시절은 물론, 성인이 된 후에도 삶의 역경을 거치는 동안 늘 정신적 동반자 역할을 해 주었다. 강렬하고도 비장하며 로맨틱한 선율은 정처 없이 떠도는 집시의 애환을 유감없이 나타낸다. 눈을 감고 들으면, 미풍이 나부끼는 드넓은 푸른 초원, 양 떼가 풀을 뜯으며 그 속에 피어나는 평온한 일상의 행복이 그려지고, 때로는 비바람 휘몰아치는 황량한 인생 들판에서 온갖 고난을 맞이하지만, 그 후엔 폭풍우로 침몰하려던 배가 위기를 극복하고 피안의 항구에 닻을 내리는 것 같은 환영幻影을 그리게 해 주는, 듣는 이에게 수많은 상상의 세계가 펼쳐지게 하는 마력이 있다. 그래서 내게는 '삶의 반려곡伴侶曲'이 되었다. 이 곡에는 인간의 대표적 4가지 감정인 희喜, 노怒, 애哀, 락樂이 모두 담겼으니 우리네 인생 역정을 리얼하게 표현한 음악이 아닐까 싶다. 비록 가사는 없지만, 선율 자체만으로도 수많은 메시지와 감동을 전해 주는 내게는 둘도 없는 애청곡이다. 지금도 이 글을 쓰면서 핸드폰을 블루투스에 연결하여 들으며 깊은 감동에 젖어 있다.

한 가지 더 감명 깊은 것은, 작곡가 '사라사테'의 삶의 정신과 자세에 관한 이야기다. 그가 생전에 어느 사람으로부터 질문을 받고 대답했다는 내용은 이렇다.

"그 곡을 연주하기 위해 얼마나 연습을 했나요?"

"예. 37년간 매일 14시간씩 연습했습니다."

'말콤 글래드웰Malcolm Gladwell'의 『1만 시간의 법칙』에 따르면 어느 분야의 전문가가 되려면 1만 시간을 연마해야만 가능하다고 했다. 그런데 사라사테는 무려 189,070시간(37년x365x14시간)을 연마했으니 신의 경지에 도달하지 않았을까. 그의 완벽을 향한 열정과 치열한 자세에 머리가 숙여진다. 설익은 재주로 세상에서 제일인 양 거들먹거리는 미숙아가 판을 치는 오늘의 세태가 부끄럽기 짝이 없다.

나이 들어가면서 엄연한 삶의 현실을 깨닫고 이해의 폭을 넓히면서, 내게 처음으로 이 곡을 듣게 해준 그 부잣집의 솟을대문 추녀 끝이 고맙고, 그 저택의 사모님한테도 감사하는 마음을 갖게 되었다. 이토록 감동적인 음악이 때마침 그 댁에서 흘러나왔기에 내가 듣게 된 것이고, 어린 고학생에게 욕설까지 내뱉으며 야멸차게 대했던 그 귀부인의 모질고 야속했던 행위가 오히려 내게는 인내와 분발의 단초端初가 되었기 때문이다.

이 교수님과의 인연

2002년, 개나리꽃이 흐드러지게 피어나던 봄날, 우리 일행 山民會(산민 한승헌 변호사님을 스승으로 모시는 모임)은 전주시에서 동학농민혁명기념사업회가 주최하는 행사에 참석하였다. 소문난 향토 음식집에서 식사가 시작되기 전, 한 변호사님은 서울에서 내려간 회원들과 전주에 계시는 분들을 소개하면서, 이 교수님에 대해 이렇게 말씀하셨다.

"전북대학 영문학 교수이시고 지역 사회를 위해 많은 애를 쓰시는데 (중략) 상세한 내용을 다 설명하려면 A4용지로 여러 장이 필요하다…."

이 교수님은 처음 뵈었지만 순수하고도 겸손하며 여러모로 호감을 주는 선비다운 분이었다. 그리고 〈산민회〉 모임 날이 되면 전주에서 서울까지 먼 길을 마다 않고 한달음에 올라오신다. 지역 사회를 위해 헌신하시는 일들은 일일이 열거하기도 어렵다. 그야말로 A4용지로 여러 장이 필요하다.

대학교수로, 동학농민혁명기념사업회 이사장으로, 전주전통문화중심도시 추진단장(나는 "시키는 대로 안 하면 평생 전주에는 올 수 없다"는 이 분의 협박으로 천년도시추진단의 자문위원이 되었고 서울에 있는 인사들을 전주시에 초청하여 수준 높은 문화와 천년고도千年古都의 정취를 소개하면서 다녀간 분들의 다양한 의견을 수집, 추진단에 전달하기도 했다)으로, 호남사회연구원장, 한국지역사회연구회장, 향토문화진흥운동, 언론사 이사, 신진예술인육성을 위한 갈채상 주관, 작가, 전주시 도로영문표기 감수 등 이루 헤아릴 수가 없는 일을 하셨다. 특히 음악에 대한 깊은 조예는 전문가 수준을 능가하고, 틈틈이 시간을 쪼개어 고향 마을 어귀에 매실 밭을 가꾸며 소중한 땀과 결실의 의미를 체험하는 농부이기도 하다.

이 교수님은 "맹자孟子의 3락三樂"을 누리는 분이다. 하늘과 사람을 우러러 한 점 부끄러움이 없고, 부모형제가 무고하시며, 평생 동안 영재英才를 가르쳐 왔으니 3락을 향유享有할 자격과 권리가 넘친다고 믿는다. 3락의 조건은 어떻게 구비되는 것일까. 억지로 만들어지는 것일까. 아니면 타고나는 것일까. 아니다. 일관된 삶의 고매高邁한 정신과 자세에서 비롯되는 것으로 나는 믿고 있다.

대개의 경우, 정년퇴직을 하게 되면 심리적 위축과 함께 활동 면에서도 적극성을 잃게 된다. 그러다 보니 대부분의 은퇴자들이 "이 나이에 뭘"이란 소극적인 언어를 입에 달고 산다. 그래서 그런 자세를 부인하고 적극적으로 살자고 내놓는 말이 "내 나이가 어때서"다. 이러나저러나 숫자에 불과한 나이 자체를 들먹이는 것은 의미가 없을 것이다. 결국 "어떤 정신과 자세로 살아가는가"가 핵심

일 터다.

　이 교수님은 꿈이 많은 분이다. 평소 소신과 열정이 남다르시니 은퇴 후의 '라이프 디자인'을 이미 시작하지 않으셨을까. 은퇴 후의 설계 항목이 서재에 가득 쌓여 있을 줄 믿는다. 활동적인 분의 경우에는 현직이란 틀에 매였을 때보다는 오히려 은퇴 후가 더 자유롭고 광범위하게 활동의 지경地境을 넓히게 되는 게 우리의 경험 법칙이다. 형이상학적形而上學的으로 살아오신 이 교수님에 대한 한 가지 걱정은 은퇴 후, 각종 단체와 기관들이 앞다투어 도움의 손길을 요청할 터인데, 이렇게 되면 이 분이 개인적으로 누려야 할 '쉼의 기회'는 소멸되고 말 것이니 그 점이 걱정이다. 너무 혹사당하지 않을까 싶어서다. 설령, 본인이 좀 쉬어야겠다고 손사래를 칠지라도, 가지 많은 나무 바람 잘 날 없듯, 사회가 이를 용납하지 않을 것이니, 미리 위로라도 드려야 되지 않을까 싶다.

　이 교수님.

　"곱게 물든 낙엽은 봄꽃보다 더 아름답다"고 했습니다. 은퇴 후의 삶이 더 활짝 피어나시고, '사무엘 울만'의 시詩처럼, "늘 마음의 나이가 젊은 청춘"이실 줄 믿습니다.

맑고 밝고 파란 무언가를 찾아 : 나의 노랫길에 반짝이는 등대 같은 노래

김의철 〈저 하늘의 구름 따라〉
(김광석의 〈불행아〉 원곡)

허영택

글 쓰는 작가가 되고 싶다는 꿈으로 입학한 경희대 철학과에서 뜻한 공부는 뒷전이었고 노래패를 시작으로 노랫길을 찾던 중 혜량 많으신 분들의 도움을 얻어 2015년 첫 음반《왜 그리운 것들은》, 2019년 남성 중창팀 '중년시대' 음반《우리들의 푸른》을 발표했다. 2019년 11월 첫 막을 올린 뮤지컬 〈우리들의 사랑〉에서 가수 故 김현식 역을 맡아 뮤지컬 배우로 첫발을 들였다. 이 책을 기획하신 이종민 교수님은 전북 완주군 고산 공연을 통해 관객과 가수로 처음 뵌 후로 줄곧 좋은 가르침과 인연을 주시는 스승이시다.

1980년대 후반의 어느 겨울. 고등학생 2학년 겨울방학을 보내던 나는 친구의 과외 선생이며 당시 서울대생이던 친구의 고등학교 선배 N형의 안내로 서울대학교 교정을 둘러보다가 민중가요 동아리 '메아리' 방에서 N형의 노래로 〈불행아〉를 처음 들었다. 민중가요 몇 곡을 형이 들려주셨으나 그중에 제일 가슴에 남았던 노래가 〈불행아〉였다.

1980년대 초반 중학교 진학을 앞둔 12월, 성당 주일학교에서 중 고등부 성탄제 마당극을 준비하면서 중 고등학생 선배들과 함께 한돌의 〈못생긴 얼굴〉과 김의철의 〈군중의 함성〉 노래를 배웠다. "오오랜 시련에 헐벗은 저 높은 산으로 오르려 외치는 군중들의 함서엉이…." 아련한 음정들이 마음을 움직이며 성가풍의 〈군중의 함성〉은 그 후로도 오랫동안 가슴 한편에 맺혀 있었다.

〈불행아〉와 〈군중의 함성〉 두 곡이 김의철 선생님 작품이라는 사실을 알게 된 어느 날, 김의철이란 이름은 김민기보다 더 신비스러웠으며 김광석 다시부르기2 음반으로 〈불행아〉가 재탄생되면서 내 애창곡 중 한 곡으로 자리 잡게 되었다.

작가를 꿈꾸며 입학한 대학에서는 작가로서 필요한 사상적 훈련을 위해 철학과를 택했으나 엉겁결에 단과대 노래패에 들어가면서 음주가무에 빠져 시인 혹은 소설가가 될 줄 알았던 나는 그렇게 노래와 깊은 인연을 오래전부터 맺고 있었다는 것을, 가까스로 졸업한 대학 생활 뒤 처음이자 마지막 정규 직장생활을 2년도 채 못 채우고 노래의 길로 가야겠다고 퇴사하면서 조금씩 알게 되었다. 때로는 노래가 내 이마에 가혹하게 낙인된 주홍글씨라고 생각하기도 했고, 내가 세상을 버틸 수 있는 무기라고 여기면서 노래의 길을 조금씩 걷게 되었다.

인터넷 통기타 동호회를 통해 알게 된 이정선 선생님이 어느 날 청개구리 모임에 가신다는 얘기를 듣고 한국 포크음악의 전설적 산실인 '청개구리' 모임이 부활한 사실을 알게 되었다. 그로부터 얼마 지나지 않아 2004년 6월 25일, 김의철 선생님 단독 공연이 명동 YWCA 대강당에서 있다는 사실을 한겨레신문 기사에서 우연히 보고는 쿵쾅거리는 가슴을 추스르며 30분 일찍 자리를 잡고서 공연을 목격하였다. 20년 넘게 간직해 왔던 김의철이란 포크음악 작곡가에 대한 궁금증을 조금이나마 풀 수 있었다. 그 공연은 김의철 선생님 생애 처음이자 마지막 단독 공연이었다.

그해 가을, 삶의 새로운 돌파구를 찾아야겠다는 생각으로 문화예술경영대학원에 진학하였다. 친하게 지내던 대학원 동기 가운데 마침 고양문화재단에 근무하는 H가 기획을 맡은 공연이 김의철 선생님께서 주관하시는 청개구리 공연이었던 터라 H의 도움으로 공연 코러스 가수로 합류하게 되면서 김의철 선생님께 인사를 드릴 수 있었다. 합주 연습 때 선생님으로부터 틈틈이 소리에 대한 가르침을 받을 수 있었던 것이 제일 행복한 기억이다. 청개구리 공연은 고양문화재단 기획공연으로 전폭적인 지지를 받아서 4~5회 정도 연속하여 기획되었는데 한돌 선생님도 합류하면서 '한돌의 타래이야기'가 청개구리 공연의 한 프로그램으로 맞물리면서 십 대 때 성당에서 배웠던 민중가요의 원작자를 모두 만나는 신기한 행운을 누리기도 했다.

2000년대는 온라인 모임이 활성화되는 시기여서 이정선 선생님을 알게 된 다음카페 통기타 동호회부터 비롯하여 몇몇 온라인 음악 모임에 기웃거렸다. 다음카페 포크청개구리후원회(후에 '포크청개구리친구들'로 바뀜)를 비롯하여 포크음악의 다양한 온라인 모임과 인연을 맺게 된다. 4월과 5월 팬카페, 바람새, 김정호 팬카페 등등 포크음악을 사랑하는 다양한 선배들-나는 포크음악 모임에 나가면 거의 막내나 다름없었다-을 만났으며 한국 포크음악 1세대 선생님들께 인사드릴 기회도 더불어 얻게 되었다. 그 중 더욱 열성적으로 활동했던 모임이 가수 윤선애 선배의 네이버 팬카페였다. 이십 대 대학 시절을 줄곧 민중가요 노래패에서 활동한 나로서는 태생적으로 민중가요가 공통분모인 윤선애 선배의 팬카페는 환호할 수밖에 없는 모임이었다. 윤선애 선배가 김의철 선생님께 노래를 배운다는 것을 알게 되면서 나는 묘한 인연의 소용돌이에 놀라웠다. 두 분 모두 나에게는 김광석이란 가수가 매개였기 때문이다. 한 분은 김광석 리메이크곡 〈불행아〉의 원작자이고, 또 한 분은 김광석 공연을 보러 갔을 때 초대가수로 처음 뵈었던 분이다. 그 두 분이 어떻게 만나게 되었는지는 알 수 없었으나 두 분의 만남은 한국 포크음악사에 중요한 사건이 아닐까 개인적으로 생각할 수밖에 없었다.

2010년 3월, 조계사 전통문화공연장에서 열리는 윤선애 선배의 공연을 팬카페에서 기획하였다. 공연 코러스팀을 팬카페 회원 중에서 자체적으로 만들자는 분위기가 조성되어 대학 시절 노래패 활동 경험이 있는 10여 명이 자발적으로 모여 무사히 공연을 마치게 되었고, 10여 명에서 지금은 5명만 남게 된 남성중창팀 '중년시대'가 탄생하는 계기가 되었다. 중년시대는 2010년 조계사 공연 이후 종종 '김의철 & 윤선애' 공연 코러스팀으로 함께하면서 예술의전당을 비롯한 크고 작은 무대를 섭렵할 수 있었고 급기야 제5회 광주 오월창작가요제 금상(2015)과 제3회 인천 평화창작 가요제 장려상(2017)을 수상하는 쾌거를 맛보았으며, 2019년에는 정규 음반《우리들의 푸른》을 발표하면서 10년 활동의 열매를 맺을 수 있었다.

어린 시절 우연히 민중가요와 인연을 맺은 나는 이십 대에 민중가요 노래패를 시작으로 하여 삼십 대엔 포크락밴드 카운티에서 10년 넘게 노래했고, 사십 대 이후 홀로 독립하여 노래판을 서 성거리다 주변 도움으로 2015년 첫 음반《왜 그리운 것들은》을 발표했다. 중년시대 활동과 개인 활동을 병행하면서 때로는 홍대 클럽에서, 때로는 파업 문화제와 비정규 집회에서, 때로는 전국의 도서관을 다니며 다양한 사람들과 크고 작은 인연을 맺고 아주 가끔 소소한 지방 축제나 서울시청 광장, 청계천변이나 지역의 거리에서 혼자, 혹은 허영택밴드로 관객들과 인사를 나눴다.

아쉬웠던 일은 중년시대 음반이 나오기 며칠 전 김의철 선생님께서 미국으로 출국하셨다는 사 실이었다. 내 음반을 처음 발표했을 때 선생님 댁으로 찾아뵈어 음반을 드리면서 만드느라 수고했 다는 선생님의 격려만으로 이제 비로소 진정한 가수로 태어났다는 자부심을 느꼈던 터라 중년시 대 음반도 선생님께 전해 드리고 싶었지만 결국 전해 드릴 수 없었다.

〈불행아〉는 선생님께서 고등학생 1학년 때 만든 곡이다. 그 어린 나이에 "묻혀 갈 나의 인생아" 란 가사와 멜로디를 어떻게 생각할 수 있었을까. 신실한 천주교 신자이기도 한 선생님은 한국 포 크음악을 이끌었던 1세대이다. 첫 음반이 심의에 걸려 판매 금지되면서 독일로 기타 유학을 떠나 셨고, 독일에서 시작한 기타유학은 미국으로 이어져 외국에서 20년의 세월을 지내다 1996년 귀 국하셨다. 꾸준히 음악 후학을 가르쳤고 포크음악학교를 세우겠다는 꿈도 말씀하셨다. 음악에는 철두철미한 자존과 영혼을 위로하는 울림이 있으며 인간적인 풍모로는 순진무구한 장난기도 있 으시다. 가끔씩 전화하셔서 허씨 성의 가수가 흔치 않다고 응원해 주셨고, 김해 김씨와 허씨는 친 척지간이라고 살갑게 맞아 주셨다. 또한 필자 역시 천주 교적教籍 인연이 묘하게도 유아 영세를 신당동 본당에서 받았는데 신당동 성당 건물을 김의철 선생님 부친께서 지으셨다는 사실을 듣고 는 선생님과 뭔가 깊은 인연이 있는 건 아닌지 내심 착각하기도 하였다.

나는 김광석보다 행복한 가수다. 그는 〈불행아〉를 만든 김의철 선생님을 단 한 번도 대면한 적 없지만 나는 언젠가 김의철 선생님 앞에서 〈불행아〉를 부르는 기회를 가질 수 있었다. 내가 부른 〈불행아〉를 들은 선생님이 "또 다른 느낌이다"라며 칭찬해 주셨을 때 나는 선생님께서 만든 노래를 창작자 앞에서 불렀다는 부끄러움(?)과 동시에 행복감에 뿌듯하였다. 어느 파업문화제에서, 비정규 집회에서 가끔씩 〈불행아〉를 부를 때면, 제목이 주는 부정적 어감을 반어적인 뜻으로 이해해 달라고 주문하면서 〈불행아〉 노래로 한마음을 나누고 싶었다. 우리 삶이 팍팍하여도 함께 부를 수 있는 영혼의 노래와 함께 뜻을 나눌 수 있는 위로의 마음이 있다면 불행함에도 행복할 수 있다고. 그 노래를 부르면서 내 노래로 위로가 되고 싶었지만 그 안에서 나 역시 위로를 받고 있었음을…….

선생님, 깊고 맑은 눈망울과 차분한 어조로 음악에 대해 말씀해 주시던 가르침이 그립다. 눈앞에 보이는 옛 추억, 그리운 부모 형제 다정한 옛 친구……. 한 번은, 딱 한 번은 선생님 앞에서 〈불행아〉를 더 잘 부를 수 있는 날이 있으면 좋겠다. "허 가수, 잘 불렀어요." 칭찬의 말씀을 해 주시면 최고일 테고, 그런 말씀 없어도 흐뭇하게 웃어 주시는 모습을 뵙고 싶다. 내가 노래의 길을 잘 걸어가고 있는지, 그 노래의 바다에서 밝고 파란 신호와 같은 선생님의 눈망울을 다시 한 번 꼭 뵙고 싶다. 맑고 밝고 파란 무언가를 찾아, 홀로 가슴 태우다 흙 속으로 묻혀 갈 나의 인생아. 묻혀 갈 나의 인생아!

술 냄새, 땀 냄새 품은 그 노래

황보선

기자. 1988년 전북대학교 영어영문학과에 입학해 이종민 교수를 만났다. 1994년 9월 YTN에 기자로 입사한 뒤 사회부, 경제부, 문화부, 정치부, 전국부, 스포츠부, 편집부 등에서 일했고, YTN 전주지국장과 프랑스 파리 특파원을 지냈다. 지금은 YTN 라디오센터 센터장으로 일하면서 〈황보선의 스토리〉라는 주말 시사 프로그램을 진행한다.

 현인 〈비 내리는 고모령〉

나는 '꿈나무' 88학번이다. 20세기의 제3차 '쌍팔년'(1차 쌍팔년은 1955년으로 단기 4288년이라서, 2차는 서기 1964년으로 끝의 64가 8×8이라서 그렇게 불림)인 1988년은 학교 앞에서 하루가 멀다 하고 '데모'가 열리고 꽃병(화염병)이 날아다니고 최루탄 냄새가 캠퍼스에 진동하던 때다. 내가 입학하자마자 가입한 동아리 '필로스'는 〈임을 위한 행진곡〉, 〈상록수〉, 〈불나비〉 같은 민중가요로 뜨겁게 시작해 '가열차게' 마무리하는 '의식 있는' 서클이었다.

그러나 나는 이 동아리에서 불량 회원이었다. 5·18광주민주화운동을 소재로 정도상 작가가 쓴 단편소설 등 이른바 '실천문학' 작품을 위주로 짜인 독서 토론에 적극적으로 참여하기보다는 동아리 모임 후에 학교 앞 학사 주점에 선배들과 몰려가서 맘껏 들이켜는 술에 목을 맸다. 그 덕분에 나 못지않게 술자리에 개근하는 동아리 지도 교수를 자주 뵐 수 있었다. 그분은 한가운데, 나는 물론 선배들에 밀려 한쪽 귀퉁이에 앉곤 했다. 어쨌든 좋았다. 이 술, 저 술 다 마실 수 있었으니. 그때까지만 해도 모든 참석자가 돌아가면서 한 곡씩 뽑는 게 자연스러운 풍경이었다. 30대 젊은 지도 교수는 투쟁 정신으로 눈에 핏발이 서린 학생들을 송창식의 8분의 6박자 곡 〈꽃보다 귀한 여인〉으로 시적이고 애수 어린 분위기로 이끌었다. 그분이 바로 '내 인생의 음악'을 주제로 한 글을 주문하신 이종민 교수님이다.

나는 고등학교 시절에 팝과 로큰롤, 헤비메탈에 중독됐다. 심지어 고등학생 신분을 속이고 전주 시내의 한 음악 다방에 견습 DJ로 응시해 이론 시험과 오디션을 통과했지만 나이가 들통나면서 DJ의 꿈을 접어야 했다. 음악을 버리고(?) 대학에 다닌 뒤 기자가 됐고 나중엔 파리 특파원으로 나가 유럽을 헤매기도 했다. 여기까지 읽으신 분이라면 내가 '내 인생의 음악'으로 뭔가 이국적인 음악을 꼽을 것이라 짐작하실 것이다. 미리 말씀드린다. 아니다.

내가 1873년에 지어진 프랑스 파리 16구의 한 '오스만 양식' 아파트 5층 집에서 가끔 '막기타'(혼자 독학으로 우악스럽게 배운 기타)를 치면서 부른 곡은 내가 요즘 가끔 흥얼거리는 〈파리하늘 아래서(Sous le Ciel de Paris)〉 같은 달콤한 샹송도 아니요, 20대 때 내 애창곡이던 독일 메탈밴드 헬로윈Helloween의 히트곡 〈A Tale That Wasn't Right〉도 아니다. 무슨 곡일까? 그 대답을위해 1970년대 중반으로 시곗바늘을 돌린다.

내 인생 첫 음악의 기억은 소리보다 냄새를 더 세게 품었다. 아니, 악취라고 해야겠다. 내가 여섯 살쯤이었을 것이다. 당시 건설 노동자였던 아버지는 매일 고된 일을 마치고 돌아오시면서 집에서 멀지 않은 포장마차에 '꼭' 들르곤 하셨다. 아버지의 귀가 시간이 늦어지면 어머니의 소환 명령에 따라 내가 출동했다. 아버지는 포장마차에 들이닥친 꼬마 아들을 자전거 짐대에 태우고 달리면서 항상 같은 노래를 흥얼거리셨다. 내 귀는 즐겁지 않았다. 이해 못 할 가사는 소음으로 들릴 뿐이었다. 아버지가 뿜어내는 술 냄새, 담배 냄새와 역한 땀내를 품은 바람은 자전거 뒷자리에 앉은 꼬마의 코를 무자비하게 후벼 팠다.

그로부터 10년쯤 지나서야 악취에 싸여 나를 괴롭히던 그 소음의 정체를 제대로 알게 되었다. 중학교 3학년 겨울방학 때 우연히 공짜로 얻은 세고비아 통기타로 방 안에 종일 틀어박혀 전통가요든 팝송이든 걸리는 대로 아무 곡이나 마구 쳐 대며 독습하던 때였다. 어느 날 친숙한 가락이 청각보다 후각을 자극했다. 현인이 부른 〈비 내리는 고모령〉. 이게 바로 아버지의 노래였던 거다. 플랫(b) 한 개 달린 라단조(Dm)의 곡으로, 코드가 1도 Dm로 시작해 4도 Gm, 5도 A7으로 순환하는 단순한 진행의 트로트 곡이었다. 엉성한 기타 연주로 이 곡을 흥얼거리면서 비로소 아버지의 소음이 하나의 음악으로서 내 청각의 세계로 건너왔다. 음이 들리더니 "어머님의 손을 놓고 돌아설 때엔 부엉새도 울었다오. 나도 울었소"라는 가사도 눈에 들어왔다. 이건 시였다.

일제강점기에 태어나 8살에 해방을 맞았고 13살, 14살에 전쟁을 겪은 아버지가 왜 술에 취하면 이 노래를 부르는지 어렴풋하게나마 짐작할 수 있게 됐다. 아버지를 연민 어린 눈빛으로 바라보기 시작한 게 아마 이때쯤부터였을 것이다. 트로트 한 곡이 내 유아 때와 10대 시절의 기억을 넘어 아버지의 고달픈 삶의 역정과 이어 준 셈이다. 지금 아버지 연세는 83세. 요즘도 술을 벗 삼아 사시지만 언젠가부터 이 노래를 더 이상 부르지 않으신다. 힘들었던 시절을 일부러 외면하려 그러시는지 모르겠다. 어쨌든, 악취에 가까운 냄새를 끼고 꼬마의 삶에 처음 각인됐다가 사춘기 시절의 나를 아버지의 삶과 연결시켜 준 곡이니 이 정도면 '내 인생의 음악'이라고 할 만하지 않나. 게다가 나는 먼 훗날 50대가 되어 이 곡을 파리의 하늘을 바라보며 기타로 연주하곤 했다.

이 곡이 해방 3년 뒤인 1948년에 발표됐고, 배경으로 나오는 고모령이 대구 수성구 만촌동에 있다는 사실은 나중에야 알게 됐다. 또 이 곡의 멜로디 진행도 단음계에서 주로 1도, 2도, 3도, 5도, 6도 등 5개 음으로 진행되는 전형적인 트로트 음계라는 사실도 마찬가지다. 일부에서는 우리 트로트가 일본의 이른바 엔카(演歌)의 아류라고 비난하기도 하지만, '엔카'라는 게 일본 작곡가 고가 마사오古賀政男가 일제강점기 조선의 음악인들과 교류하면서 터득한 한국의 정서를 녹인 형식이라는 사실도 나이가 좀 들어서야 알게 됐다. 아버지의 애창곡을 들여다보다가 트로트의 정체성과 가치까지 알게 됐으니 '내 인생의 음악'으로 전혀 부족하지 않다는 생각이 든다.

이 곡을 직접 원 키key 그대로 부르는 건 만만치 않다. 특히 가성을 슬쩍 넘나들며 애절하게 뽑아내는 고음역대의 "가랑잎이 휘날리는 산마루턱을" 구절은 젊은 시절 록 음악으로 성대를 학대했던 내겐 거의 불가능하다. 그래서 나는 요즘 출퇴근길 승용차 안에서 소리꾼 장사익과 기타리스트 김광석이 협연한 버전을 크게 틀어 놓고 마치 록처럼 거친 목소리로 따라 부른다.

언젠가 아버지와 함께 〈비 내리는 고모령〉을 부르고 싶다. 아버지의 자전거에 실린 채 매일 듣다시피 하던 그 소음, 혹은 매일 맡다시피 하던 그 냄새를 다시 맡을 수 있을까?

삶이 지치고, 슬플 때

황수지

전라북도교육청 교육전문직. 1989년 전북대학교 사범대학 영어교육과 졸업. 대학 3학년(1987년) 때 이종민 교수의 '낭만주의 영시' 강의를 듣게 되면서 처음 뵙게 된 후 《문화저널》과 '이종민의 음악편지'와 천년전주사랑모임 등을 통해 스승과 제자의 인연을 이어 가고 있다.

 슈베르트 〈아르페지오네 소나타〉

'내 인생의 음악'이라는 이름을 이 곡에 붙여도 좋을지 모르겠지만 이 곡을 처음 들은 후 삼십 년이 지난 지금도 즐겨 듣고 또 들을 때마다 대학을 입학했던 스무 살 때의 기억과 그 시간 속의 사람들이 연결되어 떠올라 내겐 특별한 음악이다.

스무 살 때의 기억은 대학 입학의 설렘보다는 낯선 환경에 대한 불안과 나 자신에 대한 실망으로 가득하다. 대학 입학 전 몇 년간 가정적으로 불안하여 그로부터 벗어나고 싶은 열망으로 공부했으나 현실적인 벽 앞에서 나의 소망은 어느 누구의 관심도 얻지 못했다. 나의 부족함을 알지 못하고 그저 부모와 세상을 탓하며 이리저리 방황하던 대학 신입생 시절의 나를 돌이켜보면 마냥 미련스럽기만 하다.

대학에 입학했던 1985년은 총학생회가 부활하여 선거 유세와 출범식으로 대학의 광장은 새로운 변화에 대한 기대와 활기로 들떠 있었다. 나는 그런 광경이 새롭기도 하고 매우 낯설기도 했다. 그 당시 신입생이면 누구나 그랬겠지만 나 역시 이런 새로운 상황을 외면하고 싶은 두려움과 알지 못한 세계에 대한 강한 호기심이 동시에 있었다. 광장에서 〈임을 위한 행진곡〉을 처음 들었고 따라 불렀으며 동시에 친구의 클래식 카세트테이프를 빌려 작은 휴대형 녹음기에 넣고 도서관 앞 잔디밭에서 들으며 시간을 보내곤 했다. 두 세계의 경계를 기웃거리며 하릴없이 시간을 보내며 대학에 적응하지 못하고 있었다. 친구들과 몰려다니기도 하고 소설과 음악 속에서 안도감을 느끼면서도 혼란스러워 스무 살의 열정이 어디로 가야 할지 뭘 해야 할지 몰라 좌절하고 있었던 것 같다.

그때 들었던 음악 중에 슈베르트의 〈아르페지오네와 피아노를 위한 소나타 A단조 작품 821〉이 있다. 이 음악을 처음 내게 소개해 준 친구는 배낭을 메고 이어폰을 귀에 꽂고 도서관이나 학생회관 앞 잔디밭으로 걸어와 건들거리며 나에게 말을 걸어오기도 하고 또 음악에 대한 이야기를 해 주기도 했다. 그는 늘 휴대용 소형 녹음기로 클래식 음악을 들으며 걸어 다녔다. 베토벤의 피아노 협주곡 〈황제〉, 멘델스존 바이올린 협주곡, 그리고 슈베르트 〈아르페지오네 소나타〉 카세트테이프가 항상 그의 배낭 안에 들어 있었다. 그중에 내게 맨 처음 소개해 준 음악이 아르페지오네 소나타였다. 그 후로 자주 친구의 테이프를 빌려서 그 곡을 들었고 나중에 그 친구가 군에 입대하면서 나는 그것을 선물로 받았다. 그 테이프에는 첼로는 로스트로포비치, 피아노는 브리튼의 연주가 담겨 있었다.

대체로 클래식 음악은 연주 시간이 길지만 이 곡은 연주 시간이 20분 정도로 짧은 데다 1악장 Allegro Moderato, 2악장 Adagio, 3악장 Allegretto로 총 3악장으로 이루어져 듣기에 지루하지 않았다. 나는 클래식 음악에 익숙하지 않은 터라 이처럼 길지 않고 각 장마다 색채가 다르면서도 감미로운 곡과 쉽게 친해질 수 있었다. '아르페지오네'는 이 곡이 만들어졌던 1824년 당시에 있었던 '기타 첼로'라는 별칭을 가진 6개의 현을 가진 현악기였다고 한다. 슈베르트가 살았던 시대에 잠시 있었다가 사라진 악기이고 그 후로는 첼로가 대신하여 이 곡을 주로 연주한다.

이 곡을 처음 들었을 때 무엇보다도 인상적인 것은 마치 첼로가 피아노 반주에 맞춰서 내게 노래를 불러 주는 것 같아 편안하게 감상할 수 있었다는 점이다. 슬프면서도 감미로운 첼로 연주가 언젠가 들어 본 적 있는 노래처럼 익숙했다. 또한 첼로의 연주를 돋보이게 하는 피아노의 잔잔하고 아름다운 선율이 마음 깊은 곳의 아픔을 달래 주는 것 같아 이 곡을 더 자주 듣게 되었다. 이상하게도 슬프고 애틋한 정서가 나에게 안도감을 줬다. 슬픈 음악이 슬픔을 이기게 해 주는 느낌이라고 할까. 그 당시에는 이 곡에 대한 전문적인 이해나 정보는 전혀 없이 나만의 느낌에 몰입했고 현실과 거리를 두기 위해 듣기 알맞은 곡이라고 생각했다. 그리고 오랫동안 이 곡만을 들었던 이유 중 하나는 아마도 다른 것을 고를 안목이 없어서였을지도 모르겠다.

지금도 이 곡을 들으면 그 시절 내 곁에서 잠시라도 시간을 같이 보냈던 친구와 이제 이름도 기억나지 않는 사람들이 몇몇 장면과 함께 아련하게 떠오른다. 그 시절을 생각하면 이 음악처럼 아름답고 슬프다. 이제 긴 시간이 흘러서 음악만 남고 그 시절의 사람들은 모두 내 곁에 없다. 이 음악을 내게 처음 소개해준 친구 그리고 내가 듣던 이어폰을 빼앗아 뭘 그리도 열심히 듣느냐고 놀렸던 다른 친구들은 모두 어딘가에서 제 몫의 삶을 열심히 살고 있을 것이다. 그들 중 이미 세상을 등지고 지리산 어느 골짜기에 한 줌의 바람으로 우리 곁에서 영원히 사라진 친구도 있다.

얼마 전 사무실에서 집에서 사용하지 않는 LP음반을 기증받는다는 안내가 있어서 Rostropovich(로스트로포비치)의 첼로 연주과 Benjamin Britten(벤자민 브리튼)이 피아노를 연주하는 아르페지오네 소나타 LP음반을 모처럼 꺼내 보았다. 구입한 지 25년 이상이 지나 많이 손상되어 제대로 소리가 나질 않고 앨범 커버도 네 귀퉁이가 닳아서 하얗게 속이 드러나 있었다. 대학을 졸업하고 교사가 되어 월급을 받아 산 첫 음반이다. 이제 LP음반을 들을 일이 거의 없어 이 음반을 기증할까 하다가 결국 다른 음반을 내놓았다. 바빠 실면서 잊고 지냈던 시절을 이 음반으로 다시 회상해 볼 수 있으니 간직하는 게 좋겠다고 생각해서이다.

내가 좋아하는 음악이나 책을 남에게 권하는 일이 이젠 어색하기도 하고 망설여진다. 나이가 주는 완고함이나 세상을 보는 시선 차이로 나의 권유가 무색하게 될까 신경이 쓰인다. 그러나 소중한 사람에게는 이 음악을 꼭 소개해 주고 싶다. 아름답고 슬픈 감정의 그 고결함을 공유하고 싶기 때문이다. 슈베르트가 이 곡을 만들 당시 병상에 있었다고 하는데 그의 화가 친구인 레오폴드 쿠펠비저에게 보낸 편지에서 "슬픔에 의해 만들어진 작품만이 사람들을 가장 즐겁게 할 수 있다. 슬픔은 정신을 강하게 한다"고 썼고 〈아르페지오네 소나타〉가 이 시기에 만들어졌다. 이 곡에서 슬픔의 아름다움을 느낄 수 있었던 이유가 바로 이런 슈베르트의 영혼이 담긴 곡 이어서일까. 삶이 지치고 슬플 때 슈베르트가 가장 슬플 때 만들었던 이 곡을 한번 들어 보길 권한다.

가여운 어머니의 한숨처럼
깊고 시리던 노래

 이미자 〈들국화〉

황풍년

전라도 논밭과 갯벌에서 땀 흘려 일하는 할매 할배들의 말씀을 받아 적고 오래된 마을들의 사연을 담아내는 토종 잡지 월간《전라도닷컴》의 발행인 겸 편집장으로 20년 동안 글을 쓰고 책과 잡지를 만들었다. 전주방송 〈TV에세이 고향사람들〉의 진행자로서 '전통의 아름다움을 지키면서도 새로움을 향한 발길을 재촉해 온' 이종민 교수를 만났고 '북한어린이돕기모금운동'을 전라도닷컴 100호에 싣기도 했다. 2020년 12월부터 광주문화재단 대표이사로 일하고 있다.

라디오에 온 가족이 귀를 쫑긋 세우던 시절이었다. 나라 안팎의 뉴스, 고만고만한 사연, 기상천외한 해외토픽, 권투, 축구, 야구 같은 스포츠 중계, 노래자랑, 음악 공연, 만화, 연속극…. 그 작은 상자 안에 오만가지 세상, 무궁무진한 재미가 들어 있었다. 라디오보다 더 큰 문화의 그릇은 없었고, 고달픈 서민들의 희로애락도 오롯이 거기 있었다. 나도 코흘리개 아이 적부터 라디오에 붙들려 살았다. 라디오에 얽힌 숱한 추억과 아릿한 기억을 간직할 수밖에.

어머니의 즐거움 또한 라디오에서 흘러나오는 유행가를 따라 부르기였다. 헌데 노래 한 곡을 제대로 배워 부른다는 건 여간 어려운 일이 아니었다. 너나없이 가난했고, 전축과 음반은커녕 가요집 한 권도 사서 볼 형편이 안 되는 집도 많았다.

언제부터였을까? 우리 육 남매는 라디오 주변을 알짱거리다가 어머니가 좋아하시는 이미자의 노래가 흘러나오면 일제히 방바닥에 엎드렸다. 저마다 몽당연필을 꺼내 침을 발라 가며 노랫말을 꾹꾹 눌러쓰곤 했었다.

참말로 고약한 받아쓰기 시험이었다. 기다리는 노래가 언제쯤 나올지 알 수 없는 노릇이었고, 느닷없이 들려오는 노랫소리에 "어! 이미자다"하는 순간 한두 소절이 후딱 지나갔다. 아무리 애를 써 봐도 고만고만한 아이들의 글쓰기 속도로는 노랫가락을 따라잡을 수 없었다. 번번이 낭패였지만 워낙 효심이 지극한(?) 아이들이었던지라 포기할 수는 없었다.

노래 한 곡에 족히 달포는 걸렸으리라. 시간이 흐르면서 노랫말 짜깁기가 가능해졌다. 듣고 또 듣고, 받아쓰고 또 받아쓰고…. 어찌어찌 꿰어 맞춘 노랫말을 누이 중에 한 사람이 '대표 집필'로 완성했다. 어머니는 빙그레 웃으며 좋아라 하셨다. 그 시절, 우리 남매들이 어머니께 바칠 수 있는 유일한 선물이었다.

서른여섯에 홀로되신 어머니는 밤낮없이 일만 하셨다. 아무리 생각해도 너무 가혹한 운명이었다. 아버지는 두 살 터울로 줄줄이 여섯을 남겨 두고 가셨다. 어머니가 의지가지 삼던 피붙이라곤 친정 언니 둘뿐이었는데, 아버지의 초상을 치른 뒤 몇 년 동안 서로 남처럼 살았단다.

"니 혼자 저 많은 애기덜 대꼬 절대 못 산다. 고아원에 매끼고 새 길을 찾이라."

천길 벼랑 끝에 서 있는 동생을 두고 가려는 심정이 오죽했을까마는, 어머니는 "자식새끼를 버려야 산다"는 말을 참을 수 없었다. 눈앞의 가시밭길에 첫발을 떼는 결연한 선언처럼 "그런 말 하려거든 두 번 다시 얼굴 보지 말자"며 의절을 선언하셨던 게다. 훗날 둘째 이모가 들려주신 '그 이야기'를 곱씹을 때마다 앙가슴이 시큰거리고 눈시울이 뜨거워졌다.

어머니가 즐겨 부르신 이미자의 노래는 하나같이 심금을 울리는 절창이었다. 그 가운데는 어머니뿐 아니라 어린 나의 애간장조차 까맣게 태워 버린 노래가 있다.

누가 만든 길이냐/ 나만이 가야 할 슬픈 길이냐/ 죄 없는 들국화야 너를 버리고/ 남 몰래 숨어서 눈물 흘리며/ 아~ 떠나는 이 엄마 원망을 마라

세상에! 어찌 이런 노래가 있을 수 있을까. 영락없이 어머니의 노래였다. 지아비를 여의고 철부지 아이들과 서럽게 살아가는 당신의 처지가 절절히 묻어 있는 노랫말이었다.

어린 가슴을 덜컥 내려앉게 하는 노랫말은 언제나 "떠나는 이 엄마"라는 대목이었다.

그 시절 어머니는 과일 장수, 채소 장수, 더러는 품팔이까지, 자식들을 먹여 살리느라 일감을 가리지 않았다. 일 나가신 어머니를 기다리며 집 앞을 서성이곤 했는데, 밤이 늦도록 돌아오지 않는 날에는 자꾸만 그 노랫말이 떠올라 맘을 졸여야 했다.

우리 남매들끼리 심하게 다투기라도 할 때엔 어머니는 "늬들이 싸워싸문 나가 불란다"하며 문밖으로 나설 채비를 하시곤 했다. 그때마다 머릿속으로 그 노랫말이 번쩍 스치면서 온몸이 서늘해졌다. 우리는 눈물을 뚝뚝 흘리며 "엄마~ 가지 마~"하고 목을 놓았다. 어머니는 옷자락을 부여잡고 늘어지며 통곡하는 우리를 가만히 떼어 놓으며 혼잣말을 하듯 되뇌셨다.

"엄마가 가긴 어딜 가꺼시냐. 이리 이쁜 내 새끼들을 놔두고…."

그런 소동을 벌인 밤일수록 어머니는 가늘 수 없는 설움에 젖었으리라. 밤새 뒤척이며 품속으로 파고드는 우리들의 얼굴을 하염없이 쓰다듬고 어루만지셨다.

아! 그 노래, 가여운 내 어머니의 한숨처럼 깊고 시리던 〈들국화〉를 잊을 수 있으랴.

세월이 흐르고 흘러 어머니는 더 이상 그 노래를 부르지 않는데, 웬일인지 나는 간혹 읊조리고 흥얼거린다. 그때마다 오래된 일기장을 넘겨보듯 새록새록 옛일들이 떠오르고 고향 집 어머니에게로 곧장 달려가고 싶어진다.

십여 년 전 어머니와 단둘이 '이미자 콘서트'를 보러 갔었다. 〈동백아가씨〉〈섬마을 선생님〉〈열아홉 순정〉〈기러기 아빠〉〈흑산도 아가씨〉…. 우리 육 남매가 라디오 주변에서 땀을 뻘뻘 흘리며 받아쓰던 노래들이었다. 이미자 혼자 꾸려 가는 단조로운 공연이었지만 나는 새삼 경이로운 레퍼토리에 취해 시간 가는 줄 몰랐다.

몸서리나던 생활고와 사무치는 그리움으로 지새운 날들이 떠올라서였을까. 어머니는 그다지 즐거워하지 않으셨다. 시종 덤덤한 어머니의 표정이 맘에 걸렸는데 공연이 미처 끝나기도 전에 "그만 나가고 싶다"고 하셨다.

어머니의 손을 잡고 공연장 밖으로 나오면서 생각했다. '그래! 이미자의 노래들이 어머니의 슬픔을 눅여 주는 특효약이던 시절은 지났겠구나. 하긴 약효가 떨어질 법도 하지.'

그날 〈들국화〉만큼은 이미자의 육성으로 꼭 듣고 싶었다. 그럼에도 그 노래를 불렀는지조차 알 수 없게 되었고 '차라리 어머니께서 듣지 않은 게 나았다'며 아쉬움을 달랬다.

PART 5.

그대 그리고 나 – 인연

언제나 탄성을 자아내게 하는 차이콥스키 〈피아노협주곡 1번〉

조성진 연주 차이콥스키
〈피아노협주곡 1번〉

김애란

1995년 전북대학교 영문학과 졸업. 작은 아이 초등학교 보낼 때 다른 공교육을 꿈꾸다 알게 된 삼우초가 인연이 되어 아이가 6학년이 되었을 때 고산으로 귀촌하게 됨. 이십 년 가까이 하던 일을 정리하고 지금은 적게 벌고 적게 쓰는 삶을 꿈꾸며 지역에서 마을교육공동체 활동을 하고 있음.

내 10대의 주 정서는 분노였다.

세상이 뭔가 이상타 생각했었다. 돌아가는 속이 맘에 안 들고 어른들의 생각이라는 것이 실망스럽기 그지없던 날의 연속이었다. 사람을 좋아하고 때론 사랑하지만 존경할 수는 없었던 시기였다.

풀리지 않는 마음과 이해받지 못하는 감정들이 쌓인 채 어찌어찌 대학에 진학했으나 그 시절은 내 인생에 질풍노도의 시기였다. 부모님과 언니들의 권유로 가게 된 전공에 관심이 있을 리 없으니 강의실은 그냥 습관과 의무감에 왔다 갔다 하는 곳이 돼 버렸다.

그 와중에도 기억에 남는 세 번의 수업이 있었다. 첫 번째는 1학년 교양과목으로 들은 철학개론 수업이었는데 당시 김의수 교수님과의 만남으로 삶에 대해 내가 주체적인 생각을 한다는 게 무엇인지 처음으로 생각하게 되는 계기가 되었다. 주입식 암기만 학습 방법으로 알고 있던 나에게 질문의 답을 찾는 과정이라니 배움의 신세계가 열리는 기분이었다.

두 번째는 2학년 전공필수였던 영시 수업 중 이종민 교수님과 인연이다. 교수님과 첫 만남은 1학년 때 이미 있었지만 깐깐하고, 말 또박또박하고, 안경 너머 인광이 형형하신 분이다 정도가 내 경험의 전부였으니 어지간히 수업 시간에 딴생각만 하고 있었던 모양이다. 계속 대학을 다녀야 하는지 고민하는 중에 2학년이 되어 버렸고 전공필수니 도망도 못 가고 받게 된 영시 수업시간 중 교수님은 모악산 야외 수업을 제안하셨다. 시인을 만나러 간다나? 지저분하고 답답한 강의실에 좀이 쑤시던 차에 모악산에 봄바람 쐬러 간다는 기분으로 따라갔는데 도저히 사람이 살 것 같지 않은 터에 집을 짓고 혼자 사는 해사한 청년 시인이 있었더랬다. 맛있는 점심도 먹고 개울물에 발도 담그고 사는 이야기를 수런수런 나누던 그날의 햇살과 바람은 참 따스했다. 그렇게 난 교수님 덕분에 박남준 시인을 알게 되었고, 영시 시간에 신동엽 전집을 읽으며 동서 문학의 진정한 콜라보를 경험하게 되었다.

세 번째 수업은 서정인 교수님의 고전문학 수업이었다. 키가 훤칠하신 노교수님이 너무 맛깔스럽게 영미권 고전을 풀어내는 말솜씨에 나 혼자 홀딱 반했었다. 번역에 꼭 맞는 우리말을 찾을 때나 이야기보따리를 풀어내려 힐 때 돋보기인경을 벗고 멀리 창밖을 아련히 보시다 슬쩍 웃으며 이야기를 시작하는 모습이 지금도 눈에 선하다. 머릿속에 빼곡 정리된 대단한 지식을 말이 못 따라간다는 생각이 들 만큼 걸어 다니는 도서관 같은 분이었다. 게으르고 핑계 많은 제자는 그저 존경스럽다 감탄할 뿐이었다.

복잡한 머리에 바람이 통하고 마음에 햇살이 드는 이런 만남들로 나의 20대를 어찌어찌 지냈고 시금은 웃으며 기억할 나이가 되어 완주에서 다시 이종민 교수님과 만나게 되었다. 그 인연과 행운으로 나는 다양한 음악의 세계에 한발 들어갈 수 있게 되었고. 전통음악 문외한이 대금과 아쟁 소리를 좋아하게 되었고, 클래식 몇 곡쯤 제목과 작곡가를 알게 되었으며 좋아하는 연주가와 성악가들의 리스트가 생겼다.

햇살 따뜻한 어느 봄날, 일이 있어 한가로운 시골길을 운전하고 지나가고 있었다. 이런 공기에는 풍경을 쌩 지나쳐 가는 게 왠지 미안한 일이라는 생각에 평소보다 느긋이 운전하고 있었다. 오른쪽으로 보이는 마을의 풍경이 너무 평화롭고 아늑하게 느껴졌다. 산을 뒤로하고 넓은 논밭 사이 옹기종기 여유 있게 앉은 집들이 정겨웠다. 내가 귀촌이라는 걸 한다면 이곳으로 해야겠다는 생각이 자연스럽게 떠올랐다. 전주 토박이로 나고 자라 한 번도 시골살이를 꿈꾸지 않은 나에게 귀촌이라는 막연한 꿈을 처음 떠올리게 된 그때, 라디오에서는 차이콥스키(Piotr Ilyitch Tchaikovsky, 1840~1893)의 '피아노 협주곡 1번'이 흐르고 있었다.

1874년 차이콥스키가 34세 때 작곡한 이 곡은 세 곡의 피아노 협주곡 중 가장 많이 연주되는 곡이다. 작곡 당시 루빈스타인(Nikolai Rubinstein, 1831~81)에게 의견을 물었을 때 "쓸모없으며 연주가 불가능한 작품"이라는 혹평을 받기도 했다. 후에 독일 출신 지휘자 겸 피아니스트인 한스 폰 뷜로(Hans Guido Freiherr von Bülow, 1830~94)에 헌정하였는데, 그는 반대로 러시아적 감수성의 정수를 머금은 풍부한 색채의 오케스트레이션과 화려한 피아노의 고난도 연주 기교가 결합된 훌륭한 곡이라 평가했다. 또한 연주 여행 시 이 곡을 자주 자신의 레퍼토리에 포함시켜 대중적 인지도를 높이는 데에도 크게 기여했다. 나중에 루빈스타인도 자신의 잘못을 인정하고 모스크바에서의 초연에서 직접 지휘를 맡기도 했다.

강렬한 인상의 유명한 도입부와 이어지는 피아노의 중후하고 굵은, 그러나 고난도 기예를 요하는 호화로운 전개가 특히 매력적인 1악장, 독주 플루트에 의해 조성되는 목가적 분위기가 인상적인 2악장, 바이올린에 의한 가요풍의 주제가 특히 아름다운 3악장 등, 피아니스트라면 누구나 연주하고 싶어 하는 명곡이다.

삶의 터전을 찾은 이에게 환영 인사 같던 그 음악은 내 최애곡이 되었고, 그 평화로운 땅이 받아준 덕분에 나는 지금 어설픈 귀촌 생활을 하며 행복해하고 있다. 언제 어디서 누구와 들어도 이 곡의 첫 음이 들릴 때면 항상 아! 라는 감탄사가 절로 나온다. 귀촌한 덕분에 이종민 교수님과의 인연이 돈독해진 것도 예상치 못한 행운이다. 역시 난 복이 많은 사람이다.

생에서 좋은 사람이라고 기억되는 이들과의 모든 경험은 행복을 부여한다. 인생의 은사님으로 이종민 교수님과 오래오래 좋은 인연이 지속되길 감히 바라며 행복한 지역민으로 함께 살아가는 인생의 후반부를 상상해 본다. 그 인연 덕분에 좋은 음악이 꽃길처럼 깔릴 것이다.

고마운 이들과 함께 듣고 싶은 노래

웨스트라이프
〈You Raise Me Up〉

서성숙

변호사. 전북대학교 영문과 및 법학전문대학원 졸업. 동대학원 영문과 및 법학과 박사과정 수료. 현재 법무법인 성원 대표변호사로서 광주고등법원 국선변호운영위원회 위원, 전주덕진경찰서 집회시위자문위원회 위원, 전북대학교 교육공무원일반징계위원회 위원, 전북개발공사 임원추천위원회 위원 등 다양한 사회 봉사 영역에서도 활발하게 활동하고 있다.

나의 어렸을 때 꿈은 법관이었다. 정확히 언제부터였는지 알 수 없지만, 공부를 좀 잘하는 첫 아이에 대한 부모님의 꿈이 내 꿈이 된 것 같기도 하고, 억울한 일을 겪던 아버지가 긴장된 모습으로 법원에 가셨다가 좋은 판사를 만나 잘 해결된 사건을 알게 된 이후 굳어진 꿈 같기도 하다.

그러나 시간이 지나면서 나는 내 꿈을 접고 적당히 성적과 환경에 맞추며 살았다. 영문학과에 진학하고 대학원에 가고 결혼을 하고 아이 둘을 낳았다. 내가 원하고 상상하던 내 모습은 아니었지만, 가족들을 두고 서울에 혼자 올라가 사법시험을 준비할 엄두가 나지는 않았기에 내 인생에서 내 꿈은 완전히 잊고 있었다.

그런데 2009년경 남편이 리트 시험지(법학적성시험지)를 들고 와서는 내게 "당신은 그냥 이렇게만 살기에는 너무 아까운 사람이야. 로스쿨이 생겼는데 한 번 도전해 보자"라며 시험 준비를 적극 권하였고, 이후 나는 동영상 강의를 듣고 혼자 문제집을 풀어 가며 로스쿨 입학시험을 준비하였다.

로스쿨에 장학금을 받고 합격하였지만, 학부 때 법학을 전공한 것도 아니고 사법시험 경력도 전무했던 나는 상위권 성적을 유지하기 위해 로스쿨에서의 3년 동안 밥 먹는 시간까지 아껴가며 공부했고 2013년 변호사 시험에 합격하는 기쁨을 얻었다. 그해 내 음악 파일 재생 리스트 중에 있던 곡 중 하나가 바로 웨스트라이프 버전의 〈You Raise Me Up〉이었는데 당시 감격에 겨운 날을 보내던 나는 이 노래를 들을 때마다 고마운 이들이 떠올라 뭉클해지곤 했다.

"You raise me up, so I can stand on mountains / You raise me up, to walk on stormy seas / I am strong, when I am on your shoulders / You raise me up⋯ To more than I can be~~"라는 가사로 이어지는 노래는, 당신이 나를 일으켜서 나는 산 위에 설 수 있으며, 폭풍이 이는 바다 위를 걷고, 더

강해져서 보다 큰 '내'가 된다는 의미를 담고 있다.

이 노래는 수많은 버전이 있고 그 중 웨스트라이프 버전이 나온 것은 2005년이지만, 그로부터 한참이 지난 2013년, 이 노래는 그저 아름다운 멜로디로서만이 아니라 그 가사 한 글자 한 글자가 내게 새삼 다른 의미로 다가오게 된 것이다.

그때도 그랬지만 지금도 이 노래를 들으면 꿈을 접고 살던 나를 일으켜 준 고마운 이들이 새록새록 떠오른다. 누구보다 나를 인정해 주고 나조차 잊고 있던 내 꿈을 펼칠 수 있도록 이끌어 준 남편, 우리 아이들과 살림을 맡아 준 엄마와 이모, 누나가 공부에 집중할 수 있게 로스쿨에 다니는 동안 원룸을 제공해 준 동생, 며느리가 장한 일에 도전했으니 자신도 뭔가 새로운 의지를 보여 주겠다며 60년 가까이 피워 온 담배를 하루아침에 끊어 버리신 시아버지… 그 모두가 나를 일으켜 주었기에(you raise me up) 나는 내가 할 수 있는 것 이상을 해낼 수 있었다(to more than I can be).

이 노래는 나를 일으켜 준 이들을 떠올리게 하는 한편 변호사로 일하면서부터는 하나의 목표가 되어주기도 했다. 스스로를 변론할 수 없는 이들을 위하여 일하겠다는 초심을 잃지 말자, 나를 일으켜 주는 이들이 있었기에 내가 내 꿈을 이루었듯 이제는 내가 누군가를 일으킬 수 있는 그런 사람이 되자는 목표인데, 변호사님을 만나 새로운 삶을 꿈꾸게 되었다는 교도소 수감자의 편지 한 통이 그 어떤 비싼 수임료보다 내게 값지게 느껴지는 것은 아마 그 목표 때문일 것이다.

지금까지처럼 앞으로도 나를 일으켜 줄 고마운 이들, 그리고 이제 내가 일으켜 주고 싶은 이들과 함께 듣고 싶은 노래 〈You Raise Me Up〉을 기꺼이 '내 인생의 음악'으로 꼽는 이유이다.

송창식과 이종민

 송창식 〈사랑이야〉

 〈나의 기타 이야기〉

 〈밤눈〉

안도현

시인, 단국대 교수. 1981년 대구매일신문에 「낙동강」으로 등단. 시와시학상 젊은 시인상, 소월시문학상, 대상노작문학상, 이수 문학상, 윤동주문학상 문학부문 등을 수상했다. 전주에서 40년 을 살다가 2020년 봄에 고향인 경북 예천으로 귀향했다.

젓가락 장단에 맞추어 노래를 부르던 시절이 있었다. 젓가락 두드리는 솜씨가 전문 연주자에 가까운 사람이 있었는가 하면 악보 하나 없이 3절까지 가사를 외어 부르는 사람도 있었다. 어쩌다 노래를 청하면 다소곳하게 두 손을 모으고 가곡을 부르는 교양인도 있었지만 목을 빼고 고래고래 소리를 질러 불꽃을 토해 내야만 술자리에서 일어서던 사람도 있었다. 물론 이 세상에 노래방이라 는 희한한 공간이 등장하기 이전의 이야기다.

70년대 후반부터 80년대 중반까지, 그러니까 십 대 후반에서 이십 대 중반까지 나는 송창식의 〈사랑이야〉를 입에 달고 다녔다. "당신은 누구시길래 이렇게 내 마음 깊은 거기에 찾아와 어느새 촛불 하나 이렇게 밝혀 놓으셨나요. 어느 별 어느 하늘이 이렇게 당신이 피워 놓으신 불처럼 밤이 면 밤마다 이렇게 타오를 수 있나요. 언젠가 어느 곳에선가 한번은 본 듯한 얼굴 가슴속에 항상 혼 자 그려 보던 그 모습 단 한 번 눈길에 부서진 내 영혼 사랑이야 사랑이야." 이 노래는 젓가락 장단 이 필요 없다. 자리에서 일어나서 반쯤 눈을 감고 부르면 제격인데 (자랑삼아 참기름을 한 방울 치 자면) 의외로 귀를 기울여 주는 분들이 많았다.

송창식은 이미자도 패티 김도 나훈아도 남진도 아니었다. 분명 대중 앞에서 기타를 치는 대중 가수였지만 그는 자신을 위해 기도하면서 노래를 부르는 가수 같았다. 그의 목소리는 정치적으로 암울한 시기에 세상을 견디는 에너지를 공급하는 급수 탱크처럼 보이기도 했다. 권력에 정면으로 맞서지는 못하지만 노래로 자신의 길을 꿋꿋하게 걸어가면서 견결한 정신주의자의 모습을 보여 주는 것 같기도 했다. 그 장인적 기질이 나는 좋았다. 송창식 목소리의 신비한 흡입력을 닮은 시를 나도 쓰고 싶었다.

그의 〈나의 기타 이야기〉도 내가 좋아하는 노래인데 이 노래의 가사는 정말 시에 가깝다. "옛날 옛날 내가 살던 작은 동네엔 늘푸른 동산이 하나 있었지. 거기엔 오동나무 한 그루하고 같이 놀던 소녀 하나 있었지." 이렇게 시작하는 가사는 오동나무에 소녀의 모습을 그려 놓고 다정한 목소리를 담고 싶어 하는 대목에 가서 절정에 이른다. 시각적인 것에 청각을 입히고 싶어 하는 그 마음이 바로 시적인 것의 출발이다. "사랑스런 그 모습은 만들었는데 다정한 그 목소리는 어이 담을까. 바람 한 줌 잡아다 불어넣을까. 냇물 소리를 떠다 넣을까. 내 가슴 온통 채워 버린 목소리 때문에 몇 무릎 몇 손이나 모아졌던가. 이루어지지 않는 안타까움에 몇 밤이나 울다가 잠들었던가." 소녀에 대한 간절한 그리움은 '몇 무릎 몇 손'이라는 낯선 조어마저 자연스러운 표현인 것처럼 착각하게 만든다.

이종민 선생과 전주에서 술잔을 기울이다가 선생의 연애 시절 이야기를 듣게 되었다. 전북대로 오시기 전 70년대 후반 해군사관학교 교수로 있을 때일 것이다. 그 당시 나는 대구에서 막 송창식에 감염된 까까머리 고등학생이었고. 부인 배숙자 선생과 송창식 노래만 들으면서 데이트를 즐겼다는 것이다. 송창식의 초기 히트곡인 〈피리 부는 사나이〉와 〈고래사냥〉은 젊은 두 연인을 더 단단하게 죄어 매는 끈이 되었을 것이다. 그날 우리는 술자리가 끝날 때까지 송창식만 불렀다. 아는 가사는 따라 부르고 모르는 가사는 휴대폰으로 검색을 하면서 말이다.

노래를 듣고 부르는 경험을 공유한다는 것은 차이를 극복하고 뛰어넘는 데 아주 효과적이다. 송창식의 노래를 귀에 담아 감명할 줄 알고 그의 노래를 같이 부르게 될 때 나는 그 사람을 대체로 신뢰하는 편이다. 이종민 선생께서 나를 버리지 않고 기회 있을 때마다 술자리로 옷자락을 잡아끈 것도 그와 같은 이유 때문이 아닐까. 마치 송창식 학교의 동문들처럼.

아직 이종민 선생하고 같이 불러 보지 못한 송창식의 노래가 하나 있다. 〈밤눈〉이다. 지금은 초록이 푸른 여름이지만 올겨울에 내가 사는 예천에 선생 부부를 한번 모시고 싶다. 그날이 눈이 내리는 날이라면 이 노래를 한 열 번쯤 같이 부르고 싶다. "한밤중에 눈이 내리네. 소리도 없이. 가만히 눈 감고 귀 기울이면 까마득히 먼 데서 눈 맞는 소리. 흰 벌판 언덕에 눈 쌓이는 소리."

음악 여행에서 만난 두 남자의 동행

윤찬영

1989년부터 전주대학교 사회복지학과 교수를 지내고 있으며 민교협, 참여연대, 참여자치전북시민연대 등에서 시민 사회운동을 해 왔고, 독립언론 월간《열린전북》발행인을 지내기도 했으며, 축구 매니아로서 전국교수축구대회에 감독 겸 선수로 출전하여 2회 우승에 올랐고, 2015년, 계간《한국미소문학》을 통해 시조 시인으로 등단하기도 했다.

정수년
〈그 저녁 무렵부터
새벽이 오기까지〉

내 인생에서 방송이란 눈곱만큼도 예정되어 있지 않았다. 어쩌다가 그리되었는지 모르겠지만 교수직을 지내면서 지역에서 20년 넘게 방송(시사프로그램)을 해 왔다. 학술단체와 시민단체 활동을 통해서 이종민 교수님과 만났던 계기들도 있었지만 아마도 방송 때문에 이종민 교수님과 가까이에서 각별한 경험을 함께할 수 있었던 것 같다. 지역에서 시사프로그램을 진행하는 데에는 중앙에서와 달리 많은 어려움이 있다. 특히 명절 때 시사프로그램은 뻘쭘해진다. 이슈도 없고 패널도 없는데 시사프로 방송을 해야 하는 경우 참 막막해진다. 방송국 본사에서 전국적인 특집 프로그램을 송출하면 지역 방송은 편하다. 그런데 본사에서 지역국별로 알아서 방송을 하라고 하면 지역 시사프로는 그야말로 폭탄을 맞는 꼴이 된다. 설이나 추석 연휴 동안 무슨 정치경제를 논하며 패널을 어떻게 섭외하라는 말인가? 제작진 입장에서는 한숨만 나올 일이다.

그런데 2006년, 전북CBS 라디오 시사프로그램 '사람과 사람'을 진행하고 있을 때 추석 연휴가 코앞에 닥쳤는데 지역본부별로 알아서 방송을 내보내야 하는 상황이 벌어졌다. 진행자인 나도 말문이 막힐 듯 갑갑했다. 그때 담당 PD로부터 획기적인 제안을 듣게 되었다. 이종민 교수님과 둘이서 특집으로 음악 프로그램을 진행해 보자는 것이었다. 나야 음악에 관한 한 문외한이었지만 그래도 음악 프로를 진행해 보고 싶은 막연한 동경은 갖고 있었다. '별이 빛나는 밤에', '밤을 잊은 그대에게' 이런 프로의 진행을 맡는다는 것은 생각만으로도 가슴이 뛰는 일이라고 생각했다. 지역 시사프로에서 추석 연휴 동안 특집으로 음악 방송을 진행하는 것은 매우 새로운 기획이었고 진행자로서 매우 흥분되는 일이었다. 『이종민 교수와 함께 하는 음악여행 3부작』, 이종민 교수님은 이미 전前년도인 2005년에 『음악, 화살처럼 꽂히다』(서해출판사)를 출간하신 강호의 음악 전문가이셨다. 내가 진행하던 시사프로에서 이종민 교수님의 이름을 걸고 특집으로 음악 프로그램을 진행하게 된 것이었다. 방송도 음악도 아마추어인 나로서는 감당하기 어려운 일이었으나 익히 듣던 이종민 교수님의 내공을 믿고 막연히 낙관했고 오히려 가벼운 흥분 상태로 그날을 기다렸다. 매일 1시간씩 생방송을 해야 했기에 정규방송 시간을 피해 3일간의 특집방송을 녹음했다. 공교롭게도 두 사람 모두 매우 피로하여 몽롱한 상태로 녹음에 임했다. 딱히 대본도 없었다. 둘이서 자유롭게 진행해 달라는 PD의 주문대로 우리는 차 한 잔을 놓고 마이크 앞에 앉아 졸린 눈을 비벼 가며 자유롭게 편안하게 이야기를 나누고 음악을 들으며 그렇게 진행했다. 1부는 이종민 교수님의 애창곡을, 2부는 이종민 교수님이 엄선하신 국악, 3부는 이종민 교수님의 조예가 넘치는 민속음악(크로스오버 뮤직)들이었다. 라디오방송의 스튜디오는 그 자체가 음악실이다. 밀폐된 좁은 스튜디오에서 김광석의 애잔한 음성으로 〈이등병의 편지〉와 〈거리에서〉를 듣는 것만으로도 가슴이 뛰었다. 해군 장교 출신인 이 교수님께서 〈이등병의 편지〉를 애창하신다니 신기했다. 대한민국 남성들 누구나 피할 수 없는 군대의 추억 게다가 아들마저 군에 보낸 아버지의 가슴앓이를 이렇게 애절하게 보듬어 주는 노래가 또 있을까? 가을 저녁 도시의 어스름에 아스라한 상실감을 느끼게 하는 〈거리에서〉. 김광석의 목소리와 노래는 애잔함의 물기를 머금고 있다. 촉촉한 애잔함에 흠뻑 빠뜨려 놓고 이 교수님은 자신만의 숨겨 둔 비장의 무기를 꺼냈다. 이선희의 〈조각배〉. 국악풍의 노래인데 평소 샤우팅하는 창법과 달리 구성진 그녀의 창법이 제격이었다. 처음 들었지만 한방에 훅 가게 했다. 이 노래는 노래방에서 찾기 어려운 노래란다. 그래서 이 곡은 이 교수님이 노래방을 평가하는 기준이란다. '조각배' 있는 노래방은 수준 있는 노래방이고 없는 노래방은 별 볼 일 없다는 것이다. 게다가 이 노래를 좋아하는 이유가 압권이었다. 다른 사람들이 감히 따라 부를 수 없는 노래이기 때문이란다. 사회성이 부족한 것 아니냐는 나의 질문에 그건 아니고 이 노래의 독자적 매력을 흠뻑 맛보기 위함이라고 여유 있게 받아넘기셨다. 첫날 1부부터 완전히 빠져들게 했다. 2부 국악 또한 환상적 음악들을 선보이며 진행자와 청취자들을 사로잡았다. 특히 해금 연주곡 〈그 저녁 무렵부터 새벽이 오기까지〉는 황홀의 극치를 맛보게 하였다. 3부 민속음악 역시 세계의 다양한 음악의 매력에 완전히 젖게 만들었다. 문외한인 진행자가 푹 빠진 음악 여행이었다. 음대를 나오지 않고도 이렇게 음악을 가지고 멋들어지게 놀 수 있구나 하는 감탄을 자아내게 하셨다. 그 감동의 정취가 고스란히 명절을 맞는 청취자들에게 전달된 것으로 보였다. 명절 뒤에 모 방송사 아나운서의 볼멘 항의가 있었다. 두 사람 모두 그 방송국에 종종 출연했으면서 그 방송국을 외면하고 어쩌면 두 분이 그럴 수 있느냐고. 한동안 지역에서 회자되었던 참으로 특별한 방송이었다. 지역 문화계의 대단한 인물이신 영문과 교수와 시사프로 진행하는 사회복지학과 교수가 천연덕스럽게 음악

방송을 연휴 기간 3일 동안 진행했으니 말이다.

　7년 뒤 2013년 다시 CBS에서 추석 특집 음악 방송 '두 남자의 동행'을 하게 되었다. Again 2006의 취지이자 분위기였다. 이번에는 이종민 교수님께서 진행을 하시고 나와 이 교수님이 번갈아 음악을 추천하는 식으로 이루어졌다. 고향, 가을, 사랑을 담은 노래와 연주곡들을 들으며 이야기 나누는 음악 토크쇼였다. 이번에도 특별한 대본 없이 선곡만 해 놓고 자유롭게 이야기꽃을 피우며 진행했다. 방송을 하면서도 하고 난 후에도 잔잔한 흥분에 취해 행복감이 넘치는 동행이었다. 방송 내내 나는 감탄을 하였다. 이 교수님의 음악 세계의 깊이 그리고 음악과 어울리는 그 자연스러움까지 참으로 경이로웠다. 그리고 많이 배웠다. 음악을 대하는 태도와 음악으로 파고 들어가는 돌파의 미학을 느끼게 해 주셨다.

　이 동행을 계기로 2014년 이 교수님께서 당신의 동네인 고산면에 하루 DJ로 초청해 주셨다. 전국적으로 유명한 예술인들이 초대된 자리에 초대를 받았으니 실로 영광이었다. '서쪽숲카페'에서 내가 소장하고 있던 음악파일들을 가지고 지역 주민들과 함께 오붓한 가요 쇼를 진행했다. 당시 축구하다가 인대파열이라는 심한 부상으로 수술을 하고 목발을 짚던 때였지만 기꺼이 달려가서 작은 음악회를 진행했다. 평소 하고 싶었던 음악 방송을 고산면 카페에서 만끽했던 것이다. 내가 좋아하는 가요들과 이야기를 가지고 지역사회 여러분들과 교감하는 행복한 시간을 가질 수 있었다. 멋진 음악의 세계를 알려 주시고 음악과 더불어 노는 법을 보여 주신 이 교수님과 분에 넘치는 음악 여행을 하고 감히 동행을 이루게 하시고 계시는 동네로 불러 주셔서 대중가요로 놀게 해 주신 그 멋과 배려, 여유로움에 깊이 감사 드린다. 그리고 늘 부럽다. 살아 있는 인문학도의 맛과 멋 그 자체이신 이종민 교수님, 음악을 통해 멋진 추억을 갖게 해 주셔서 참 고맙습니다. 언제 또 그렇게 놀아 봤으면 좋겠습니다. 지역사회 주민들과 더불어 음악을 나누며 교감하는 장을 만들어 주시면 언제라도 동행하겠습니다. 은퇴하시더라도 음악과 함께 하는 멋과 낭만을 계속 간직해 주시기를 바랍니다.

문화와 예술, 사람을 사랑하는 그대에게

수아드 마시 〈말하는 사람〉

임기대

부산외국어대학교 지중해지역원 교수. 프랑스 파리 7대학교에서 '언어의 역사와 인식론' 주제로 박사학위 취득. 현재 부산외국어대학교 아프리카연구센터 센터장, 한국아프리카학회 편집위원장, 한국프랑스학회 편집위원장, 북아프리카사하라 국제NGO기구 FOREM 한국 대표를 역임하고 있으며, 아프리카 관련 다수의 학술 논문과 저서가 있음.

2016년부터 2018년까지 전북대학교에서 근무할 기회가 생겼다. 대학인문역량강화사업단(CORE)의 연구교수로 재직하면서 말로만 듣던 전주 생활을 하기 시작했다. 인문학 중흥 사업과 학생들에게 새로운 세계를 안내해야 한다는 중압감이 있었지만, 그런 와중에서도 학교 생활이 즐겁고 나름의 추억을 갖게 된 것은 순전히 이종민 교수님 덕이 아닌가 싶다. 그러고 보니 추억하면서 쓰는 글이 감사의 글이 될 것 같다.

이종민 교수님, 그분은 많은 분에게 그렇겠지만 내게도 참 존경스런 이미지로 남아 있는 분이다. 술을 좋아하고, 그렇지만 문화와 예술을 누구보다도 사랑한 문화 예술인, 영시를 학생에게 가르친 영문학자, 전주한옥마을을 끔찍이도 사랑하는 한옥의 옛집과 딱 어울리는 그런 사람이었다. 게다가 지역의 인물 관련한 일, 동학농민혁명기념사업회, 호남사회연구회, 북한 어린이 돕기 일 등 내가 다 기억하지 못할 정도로 이종민이라는 분은 교수로서 지역사회에 많은 공헌을 하고 있음을 내 눈으로 직접 보았다. 나 또한 대학교수로 지내고 있지만 그런 일련의 일을 해내기란 정말로 쉽지 않은 것인데, 그 모든 일을 그분은 자기 일처럼 하고 다닌다. 사람에 대한 사랑과 지역에 대한 사랑이 없었다면 가능한 일이었을까.

이종민 교수님과의 추억은 여러 가지가 있지만, 세 가지가 가장 떠오른다.

첫째 이종민 교수님은 자신을 희생하며 더불어 살아감을 몸으로 직접 보여 주는 분이다. 한번은 교수님이 안내해 준 '천인갈채상'에 대해서 들은 바가 있다. 천 명의 뜻이 있는 일반인이 만 원씩 기부해서 지역 문화계에서 활동하고 있는 25세 이상 45세 이하의 문화 예술인을 후원한다. 기발한 아이디어였던 것 같다. 사실 재능과 능력이 뛰어나면서도 지역의 문화 예술인을 소홀히 하는 경우가 많은데, 그런 뛰어난 재원을 발굴하여 지원하고 같이 어우러지는 장場을 마련한다. 그리고 십시일반으로 사람과 사람의 정을, 고리를 엮어 나가는 것은 더불어 사는 세상의 참모습이다. 당시 내가 참여해서 본 수상자의 공연은 문화 예술 전문가라고 자부한 내가 깜짝 놀랄 정도의 훌륭한 분들이었다. 이런 분들을 발굴하여 지역에서 매해 후원을 이어 가고 있다는 것이 놀라웠고, 현재는 공간적으로 전주와는 먼 곳에 있지만 내해 행사에 가 봐야겠다고 생각했다.

둘째, 이종민 교수님은 잘 놀 줄 아는 분이다. 그가 사는 화산을 가보면 새로운 세계가 그와 저녁과 아침을 같이한다. 바로 음악이다. 평소에도 가장 세상을 사랑하는 사람은 예술에 대한 사랑을 할 수 있는 사람이라고 생각하는 터라 그의 음악 세계를 짧은 시간 유심히 볼 수 있었다. 화산에 초대받아 간 날 지인들과 같이 저녁 식사에 삼겹살 파티를 했다. 어느 정도 먹고 헤어진 후 난 이 교수님 댁에서 자고 가기로 했다. 교수님이 식섭 남근 매실주를 마시며 이런서런 얘길 하나 갑자기 웅장한 화면과 소리가 등장한다. 베토벤과 차이콥스키를 비롯한 고전 명곡, 이름은 잘 모르는 제3세계 음악, 한국의 전통음악과 대중음악 등 그의 음악 세계에는 장르도 경계도 없다. 그야말로 '경계를 가로지르는', 음악에 취했던 기억이 있다. 그의 음악적 취향은 아마추어 수준을 넘어선다. 오랜 이야기에 혼자 곯아떨어졌지만, 이후에도 혼자만의 세계에서 음악을 더 듣고 주무셨다고 한다. 이종민 교수라는 사람, 화산이란 자연 공간, 그 안의 집, 음악은 세상의 모든 의미를 담아낼 수 있는 완벽한 예술 세계의 '배치' 공간이었던 것이다.

마지막은 그와 어머니이다. 음악이 있는 그의 시골집은 평화로움과 사랑이다. 이곳에서 일주일의 반 이상을 구순이 한참을 넘은 노모와 같이 산다. 날마다 국을 끓이고 나물을 무치고 밥을 해서 아침상을 차린다. 집 앞의 밭에는 수십 그루의 매화나무가 있고 또 다른 채소 등이 자란다. 해마다 매실을 수확해 매실주와 매실청을 담근다. 지인을 생각하는 마음이 가득해서 그 많은 매실주와 매실청은 대부분 지인에게 돌아간다. 노모를 모시며 이렇게 시골에서 여러 생활을 한다. 노모는 늘 아들을 그리워하는 빛이 역력하다. 살짝 집에 들어가면 아들 친구냐고 묻는 어머니. 그새 노모에게는 이종민 교수님이 나의 친구가 되었다. 해맑은 웃음은 아들이 그대로 닮은 듯하다. 노모와 살면서 아들은 현재 살고 있는 집을 고쳤고, 사람들을 오게 해서 같이 나눔의 공간으로도 활용한다. 모든 과정이 생산적이고 자연스럽게 흘러가는 그곳에 노모가 있었다.

이종민 교수님의 영향으로 나도 요즘 일부러 음악을 찾아 듣는다. 역시 관심사가 그래서 그런지 아프리카 음악에 끌린다. 특히 알제리 수아드 마시Souad Massi의 대표곡인 〈말하는 사람〉("Ya Raoui")은 요즘 즐겨 듣는 애청곡이다.

아프리카의 '존 바에즈'라 불리는 수아드 마시는 70년대 포크 음악의 풍으로 알제리 사회의 폐

쇄성을 서정적인 음과 가사로 노래하고 있다. "침묵하는 것은 테러리스트이다"라는 그의 말은 노래에도 잘 반영되어 있다. 이슬람권 여성의 강인함과 인간의 자유에 대한 갈망을 노래에 담고 있는데 부드럽게 노래하지만 강렬한 메시지를 전달하고 있다. 조국 알제리를 떠나(떠날 수밖에 없지만) 유럽에 체류하며 노래를 부르고 있다.

그녀는 1972년 수도 알제의 빈민가 출신으로 1989년 가수로 데뷔했다. 대학에서 도시공학을 전공하며 노래를 부르기 시작했으며. 1990년대 조국이 테러로 짓밟히자 이후 프랑스로 떠나 노래를 부르면서 서방 세계에 알려지기 시작했다. 포크송풍의 음악, 아랍-안달루시아와 서아프리카의 혼합형 음색이 그녀 음악의 특징이라 할 수 있다.

이제 은퇴하시면, 이종민 교수님은 무엇을 할까. 대학은 떠나지만 훨씬 자유인으로 사실 것 같다. 개인적으로 바라건대 지금처럼 원하시고 뜻하시는 대로 마음껏 호연지기를 펴면서 길을 가시기를 바란다. 내가 아무리 일탈하실 정도로 마음대로 사시기를 원한다 해도, 그분이 맘대로 가시는 길, 의무와 상관없이 가시는 길, 사람을 사랑하며 가시는 길… 그 길이 영원히 문화 예술을 사랑한 자, 인문학자, 이종민 교수의 길이 될 것이다.

함께 부르고 싶은 노래

 전인권〈행진〉

장영달

대한민국 정치인. 1974년 민청학련 사건에 연루되어 7년 동안 복역하였다. 출소한 이후로도 1980년대 민주화운동에 참여하였다. 1983년에 창립한 민주화운동청년연합(민청련) 의장 김근태와 함께 부의장으로서 민청련을 이끌었다. 제14·15·16·17대 국회의원을 역임했으며 제16대 국회 후반기 국방위원회 위원장 지냈다. 2018년부터 우석대학교 총장에 취임했으며 같은 해 국군기무사령부 개혁위원회 위원장으로 활동했다. 현재 우석대학교 명예총장으로 재직 중이며 이종민 교수와는 고등학교 선후배로 민주화운동과 동학농민혁명기념사업 등을 함께 했다.

나의 과거는 어두웠지만,

나의 과거는 힘이 들었지만,

그러나 나의 과거를 사랑할 수 있다면

내가 추억의 그림을 그릴 수만 있다면,

행진 행진 행진하는 거야

행진 행진 행진하는 거야

나의 미래는 항상 밝을 수는 없겠지

나의 미래는 때로는 힘이 들겠지

그러나 비가 내리면 그 비를 맞으며,

눈이 내리면 두 팔을 벌릴 거야

행진 행진 행진하는 거야

행진 행진 행진하는 거야

난 노래할 거야

매일 그대와, 아침이 밝아 올 때까지

행진, 행진, 행진하는 거야

행진, 행진, 행진하는 거야

전북대학교 영문학과 이종민 교수님도 정년이 가까웠다는 소식에 중도지진이 일어났다는 정도의 정신적 쇼크를 느낀다. '나는 도대체 몇 살이 된 거야! 섬진강 시인 김용택 샘과 잘 아는 사이라며 뽐내 보는 객기도 이젠 그쳐야 하는 나이가 돼 버렸구나!' 하는 사실을 발견하며 호들짝 놀란다. 물론 한승헌 변호사님께 큰 결례로 전달되면 안 되니까 매사 표현은 늘 조심스럽다!

이종민 교수님을 생각하면 나는 가끔씩 가수 전인권 샘의 〈행진〉 같은 인생살이 영문학자라는 느낌을 갖는다. 날씬한 모습에 날카로운 눈빛은 때론 차가운 지식인으로 비치기도 하지만 그는 파도 위를 행진하며 고난의 시대까지를 관통하는 끈질긴 행진으로 살아가는 일생을 보냈다. 곁에는 곁길로 샐 수 없도록 지켜보는 한승헌 변호사님 같은 어른이 힘이 되고 때론 잘 살아야 한다는 부담(?)도 되었으리라!

제자들을 생각하는 부단한 학문 연구들, 민주주의 발전에 기여하려는 꾸준한 행동들, 동학농민혁명사업 등 집요한 민족 역사 구현의 실천, 지역사회에서 꾸준하게 펼쳐 온 문화 예술 창조 노력 등이 내가 기억하는 알찬 이 교수님의 흔적들이다. 이제 제대로 익은 활동들을 기대해야 하겠다. 대학으로부터 해방되면 얼마나 더 훌륭한 '행진'이 계속될까!

개인적으로도 잘 알고 지내는 전인권 씨는 이 노래의 창작 배경을 이렇게 밝히고 있다.

"어느 날 거울에 비친 나의 모습은 나를 달라지게 했다. 잊을 수 없는 거울 속 내 모습. 엄청 놀랐다. 이리 피하고 저리 피하던 허약하고 바보 같은 내 모습이 거울 속에 들어 있었다. 설마 또 다른 내 모습이 어딘가에 있겠지…. 그런 나를 가려 주고 부정해 주는 옆모습. 거울에 비친 내가 하나라면 나는 엉터리, 그 자체였다. 혼이 빠져나가 주저앉고 싶은.

간절하면 열린다. 내가 지나온 날들. 어릴 적 놀던 산과 나의 과거들이 천천히 천천히 스쳐 지나갔다.

나를 사랑할 수 있을까? 그때부터 내 인생은 방황을 자신 있게 했다. 이유 있는 안간힘. 다른 방법이 없다. 어릴 때 산을 뛰던, 넘어지지 않으려고 바위를 훌쩍 넘어 안착하던 내가 보였다. 그리고 또 거울로 나를 본 어느 날 내 곁 앞뒤 수많은 다른 사람들과 함께 있는 것처럼 그렇게 보였다.

나는 우리 같이 행진하자고 했다. 나는 우리가 되고 그런 스타일의 가수가 되어 갔다."

이 곡은 1985년 9월 10일 발매된 밴드 들국화의 첫 번째 정규 음반 《행진》의 타이틀곡이다. 이 음반은 1991년에 CD로 재발매되었는데 '80년대 새로운 음악의 시작', '80년대 중·후반 한국 대중음악의 르네상스'를 열었다는 평가를 받고 있다. 45명의 선정 위원으로부터 207점을 받아 한국 대중음악 100대 명반 1위에 선정되기도 했다. 이 곡 또한 시위 현장이나 각종 행사장에서 다짐과 자기 격려의 '떼창'으로 자주 불리고 있다.

전인권의 〈행진〉을 대형 스피커의 볼륨을 최대한으로 높여 울려 보내며 이종민 교수님의 새로운 인생길에 흥분된 기대를 걸어 봐야하겠다.

이종민 형에게

잭 클레멘트 〈When I Dream〉

전성진

1958년 1월생. 전쟁의 폐허를 딛고 일어선 700만 명이 넘는 베이비부머 세대의 전형적 삶을 관통하며 살았다. '경쟁'과 '성장'은 일상이었고, '인간에 대한 존중'과 '사회적 예의'를 삶 속에 내면화하는 것은 동 세대를 산 이들의 공통의 덕목이었다. 그렇게 살았는가, 아닌가는 각자의 몫이고. 전주중앙초, 완산중, 전주고, 한양대를 거쳐 1984년부터 2015년까지 전주MBC에서 PD, 기획자, 경영자로 청춘과 시간을 바꾸었다. 지금은 백수다. 이종민 형도 이 책이 나올 즈음은 백수렷다!

방송국에서 삼십 년을 일하며 젊은 날을 보냈다. 명색은 번드레한 PD였지만 내가 입사했을 때는[06] 원고 한 줄 써주는 작가도 없었고, 야외촬영용 카메라에 딸리는 제법 무게가 나가는 오디오 박스를 들어 주는 카메라 보조원도 없었다. 그래서 야외촬영 때는 그 옛날 '부래옥' 케키 통[07] 같은 오디오 박스를 메고 다녔고, 촬영이 끝나고 회사에 돌아오면 밤마다 사무실 구석 책상에 앉아 원고를 쓰며 밤샘 편집으로 날을 세우는 것이 일상이었다.

서설이 구차히 시작된 것은 시원찮은 글솜씨에 대한 아쉬움 때문이다. 방송국에 다닐 때는 일 때문에 글깨나 써 가며 적지 않은 시간을 보냈다. 하지만 삼십 년 직장 생활을 마치고 바깥에 나온 뒤로는 이상하리만큼 글쓰기가 힘들다. 퇴직하고 절친 안봉주[08]군과 시베리아횡단열차를 타고 광활한 시베리아 벌판을 두 눈에 담고 바이칼호수를 다녀온 적이 있다. 그의 빼어난 사진에 나의 글 몇 줄씩 얹어 작은 책 한 권 퇴직 기념으로 간직하자는 약속을 5년이 지난 지금도 지키지 못하고 있다. 그에게 고백했지만 글을 쓰려 자판을 마주하면 숨이 턱 막히며 커다란 벽 앞에 선 것 같은 느낌이 든다. 미완의 숙제, 아직도 미안할 뿐이다.

---

06 1984년 겨울이었다. 내가 전주MBC에 발을 디딘 것은. 그리고 그곳에서 30년 3개월의 시간을 보냈다. 아마 그즈음에 이종민 형도 전북대 영문과 교수가 되었지요?

07 1960년대 내 초등학교 시절 전주 중앙동(지금의 웨딩거리 진미반점 맞은편즈음 아닐까) 부래옥 빵집의 빵은 왜 그리 달고 맛있었는지. 그리고 여름날 우윳빛 부래옥 아이스케키의 부드러운 맛을 우리 아들은 상상이나 할 수 있을까? 그 아이스케키를 사각의 나무통에 담아 어깨에 메고 다니며 팔던 소년들 모두 환갑을 넘겼으리라.

08 안봉주와 나는 고등학교 동창이다. 1970년대 중반 숭실대 다니던 그가 왕십리 우리 학교까지 놀러 와 막걸리를 마셨던 기억이 어제 같다. 빼어난 사진기자이자 사진작가인 그의 사진 솜씨는 설명이 필요 없다. 특히 생태사진은 타의 추종을 불허한다. 전주천 수달이 보증하리라 믿는다.

이러던 차에 이종민 형의 글쓰기 청을 덥석 물어 버렸다. 사실 청이랄 것도 없다. 형의 핸드폰 번호에 담겨 있던 지인들에게 무작위로 문자를 뿌렸을 것이다. 그냥 읽고 못 본 척하면 될 일이었다. 아니면 "벌써 그렇게 되었어요? 애쓰셨네요. 정년 퇴임 축하드려요. 진심으로 ㅎㅎ" 하고 인사치레하면 될 일이 있다. 왜 그러지 못했는지 후회가 되고 자판을 두드리는 지금도 머리를 쥐어박고 싶다. 여하튼.

사실 나는 형을 잘 모른다. 깊은 교유가 있었다기보다 좁은 동네에서 대학교수로, 방송국 PD로 일하다 보니 오며 가며 스치고 적당히 섞였다는 정도라면 형이 (아니면 내가) 서운할까? 이종민 이름 석 자를 처음 들은 것은 고등학교에 입학하고 전설처럼 떠도는 선배들의 천재 무공담 속에서였다. 이을호, 채수찬 등 전주고를 빛낸 천재들로 후배들에게 긴장, 스트레스, 부러움을 안긴 이름들 속에 형이 자리하고 있었다.

형의 이름 석 자를 처음 듣던 시절 그러니까 나의 고교 초년 시절 내 곁을 맴돌던 노래는 이제는 고인이 된 김정호의 〈하얀 나비〉, 장현의 〈나는 너를〉, 윤항기의 〈나는 어떡하라고〉 그런 노래들이었다. 훗날 공영방송 KBS의 기자로 입사해 시사제작국장, 보도본부장까지 지낸 내 짝꿍 강姜모는 '나는 어떡하라고'를 'What Shall I Do'라고 번안해 부르며 음치의 음역으로 목청껏 흥얼거리곤 하였다. 지금도 생생하다.

전설로 듣던 형을 친견한 것은 방송국 입사 이후다. 형의 절친이 방송국 라디오 PD로 일하고 있어 그 형을 다리 삼아 인사도 나누고, 술도 나누고, 밥도 먹었다. 처음엔 신기했다. 아, 이이가 그 천재? 근데 실제로는 별로였다. 사람이 별로가 아니라 천재 같지가 않았다. 나는 천재는 진짜 천재 같을 줄 알았다. 근데 그는 소박하고 어느 때는 좀 어벙한 것 같기도 했다.

그런 그가 오랜 시간 지치지 않고 지역사회에 펼쳐 보인 열정과 헌신, 문화적 감수성, 인간적 매력 그 모든 것들은 '우리 동네 전주에는 이종민이 있다!'라고 언제, 어디서든 자랑질을 마다하지 않았다. 동학농민혁명기념사업, 문화저널, 호남사회연구회, 천년전주사랑모임 등등이 증거다. 나는 이렇게 생각하는 사람이다. '그의 사회적, 문화적 헌신에 지역사회는 적지 않은 빚을 지고 있다'라고. 동의하는 사람은 동의하고 아닌 사람은 어쩔 수 없다. 사실은 나도 아닌 듯하며 잘난 척하는 그의 천진난만과 편파가 어설플 때도 있다. 이때쯤 떠오르는 노래는 내 대학 초년 시절을 달구었던 샌드페블스의 〈나 어떡해〉가 좋을 듯하다. 형, 나 어떡해?

형의 글 청탁 주제는 '내 인생의 음악'이고 그 음악을 왜 좋아하였는지, 무슨 사연이 있는지 등을 수필식으로 써 달라는데 난필이 되고 말았다. 그래서 앞머리에 미리 고백하였다. 글이 참 안 써

진다고. 이해와 용서를 바라며 글을 마친다.

이즈음 나는 이 노래를 듣는다. 미국 가수 Jack Clement의 〈When I Dream〉.

앞부분은 30년 전의 잭이, 뒤는 30년 후의 잭이 마무리한다. 노래를 듣는 내내 가슴이 먹먹하다. 나의 꿈들은 어디 즈음에 부서져 있을까?

비슷한 시기에 대학교수로, 방송쟁이로 세상에 나온 형과 나. 나는 5년 전에 퇴직했고, 형은 내년에 퇴직한다. 그래, 어릴 때 형처럼 공부 열심히 해서 대학교수가 되었어야 하는데, 쯧….

형의 퇴임을 진정 축하한다. 형의 수고로움을 많은 이들이 오래 기억할 것이다.

내 인생의 음악을 모르겠어요

정과리

문학평론가, 대학교수. 본명은 정명교鄭明敎로, 1958년 대전광역시에서 출생해 서울대학교 불어불문학과를 졸업하였고 서울대학교 대학원에서 석사, 박사 학위를 받았다. 1979년, 동아일보 신춘문에 평론 부문에 당선되어 데뷔, 1984년부터 2000년까지 충남대학교 불어불문학과 교수로 재직하였으며, 2000년부터 연세대학교 국어국문학과 교수로 재직 중이다. 동인문학상 종신 심사위원으로도 활동하고 있다.

자클린 드 프레 〈자클린의 눈물〉

이종민 형이 음악을 잘 모르는 나에게 '내 인생의 음악'을 쓰라고 권하였다. 쓰려고 보니, 종민 형과의 첫 만남이 내게 일으킨 요동을 떠올리지 않을 수 없다. 1981년 훈련을 마치고 해군사관학교 교관으로 복무하기 시작한 게 7월이다. 환영 회식에서 이종민 중위와 인사를 나누게 되었다. 이 중위는 대학교 학번도 나보다 1년 선배이고 군대도 한 기 앞이다. 여기까지는 그냥 단순 정보이다. 이제부터는 다르다. 당시에는 회식을 하면 다들 노래 한 곡씩 뽑기로 되어 있었다. 내가 뭘 불렀는지는 중요하지 않다. 나는 이종민 중위가 자리에서 일어설 때 쇠공을 얻어맞는 듯한 충격을 받을 줄은 생각도 못했다. 그가 뽑은 노래는 '판소리'였다. 나는 책에서만 본 판소리를 실황중계로 직접 들었다. 그 시절에 TV에서 판소리 창이 간간이 방영되긴 했을 것이다. 하지만 대학에 들어온 이후에 공부하고 술 먹느라고 바빠서, 또한 하숙집 주인 방에까지 염치없이 들어갈 생각은 추호도 없었기에, TV 볼 일은 거의 없었다. 청룡기 고교야구라면 모르겠으나 노래를 듣다니 말이 되나? 노래는 부르는 거지 듣는 게 아니란 말이다. 이렇게 거드름을 피우던 나이였다.

하지만 '판소리' 직청直聽은 엄청난 일이었다. 판소리는 연구서에 등장하는 고전 교양 품목이었던 것이다. 나는 내가 태어나 자란 고향의 문화적 불모성을 새삼 떠올리고 이종민 중위의 고향인 전주의 문화 수준을 부러워하지 않을 수 없었다. 그해 말에 결혼을 하고 신방을 차렸을 때 집사람이 전축을 가져왔으니, 나는 당장 진해 시내로 나가 판소리 LP판을 하나 사서 들어 보았다. 나중에 제대를 하고 대학 선생이 되고 나서는, 고등학교 동창 방문판매원의 강청에 밀려, '뿌리깊은나무' 간 『판소리』 전 5권(LP, 악보 통합)과 함께 같은 출판사의 『팔도소리』까지 사게 되었다.

안타깝게도 나는 판소리에 적응하지 못했다. 여러 번 작심을 하고 들어 보았으나 무엇보다 악보를 보지 않는 한 그 가사를 알아듣기 어려웠다는 게 문제였다. 그때는 훈련이 필요하다는 걸 몰랐다. 부르디외Pierre Bourdieu가 말했듯이 모든 예술에 대한 안목은 교육의 산물이다. 부르디외가 무시한 것은 그렇다고 해서 예술에 대한 안목이 무조건 계급적 편견에 따라 형성된 일종의 '조작'이 아니라는 것이다. 그런 생각은 교육의 보편적 성격과 예술 본래의 해방 기능을 고려하지 않는 것이다. 그것들은 계급적 지반을 통해 형성된 예술에 대한 취향을 창작자/향수자로 하여금 스스로 교정하게 하여, 궁극적으로 인류와 생명의 공동선을 두텁게 하는 방향으로 나아가게끔 한다. 그것은 내가 직접 체험한 것이다. 나는 부유하지 않은 중산층 가정에서 자랐으나, 장래가 보장된 대학을 다녔고 다른 한편으론 나보다 가난한 서민들의 삶에 대한 정치경제학을 공부하는 데 많은 시간을 들였다. 그러는 과정 속에서 나의 예술적 안목도 엄청나게 변하고 넓어졌다. 지금 나는 나의 예술적 취향이 특정 계급에 속한다고 결코 생각하지 않는다. 여전히 그런 판단에 의심을 보내는 분이 있을 수 있겠으나 이에 대해서는 기꺼이 논쟁할 의향이 있다.

여하튼 훈련의 결과로 나는 지금 판소리를 꽤 알아듣는다. 그런데도 판소리는 내 마음을 울리지 못했다. 지금 유일하게 흥얼거리는 건 〈춘향가〉의 '사랑가' 대목일 뿐이다. 그 점에서 나는 이종민 형이 내게 제공한 '신지식'을 적절히 내 몸 안으로 동화시키지 못한 것이다. 대신 나는 내 태생이 인도하는 노래들에 더 이끌렸다가 내 공부가 가르쳐 준 쪽으로 선회를 하게 되었다.

나는 내 환경에 맞는 가난한 친구들 및 주변 사람들로부터 노래를 배웠다. 중학생 때는 거의 음악을 알지 못했고(음악 시간이 있었으나, 충분한 설명도 없이 선생님이 틀고 자신만 홀로 감상하는 클래식을 내가 어떻게 느낄 수 있었겠는가), 고등학교에 들어와서야 노래에 조금씩 눈을 뜨기 시작했다. 왜냐하면 축구 시합이 끝나고 자장면을 먹으러 가면 어김없이 젓가락으로 밥상을 두드리며 노래를 불러 대곤 하는 풍토였으니까 말이다. 거기서 내가 배운 노래는 나훈아의 〈고향역〉, 남진의 〈찔레꽃〉, 김추자의 〈님은 먼곳에〉, 펄시스터즈의 〈늦기 전에〉, 장현의 〈미련〉, 양희은의 〈이루어질 수 없는 사랑〉, 이장희의 〈그건 너〉, 송창식의 〈왜 불러〉, 〈고래사냥〉, 신중현의 〈미인〉 등이었다. 그것이 고등학교와 대학 초년생 때 내가 사람 모인 자리에서 부른 노래들이다.

대학 초년까지 포함시킨 것에는 특별한 이유가 있다. 대학교에 합격하고 처음 서울에 와서 음악에 관해 내가 받은 충격은 이 대학생이란 자들이 팝송을 밤낮으로 듣는다는 사실이었다. 나는 팝송에 대해 거의 무지한 상태였다. 우리 때의 영어 교육은 문법과 독해 교육이었기 때문에 나는 영어를 듣거나 말하는 능력이 없었고 당연히 팝송의 가사를 알아들을 수 없었다. 가사를 모르는 음악을 듣는 걸 나는 견뎌 낼 수가 없었다. 그러면서 서울 학생들이 나보다 영어를 월등 잘한다는 사실에 지독한 열등감에 사로잡히곤 했다(나중에 그들도 가사를 모른 채로 팝송을 들었다는 걸 알았을 때 나는 더 경악했다. 그런 일이 어떻게 가능하지? 하는 놀람이었다). 사실 고등학교 동기들 중에도 이미 팝송을 즐겨 듣는 학우들이 있었고, 그중에는 60년대의 미국 청년 문화에 일찌감치 동화되어 기타를 치면서 팝송을 부르는 학생들이 있었다(게다가 지금은 돌아가신 이만기 선생님은 음악 시간에 기타 연주를 가르쳤던 것이다). 〈젊은 태양〉을 작곡한 박광주가 내 고등학교 동창이니, 어쩌면 새로운 서구 문화에 적응하지 못한 나 같은 촌놈은 오히려 소수라고 말해야 정확할지 모르겠다.

어쨌든 내 심장에 한국 가요만이 흘러가는 세월은 무한정 지속될 듯이 보였다. 대학교 3학년 때인가 산울림이라는 그룹이 〈내 마음을 주단을 깔고〉라는 아주 이상한 곡조의 음악을 들고 나와 새바람을 일으켰고 나 또한 꽤 매료되었었는데, 곡조는 뽕짝과 너무나 달라도 가사는 알아들을 수 있었기 때문이었을 것이다.

그러나 대학원에 들어가서 본격적으로 프랑스 문학을 공부하면서 프랑스의 상송을 접할 기회가 자연스럽게 많아졌다. 게다가 프랑스의 가수들은 당대의 문인, 철학자들과 매우 고상한 교류를 하고 있었기 때문에 후자들의 해석에 의하면 가수들의 노래는 모두 음률에 실린 철학이었다. 쥘리에트 그레코, 에디트 피아프, 이브 몽탕, 자크 브렐, 세르쥐 갱스부르, 조르쥬 브라센스, 조르쥬 무스타키 등의 노래를 그렇게 해서 배웠다. 특히 무스타키의 〈너무 늦었어요(Il Est Trop Tard)〉는 쉬웠기 때문에, 이브 몽탕의 〈고엽(Les Feuiles Mortes)〉은 가수의 음색에 끌려 외워서 술자리에서 가끔 부르곤 하였다.

다른 한편으로 나는 서적을 통해 로큰롤의 정치성을 읽는 한편, 주변의 몇몇 로큰롤 마니아들의 부추김에 힘입어, 밥 딜런으로부터 시작해 그쪽 가수들의 노래를 듣게 되었다. 비틀즈, 롤링 스톤즈, 레드 제플린, 재니스 조플린, 캣 스티븐스, 제퍼슨 에어플레인, 프랭크 자파, 핑크 플로이드 등의 노래를 사회 공부를 하는 기분으로 들었다. 이상하게도 로큰롤 이외의 청년 문화, 가령 존 바에즈 같은 포크 가수에게는 거의 끌리지 않았다. 공부하듯이 배웠다고 했지만 나는 의외로 로큰롤 노래에 깊이 빠지게 되었는데, 거기에는 군 복무를 하던 진해에서 밤 11시에서 자정까지 하던 도병찬이라는 DJ의 음악 방송도 일정한 역할을 하였다.

물론 클래식도 듣게 되었다. 특히 정명환 선생님 댁에 인사드리러 갔다가, 선생님께서 늘 클래식을 틀어 놓으시는 걸 보고, 모방 충동이 일어나 그때부터 의식적으로 클래식을 듣기 시작했다. 내가 비교적 끌렸던 것은 베토벤과 바흐였다. 그리고 무소르그스키의 〈전람회의 그림〉은 그걸 록 음악으로 변주한 '에머슨, 레이크 앤 팔머'의 노래 때문에, 칼 오르프의 〈카르미나 부라나Carrmina

Burana〉는 그 가사로 인해 마음에 새긴 음악이다. 나이가 들어갈수록 클래식이 편해졌다. 그래서 지금은 그쪽으로만 듣는 편이다. 그러나 클래식의 문제는 내가 따라 할 수 없다는 것. 그래서 오래 반복해서 듣는 건 거의 없다.

트로트만 알던 시골 촌놈이 음악적으로 엄청 발전한 것 같지만, 모두 학습을 통해서였다. 그런 사정은 내가 깊이 공감했던 음악이 정말 있었는지 의심을 하게 만든다. 요컨대 이종민 형의 원고 청탁 주제가 '내 인생에서 가장 소중하게 생각하는 음악'이 아닐까 싶은데, 나에게는 그런 게 없었다고 말해야 할 것 같아 면구스럽다. 게다가 요즘은 어찌 된 영문인지 나이가 들수록 하는 일이 더 많아져 음악은 틀어 볼 엄두를 못 내는 처지이다.

다만 내가 지금까지 제대로 불러 보고 싶었으나 자주 실패한 노래가 하나 있었으니, 김현식의 〈비처럼 음악처럼〉이 그것으로서, 기회가 있을 때마다 그 노래에 덤비려 하는 내 행동에 비추어, 그걸 내 인생의 음악이라고 할 건가? 아니면 슈바이처 박사가 말년의 병상에서 쉼 없이 음악을 들으며 "정말 아름다워!"를 외치시며 돌아가셨다고 해서 그걸 무척 부럽게 생각한 적이 있었는데, 내 임종의 순간에 듣고 싶은 음악이 있다면 바흐라고 서슴없이 말하고 싶으니, 그이의 〈무반주 첼로 모음곡〉을 내 인생의 음악이라고 정해 버릴까나? 그도 아니면, 내가 요즘 듣는 게 오펜바흐의 〈자클린의 눈물〉이니, '내 인생의 음악'은 무한 변화의 트랙을 돌고 있다고 하고, 그만큼 내 인생도 무한하다고 해야 할까나?

이종민 교수님과 음악편지

최지윤

전라북도 장학관. 전주 출신. 중·고등학교 영어 교사를 오랫동안
했고 지금은 전북교육청에서 학교 혁신과 외국어교육을 지원하
고 있다. 이종민 교수와의 인연은 대학 시절 영시를 배우면서 시
작되었다. 이종민 교수의 가르침과 온기가 바쁘게 달려 온 인생
에서 그나마 숨 쉴 수 있는 여유와 여백을 만들어 주었다고 여기
며 지금도 교류하고 있다.

사라 브라이트만
〈First of May〉

아주 오래전에 들은 말인데, 사람이 인생에서 얻기 어려운 세 가지 복이 있다고 한다. 좋은 사람을 만나는 복, 그 좋은 사람과 가까워지는 복 그리고 그 좋은 사람과 같은 일을 하는 복이다. 나에게도 이 세 가지 복에 해당하는 인연이 있으니 바로 이종민 교수님이다.

이종민 교수님을 처음 만난 것은 대학교 3학년 영시 과목을 수강하던 때이다. 나는 그 당시 사범대 영어교육과 학생이었는데, 우리 과 교수님이 안식년 연구로 자리를 비우셔서 대신 인문대 이종민 교수님이 강의를 맡으신 것이다. 그때는 1987년 이한열 열사의 죽음을 시작으로 호헌 철폐 독재 타도를 외치던 6·10항쟁이 있던 시기이다. 1학기 내내 학교는 최루탄 냄새로 자욱했고 나는 강의실보다 전주 시내 관통로 사거리 시위대 속에 앉아 있는 시간이 더 많았다. 대학 생활도, 수업도, 나라의 앞날도 그 모든 것이 혼란스러웠고 그 어디에도 차분히 마음을 집중할 수 없었다. 더욱이 교내는 '양키 고 홈'으로 시작하는 반제국주의 구호가 가득했기 때문에, 나는 그때 당시 영어교육과에 다닌다는 것이 무척 불편했고, 학과 공부에 대한 자괴감이 극에 달해 있었다. 혼란과 불안, 우울과 권태의 한가운데에서 헤매던 그해 가을 나는 우연히 이종민 교수님의 영시 수업을 듣게 되었다.

교수님은 영국 낭만주의 시를 강의하셨는데, 소년처럼 반짝이는 눈빛과 열정 넘치는 강의로 단번에 우리 과 학생들을 사로잡았다. 작품에 대한 깊이 있는 해석, 영국 사회와 문화에 대한 해박한 지식, 인간의 본성에 대한 인문학적 성찰은 그때까지 경험하지 못한 신선한 지적 자극이 되었다. 섬세한 감수성과 지적인 아우라는 여학생들의 동경 대상이었고, 수업이 끝나고 잔디밭에서 막걸리를 나누는 일은 영시 수강생들의 자랑거리가 되었다. 또한 민주화를 요구하는 서명자 명단에서, 단식 농성장이나 시위 현장에서 뵙는 교수님은 존경과 선망의 상징이었다.

교수님의 강의는 다음 학기까지 이어졌고 나는 두 학기 내내 가장 열심히 강의를 들었던 학생 중 하나가 되었다. 그 수업을 통해 나는 혼란스럽고 우울한 시절을 빠져나와서 다시 도서관에 앉게 되었다. 영시 수업은 내가 더 이상 시대를 핑계 삼아 대충 시간을 보내지 않고 진지한 질문과 공부를 시작하게 해 주었다. 나는 교수님을 통해 영어 전공자로서 이 시대에 이바지할 수 있는 많은 가능성을 확인했고 서서히 영어 전공에 대한 치기 어린 자괴감에서도 벗어날 수 있었다.

교수님을 알고 가깝게 지낸 복은 대학 시절 공부에서 끝나지 않았다. 대학을 졸업하고 학교에 근무하면서 교수님이 운영하시던《문화저널》에 함께 참여한 것이다. 이 경험은 나에게 지역 문화라는 새로운 세상을 열어 주었고 그 덕에 내 삶은 단조로움을 면하고 빛과 향을 더 할 수 있었다. 전주 관통로 코오롱 스포츠 건물 4층에 있던 사무실을 들락거리며 많은 문화·예술인을 만나고 다양한 문화 행사를 가까이에서 도왔다. '백제기행', '전라도의 춤, 전라도의 가락' 등은 우리 지역을 이해하는 데 큰 공부가 되었다. 교수님 주변에는 항상 범상치 않은 예술인들이 모여들었고, 소소한 술자리에서도 시와 노래가 넘쳤고, 재기발랄한 입담은 누구도 흉내 낼 수 없는 경지에 닿아 있었다. 그 이후로 나는 다른 어떤 자리에서도 그런 분들을 아직 만나 보지 못했다.

그 후에도 교수님은 다양한 통로로 문화 예술의 향기를 전해 주셨다. 직장 생활과 육아도 정신 없던 시절에는 '이종민의 음악편지'를 열어 보며 힘든 일상을 잠시 잊고 아름다운 음악으로 나를 위로할 수 있었다. 가끔은 교수님 시골집 앞마당 작은 음악회에 초대받았다. 시시때때로 봄꽃이 피었다고 가을이 깊었다고 열리던 작은 음악회는 아름다운 음악과 사람들로 가득했고, 나는 그 자리에서 차갑게 메말라 가던 영혼을 부드럽고 따뜻한 온기로 다시 데울 수 있었다.

대학 시절 수업과 문화 예술만큼이나 오래 기억에 남는 것이 하나 더 있다. 그것은 교수님의 인간적인 따뜻함이다. 내가 중년의 나이에 어린 두 아들을 데리고 유학을 떠나던 때의 이야기이다. 두렵고 막막한 마음을 숨기고 작별 인사를 드렸는데, 헤어질 때 말없이 봉투를 건네셨다. 집에 와서 열어 보니 편지와 함께 적지 않은 돈이 보였다. 내가 부담스러워할까 봐 편지에는 일전에 보내드렸던 중국문학선집의 책값이라는 말도 잊지 않고 덧붙이셨는데, 그 마음이 고마워서 눈물이 나왔다. 그리고 유학 시절 공부가 너무 힘들어서 포기하고 싶을 때마다 가끔 그 봉투가 생각났다. 누군가의 믿음과 응원은 멀리서 반짝이는 등대가 되어 사람을 다시 일으켜 세우고 거친 파도를 헤쳐 나가게 해 준다. 그런 인연을 가지는 것은 얼마나 큰 복인가?

어느덧 시간이 흘러서 교수님은 은퇴를 앞두고 있다. 머지않아 나에게도 그런 시간이 올 것이다. 한 살 한 살 나이를 먹어 가면서 나보다 몇 년 앞선 인생 선배들이 내 나이에 하셨던 일들을 다시 헤아려 보곤 한다. 지역에 살면서 지역 문화와 예술에 대한 깊은 사랑과 실천하는 일은 절대 쉽지 않은 일이다. 더구나 자신 한 몸 챙기기에도 급급한 일상을 살아가면서 누군가에게 그늘을 드리워 주고 곁을 내어 주는 일은 아무나 할 수 있는 일이 아니다. 지금의 나는 엄두도 내지 못할 일들을 인생 선배이신 교수님께서 묵묵히 해 오신 것에 대해 존경과 감사를 드린다. 교수님이 드리운 넓은 그늘에서 수많은 사람이 공감과 위로를 받으며 휘어진 삶을 다시 곧게 펴고 다듬었을 것이다.

마지막으로 이종민의 음악편지 중에 가장 기억에 남는 사라 브라이트만Sarah Brightman의 〈First of May〉를 소개한다. 너무 지쳐서 번아웃 되었다고 느낄 때, 주변 사람들과의 관계가 위태롭게 흔들릴 때, 혼자서 나를 달래고 위로해야 할 때 떠올리는 곡이다. 사라 브라이트만의 맑은 음색과 아름다운 멜로디가 몸과 마음을 정화해 주고, 5월 첫날 순수했던 어린 시절 첫사랑의 추억을 회상한다는 가사도 아름답다. 이 곡으로 5월처럼 풋풋한 젊음으로 빛났던 나의 대학 시절을 추억하며 그때부터 이어진 귀한 인연에 감사 드리고 싶다.

내 인생의 음악, 팝송

나는 전주에서 자라서 학교에 다녔고 지금도 여기에서 살고 있다. 십여 년 전 외국에서 공부한 2년을 제외하면 지역을 한 번도 떠난 적이 없는 전주 토박이이다. 하지만 나는 어렸을 적부터 항상 미지의 낯선 세계를 동경했고, 현실의 문 너머 그 어딘가에 있는 아름다움을 꿈꾸어 왔던 것 같다. 그런 나에게 마음껏 꿈꿀 수 있는 창을 열어 준 팝송 이야기를 해 보려고 한다.

팝송을 처음 들은 것은 초등학교에 다닐 때였다. 아버지 머리맡에는 항상 검은색 스테레오 카세트 녹음기가 있었고 달콤하고 아름다운 팝송이 흘러나오곤 했었다. 아버지가 외출하시면 얼른 팝송 테이프 세트를 열고 줄지어 꽂혀 있던 테이프를 하나씩 꺼내어 듣곤 했다. 처음 듣는 그 노래들은 어쩌면 그렇게 달콤하고 아름답던지…. 그때는 아직 영어를 몰랐지만, 노래를 따라 부르고 싶은 마음에 가사를 소리 나는 대로 받아 적느라 애를 썼다. 아무리 들어 봐도 들리지 않던 그 가사를 적느라 결국 테이프가 늘어져서 아버지에게 혼이 난 적도 있었다. 그렇게 어렵게 따라 부른 노래는 나중에 철들고 보니 "I Went to Your Wedding", "Yesterday", "Love Me tender" 등이었다.

사춘기에 접어들면서 부를 수 있는 팝송이 점점 늘어났다. 밤마다 FM 라디오를 옆에 끼고 팝송을 녹음하느라 시간을 보냈고, 수첩 뒷장에 제목과 가사를 찾아 공들여 옮겨 적곤 했다. 어쩌다 교실에서 팝송 이야기가 나오면 '뭔가 아는 척'을 하며 우쭐했고, 소풍이나 수련회에서 팝송을 불러 친구들의 감탄 어린 시선을 받기도 했다. 팝송 좀 듣는다는 아이들끼리는 서로 아는 곡을 비교해 가며 서로의 수준을 가늠해 보기도 했고, 때로는 시내 음악 감상실에서 새로운 곡을 섭렵하고 뿌듯한 마음으로 돌아오기도 했었다. 그 당시에는 고등학생의 음악 감상실 출입은 금지되어 있었으니 정말 큰마음 먹고 감행한 은밀한 일탈이었다. 전주 구시가지에 있었던 필하모니, 비트 등 음악 감상실이 지금도 생생하게 기억난다. 어두운 조명, 등받이가 높은 의자, 디제이 박스와 음악 신청 메모지, 심장까지 쿵쾅거리게 하던 커다란 스피커 소리, 그리고 들킬까 봐 조마조마하던 마음조차 아직도 내 마음속에 살아 있는 그리운 추억이다.

여고 시절 음악 시간도 나의 팝송 감성을 무르익게 했다. 음악 선생님은 50대에 접어든 미혼 남 선생님으로, 음악 전공자 특유의 독특하고 섬세한 감성으로 가득한 분이었다. 게다가 음악실은 우리 학교에서 가장 높은 6층에 자리 잡고 있어서 사시사철 아름다운 경기전의 숲과 주변 한옥마을이 그림처럼 한눈에 내려다보였다. 음악 수업은 항상 인사 대신 가벼운 경음악이나 팝송으로 시작되었고, 수업이 시작되면 교과서 음악을 듣고 감상 노트를 제출하였다. 그 시절 내가 쓰던 빨간 표지의 음악 감상 노트는 지금도 아련하게 추억을 부른다. 억지로 쓴 것이 분명한 음악 감상, 이것보다 더 많은 팝송 가사들, 애절한 이별과 사랑의 시, 수첩 사이 사이의 마른 꽃잎과 낙엽, 단어와 그림으로 꾸민 낙서들로 가득한 이 감상 노트는 사시사철 아름다운 경기전 숲과 어우러져 마치 영화의 한 장면처럼 내 영혼에 각인되어 있다. 여고 시절의 음악 시간은 사춘기의 한가운데서 위태롭게 흔들리던 나를 부드럽고 따뜻하게 감싸 주었고, 그 멋진 음악 선생님 덕분에 나의 팝송 목록은 좀 더 풍부해지고 세련되어졌다.

그 이후로도 팝송 사랑은 계속되었고 돌이켜 생각해 보니 내 삶은 알게 모르게 그 영향을 받으며 흘러왔다. 고등학교를 졸업하고 사범대에 진학할 때, 학교에서 줄곧 문예반을 하던 내가 영어교육과를 선택한 것은 사춘기를 팝송과 함께 보낸 덕분인 것 같다. 그뿐이 아니다. 교사가 되어서도 팝송은 질식할 것 같던 영어 수업의 숨통을 틔워 주며 구원투수 역할을 톡톡히 해 주었다. 팝송 수업은 중간, 기말고사가 끝난 직후에 시작했는데, 수업 도입부에서 듣기, 단어, 해석, 읽기, 노래 부르기를 반복하다 보면 어느덧 아이들은 일주일도 되지 않아 그 노래를 따라 부를 수 있었다. 시험으로 지친 아이들, 수업 시간에 어지간해서는 눈 마주치기가 힘든 아이들에게도 이 시간은 견딜 만했던 것 같다. 시큰둥한 표정으로 한 번도 노래를 따라 부른 적 없던 뒷줄 남자아이들도 졸업 후에 만나면 팝송 이야기를 했다. 심지어는 여자 친구에게 팝송을 불러 주고 결혼에 성공한 녀석도 있었다. 팝송은 지루한 영어 문법과 어휘를 쉽게 공부시켜 준 훌륭한 수업 자료였고, 아이들과 교감하는 통로였다. 실은 세월이 지나고 보니 공부보다 더 오래 중요한 것은 아이들과 마음을 주고

받는 일이었음을 깨닫는다. 그리고 지금 나는 교육청에서 혁신 학교와 국제 교류를 지원하는 일을 하고 있는데, 현재의 모습마저도 우연은 아닌 듯하다.

내가 좋아했던 팝송은 지금의 나를 빚었고 아직도 내 안에서 숨을 쉬고 있다. 팝송은 현실을 떠나 어디인가 알 수 없는 미지의 세계에 대한 막연한 동경과 호기심, '뭔가 더 새롭고 세련되고 아름다운 것'에 대한 열망을 채워 주었고, 불안하고 흔들리기 쉬운 사춘기 감성을 따듯하게 품어 준 좋은 친구였다. 내 마음속에 각인된 그 느낌들이 보이지 않게 내 삶의 방향을 결정하고, 어려운 문제에서 벗어날 수 있는 출구를 열어 주었다. 어린 시절 수첩을 가득 채운 팝송 목록들은 마치 오래된 친구처럼 마음속 깊은 곳에서 은은한 향을 품고 나를 안아 준다. 오늘 나는 잠시 추억에 젖어, 내 마음대로 순위를 정해 놓았던 추억의 팝송들을 소환해 본다. 지나고 보니 모두 소중하고 모두 그립다.

그중 10곡을 추려 보면 다음과 같다.

1.Epitaph(King Crimson)/2.Creep (Radio Head)/3.Poor Man's Moody Blues(Barclay James Harvest)/4.While My Guitar Gently Weeps(The Beatles)/5.I've Been Away Too Long(George Baker Selection)/6.Without You(Harry Nilsson)/7.Travelling(Jeremy Spencer Band)/8. Torn Between Two Lovers(Mary MacGregor)/9.Vincent's (Don McLean)/10.Stair Way to Heaven(Led Zepplin)

너와 함께 부르고픈 이 노래

최태주

(전)전주MBC PD, 편성국장. 전북 임실 출신. 전북대학교 언론학 석사. 이종민 교수와는 중1 때부터 벗으로 현재도 가족 모두가 교류할 뿐만 아니라 여택회 모임을 통해 동양고전 공부도 함께 하고 있다. 이바지 모임을 통해 장학사업도 함께 이끌고 있다.

〈그리운 금강산〉
(광복 70주년 기념 합창)

북한의 핵 보유 선언으로 안타깝게도 국내외 정치가 긴박하게 돌아가고 있는 시국이다. 그럼에도 여전히, 남북통일이야말로 우리 민족 모두에게 있어 가장 큰 소망이자 숙명적인 과제임이 분명할 터이다. 바로 지척에 두었건만 가고 싶어도 갈 수 없는 그곳, 먹먹한 가슴으로 꿈에 그리던 금강산이 그 염원의 한가운데에 우뚝 자리하고 있다. 남북통일의 간절한 염원을 담아 〈그리운 금강산〉을 목놓아 불러 본다.

"누구의 주제런가 맑고 고운 산 / 그리운 만이천 봉 말은 없어도 / 이제야 자유 만민 옷깃 여미며 / 그 이름 다시 부를 우리 금강산~~." 절절한 가사로 이어지는 이 노래는 1962년, 6·25전쟁 12주년 기념을 위하여 조국 강산을 소재로 한 가곡을 만들어 달라는 교육부의 요청으로 작사작곡된 교향적인 합창 모음곡 중의 한 곡이다. 1961년 당시 작곡자 최영섭은 한상억 시인에게 작시를 부탁하여 「그리운 금강산」이라는 시에 곡을 붙였다. 금강산의 절경과 또 분단으로 인하여 우리 땅이지만 가지 못하는 심경을 담고 있다.

그리운 금강산. 우리 한민족에게 있어 꿈에라도 가 보고 싶은 산을 꼽으라 한다면, 두말할 것도 없이 백두산과 금강산과 한라산이 그 으뜸을 다투지 않을까? 감사하게도 백두산은 오래전에 모재 이 교수와 함께 중국을 거쳐 다녀왔고, 남쪽의 산이야 한라산, 지리산을 비롯한 유수의 산들을 수십 년 전부터 현재까지 함께 다니고 있다. 그러나 아직, 금강산만은 동행을 하지 못했다.

내게 금강산 등산 경험이 아예 없는 것은 아니다. 다행스럽게도 시기를 잘 만나 인생에서 금강산 땅을 두 차례나 밟아 본 행운아 중 한 명이 되었으니, 벌써 10년도 더 된 2008년도의 일이지만 말이다. 남북한 금강산 관광이 막 시작되었을 때의 흥분과 설렘, 남북 교류 재개에 대한 희망과 경이로움… 아마 이쯤은 그 당시 금강과 마주한 대개의 사람 모두가 느낀 바이리라. 더불어 내게는,

그 이상의, 환희와 감탄을 일으키는 다른 어떤 것이 기다리고 있었다. 내 평생의 은사이신 서예가 석전 황욱 선생이 그곳에 두고 떠나신 온기와 자취가 바로 그것이었다.

석전 선생은 일제의 강압에 의한 '한국강제병합조약'에 따른 암울한 시대를 차마 눈 뜨고 볼 수 없어 끓어오르는 우국충성을 삭이기 위해 금강산에 들어가셨다 했다. 10년 세월 동안 돈도암에 기거하며 도학과 서도書道에만 전념하셨다 하니, 그때 닦인 기초가 훗날 '석전체'의 완성을 이룬 것이다. 누구도 넘볼 수 없는 당당한 필치의 '석전체' 완성의 원형을 일구신 얼이 서려 있는 그곳, 금강산에 내 발길이 닿을 수 있다니… 감격에 북받쳤다. 물론 지척의 금강산을 마치 해외여행 가야 하듯 하는 현실이 몹시 씁쓸하고 안타깝긴 했으나 그래도 어렵게 어렵게 얻어진 천금 같은 기회를 이제는 즐길 차례!(그때는 그 이후 그렇게 남북관계가 경색될 줄 예측 못 했으나, 지나고 나서 보니 그때 그것은 말 그대로 "천금과도 같은 기회"가 맞았다.)

복잡한 절차를 거쳐— 드디어 입북!

눈앞에 펼쳐진 금강산의 장관을 바라보는 순간, 숨이 탁 멎는 듯한 벅찬 감동이 온몸을 감쌌다. 뭐라 표현할 수 없을 만큼 압도적인 카리스마를 뿜어내고 있는 금강산은 일만이천 봉이 다 그야말로 장관이었다. 마치 거대한 암석을 조각도로 섬세하게 조각해 놓은 듯한 산등성의 선부터가 지금까지 보아 왔던 여타의 산들과는 전혀 다른 경이로움을 자아냈고, 그 사이를 흐르는 물줄기는 맑디맑은 투명함을 자랑했다. 내가 느낀 금강산은 한라산이나 설악산, 지리산, 소백산과는 너무나도 다른 아우라를 풍기는, 신비스럽고 영험한 산이었다.

그러하였던 금강산!! 이제 정년을 맞은 모재 이 교수와 함께 가을 풍악산을 꼭 다녀오고 싶다. 한때나마 남북 교류의 문이 열렸던 덕분에 누릴 수 있었던 금강의 설경 개골과 그리고 나무에 새순이 돋는 오월 초순의 금강, 그러나 아직 남겨 놓은 금강의 가을 풍경, 풍악은 적어도 그것만은 꼭 모재 형과 동행하여 같이 만끽하고 싶다. 그리하여 그곳에 도착하면 그동안 몰래 연습해 두었던 이 〈그리운 금강산〉을 다시금 목놓아 부르리라. 변변치는 못하겠지만 나는 열심을 다해 그간의 회한을 꼭 풀리라….

모재 이종민 교수를 처음 만난 때가 국민교육헌장이 선포되던 해, 중학 1학년 때이니 벌써 반백 년도 훨씬 지난 53년 전의 일이다. 그때부터 오늘날까지 '이바지모임'과 같은 일생의 뜻을 같이하거나 사부 김기현 선생을 모시고 고전을 같이 공부하는 등 평생 친구로서 변함없는 우정과 존경으로 함께해 왔음을 돌아보니 감회가 남다르다. 그 함께해 온 세월만큼, 이미 오래전 고인이 되신 할아버지와 할머니, 아버님은 물론 현존하시는 어머님과 형제자매들까지도 두루 잘 알 뿐만 아니라 공부, 인생, 철학, 예술 등등 하나에서 열까지 할 이야기가 무궁무진한 친구… 그러나 그중에서도 '음악' 이야기만은 따로 꼭 하지 않을 수가 없다.

이 교수야 예나 지금이나 우리 친구들 사이에선 물론 자타가 공인하는 1급 가수(?)이지만 나는 그와는 정반대, 음치 중의 음치, 박치 중의 박치 타이틀을 자랑했다. 학창 시절에도 노래를 부르거나 발성 연습을 할 때면 엉뚱한 소리로 꼭 지적을 받곤 했으니, 음악 시간만 되면 내빼고 싶은 마음이 드는 게 사실이었다. 그러고는 남이 안 보는 곳에 숨어 들어가, 혼자 소리 놓아 노래 연습을 한 것이 여러 번이었다. 그런데 그것을 어찌 알았는지 이 교수는 모처럼 만나기만 해도 꼭 음악 이야기를 빼놓지 않았다.

대학 1학년 여름방학 때의 일이다. 그때만 해도 일반 가정집에 전축을 갖고 있는 집이 아주 드문 시절이었다. 그 시절 이 교수 손에 이끌려, 음악 소리에 이끌려 그의 작은아버지 댁에 당도한 날의 기억. 그 댁 전축 앞에 붙어 '한국가곡전집' 중에 나오는 100여 곡을 녹음하였었는데 꼬박 사나흘이 걸렸다. 지금까지 수차례 이사를 다니면서도 여전히 그 테이프가 아직까지 따라다니고 있는 걸 보면 함부로 버릴 수 없는 '회억의 물건'임에 틀림이 없다.

기억을 좀 더 되살리자면, 그 당시만 해도 FM 방송이 전주 같은 지역에는 개국하기 훨씬 전이었던 때였다. 서울이나 가야 접할 수 있는 나름 '고급문화'나 다름없었음을 이야기하는 것이다. 그때 서울에서 학교를 다니고 있던 이 교수가 서울의 FM 방송을 녹음하여 그 테이프를 나에게 보내주며 음악 공부를 권하곤 했었다. 그렇게 해서 나는 음악에 관심을 갖게도 되고 노래 부르기도 해보게 된 것이다. 당시 1970년대는 시대 분위기가 엄정행, 오현명, 김자경, 이규도, 백남옥, 박노경 같은 기라성 같은 성악가들에 의해서 〈목련화〉, 〈임이 오시는지〉, 〈그리운 금강산〉, 〈가고파〉, 〈청산에 살리라〉 등 주옥같은 가곡 전성시대를 이루고 있을 때였다.

그때부터 이 교수가 녹음해 준 카세트테이프를 수백 번 듣고 또 들으며 귀를 틔웠고, 아무도 없는 곳에선 소리 질러 발성 연습도 해 보곤 했던 것은 이 교수에게도 자세히 터놓지 않은 비밀이다. 그러다가 군에 입대하게 되었고, 금강산이 멀지 않은 최전방에서도 수없는 연습 끝에 노래의 맛을 조금 알게 되었다고나 할까…. 그때 자주 부른 노래가 바로 이 최영섭의 곡, 엄정행이 부른 〈그리운 금강산〉이었다. 남북통일이 되면 꼭 가 보고 싶은 곳, 금강산!!! 휴전선만 없다면 바로 갈 수 있는 곳, 그곳, 금강산을 연상하며 부르고 또 불렀던 바로 그 노래였다.

제대를 하고 얼마 안 있어 MBC 신입사원 공채시험에서 PD직에 합격을 하게 되었다. 그리고 며칠 후면 이 교수도 해군사관학교 교관 전역을 앞두고 있던 시점이어서 진로 문제로 전주를 방문하던 차였다. 그때 "내가 지금 TV냐, AM이냐, FM이냐, 진로를 선택해야 하는 기로에 있다"며 조언을 구했는데 이 교수는 조금의 망설임도 없었다. FM을 선택하여 음악 공부하기를 권하였다. 친구의 인생이 달려 있는 직종 선택에 있어 그렇게도 과감히 '음악' 쪽을 가리켜 줄 만큼 이종민 교수는 음악 사랑이 대단한 친구였다.

그러나 그때 나는 TV는 아예 몰랐고, FM은 아직 아무래도 관심에서 멀었고 해서 AM을 선택할 수밖에 없는 상황이었다. 그런데 이게 우연인지 필연인지 당시 전주MBC 사장의 지시가 떨어졌다. 서울 본사의 이종환, 박원웅, 김기덕 등과 같이 PD가 직접 제작도 하고 DJ도 하면서 진행하는 방송이 훨씬 전달력이 있으니, 우리 전주도 아나운서나 외부 DJ를 쓸 것 없이 PD들을 교육시켜 직접 방송하도록 하자는 것이었다. 그리고는 나를 FM부로 전격 발령을 내버렸다. 그러는 통에 나는 별도리 없이, 상상도 해 보지 않은, 팔자에도 없던, 음악과 함께하는 직업적 연을 맺게 되었다.

곧이어 본사로 파견되어 현장 연수를 받은 수개월 동안 이종환, 박원웅, 김기덕, 김세원 등의 1급 DJ를 강사로 만났는데 그중에서도 내게 가장 반가운 이벤트는 따로 있었다. 매일 오전 11시부터 12시까지 〈그리운 우리 가곡〉을 진행하던, 〈그리운 금강산〉의 작곡자, 최영섭 선생과의 만남이었다. 편안하고 부드럽고 중후한 음성의 멋쟁이 최영섭 선생의 가르침을 직접 받을 수 있음은 내게 영광이며 행운이 아닐 수 없었다! 그렇게 나는 팬의 마음으로 교육을 받고 와서, 전주MBC FM(99.1MHZ) 개국과 함께 〈정다운 우리 가곡〉의 첫 PD로 방송 인생의 출발점을 떼게 되었다.

외우, 모재 이종민 교수는 내가 만나야 될 나의 인생 경로에의 혜안이라도 갖고 있던 걸까? 결국 그가 내 인생의 나침반이었음을 토로하는 게 너무 늦지는 않은 건지….

덧붙여, 이와 같은 친구의 조력과 수십 년 세월의 연습이 무색하게 나의 노래 실력은 여전히 반어적으로 수준급임을 밝힌다. 사람들 앞에 나서 한 소절 직접 불러 보자고 했으면 무렴할 뻔했겠으나, 그에 대신하여 이렇게 나에게 의미 있는 '인생곡'을 소개하는 자리로 대신하니 마음이 한결 가볍다. 어이 친구, 고맙네.

인생의 또 다른 계절

〈사철가〉
서편제 OST

허문경

모두를 위한 세상을 꿈꾸는 사람. 사회적경제 연구자, 공정무역 운동가이다. 대통령 직속 정책기획위원회 위원을 지냈고, 전주대학교 연구교수로 일하며 지역 연구와 지역 개발 분야 행정자문 활동을 하고 있다. 전주세계소리축제를 연구한 것을 계기로 2012년 전라북도로 이주했다. 이종민 교수와의 인연은 전주세계소리축제, 천년전주사랑모임으로 시작되어 동학농민혁명기념사업회 등으로 이어지고 있다.

"이 산 저 산 꽃이 피니 분명코 봄이로구나"로 시작하는 〈사철가〉는 영화 〈서편제〉에서 '유봉'이 눈먼 딸 '송화'를 데리고 길을 가는 장면에 삽입되면서 널리 알려지게 된 판소리 단가短歌이다.

1993년 여름, 나는 유학 시절 도쿄에서 개봉작을 보았다. 당시 한국 영화는 대학가 독립영화관에서 상영되고 있었지만 〈서편제〉는 도쿄 시내 공연예술의 중심 지구에서 한국과 거의 같은 시기에 상영되었다.

그 후 십여 년이 지나서 나는 영화 속의 유봉 역할을 맡았던 김명곤 전 문화부 장관이 직접 부르는 〈사철가〉를 전주에서 듣게 되었다. 유봉의 〈사철가〉에는 비장함이 깃들어 있었지만, 김명곤 전 장관의 '소리'에는 분명히 또 다른 인생의 사계절이 담겨 있었다. 그분의 삶 전체를 통해서 지역문화자원의 풍요로움, 예술혼을 접할 수 있었다. 그 자리는 전주세계소리축제 조직위원회 자문

회의였고 나를 자문위원으로 추천해 주신 분은 이종민 교수님이었다. 이종민 교수님은 당시 전북일보 칼럼을 통해 전주세계소리축제와 지역정체성에 대한 논의를 주도하고 계셨고 나는 그 주제로 박사 논문을 쓰면서 교수님을 찾아뵙게 되었다.

전주세계소리축제는 판소리를 중심으로 한 공연 예술 축제로서 전북문화예술의 세계화·관광상품화·전북의 정체성 확립을 표방한 전라북도 21세기 발전 전략의 일환으로 기획되었다. 지방자치제 실시 후 전남에서는 광주비엔날레가 성공적으로 개최되고 지역 문화의 상업화·산업화를 통한 지역개발 전략은 지방자치단체 간 경쟁의 양상을 띠었다. 또한 판소리의 유네스코세계무형유산 지정에 따라 전통문화의 세계화는 지역사회의 커다란 논의 주제가 되었다. 세계화에 의해 세계 각 지역의 문화 정체성은 변화를 겪고 있고 지역 문화는 지역적 특수성을 상실하는 위기를 맞이할 수도 있게 되었기 때문이다.

이종민 교수님은 이러한 배경에서 영문학 연구와 더불어 지역 문화의 미래를 밝히는 일에 매진하시게 되었을 것이라고 미루어 짐작한다. 나는 서울에서부터 전주를 자주 방문하면서 교수님이 주도하셨던 시민 단체 구성원 간의 상호작용을 '참여 관찰'했다. 교수님께 건네받은 '사단법인 천년전주사랑'의 2004년부터 2007년까지의 사업성과보고서 12종과 『전주전통문화중심도시추진단백서』에는 전주의 시민단체가 중앙의 오피니언 리더들을 초청하여 토론회를 열고 언론 보도를 통해 여론을 조성하고, 중앙정부에 의한 전주전통문화중심도시사업 지정을 이끌어 낸 과정이 기록되어 있었다. 이후 전주는 관광지로의 변화의 흐름을 문화적 다양성으로 성숙시키고, 시민의 창조적 역량이 사회의 전 영역에 활력을 불러일으키는 도시가 되었다.

내가 스스로 일자리를 만들어 전주로 이주한 것은 이 지역의 예술혼, 그리고 시민사회의 역동성에 매료된 때문이다. 이곳에서 나는 문화관광과 지역개발에 관한 강의, 연구, 평가, 기획에 관여하면서 풍요로운 나의 계절을 맞이하고 있다. 삶의 질 정책기획단, 대도약기획단, 지역혁신협의회 등 전라북도 정책 과제에 대한 연구자문 역할에는 농촌 마을에서의 조그마한 컨설팅 과제나 주민자치위원장님들과의 소통에서 얻은 지식을 활용한다. 마을신문 취재, 주민축제 기획, 전주지속가능발전협의회 활동 등을 통해 현장에서 발견한 문제를 정책으로 환류하는 일에 보람을 느낀다. 그 가운데 전주시와 함께 기획하는 '행복의 경제학 국제회의'는 올해로 7년째이다. 경제의 지역화는 지역민 모두의 행복을 증진한다. 행복이 개인 수준에서의 만족의 극대화가 아니라 사회적 자본의 확충이라는 것을 많은 사람들이 이해하게 될 것이다. 지금은 몇몇 자치단체에서 조례로 제정된 행복 정책이 전국적으로 확산될 날이 머지않았다. 그리고 전주대학교에서 시작한 공정무역대학운동도 소중히 하고 싶다.

이 산 저 산 꽃이 피니 분명코 봄이로구나

봄은 찾아왔건만은 세상사 쓸쓸하구나

나도 어제는 청춘일러니 오늘 백발 한심하다

내 청춘도 날 버리고 속절없이 가 버렸으니

왔다 갈 줄 아는 봄을 반겨한들 쓸 데가 있나

봄아 왔다가 가려거든 가거라

네가 가도 여름이 되면 녹음방초승화시綠陰芳草勝花時라

옛부터 일러 있고 여름이 가고 가을이 된들 또한 경계 없을소냐

한로삭풍寒露朔風 요란해도 제 절개를 굽히지 않는 황국단풍黃菊丹楓도 어떠하며

가을이 가고 겨울이 되면 낙목한천落木寒天 찬바람에

백설이 펄펄 휘날리어 월백설백천지백月白雪白天地白하니 모두 다 백발의 벗이로구나

봄은 갔다가 해마다 오건만

이 내 청춘은 한번 가서 다시 올 줄을 모르네 그려

어화 세상 벗님네야

인생이 비록 백 년을 산대도

잠든 날과 병든 날과 걱정 근심 다 제하면

단 사십도 못 살 우리 인생인 줄 짐작하시는 이가 몇몇인고

영화〈서편제〉에서는〈사철가〉의 봄, 여름, 가을, 겨울이 끝날 무렵 유봉과 송화 부녀가 산속 오두막에 도착하도록 장면이 연출되었다. 아버지 유봉은 이렇게 말한다.

"소리 공부하기에는 더없이 좋은 곳이다."

우리가 하려고 했던 그 거창한 일들 – 내 인생의 음악편지

출간일   2021년 4월 9일

2021년 4월 26일 1판 2쇄 펴냄

엮은이   이종민

펴낸이   김성규

펴낸곳   걷는사람

주소   서울시 마포구 월드컵로 16길 51 서교자이빌 304호

전화   02 323 2602

팩스   02 323 2603

등록   2016년 11월 18일 제25100-2016-000083호

ISBN 979-11-91262-07-0 [03810]